MADRID

MADRID
La novela

Antonio Gómez Rufo

Barcelona • Madrid • Bogotá • Buenos Aires • Caracas • México D.F. • Miami • Montevideo • Santiago de Chile

1.ª edición: marzo 2016
1.ª reimpresión: mayo 2016
2.ª reimpresión: junio 2016

© Antonio Gómez Rufo, 2016
    Publicado de acuerdo con Antonia Kerrigan Agencia Literaria
© Ediciones B, S. A., 2016
    Consell de Cent, 425-427 - 08009 Barcelona (España)
    www.edicionesb.com

Printed in Spain
ISBN: 978-84-666-5575-0
DL B 1137-2016

Impreso por Unigraf S.L.
Avda. Cámara de la Industria n°38,
Pol. Ind. Arroyomolinos n°1
28938 - Móstoles, Madrid

A los madrileños,
cualquiera que fuere su lugar de nacimiento.

Y a mis admirados Rafael Canogar, Elías Díaz,
Joaquín Leguina, Raúl Morodo y Paquita Sauquillo.

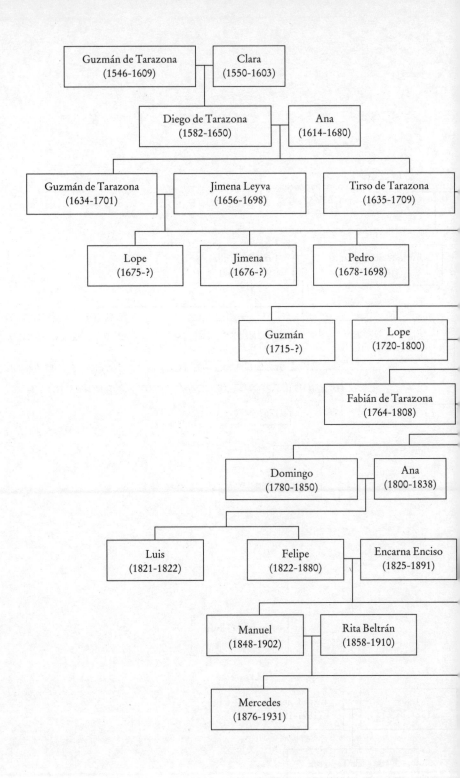

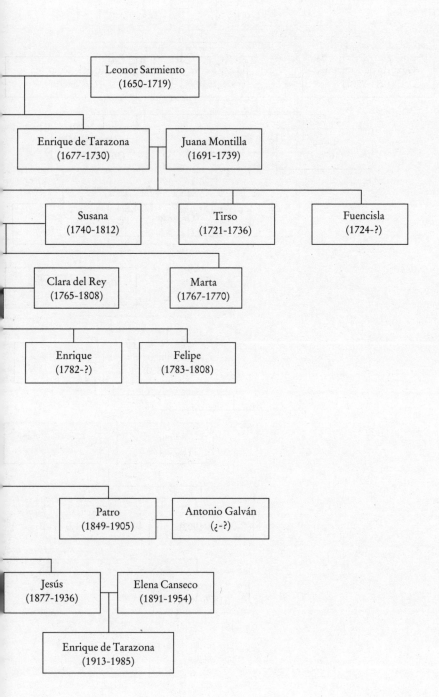

Leonor Sarmiento
(1650-1719)

Enrique de Tarazona
(1677-1730)

Juana Montilla
(1691-1739)

Susana
(1740-1812)

Tirso
(1721-1736)

Fuencisla
(1724-?)

Clara del Rey
(1765-1808)

Marta
(1767-1770)

Enrique
(1782-?)

Felipe
(1783-1808)

Patro
(1849-1905)

Antonio Galván
(¿-?)

Jesús
(1877-1936)

Elena Canseco
(1891-1954)

Enrique de Tarazona
(1913-1985)

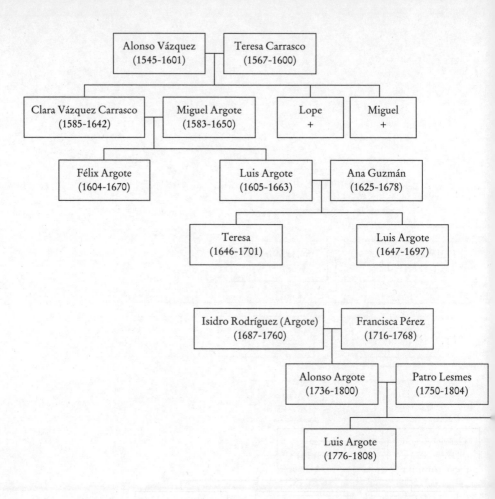

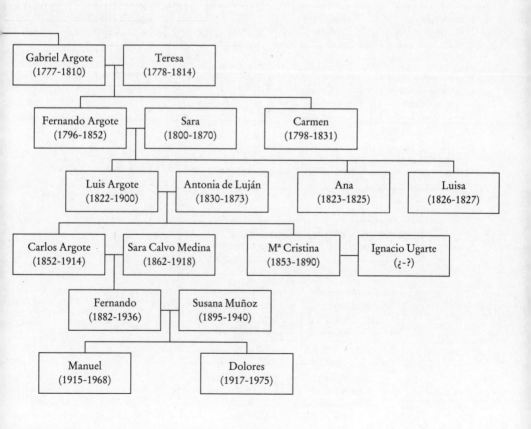

Gabriel Argote
(1777-1810)

Teresa
(1778-1814)

Fernando Argote
(1796-1852)

Sara
(1800-1870)

Carmen
(1798-1831)

Luis Argote
(1822-1900)

Antonia de Luján
(1830-1873)

Ana
(1823-1825)

Luisa
(1826-1827)

Carlos Argote
(1852-1914)

Sara Calvo Medina
(1862-1918)

Mª Cristina
(1853-1890)

Ignacio Ugarte
(¿-?)

Fernando
(1882-1936)

Susana Muñoz
(1895-1940)

Manuel
(1915-1968)

Dolores
(1917-1975)

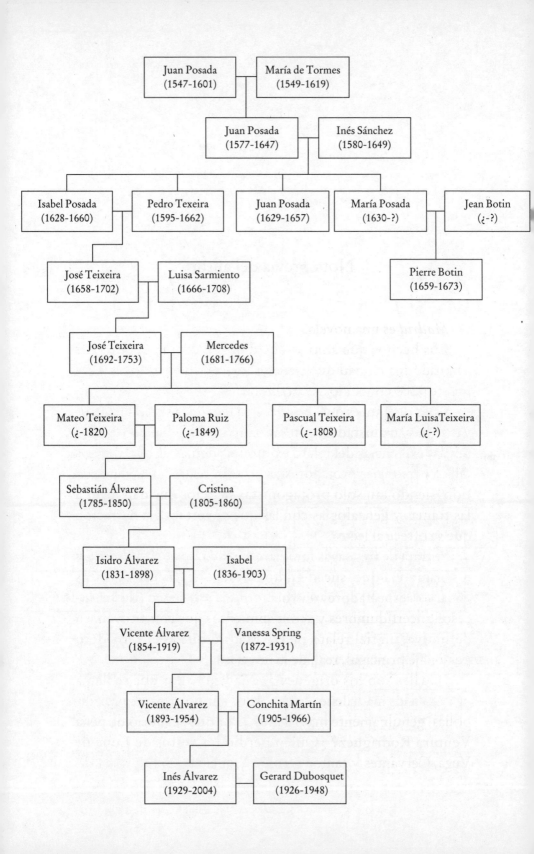

Nota previa del autor

Madrid es una novela.

Los hechos que aquí se cuentan configuran el relato de Madrid, una ciudad que tiene un extraordinario, y generalmente poco conocido, relato literario.

Cosa distinta es que, por necesidades de la ficción narrativa, se hayan ajustado o alterado algunos hechos, obligados por las exigencias del relato expuesto, además de que algunos de los personajes protagonistas no sean reales, ni hayan existido, siendo tan solo protagonistas ficticios que dan lugar a las tramas y genealogías con las que se vertebra la narración que se ofrece al lector.

Se trata de tres sagas familiares, los Vázquez, los Posada y los Tarazona que, sucediéndose durante casi cuatrocientos años, son espectadores o protagonistas novelescos de los sucesos, incertidumbres y acontecimientos que constituyen, en definitiva, un fiel relato de ese Madrid que es el verdadero personaje principal, real, de la novela.

¿Cuáles son los orígenes de Madrid? ¿Por qué se llama «gatos» a los madrileños? ¿De dónde surgió el insulto de gilipollas, genuinamente madrileño? ¿Por qué se murió de pena Ventura Rodríguez? ¿Quién perdió los restos de Lope de Vega, Cervantes y tantos otros? ¿Y qué pasó con los de Goya? ¿Quién y para qué se construyó el Retiro? ¿Se conoció al autor del incendio del viejo Real Alcázar? ¿Quién fue el primer alcalde de Madrid elegido por los vecinos? ¿Cuál es la razón por los que nunca se miran los leones de La Cibeles? ¿Por qué se toman las doce uvas de Nochevieja ante el reloj de la Puerta del Sol? ¿En dónde estaba el quinto pino? ¿Fue Madrid un instrumento de poder de los sucesivos reyes de España?

Estas y otras muchas preguntas irán respondiéndose en el transcurso de estas páginas. Porque Madrid no es sólo un paisaje, sino un personaje literario con componentes épicos y con multitud de costumbres tradicionales acunadas por miles de manos llegadas de todos los puntos de la geografía española, y aún de más allá. Por eso, siendo de todos, Madrid nunca fue de nadie. De ahí su grandeza y su sencillez, su orgullo y su humildad, su paciencia y su carácter revolucionario y de resistencia ante cualquier imposición que rebasara los límites de su paciencia. Siendo cosmopolita, abierta y acogedora, también fue altiva y gozó siempre de una generosidad no siempre comprendida, así como de una dignidad que nunca permitió que se la arrebatasen.

Con todos estos mimbres Madrid se construyó una nave con la que atravesó los océanos del tiempo. Y ahora lo que el lector tiene en sus manos es un relato, una novela que se salpica de acontecimientos ficticios fácilmente identificables, aunque el resto de cuanto se narra es verídico, histórico.

Por ello, esta es la vida de Madrid, en realidad. Su travesía. Su relato. Su historia.

Aunque a veces, por increíble, sorprendente o maravillosa, no lo parezca.

Prefacio

Desde la promulgación de la Carta de Población del *Vicus Sancti Martini*, concedida por Alfonso VII el 14 de julio de 1126, Madrid tiene la consideración de ciudad. En dicha carta real se especificaba que la nueva villa se constituía en un ente dependiente administrativamente del abad de Santo Domingo de Silos y del prior de San Martín, de Madrid:

> [...] *populetis vicum Sancti Martini de Maidrit, secundum forum Burgi Sancti D(omi) nici vel Sancti Facundi* [...]

Dicha carta fue la confirmación de una concesión anterior otorgada por el rey Alfonso VI, tras la conquista de Toledo, en el año 1085. El documento real ordenaba que quienes se estableciesen en la nueva ciudad se considerarían vasallos del abad y del prior, sin poder construir, derribar, vender o enajenar edificio alguno sin el permiso de ambos regidores. Se trató, en definitiva, de un acto jurídico fundacional que permitía poblar el arrabal de San Martín conforme a los dictados del Fuero de Sahagún.

La fundación del núcleo urbano de Madrid, no obstante, es muy anterior. Se debe al emir de Córdoba Muhammad I, de la dinastía de los Omeya, que erigió su Alcázar en torno al año 850 de nuestra era (852 según unas fuentes, 856 según otras).

Quizás ahí se encuentre el verdadero origen de Madrid.

O tal vez no; acaso habría que acudir a diversas leyendas existentes y remontarse varios miles de años atrás para conocer el verdadero inicio de su viaje a través de la Historia.

Quién sabe.

1

La ciudad de los hombres sin patria

Junio de 1565

El anciano fue tambaleándose a abrir la puerta de la muralla orientada al este mientras el cielo empezaba a teñirse de unas luces blancas que anunciaban un día que, otra vez, nacía despejado y que antes del mediodía haría calor, como lo venía haciendo desde principios de mayo. El viejo resopló hastiado, como si de esa manera se anticipara a lo que iba a suceder.

La puerta se dejó mecer y doblar sin un quejido de goznes. Abierta, ya no era visible el dibujo de un sol que algún pintor había plasmado en una de sus hojas muchos años atrás, perfiles que apenas se veían ahora por lo descolorido de sus aceites amarillentos corridos por lustros de lluvias, vientos y nevadas efímeras. Pero aquel pintor, muerto prematuramente, nunca llegó a saber que gracias a aquel sol dibujado, a aquella obra pictórica, el pueblo de Madrid denominaba desde entonces a aquella entrada como la Puerta del Sol. Y, aunque lo hubiera llegado a saber, sus colegas artistas no hubieran consentido el agravio y una conspiración de envidias se habría conjurado para asegurar que la denominación popular de «Puerta del Sol» respondía en exclusiva a su disposición geográfica, de modo que todos los amaneceres, al ser abierta, dejaba ver el oriente, y en él el nacimiento del astro rey: de ahí su denominación.

La rivalidad y los celos nunca habrían aceptado que hubiera otro motivo para ser llamada así.

Pero, fuera una u otra la razón del origen de su denominación popular, lo que al anciano le preocupó aquella mañana, como todas las anteriores, era cuántos viajeros esperarían su apertura para entrar en Madrid y asentarse en la ciudad. Desde que el rey don Felipe II había trasladado su Corte desde Toledo (por capricho de la reina o por el clima húmedo que supuraba el río Tajo) y se había instalado de manera definitiva en el Alcázar, en el mes de mayo de 1561, no habían dejado de llegar gentes de todos los reinos, ciudades, villas, pueblos y aldeas, y Madrid, ya de por sí abigarrada por una población que excedía sus posibilidades de abastecimiento, no dejaba de crecer día tras día, convirtiéndose en una ciudad incómoda que nada tenía que ver con los tiempos antiguos en los que el anciano había pasado confortablemente la vida.

Levantó la mirada y la fijó en el exterior. Se cubrió las cejas con una mano a modo de tejadillo para evitar ser deslumbrado por el sol recién nacido y, guiñando unos ojos también cansados por el peso de la edad, repasó a quienes, de pie o todavía incorporándose al otro lado de la muralla, se aprestaban a entrar.

Aquel día tampoco eran pocos, pensó. No sabía contar más allá de las sumas que alcanzaba con los dedos de sus manos, pero calculó que necesitaría tres veces sus diez dedos, por lo menos, para contar quiénes incrementarían en esa jornada el censo de la ciudad, sólo por aquella puerta del este. Luego se dio la vuelta y dejó que los jóvenes apresurados le adelantaran, que los niños le hicieran tambalearse con sus carreras alocadas, que las mujeres se adentraran en la villa cargando sus fardos y que los hombres, acarreando bultos a la espalda, condujeran con un cayado algunas ovejas, cabras, vacas o asnos con los que habían viajado desde sus lugares de origen, mirándolo todo como si trataran de descubrir a simple vista y en un instante el rincón más apropiado para sembrar sus enseres y asentar sus nuevas raíces.

Uno, dos, tres, cuatro, cinco, seis... No contó más. Por aquella puerta sólo cabían dos carros a la vez, incluso con alguna dificultad, y observó resignado que eran muchos más los que iban adentrándose en el empedrado que daba fin al arroyo del Arenal y a una Calle Mayor ya edificada en los traseros de la iglesia de San Ginés. La explanada era un ancho solar pavimentado, rodeado de casas de una sola planta, y daba la bienvenida a Madrid para quienes elegían esa puerta de entrada en lugar de hacerlo por las de Toledo, Guadalajara, Segovia, Atocha o cualquier otra. El anciano, cabizbajo, sin prisa, resignado, se dejó adelantar por la algarabía de la procesión de los recién llegados y, con idéntica calma, entró en el camino del Arenal para desayunarse una taza de aloja en uno de los mesones del arrabal, a la altura de San Ginés.

En apenas cuatro años Madrid se había convertido en una villa hacia la que todos volvieron sus ojos y en la que miles de personas provenientes de todas partes habían depositado la esperanza de ver cumplidos sus deseos de labrarse en ella un futuro. La Corte y el Consejo de Castilla habían obrado el milagro, y lo más inquietante era que semejante atracción no había hecho nada más que empezar.

Aquel día de junio de 1565 también llegaron a Madrid unos curiosos forasteros que abrigaban las mismas ilusiones que los demás. Eran jóvenes, vestían con cierta pulcritud, considerando el largo viaje que habían realizado, y los cuatro, tan expectantes como esperanzados, se adentraron en la ciudad mirándolo todo pero sin gesticular, como si el asombro no fuera una de sus capacidades. María, la mujer de uno de ellos, Juan Posada, fue la única que inició algunos tímidos aspavientos y pronunció admiraciones altisonantes hasta que su marido y los otros dos jóvenes consideraron que lo más conveniente era contener la euforia de sus exclamaciones.

—Pedidle compostura a vuestra esposa, amigo Juan —reclamó Alonso Vázquez—. Que se vea que somos gente de bien.

—Y si no lo somos, al menos comportémonos como si en verdad lo fuéramos —sonrió Guzmán de Tarazona—. Que no se diga que los cómicos somos incultos cual latoneros —apostilló.

—Cierto, mujer —recriminó Juan a su esposa—. Aparentemos una pizca de solemnidad.

—Sí, sí, aparentaremos lo que deseéis, señores —replicó María de Tormes, desdeñosa—, pero lo primero es lo primero y yo estaré callada cuando me digáis en dónde vamos a aposentarnos. Que mucha apostura, mucha solemnidad, pero con el buen porte no se llenan las tripas y yo preciso de un cuarto techado y comer cuanto antes.

—La señora será servida de inmediato —aseguró Guzmán, con una sonrisa acompañada de una profunda reverencia.

Alonso, Guzmán, Juan y su esposa María habían coincidido noches atrás acampando en el camino de Alcalá y habían compartido los restos de las viandas que portaban en sus morrales. Una grata conversación, en la que coincidieron alborozados en que los tres eran cómicos y todos deseaban probar fortuna en la Corte, les convirtió en inseparables el resto del camino. María explicó que su marido, Juan Posada, se consideraba más juglar que cómico, porque su voz era agradable y tenía cierta facilidad para tañer el laúd, y Juan lo admitió sin dejar de añadir que un juglar tiene tanto de cómico como los experimentados en corrales y salones nobles, y que era de la opinión de que los tres, unidos, tendrían mejor destino y más porvenir que buscándolo por separado, porque empezaban a ponerse de moda las compañías de teatro en la Corte y tal vez para ello deberían asociarse y acordar presentarse juntos a la hora de buscar trabajo en Madrid.

Alonso y Guzmán, asintiendo, lo admitieron de inmediato y se apresuraron a celebrar el encuentro. Y María, que nunca creyó en que aquel oficio de cómico fuera rentable para su esposo ni para ella, no se pronunció con palabra alguna, manteniendo un silencio que tanto podía significar lo mismo o lo contrario. En realidad, su marido nunca sabía qué pensamientos cruzaban por la cabeza de María hasta que ella los dejaba caer en la oscuridad de la medianoche con una contundencia incontestable y una variada floresta de argumentos que costaba esfuerzo no admitir, a fuerza de parecer sensatos y razonables nada más ser pronunciados.

—¿Conocéis a alguien en esta ciudad? —quiso saber Alonso mientras el grupo se dirigía por mitad de la explanada hacia el arroyo del Arenal.

—No —respondió Guzmán—. Yo sólo sé lo que me ha sido dado a conocer por un viajero francés que se detuvo dos noches en un mesón de Tarazona, de regreso a su país. Claro, que fiarse de un francés dicharachero es tan arriesgado como confiar en la mansedumbre de una mula vieja.

—¿Y qué es lo que dijo el viajero? —se interesó Alonso Vázquez.

—Pues, al decir del francés...

María interrumpió la conversación con una expresión agria.

—¡Dejémonos de cháchara y busquemos antes dónde alojarnos, por todos los santos! Tiempo habrá para charloteos...

—Bien, sea —aceptó Juan, conociendo la firmeza de carácter de su mujer y el tono de su voz cuando se irritaba—. ¿Os parece que busquemos en uno de esos mesones?

—Veamos —admitieron sus amigos.

Recontaron las monedas de sus bolsas, calcularon los días que podrían sobrevivir con sus exiguas fortunas y concluyeron que no tardarían mucho en verse obligados a la mendicidad si no encontraban pronto la manera de procurarse nuevos ingresos. Y tan preocupados estaban midiendo gastos, reunidos en mitad de la plaza, que no se dieron cuenta de que poco a poco se fueron instalando por todas partes cajones de venta de diversos productos alimenticios, frutas, verduras y pan, y otros negocios de las más diversas especies, desde ropa vieja a gorras, lazos, cuerdas y peluquines, en un mercadillo de baratijas que empezaba en el convento de la Victoria y se extendía por todo el solar con comercios ambulantes de buhoneros. Las voces de los vendedores y el tráfico de viandantes que acudían a comprar o se reunían con el fin de conversar en corrillos o ingerir un poco del brebaje de agua, miel y especias que servían los alojeros en tazas de cristal de dos asas, despertaron la curiosidad de los ensimismados recién llegados que cavilaban acerca del alcance de sus maravedíes. Hasta que María, con su solemne contundencia, aclaró:

—Mal podemos echar cuentas si no sabemos el precio de las cosas. Esta ciudad nos resulta desconocida por completo y vaya usted a saber cuánto vale un pedazo de pan o una simple pernocta.

—Cierto —admitieron los tres.

—Busquemos entonces mesón y conozcamos el verdadero alcance de nuestras bolsas.

—Ahí hay uno —indicó Guzmán—. Entremos a hablar con el mesonero. Si por nuestro aspecto no nos echa a puntapiés, no tendremos que seguir contando estrellas una noche más.

El puñado de maravedíes que sumaban las bolsas de los jóvenes forasteros fue disminuyendo y, a los pocos días, las monedas empezaron a ser contadas con el tiento de un avaro por María de Tormes, que se hizo cargo de administrarlas. Ninguno de ellos había cometido excesos de ninguna clase, todo lo contrario: en cuanto conocieron el precio de las cosas decidieron dormir en las salas colectivas de las posadas, en donde pasaban las noches sentados en bancos corridos de piedra con los brazos cruzados sobre cuerdas que, anudadas a argollas en los extremos de las paredes, permitían reposar la cabeza sobre ellos, con lo que al amanecer era necesario flexionar repetidamente la espalda para aliviar el dolor de la pernocta. En esas salas, en donde se alojaban hasta doce o catorce huéspedes, había un peine colgando del techo, atado por un cordel, que servía para el alisado de los cabellos de quienes habían dormido en ellas. Después, al salir de la posada, adonde no se podía regresar a las salas de dormir hasta la puesta del sol, el desayuno consistía en un vaso de agua fría después de una taza de leche caliente, un lujo al alcance de muy pocos madrileños, y sólo durante los primeros días tuvieron dinero para acompañarlo de unas tortas de harina, todo ello servido en el mostrador de un mesón próximo. A pesar de la humildad del refugio, y de la frugalidad con que se alimentaron durante los primeros días, el gasto de pasar la noche a cubierto y los días en las calles se fue llevando con rapidez los ahorros de aquellos nuevos madrileños.

Porque comer, comían poco. Todo lo más una hogaza de pan y unos pichones, o unos cuartos de gallina o un cocido de entrañas los días que se sentían más optimistas. Pero no les amargaba lo frugal de su alimentación: enseguida supieron que hasta el más noble señor comía lo mismo y, en días festivos, un guisadillo contundente acompañado de mucho ajo y azafrán. Y que el pescado apenas se consumía: sólo arenques, sardinas y bacalao en salazón, especialmente durante los días de la Cuaresma.

—¿Aquí no se come pescado? —se extrañó Alonso.

—Apenas —respondió un vecino que oyó la pregunta.

—¿Y a qué se debe, amigo?

—Vaya pregunta —replicó el madrileño—. Pues a qué va a ser. A que no es tan fácil su traslado a Madrid desde los mares.

—¿Tan dificultoso resulta?

—Mira el exquisito —se burló el paisano—. Sabed, señores, que a Madrid sólo llegan «besugos en invierno por la diligencia de las recuas que los traen cuando es el tiempo de ellos, pocos días antes y después de Navidad, et es uno de los mejores pescados é más sabrosos del mundo, puesto que dura pocos días. También llegan congrios frescos et de los otros salados vienen muchos et muy buenos, así congrios, atunes, pulpos et pescadas frescas, et sardinas et de otros; et vienen muchas truchas et salmones et muchas anguilas, et lampreas, et barbos, et otros pescados de ríos, et de abundancia se traen muchos de escabeches, lenguados, et acedías, et hostias, et sábalos salados».

—¿Ni siquiera a su majestad? —se extrañó Guzmán.

—Bueno, eso es harina de otro costal —cabeceó el vecino, que parecía muy enterado—. A la Casa Real, como es natural, llega el pescado en cuatro días, a caballo y viajando en las horas sin sol, cubierto de helechos y a veces de nieve de los pozos. Y sobre todo los que soportan mejor el viaje: los cangrejos, los besugos y las quisquillas...

—¡Vaya! —refunfuñó María—. No se cuida mal la Corte...

—No —asintió el extraño—. Y que conste que no hay noticias frecuentes de indisposiciones gástricas a cuenta de su estado. O sea, que llegan con buena salud para el real consumo.

—Grata noticia —concluyó Juan Posada.

Los amigos se quedaron en medio de la plaza dándole vueltas a lo que acababan de oír, asumiendo que no iba a ser ninguna clase de pescado un bocado al que tuvieran fácil acceso. Hasta que Guzmán sacudió la cabeza, como arrancándose tales pensamientos, y se dirigió a sus amigos con una sonrisa en los labios.

—¿A qué no sabéis de lo que me he enterado? —La sonrisa de Guzmán era ya descomunal y todos sabían que se regodearía con otra ocurrencia de las suyas.

—Tú siempre curioseándolo todo —replicó Juan—. A saber con qué nos sales ahora...

—No sé si le va a gustar a tu esposa —volvió a sonreír—. Pero esta mañana me he enterado de que es costumbre madrileña que a la mesa sólo se sienten los hombres. Las mujeres y los niños comen sobre un tapiz, en el suelo.

—¡Muy pronto voy a cambiar yo esas costumbres! —se adelantó María a replicar, sofocada, sin disimular su indignación—. Para empezar, esa afrenta no va con nosotros, ¿queda comprendido? ¿O he de decirlo más claro?

—No, mujer —se apresuró Juan a complacer a su esposa—. Nosotros no somos de ese pensar.

—Bueno, bueno, yo sólo informaba —se inhibió Guzmán, con ojos brillantes, risueños, y reprimiendo a duras penas su sonrisilla—. Si luego nos acusan de herejes, lo explicáis vosotros ante el Santo Oficio.

—¡Yo lo explicaré, pandilla de botarates, os lo aseguro! —Alzó la barbilla María—. ¡Mentecatos!

Los tres amigos se echaron a reír, viéndola tan encrespada.

—¡Y nosotros te acompañaremos, mujer! —Guzmán recobró la seriedad—. Pero lo que os digo es verdad, aunque os sorprenda.

—A mí, en esta ciudad, ya no me sorprende nada —comentó Alonso, y continuó rebañando los huesecillos de su pichón.

Madrid era un hervidero de caminantes y carros en un trajín de idas y venidas que contrastaba con los muchos vecinos desocupados que intercambiaban noticias de la Corte en esquinas y corrillos abiertos. Desde que Felipe II la eligió para establecerse, centenares de funcionarios, cortesanos y servidores del Real Alcázar se iban asentando en una ciudad que no estaba preparada para crecer tan vertiginosamente y, a pesar del desbarajuste, sus habitantes naturales, los pocos que podían ser considerados madrileños por nacimiento, se mostraban cordiales ante todo visitante que entrara por sus puertas, hospitalarios con los forasteros, serviciales con cuanta información les fuera solicitada y complacidos de ver crecer su ciudad cualquiera que fuera quien llegara hasta ella. Madrid, durante las decenas de años en que pasó de una población de doce mil vecinos a más de cien mil, aprendió a comportarse como una ciudad abierta, hospitalaria, amable y alegre, aunque también había quien aseguraba que aquel era un carácter grabado históricamente en los pliegues de su piel, en su amalgamada manera de ser romana, musulmana y cristiana; universal, en definitiva.

Lo primero que sorprendió a Guzmán, Alonso, Juan y María fue que muchas de las calles estaban en construcción y, no obstante, la incomodidad no irritaba a sus vecinos; que, por doquier, se levantaran edificios para viviendas, y la polvareda se recibiera como algo natural; que el desarrollo y trazado de vías y plazuelas se hiciera aparentemente al azar y, no obstante, después todo adquiría un cierto sentido según se iba culminando el desorden de las obras en hileras desdentadas y sin ninguna armonía, a primera vista caóticas; y, finalmente, que la convivencia entre nobles, hidalgos, ciudadanos y menesterosos, entre gentes de postín y soldadesca o vecinos cubiertos de harapos fuera tan cotidiana como carente de controversias o disputas. Los mercadillos atendían la demanda de necesidades alimenticias o de vestido, sin agobios; los buhoneros y latoneros satisfacían las peticiones de toda clase de enseres; los comerciantes empezaban a establecerse en las zonas más concurridas, a su albedrío, y los clérigos, aristócratas y letrados compartían el espacio público con soldados de fortuna y mendigos limosneros sin más precaución que la propia de quien conocía la abundancia de pícaros, ladronzuelos y pillastres que practicaban mejor su oficio si lo ejercían al descuido en las aglomeraciones urbanas.

Les fue sorprendiendo cuanto veían, pero en las numerosas conversaciones mantenidas con los vecinos fueron informados de que Madrid había sido así desde tiempo inmemorial. Desde que los romanos construyeron las primeras calzadas, y aun antes, y que ese comportamiento respondía a un hecho tan simple como que la ciudad siempre estuvo dispuesta y abierta a acoger a quienes lo desearan, de tal modo que pocos eran los naturales de ella, menos aún quienes tenían padres madrileños y escasísimos los que podían presumir de que sus abuelos habían nacido entre sus murallas.

—A nadie le importa de dónde llega un forastero, sino en todo caso si desea quedarse. Por ello consideramos tan madrileño a quien está como al que desde siempre estuvo. ¿Vos os quedaréis?

—Sí —coincidieron a la vez Alonso y Guzmán.

—En tal caso, ya sois madrileños. Nadie os preguntará si alguna vez fuisteis forasteros.

Alonso, Juan y Guzmán intercambiaron una mirada de asombro.

—O todo es mentira —sonrió Guzmán, incrédulo—, o aprieta bien las plantas en esta tierra, Alonso Vázquez, porque estamos pisando nuestro nuevo hogar.

No solo parecían ciertas aquellas palabras; pronto comprobaron que lo eran. Y así, durante los primeros años de estancia en Madrid, los cómicos no tuvieron dificultad alguna para sentir que formaban parte de un lugar al que, en realidad, acababan de llegar. De hecho, en una de las primeras conversaciones que mantuvieron acerca del modo de ganarse la vida, Guzmán de Tarazona relató por fin a sus amigos lo que había oído al viajero francés que tiempo atrás había pernoctado en su ciudad.

—Hace muy poco que nuestro señor el rey don Felipe y su Consejo, reunido en Palacio, han concedido licencia real para la creación de una cofradía denominada de la Sagrada Pasión.

—¿Y ello nos atañe? —quiso saber Juan.

—Nos atañe, sí —respondió Guzmán—. ¡Y tanto! Porque la licencia conlleva el privilegio de mantener un lugar donde representar comedias. Y nosotros, bueno, al menos yo, soy cómico. Porque vosotros, no sé, observando vuestro porte...

—Menos bromas, presumido Guzmán —consideró Alonso, intentando contrarrestar las burlas de su amigo—. Seamos serios. Porque una cofradía dedicada a la Sagrada Pasión no querrá contar con cómicos de nuestra calaña. Sus obras se representarán, a la fuerza, al servicio a Dios Nuestro Señor, y nosotros sólo hemos actuado en otra clase de comedias.

—Bah, bah... Poco importa eso —Guzmán mostró su indiferencia—. La condición impuesta por el rey es que habrá de destinarse, de sus ingresos, una sisa a fines de caridad, o sea, apenas una parte pequeña de la recaudación obtenida. Siendo así, poco importará a nadie la naturaleza de la obra representada si reporta buenos maravedíes para el diezmo eclesiástico. Confiad en mí, que aun siendo pobre reconozco el poder del resplandor del oro...

—De forma simple argumentáis, señor Guzmán —intervino María—. No tardarán los ministros de la Iglesia y el Santo Oficio en alzar la voz y decidir el repertorio a representar.

—Puede ser —admitió Guzmán—. Pero si nosotros estuviéramos allí para replicar..., qué remedio: replicaríamos.

—¿Qué queréis decir? —preguntó Juan Posada, intrigado.

—Bien sencillo. Que lo primero que debemos hacer es mostrar nuestra intención de ingresar como hermanos cofrades para formar parte de la santa Cofradía de la Sagrada Pasión y, una vez allí, tiempo sobrado tendremos para quejarnos del

escaso peculio caritativo y proponer a nuestros hermanos cofrades obras de mayor agrado popular que, sin dejar de servir
a Dios, sean también más propicias para recaudar más fondos
y, en consecuencia, aumentar los porcentajes destinados a sus
fines de amor al prójimo. ¿No os parece?

—Bien pensado está —admitieron los demás—. Está bien.
Intentemos hacerlo tal y como propones.

—Pues vamos y veamos cómo nos reciben en tan santa
cofradía. Que empiezo a sentir la llamada de las tripas y convendría no empapuzarse de cocidos ni sopas sin antes saber si
tendremos con qué pagar al mesonero. Estos madrileños serán todo lo acogedores que intuimos, desde luego, pero seguro que no son tontos ni regalan perdices.

—Un momento —intervino María—. ¿Y yo? ¿Qué será
de mí? Porque yo... ¿También podré ser cofrade y actriz?

—Siéndolo Juan, tu esposo...

—Ya, ya. Pero ¿y yo? Si se trata de ganar maravedíes, yo
también quiero jugar esa partida...

—Pues no sé —se rascó la nuca Guzmán—. Habría que
saber si las mujeres tienen licencia para el oficio de cómico.
¿La tienen?

—Averígualo tú —espetó María, apretando los ojos—.
Que bien que te enteras pronto de cuanto te interesa...

Alonso Vázquez era el más apuesto de los tres. Además,
poseía una voz grave y bien modulada que obligaba a volver
la cara de muchas damas al oír la música de sus palabras. Con
una elegancia natural, espigado y bien plantado, de cabellos
cuidados y sonrisa embaucadora, dominaba el arte de la se-
ducción y era muy capaz de rebajar el precio de una ristra de
chorizos o de un sombrero con el que cubrirse, lo mismo daba que el vendedor fuera un gañán de pocas palabras o una
verdulera adolescente de sangres revueltas. Vestía siempre de

igual manera, blusón, chaquetilla y polainas, y calzaba zapatos de madera y corcho con traviesa coronada por hebilla de plata. Daba igual que hiciera calor o acosara el frío, que amenazara lluvia o se levantara un vendaval. En invierno y en verano, y en las demás estaciones intermedias, nunca cambiaba de vestuario salvo por otro idéntico, respondiendo que carecía de frío o de calor, que su cuerpo era impermeable a los cambios de temperatura y que nunca supo, en su Aranda natal, distinguir entre lo que era el aguijoneo del frío o la calentura del sol estival.

Desde muy niño, Alonso, quiso ser cómico: una compañía ambulante que actuó en la plaza de su pueblo le inoculó el veneno y ya nunca pensó en dedicar su vida a otro oficio. Alonso Vázquez era, así, el encargado de buscar y obtener cualquier cosa que necesitaran sus amigos adquirir porque sabían que, haciéndolo él, no serían engañados ni resultaría gravosa la adquisición.

Su amigo Guzmán de Tarazona también deseó ser cómico desde que nació. En su caso era más natural porque su padre lo fue durante muchos años, hasta que la edad le confinó en el campo a realizar labores de era, y aun así no había festejo por la Navidad o fiesta de la Virgen en la que no se arrancara recitando un cantar o un largo poema épico, de los muchos que conocía. Desde siempre hizo a su hijo participar de la actuación, por lo que poco a poco Guzmán se acostumbró a recitar ante el público y con el tiempo sus interpretaciones llegaron a emocionar más que las de su propio padre. Un día oyó contar a un forastero francés que en Madrid se iban a conceder permisos para crear compañías de teatro, mediante Cédula Real, y no lo pensó. Al proponerlo en el hogar familiar, su padre le animó, su madre lloró y su hermano se alzó de hombros. Y así, con sus mejores ropas, inició el camino a la Corte.

Guzmán era tan joven como Alonso, pero no tan bien parecido. Su estatura era corta, su cabeza grande y sus andares sólidos, poco ágiles; pero dominaba el arte de dar emoción a su discurso y, sobre todo, gozaba de un deseo insaciable de aprender, de una memoria prodigiosa y de un humor atinado y perenne. Con una curiosidad desmedida, todo lo leía y todo lo aprendía, todo lo comprendía y todo lo razonaba, todo lo preguntaba. Y, además, dedicaba el tiempo libre a la lectura y a compilar conocimientos y saberes, llegando de ese modo a ser tan culto que resultaba inapropiado para lo que era: un simple cómico. Si no fuera por su sentido del humor, y porque se esforzaba por no ser tomado en serio, ni por los demás ni por él mismo, hubieran resultado incómodas y fatigosas su compañía y sus interminables cháchara.

El tercero, Juan Posada, también era joven, y buen conversador, pero sólo cuando vencía una timidez que le hacía ruborizarse con frecuencia. Espigado, con los ojos muy juntos y los cabellos largos y finos enmarcando un rostro pequeño y paliducho, se hizo juglar al quedarse huérfano, de niño, cuando entró al servicio de un ciego y el hombre le obligó a cantarle canciones para entretener la sobremesa antes de llegar la hora de ir a dormir. El lazarillo Juan, obligado porque no tenía soldada, sino una cena caliente cada vez que entonaba una nueva canción, aprendía músicas distintas para satisfacer a su amo y llenarse las tripas, lo que pocas veces lograba, y a pesar de su timidez las cantaba sin rubor al estar defendido de ojos que lo observaran y de miradas que lo juzgasen.

El ciego murió y Juan descubrió en su hija, María de Tormes, el amor de los diecisiete años. Era una muchacha de carácter, morena y de mirada escrutadora, poco dada a la sonrisa y mucho al razonar, y eso fue lo que más apreció en ella. Porque siendo Juan de naturaleza indecisa, una mujer tan sensata y resuelta le complacía sobremanera. Desde entonces anduvieron juntos, se casaron y ella insistió en que el único futuro para ambos estaría cerca de la Corte. Y con las mismas se pusieron en viaje hacia Madrid.

Como Juan lo intuyó desde el primer momento, María de Tormes demostró ser a sus dieciocho años una mujer segura y atrevida, exigente y tenaz. No era de una belleza admirable, pero cuando se la conocía a fondo se apreciaba en ella un atractivo extraño, resultado de su carácter firme y de su seriedad ante las cosas importantes, a la vez que risueña y ocurrente cuando mediaba un vaso de vino y un momento de holganza. Juntos, Juan y María, se complementaban: a la timidez de él, ella respondía con su franqueza; a la escasa voluntad de Juan, se correspondía una férrea capacidad de decisión en María. No podría imaginarse pareja mejor sellada, unión más conveniente.

Por eso un día, de repente, y sin razón que lo justificara, tuvo una ocurrencia y espetó a su esposo:

—Pues yo también seré actriz. Nos vamos a Madrid.

Como habían calculado, no fueron rechazados como miembros de la Cofradía de la Sagrada Pasión sino recibidos con alborozo, más tratándose de cómicos que, desde el primer momento, mostraron su buen hacer. Y así, durante unos años, fueron participando de un modo cada vez más decisivo en los escenarios de los corrales y en la propia administración de la cofradía, en la que Juan, con ayuda de María, terminó ocupándose de las cuentas y Alonso, gracias a su excelente aspecto y buena voz, convirtiéndose en uno de los actores que protagonizaron más representaciones. Guzmán, por su parte, no perdió tiempo en aprender de cuantos libros y escritos cayeron en sus manos, simultaneando su vocación actoral con su afición por el saber. Y fue quien antes empezó a conocer el pasado y la historia de la ciudad a la que habían llegado.

—¿Sabéis que aquí se celebran aquelarres?

—No asustes a mi mujer, Guzmán —le recriminó Juan—. Que María es muy aprensiva...

—¡Es verdad! —aseguró Guzmán—. No os miento... Mirad, acabo de saber que aquí se celebran aquelarres de brujas y que esa es la razón de que muchas mujeres sean perseguidas por la Inquisición.

—¿Aquí dices? —preguntó Alonso—. ¿En esta misma calle?

—No, hombre —sonrió Guzmán—. Aquí no. Se suelen hacer en las tierras llamadas de Carabanchel, en sábado, por la noche, hasta bien entrada la madrugada. Las brujas sacrifican un macho cabrío al iniciar la reunión y las otras mujeres que participan en los rituales son hechiceras y algunas damas que pertenecen a familias distinguidas, no creáis... No son miserables ni mendigas...

—¿Y lo saben sus esposos?

—Tanto no he llegado a saber. —Alzó los hombros Guzmán—. Pero sus nombres son conocidos por muchos. A mí me han hablado de alguna de ellas: Milana, Espinaca, Cotovia, Garras de Diablo...

—¡Qué horror! —se escandalizó María—. Sus meros nombres me espantan...

—Pues la peor de todas, y la más conocida —añadió Guzmán—, es una mujer a la que se conoce como Lechuza. No te digo más que aseguran que llegó a embrujar con sus ojos al príncipe Carlos y al mismísimo don Juan de Austria.

—Bah. Habladurías... —se desentendió Alonso.

—Quizás —asintió Guzmán—. Pero los dos, el príncipe y el valido, declararon que tras beber una pócima de amor recetada por Lechuza sufrieron de largos sueños lujuriosos. Se sabe porque de inmediato lo pusieron en conocimiento de la Santa Inquisición.

—¿Y la tal Lechuza fue quemada después en una pira? —preguntó Juan, intrigado.

—No tanto. El rey se limitó a ordenar cárcel y abstinencia. Me han asegurado que todavía continúa presa.

—¡Y bien merecido lo tiene! —concluyó María, enervada.

—Mujer... —se compadeció Guzmán—. Tal vez las culpas habría que repartirlas entre quien fabricó la pócima y quienes la solicitaron.

—Pues mira, también es verdad —admitió Alonso.

Aquellos fueron buenos años para todos ellos. Con las monedas que percibían por su trabajo pudieron instalarse en casas nuevas de las que se iban levantando tras derribarse el muro de la Puerta del Sol y pavimentarse la Calle Mayor, que se adecentó para servir de lugar donde difundir los pregones del Concejo, unas casas que se construyeron tras el convento de San Ginés, a la izquierda del arroyo del Arenal y que formaron un núcleo urbanístico de población que se extendía hasta las cercanías del Postigo de San Martín, pasando por el solar que resguardaba la Puerta del Sol.

Allí construyeron sus hogares Alonso, Guzmán y Juan con María, y más tarde Clara, al contraer matrimonio con Guzmán en 1569, el mismo año en que entró en Madrid doña Ana de Austria, la esposa de Felipe II, y un mes después de que la monja Teresa de Jesús eligiera la ciudad para descansar durante un largo periodo de tiempo y continuar en la propia Corte su labor de expansión de la orden religiosa que estaba fundando en todos los reinos de España.

—¿La amas, Guzmán?

—Con tal de que ella me ame a mí... Con esta cara que me adorna, bastante tengo que agradecerle...

—Pero dime, en serio, ¿tú la amas?

—También. Por eso la desposo.

—Es una joven encantadora —afirmó María.

—Lo sé —admitió Guzmán—. Sus encantos son notables...

—Y es la hija de nuestro gran maestre —intervino Alonso—. Será un buen negocio para todos.

—¡El amor no debe saber de negocios, Alonso! —protestó María, recriminando sus palabras—. ¡Sólo ha de importar que Guzmán y Clara estén enamorados!

—Por supuesto, por supuesto —replicó Alonso—. Pero por mucho que luzca la caballería nunca hay que despreciar el carruaje que va tirado por un hermoso corcel.

—¿Corcel? ¿Comparas a Clara con un vulgar caballo?

—Es una forma de hablar, mujer —intercedió Juan—. No te arrebates...

—¡Tus amigos! ¡Así son tus amigos! ¡Y tú eres igual que ellos! Con tal de defenderlos...

Clara era la hija menor del gran maestre de la Cofradía de la Sagrada Pasión y muy pronto mostró sus preferencias por el estudioso Guzmán, a quien no le pasaron desapercibidas la discreción, prudencia y gracia de la muchacha, así como su sinceridad a la hora de no ocultar su predisposición al amor. De buen carácter y sencillez, era menuda, de cabello negro y ojos vivos, sonrientes. Nunca pedía atenciones, era ella quien se esmeraba en procurarlas y Guzmán supo que no encontraría esposa mejor. Por eso venció los reparos del compromiso, las muchas tentaciones de la ciudad, los agradables halagos de las damas nobles y plebeyas a su trabajo de interpretación y se atrevió a solicitar su mano, sin interés en la dote.

La suya fue una boda sencilla celebrada en la parroquia de San Martín, en la que al principio todo fueron parabienes y luego mofas continuas hacia Alonso Vázquez, al que sus amigos incitaron para que tomara nota y cundiera el ejemplo, para que abandonara su soltería por mucho que tal estado le proporcionara frecuentes episodios galantes entre las jóvenes admiradoras de su trabajo y aún más de su indudable atractivo, que en ocasiones llenaba la boca de aguas y miel en más de una adolescente.

De aquellos tiempos reposados tan solo se volvieron incómodos los meses de 1567 en que, tras la constitución de la Cofradía de Nuestra Señora de la Soledad, la compañía recién nacida se enredó en un pleito con la Cofradía de la Sagrada Pasión por ver cuál de las dos recibía mayores y mejores privilegios reales. El conflicto, aunque amenazaba con extenderse en el tiempo, acabó pronto por el buen hacer de Juan Posada y por el tacto diplomático de su intermediación al convencer a las dos partes de que la coexistencia amistosa de ambas cofradías aseguraba el bienestar general y aumentaba los beneficios de todos si se avenían a compartir los corrales de comedias y ampliar sus funciones y repertorio. A partir de entonces, una vez puestos de acuerdo los litigantes y dada por todos la conformidad, y durante muchos años, las dos cofradías vieron crecer su prestigio y su popularidad, mientras los elencos y las representaciones se iban renovando con la llegada de nuevos cómicos y el estreno de obras de teatro muy celebradas, incluidas las de un joven y prometedor dramaturgo, Félix Lope de Vega y Carpio, que, habiendo nacido en Madrid en 1562 y acercándose ya a los cuarenta años, empezaba a ser un autor tan controvertido y recriminado por sus andanzas privadas como reconocido por la genialidad de su pluma.

Para dar comienzo a sus nuevos cometidos, la gran cofradía arrendó en 1574 los patios traseros de una casa ubicada en la calle del Sol y luego otros dos corrales situados en sendas casas de la calle del Príncipe, perteneciente el primero a don Nicolás Burguillos y el segundo a doña Isabel de Pacheco. Eran los traspatios de dos casas particulares que constituían los espacios en los que, en otro tiempo, se resguardaban las bestias de carga, las gallinas y gansos y los caballos y yeguas destinadas a la monta o al arrastre de carruajes. Pero aquellos corrales convertidos en sedes para las representaciones teatrales se adecentaron y se vistieron con escenarios, acogiendo a los vecinos que acudían a divertirse siempre que se anunciara función. Cinco años después, en 1579, cuando los ingresos presagiaban buenas rentas, y viéndose que el porvenir del teatro en Madrid era más que una previsión optimista, se atrevieron a abandonar todos los antiguos corrales y las dos cofradías coincidieron en la conveniencia de adquirir un corral más grande en la calle de la Cruz.

Y todavía tres años después, más animosos aún, adquirieron un corral más amplio en la calle del Príncipe, de tal modo que cuando llegó el año de 1582 decidieron abandonar el resto de los corrales para primar los nuevos escenarios, dispuestos ya para acoger a una gran cantidad de público y a los muchos personajes principales de la ciudad que se aficionaron al teatro.

—Dejan las puertas hechas una pocilga.

—¿Quiénes?

—Los caballos y yeguas de los carruajes. A más espectadores, más heces de caballo. No hay día de función en que no conviertan las afueras del corral en un estercolero.

—¿Y eso es malo? Vienen a vernos, el pueblo y los cortesanos. ¿No te parece una gran noticia? ¡Cuanta más gente, más ganancia!

—Desde luego. Y más éxito.

—Pues eso. Mucha mierda. Y cada vez más. Eso es lo que necesitamos: mucha mierda.

Se engalanó, sobre todo, el Corral del Príncipe, que de esta forma, y de inmediato, se convirtió en una referencia para todos los madrileños que amaban las representaciones escénicas.

—Juan.

—Mmm...

—¿Duermes?

—No.

—Tengo que decirte una cosa...

—Mmm...

—Vamos a tener un hijo.

—¿Qué?

Juan dio un brinco en la cama y se volvió para mirar a María, que sonreía beatíficamente. Antes incluso de que pudiera abrazarla, María se lo preguntó:

—¿Estás contento?

—¿Contento? ¡Me haces feliz!

—Un hijo, Juan...

—Un hijo...

—O una hija. Tenemos que empezar a pensar en ello, Juan.

—Claro que sí.

—Y no sé si ese oficio de administrador de la cofradía asegurará su futuro.

—El trabajo me va bien, María. No pienses en ello.

—Pienso, Juan. Pienso. Y miro a mi alrededor. Son cientos, miles, los forasteros que llegan de continuo a Madrid.

—La ciudad crece, sí.

—Y muchos no tienen en dónde dormir, ni un lugar en el que alimentarse con el pan nuestro de cada día.

—Es verdad. Acuérdate de lo que nos pasó a nosotros mismos cuando, aquel día, entramos por la Puerta del Sol...

—A eso me refiero, Juan. Faltan mesones, posadas...

—Y cada vez serán más necesarios, sí. Pero no hablemos de ello. ¡Abrázame ahora, que te quiero estrechar junto a mí!

María se dejó abrazar y se mantuvo así, en silencio, durante un rato. Pero, al cabo, insistió:

—Tú vales para algo más que para administrar cómicos...

—No tengo otro menester.

—Porque no quieres, Juan. Bien fácil sería abrir una nueva posada para dar cobijo a los recién llegados...

—No alcanzan nuestros dineros, María.

—Trabajaríamos los dos...

—Ni aun así.

—Piensa en nuestro hijo, Juan. Sería la garantía de su futuro.

—Lo pensaré, te lo prometo —aceptó Juan, a pesar de lo insólito que le pareció el empeño de su mujer—. A ver si en un par de años logramos ahorrar y entonces...

—¿Me lo prometes?

—Claro que sí.

El resto de la noche fue de un plácido dormir de María y un insomnio preocupado de Juan. El de ella porque sabía que ya había inoculado el veneno de sus deseos y el tiempo se encargaría de hacerlos realidad; el de él porque sabía que, una vez más, su mujer tenía razón y tenía que buscar el modo de dársela con hechos, no sólo con palabras.

La historia del Corral del Príncipe se inició el 9 de febrero de 1582 con la compra de dos casas con corral. Allí, el 21 de septiembre del siguiente año de 1583, Alonso Vázquez y otro cómico llamado Juan de Ávila representaron su primera función, y ello sin que todavía se hubieran terminado de construir las gradas ni de enmarcar todas las ventanas; ni siquiera estar acabado el corredor. Pero era ya tan hermoso y bien armado el corral, asentado sobre cimientos de piedra y acondicionado con gradas para hombres, con noventa y cinco bancos portátiles, con salas de vestuario para los cómicos, corredores para las mujeres, múltiples aposentos y tantas ventanas con balcones de hierro, enrejadas o con celosías, y con un tablado extenso para representar, que fue la admiración de toda la ciudad de Madrid. Contaba también con canales maestros y tejados, y el patio fue empedrado para evitar polvaredas. Y todo él se cubrió con una vela para impedir el daño del sol, aunque aún no servía para defenderse por completo de las aguas en los días de lluvia.

Y mejoró aún más cuando en el año 1600, finalmente, se añadió un piso más al edificio, destinado a los funcionarios reales, obra que se completó más tarde con dos nuevos pisos de palcos laterales.

Por lo general, en las obras sólo actuaban hombres, que representaban a hombres. Pero en alguna ocasión subió una mujer al escenario y la Junta de Reformaciones, de carácter moral, se escandalizó por ello de tal modo que el 6 de junio de 1586 declaró mediante edicto que aquella situación era insostenible por lo que advirtió «á todas las personas que tienen compañias de representaziones no traigan en ellas para representar ningun personaje muger ninguna, so pena de zinco años de destierro del reyno y de cada 100.000 maravedis para la Camara de Su Majestad». Una orden que, por otra parte, no fue atendida, y menos aún cuando en noviembre del año siguiente se produjo una petición de la compañía de Los Confidentes, presentada al Consejo de Castilla, en Madrid, por la que solicitaban licencia para poder representar en el corral del Príncipe con las actrices que llevaban en la compañía, alegando que «las comedias que traen para representar no se podrán hacer sin que las mugeres que en su compañía traen las representen, y porque demas de que en tener esta licencia no se recibe daño de nadie antes mucho aumento de limosna para los pobres». El Concejo, comprendiendo las razones y atendiendo a los mayores ingresos que la aceptación de la petición supondría para todos, decretó por licencia el 18 de noviembre de 1587, tras haber solicitado el día anterior que se comprobase que las mujeres eran casadas y que iban acompañadas de sus maridos, la autorización. La licencia condicionaba dicho permiso a dos requisitos: que las actrices debían representar «en hábito y vestido de muger y no de hombre, y con que de aquí adelante tampoco pueda representar ningún muchacho vestido como muger».

Previamente, un grupo de actrices habían elevado una protesta al Concejo por las dificultades que ciertos clérigos y algunas mujeres devotas oponían a su oficio, de tal modo que el 20 de marzo de 1587 presentaron un memorial con esa demanda al Concejo un total de catorce actrices, encabezadas por Mariana Vaca y Mariana de la O, con el asesoramiento de Juan Posada y de su mujer María de Tormes. Fue el primer escrito de la historia de Madrid en que unas actrices protestaban, como profesionales y en su propio nombre, y defendían su derecho a permanecer en los escenarios, solicitando la supresión inmediata de la prohibición impuesta en 1586. Las mujeres que suscribieron el memorial dijeron ser todas casadas y esgrimieron distintos argumentos morales contra el hecho de que los hombres tuvieran que disfrazarse de mujeres, confundiendo al espectador y provocando deseos impuros e insanos. De hecho todas ellas estaban actuando en las obras que se representaban y no por ello ninguna autoridad se lo reprochó ni prohibió, pero esa realidad, esa tolerancia, no les arredró a la hora de reclamar su derecho a ejercer el oficio legalmente: querían ejercerlo, pero no contravenir las normas de la Junta.

Así, la incorporación de las mujeres al oficio de actrices fue creciendo en los corrales de Madrid, pero debían estar casadas y no podían representar papeles masculinos para que fuera permitido. Había otras excepciones, como las que afectaban a las hijas de los comediantes, autorizadas a ser actrices por los hechos consumados y por algunos decretos que después se fueron aprobando, siempre que, según lo acordado, lo hicieran bajo la tutela de sus padres y en la misma obra que aquellos interpretasen.

No era frecuente, sin embargo, que las mujeres se dedicaran al oficio de actrices, más por tradición que por prohibición oficial. Pero poco a poco, y si cumplían las normas, su presencia fue cada vez más apreciada y reconocida.

María, a la menor ocasión, seguía insistiendo a Juan en que lo del teatro era un oficio sin futuro, contraponiéndolo a la cantidad de forasteros que día a día llegaban a Madrid y carecían de lugar donde cobijarse. Para ilustrarle de cuanto decía, solía llevar a pasear a su esposo por las gradas de San Felipe el Real, bajo el monasterio de Agustinos Calzados del mismo nombre, fundado en el año de 1546 por bula del papa Paulo III bajo iniciativa del provincial de la orden fray Alonso de Madrid, con la oposición del arzobispo de Toledo, Juan Martínez Silíceo, y la opinión favorable del entonces príncipe Felipe y luego rey Felipe II, que daría nombre al convento. Porque el arzobispo alegaba que ya existían en Madrid dos conventos que vivían de las limosnas, el de Nuestra Señora de Atocha y el de San Francisco, y que ningún otro hacía falta, pero fray Alonso fue más tozudo y a la larga se salió con la suya.

A María le gustaba pasear por aquellas gradas con barandilla que abrigaban una lonja delante de su fachada principal con vistas a la Calle Mayor y a la Puerta del Sol, «las gradas de San Felipe», o «las covachuelas», llamadas así por las tiendas de libros y de juguetes que con el tiempo se fueron instalando en ellas. Desde allí, ella y su esposo contemplaban la gran cantidad de madrileños que iban y venían, y María no dejaba de repetir que alguien tenía que buscar un lugar donde alojarlos, y se preguntaba por qué no podían ser ellos mismos. Y era verdad: las gradas de San Felipe se abigarraban de vecinos, unos para pasear, otros para entretenerse y muchos para reunirse en el mentidero allí existente y compartir noticias y rumores. Y una multitud de ellos, vagabundos y desocupados, dándole vueltas a dónde dirigirse para pasar la noche a cubierto, protegidos de las inclemencias del tiempo.

Aquel, situado en la confluencia de la Calle Mayor con la Puerta del Sol, era un mentidero muy concurrido; uno de los más importantes de Madrid, sin duda, porque allí se reunían compradores, soldados y escritores, entre ellos Cervantes, Lope de Vega, Góngora, Quevedo, Calderón y muchos más. Y también todo tipo de gente desocupada que entretenía las horas en el arte de cotillear y propagar rumores o noticias. Al principio fue un mentidero limitado a los soldados licenciados o a la espera de destino, pero muy pronto se hizo famoso por las exageraciones pomposas y las extravagantes fantasías que en él se contaban y se oían, tan escandalosas que, atraído por las fanfarronadas, la vida de la milicia y sus hazañas verdaderas o inventadas, hasta el propio Cervantes lo frecuentó, reflejando después su ambiente en varias de sus obras. El mentidero de San Felipe el Real, así, fue testigo y altavoz de importantes sucesos que conmocionaron la vida madrileña del siglo XVII, entre ellos el asesinato del conde de Villamediana, una muerte que dio lugar a toda clase de insidias, rumores y especulaciones y que nunca llegó a esclarecerse en su totalidad.

—¿Pensaste en lo que hablamos, Juan?

—Lo pensé.

—¿Y te has decidido?

—Necesito un poco más de tiempo.

—Cada noche que pasa, una nueva familia duerme al raso...

—No me atosigues, mujer. Pronto. Te diré algo muy pronto.

En aquel monasterio de San Felipe el Real, también, se fundó el primer Colegio de Abogados de Madrid por iniciativa y bajo la presidencia del doctor don Ascensio López. Fue un 13 de agosto de 1595, y treinta y siete fueron los letrados que lo constituyeron. Tras recibir la conformidad del Consejo de Castilla, el rey aprobó su existencia siete meses después, el 31 de marzo de 1596. Fue la continuación de la Congregación de Abogados de Corte y Consejo de Su Majestad.

Cerca del monasterio, el arquitecto Juan de Herrera había construido unos años antes el puente de Segovia, en 1582, y todavía un año antes, en 1581, inició la reforma de la plaza del Arrabal, para pasar a denominarse Plaza Mayor, por indicación del corregidor Luis Gaitán de Ayala. Fueron años de construcciones y demoliciones, de reordenamiento de la ciudad, de búsqueda de soluciones apresuradas para su incontrolado, e incontrolable, crecimiento.

El primer intento de regular el desmedido desarrollo de la villa fue la creación de la Junta de Policía y Ornato, en 1590, que hizo cuanto pudo, sin mucho éxito. Pero, sobre todo, 1590 fue el año de la división civil de Madrid en cuarteles. Con anterioridad, y como en otras grandes ciudades de la Edad Media, Madrid se organizaba administrativamente en parroquias o collaciones, creándose en el año 1202 las primeras diez parroquias, que los Reyes Católicos ampliaron a doce y Felipe II a trece.

Fue en ese año cuando el corregidor Gaitán encargó a su arquitecto Pedro Tamayo que dividiera de otro modo la Villa, y Tamayo proyectó seis cuarteles que partían de forma radial desde la Plaza Mayor. Sus nombres eran los de los edificios más notables que albergaban cada uno de ellos. Así permaneció Madrid hasta 1770, cuando su división fue en ocho cuarteles con ocho barrios cada uno de ellos. En 1802 pasaron a ser diez los cuarteles; luego, en 1835 su denominación pasó a ser «comisaría», y en 1840, «distrito». Los dos grandes cuarteles, Norte y Sur, finalmente contaron con doce distritos y ochenta y nueve barrios, división que se estableció tomando como referencia la calle de Alcalá y la Plaza Mayor.

Una plaza que, precisamente en aquel año de 1591, inauguró la Casa de la Panadería como cimiento arquitectónico de lo que de inmediato empezó a ser la mejor plaza de Madrid: la Plaza Mayor.

Años, con todo, que concedieron una vida sosegada a Alonso, Guzmán, Juan y María en una ciudad que no dejó de crecer ni en edificios ni en población, hasta el punto que el Concejo se veía obligado de continuo a dictar diversas órdenes y a comisionar a diferentes funcionarios y peritos para que regulasen, prohibiesen y ordenasen los tránsitos y el crecimiento del número de vecinos, así como la seguridad de las nuevas edificaciones y el desarrollo comercial de Madrid.

Hasta la Casa de Campo tuvo necesidad perentoria de ser ordenada. Unos campos que Felipe II quiso convertir en jardines y cotos de caza a su llegada a Madrid, los terrenos que veía desde el Alcázar pertenecientes a la poderosa familia Vargas, los amos a quienes sirvió san Isidro, y de los que el rey logró hacerse con algunas de sus tierras.

Gracias a ello los reyes, desde 1562, tuvieron un nuevo Real Sitio para pasear, montar a caballo o ir de caza, y para mejorarlo encomendaron al arquitecto Juan Bautista de Toledo que reformara el palacete de los Vargas, sin grandes lujos por causa del paupérrimo estado de las finanzas reales, y el diseñador optó por una solución barata: un paso de transición entre el palacio y el jardín, la galería de las Grutas. Luego, el jardinero Jerónimo de Algora diseñó unos jardines al estilo de las villas renacentistas italianas, manteniendo el sistema de setos geométricos, típico de la jardinería española, y todo ello se complementó con jardines dedicados a plantas aromáticas, con varias fuentes y con unos cuantos estanques: unos para pasear en barca, otros para patinar en invierno y algunos para criar peces. Pero en aquel momento, aquel sitio de recreo real tenía que ser atendido por el Concejo municipal, porque desde Palacio no llegaban los fondos necesarios.

Fueron, en definitiva, años en los que oleadas de forasteros acudieron a la ciudad para asentarse en ella, miles de ellos al servicio de la Corte y otros miles al cobijo de ella, aprestándose toda la población al abastecimiento necesario de los nuevos vecinos, cada vez más abundantes, que exigían ser atendidos en comercio y servicios. Años, en fin, en los que Madrid se convirtió una vez más en la ciudad de los hombres sin patria, como significaba su denominación, y el destino de cuantos buscaban la prosperidad y deseaban encontrarla en una ciudad que no sólo era residencia de la Corte de España, sino un lugar en el que nadie hacía preguntas porque nadie podría responderlas si se las hiciese a sí mismo.

Madrid fue el destino deseado por muchos para cumplir sus anhelos. Y a Madrid le costó mucho satisfacer tanto deseo.

2

Madrid

Enero de 1601

—A eso me refiero, Juan. Faltan mesones, posadas...

—Que sí, María, que ya lo sé. Lo pensaré, te lo prometo —aceptó Juan por enésima vez.

El 11 de enero de 1601 el primer rey que nació en Madrid, el presumido y piadoso Felipe III, tomó la decisión de trasladar la Corte a la ciudad de Valladolid. Tal vez fuera por un capricho personal; o por la influencia que sobre él ejercía su valido, el vallisoletano duque de Lerma; o por capricho de su secretario don Rodrigo Calderón... A saber. Pero el hecho fue que durante cinco años, hasta su regreso en 1606, Madrid no fue sede de la Corte, aunque ello no impidiera que continuara sin cesar su desmesurado crecimiento.

Los caprichos reales siempre traen consecuencias. Por no remontarse demasiado en el tiempo, el traslado de la Corte de Toledo a Madrid, por Felipe II, se dice que se debió a los deseos y peticiones perseverantes de su esposa, Isabel de Valois, que se quejaba de la humedad del Tajo y de lo encrespado de la ciudad, aunque esos rumores quizá no fueran ciertos si es ajustado considerar que al rey le importaba más disponer de un buen palacio que asentarse en una u otra ciudad, porque antes de trasladarse a Madrid adquirió grandes terrenos junto al Alcázar, como el Campo del Moro, las huertas de la Priora y otras parcelas y predios adyacentes. Incluso prestó oídos a Pérez Herrera sobre la posibilidad de cambiar el nombre de Madrid por otro que se derivara del nombre propio del rey.

Así es que Madrid fue Corte por capricho, como luego lo fue Valladolid y luego otra vez Madrid, adonde se trasladó de inmediato el Consejo de Castilla, el Consejo de Estado, el Consejo de Aragón, las Órdenes Militares, la Inquisición y los cuerpos diplomáticos.

Para esos tiempos, las vidas de Alonso Vázquez, Guzmán de Tarazona, Juan Posada y María de Tormes habían cambiado mucho. El único que continuaba ejerciendo su oficio de cómico era Alonso, y con tanto éxito que se convirtió en el más célebre actor de su tiempo, protagonizando la mayor parte de las comedias que se estrenaban en el Corral del Príncipe. Pero, aun siendo cómico y popular, con los años rindió su libertina espada y tomó por esposa, noble por más señas, a la hija de los duques de Villarrobles, Teresa, una muchacha menor de edad que se encaprichó de un actor que le doblaba en edad y a la que su padre no quiso negarle nada. Se casaron en 1585, el año en que se aprobaron las primeras ordenanzas del Concejo madrileño, unas directrices para la Corte que Madrid estaba reclamando a gritos. Y antes de transcurridos cinco años Teresa ya había dado a luz tres hijos, dos varones y una niña a la que se bautizó con el nombre de Clara en honor a la esposa de Guzmán.

—¿Me permitirás que sea su madrina? —se entusiasmó Clara.

—¡Por supuesto que sí! Y no sabes cómo te lo agradezco. Y que tú seas el padrino, mi querido amigo Guzmán.

—No hay razón para no aceptarlo —asintió él—. Me esmeraré en cuanto sea menester en la educación de tu hija, Alonso.

—Lo doy por sabido.

Y es que Guzmán había abandonado su oficio de actor muy pronto para ahondar en sus lecturas y estudios. Tan persistente fue en la ambición de saber, y tan contumaz en la avaricia de conocimientos, que pronto adquirió fama de conocedor de toda clase de materias, desde las legales a las morales, pasando por el dominio de saberes urbanísticos, astronómicos, físicos, matemáticos y protocolarios, al punto de que su valía llegó a conocimiento de los miembros del Concejo de Madrid y de inmediato fue requerido y asalariado para asistir a las muchas demandas que precisaba el crecimiento de la capital de la Corte.

El corregidor le encargó enseguida los estudios previos para la construcción de la Casa de la Panadería, un informe para los cimientos del convento de los Agustinos Recoletos que se levantó en las afueras de la ciudad, al este, y después los planos del primer Hospital General de la Villa, edificios erigidos en 1590, 1592 y 1596, respectivamente. Guzmán de Tarazona se convirtió, de este modo, en un imprescindible consulto al que todo preguntaban y de quien todos querían conocer la opinión, de manera que su parecer siempre juicioso y razonado despejaba las dudas que se pudieran presentar ante cualquier intervención pública del Concejo sobre la ciudad.

Siempre de buen humor y dado a la conversación amena, le divertía contar a sus amigos cosas curiosas, como las muchas supersticiones de los madrileños de su tiempo o de tiempos pasados.

—¿Hay muchas? —quiso saber María.

—Muchas.—Reía Guzmán—. ¿Sabes que si una mujer entra en una sacristía al amanecer mientras el cura se está ajustando el cordón, ciñendo su cíngulo, su hijo puede nacer con el cordón umbilical enroscado en el cuello?

—¿De verdad?

—Eso dicen —sonreía Guzmán.

—¿Y qué hay que hacer, si ocurre tal desgracia?

—Pues es sabido que sólo se conjura el maleficio si el padre roba algo al cura y lo quema en su casa, mientras se vierte vino blanco en un vaso y los esposos, a la vez, se frotan las manos con aceite.

—Uf. Menos mal —suspiró María—. Pensé que no habría remedio.

—Pero ¿cómo puedes creer en tales patrañas, mujer? —sonrió Guzmán—. Porque entonces también creerás, como aseguran, que nadie debe casarse en miércoles ni en los meses de mayo ni agosto.

—¡Pues claro! ¡Eso ya lo sé!

—¿De veras? ¿De veras lo crees?

—¡Naturalmente! Como también sé que si tienes una hija en edad casadera no puedes permitir que se consuman los troncos del hogar, que se apaguen los leños. Si llegaran a apagarse, los malos espíritus alejarían a los pretendientes...

—¡Ay, María! Tendré que hablar muy seriamente con tu esposo. Creo que Juan debe aclararte algunas cosas... Ni siquiera mi esposa, con lo que es Clara de ingenua para los inventos de la imaginación, cree en esas supercherías.

—Pues yo sí. ¡Si sabré lo que se dice por ahí!

—Eres una supersticiosa... —Rio Guzmán y abandonó la conversación, dejándola por imposible. Y a continuación dijo, antes de deshacerse en grandes carcajadas—: Y has de saber que ser supersticioso trae muy mala suerte...

—Pues no le veo la gracia. —María no entendía las sonoras risotadas—. De todos modos, no hay para tomárselo a broma. Deberíais saberlo en el Concejo.

—Lo sabemos —recuperó Guzmán un rictus más sereno—. En todas las Juntas se comentan estas bobadas.

—Creo que estáis en la luna...

—¡Qué va! Estamos ahí mismo, junto a Palacio...

Juan Posada, que estaba junto a su mujer, no pudo evitar reírse de la respuesta.

—Ahora eres tú el gracioso... Y tú también, esposo —cabeceó María, malhumorada. Y al cabo añadió—: A propósito, Guzmán, tú que tanto sabes... ¿En dónde estuvo el primer Concejo de la ciudad?

—¡Y yo qué sé! —replicó él, que esbozó una sonrisa burlona que compartió también su esposo, Juan—. ¿Cree la señora de Tormes que soy un legajo municipal?

—Uy, qué sensible está hoy el señor. —Ahora sí que sonrió abiertamente María—. Pero como no haces otra cosa que leer y leer cuanto cae en tu mano.

—Vamos, Guzmán... —intervino Juan—. No te enciendas y da réplica a mi mujer, que seguro que algo sabes...

—Yo... —titubeó Guzmán—, no me enciendo. Sólo que a tu esposa le gusta verme encolerizado y me pincha a toda hora con preguntas difíciles. Y esta vez no lo sé, a fe mía. Sólo he creído entender que hay una leyenda que cuenta que, allá por 1300, en su lecho de muerte, el arcipreste don José declaró delante de un notario que quería dejarle su casa a la primera persona que cruzara la puerta de la Vega, y quien primero tuvo la fortuna de cruzarla fue un pastor que conducía sus ovejas. Aquella casa era una vivienda en el camino de Segovia, con un escudo en el que figuraba un oso y un madroño y albergó desde el año 1309 al primer Concejo de la Villa. Antes había sido el estrado de un tribunal árabe del siglo XI y más tarde llegó a ser la Casa de la Moneda de Castilla. Ahora la llaman la Casa del Pastor.

—¿Ves como sí lo sabías, amigo Guzmán? —Juan asintió varias veces con la cabeza.

—Y es que lo que no sepa este hombre... —admiró María, antes de volver a sus labores.

A Guzmán sólo le sobrevivió un hijo de los cuatro que llegaron a nacer de su matrimonio con Clara, que se perdieron en los brazos de la peste de 1593. Y se mostró tan preciso en su educación y formación con su único hijo superviviente que Diego de Tarazona llegó a los dieciséis años perfectamente instruido para continuar sus estudios de filosofía, leyes y gramática, primero en el convento de los Agustinos Recoletos y más tarde en la Universidad Complutense, en la cercana ciudad de Alcalá.

Muy al contrario de la consideración formal que se le reconocía en público, Guzmán en privado nunca perdió su simpatía e ingenio, continuando en la intimidad con el despliegue de una fina ironía y un humor siempre envidiable. Ni siquiera la prematura muerte de sus hijos, que tanto consternaron a Clara, le modificó el carácter, de tal forma que las frecuentes veladas que compartía con sus amigos Juan y Alonso, sus esposas y, en ocasiones, sus respectivos hijos, se convertían en largos relatos de hechos que había conocido y que narraba como si de leyendas extraordinarias se trataran.

—A eso me refiero, Juan. Faltan mesones, posadas...

—Lo pensaré, te lo prometo —seguía aceptando Juan—. No persistas, mujer, tienes mi juramento.

Y tanta fue la insistencia de María, y tan débil la voluntad de su marido para contradecirle, que tal y como quiso ella finalmente Juan Posada abandonó también la administración de la Cofradía de la Sagrada Pasión y pidió licencia municipal para abrir una posada en un solar situado a la espalda de la Puerta del Sol, junto al Hospital de la Corte, en donde levantó una casa de huéspedes sin denominación a la que el matrimonio se mudó a vivir con su hijo, al que también bautizó con el nombre de Juan, el primer día de febrero de 1579. Un negocio que desde el principio resultó ser boyante, como aventuró María, y que les permitió, con los años, agrandarlo y construir un piso más, hasta completar un número de habitaciones superior a la quincena, además de contar con varias salas de pernocta colectiva.

Los tres amigos envejecían con el diluirse de los años, y sus esposas veían crecer a los hijos con una sensación agridulce: de felicidad por su buena salud y de tristeza porque pronto llegarían a dejarlos solos para decidir su propia vida. Pero continuaban juntos, compartían veladas y no pasaba día sin que, por un motivo u otro, se reunieran para repasar las novedades del día y los acontecimientos que iban transcurriendo en aquellos tiempos extraños a los que por hábito se fueron acostumbrando, hasta que dejaron de parecérselos.

Porque Madrid era un pensamiento que cambiaba de forma y de color con tanta prisa y voraz apetito que no había jornada en que no hubiera una noticia que reseñar y enjuiciar.

—El Concejo ha pedido hoy licencia al Alcázar para comprar carne en Salamanca y Segovia —informó Guzmán—. Apenas queda para abastecer a la ciudad.

—¿Y la han concedido?

—A la fuerza. El mismo rey empieza a quejarse de lo que ve servirse en su mesa.

—Pues no será porque falten pichones y perdices.

—También —Guzmán pareció lamentarse por decirlo—. También escasean.

—Pues sí que estamos buenos... —cabeceó Alonso.

Y era que, desde que el Concejo madrileño recibió en mayo de 1561 la Cédula Real firmada en Toledo que decidía que el Consejo Real se celebraría en el siguiente mes de junio en Madrid, por lo que se trasladaba la Corte, se sabía que la mudanza arrastraría centenares de nuevos habitantes al servicio de la Corona, y luego muchos más en busca de encontrar su sitio en la nueva ciudad. Por eso era preciso abastecer a todos los moradores de carne, sal, aceite, leche y harina, necesidades básicas difíciles de conseguir en las cantidades precisas.

Clara, la hija de Alonso, y Diego, el hijo de Guzmán, se pasaban los días juntos, una costumbre que se inició desde su primera infancia. Y con el paso de los días y la rutina de la convivencia llegó el día en que nació entre ellos algo más que la complicidad de los meros juegos infantiles. Y así, cuando Diego cumplió los quince años de edad y Clara tenía doce, amaneció el año de 1597 y aquel fue otra vez un tiempo de fiebres y pestes que dejó miles de cicatrices en Madrid en unos pocos sepulcros suntuosos y en innumerables fosas comunes, los primeros en las subterráneas criptas de iglesias y conventos, las demás en las veredas del río Manzanares y en los alrededores de los lejanos huertos del camino de Alcalá, más allá de los prados de San Jerónimo.

En ese tiempo Diego y Clara eran tan inseparables que juntos sufrieron los humores febriles y juntos los sobrevivieron. Días en que todos los vecinos sabían que allá donde fuese uno iría el otro, daban por hecho que la vida les había atado para siempre y que sus miradas compartían una misma estrella, una que podía verse, observando el sur, en las sofocantes noches de julio de todos los veranos.

De aquella peste, la que primero sanó fue Clara. Y desoyendo los consejos bienintencionados y las advertencias terribles de su madre y de otros vecinos cercanos, desde que curó buscó el modo de llegar hasta el lecho de su amigo para cuidarlo y acompañarlo, dándole ánimos para que venciese pronto la enfermedad al igual que ella lo había conseguido. Le afeaba dejarse amilanar por las toses; le reprochaba ser incapaz de evitar las calenturas y después rebelarse contra las sangrías que le practicaban; lo retaba a atreverse a expulsar los demonios de su cuerpo y, finalmente, lo desafiaba a levantarse de la cama, recuperar el ánimo, salir a la calle e ignorar el abatimiento.

—No debo, Clara —se defendía él, todavía aturdido y débil—. El mal tiene permiso de visita y no ha de marcharse hasta que llegue su hora.

—Lo que sucede es que tú tienes alma de gallina.

—Tú aprovéchate de mi enfermedad, aprovéchate... —exageraba él la pesadumbre—. ¿No ves, insensata, que estoy al borde de la muerte?

El joven Diego curó dos o tres días más tarde. Y como venía ocurriendo desde los primeros años de sus vidas, ambos volvieron a correr juntos, a jugar, a perseguirse, a contarse sucesos oídos por sus mayores en los mentideros y a cantarse canciones que habían aprendido juntos o cada uno por su lado. Por la noche, antes de la hora de recogerse y cenar, les gustaba sentarse en los peldaños de piedra de las escaleras de la plazuela de Santiago y mirar las verbenas del cielo, en el que Diego podía leer cuentos y leyendas que le había oído contar a su padre, con seriedad y convencimiento, hasta que ella perdía el sentido de la realidad y se adentraba en los universos de la fantasía que él envolvía para sus oídos. Se sentaban el uno junto al otro, sin mirarse, con los ojos clavados en la fiesta de luces celestes o en las capas de nubes que iban vistiendo y desvistiendo a la luna, y, cuando el cielo amenazaba lluvia, él inventaba una pena que hacía llorar a las estrellas y, cuando se despejaba, componía para ella una historia de amores verdaderos y de reencuentros dichosos que siempre tenían un final feliz.

—Las estrellas son pájaros de vidrio que vuelan muy alto, Clara, allá donde se pierde la mirada de los hombres —le dijo una vez—. Durante el día beben los rayos del sol, es su alimento; por eso, cuando se marcha, se visten con los restos de luz para rogar su regreso. Entonces permanecen inmóviles, o danzan un baile de súplica antes de huir y apagarse como el cabo final de una vela. Algunas pasan la noche llamándole, titubeantes porque apenas les queda luz. ¿Ves cómo tiembla aquella estrella?

—Sí.

—Está consumiéndose y necesita beber luz con urgencia, reclama que regrese el sol para permanecer viva. Es ave de cristal que moriría si el sol no volviese pronto con sus rayos... Por eso amanece una y otra vez, todos los días.

—¿Y qué pasaría si un día no amaneciese? —preguntó Clara, ingenua y asustada.

—Que el sol lloraría de dolor —respondió Diego muy seguro de sí mismo—, y las lágrimas vertidas, grandes como aguaceros de verano, lo apagarían para siempre...

Clara no miraba casi nunca a Diego: se limitaba a dejarse bañar con la caricia de su voz y a sentir las palpitaciones de su pecho. Él, divertido y embaucador, tampoco la miraba de plano: descubría de reojo su estremecimiento y por su respiración sabía si lograba hacerle creer lo que inventaba para ella. Al final, cuando a hurtadillas volvía a buscar sus ojos perdidos en el claroscuro del anochecer, comprobaba si la imaginación había encontrado un hueco en su fantasía adolescente.

—Sabes muchas cosas...

—Y muchas más llegaré a saber... No deseo otra cosa que dedicar mi vida al estudio.

—¿Sólo a eso?

Y entonces Clara lo miraba de fijo hasta que el joven Diego se amilanaba y dejaba caer los ojos al suelo, ruborizado.

Durante aquellos años de adolescencia el hijo de Guzmán de Tarazona tuvo la fortuna de contar con la protección de un padre que se preocupaba seriamente por su educación. Así fue que, desde los siete años, tomó clases en su propia casa, adonde acudía a diario don Antonio Sánchez de Tovar, un preceptor que había buscado con ahínco y afán ser reconocido como un gran poeta y autor consagrado de autos sacramentales, pero que, para su desdicha, había quedado relegado a la consideración de vulgar sonetista y, por tanto, hubo de resignarse a convertirse en uno más de los oyentes cotidianos de algunos mentideros de la Villa: el de San Ginés y el del Príncipe. Don Antonio no era hombre que a primera vista destacase por su aspecto ni por la envergadura de su personalidad: vestía capa gris hasta media pantorrilla, coleto negro con muchos brillos, camisola blanca, calzón verde de poco bordado, medias arañadas de mucho uso y gola tan desgastada como los zapatos, de suela de tres tapas de corcho rancio; por lo demás, tenía los ojos avisados, de médico, despeinados los cabellos como si cada mañana hubiese tenido que vérselas con una tormenta, las cejas abundantes, de fronda, y los labios finos, de viejas hambres. De estatura mediana, pocas carnes, pómulos altivos y barba cana y descuidada, a veces su mirada parecía contener deseos de ira, pero jamás su alumno Diego le llegó a ver enfadado. Triste sí, como bergantín en puerto en día de calma; pero irritado nunca, tal vez porque la necesidad sea la más celosa guardiana del silencio y la prudencia.

Llegaba a la casa familiar a las nueve en punto de la mañana y no le permitía a su alumno levantarse de la silla hasta el mediodía, cuando ambos se ponían en pie y rezaban el angelus, mientras a lo lejos repicaban las campanas de la iglesia del convento de la Capilla del Obispo o de la parroquia de San Andrés. Después, hasta la una, justo tras degustar un vaso de vino con miel y una torta de harina y almendras que le servían puntualmente, como tentempié, daba paso a las lecciones de conocimientos generales, como él las llamaba, y entonces se echaba hacia atrás en el sillar de madera, se acomodaba en el cular de cuero, juntaba las manos sobre el regazo, entornaba los ojos, carraspeaba, se ensalivaba la boca y unos días le enseñaba la manera de saludar a una dama, otros le indicaba el modo de comportarse en la mesa, algunos le hablaba de pintores, poetas y músicos destacables de las cortes de toda Europa y los más le daba cuenta de las muchas peripecias que había llegado a protagonizar, presenciar o sufrir en sus cincuenta años ya largos, vividos entre Ciudad Rodrigo, Salamanca, Aranda, Burgos, París, Gante, Florencia, Génova, Toledo y Madrid, adonde, finalmente, había ido a parar con la intención de ver reconocido su talento para la poesía, pero en donde, para su desgracia, así lo repetía una y mil veces, no había contado con la benevolencia de sus colegas de oficio, quienes ni siquiera habían prestado oído a sus sonetos, alguno de ellos de verdadero mérito, según aseguraba sin alterar el pulso de su voz.

Don Antonio Sánchez de Tovar, a la postre, resultó ser un buen maestro y con él aprendió a leer y a escribir, dominó las primeras reglas matemáticas, obtuvo algunas nociones de física, química y astrología, conoció la vida de Nuestro Señor Jesucristo, también algo de latín y de francés, bastante de historia, mucho de geografía y casi todo sobre las cortes europeas.

Mientras el joven proseguía sus estudios con el maestro don Antonio, dedicaba buena parte de la tarde a jugar con Clara; y a veces le contaba las cosas que aprendía aunque ella no le prestara atención. Lo hacía cuando al anochecer, sentados en el escalón, a los pies de la cruz de piedra, miraban el cielo y él inventaba cuentos para ella. Pero la niña no lo escuchaba porque prefería mirarlo. Y lo iba admirando cada vez más, con un cariño que no había tenido fecha de comienzo, o era incapaz de recordarlo, y un aprecio que fue acrecentándose para convertirse en afecto primero y finalmente en amor. Los juegos que proponía él nunca eran violentos. La brutalidad natural en los otros chicos de su edad era, en Diego, inexistente. Cuando otros jóvenes les invitaban a ir hasta el río o a los descampados cercanos para bañarse o para jugar a simular batallas, se miraban con complicidad y pretextaban otros menesteres ineludibles: solos, los dos, se sentían muy a gusto; y cuando algún zagal, exultante o excitado, se propasaba con la niña Clara, siquiera fuese de roce o de palabra ácida, una mirada de Diego bastaba para devolver el sosiego al atrevimiento del deslenguado. Una mirada cortante como guadaña de media luna, decían; una mirada seca y tajante como el hacha de un verdugo. Y es que Diego, desde la niñez, parecía poseer la autoridad de un rey, el poder de un valido y la firmeza de un capitán, aunque llevase en el rostro la palidez melancólica de la debilidad.

Él se empeñaba en hablar de asuntos de ciencia con Clara y ella en hablarle de pellizcos de amor. En muchas ocasiones pretendía instruirla, pero pronto cejaba en su empeño porque el desinterés de la muchacha era agotador.

—Cuántos son uno y uno, Clara.

—Uno y uno, qué.

—Vestidos.

—Dos.

—Muy bien. ¿Y dos más dos?

—Dos más dos, qué.

—Zapatos.

—Cuatro.

—¿Y seis más seis?

—¿Seis más seis, qué?

—Manzanas.

—Un cestillo.

Era imposible meter los números en su cabeza, así que probaba con otras ciencias, por ver si le resultaban de mayor interés. Diego repetía algo que había leído, o algún suceso que había aprendido de labios de don Antonio o de Guzmán, su padre, pero por trascendente que le pareciese a él, para ella eran cosas que no estaba dispuesta a recordar. La memoria, aprendió él, es una playa que devuelve al mar lo que no desea conservar.

—¿Sabes, Clara, que los alquimistas creen que se puede convertir el plomo en oro si se mezcla con una determinada cantidad de mercurio? Dicen que sólo ocurre si la combinación se realiza en presencia de un catalizador al que llaman piedra filosofal. Don Antonio dice que toda la ciencia de la alquimia gira en torno a la búsqueda de ese catalizador. ¿Quieres saber cómo se consigue la piedra filosofal? Es muy sencillo, escucha... Se toman doce partes de...

Y entonces Clara lo miraba a los ojos, sonreía, se acercaba a su mejilla, depositaba allí un beso y se ponía de pie, dispuesta a correr para que él la persiguiese.

—Hablas como llueve: a cántaros.

—Pretendo que...

—Vamos, a ver si me atrapas...

Y echaba a correr, con la risa al viento, dejándolo con la palabra en la boca.

En el otoño de 1597, cuando Diego cumplió los quince años, Guzmán de Tarazona decidió que don Antonio Sánchez de Tovar ya le había enseñado todo cuanto sabía y había llegado el momento de enviarlo con los frailes agustinos, al convento que tenían a las afueras de Madrid, a la izquierda del camino de Alcalá, para que profundizase en los estudios y se preparase para, si Dios lo disponía así y el muchacho continuaba en el afán del saber, ingresar en la Universidad Complutense, en la ciudad de Alcalá.

No fue una mala decisión, ni mucho menos. Diego aceptó de buen grado realizar estudios superiores y reiteró de palabra y obra sus deseos de dedicar todo su esfuerzo al acrecentamiento del conocimiento de las ciencias y de los demás saberes. Para Clara, enterarse de la marcha de su amigo le supuso un dolor agudo que empezaba en el pecho y terminaba en la nuca, como ramas de un árbol de ira que iba retorciendo sus raíces en la garganta y los fondos de su vientre. Lloró lágrimas de impotencia y odio, pero también de ausencia y de amor. No pretendió comprender las razones de la partida, le habían dicho que la mujer no está autorizada para pensar por su cuenta ni contradecir la voluntad de los hombres, pero respetar las normas no menguó el desasosiego que desde aquel momento dificultó su reposo y encrespó su carácter. Iba a cumplir los trece años; su cuerpo, esbelto y desarrollado, ya le había hecho mujer; tenía una idea precisa de lo que era el amor, porque lo sentía ya por Diego, y la vida, para ella, era una rutina de aprendizajes domésticos y la inseparable compañía del joven al que amaba. Y en esas condiciones, de sopetón, un buen día empezó a saber con qué cuerdas se componen las melodías de la tristeza y ya nunca sintió que era posible volar.

Una tarde que correteaba con Diego la arboleda de la plaza del palacio, mientras el sol caía sobre los techados del Alcázar, le preguntó si sabía qué era el amor. Diego de Tarazona, sorprendido por la pregunta, se detuvo en seco, se rascó la barbilla y los pelos de la coronilla y confesó que no lo sabía.

—Dímelo tú —dijo.

—No lo sé explicar —respondió ella—. Eso se sabe o no se sabe.

Entonces se ruborizó. Fue a causa de los pensamientos que cruzaron por su cabeza y por las palpitaciones que agitaron su pecho. Se ruborizó, pero dijo:

—Ven.

Diego tomó la mano que ella le ofrecía y la siguió hasta la sombra de una acacia, en donde le miró, compuso un semblante serio como de funeral y, en un arranque impetuoso y fugaz, le besó los labios. Él no supo qué hacer y guardó un silencio incómodo que se hizo más ruidoso aún porque en aquel momento pareció que el mundo se había detenido para observarles.

Ni siquiera se azoró. Sólo se quedó mudo, inmóvil; pensativo.

—¿Te ha gustado? —preguntó Clara, al cabo.

—No lo sé —respondió él.

—Ha sido un beso de amor —aclaró ella.

—Pensaré en ello...

—¿Es que a todo has de darle mil vueltas?

De esa guisa transcurría la vida de mayores y jóvenes en aquellos años en los que Madrid no dejaba de crecer ni un solo día. Desde el exterior, mientras se acercaban a la nueva ciudad, quienes llegaban desde el oeste podían ver sus perfiles y se asombraban de aquel contorno: entre sus muchas casas a ras de suelo, de una o dos plantas, se destacaban muchas torres de iglesias y otros torreones de conventos, de tal modo que por la riqueza de sedes eclesiásticas imaginaban otras muchas clases de abundancia. Allí se sucedían, de norte a sur, las iglesias de San Gil, San Juan, Santiago, San Salvador, San Miguel de los Octoes, San Nicolás, Santa María, San Justo, San Pedro, la Capilla del Obispo, San Andrés y, un poco más alejada, ya extramuros, San Francisco. Los que llegaban, entraban en Madrid ansiosos y esperanzados, y eran tantos, y lo hicieron en tan breve espacio de tiempo, que el Concejo se vio obligado a iniciar un proceso de reformas urbanas que modificaron la fisonomía de la ciudad en el transcurso de muy pocos años. Había que alinear calles, derribar murallas, erigir una colegiata, ensanchar caminos, destruir puertas de acceso, facilitar solares para nuevas iglesias, hospicios, mercados y mercadillos de abastos y construir un gran hospital, el finalmente denominado Hospital Real. Madrid era la capital del reino, la capital de España y la capital del imperio, y no solo debía parecerlo.

Y, además, tenía que dar cobijo a la muchedumbre que llegaba con la intención de quedarse para siempre.

Los accesos de entrada y salida de Madrid, por los que llegaban más y más forasteros, estaban flanqueados por cinco puertas reales o de registro, aquellas en las que se pagaban los impuestos: la de Segovia, la de Guadalajara, la de Toledo, la de Atocha, la de Alcalá y la de Bilbao, también llamada de los Pozos de la Nieve. Asimismo, se accedía por catorce portillos de menor importancia o de segundo orden: el de la Vega, las Vistillas, Gilimón, el Campillo del Mundo Nuevo, Embajadores, Valencia, Campanilla, Recoletos, Santa Bárbara, Maravillas, Santo Domingo o Fuencarral, Conde Duque, San Bernardino o portillo de San Joaquín y San Vicente.

Las puertas principales permanecían abiertas hasta las diez de la noche en la época invernal, y en verano una hora más. Una vez superado este horario, y sólo en caso necesario, un retén permitía el paso. El oficio de vigilancia lo hacían los «portazgueros». Los portillos, por el contrario, se abrían a las primeras horas del día y se cerraban con la puesta del sol, permaneciendo bajo cierre toda la noche. Entre todas esas puertas y portillos principales, la de Alcalá era la más importante antes de la llegada de Carlos III, porque entre sus funciones estaba la de ofrecer una cañada real para los rebaños de ovejas trashumantes.

Múltiples accesos a Madrid por los que llegaron miles de nuevos vecinos.

Por eso fue preciso remozar la ciudad. El propio Felipe II, con el ánimo más dispuesto a dar a su Corte el brillo que precisaba, más que por razones de hospitalidad para los recién llegados, costeó de las arcas públicas la presencia en la ciudad de don Juan Bautista de Toledo, un arquitecto de renombre que estaba llevando a cabo una meritoria labor de reordenación urbanística en Roma y cuya fama se extendía por la mayoría de las cortes europeas. Un arquitecto que antes de aceptar el encargo paseó cuidadosamente por las calles de Madrid, no dejó un rincón sin revisar y al final, mientras se rascaba la cabeza con insistencia, se expresó ante el rey de manera contundente:

—No sé si su majestad se hace una idea del monto a que va a ascender la satisfacción de sus deseos. Sólo poner orden en algunos caminos, como el que discurre por el arroyo del Arrabal, precisa de un desembolso considerable.

—Pues no busque asustarme, su señoría —replicó el rey, sin atender a razones—, y primero eche sus cuentas. Porque entre vos y yo vamos a dar a Madrid el lustre que merece la Corte de España.

—Bien haría, su majestad, en pensárselo mejor y exigir un poco de menos brillo —cabeceó Juan Bautista, lamentándolo—. Porque mucho oro se jugará en la partida.

—Oro, nos sobra. Ahora lo que hace falta es talento.

—Pues, en ese caso... —el arquitecto se inclinó en una reverencia exagerada—, permitid que ponga el mío a vuestra disposición.

Bautista tuvo razón. Empeñó todo su saber hacer y todo el oro que el Concejo puso a su disposición, que aunque se anunciaba inagotable a la postre no fue mucho porque el rey empezó a preocuparse más de los asuntos de Estado y de los pleitos europeos que del embellecimiento de Madrid, de modo que lo que finalmente ocurrió fue que recayó sobre el Concejo toda la carga económica de las mejoras en una ciudad que, por añadidura, continuaba creciendo en población y necesidades a un ritmo que para cualquier otra ciudad europea hubiera sido insoportable, y para Madrid, insostenible. Y aquel arquitecto, venido de tan lejos, no pudo dar más de sí.

—Imposible, majestad. Madrid no tiene arreglo.

—Lo tendrá.

—Pues con mi talento, no llega.

—Lo temía —desafió desdeñoso Felipe II, burlándose.

—Pues qué coincidencia, majestad —replicó él, impasible—. Porque lo que yo temía era que lo que no alcanzase fuera vuestro oro. Y, visto lo visto, ambos teníamos razón.

—¡Marchad!

También en ello tuvo razón María, la mujer de Juan: era imposible albergar a todos los forasteros que acudieron a la llamada del esplendor de la Corte. No había posadas suficientes ni otra clase de albergues y, cuando la emergencia se hizo patente, el propio rey, a instancias del Consejo, no tuvo más remedio que firmar un edicto que obligó a todos los vecinos de Madrid, propietarios de una casa de dos o más plantas, a ceder una de ellas a una familia que acudiera a vivir a la Corte.

Aquella orden real, denominada Regalía de Aposento, no sólo resultó ineficaz, sino que dio lugar a toda clase de triquiñuelas y pillerías para sortearla. La cordialidad de Madrid, la hospitalidad de los madrileños, tenía un límite, justo el que desnudaba a un santo para vestir otro, y los vecinos no estaban dispuestos a desprenderse tan fácilmente de sus sayos.

Porque aquella fue la primera oleada de extraños que se instalaron en la ciudad, una gran marea de inmigrantes venidos de todos los pueblos y ciudades de un imperio que ya era el más importante de su tiempo. Y no eran sólo funcionarios y aristócratas; la mayoría resultó ser campesinos, comerciantes, artesanos y expertos en mil oficios que tuvieron un sueño y a su sueño lo llamaron Madrid.

En 1561, cuando se instaló la Corte, la ciudad tenía once mil vecinos censados, más otros dos mil sin censar. Cuarenta años después, en el año 1600, el censo dejó de hacerse cuando se llegaron a contar los primeros cien mil habitantes. En cuatro décadas Madrid había multiplicado por cinco la población, al menos. De tal aglomeración nada bueno podía esperarse, y pronto se vio que cualquier reforma o ajuste que intentara llevar a cabo el arquitecto real, y los que le sucedieran, toparía con la imposibilidad de armonizar nada, tan siquiera las toneladas de escombros y desperdicios que se amontonaban en los alrededores de la ciudad.

Hubo quien trató de dibujar un mapa fiel de la ciudad, antes incluso que el maese don Pedro Texeira, pero nunca pudo concluirlo porque la fisonomía de Madrid se alteraba a cada instante y todo retrato se quedaba antiguo antes de concluirse. Ni siquiera bastó con reducir la villa al interior del muro que se levantó pobremente para establecer sus lindes: se rodeó Madrid desde la antigua Puerta de Alcalá, situada a espaldas de la Puerta del Sol, hasta la muralla que, levantada cuatro siglos atrás, llegaba hasta la Morería; también desde aquella Puerta de Alcalá se trazaron los lindes hasta el portillo de Antón Martín, por un lado, y por una vía grande hasta el punto donde confluían el camino de Fuencarral y la calle de Hortaleza, y más allá hasta la calle de los Convalecientes de San Bernardo, cerrándose finalmente en la plazuela de Santo Domingo.

Pero aquella primera cerca no tardó en desbordarse, de modo que Madrid creció arbitraria y caóticamente siempre hacia el este, el territorio más proclive a las nuevas construcciones porque era terreno más llano que los situados al norte y al sur.

La desmesura urbanística, la fiebre constructora de casas y la ausencia de normas condujeron a tan descomunal despropósito de callejas sin alinear, casas inseguras, entrantes y salientes y abuso de los propietarios de solares en la venta de sus terrenos que, con intención de detener el desbarajuste, el Concejo se vio en la necesidad de crear la Junta de Policía y Ornato en 1590, dándose plenos poderes a don Francisco de Mora, el aparejador del arquitecto don Juan de Herrera, para que dictara cuantas ordenanzas fuera menester para impedir que continuara el libre albedrío de los que seguían llegando a Madrid. Un gentío que, por su abigarramiento y la ausencia de normas de higiene y recogida de desperdicios, además de la falta de alcantarillado para conducir las aguas fecales, pronto convirtieron Madrid en la ciudad más sucia, maloliente e insalubre de Europa.

La Junta remedió bastantes estropicios, dentro de los límites de donde pudo actuar, pero no logró detener el crecimiento desorbitado de la ciudad. Finalmente, hasta 1625, cuando Felipe IV volvió a cercar la ciudad y prohibió construir junto a sus nuevas lindes, no se logró detener la riada. Un freno que, por fin, mantuvo a Madrid tal cual era entonces hasta varios siglos después.

Quizá por eso don Pedro de Texeira, al fin, logró dibujar su ciudad fielmente en el año de 1656.

Las tres familias celebraron la cena de Nochebuena de 1599 en la posada de Juan y María, como venían haciendo en los últimos años. El encuentro era motivo de regocijo especial por la naturaleza de la festividad, y todos se entregaban a la alegría del encuentro y se sumaban felices al brindis con el que deseaban continuar juntos y en armonía un año más. El banquete era preparado por María y se servía en una mesa corrida dispuesta en la sala de la primera planta para uso privado de la familia propietaria, una amplia estancia de suelo de madera, paredes de piedra, techado encalado y traviesas también de madera que cruzaban el techo y sostenían el andamiaje de la planta sobre la que reposaba el tejado de láminas rojas como escamas de salmón, para evitar el filtrado de aguas y la presencia de humedades. En la alacena situada al fondo se guardaban manteles y cuberterías, vasos y copas de cristal. Junto a la puerta de acceso, sobre las paredes recién encaladas, había un arcón con mantas, y sobre la chimenea, de piedra gris a la vista, colgaban utensilios de cocina como cazos, cucharones y tenedores de madera. Candelabros altos de cinco velones, en cada una de las esquinas de la sala, convertían la estancia en cálida y acogedora.

Juan Posada había envejecido antes que sus amigos. Su hijo Juan, que rondaba los treinta años, se esmeraba en cuidarlo y de hecho era quien atendía la posada junto a su madre, porque el padre empezaba a quejarse de dolores de espalda y sangraba de vez en cuando al orinar. Su debilidad se marcaba en el rostro con ojeras negras como nubarrones de tormenta, y aunque aquella noche bebió y comió como los demás, a la legua se veía que lo hacía por disimular su escaso apetito y no aguar la fiesta que se celebraba. Su mujer, María, tenía un mal presentimiento, pero, incapaz de reprimir su carácter, le afeaba lo poco que colaboraba ya en el negocio, a lo que Juan callaba, asentía y aseguraba que al día siguiente se encontraría mejor y sería más útil. Y así llevaba diciéndolo, un día tras otro, desde el verano anterior.

Guzmán de Tarazona era ya una personalidad en el Concejo y se rumoreaba que pronto ocuparía una posición aún más elevada, quizás el rango de secretario, por decisión del rey y con el beneplácito del corregidor. Él insistía en que no aceptaría, que ya había cumplido los cincuenta y cinco años y con una pila de libros y una chimenea prendida caldeando su salón tenía bastante para llenar los años que le quedasen por vivir. Y anunció que su hijo Diego, que pronto iniciaría su formación universitaria, estaría en condiciones de sustituirle en el oficio en muy pocos años y así lo propondría en cuanto se licenciara en la Universidad Complutense. Clara, su mujer, asintió plena de orgullo mientras miraba a su hijo, a la vez que Diego miraba a la joven Clara, la hija única de Alonso, que se ruborizaba cuando le descubría contemplándola sin saber que sus ojos derramaban lástima, no pasión.

Por su parte, Alonso Vázquez y Teresa habían perdido los dos hijos varones nacidos después de la niña. Vivieron apenas unos meses y por ello nunca decían sus nombres: era el pacto que acordaron para no prolongar el sufrimiento por su ausencia. Por eso Clarita recibía de sus padres un amor triplicado, el que le correspondía y el que había quedado sobrante tras el fallecimiento de sus dos hermanos.

Alonso se iba a retirar de los escenarios ese año que empezaba y así lo comunicó a sus amigos.

—¿Lo has pensado bien?

—No es falta de afición. Lo que me faltan son fuerzas.

—No eres tan viejo.

—Más de lo que ninguno de los tres nos atrevemos a reconocer...

Con la bolsa bien abastecida y el cuidado de su familia, Alonso dijo tener lo suficiente para vivir. Le habían ofrecido continuar trabajando en el Corral del Príncipe en labores de elección de obras de teatro y de contratación de actores para representarlas, pero no estaba seguro de aceptar. Decía que deseaba, como Guzmán, cerrar su vida serenamente, tras tantos años de incertidumbres y esfuerzos, y añadía que lo único que le había impedido bajarse de los escenarios hasta ese momento era no disgustar al pueblo, que le adoraba, y a la Corte, que lo requería para que no dejara de permanecer cerca del rey, Felipe III, un gran aficionado al teatro.

—Sí. Hora es de retirarme y descansar.

—Y de mirar atrás —asintió Juan.

—No —contradijo María—. De mirar hacia delante. Por nuestros hijos.

—En eso también tienes razón —admitió Juan, como siempre, incapaz de quitar la razón a su mujer.

Después de la cena, abundante en licores y viandas, mientras los jóvenes Diego y Clara se miraban de perfil, a hurtadillas, con intenciones bien diferentes, los tres amigos comenzaron a repasar las vicisitudes de los treinta y cinco años que ya llevaban viviendo en Madrid, el sentimiento madrileño que compartían y el olvido de sus vivencias antes de instalarse para siempre en la gran ciudad que habían hecho suya. Llegaron a ponerse nostálgicos, ante la observación atenta de sus mujeres e hijos que los dejaban desaguar recuerdos como lágrimas en un velatorio, y las anécdotas y sucedidos se engarzaban unos en otros y surgían espontáneos sin solución de continuidad. Hasta que a Alonso se le cruzó por la cabeza un mal pensamiento, concretamente la pérdida de sus hijos, y entonces María, con intención de detener el camino que se emprendía, cambió de conversación de inmediato para deshacer la fantasmagoría que amenazaba con atormentar una noche que debía ser sólo de celebración.

—Madrileños, sí, muy madrileños —dijo, descarada—. Pero llevamos cuarenta años aquí y todavía nadie sabe nada de dónde surgió esta ciudad, porque parece que la fundamos nosotros...

—No te comprendo, María —se sorprendió Guzmán del comentario de la mujer.

—Pues más claro no puede estar —replicó ella, desahogada—. A buen seguro que tú sabes cómo se creó Tarazona, como yo lo sé de Tormes y Alonso de Aranda. Pero ¿y Madrid? ¿Quién sabe desde cuándo existe Madrid? Nadie lo dice.

—Yo sí que lo sé —afirmó Guzmán.

—Ah, ¿sí? —intervino Diego, su hijo—. Pues nunca me lo contaste.

La joven Clara miró a Diego con admiración, por la forma serena y firme con que se dirigía a su padre, y el arrobo volvió a asomar a sus ojos, sin disimulo.

—Es que aún no estoy seguro de todo lo que se dice —replicó Guzmán a su hijo—. Sigo leyendo, averiguándolo...

—¿Y qué es lo que sabes? —preguntó Alonso, intrigado.

—Hay quien dice una cosa y quien dice otra. —Guzmán adoptó de pronto un tono profesoral y carraspeó—. Podría contaros su historia mágica o su pasado conocido. Si os apetece oír alguno de ellos...

—Sí, sí, la historia mágica —Clara, la niña, rogó con los

ojos que hablara, tal vez pensando en un cuento de príncipes y doncellas—. ¡La mágica, la mágica!

—Bien —asintió Guzmán—. Si os place...

—Con tal de que no sea otra de tus burlas... —advirtió Alonso.

—No lo es. Oíd...

Y entonces el ilustrado Guzmán sorbió de su vaso de vino, se aclaró la garganta e inició su relato pausadamente, dando a sus palabras un aire de cuento que de inmediato atrajo la atención de todos sobre él. Sentado ante la chimenea, con sus perfiles recortados por el fulgor de las llamas crecidas y la solemnidad de un obispo, fue desgranando sus palabras como se derrama la miel de un cántaro volcado: lánguidamente.

—Seguramente ninguno de vosotros sabe quién fue el gran príncipe Biator —comenzó Guzmán, sonriendo.

Todos los presentes se alzaron de hombros o negaron con la cabeza.

—Ah —siguió el narrador—. Lo imaginaba... Pues yo os lo diré: era el hijo de un guerrero, que tuvo que huir al finalizar la guerra de Troya, y de una aldeana que se llamaba Mantua. Este joven, pasado el tiempo, fundó una ciudad con el nombre de su adorada madre en las lejanas tierras de Lombardía.

—¿Y qué tiene que ver la Lombardía con Madrid?

—Nada, nada... Lo que os quiero contar es que Biator tenía un don, una gracia concedida por Zeus, y era que los dioses le visitaban en sueños y le indicaban lo que debía hacer. Por eso se le conocía por Ocno, que significa «aquel que puede leer el futuro en los sueños».

—O sea, que acompañaba sus cenas con abundancia de licores —rio Alonso y Juan se sumó a la chanza.

—Eso, o que la magia existe —quiso reconducir el relato Guzmán para no quitarle su sentido legendario—. Porque el príncipe Biator soñó que Apolo le ordenó marchar de Mantua y viajar hacia el este. Y al cabo de diez días, cuando volvió a soñar, otra vez Apolo le ordenó erigir una ciudad allí mismo, donde estaba, en el lugar en que había pasado la noche.

—No nos digas más —asintió Alonso—. Había llegado a Madrid.

Guzmán pidió con un gesto a sus amigos que no se apresuraran.

—Largo estás haciendo el cuento, padre —protestó Diego.

—Bueno, es cierto, sí —admitió Guzmán—. Porque, en realidad, había llegado a la tierra de los carpetanos, llamados también los hombres sin patria... Pero estamos hablando de siete siglos antes de Cristo... tenedlo en cuenta. Ni siquiera se había fundado Roma...

—¿Siete siglos? Estás exagerando, amigo Guzmán —volvió a sonreír Alonso.

—Así es. Y en aquella época esta era una tierra rica en madroños, con un río caudaloso, un clima magnífico y unos aldeanos encantadores.

—Vamos, que hablas de Madrid y los madrileños —María, Teresa y Clara se intercambiaron una sonrisa de complicidad por el sarcasmo—. Nos hubiera gustado vivir en aquellos tiempos.

—Tiempos mágicos —repitió Guzmán—. Porque Ocno Biator llegó justo al lugar en donde los carpetanos querían quedarse para siempre, y al verlo con tal porte y distinción lo hicieron su príncipe. Lo que ocurrió es que necesitaban un dios al que adorar, y le preguntaron a Ocno quién habría de ser. Y nuestro príncipe, sin saber qué decir, les pidió que esperaran a la noche, a ver si Apolo se le aparecía otra vez en sueños y se lo indicaba.

A esas alturas del relato ya todos comenzaron a participar de la broma y acompasaban el cuento con sonrisas de regocijo.

—Y lo recibió en sueños, claro —se burló Diego, y Clarita alzó un hombro contemplando embelesada al joven.

—No sólo eso, joven impertinente —replicó Guzmán—. Sino que le ordenó que le concedería lo que le pedía con la condición de que él mismo sacrificara su vida en un ritual sangriento.

—¿Y aceptó? —quiso saber Clarita, que parecía ser la única que creía lo que estaba oyendo.

—Aceptó, aceptó —confirmó Guzmán—. La nueva ciudad se tenía que llamar Metragita o Cibeles, la hija de Saturno considerada la diosa de la tierra, y él se comprometió a sepultarse en vida al día siguiente.

—¡Cuánto valor! —se admiró Alonso.

—¡Y cuánto honor! —apostilló Juan.

—¡Y qué tontería! —discrepó Diego.

—Pues a mí me parece una historia preciosa... —comentó Clarita, muy bajito, para que Diego no se riera de ella.

—Y es más —Guzmán cerró su relato con un dato que lo hacía parecer por completo verosímil—. Cuando los romanos llegaron aquí, en el siglo II de nuestra era, se encontraron un asentamiento con casas y con un templo dedicado a la diosa Cibeles, y como no pudieron entender el nombre de la población por el idioma primitivo de los carpetanos, la llamaron Matrice, que quiere decir madre, del latín *mater*... o no sé, ya no me acuerdo. Y así empezó todo... Después los árabes la llamaron Magerit, Mayrit y Magrit y nuestro rey don Alfonso VI luego la llamó definitivamente Maidrit y más tarde Madrid.

—Ah...

—Oh...

Todos los presentes prorrumpieron en aplausos por lo hermoso del relato que habían escuchado y los tres amigos decidieron brindar por la ciudad que habían hecho suya.

—Magnífico, Guzmán. —Alzó su copa de vino Alonso y Juan le acompañó en el brindis—. No sé si será verdad o no lo que nos acabas de contar, pero...

—Es una leyenda, Alonso —repitió Guzmán—. Sigo estudiando lo que se dice en los libros...

—¡Es igual! —Levantó también su copa Juan—. ¡Lo importante son los buenos ratos que disfrutamos con tu sabiduría!

—Eso es —asintió Alonso—. Brindemos.

—Brindemos —coincidió Guzmán y rellenó la copa de Juan, el hijo de su amigo Juan Posada.

—¿Yo puedo? —preguntó Diego.

—Por un día —consintió su padre—. Pero no la apures de un trago, no vaya a ser que esta noche te dé por soñar que eres el príncipe Ocno Biator...

Y rieron todos hasta que se acercó la medianoche, hora de empezar a pensar en retirarse cada familia a su casa.

Quizá Madrid no tuviera un origen mágico y su origen fuera el que los documentos escritos y las narraciones orales conservaron y difundieron, pero su mapa ha desvelado tantas informaciones de su pasado en forma de ruinas, restos arqueológicos y asentamientos prehistóricos que cualquier cábala es posible en relación con su origen, sin excluir la presencia de Roma, de poblados visigodos, de civilizaciones que se han perdido en la ebullición de los tiempos y de una historia que, sólo por ellos, puede ser calificada de mágica sin temor a equivocarse.

3

La Posada del Peine

Mayo de 1610

Olía a tierra quemada en varias manzanas a la redonda y una nube de humo sucio se adueñó del cielo de Madrid. El incendio producido en algunas casas de las afueras de la Puerta de Atocha no hubo manera de sofocarlo hasta que diez construcciones de madera quedaron reducidas a un revoltijo de maderas negras y cenizas, ennegreciendo la tierra bajo sus cimientos y produciendo un olor al que, por desgracia, los madrileños se iban acostumbrando por su cada vez mayor frecuencia. Los incendios eran continuos a causa de los descuidos, del exceso de escombros, de las ascuas y fuegos levantados por el viento en la noche y, en definitiva, del apresuramiento en levantar las casas necesarias para cobijar a los más de cien mil vecinos que habitaban Madrid en 1610, de los que cuatro de cada cinco no habían nacido en la ciudad.

Porque la primera gran oleada de forasteros había poblado una villa que cien años antes era una aldea con un puñado de casas, una iglesia, un cuartel y algunas tierras de labor en torno al Alcázar. Ahora era una gran ciudad que, además de ser la capital del Imperio español, aquel que se extendía por el oeste hasta los más lejanos lugares del continente americano y por el este y el norte hasta recónditas tierras mediterráneas y europeas, era también la capital de España, la sede de la Corte y el centro de poder más decisivo desde la caída del Imperio romano.

Madrid era, en la primera década del siglo XVII, una población de grandes dimensiones que, precisamente por su vertiginoso crecimiento, también era desordenada, maloliente, descuidada, sin criterio urbanístico ni un Concejo capaz de organizar la vida ciudadana. Un caos que se convirtió en una enorme preocupación para sus munícipes y para la Corte, empezando por el rey Felipe III, que pasaba más tiempo solicitando soluciones al descuido de su Corte que aportando oro para llevar a cabo las que se le sugerían.

El incendio de las casas situadas en las cercanías de la Puerta de Atocha no era el primero de aquel año; ni tampoco sería el último. Y el temor que generó en los vecinos se limitó a ser una inquietud más, siempre aterrados por la posibilidad de que se extendiera de una casa a otra y, como las fichas de un dominó, acabara convirtiendo la ciudad en un erial ennegrecido, y por eso mismo con cada nuevo fuego incontrolado eran centenares los vecinos que se aprestaban a ayudar a sofocarlo, incrementando el caos en lugar de resultar eficaces, hasta que una calle ancha cualquiera ejercía de cortafuegos y, más o menos, devolvía por un tiempo la calma a los paisanos y a sus autoridades.

Las construcciones que usaban la madera para sus pilares, suelos y techos, eran las que más abundaban. Una madera que se traía de la sierra de Guadarrama y con ella se hacían, en efecto, las vigas de los edificios, las cerchas que sostenían los tejados y buena parte de los pavimentos, zócalos y artesonados. Por otra parte, casi todos los muebles del interior de las casas eran también de madera. Los grandes troncos que llegaban a la ciudad día tras día eran almacenados en los llamados «corrales de la madera». El primero, y quizás el más antiguo de todos, precisamente el que dio nombre a la calle de la Madera, estaba al norte de la Villa, al final del camino de Fuencarral. Fue una mujer, Catalina de la Cerda, la que estableció allí su almacén de maderas en 1612, un lugar hasta donde llegaban todas las semanas carretas de bueyes o mulas cargadas de troncos o arrastrándolos.

Por eso, pronto se extendió el negocio: era necesario, imprescindible, para abastecer a Madrid en su crecimiento, y fueron los monjes jerónimos de El Paular quienes se establecieron en el Corral de Maderas de San Bruno, junto a la Cava Alta. Ellos obtenían sus troncos de unos bosques del valle de Lozoya, privilegiados por cesión concedida por la Corona al monasterio de El Paular en 1675.

Pasados los años, ya en 1837, con la desamortización de Mendizábal, los monjes tuvieron que poner a la venta su concesión, y su adjudicatario, Andrés Andréu, los vendió a la Sociedad Belga de los Pinares de Fincas Españolas. Esta sociedad creó una serrería en la calle Atocha, en 1840, entre las calles Alameda y Cenicero. También hubo otros muchos almacenes de maderas que se fueron creando desde aquellos primeros años: el de Martínez, en el número 37 de la calle Atocha, como taller de carpintería, almacén de maderas y vivienda de Martín Martínez; la Fábrica de Maderas de la Ronda de Valencia, en el número 5, en 1904, que llamó la atención por su arquitectura y por su fachada de ladrillo con influencias del estilo neo-mudéjar... Pero fue en el moderno barrio de Malasaña en donde se ubicaron más almacenes de madera desde mediados del siglo XIX, así como talleres de ebanistería y de carpintería. Porque a finales del siglo XIX, llegó de París y de La Habana una moda que fue muy bien recibida por los madrileños, la de utilizar los tarugos de madera como si fueran adoquines en las entradas de los portales de los edificios para que los carruajes al salir o al entrar no hicieran tanto ruido como lo hacían al transitar sobre la piedra. Hasta la actualidad se mantiene este pavimento de madera en diferentes edificios en las calles de San Marcos y Miguel Servet, así como en el vestíbulo del palacio de Linares y en el palacete de la Trinidad.

El olor a tierra quemada de aquel día, no obstante, no impidió a Juan Posada inaugurar su nueva hospedería, eufórico al lado de su madre, María, que lo contemplaba arrobada por el acierto de su hijo y la satisfacción de saber que sus consejos habían producido aquel fruto. La hostería fue bautizada como la Posada del Peine, en recuerdo al primer mesón que ella conoció al llegar a Madrid, del que también copió la peculiaridad de dotarla con un peine en cada habitación. Una inauguración sonada con un gran convite al que asistieron muchos de los vecinos cercanos y algunas autoridades municipales en el mes de mayo de 1610.

Hasta entonces, muchos habían sido los acontecimientos a celebrar y los lutos a llevar en el seno de las familias de Alonso, Juan y Guzmán.

El actor Alonso Vázquez y su esposa Teresa habían fallecido unos años antes. Teresa la primera, en 1600, a causa de un mal de vientre que le robó la vida en poco más de un mes de terribles sufrimientos, y Alonso un año después, en 1601, sin motivo aparente, aunque los más allegados creyeron leer en sus ojos una profunda y prolongada tristeza de la que no supo escapar, como si la estrella de cristal que le esperaba en el cielo hubiera agotado su paciencia. Además, para añadir más dolor a la pérdida de su esposa, Juan Posada, su gran amigo Juan, con quien había compartido treinta y cinco años de afecto y complicidad, había muerto también pocos días después de Teresa, sin que la suya, por ser una muerte anunciada en los pliegues de su rostro desde hacía tiempo, fuera por ello menos ácida y desoladora. La esposa de Juan, María de Tormes, aceptó la muerte de su marido con entereza, como si hubiera guardado el luto desde mucho antes de producirse, y su duelo se limitó a musitar rezos silenciosos mientras continuaba atendiendo el negocio familiar con su hijo, Juan, que enterró a su padre resignado a lo inevitable, sin derramar una lágrima.

Juan había cumplido treinta años cuando se quedó huérfano. Clarita, por su parte, perdió a su padre y a su madre cuando apenas tenía dieciséis años, y justo cuando Diego se quiso ir a la Universidad de la ciudad de Alcalá. Y como, en su despedida, Diego anunció solemnemente que cuando acabara sus estudios universitarios marcharía por unos años a la Universidad de Bolonia para continuar estudios de leyes, y dejó dicho con contundencia y claridad que por su cabeza no se cruzaba la idea del matrimonio, Clara vivió el luto de su ausencia con más intensidad que la de la pérdida de sus padres y, además, durante más tiempo. Y todo ello sin sentir el frío ni el calor, como nunca lo había sentido su padre.

Hasta que, como asidua asistente al Corral del Príncipe, enamorada del teatro por herencia familiar, se topó un día con los ojos chiquitos y vivarachos de un actor descarado y dado a las bromas, efervescente y locuaz, llamado Miguel Argote, y la vida empezó de nuevo a girar para ella. Es lo que tiene el amor desventurado: a veces sólo se corta su hemorragia con el dolor de un hierro al rojo que cicatriza la herida.

En aquellos primeros años de 1600 también iniciaron el viaje a sus estrellas de cristal los padres de Diego: Clara en 1603 y Guzmán de Tarazona seis años después. La muerte de Clara fue tan accidental y absurda que quedó resguardada en el secreto familiar porque rozaba el ridículo: se golpeó con una traviesa de madera de la buhardilla de su casa mientras ordenaba una pila de libros de su marido, cayó por las escaleras sin sentido y, en el rellano de la primera planta, se clavó en el cuello el adorno de un candelabro que reposaba sobre una mesita de pared, desangrándose en un instante al seccionarse la yugular. Guzmán la enterró blasfemando, improperios que fueron oídos por el párroco que ofició el funeral y que, a continuación, lo denunció a las autoridades eclesiásticas y civiles, así como a la Inquisición, convencido de que el diablo se había apoderado del alma de aquel hombre, si bien se libró de ser preso y enjuiciado por sus pasados servicios prestados a la ciudad y por la intercesión de su majestad. Pero para evitar agravios comparativos y una afrenta al Santo Oficio, se le prohibió volver a salir de casa so pena de procesamiento y ajusticiamiento o destierro.

Allí en la casa, encerrado y atendido por una vieja ama que cuidó de él hasta su muerte en 1609, se limitó a continuar con sus lecturas y a alimentar su curiosidad por todo, un afán por conocer que lo devoraba. Diego, su hijo, que no asistió al entierro de su madre porque recibió tarde la carta en que se le comunicaba la noticia, después fue a visitarle algunas veces, pero luego de partir hacia Bolonia ya nunca regresó de visita, como tampoco a darle tierra cristiana.

Aquellos años no sólo se colmaron de acontecimientos luctuosos. También se produjeron celebraciones de fiestas de Navidad, el enlace matrimonial de Juan Posada con Inés Sánchez, hija de un tahonero de la Calle Mayor, la proclamación de Felipe III como rey tras la muerte de su padre, Felipe II, en 1598, y una serie de algaradas populares de protesta por la decisión del nuevo rey de trasladar la Corte a Valladolid el 11 de enero de 1601. También se oyeron por doquier los murmullos de admiración que se extendieron como zumbidos de abeja por la publicación de una obra titulada *El ingenioso hidalgo Don Quijote de la Mancha*, impresa en la imprenta de don Juan de la Cuesta en 1605 y que todo el mundo quiso saber de qué trataba, a tenor de su repercusión en los mentideros, que preguntaban sin cesar a quienes sabían leer. Y, por supuesto, no faltaron las festividades y algarabías desmesuradas con motivo del regreso de la Corte a Madrid en 1606, una celebración bañada en vino recio e hipocrás con tal exceso que dejó varios muertos y heridos, muchos de los cuales no fueron causados por indigestiones sino por las disputas solventadas con arma blanca en tabernas durante la tarde o en callejuelas sin iluminar en las horas más avanzadas de la medianoche. El regreso de la Corte fue, con todo, excusa para un gran alborozo en el pueblo de Madrid, que así recuperaba su seña de capitalidad y con ello la construcción de nuevas iglesias y edificaciones civiles, casas y palacetes que se extendieron hasta más allá de lo que se podía pasear sin fatigarse. Palacios que, como el de las Siete Chimeneas, levantado entre 1574 y 1577 por el arquitecto Antonio Sillero para don Pedro de Ledesma, secretario de Indias, ponían límite a la ciudad por el este, marcando una linde que pronto iba a ser rebasada.

Una casa, la casa de las Siete Chimeneas, que según se contaba en las crónicas fue una de las más enigmáticas construcciones de Madrid y desde siempre dio lugar a numerosas leyendas. Se narraron muchos aspectos curiosos en torno a ella, como el hecho de, a pesar de su alcurnia, no tuviera ningún escudo de propietario, aunque tal vez sí lo tuviera y después se eliminara en alguna de sus diferentes reformas, pero el caso es que, pasado el tiempo, no conservó ninguna identificación nobiliaria. También fue motivo de murmuración su lejana ubicación del centro en esos años, y aún más sorprendió el exagerado número de chimeneas para el tamaño de la casa. Pero lo más enigmático y escalofriante era la especie de maleficio que siempre se cernió sobre todos sus habitantes a lo largo de la historia.

Desde las primeras noticias sobre esta casa, relacionadas con un montero de Carlos V, todo fueron supersticiones. Dicho montero, se decía, la mandó construir para una hija suya,

Elena, de la que se aseguraba que mantenía una relación amorosa con Felipe II. Quizá porque, acaso por disimular, el propio monarca le organizó una boda con un capitán del ejército, de nombre Zapata, que murió enseguida en una campaña en Flandes. La joven, entonces ya viuda, desamparada del rey, se quedó sola y desconsolada, dejó de comer y descuidó su aspecto. Y cuando murió, nadie tuvo noticias de que su cuerpo saliera de la casa para ser enterrado, ni tampoco que se celebraran funerales por ella.

Los sirvientes, deslenguados y tal vez asustados, comenzaron a dar pábulo al rumor de que había sido asesinada, y la noticia llegó a oídos de la Justicia, que decidió interrogar al padre para ver cómo explicaba lo que se comentaba. Y aunque el atribulado padre aseguró no saber nada de los bulos ni acusaciones, lo cierto es que al poco se ahorcó colgándose de una viga de la casa.

Y desde ese momento comenzaron las historias trágicas protagonizadas por sus inquilinos, y las leyendas sobre el edificio, porque algunos campesinos que regresaban a sus casas al anochecer aseguraban haber visto a través de los ventanales una figura espectral femenina de cabellos largos, ataviada con un vestido blanco de seda y una antorcha. Decían que se golpeaba el pecho y dirigía su mano en la dirección donde estaba el Alcázar. Una especie de fantasma que dijeron haber visto varias veces numerosos testigos.

Después nadie se atrevió a vivir allí. Por eso, en el siglo XIX el Banco de Castilla compró el edificio y lo reformó por completo. Y, sea como fuere, la casa nunca volvió a tener un propietario particular desde Elena, sino que siempre estuvo vinculada al Estado, la Banca o algún organismo oficial.

Encima, para abundar en la leyenda, se aseguró que durante las obras llevadas a cabo por el banco se levantó el suelo del sótano para realizar una instalación de tuberías y los obreros encontraron entre las ruinas el esqueleto de una mujer joven junto a un puñado de monedas de oro del siglo XVI. Más tarde cambió de propietario y fue la sede del Banco Urquijo en los años ochenta del siglo XX, lugar en donde se cometió el asesinato de los marqueses de Urquijo, un crimen que siempre permaneció sin resolver y rodeado de misterio. Destino trágico, en fin, de los inquilinos o propietarios de dicha vivienda, que, actualmente, es la sede del Ministerio de Cultura.

Al lado del cuerpo rectangular inicial con las siete chimeneas y la gran cornisa de ladrillo, donde destaca la sobriedad de la edificación tradicional de los Austria, conserva unas columnas clásicas a modo de ornamentación. Y también destaca el gran torreón de la ampliación, con su galería clásica en ladrillo en la parte superior, la balconada con decoración renacentista en piedra y el gran arco de entrada, de corte clásico, de medio punto, con sillares almohadillados.

El regreso de la Corte y del rey a la ciudad no sólo fue el reconocimiento de un error; fue, sobre todo, la consolidación definitiva de Madrid como la urbe más importante del mundo.

También se celebró una boda más en 1607. Porque Clarita aceptó casarse con el cómico Miguel Argote, actor principal del Corral del Príncipe, del que se había enamorado tras verse asaeteada por su mirada húmeda y el brillo de unas pupilas que encandilaban desde el escenario y que de cerca abrasaban, por su osadía. Huérfana como era, y con una dote considerable por la herencia familiar, el cómico se fijó en su fino talle, en sus pies pequeños, en su rostro de inocencia y en su mirar desinhibido, tan arriesgado como el suyo, o tal vez pudiera ser que más, y no tardó en cortejarla y requebrarla hasta que ella dio un sí que llevaba guardado en el camafeo de su corazón desde hacía mucho tiempo.

La boda se celebró en el convento de la Piedad Bernarda una mañana fría y sin sol que no impidió que la novia luciera un vestido fino sin más abrigo que la cubriese. Seguía sin sentir frío ni calor, nada que alterase su imperturbable sensación corporal. En la ceremonia, María de Tormes ofició de madrina con solemnidad e imperturbabilidad, seria y sin emoción alguna, con la firmeza que la caracterizaba, mientras que Diego, en Italia, tuvo conocimiento del enlace por una carta que le escribió la propia niña informándole de su inminente contrato nupcial, dejando bien claro que se lo comunicaba porque era su deber de buena amiga, nada más que por ello, y acabando la misiva con un entrañable abrazo de hermana.

«Las estrellas son pájaros de vidrio que vuelan muy alto, allá donde se pierde la mirada de los hombres, ¿recuerdas? —le escribió Clara en su carta—. Tú mismo me lo decías a los pies de la iglesia de Santiago cuando éramos niños. Pero estabas equivocado, mi querido Diego. El pájaro de vidrio es el amor, y por eso se rompe tanto con las mudanzas. Ahora voy a conservar el mío para mi esposo, se llama Miguel Argote, que, aun siendo quizá frágil, quiero que adorne mi vida por el resto de los días que me conceda vivir el Señor. Te aseguro que es un hombre bueno y de palabra, y eso, a mí, me basta.»

Durante la noche de bodas, Miguel Argote le dijo a Clarita que le hubiera gustado casarse en el convento de Santa Isabel. Lo dijo entre risas, y como Clarita no comprendió a qué venía la humorada de su esposo, se lo preguntó:

—No sé qué es lo que tanta gracia te hace...

—Es que me he acordado de un suceso que me han contado y todavía no puedo evitar divertirme.

—Pues cuéntame, esposo, que hoy es noche de muchas alegrías y quiero compartirlo todo contigo.

—¿No te asustarás?

—¿Y por qué habría de asustarme?

—Porque a mí me mueve a risa, pero a otros les llena de pavor. ¿Conoces la historia de doña Prudencia Grillo?

—No.

—Era una mujer que vivía en la calle del Príncipe, durante el reinado de don Felipe II, nuestro señor.

—¿Y qué cuento hay con esa tal doña Prudencia?

—Divertido, muy divertido. —Volvió a reír Miguel Argote—. Dicen que era una joven muy bella y muy rica, hija de un banquero.

—¿Y qué más?

—Que, siendo tal, se enamoró de un pobre alférez, un tal Martín de Ávila, tan joven y apuesto como ella. Pero con la mala fortuna que le correspondió embarcarse en la armada de nuestro rey que se dirigió a invadir Inglaterra.

—De eso tuve noticias, sí. Una escuadra invencible.

—Eso decían —cabeceó Argote—. Pero el caso es que la despedida entre ambos estuvo llena de lágrimas y dolor, él por tener que partir a la guerra y ella por no poder impedirlo. Y, ante tal situación, el joven alférez no tuvo mejor ocurrencia que prometerle que si algo malo le ocurriese, ella sería la primera en saberlo, porque enviaría a su espíritu para que, atravesando puertas y paredes, arrojara un cajón de la cómoda al suelo en señal de desgracia.

—Me parece que ahora entiendo tus risas, esposo. Burlón era el señor alférez.

—Y eso no es todo —siguió Miguel—. Porque una noche la tal Prudencia se despertó muy de medianoche, presintió que algo malo le había ocurrido a su amado y no tuvo mejor ocurrencia que salir corriendo de su estancia para no presenciar la caída del cajón. Pero no le dio tiempo: el cajón se desprendió de la cómoda, cayó al suelo con estrépito y ella se volcó en lágrimas.

—¿Y cómo acabó el cuento?

—Pues aunque sea difícil de creer, todos dicen que es verdad lo que se cuenta. Porque días después llegaron de El Escorial noticias de la derrota de la escuadra naval y la relación de bajas, entre las que se encontraba el alférez don Martín.

—Pues, siendo así, no le veo la gracia —se desentendió Clarita.

—Mujer, porque no hay quien pueda creerse suceso así con fantasma incluido, por tal me río. Y porque, además, lo cierto es que la joven Prudencia ingresó en un convento y hoy es superiora del de Santa Isabel, y, según dicen, ella sigue asegurando que aquello es cierto. Por eso me divertía tanto la broma... Si nos hubiéramos desposado allí, le habría preguntado por el hecho. Porque gracia tiene, ¿o no?

—Lo que no tiene gracia —replicó seriamente Clarita, con un gesto grave—, es que sea nuestra noche de bodas y tú andes entreteniendo a tu esposa con cuentos de fantasmas en lugar de estar a lo que tendrías que estar.

—Ay, mujer —asintió Miguel Argote—. Ni una. Ya veo que no me vas a pasar ni una... Quién me mandaría a mí meterme en estas cosas del matrimonio...

—¡Miguel...!

—Ay, esposa mía. —El marido inició sus arrumacos—. Con lo que yo te quiero...

Juan Posada e Inés Sánchez formaban también un matrimonio muy bien avenido. Compartían casa con María, su madre y suegra respectivamente, y atendían con agrado las recomendaciones de la vieja mujer para que ampliaran un negocio que a la legua se veía próspero. Y, convencidos también de ello, en 1610 se abrió al público la Posada del Peine en la calle del Vicario Viejo, que después pasó a llamarse Marqués Viudo de Pontejos, junto a la principal parada de diligencias de la capital en la contigua calle Postas, denominada así por ser el destino de viajes y de mercaderías.

Formada por tres edificios contiguos, la posada llegó a ser el más importante establecimiento hotelero de Madrid de su tiempo, y su nombre respondía al hecho de que colgaba un peine del techo de cada una de sus habitaciones, atado a un cordel para que los viajeros no se lo llevaran, algo que a María le había hecho mucha gracia cuando lo conoció a su llegada a Madrid y también porque pensó que la existencia del peine era un servicio añadido al lujo de los aposentos, lo que a buen seguro sus huéspedes agradecerían y tal vez comentarían jocosos, extendiendo así la fama de la nueva posada madrileña.

Recordando su propia vida y rememorando lo que tantas veces había relatado Guzmán de Tarazona, el ilustrado amigo de la familia, doña María amenizaba las sobremesas y los ratos de esparcimiento contándole a su nuera Inés las múltiples curiosidades que había llegado a conocer de la ciudad de Madrid, algunas de ellas sumidas ya en las neblinas del tiempo o borrosas por los muchos días transcurridos desde que las conoció, porque lo cierto es que la memoria se esconde con los años en lugares de difícil acceso y lo que se trata de rebuscar a trompicones lo dificulta aún más la natural torpeza de la edad. Pero lo que el tiempo difumina, el ingenio suplanta, y así doña María tenía conversación grata con la que entretenía a su nuera en las horas pausadas en que se sentaban a descansar.

—Decía don Guzmán, el padre de Diego, que aquí vivió hace seiscientos años un sabio astrónomo llamado Abul-Qasim Maslama, que, además, era matemático y dirigía las siete escuelas de Astronomía que había en Madrid. ¿No te parece asombroso?

—¡Siete escuelas!

—¡Y hace ya seiscientos años!

—No puede ser. Nadie se acordaría... ¿Seiscientos años? ¿Tanto tiempo? —Inés no era capaz de calcular cuánto era eso y le parecía una eternidad.

—Sí, sí, así lo aseguraba don Guzmán. Porque, si mal no recuerdo, el pobre Abul-Qasim murió en el año de 1008 en Córdoba, y ahora estamos en 1610, o sea que figúrate lo que ha llovido desde entonces. Era tan popular que le conocían como Abdul al-Maŷrītī, que quiere decir «el madrileño».

—¡Un infiel madrileño! —se escandalizaba Inés.

—¡Pues claro! ¿Qué te crees? Madrid fue una ciudad árabe hasta que el rey Alfonso VI la hizo suya, y sólo desde entonces es una ciudad cristiana.

—Menos mal. —Se santiguó Inés, confortada—. Y bendito sea don Alfonso VI.

—Bueno, no tan bendito. —María se levantó para beber un vaso de agua del cántaro que tenía sobre la mesa.

—¿Por qué dice eso, señora?

—Porque ese rey, tan célebre, anduvo jugando con nuestra ciudad a su antojo. —María alzó las cejas y negó repetidas veces con la cabeza—. Repara en que primero donó la hondonada de San Martín al abad de Silos, más tarde cedió la Rinconada de Perales al arzobispo de Toledo y después... ¡yo qué sé cuántas cosas más! No me extraña que no tardaran ni cien años los infieles en volver a entrar al asalto en Madrid e incendiar la ciudad. Si no la querían los reyes cristianos, ¿para qué iban a quererla los moros, debieron de pensar? Por eso en el año del Señor de 1109 la arrasaron, la dieron fuego, se fueron prestos y no dejaron ni cuatro casas.

—No lo entiendo. —Se alzó de hombros Inés y también dio un sorbo de agua de su vaso—. Con lo bonita que es nuestra ciudad.

—Muy bonita, sí, todo lo que tú quieras, pero fue moneda de cambio siempre, hija —cabeceó María, lamentándolo—. Así ha sido durante muchos años. Luego, claro, catorce años después el rey Alfonso VII se arrepintió de los malos actos de su padre y otorgó el primer fuero a Madrid. Esto debió de ocurrir... déjame que me acuerde de lo que decía don Guzmán... Sí, allá por el año 1123, sí. Eso es. Desde entonces ya fue una ciudad, pero hasta entonces...

—Ay, señora María... —suspiró Inés—. ¡Cuántas cosas sabe usted!

—No tantas, no tantas —respondió la mujer, arqueando las cejas, con evidente modestia—. Pero lo que sé con certeza es que tenemos que ir a ver en qué anda tu esposo porque, si mi hijo sale a su padre, te aseguro que estos hombres no saben nada de cómo llevar un negocio. Bueno, ni él ni ninguno. Si no fuera por nosotras...

A pesar de la mala opinión que María decía tener de su hijo, lo cierto fue que Juan Posada puso en pie la más importante fonda hostelera de Madrid y la que mejor atravesó las incertidumbres de los tiempos, convirtiéndose en ejemplo para otras muchas que se fueron abriendo en la villa y en otras muchas ciudades de Europa. Tanto fue así que la estirpe de los Posada mantuvo el negocio, de generación en generación, durante siglo y medio, hasta que finalizando el siglo XVIII, allá por 1796, adquirieron la Posada del Peine unos nuevos propietarios, los hermanos Espino, ilusionados con ella y con la ambición necesaria para mejorar aún más el establecimiento.

Lo primero que hicieron los Espino fue solicitar una licencia para alzar una nueva planta a la posada y contratar a un arquitecto, a la sazón el estirado y escrupuloso don Francisco Álvarez Acevedo, para que llevara a cabo la ampliación, lo que hizo con dedicación y meticulosidad aunque también disgustado continuamente con los albañiles, hasta el punto de que despidió a decenas de ellos hasta ir encontrando los que satisfacían sus gustos y obedecían sus órdenes sin rechistar y con presteza. Y sin ahorrar tampoco múltiples discusiones con el arquitecto municipal encargado de vigilar la obra, el célebre Juan de Villanueva, que soportó al arquitecto Acevedo más de lo que pensó nunca que pudiera resistir. Finalmente el trabajo se culminó a la perfección y la posada continuó siendo la mejor de cuantas daban hospedaje en la capital de España.

Muy poco después, en 1803, volvió a ampliarse la casa por la necesidad de aumentar aposentos para su mucha clientela y para ello los hermanos Espino adquirieron una casa situada al lado justo de la posada, pero ya sin Acevedo como arquitecto. Luego, la Posada del Peine no se reformó de nuevo hasta 1863, cuando se alzó una planta más y se elevó tres pisos sobre el terreno. Fue un afamado arquitecto del momento, don Juan Antonio Sánchez, el autor de la elevación del inmueble y, además, el diseñador de una reforma estructural de todo el edificio, necesitado de apuntalamiento y de una fijación de su cimentación. En total, la posada contaba entonces con ciento cincuenta habitaciones y seguía siendo una bandera madrileña del prestigio.

Pero con ello no acabó su engrandecimiento. En 1892 sus nuevos dueños volvieron a buscar una mejora de la imagen de la casa y, coincidiendo con la conmemoración del IV Centenario del Descubrimiento de América, uno de los tres cuerpos que componían la edificación fue adornado en su parte superior con un templete en el que se incrustó un gran reloj, maquinaria que con el tiempo acabó destruyéndose, aunque siempre quedó el hueco en donde había estado colocada la esfera. No es de extrañar, así, que después de muchos años y tras la existencia de diversos propietarios del hotel, el edificio lo adquiriera a principios del siglo XX el maestro relojero Girod para su fábrica de relojes, cuyo taller se instaló en la primera planta de la gran casa, nuevamente reformada.

De la antigua posada sólo se siguieron conservando las fachadas de aquellos tres edificios originales, con los tres estilos arquitectónicos diferentes que fueron dándose a través de los tiempos. Pero todavía se podía seguir leyendo su nombre, el mismo que con el paso de los años lo leyeron miles de madrileños y de forasteros, ilustres o no, que se hospedaron en ella o pasaron junto a su fachada. De hecho, la Posada del Peine se mantuvo abierta al público y a pleno rendimiento hasta el año de 1970, cuando la pátina del tiempo borró su esplendor y sus últimos propietarios decidieron cerrar sus puertas. Aunque no de modo definitivo porque en el año 2006, ya en el siglo XXI, situada a pocos metros de uno de los arcos de acceso a la Plaza Mayor de la capital, muy cerca de la Puerta del Sol y frente al Palacio de Santa Cruz, sede del Ministerio de Asuntos Exteriores, se reabrió de nuevo como un centro más de la cadena hotelera madrileña High Tech. Por tanto, aquel sueño de Juan Posada, y de su madre María de Tormes, continuó cuatro siglos después siendo una estrella más de la historia de Madrid.

María de Tormes murió en 1619 a la edad de setenta y un años, víctima de un mal aire que le atravesó los pulmones mientras tendía la ropa recién lavada en la trasera de la posada.

Sintió el cuchillo del frío entrar por su espalda con la facilidad con que habría entrado en un cubo de mantequilla, suavemente y sin resistencia, hasta los adentros de su pecho, un cuchillo de los muchos que venían lanzados desde la sierra de Guadarrama en noviembre, diciembre, enero, febrero y marzo. Lo sintió, pero no le dio importancia. Otros muchos alfileres habían traspasado su toquilla durante tantos años seguidos que de aquella nueva puñalada se olvidó. Pero aquella noche sintió, antes de acostarse, un frío distinto, un frío en los huesos de las piernas que no sabía a qué se debía, ni por qué sentía tan mal cuerpo, humedad en la nariz y un rosario de estornudos que le causaron dolor de párpados y calentura en la frente. Pidió a su nuera Inés una manta más, y luego otra. El frío no se le iba, sino que aumentaba más y más mientras ardía su frente y su cuello como si todo hubiera engordado dentro de ella y le costara respirar. De nuevo pidió otro favor: leche caliente. Pero ya no pudo beberla. Cuando Inés se la llevó a su estancia María se sacudía en espasmos sobre la cama, decía frases inconexas, se agitaba como una demente a la vez que pronunciaba palabras soeces y, al fin, perdió el conocimiento. El físico que acudió a su lecho no tardó en diagnosticar fiebres pulmonares y prescribió paños húmedos continuos sobre la frente y una sangría.

Tres días después, sin recobrar el sentido, María de Tormes murió tras un espasmo exagerado. Juan e Inés, acompañados de Clarita y su esposo, Miguel Argote, la velaron la noche entera antes de comprar una sepultura en la cripta de San Ginés de Arlés, en donde fue inhumada al día siguiente.

María había sido una mujer de gran carácter y con el don de comprender las necesidades ajenas para satisfacerlas y, así, obtener de ello beneficios. Sin duda, dominaba el arte del comercio, quizá por intuición, acaso por herencia familiar, si bien nunca dio a conocer el oficio de su padre ni tan siquiera su procedencia y origen. Un don natural, en todo caso, que transmitió poco a poco a su nuera Inés Sánchez y, sobre todo a la mayor de sus nietas, Isabel, que desde muy pequeña ya se entendía a la perfección con su abuela y hacía preguntas ingeniosas que parecían inadecuadas para su edad.

—Esta niña ha salido a mí —repetía María de Tormes.

—A la familia de los Posada, sí —respondía Inés.

—A quien sea —María insistía, sin replicar—. Lo que te aseguro es que en sus manos la Posada del Peine sobrevivirá al paso del tiempo.

—Quizá, cuando se case, no quiera...

—Pues casada y todo azuzará a su hermano Juan para que la defienda, ya lo verás.

—De eso estoy segura —aceptó Inés.

—Ya puedes estarlo —concluyó su suegra, María de Tormes.

Juan Posada e Inés tuvieron tres hijos: Isabel, Juan y María, nacidos entre 1628 y 1630. Y a ellos les facilitaron una educación elemental hasta que tuvieron edad para empezar a ayudar en la posada. Y les contaron, como habían hecho sus padres con ellos, las viejas historias de Madrid, la ciudad en que habían nacido y a la que tenían que aprender a querer.

Porque todo madrileño, les aseguraron, tenía que amar por igual a su ciudad y a sus vecinos, y del mismo modo a los forasteros que decidieran asentarse en ella. Era una manera de ser que no debían ignorar, porque si ya en 1264 habían llegado muchos mudéjares expulsados del valle del Guadalquivir y nadie les consideró impuros ni extranjeros, con el paso del tiempo no era propio de un madrileño ser descortés con nadie que buscara cobijo en Madrid.

—Hasta un regimiento de soldados forasteros quiso el rey Alfonso XI que se acuartelaran para siempre aquí —remachaba Juan sus consejos—. Y si unos extraños vinieron para defendernos y protegernos, ahora nos toca a nosotros proteger y defender a los extraños.

—Pero la reina Isabel expulsó a los judíos de Madrid —objetó Isabel, seguramente después de oírselo decir a su abuela María.

—Cierto —asintió Juan y, tras meditarlo unos segundos, aclaró—: Pero fue una expulsión de todos los reinos de España, no sólo de Madrid. También así Madrid obedeció a sus reyes, que eran suyos aunque doña Isabel naciera en el Madrigal de las Altas Torres y don Fernando en el lejano Aragón. Además, mucho tenemos que agradecer a nuestra reina Isabel: no tomó en cuenta que Madrid se sumara al bando de doña Juana en la disputa sucesoria por Castilla, ni tampoco que se rebelara contra ella al lado de los comuneros de Juan de Padilla. Al contrario, se conformó con castigar con un año de cesantía a los miembros del Concejo y después volvió a permitir la existencia de un nuevo corregidor y de un Concejo cuyos regidores eran los mismos del anterior. Incluso les ayudó dándoles licencia para ordenar las vías de Madrid y les facilitó la construcción de un matadero municipal que es el más grande, variado, abundante y próspero de España.

Al entierro de María de Tormes acudió un gentío desmesurado. El cortejo funerario desde la Posada del Peine a la iglesia de San Ginés fue seguido por varios centenares de personas que guardaron un silencio desacostumbrado mientras los pilluelos, aprovechando la multitud, hicieron una saca sin precedentes de bolsas de dinero a los compungidos asistentes a las honras fúnebres. Como consecuencia, aquella misma noche el corregidor de la Villa dictó severas órdenes de policía para poner fin a la pillería callejera, una disposición que logró poner entre rejas, en las semanas siguientes, a pan y agua, a varios centenares de ladronzuelos.

Y eso que no era fácil dar con quienes, por un motivo u otro, decidían ocultarse en las casas de Madrid. Porque sus casas, en lugar de ser construidas de un modo natural, por causa de la llamada «regalía de aposento» se edificaban de un modo muy particular, un invento de los madrileños más avispados que fue conocido con el sobrenombre de «casas a la malicia».

Las casas a la malicia, o casas de incómoda partición, surgió por la decisión de Felipe II de obligar a todo vecino «que no estuviera exento de hacerlo» a ceder una o varias habitaciones a un funcionario real de los muchos que se instalaron en Madrid cuando se convirtió en la sede de la Corte. Esos funcionarios tenían derecho a ocupar la mitad de la superficie útil de la casa de una familia madrileña, y para evitar el expolio, los vecinos se construían sus viviendas con habitaciones ocultas, o de difícil acceso, de tal modo que no se vieran desde la calle, para que, a la hora de ceder esa mitad útil, sólo se contabilizara lo que se mostraba, no lo que se ocultaba en altillos, patios, traseras, corrales, buhardillas y toda clase de espacios que quedaran fuera de lo que aparentaba ser la superficie útil. Esa manera de escamotear metros para evitar la invasión de los funcionarios del rey era conocida por todos, pero imposible de descubrir, lo que obligó a las autoridades a buscar una solución que no llegó hasta muchos años después, con la Visita General de 1749, que realizó un catastro general a toda la ciudad.

Porque las autoridades municipales, en concreto el Concejo y su corregidor, fueron quienes propusieron tan molesta medida del realojo obligatorio. No se trató de una orden surgida de una ocurrencia de Felipe II a su llegada a Madrid, sino que fueron ellos mismos quienes ofrecieron tal regalía al rey como contrapartida a que Madrid fuera la capital del reino y la Corte se instalara de manera definitiva en la ciudad. Como era natural pensar, y así lo pensaron de inmediato los madrileños, los miembros del Concejo se libraron de tal invasión porque se declararon exentos de aquella carga de la cesión del aposento obligado, no en balde lo formaban miembros destacados de la burguesía local y lo propusieron sin temor a quedar afectados por la norma. Ellos estaban exentos de cumplirla, lo que fue conocido y criticado por muchos vecinos, optando por reformar sus casas con estancias ocultas, para contrarrestar la injusticia y el abuso de las autoridades.

Otras familias y otras viviendas también consiguieron librarse del huésped engorroso: fueron las casas pequeñas, las de difícil partición, las que decidieron pagar una suma al Concejo para quedar exentas y los propietarios que donaron una buena cantidad de dineros directamente al rey. Pero librarse de todo coste no fue tan fácil, porque las viviendas pequeñas y las de difícil partición tenían que sustituir el hospedaje imposible por un canon, a modo de alquiler, pagadero al Concejo, lo que en todo caso era de agradecer porque en cualquier caso resultaba preferible pagarlo a tener que soportar a un emperifollado funcionario campando por la casa a todas horas, cualquiera que fuera el humor con que se levantara cada día.

Esta fue la causa de que Madrid se llenara de casas pequeñas o de estructura compleja y de difícil partición, las que fueron conocidas por todos como las «casas a la malicia». Y es que Madrid pasó de tener dos mil quinientas casas en 1561 a más de diez mil en 1618, muchas de ellas de tal guisa o malicia. Todo hasta que, desde 1759 a 1769, se levantó la Planimetría General de Madrid, tras una exhaustiva visita a todas las casas, que, una vez revisadas, eran marcadas con un azulejo, un azulejo que siguieron conservando muchas de ellas a través de los tiempos.

Clara y su esposo Miguel Argote, desde la muerte de doña María, pasaban mucho más tiempo en la posada, acompañando a Juan y a Inés. Él, aunque tenía que dedicar muchas mañanas y casi todas las tardes a su oficio en el Corral del Príncipe, ensayando las obras que representaba, o actuando en ellas, no dejaba pasar ocasión de acompañar a su mujer de visita a casa de los Posada, y muchas veces hacían consideraciones acerca de qué sería de Diego, el hijo de Guzmán y de Clara, del que no tenían noticias desde su marcha a Bolonia para estudiar leyes. Sólo un año recibieron una carta por Navidad, llena de saludos y buenos deseos, pero nada sabían de la marcha de sus estudios, del ejercicio de su profesión, de sus ideas de regreso o de si había cambiado de estado.

Miguel se había convertido en el actor más popular de Madrid. Clara, por su parte, atendía la casa con esmero y esperaba el momento de concebir un hijo, lo que le estaba resultando difícil. Su marido lo achacaba a la manía, heredada de su padre, de no abrigarse en invierno ni de aligerar sus ropas en verano, y aunque aseguraba que nunca tenía frío por muy crudo que fuera enero ni calor por muy asfixiante que saliera julio, lo cierto era que aquella naturaleza ajena a la temperatura del ambiente era una rareza a la que podía culparse de cualquier cosa, incluida su gran dificultad para engendrar una nueva vida.

En ocasiones Miguel regresaba tarde a casa, aunque lo que más le gustaba era compartir la cena con Clara. Y entonces trasnochaban mientras él le contaba, con todo lujo de detalles, que había sido presentado a un escritor, o a un pintor, o a un autor teatral, y que no le había quedado más remedio que compartir con cualquiera de ellos horas de conversación en tabernas, ante jarras de vino y platos de queso, oyéndolos disertar acerca de la bondad de las obras propias y de la zafiedad de las ajenas, lo que a Miguel le divertía en grado sumo porque le recordaba las opiniones que unos actores tenían de otros, siempre criticándose entre ellos.

Hasta que una noche tardó más de la cuenta en regresar a casa y a Clara le asaltó un rosario de temores y una ristra de malos pensamientos. Unos miedos injustificados al principio, pero que pronto se hicieron de roca cuando oyó unas voces acercándose a la casa y luego varios golpes apresurados a la aldaba de su puerta.

—¡Abrid, señora! —gritó alguien—. ¡Abrid!

Clara corrió a mirar por la mirilla y después se apresuró a descorrer el gran cerrojo.

—¡Dios mío!

—Es su marido, señora —informó uno de los hombres que lo traían en volandas—. Ha sido herido.

—¡Miguel!

—Ha sido ahí, junto al palacio del secretario de Indias, ante la casa de las Siete Chimeneas. Cuando lo hemos visto, estaba postrado de rodillas, a punto de desfallecer. Unos malhechores le han herido para robarle.

Miguel sangraba abundantemente por el costado izquierdo, pero no había perdido el conocimiento. Pidió calma a su mujer y pidió que le tendieran en su cama y avisaran al cirujano. Clara, pálida como la luna que aquella noche iluminaba los cielos, rogó a los hombres que lo traían que cumplieran con lo que pedía su marido y puso agua a hervir, para limpiar la herida y cortar la hemorragia.

—Ha sido ahí al lado —dijo él, tomándola de la mano—. Unos villanos cubiertos con grandes capas me han apuñalado y después me han robado la bolsa.

—¿Y la guardia, los alguaciles?

—Nadie había. La calle quedó vacía y yo no he tenido fuerzas para alzarme ni para pedir auxilio. Menos mal que estos buenos hombres, pasado un buen rato, han acudido en mi auxilio. Tendrás que darles una gratificación. Si no hubiera sido por ellos, habría muerto sobre el empedrado.

—No es necesario, señora —dijo el más robusto, que parecía hablar en nombre de todos—. Es lo menos que podíamos hacer por el actor que mejores ratos nos ha hecho pasar en el Príncipe.

—Muchas gracias, señores. Son ustedes muy amables.

—Pronto vendrá el cirujano, señora. ¿Necesita algo más?

—No, no, muchas gracias. Y tengan cuidado. Las noches de luna llena invocan locuras hasta en los hombres sensatos.

—Pierda cuidado, señora. Ya nos retiramos a nuestras casas.

Aquella herida no resultó grave y tardó poco en curarse. Pero desde entonces Miguel Argote procuró volver a casa pronto o, de retrasarse, dejarse acompañar, bien por la cojera de don Francisco de Quevedo, por la arrogancia de don Luis de Góngora, por el soldadesco humor de don Miguel de Cervantes, por la verborrea de don Félix Lope de Vega, por la amena conversación de don Diego Velázquez o por muchos otros de los autores, escultores, pintores, músicos y filósofos que trabajaban en aquellos tiempos en la ciudad; o incluso custodiado por algunos de los compañeros del Príncipe que no querían dejar solo a su actor protagonista para no tener que volver a suspender funciones por causa de otro mal encuentro.

Por eso fueron muchos los anocheceres que Miguel y Clara pasaron de visita en casa de Juan e Inés, merendando o conversando en una silla junto a la puerta de entrada, a la fresca de las noches más caliginosas de los meses estivales. Para algunos huéspedes, encontrar en la posada al gran cómico Miguel Argote era un aliciente más para volver a la posada en cuanto ocasión tuvieran de viajar otra vez a Madrid, y no eran pocos los vecinos madrileños que se sumaban al corrillo de la noche sólo para oír la voz armoniosa y rotunda del cómico, deleitándose con las historias que contaba, muy diferentes, pero igual de entretenidas, que las que recitaba por las tardes subido a las tablas del escenario del corral.

—¿Conocéis a don Diego Velázquez, señor? —quiso saber un vecino.

—Hábil con los pinceles, sí señores —respondió él.

—¿Y de amable, lo es mucho? —preguntó otro.

—Siempre que se halague su destreza, mucho —sonrió él—. Pero no se les ocurra compararle con otro maestro pintor, señores; saldría entonces su carácter agrio y aumentaría la frecuencia de su parpadeo.

—¿Como si fuera un cómico? —se aventuró a decir, sarcástica, una vecina.

—De igual modo, sí —concluyó Argote, sin saber si sonreír o dar por acabada la conversación—. De todos modos, ¡cómo les gusta a ustedes criticar, señores!

—¡Es que la crítica une mucho, maestro!

Otras veces le rogaban que recitase alguna escena de las obras que representaba, de Lope de Vega, como *El acero de Madrid*, *La discreta enamorada* o *El villano en su rincón*. Pero él se resistía a poner en riesgo su voz al relente de la noche o a la polvareda de la calle reseca y, en compensación, alguna noche, sólo alguna noche, se mostraba condescendiente y entonces distraía a sus contertulios con algún poemilla de Quevedo o con alguna de sus más afiladas obras poéticas, aquellas que dirigía a su a veces amigo y otras veces odiado Luis de Góngora, el de la prominente nariz, y que clavaba como puñales en el centro de su antipático ego. La más celebrada era, siempre, la acidez de aquel soneto que decía: *Érase un hombre a una nariz pegado,/érase una nariz superlativa,/érase una alquitara medio viva,/érase un peje espada mal barbado;/era un reloj de sol mal encarado,/érase un elefante boca arriba,/érase una nariz sayón y escriba,/un Ovidio Nasón mal narigado./ Érase el espolón de una galera,/érase una pirámide de Egito,/los doce tribus de narices era;/érase un naricísimo infinito,/frisón archinariz, caratulera,/sabañón garrafal, morado y frito.* Un soneto que a Miguel Argote le gustaba recitar a su modo, rehecho, que incluso se celebraba más que el original del cojo y frecuentemente malhumorado don Francisco.

Érase un hombre a una nariz pegado,
érase una nariz superlativa;
érase una nariz sayón y escriba;
érase un pez espada muy barbado;
era un reloj de sol mal encarado.
Érase una alquitara pensativa;
érase un elefante boca arriba;
era Ovidio Nasón más naridado.
Érase el espolón de una galera;
érase una pirámide de Egito,
los doce tribus de narices era;
érase un naricísimo infinito,
muchísima nariz, nariz tan fiera
que en la cara de Anás fuera delito.

Al margen de estos requerimientos al cómico por parte de algunos vecinos, de lo que más se conversaba en aquellas noches en que se reunían los amigos a la puerta de la Posada del Peine era de los acontecimientos que vivía Madrid, de las noticias que llegaban del Concejo y de las decisiones del rey en lo que se refería a la ciudad.

—Hoy hay nuevas de interés, señores —anunció el cómico.

—¡Reunión de gatos! —exclamó alborozado uno de los contertulios—. Contad, señor, contad...

—¿Gatos? —se interesó Argote, sin saber a qué se refería aquel paisano.

—¿Acaso no sabéis que nosotros somos gatos? ¿Vos no?

—Pues no lo sé —alzó los hombros y arrugó los labios—. Si no os explicáis...

Y entonces uno de los presentes, Isidro Calatrava, ataviado con su camisola blanca, faja a la cintura que recogía su estómago prominente, bombachos de tela negra, albarcas de esparto y un rostro orondo y de triple papada que se enmarcaba con unas patillas tan generosas como alborotadas, suspiró lamentando la ignorancia del cómico y, tras carraspear, trató de hacerse entender.

—Gatos somos los madrileños con padres que también fueron madrileños. ¿Los de vuecencia no lo son?

—Sí, yo nací en Madrid —respondió Argote—. Pero mis padres, no. Ellos vinieron a la Corte desde Valladolid, donde crecieron. Pero nacieron en Medina.

—Entonces no sois gato —sonrió Isidro con una sonrisa de medio lado con la que trataba de mostrar un aire de superioridad.

—¿Y vos sí, don Isidro?

—De padre y madre, sí señor —sonrió aún más satisfecho—. De abuelos no, claro... Eso, en Madrid, sería mucho pedir.

—¿Pero qué diablos es eso de presumir de gato? —insistió el cómico—. No le veo mérito ni causa de regocijo. ¿No es preferible ser cristiano?

—¡Oiga, oiga, que a mí, a cristiano, no me gana nadie! —respondió el madrileño irritado—. Pero también soy gato, mira este...

—Sigo sin comprender lo que decís, señor —se resignó Argote.

—Porque no sabéis nada, señor actor. —Isidro dejó escapar sus malas pulgas—. Los madrileños nos gusta denominarnos gatos en honor a un gran antepasado nuestro, un hombre excepcional. ¿Acaso no conocéis su historia?

—Lo lamento —admitió Miguel—. Pero estoy seguro de que me la vais a relatar ahora mismo...

—Pues sea —se ajustó Isidro Calatrava el fajín y sacó pecho para hablar.

Los demás se arremolinaron en torno a él, unos para conocer también la historia, otros para refrescar la memoria que tenían desbaratada y unos pocos para escuchar al gran contador de acaecidos que siempre era Isidro. Y el hombre, orgulloso de la atención que había concitado, no ahorró detalles para explicar que fue Muhammad I, el hijo de Abderramán II, quien protegió Madrid con una muralla que, en efecto, defendió la Villa durante más de doscientos años. Aquella monumental muralla se levantó en el año 865 y no fue hasta el año del Señor de 1083 cuando el rey Alfonso VI tuvo que enfrentarse a ella. Bueno, en realidad no iba a hacerlo: de hecho, su intención era tomar Toledo para la cristiandad, pero alguien le dio aviso de que a sus espaldas quedaba una guarnición fortificada musulmana, llamada Magerit, o Mayrit, y que sería conveniente tomarla también para no dejar al enemigo armado tras ellos.

—El caso, señores, es que Alfonso VI sitió Madrid, pero no supo cómo tomarla porque su muralla la defendía tan bien que intentarlo era un riesgo demasiado elevado para la vida de sus hombres.

—¿Y qué hizo?

—La muralla era alta por todos sus lados —siguió narrando Isidro—, pero por uno de ellos era tan imponente que ni siquiera estaba defendida porque los infieles daban por sentada la imposibilidad de escalarla. Con lo que no contaban era con que un joven, madrileño además, y harto de soportar la tiranía de los musulmanes, huyó de la ciudad, se unió a los cristianos y, sin encomendarse a nadie ni pedir licencia al rey, comenzó a escalar el desguarnecido muro ante la mirada atónita del resto de la soldadesca, horadando mientras ascendía huecos en la muralla con su cuchillo para que los ejércitos reales siguieran sus pasos sin dificultades al escalar.

—Qué hábil...

—Sí. Y alcanzó la cima, arrojó una soga por la pared y la ascensión en tropel de los soldados de Alfonso VI fue tan veloz que la acción del muchacho facilitó al rey una rápida victoria. Se llamaba Gato, eso dijo cuando fue preguntado. O así lo llamaron por su demostrada agilidad, nunca se supo con certeza. Pero a partir de aquel momento adquirió el nombre de Gato y él y sus descendientes usaron aquel nombre e incluso dibujaron un gato y una daga en su escudo de armas.

—Qué cosas...

—Así es —concluyó Isidro—. A nadie extrañó, por tanto, en Madrid que el mejor homenaje a un madrileño fuera ser considerado gato y, como tal gato, valiente y arrojado, igual que aquel muchacho. Y su linaje, el de los Gatos, fuera tan popular, para siempre. Un orgullo madrileño que los vecinos fueron conocidos como tales siempre que fueran gatos-gatos, es decir, madrileños de nacimiento con padre y madre también nacidos en Madrid.

Aquella explicación gustó a Miguel Argote y a cuantos, aquella noche de calor estival, se reunieron ante la Posada del Peine para, sentados a su puerta, pasar las horas de ardentía y bochorno hasta que la fresca diera licencia para enfilar la cama y disponerse a dormir. Y cuando al cabo se disolvió el corrillo, muchos marcharon orgullosos de ser gatos y decididos a repetir a familia y amigos la historia que esa noche se les había dado a conocer.

Y otros, que no lo eran, diciéndose para ellos mismos que presumirían de serlo y dispuestos a adjudicarse el calificativo felino, aunque fuesen unos recién llegados a Madrid o sus padres fueran los que llegaran antaño de otras lejanas geografías.

4

Los paisajes humanos

Abril de 1616

Madrid tuvo, desde muy pronto, su emblema en uno de sus monumentos más identificables: la Puerta de Alcalá. Porque en 1570 se había definido el itinerario que habrían de seguir a partir de entonces los monarcas en sus accesos a la Corte, cuando entraran en la ciudad para tomar posesión del trono.

Cruzarían el camino de Alcalá hasta su llegada al Alcázar. De ese modo el Prado Viejo se convirtió en la entrada oficial a la Villa a través de una puerta, la llamada de Alcalá, y todo el trayecto se engalanaba como el más vistoso escenario para los ceremoniosos actos organizados que solemnizaran los recibimientos de los reyes. Un itinerario con salida en el camino de Alcalá y, tras cruzar el cortejo real el Salón del Prado, adentrarse en la ciudad por la calle de Alcalá, la Puerta del Sol y la Calle Mayor hasta los pies del Alcázar.

El Concejo ordenó construir esa puerta para proteger a la población en 1580, durante la pandemia de peste que sufrieron los madrileños. Una puerta que se encontraba en el cruce del camino de Alcalá con el Prado Viejo, una puerta denominada, en un principio, «Puerta de la Peste de la calle de Alcalá».

Años más tarde, el 24 de octubre de 1599, la entrada triunfal en la Corte de doña Margarita de Austria motivó la construcción de una nueva, y también primera, puerta engalanada. El conjunto escultórico contenía diversas estatuas: una que representaba a Ocno, ataviado como un noble romano, al que se consideraba el fundador de la Villa. Y otra dedicada a Mantua, su madre, coronada de oro y piedras preciosas, una estatua que se usó para ofrecer a la reina Margarita la corona y las llaves de la ciudad junto con las armas nobiliarias de Madrid.

No era infrecuente, ni excepcional, la conversión de un portón en una puerta de acceso a Madrid, sino muy al contrario. Porque al ser concebidas como si de un arco de triunfo se tratara, eran construcciones comunes para engrandecer los enclaves más importantes de los trayectos por los que discurrían este tipo de recepciones. De esta manera, monumentos en principio efímeros, como fuentes, parnasos, obeliscos, pirámides y galerías, conseguían ennoblecer y dignificar temporalmente los recorridos en esta clase de eventos señalados y luego quedaban convertidas en permanentes. Aquella portada, diseñada por don Patricio Cajés, que también proyectó el resto de construcciones provisionales del trayecto, fue finalmente construida por don Diego Sillero, quien creó una estructura tripartita, compuesta por un arco central y dos vanos laterales, edificada en ladrillo, a excepción de los pedestales y pilastras empleados para la articulación vertical de la construcción para los que se reservó la piedra, una sencilla obra que quedó camuflada bajo la apariencia de mármol tras la aplicación de finas labores de revoco. A don Juan de Porres y a don Alonso López Maldonado correspondió modelar las efigies, empleando un yeso blanco enmascarado también bajo una lograda apariencia de mármol. Al ser de yeso el conjunto, el deterioro fue rápido, y cuando el Concejo determinó valorar los daños que presentaban las esculturas, resolvió la eliminación de una de ellas, la de Ocno o la de Mantua, no se sabe.

Años después, en 1615, a la entrada de doña Isabel de Borbón en Madrid, la Puerta de Alcalá fue reparada, reemplazándose la escultura que tiempo atrás le había sido retirada. Fue en 1624, al fin, cuando se procedió a suprimir de manera definitiva las alegóricas imágenes, ante el amenazante riesgo de desplome que presentaban y por los daños que podían provocar en su caída sobre quienes transitaban por la zona, cada vez más frecuentada por la incorporación definitiva del Salón del Prado a la cerca que demarcaba los nuevos límites madrileños, en toda su extensión norte-sur, entre Recoletos y Atocha.

Hasta que en 1636, deseando mejorar y dignificar la principal entrada a la Villa, se sustituyó finalmente la primitiva Puerta de Alcalá por una nueva. Para esta ocasión se realizó una estructura de ladrillo de un único vano que reemplazó el arco tripartito con el fin de controlar los accesos por aquella puerta tras su incorporación a la cerca, porque la existencia de un solo punto de acceso aseguraba mayores garantías de vigilancia e inspección. Los ornamentos alegóricos mitológicos se sustituyeron por una imagen de Nuestra Señora de las Mercedes, presidiendo el arco, acompañada de un San Pedro Nolasco y de una efigie de la beata María de Jesús que, a cada lado, flanqueaban el acceso.

Fue el arquitecto mayor de la Villa, don Teodoro Ardemans, en 1691, quien concibió un importantísimo plan de ensanche y urbanización del camino de Alcalá, con el que pretendía una solución definitiva para este acceso, dotándole de los valores de espacialidad, dignificación, consecución de perspectivas y monumentalidad propia de los principales accesos a las poblaciones. Si bien la Puerta de Alcalá seguía manteniendo su primitivo emplazamiento, en la confluencia del camino de Alcalá con el Prado Viejo, la realidad de los parajes circundantes había cambiado considerablemente durante las últimas décadas, a causa de la propia evolución urbana y arquitectónica del entorno. La despoblación de la periferia madrileña que había permitido tradicionalmente la contemplación de la portada en su totalidad, tanto desde el interior de la ciudad como desde el exterior, presentaba ahora una realidad completamente diferente. Tras la construcción del palacio del Buen Retiro, la fachada del Real Sitio que daba al camino de Alcalá quedó literalmente pegada a uno de los extremos de la puerta, mientras que el otro, en el arranque del Prado de Recoletos, se había quedado encajado en los muros del pósito establecido desde 1667. Por tanto, la Puerta de Alcalá quedó encajonada entre el estrecho camino definido por los muros del pósito y por los del Buen Retiro.

Ardemans planificó la transformación de la angosta calzada en una amplia avenida que, desde el emplazamiento primitivo de la portada, en la esquina del Prado con el camino de Alcalá, se prolongó más allá de los límites de la cerca, una ancha arteria que convergió en una puerta que, según sus planes, tenía que cambiar de emplazamiento para pasar a convertirse en referencia urbana y monumental, al final del nuevo eje. El proyecto consistió en que la calle se extendería más allá de la portada con el fin de crear un digno vestíbulo, tanto visto desde el exterior como desde el interior de la ciudad.

El proyecto no sólo contemplaba el cambio de ubicación de la puerta, sino su sustitución por una nueva, para lo que se retomó la estructura tripartita de la primitiva, un digno referente con el que se pretendió alcanzar la grandiosidad perseguida, para lo que fue preciso la expropiación de algunas casas contiguas propiedad del conde de Oñate. El proyecto quedó concluido en 1692.

La Puerta de Alcalá, finalmente, conoció su gran transformación durante la segunda mitad del siglo XVIII, momento en que fue reemplazada según los planes de Sabatini. A diferencia de sus más inmediatas convecinas, la de Recoletos y la de Atocha, que también fueron sustituidas en aquel periodo, la Puerta de Alcalá finalmente logró pervivir en el tiempo.

Cuando Diego regresó a Madrid tras finalizar sus estudios en el Real Colegio de España de la Universidad de Bolonia, o Real Colegio Mayor de San Clemente de los Españoles, lo primero que hizo, tras instalarse en la casa de sus padres ya fallecidos, fue ir en busca de su amiga de infancia, Clara, incluso antes de acudir a la sede del Concejo para regular su situación patrimonial en lo referente a la propiedad de la casa familiar que le había correspondido en herencia. Habían pasado muchos años desde su partida, más de diez, pero a su amiga Clara no había podido olvidarla.

Antes de encontrarla, recordó su carta y se informó de si era cierto de que se había casado con el gran cómico Miguel Argote. Y tras corroborarlo, fue informado, asimismo, de que vivía en una casa situada al principio del camino de Fuencarral y que, quienes la veían, aseguraban que se sentía una mujer feliz. Se alegró al saberlo, y más decidido aún a visitarla, se bañó y vistió con elegancia para causarle una buena impresión cuando se reencontraran.

En cuanto salió a la calle, al cruzar la Puerta del Sol, se sorprendió de cuanto veía. Había vivido en una hermosa ciudad, Bolonia, y por la cantidad de estudios realizados y la profundidad de las materias, creía que nada podría sorprenderle. Licenciarse en Leyes, Matemáticas, Agronomía, Artes, Economía e Ingeniería era un caudal suficiente de conocimientos para tener una perspectiva global del mundo y de las ciencias que le procurarían una visión comprensiva de cuanto presenciara, pero ver el desarrollo de su ciudad natal, la exageración de su vecindario, la renovación de calles y edificios y la aglomeración de viandantes, entre carros y cabalgaduras, le produjo un impacto con el que no contaba.

Aquella Puerta del Sol, que era tan solo una encrucijada de calles cuando se marchó, se había convertido en una plaza rectangular rodeada de casas erigidas de manera irregular, al descuido, y aunque se adornara con una fuente central llamada de Mariblanca, apenas era visible por la multitud de vendedores ambulantes y de paseantes que la habían convertido en una especie de feria imposible de transitar sin tropezarse con alguien o sufrir empellones de los más apresurados. Además, el olor a caballerías muertas que desprendían algunos corrales y la mezcolanza de aromas de alimentos, unos más putrefactos que otros, producían un olor nauseabundo que en algunos rincones se convertía en un hedor insoportable. Tal vez aquella plaza no se limpiara nunca, o hiciera mucho que no se barría, porque toda clase de desperdicios y basuras eran trasladados de aquí para allá con los puntapiés de quienes a su alrededor, o sobre ellas, les daban los viandantes. Los puestos de venta, fijos, tenían las más variadas existencias en condimentos, hortalizas, frutas, pan, verduras y carne, pero su aspecto no era el de un rico mercado sino el de un saldo de despojos. Sólo los cajones de melones y sandías se libraban del desagradable aspecto general del abasto, pero todo lo demás parecía más propenso a la descomposición que apto para el consumo.

Pero lo que más le sorprendió en el desorden general, por encima de la confusión de voces y griterío, del desbarajuste del laberinto de puestos y vendedores ambulantes y del pandemónium de cuanto se aglomeraba en la plaza, fue la existencia de varios puestos de diversos productos entre los que se vendían libros, establecidos allí mismo en los años en que estuvo ausente, y en ellos, destacado y muy comentado, un libro del que no había tenido noticia: *El ingenioso hidalgo Don Quijote de la Mancha*. Y tanta fue su curiosidad que, antes de abandonar la plaza, compró un ejemplar para leerlo de inmediato.

Eran escasos los establecimientos de ventas de libros en Madrid. Los había, sobre todo, en la Calle Mayor y en la Puerta del Sol, y muy vigilados por la Corte y por la Inquisición, cuidadosas de saber qué libros se vendían y si contaban con la preceptiva autorización real o el *nihil obstat* eclesiástico. En una de aquellas tiendas fue donde Diego compró un ejemplar de *El Quijote*.

Diego de Tarazona. A los veintiocho años, se había convertido en un hombre que, aun sin conocerle, imponía respeto por su mera apariencia. De estatura corta y complexión fuerte, como su padre Guzmán, había heredado también de él una cabeza grande para sus proporciones anatómicas y una curiosidad por aprender desmedida, lo que había hecho de él un hombre aún más erudito que su padre y con una inteligencia también muy desarrollada. Vestía de colores opacos, grises y marrones, o de negro, sin ninguna estridencia, y para leer se acoplaba sobre la nariz un puente con dos lentes de aumento sujetas por una montura de metal negro. Diego conocía sus limitaciones en las artes amatorias y su escaso atractivo para las mujeres, pero era lo que menos le importaba porque, con tantas horas dedicadas al estudio y las pocas que dedicaba a descansar, comer y asearse, llenaba sus días sin buscarse los engorros de formar una familia, aunque fuera algo que de vez en cuando se le aparecía como idea, apenas como una previsión de futuro, y entonces le dedicaba unos pocos minutos de sus pensamientos hasta que volvía a sus quehaceres académicos. Pero esa visión no se le presentaba de manera infrecuente, y un día tomó una decisión.

Porque Diego supuso que era necesario no vivir solo y que tarde o temprano tendría que formar un hogar, así es que aunque le apetecía volver a ver a Clara, su amiga de infancia, y esa era su primera y más viva intención, también deseaba pedirle un gran favor: que buscase entre sus amigas y conocidas alguna buena mujer con la que pudiera desposarse. Él le diría que no tenía tiempo para derrochar en cortejos, y, además, carecía de experiencia sobre cómo hacerlo; ella lo entendería, pensó, y seguramente se emplearía con esmero a escoger una mujer que resultara adecuada, la mejor para él.

Clara no podía creer a su criada cuando le anunció el caballero que había llamado a su puerta. La gran sorpresa inicial dio paso de inmediato a una gran alegría, corrió a recibirlo y lo abrazó como a un hermano. Después le presentó a su esposo, el gran cómico Miguel Argote y, tras oír las peripecias de su vida en aquellos años y compartir mesa y mantel, Diego les manifestó sus intenciones matrimoniales, solicitándoles consejo, por lo que juntos pergeñaron una trama para presentarle a una mujer que deseara casarse con un hombre de algunas luces y pocos brillos, como el propio Diego explicó sobre sí mismo, pero engalanado con tan buen humor como el que tuvo su padre. Sabía que no era un buen partido, pero también prometía no molestar en exceso a su esposa en cuanto tuvieran dos o tres hijos.

—No vives en este mundo —cabeceó Clara, recriminándoselo—. ¿Quién te ha dicho a ti que molestas a tu esposa si perseveras en cumplir con el débito conyugal? Más vale que no vuelvas a repetir esas cosas porque, si poca gracia tienes, como dices, menos tendrás si, además, amenazas con condenar a tu esposa a la abstinencia.

—Es que yo... —Diego se sonrojó—. De esas cosas..., yo...

—Ay, qué hombre...

Miguel Argote rio de buena gana y después los tres compartieron una amena sobremesa que duró toda la tarde y parte de la noche. La velada pasó como un vuelo y antes de la medianoche Diego se despidió para no molestar más, dijo, y porque a la mañana siguiente tenía que madrugar para acudir a una cita en el Concejo.

Hijo de quien era, y avalado por los buenos recuerdos que había dejado su padre entre los miembros del Concejo, Diego de Tarazona recibió el mismo día de su llegada un ofrecimiento del corregidor para formar parte de la Junta de la Ciudad y trabajar en la reordenación urbana de Madrid. La desesperación municipal no cesaba y buscaban por todos los medios quien tuviera conocimientos, autoridad moral, firmeza y decisión para aliviar los muchos males urbanísticos y medioambientales de la ciudad, convertidas sus calles en dentaduras melladas y sus suelos en pocilgas hediondas de desperdicios, aguas negras, basura y cuanto de insalubre y putrefacto imaginarse pudiera. Diego traía una formación extensa, había sido bien educado desde muy pequeño y conocía bien lo que fue y, al parecer, seguía siendo la ciudad de Madrid. Prescindir de sus servicios hubiera sido una necedad, aseguraron los regidores.

—Y un hombre como vos nos será de mucha utilidad en el Concejo, mi señor don Diego.

—Será un placer, un honor...

—Y una bendición para los madrileños, os lo aseguro. Su ciencia nos ayudará en muy buenas causas —siguió el corregidor—. Excusadme si no os dedico hoy más tiempo, pero requiere mi atención un suceso que me ha estremecido hoy mismo.

—¿Puedo ayudaros, señor?

—No, no. —El corregidor se limpió con un pañolito un inexistente sudor de su frente—. Se trata de un pariente de mi esposa, un arquero de la Guardia Real que se ha ahorcado esta noche en su casa con un lazo a modo de soga.

—¡Qué fatalidad! —se estremeció Diego con la noticia—. ¿Y se sabe a qué le ha conducido tan deplorable acto?

—Hay tantos motivos para esta clase de pecados, don Diego —cabeceó el corregidor, lamentándolo—. Unos se arrancan la vida a causa de la miseria o del hambre; otros por

—109—

desesperación. Pero tales conductas, prohibidas por la ley de Dios y la de los hombres, suelen ser consecuencia de la deshonra. En el caso de mi pariente..., no lo sabemos. Pero ya sabéis que darse muerte es un delito, condenado también por nuestra Santa Iglesia... Ahora he de tratar de convencer a todos de que se considere un acto producto de la enajenación mental para que no se le niegue sepultura sagrada y sea obligado ser enterrado en cualquier terreno o ser echado a los perros...

—Podría ayudaros, señor corregidor —insinuó Diego—. Quizá, recurriendo a algunas leyes...

—No hay leyes para estos casos, don Diego —negó el corregidor—. Ni la nobleza ni el pueblo consienten actos tan contrarios a la ley de Dios. Se trata de un execrable crimen contra la propia vida, se aúnan agresor y víctima. Ya lo dejó bien claro el Libro de las Siete Partidas en su Título 27, castigando con firmeza a quien «se desfiuza [desahucia] de los bienes de este mundo e del otro aborreciendo su vida, e codiciando su muerte»; a los condenados que lo hacen por miedo al deshonor o al propio castigo físico de su pena; a los que lo ejecutan por un sufrimiento extremo de determinadas enfermedades y por incapacidad de soportarlo; incluso por enfermedades mentales o pérdida de todo su patrimonio o de su honra. No os diré más que ya se produjo el caso de un alférez que se desesperó en la cárcel de la Villa, preso por haber matado a otro hombre, y para evitar su ahorcamiento y el escarnio público se quitó la vida en la celda. Nada impidió que su cuerpo fuera sacado de presidio, llevado a la horca, colgado y cortada su mano, que se clavó en el lugar donde cometió su crimen.

—Dura ley, sin duda —se lamentó Diego—. En tierras de Italia, al respecto, tienden a hacer oídos sordos, prestar oídos de mercader...

—En Madrid es muy severo el castigo. Hasta tuve que aplicar la ley a una beata del barrio de la Merced... —siguió el corregidor—. La mujer, después de haber confesado y comulgado, se subió a un banquito y se lanzó de cabeza a un pozo. Y eso que sus parientes alegaron que estaba loca. Era un día de Pascua, el 25 de diciembre... Lo recuerdo perfectamente...

—En tal caso, lo siento, señor corregidor. Os deseo una pronta solución al caso de vuestro pariente.

—No será fácil, no —negó él, resignado—. ¿Sabéis que hasta se ha cantado por aquí una jácara moralizante sobre el caso de un mesonero de nombre Miguel Pérez que después de intentar enriquecerse con métodos indignos, y no lograrlo, acabó ahorcándose de un nogal? La canción lo describe como un acto execrable, diabólico, porque pretendió enriquecerse haciendo acopio de una gran cantidad de cebada y trigo en previsión de un año de mala cosecha. No hay distinciones ni por deshonra ni por ruina ni por desamor. Hasta son condenados como reos de tal delito quienes cobran por matar por encargo a otros, al poner su vida en peligro a cambio de dinero.

—¿Se les toma por suicidas? —Diego se extrañó.

—Suicidas, no. No existe ese término en nuestras leyes, don Diego. Puede decirse desesperación, o «desesperamiento». Incluso producirse la muerte por propia mano. Pero no existe esa palabra que vos usáis. Y ahora, de nuevo, disculpadme. He de ocuparme de esta desgracia familiar. Vos, para empezar, pensad en el modo de ver cómo puede abordar el Concejo el desmedido desorden de nuestras calles, que de los pecados de mi casa ya me ocupo yo.

Días después la primera encomienda que recibió Diego de Tarazona fue poner orden en la Puerta del Sol, porque eran tantos los puestos allí instalados, y tan caótica su ubicación, que era preciso redactar un bando municipal que solucionase el problema del entorpecimiento de la movilidad en la misma plaza y en las calles de acceso, bien limitando los puestos mediante el cobro de licencias, bien fijando un tope al número de los vendedores fijos y ambulantes, que en aquellos días superaban el centenar. La Puerta del Sol era un lugar de paso, de entrada y salida de la ciudad, y tanta gente la transitaba que no soportaba más aglomeraciones. Además, era un centro de corrillos y conciliábulos, por no contar los otros muchos vendedores que hacían su negocio allí, comerciando con los productos más inimaginables. Se vendía y se compraba de todo, desde sombreros a frutas, desde zapatos a pelucas. Diego fue llamado a trabajar en ello, se le ofreció un buen sueldo y cuantos ayudantes creyera necesitar, por lo que de inmediato se convirtió en el primer comisionado para ordenar, regular y prohibir esa clase de negocios en la plaza.

Si bien hizo cuanto estuvo de su mano, y aportó diversas soluciones que fueron ejecutadas por las Juntas de Policía y Ornato, y por la de Orden Público, seguían acudiendo tantos nuevos vecinos a la Corte y continuaban construyéndose casas al menor descuido que Madrid era para las autoridades el tejido del tiempo de Penélope, que tanto se tardaba en tejer como en destejer, en un sinfín de arreglos y desarreglos urbanos que parecían no llegar a ninguna parte. Diego de Tarazona llegó a pensar que todo intento iba a ser un fracaso y que lo mejor era rendirse a la evidencia. Pero sus veladas junto a Clara y Miguel Argote, y con Juan e Inés a la puerta de la posada, comentando las novedades y noticias de la ciudad, le inspiraban nuevos remedios a poner en práctica, aunque sólo fuera por probar su eficacia, y no terminaba de ceder a la tentación de dejar su cargo y marchar a dar clases como profesor de la Universidad Complutense, que era lo que en verdad le apetecía hacer.

—Hoy ha habido ajusticiamiento en la plaza del Arrabal —comentó Inés mientras pasaba el botijo a sus amigos para que se refrescaran con agua fresca.

—Sí —confirmó Diego.

—¿Lo presenciaste? —quiso saber Juan.

—¿Presenciarlo? ¡Y mucho más! Yo mismo he tenido que escribir todo el expediente del asesino.

—¿Y cuál fue su crimen? —preguntó Miguel—. ¿Amores, celos...?

—No, no —respondió Diego—. Un crimen vulgar, pero muy escabroso...

—Cuéntanos —Inés se mostró curiosa—. ¿Hubo drama?

—Y tanto —se dispuso Diego a contar lo que había averiguado—. ¿Recordáis el caso de don Jeremías Salcedo?

—¿El capellán de San Sebastián?

—Eso es. Era capellán de la iglesia de San Sebastián y un buen hombre, según dicen quienes lo conocieron. El caso es que deseaba edificar un albergue para familias desamparadas con el dinero heredado de sus padres y los ahorros de su austera vida, y como murió la mujer que le asistía, no tuvo ocurrencia mejor que contratar a su servicio a un muchacho portugués que, aunque se le conocía por su maldad, el bueno de don Jeremías aseguraba que conseguiría hacer de aquel joven un hombre de provecho, honrado y cristiano.

—¿Y lo consiguió? —se interesó Clara.

—Pues nadie supo decirlo, porque al poco de entrar a servir en su casa, el capellán desapareció. Los vecinos, preocupados por la ausencia de don Jeremías, forzaron la puerta de su casa y lo que se encontraron fue con la estremecedora escena del cuerpo del capellán decapitado, y la cabeza no apareció por ningún sitio.

—¡Qué horror! —Inés se tapó la boca con las manos para ahogar un grito de espanto.

—Pues ahí no acaba la cosa —siguió Diego su narración—. Porque tiempo después apareció por Madrid un hombre de aspecto noble, con fama de rico y aires presuntuosos que llamaba la atención por su buen porte. Un hombre caprichoso, además, porque al pasar ante un puesto de carne pidió que le vendieran una cabeza de carnero, algo que no concordaba en absoluto con su refinado aspecto.

—Tal vez le gustara comerla.

—Hubiera sido mejor, sí —replicó Diego—. Pero lo cierto es que no la compró. Sólo aparentó hacerlo y, en su caminar por la Calle Mayor, empezó a sangrar lo que llevaba bajo su capa, por lo que fue dejando un reguero de sangre a su paso. Entonces uno de nuestros alguaciles le amonestó por el descuido, y quiso saber qué escondía bajo su capa. Él aseguró que una cabeza de carnero recién comprada, pero al verse obligado a enseñar lo que ocultaba, todos cuantos se habían arremolinado quedaron estupefactos: en lugar de la cabeza de carnero que dijo llevar, se encontraron con la cabeza de don Jeremías. Era su asesino y se llamaba Rodrigo Paredes.

—¡Qué barbaridad! —Miguel Argote se santiguó—. Ni en la mejor obra de teatro se hubiera ingeniado una trama así.

—Sí, un crimen atroz —asintió Diego—. Como es natural, de inmediato fue detenido, luego confesó su crimen y hoy le ha sido aplicado garrote en la plaza del Arrabal.

—¡Dios santo! —se santiguó también Inés—. Que el Cielo tenga piedad de él.

—Lo milagroso —añadió Diego para terminar—, es que han pasado dos años desde el crimen y la cabeza sigue incorrupta. Hasta el punto que don Felipe III, nuestro rey, ordenó hace dos meses tallar su cabeza en la casa donde vivió don Jeremías y los vecinos aseguran que, desde entonces, la piedra sangra todos los días a la misma hora. Yo no lo he podido comprobar, uno de estos días completaré esa información, pero hoy el Concejo ha acordado cambiar el nombre a la calle y denominarla como la de la Cabeza.

—En todo caso, un buen homenaje —comentó Juan.

—Los vecinos han aplaudido la decisión, sí.

Fue precisamente en otra de aquellas noches, mientras se comentaban algunos de los recientes acontecimientos del día, cuando Diego trajo a colación los efectos que se habían producido con la expulsión de los moriscos, decretada por el rey Felipe III en 1609. El cómico Miguel Argote y él mantuvieron un largo debate que concitó la curiosidad y mantuvo la atención de cuantos vecinos hicieron corrillo para seguir el pleito amistoso que desarrollaban dos hombres de luces con la cabeza despierta.

Todo se inició a propósito del comercio que se seguía produciendo de prendas árabes en ciertas plazas de los arrabales de Madrid, cuando en la conversación coincidieron en que no estaban seguros del acierto de la medida que en el año de 1567 había adoptado el rey Felipe II, decidiendo promulgar un edicto de contenido muy severo por el que se prohibía el uso de sus vestimentas tradicionales a los moriscos, bajo la amenaza de penas graves; lo mismo que, simultáneamente, se sancionó la prohibición de practicar o celebrar sus usos y costumbres en cualquier lugar y con cualquier motivo, por enraizados que los sintiesen. Y, encima, por si ello no fuera por sí bastante estricto, se prohibió de modo tajante que se expresaran en su lengua en cualquier lugar público o allá donde se les pudiese oír hablarla.

Aquellas disposiciones fueron seguidas por una protesta airada, pero finalmente sofocada, y terminaron por atemorizar a la morería. Pero con el paso del tiempo fueron perdiendo vigor y los moriscos de Madrid, como los de todo el Reino, volvieron a la práctica de algunas de sus costumbres, aunque fuera a hurtadillas. Pero como es cierto que un uso público nunca deja de trascender, por mucha que sea la discreción con que se practique, aquella laxitud en la persecución de los incumplimientos encrespó a don Felipe III, sobre todo al llegarle noticias de que algo similar a la revuelta de 1567 podían estar tramando los vecinos moriscos en Madrid, en el sur de Castilla y en el oriente de Andalucía.

El rey oyó los primeros rumores en el año de 1608, y más tarde le insistió su valido, el duque de Lerma, del peligro que aquello representaba, a saber con qué inconfesables propósitos, a principios de 1609. Felipe III, temeroso de que el duque pudiese tener razón, pero sobre todo deseoso de que lo dejasen en paz en sus juegos de cetrería, las salidas de caza y sus veladas de teatro, que a la postre era lo único que le interesaba, no lo pensó más: en la primavera de 1609, como ya hiciese su padre, firmó un edicto por el que, sin miramientos, expulsaba a los trescientos mil moriscos que vivían en España. A todos; sin excepciones ni causas judiciales previas, para que no cupiesen favoritismos ni entorpecimientos a la vida sosegada que buscaba disfrutar el rey. Felipe III, imitando a sus abuelos, atendió, como ellos, las razones de sus espías y confidentes: por ello ordenó la expulsión general de los moriscos que se produjo de forma inmediata en Madrid.

—Pues a mí no me parece adecuada la medida —expresó Diego—. Ni adecuada ni justa. A saber cuántos de los expulsados son hombres de provecho para la ciudad y gente de bien.

—Ninguno —se apresuró a responder Miguel Argote—. Ni siquiera van al teatro... —sonrió—. Yo estoy de acuerdo con la expulsión. Madrid debe ser de los madrileños, nada más.

—Hablo en serio, Argote —Diego adoptó un rictus de gravedad en sus palabras—. No me digáis que no os entristece recordar la imagen de esas familias empacando para irse, a esos hombres que eran vecinos de Madrid, nuestros vecinos, cerrando los baúles y cargando sus mulas con bolsas, sacos y cajas. Vestidos para el viaje con calzones de pana, botas cerradas, camisa y coleto de piel, tocados con sus gorros de lana gruesa...

—No, amigo mío —negó Argote—. Su presencia era más causa de temor que su compañía.

—¿Temor? No, lo rechazo. ¡Miedo a mezclar las sangres, en todo caso! —argumentó Diego, muy serio—. Un miedo incomprensible a perder no sé qué purezas y abolengos, como si después de ochocientos años juntos las sangres no estuviesen ya suficientemente revueltas y mezcladas. El miedo real no era a sus costumbres, ni a guerra alguna, mi querido amigo, sino a la abundancia de forasteros en Madrid y en las otras tierras del Reino, como si el mismo rey, y todos nosotros, no lo fuéramos por nuestro origen, o el pasado de nuestros padres, abuelos y otros antepasados. Todos tenemos sangre mezclada, yo también.

—Nosotros somos madrileños. —El cómico miró a todos, a su alrededor—. Creo que todos nacimos aquí, ¿me equivoco?

—Y ellos también, a buen seguro. Pero no nacieron aquí nuestros padres, algo que jamás importó para pertenecer por derecho a esta ciudad y sentirnos todos madrileños. Y es más —añadió Diego tras carraspear y acomodarse mejor en su asiento—. Os voy a decir algo que quizá no sepáis: el auténtico origen de Castilla se sitúa en la antigua región de Bardulia, allá al norte del Ebro, tal y como puedes leer en la *Crónica Albeldense*. Pero aquella Bardulia no era más que un territorio minúsculo, un asentamiento cercano al río Odra que, como podéis imaginar, toma su nombre de los udríes, gentes venidas de más allá del estrecho de Gibraltar o Gebal-Taher, que es su verdadero nombre originario. No os sorprenda saber, por tanto, que Castilla es tierra de bereberes venidos de Túnez, y a ellos se debe su naturaleza. Los castellanos no somos originarios de Castilla, sino del norte del África.

—¡Eso es imposible! —rechazó Argote—. No puedo creer que...

—¿No? —insistió Diego de Tarazona—. En tal caso, decidme: ¿cuántos Medina conocéis, no sólo como nombre de ciudad, sino como apellido de madrileños y de rancios castellanos? ¿Y alguien puede dudar del origen árabe del término? ¿Y Zalama? ¿No os recuerda a Salama, que significa *paz* en árabe? Pueblos con su nombre existen demasiados, muchos más de los que podría enumerar ahora: Villazulema, Abuzalema, Grazalema, Villacelama, Benzalema, Villar Salama, Baños de Benzalema...

—Sabéis mucho, don Diego —cabeceó el actor—. Mas, incluso así, no puedo estar seguro de que...

—Estadlo, amigo mío. Porque hay más, mucho más: ¿No opináis que Villamar viene de «Ammar», que significa *pío* o *piadoso*; que Villamor proviene de «Amur», *vidas*, o Villaviad de «Avyad», que significa *blanco*?

—Podría ser...

—Lo es. Porque Castilla fue fundada por los bereberes, los mauritanos y los muladíes, no lo dudéis. ¿O es que Villabarba no es Villa de «al-barbar», esto es, de bereberes? ¿O es que la tribu Rekana, que llegó hace mil años hasta el Levante, no dio origen a la villa de Requena? ¿Y cuántos son los linajes descendientes del apellido Medina? Porque los apellidos Medinabeitia, Medinagoitia y Medinazcoitia no son los únicos derivados del árabe medina. ¿Sabíais que «Medina» es la *civitas*, la ciudad? Es más: ¿Es que creéis que Castilla proviene acaso de «cast'lla», esto es, *castellum*, palabra de origen latino y romano?

—No creo que debiera oír vuestras ideas el Santo Oficio, amigo Diego...

—De sobra conocen ellos cuanto digo y opino. Está en libros que el mismo rey conoce.

—¿Y no os perjudicaría que supieran que divulgáis estos conocimientos? —Clara se mostró de repente asustada, en cuanto oyó hablar de la Inquisición.

—No, Clara —sonrió Diego con satisfacción, muy seguro de sí—. Porque el vocablo «castillos» se hubiese convertido en *castellus*, un latinismo, pero tal nombre es tan popular, tan poco cuidado, que nunca hubiese sido admitido por iniciativa eclesiástica. Es demasiado vulgar para ser aceptado por el purismo latinista que se usaba antaño y se sigue usando en las abadías y monasterios.

—Entonces, ¿de dónde proviene el nombre de Castilla? —El cómico ya no supo qué pensar.

—Si viniera de Roma —aclaró Diego—, su origen sería *Castulo*, ¿no es cierto?; y si la razón de su nombre se debiera a la abundancia de castillos, se hubiese empleado el de «Castro» como denominación, porque *castros*, es cierto, hubo muchos en esas tierras. Y lo cierto es que los árabes llamaron a esa tierra, la de los mil castillos, «al-Quila'», plural de «qal'a», es decir, una referencia clara a «los castillos». Ahora bien —continuó Diego—, ¿no sabeis que al sur de Túnez existe desde hace más mil doscientos años una gran comarca habitada por bereberes cristianos llamada Qastilya, cuya capital era Madinat Qastilya?

—¿Qastilya? —el asombro de Argote y los demás les hizo dar un respingo—. Así se llama, prácticamente, Castilla...

—Sí. Era una tierra de bereberes donde vivieron los Mena, los Morillas, los Quejana, los Berberana, los Quintana... —sonrió Diego—; todos esos caballeros castellanos que ahora les expulsan de Madrid desconociendo que, si bien puede que no sea su reino, tampoco es nuestro, porque nuestros antepasados vinieron de Túnez y de allí procede nuestro linaje, aunque no nos guste reconocerlo.

Diego guardó unos segundos de silencio para observar el efecto de sus palabras en los demás, que parecían negar con la cabeza, incrédulos.

—No puede ser... No puede ser...

—Allá, en África, Qastilya fue un bastión en la lucha por la independencia bereber frente a los islamistas árabes, en defensa de la religión cristiana —añadió Diego—. No debe extrañaros que, al cruzar el Estrecho, intentasen crear territorios con ese nombre para rememorar para siempre su lucha heroica. Qastilya era allí su grito de guerra; aquí lo fue Castilla, por eso la fundaron.

—Entonces... —Argote, el cómico, ya no supo qué responder—, ¿quieres decir que el origen de todos nosotros, los castellanos, los madrileños, hemos de buscarlo en Túnez?

—No —Diego decidió dar por concluida la discusión—. Los madrileños no tenemos que buscar nuestro origen más allá de las murallas de Madrid. Vengamos de donde vengamos, fueran quienes fuesen nuestros padres y antepasados, una vez aquí somos todos madrileños. Ser de Madrid es una de las pocas cosas buenas que se puede ser.

—¡En eso estamos todos de acuerdo! —exclamó Argote, levantando su vaso de vino—. ¡Brindemos por esas palabras!

—¡Totalmente de acuerdo, pues! —Alzó también su vaso Diego de Tarazona—. ¡Madrid no es de nadie, por eso es de todos!

Residencia de cientos de personas ilustres, artistas, autores, gentes que hacían del arte un homenaje diario a la cultura universal, Madrid se había convertido en un taller de genios. Algunos habían nacido en la Villa, como Lope de Vega, Quevedo, Calderón y Tirso de Molina; otros habían llegado a la Corte deseosos de participar en la gloria creciente de la gran ciudad, como Góngora, Baltasar Gracián, Ruiz de Alarcón y muchos más, participando en los certámenes que se organizaban, llamados Academias, estrenando sus obras en los corrales o asistiendo para compartir noticias al Mentidero de Representantes.

Los pintores Velázquez, Murillo, Zurbarán, Pedro Núñez del Valle, Antonio de Pereda, Francisco Camilo, Angelo Nardi, Luis Fernández, Juan Bautista Maíno, Domingo Carrión, Juan Bautista Martínez del Mazo, Juan van der Hemen, Juan de Pareja, Antonio de Lanchares y muchos más, algunos de la escuela de Velázquez y otros con su estilo propio, eran la admiración y envidia de las cortes europeas, hasta el punto de que la Escuela Madrileña fue reconocida y requerida por quienes deseaban abrigar las paredes de sus palacios con óleos que admiraran cuantos los contemplaran.

Una escuela madrileña que utilizaba como técnica el óleo y el fresco, con un estilismo que, naciendo del naturalismo más simple, evolucionó hacia un barroco primitivo, de corte decorativo, en donde los temas religiosos predominaban porque los compradores de esos cuadros así lo querían. Sin ninguna clase de desnudo, naturalmente, por imperativo de la moral impuesta por la Iglesia de Madrid, al servicio de la Inquisición. Sólo Velázquez se atrevió con un cuadro de desnudo, *La dama del espejo*, por ser quien era, pero los demás tuvieron que conformarse con experimentar con la luz y los colores, alejándose de los ocres y pardos, de los negros y grises, para llegar a un colorido muy luminoso en las obras. Fue el resultado de tres influencias, la italiana, la flamenca y, sobre todo, la de don Diego Velázquez, el maestro indiscutido e indiscutible. Además de ser el protegido por la aristocracia.

Qué diferente ese Madrid poblado en exceso y con una efervescencia cultural creativa, surgiendo en todos los rincones e iluminando con su esplendor toda Europa, de aquel otro, apenas un siglo antes, envuelto en llamas y combatiendo al lado de la Junta Comunera contra el rey Carlos I de España y V de Alemania, sitiando el Alcázar y tomando el Concejo de la Villa en un acto de rebeldía. Una revuelta encabezada por Juan de Zapata y que duró lo suficiente para levantar una muralla que defendiera Madrid de las tropas imperiales (con una puerta al este que luego llamarían la Puerta del Sol) y que tuvo que rendirse pronto ante los ejércitos del nieto de los Reyes Católicos, el «rey extranjero Carlos», así llamado por haber nacido en Flandes. Una rendición inevitable tras la derrota de las fuerzas comuneras en Villalar, a las órdenes de Juan Bravo, Maldonado y Padilla. Un Madrid, en fin, entregado a una guerra contra el emperador Carlos I, precisamente el monarca que celebró Cortes en Madrid, residió en su Alcázar y concedió a la ciudad de Madrid la corona de su escudo de armas, en 1534.

Pero aquellos acontecimientos habían sucedido a mediados del siglo anterior, el XVI. Ahora, en los primeros años de 1600, la ebullición cultural en Madrid crecía cada día con un nuevo creador, un nuevo autor y un nuevo maestro. Diego de Tarazona apreciaba ese desbordamiento cultural madrileño y se regocijaba con ello, pero no dejaba de apesadumbrarle la dificultad para hacer de Madrid una ciudad digna de su importancia, limpia y ordenada, como debía serlo la capital del mundo, como debía corresponder a un lugar con tanto esplendor cultural.

Eran tiempos de tabernas en donde sólo se servía vino malo, llamado «turco» o vino sin bautizar, o el extraño hipocrás, mezcolanza de vino sin cuidar y miel, con algunas especias como canela, clavo, jengibre, pimienta negra, nuez moscada..., un vino que se servía templado. Tabernas que eran lugares mal iluminados y permitían mantenerse oculto, disimulando su presencia allí, o incluso eludir un mal encuentro escapando por la puerta de atrás si se observaba la entrada de un enemigo. Sin mostrador ni donde sentarse, lo común era permanecer de pie ante un tablón que hacía las veces de tal, tras el que un bodeguero malcarado y sucio servía vino de los pellejos en vasos de barro, derramando tanto líquido que entre el olor a vino no siempre sin picar y el hedor de los orines que llegaban desde el patio trasero, el ambiente era irrespirable. Pero había quienes, como Quevedo y Lope de Vega, se encontraban allí a las mil maravillas, y fueron ellos y otros más quienes terminaron consiguiendo que se instalaran bancos corridos junto a mesas iguales, en donde a la luz de las velas se podían jugar partidas de naipes entre alboroto y vocerío, risotadas y riñas frecuentes.

—No me habléis de esos dos —rogó una vez Luis de Góngora a Diego de Tarazona, a cuenta de una conversación sobre poetas y dramaturgos que el munícipe solicitaba para colaborar en la buena limpieza de la ciudad—. De «Lope de Beba» y «Quebebo» no quiero saber nada. Dos almas que aguarda el infierno con impaciencia.

—No seáis cruel, don Luis —sonrió Diego—. Su genio...

—Genio, sí; inmoralidad, también.

Los mesones, por el contrario, eran lugares más apropiados para combinar bebidas con algún alimento. Desde la existencia del gran Matadero de Madrid, no era difícil degustar delicias como criadillas, callos, manitas de ternera, zarajos, gallinejas, entresijos y otras entrañas en esos mesones, también llamados bodegones, que frecuentaban menos los ilustres artistas y más los funcionarios reales y los madrileños que podían permitírselo.

En unos u otros lugares, no era infrecuente la presencia de gente de mal vivir, algunos hombres violentos y otros dados a codiciar lo ajeno. No sólo se trataba de criados, desocupados o soldadesca venida de Flandes en busca de hacer fortuna; eran también ganapanes, descuideros, robaperas, mendigos, jaques, matachines y guapos de media tarde quienes andaban al descuido o a la nocturnidad, tras caballeros de abundante vino o despiste callejero. Cobijados al amparo de la escasa luminosidad, o nula presencia de iluminación en callejas y rincones, su oficio de aligerar el peso de la bolsa del prójimo alcanzó méritos notables y experimentada finura, o en el peor de los casos brutalidad de principiante. La Junta de Policía, los alguaciles y la Guardia Real no daban abasto para sosegar la noche madrileña.

Porque no era difícil describir el perfil de los madrileños en unos tiempos tan revueltos, de día y de noche. Llegó a escribirse que, de los madrileños, «ninguno ignora la ocupación del que ahora se tiene por caballero: levantarse tarde; oír, no sé si diga por cumplimiento, una misa; cursar en los mentideros de Palacio o Puerta de Guadalajara; comer tarde; no perder comedia nueva; en saliendo, meterse en la casa de juego o conversación; gastar casi toda la noche en la travesura, en la matraca, en la sensualidad». Y había mucho de realidad en aquella descripción. Porque, incluso a pesar de los grandes esfuerzos de la Iglesia y de la Inquisición contra todo el teatro que no fuera sacro, los vecinos de toda clase y estamento acudían a los corrales una vez por semana, e incluso con mayor frecuencia, así como a los mentideros, buenos sitios para holgazanear y pasar el tiempo.

Para que nada faltara en esos tiempos alborotados, las casas de lenocinio, también conocidas como lupanares o casas de mancebía, alcanzaban el número de ochocientas en la segunda década de 1600. De nada servía la condena de la Iglesia a tales sitios de perdición, porque desde el mismo Alcázar se veía con indiferencia su existencia, que desde luego era más consentida y tolerada que la perpetuación del fornicio entre amantes, solteros o casados, que agredían el honor de caballeros y maridos confiados. Al fin y al cabo, pagar por sexo era una acción esporádica sin consecuencias sucesorias, por lo general. Hasta que al morir Felipe III y subir al trono Felipe IV, a pesar de ser bien conocido por su afición a las putas, no se redujo el número de casas de mancebía en Madrid ni se persiguió penalmente la prostitución, algo que nadie comprendió dadas las aficiones reales, pero que se impuso por la insistencia del Santo Oficio, que obligó a dictar tan cínica orden.

Como tantas otras normas y diversos decretos, incluyendo aquella disposición que se extendió por todas partes sin que se comprendiera muy bien a cuento de qué venía, dada la escasísima práctica de lo que en ella se relataba como pecaminoso:

EL SANTO OFICIO
impondrá severo y ejemplar castigo a todo aquel cristiano
que con maléficas artes inhale y expela humo por
cualesquiera de sus orificios naturales, utilizando para
ello la planta del tabaco, malhallada en el Nuevo Mundo.
Que así sea y se cumpla.

Sea como fuere, Madrid seguía siendo paraíso de tabernas, mesones, bodegas y lupanares... En las entrañas de Madrid, aristócratas y clérigos, nobles e hidalgos, comerciantes ricos y funcionarios reales pecaban en la oscuridad de sus interiores mientras sus exteriores se seguían ensuciando más y más.

—Ya no sé qué hacer —se lamentaba Diego—. Hace un mes decidí que se llenaran las calles de cruces para que nadie orinara junto a ellas, a ver si así lograba aliviar esa mala costumbre de desahogar tales bajas necesidades en público.

—Parece buena idea —replicó el corregidor—. A ver si así vamos educando a los vecinos.

—Sí, como idea no me pareció mala —cabeceó Diego—. Además, se adornó cada Cruz con un letreo que decía: «Donde hay una Cruz no se orina».

—¡Bien pensado! —aplaudió el corregidor.

—Eso creía yo. Pero he sido informado de que don Francisco de Quevedo ha resuelto la prohibición de un plumazo.

—¿Y eso?

—Porque nuestro insigne poeta ha escrito bajo la leyenda otra que dice: «Donde se orina no se pone una Cruz». Y en dos días, entre burlas y risotadas del pueblo, ha acabado con nuestra sana intención de remediar la higiene pública.

—Este Quevedo... —negó con la cabeza el corregidor, sin contener una sonrisa.

Pero el ingenio de Quevedo no menguó la gran preocupación de Diego de Tarazona quien, hasta que rindió la espada de su inteligencia, se propuso poner en marcha un eficaz servicio de recogida de basuras, empeño que vio frustrado por la falta de dinero necesario para que los carros fueran bastantes para recorrer la ciudad, aunque sólo fuera una o dos veces al mes. Y como tampoco recibió los dineros necesarios para iniciar un proceso de alcantarillado que encauzara las aguas fecales, durante muchos años los gritos de «¡Agua va!» siguieron oyéndose desde los balcones y ventanas mientras llovían heces y orines provenientes de las casas de adobe o arcilla a las calles, la mayoría sin empedrar, tan sólo cubiertas por el barro y la mugre. Unos restos que terminaban descomponiéndose al sol del verano o discurriendo por las cuestas en invierno, arrastrados por la lluvia, de modo que volver a casa sin recibir un riego de excrementos o sin pisar basuras putrefactas era un azar que sólo sonreía a unos pocos, y desde luego no todos los días.

Y si todo Madrid, en general, se envolvía en una neblina de malos olores a la que, al fin, todo el mundo terminó por acostumbrarse, mil quebraderos de cabeza causaron al Concejo las calles que colindaban con el Matadero Municipal, el gran matadero que sustituía al antiguo de 1495 y que al final se inauguró como un lujo para la ciudad en los primeros días de 1600.

—¿Adónde va tan de mañana, don Juan?

—Al matadero —respondió el dueño de la Posada del Peine—. Ha habido matanza esta noche y quiero encontrar buenas viandas.

—Pues suerte y ande usted con Dios —se despidió el paisano y siguió, con las manos en los bolsillos, camino de la calle de las Platerías en busca de un vaso de aloja—. Mis respetos a la señora Inés.

—De su parte.

No se trataba de aquellos mataderos de ganado que habían construido Vargas y Medina, junto a la calle Toledo, ni el edificado por don Juan Alfonso de Madrid, más al oeste. Aquellos eran de propiedad privada y sucumbieron en los años cercanos a 1500, uno en 1503 y el otro un poco antes, hacia 1480. El Concejo, viendo las necesidades cárnicas de Madrid, decidió entonces crear el primer matadero municipal de ovejas, cerdos y vacas, conocido como el Matadero Viejo de la Villa y situado en la plaza del Matadero Viejo, que pronto fue conocida por todos los madrileños como la plaza del Rastro, junto a la calle Maldonadas. Y es que no había que ser muy original para darle esa denominación popular: las reses eran arrastradas desde el corral a la nave de degüello por un viejo arroyo resecado y el traslado desde la cerca al palo donde se les sacrificaba dejaba un rastro profundo y rojo, fuera por el arrastre del animal o por el reguero de sangre que derramaba.

Aquel primer Matadero Municipal reunió a su alrededor una buena cantidad de comerciantes de diversos oficios, desde curtidores que trataban las pieles a toda clase de vendedores de despojos y mondongos, vendedores de piezas al por menor, entre las que eran especialmente conocidas las rastreras o mujeres que, armadas con un cuchillo de grandes proporciones y ensangrentado, vociferaban su mercancía con exageración y un talante como para estar en prevención por si se les torcía el humor.

Las asaduras, las vísceras, los entresijos y las cabezas de los animales sacrificados eran los productos más baratos, y muchos vecinos se acercaban cada mañana en busca de adquirirlos para preparar sus comidas más conocidas, sobre todo el llamado «cocido». Una muchedumbre que también acudía a los demás comerciantes instalados en torno al matadero, como candeleros y noqueros, zapateros y ropavejeros, curtidores y quincalleros.

Unos fabricaban velas con el sebo de los animales; los noqueros trataban las pieles con agua caliente y cal y dejaban luego que se secaran al sol, tensadas por cuerdas: así abastecían sus tenerías. Los zapateros fabricaban y remendaban zapatos; los ropavejeros vendían ropas usadas, y los curtidores alisaban y refinaban las mejores pieles. Los quincalleros, por último, vendían de todo: eran como chamarileros o almaceneros de pequeños y grandes objetos y utensilios que siempre resultaban de alguna utilidad para alguien.

El problema de aquella aglomeración de tenderetes y puestos, además de los olores propios del ganado y de su despiece en las mondonguerías, convirtieron el llamado Rastro en un barrio apestoso al que no era fácil acostumbrar la nariz. El Concejo, a pesar de sus repetidos quebraderos de cabeza, no encontraba el modo de aliviar el mal olor, ni daba con la fórmula de erradicar la falta de higiene ni reordenar los espacios. Hasta que en 1589 se alzó un nuevo Matadero Municipal, en el cerrillo que presidía aquel Rastro, bajo rigurosas normas de higiene y cuidado, desde donde los carros cargaban la carne que luego se repartía por todo Madrid.

Fue entonces cuando las fábricas más antiguas y prósperas de curtidos, la del Campillo del Mundo Nuevo y la de don Simón Rodas, se vieron obligadas a atenerse a las nuevas ordenanzas y a extenderse por el viejo arroyo con otras empresas menores dedicadas también al curtido, conformando la que con el tiempo se conoció como la Ribera de los Curtidores.

Un nuevo matadero, junto a la Puerta de Toledo, fue la aportación de Diego de Tarazona al abastecimiento de Madrid. Justo el matadero en el que, una mañana, se encontró con su amigo Juan Posada, que iba de compras para la comida de la familia.

—Celebro verte, Juan —dijo, abrazándolo—. ¿No madrugas mucho?

—Cosas de Inés —replicó Juan—. Mi mujer quiere preparar la comida casi con el alba, ya conoces su dedicación. Lo que me sorprende es verte a ti, a estas horas, por aquí.

—Ya, comprendo... No es lo habitual —admitió Diego, como si lo lamentara—, pero qué quieres que te diga. Necesitaba inspeccionarlo todo. Ya sabes el esfuerzo que me costó convencer al Concejo para que se permitiera la construcción de este matadero. Que faltaban recursos, repetían.

—Como para todo —asintió el posadero—. Pero al menos contigo podrán estar seguros de que no ocurrirá lo mismo que sucedió con aquel truhán.

—No sé a quién te refieres —se extrañó Diego.

—A Luis de Gálvez, ¿nunca oíste narrar su abuso?

—No recuerdo. —Diego alzó los hombros—. ¿Tendría que conocer a ese hombre?

—No, no. —Rio Juan de buena gana—. Si así fuese, tú y yo tendríamos más años que Matusalén. Sucedió allá por 1500, dicen que tal vez antes.

—¿Y qué fue?

—Pues nada —cabeceó Juan—. Que el Concejo le dio dinero para construir un matadero, creo que el primer matadero municipal que iba a alzarse en Madrid, y el muy bribón se quedó con todos los maravedíes, dejando sin sueldos a los trabajadores que lo construyeron. Acabó entre rejas, claro.

—Vaya pieza —comentó Diego—. En este caso, en cambio, yo mismo me he cuidado mucho de las cuentas. Eran escasas, ya lo sabes, pero al final bastaron. Y hoy estoy observando que las matanzas de cabras, carneros, ovejas y vacas se hagan conforme a las normas que yo mismo fijé. Ha sido una visita satisfactoria.

—¡Me alegro! —exclamó Juan—. En tal caso, acompáñame a comprar unas asaduras y unas gallinas y vayamos a tomar unos vasos de vino. Invito yo.

—No se hable más. Vamos.

Tras las compras se adentraron en la Taberna del Tuerto y departieron largamente sobre sus asuntos familiares. Diego preguntó por los tres hijos que ya tenían Juan e Inés, Isabel, Juan y María, y la respuesta fue que los tres crecían bien de salud, agradeciéndolo Juan a los Cielos. Y a propósito de ello, le preguntó por sus intenciones, porque ya no era ningún niño.

—¿Y tú? ¿No has pensado en casar, Diego?

—No hay con quién.

—Pues ya tienes cumplidos...

—Sí, voy para los treinta y cuatro años. Empiezo a envejecer.

—Para el matrimonio no hay edad, Diego.

—Para mi edad, lo que no hay son mujeres dispuestas.

—¡Claro que las hay! —exclamó Juan, optimista—. Solteras, viudas y hasta mozuelas. Cualquier padre se sentiría orgulloso de dotar a una hija para casarla con un hombre tan importante como tú.

—En ese menester anda Clara —replicó Diego, sin levantar los ojos del fondo de su vaso—. En busca de una buena mujer que no me vea con malos ojos.

—Pues también se lo voy a decir a Inés. Mi mujer, para esas cosas, no carece de buen tino.

—Bueno, ni para ninguna otra.

—¡Eso es verdad! —Rio otra vez Juan y dio una sonora palmada en la espalda de su amigo—. ¿Otro vaso?

—Van tres, Juan. Y es muy de mañana.

—Bueno, bueno, por un día. —Se volvió para pedir al mesonero otros dos vasos de vino—. Uno más y volvemos a nuestros quehaceres.

—Si encontramos el camino —sonrió Diego—. Porque ya veo riachuelos de vino por tus mejillas y la nariz.

—¡Pues si los míos son riachuelos, los tuyos son torrenteras...!

El 22 de abril de 1616, a causa de una diabetes, murió don Miguel de Cervantes Saavedra. Tenía sesenta y nueve años.

Al día siguiente, el 23 de abril, fue un día de una primavera desacostumbrada en Madrid, adelantada en luz y en calor, y desde primeras horas de la mañana el sol brilló en todo lo alto como si con ello quisiera rendir homenaje al mejor escritor español de todos los tiempos. Aunque se trató de una ceremonia sin boato alguno, Diego de Tarazona acudió en representación del Concejo a dar el pésame a la viuda, doña Catalina de Salazar, y después acompañó el cortejo desde la calle del León al convento de las Madres Trinitarias, en donde quedó depositado el cuerpo yerto del genio.

—Cuéntanos, Diego —suplicó Clara aquella misma noche—. Y no ahorres detalles.

—Espera, espera —rogó Inés—. Que Juan ha ido a buscar una jarra de vino y no querrá perderse el relato.

—Ninguno queremos —añadió Miguel Argote—. Promete interés.

Diego asintió con la cabeza, se ajustó las lentes sobre el caballete de la nariz y carraspeó.

—Está bien, pero os aseguro que no hay mucho que contar. ¿Viene ese vino o qué?

—Voy —dijo Juan, entrando en la estancia en donde andaban todos reunidos.

Diego se sirvió un vaso, bebió con mesura un par de tragos y se limpió la comisura de los labios con un pañuelo que extrajo de la bocamanga de su camisola.

—Pues todo ha sido más simple de lo que se prometía —comenzó diciendo—. Como sabéis, murió en la madrugada de ayer en su casa de la calle del León, y dice el físico que a causa de su sangre dulce, que le obturó la circulación. El caso es que hoy mismo, de buena mañana, ha sido llevado a enterrar al convento de las Trinitarias Descalzas.

—¿A las trinitarias? —se extrañó el cómico Argote—. ¿Por qué?

—Al parecer —aclaró Diego—, por decisión testamentaria del propio don Miguel. Es comprensible: cuando estuvo preso en Argel, fue la congregación de los Trinitarios quienes le ayudaron, los que intermediaron por él y los que consiguieron fondos bastantes para su liberación y la de su hermano Rodrigo.

—Eso lo explica todo —admitió Juan Posada—. ¿Verdad, Inés?

—Verdad —afirmó la esposa—. Pero sigue, sigue...

—He podido leer el asiento en el Libro de Difuntos de la iglesia de las Trinitarias Descalzas y, aunque no sé si actué bien, he copiado lo escrito. —Diego extrajo una cuartilla de su bolsillo y la desdobló—. La tengo aquí, escuchad: Del folio 270. En 23 de abril de 1616 murió Miguel de Cervantes Saavedra, casado con doña Catalina de Salazar, calle del León.

—Pero no fue hoy, día 23, sino ayer —reparó Clara.

—Y buena confusión será esta, vive Dios; ya se verá con el correr de los tiempos —anunció Diego—. Pero tal es lo que menos importa a mi relato. Lo cierto es que recibió los Santos Sacramentos de mano del licenciado Francisco López, un sacerdote amigo. Y en su testamento figura que se mandó enterrar en las monjas trinitarias, que mandó dos misas del alma, y lo demás a voluntad de su mujer, que es designada testamentaria, como también el licenciado Francisco Martínez Marcilla, un clérigo que vive en la misma casa en la que se hospedaba el finado.

Diego volvió a beber de su vaso mientras los demás esperaban expectantes a que continuara el relato.

—¡Por el amor de Dios, Diego! —protestó Inés—. No dilates más el cuento...

—Voy, voy —asintió Diego—. No sé si sabéis que el pasado día 2 de este mismo mes de abril don Miguel de Cervantes entró a profesar en la Orden Tercera de los hermanos franciscanos, así es que, como es de costumbre y razón, en el entierro iba el difunto vestido con el hábito franciscano, un modesto sayal como mortaja, y la cara descubierta. Y así todo el trayecto, desde la calle del León hasta el convento trinitario de la calle de Cantarranas. Reconozco que me ha impresionado mucho el cortejo, y no por su boato, que he de decir que ha sido muy austero, diríase que de pobre, sin ceremonial alguno, sin pompas ni reconocimiento popular.

—¿Y pues? —se interesó Clara.

—Por el sol sobre su pálido rostro, la luz destacando la palidez de la muerte, el brillo de la mañana soleada, como rindiéndole homenaje... El día se ha portado con él mejor que Madrid.

—No es cierto —repuso Argote—. Todo Madrid se ha enterado y lo siente y le llora. Ayer por la tarde, en el corral, no hacíamos sino lamentar su muerte.

—Es verdad —corroboró Inés—. En la posada, y muchos huéspedes son forasteros, lo han preguntado y lamentado. Y los vecinos no hablan de otra cosa desde ayer...

—Es que Madrid no es dada a escándalos, Diego —aseguró Clara—. Llora en silencio, ríe comedida y habla en voz baja. Pero ama con ruido, late fuerte su corazón, bien lo sabes.

—Puede que tengáis razón —admitió Diego—. Supongo que me he precipitado en un mal juicio.

—No importa —le consoló Argote—. Y sigue diciéndonos. ¿Mucha gente en el cortejo?

—No, no mucha —informó Diego—. Fue llevado a hombros por sus hermanos de religión, que como sabéis tienen por costumbre y obligación atender, recoger y acompañar al cadáver del hermano muerto. Vecinos y algunas otras gentes han formado el cortejo y, ahora que lo pienso mejor, creo que tenéis razón: han sido muchos los madrileños que han acudido al paso de la procesión fúnebre guardando un respetuoso silencio. Sí, parecían lamentarlo de veras.

—Así es Madrid, ya te lo decía —repitió Clara.

—Cierto —afirmó con la cabeza Diego y sorbió otro trago de vino—. Y poco más: al fin ha sido enterrado en la casa convento de las Trinitarias, justo al lado de la hermana Lucía de Santa Ana, muerta hace poco en su clausura, y allí ha quedado, sin lápida ni señal alguna que marque el lugar en el que el escritor ha iniciado su viaje final.

—¡Qué pena! —suspiró Clara—. Pero el Concejo remediará la falta, ¿no es así?

—Si está en mi mano, haré lo posible —contestó Diego—. Pero son tantos los quehaceres pendientes que no sé si se podrá...

—Qué menos. Todo es poco para lo que merece don Miguel...

—No puedo estar más de acuerdo.

Unos días después, el 4 de mayo de ese mismo año, desde el otro lado del mundo llegó la noticia de la muerte de William Shakespeare, el otro gran autor de la historia de la literatura. Y como Inglaterra aún no había adoptado la corrección al calendario establecida en 1582 por el papa Gregorio XIII, para los ingleses Shakespeare murió el 4 de mayo según su calendario juliano, retrasado en once días con respecto al tiempo real.

Poco después, una vez enmendado el calendario en Inglaterra, se produjo la milagrosa coincidencia de que la muerte de ambos se produjo en días consecutivos, el 22 y el 23 de abril, pero se admitió que ambos desaparecieron del mundo el mismo 23 de abril.

William Shakespeare tenía, al morir, cincuenta y dos años exactos: había nacido el 23 de abril de 1564.

En la iglesia de San Sebastián fueron enterrados Lope de Vega, en 1635; Ruiz de Alarcón, en 1639; Luis Vélez de Guevara, en 1644; José Benito Churriguera, en 1725; Luis Salvador Carmona, en 1767; Francisco Moradillo, en 1788; Juan de Villanueva, en 1811; José de Espronceda, en 1842; Ventura de la Vega, en 1875, y Jacinto Benavente, en 1954. Sabido es, y lamentablemente conocido, que de los restos de la mayoría de ellos no quedan huellas ni hay noticia. Y en las Trinitarias Descalzas, en 1616, quedaron los restos de Miguel de Cervantes, después buscados hasta la saciedad y de los que sólo han aparecido indicios inciertos de su verdadero paradero. Es la tradición española con sus más ilustres hijos, tan diferente al respeto cultural histórico de los vecinos franceses e ingleses, como por desgracia es conocido por todos, incluidos los madrileños.

5

La muralla

Marzo de 1621

Tantos acontecimientos habían convertido Madrid en la capital del imperio que no había registro oficial para que se enumeraran todos, por mucha que fuera la voluntad de Diego de Tarazona para ir engrosando el archivo municipal con toda clase de documentos y escritos.

Ordenó reseñar unos cuantos, como el confinamiento del rey de Francia en Madrid, en 1525, por orden del rey Carlos I, y su devolución a París tras firmar la Concordia de Madrid; la instalación de los dominicos en la ermita de la Virgen de Atocha; el asentamiento de Carlos I en el Alcázar, en 1550; la inauguración de la Capilla del Obispo junto a la iglesia de San Andrés en 1535; la inauguración de la Sala del Concejo sobre la iglesia de San Salvador; la construcción de la Casa de la Panadería en 1590 y el Hospital General de la Villa seis años después; la ingente labor de la Junta de Policía y Ornato, creada en 1590; la muerte de su majestad el rey don Felipe II en 1598 y el inicio de la construcción de la antigua Puerta de Alcalá; el comienzo de la planificación de la Plaza Mayor en 1616 y la celebración en ella de la primera corrida de toros, tres años después; la fundación del hospital para enfermedades contagiosas más allá de la Puerta de Atocha, creado por don Antón Martín; la muerte del rey don Felipe III en 1621; la coronación de don Felipe IV; la presentación de las llaves del Buen Retiro al rey por parte del conde-duque de Olivares en 1632; la orden real, de 1625, para que se alzara una cerca en torno a Madrid, con el fin de intentar impedir su desmesurada expansión... y tantos y tantos otros que, por su constante evolución y continuo crecimiento, era imposible reseñar sin dedicar demasiados empleados públicos y recursos al proyecto. Nuevas iglesias y parroquias, edificios en construcción, vías adecentadas, casas derruidas y reconstruidas, callejas, plazas, portones y puertas retirados para dar amplitud a los cada vez más numerosos vecinos... Una inauguración, como la de la iglesia de la Encarnación, pasaba inadvertida porque el día anterior, o al siguiente, una orden religiosa o una hermandad erigía un nuevo templo o rehacía una vieja ruina. Madrid fue, así, durante su primer siglo de capital del reino y Corte, un mar embravecido con un oleaje que no amainaba ni por un instante.

Y tal fue el maremoto que Diego de Tarazona, finalmente, se rindió. Pudo ser por lo avanzado de su edad, pero también porque, al fin, Clara le encontró una esposa que le satisfizo, una joven llamada Ana, y ni por un instante dudó en casarse con ella y dedicarse a la familia que pronto se alegró con la llegada de dos hijos varones: Guzmán y Tirso.

Diego y su joven esposa, Ana, se casaron en 1633. Ella tenía dieciocho años y él ya había cumplido los cincuenta. Parecía un matrimonio destinado a las desavenencias y, como pensaron algunos, a las afrentas de honor e infidelidades por la enorme diferencia de edad, pero nada resultó como se aventuraba o alimentaban las comidillas de los más dicharacheros. Porque lo único reseñable fue que en los dos años siguientes nacieron Guzmán y Tirso, y Ana fue siempre la esposa fiel y la madre discreta y entregada que necesitó Diego en los últimos años de su vida.

Murió diecisiete años después, en 1650, bien cumplidos los sesenta y siete años.

Antes, le precedieron en la marcha hacia las estrellas sus amigos Juan Posada e Inés Sánchez, y también su ignorado amor de infancia Clara Vázquez, en 1642. De aquellos que fueron sus mejores amigos sólo le sobrevivió Miguel Argote, el gran cómico, cuya edad nunca llegó a conocer con exactitud por muchos que fueran los años pasados juntos y por muchas que fueran las arrugas que fueron cuarteando su rostro día a día, como se pliega de estrías un papiro encerado abandonado a las agresiones estivales del sol.

Pero Miguel Argote no estuvo solo para enterrar a Clara, su esposa. Fue bien acompañado por los dos hijos nacidos del matrimonio, Luis y Félix, ambos varones y ambos rebosantes de ideas nuevas, los dos espigados y los dos insensibles a los cambios de temperatura, como su madre, de la que heredaron la costumbre de vestir por igual todos los días del año tanto si helaba al amanecer como si el calor se desplomaba con furia en el mediodía del mes de julio.

Y, como si de verdaderos primos se tratara, dada la amistad y familiaridad de sus padres, también asistieron al entierro de Clara y vieron extenderse el esplendor madrileño los tres hijos de Juan Posada e Inés: Isabel, Juan y María; despiertos todos para el negocio, sobre todo ellas, inflexibles a la hora de animar a los suyos a emprender nuevos proyectos. Los pequeños Guzmán y Tirso, los hijos de Diego de Tarazona y Ana, compartieron el duelo también.

Desde muchos años antes, acabando el verano de 1621, Madrid se extendía más allá de lo que podía ordenarse para resultar una ciudad cómoda y habitable, porque si el crecimiento demográfico había sido desmesurado, la libertad de sus pobladores para construir sus casas donde se les antojara, quisieran y les viniera en gana, o mejor, cualquiera que fuera el modo en que lo permitiera algún hueco, había retorcido la ciudad hasta convertirla en un galimatías laberíntico de callejones, sin nombre oficial ni otro diferente al que se los conociera por ocurrencia o reclamo, una auténtica maraña de calles de imposible regulación.

Todos, empezando por el mismo Felipe IV, sabían que se habían sobrepasado todos los límites, y el Concejo conocía las quejas de los vecinos y las exigencias para que se hiciera lo necesario para remediarlo, una protesta colectiva que a punto estuvo de crear un grave altercado popular cuando al atardecer del primer lunes de septiembre tres niños y dos mujeres de edad avanzada murieron atropellados por carros arrastrados velozmente por caballos primero encabritados y luego desbocados en la confluencia del camino de Fuencarral con el de Hortaleza.

—Vuecencia tiene que solucionarlo, señor corregidor.

—Ignoro cómo, majestad.

—¡Pues apéese de vuestra dignidad, señor, y buscad a quien lo sepa!

—Majestad...

—Nos, os concedemos tres meses —cerró la conversación el rey antes de ordenar al corregidor que se retirara—. Tres meses. Ni uno más.

A pesar del ultimátum, el Concejo no tuvo respuesta a la indignación popular y de nuevo acudió al Alcázar su corregidor para compartir con el rey el sentir de los madrileños y suplicarle que le ayudara, que Madrid precisaba de la sabiduría real para poner fin al justo malestar de los vecinos. Felipe IV, harto de la incompetencia del Concejo, recibió a las autoridades municipales en el salón de audiencias sin alzarse de su sillar y el resquemor alerta, sabiendo que se trataba de una visita en demanda de más fondos y dispendios, cuando las arcas reales estaban desaguándose a toda prisa por culpa de las crecientes demandas papales y el retraso en la llegada de recursos de las colonias, además de las débiles sacas de impuestos que por una u otra razón se recaudaban tarde y mal.

Y como no podía entregarles más fondos y conocía la naturaleza humana, tan dada a saciarse con la vanidad y contentarse con el lujo propio aunque no pueda remediar el mal ajeno, optó por desviar los verdaderos problemas de la ciudad para que los ediles dejaran de apremiarle en peticiones que no podía atender. Así es que aparentando gran dosis de paciencia, sacando cuanta diplomacia podía exhibir y adelantándose a las inminentes palabras del corregidor, que imaginaba pedigüeñas, el rey ordenó silencio tras recibir las reverencias de protocolo. Tenía un plan que, sin duda, les haría callar y olvidarse de sus nuevas peticiones, e iba a comprobar si aquellos mentecatos presumidos lo llegaban a asumir como propio.

—Mucho nos agrada vuestra visita, señores —empezó diciendo, sin mostrar el gran cinismo que encerraban aquellas palabras, salvo en un apunte final de voz casi imperceptible—. De hecho, llevo días deseando veros para informaros de un asunto de vuestra incumbencia y beneficiosa para vuestros intereses.

—Majestad... —Los visitantes se aprestaron a escuchar, inclinándose en una nueva reverencia.

—Atended.

El joven Felipe IV se levantó de su trono y comenzó a dar paseos por el salón, con las manos entrelazadas a la espalda y sin mirar a sus interlocutores, como si necesitara concentrarse para dar sólidos argumentos a su exposición. Y después, tras revisarlos uno a uno y carraspeando para dar más solemnidad al momento, expuso:

—Una vez acabadas las obras de la Plaza Mayor, terminada, asimismo, la Calle Mayor con la ampliación de su calzada y tras finalizar el camino desde la plaza al Alcázar, lo que ha permitido establecer una vía entre el Real Alcázar y el Palacio de los Consejos, creo llegado el momento de dotar a Madrid de un gran edificio para que sea la nueva sede del Concejo, un edificio notable que dé a vuestras excelencias el cobijo que merecéis y se constituya como el lugar solemne que Madrid precisa para albergar a sus munícipes.

—Gran idea, majestad —asintió el corregidor, olvidando pronto todos los demás problemas que afectaban a los madrileños, y los demás ediles se sumaron a la propuesta y compartieron con ilusión el proyecto.

—Sí, lo sé —presumió el rey. Y de inmediato respiró profundamente y exhaló un leve suspiro, comprobando que con su proposición neutralizaba cualquier otra petición que los comisionados le trajeran. Por ello, añadió—: Hemos pensado que su lugar ha de ser la misma plaza. Ya he encargado al señor Gómez de Mora, vuestro arquitecto, que me presente cuanto antes un proyecto.

—Gran decisión, majestad —corroboró el corregidor—. No podíais haber hecho mejor elección. ¿Cuándo pensáis que podrán iniciarse las obras?

—De inmediato —respondió Felipe IV—. Hemos dado instrucciones al respecto.

Como era de esperar, la comitiva, encantada con la decisión real, no añadió más y pidió licencia para retirarse. El alivio del rey fue notorio, y la satisfacción de los ediles, evidente. De nuevo el poder se sacaba lustre a sí mismo al precio que fuera.

Pero lo que ninguno de ellos pudo imaginar fue el largo proceso que habría de recorrer la propuesta real hasta que se hizo realidad lo decidido. Porque si bien fue cierto que de inmediato se asentaron los cimientos del nuevo edificio, también lo fue que las arcas municipales cada vez estaban más vacías y las reales no crecían conforme a las necesidades del reino, de tal modo que poco a poco fueron faltando materiales de construcción y, aunque nunca se abandonaron las obras por completo, hasta bien entrado el año de 1640, veinte años después, apenas nadie trabajaba en ellas y no se veían adelantos en la edificación.

Fue entonces cuando el mismo arquitecto municipal reformó el proyecto inicial, para que su coste fuera menor y los gastos más austeros, y hasta 1660 no se empezó a vislumbrar lo que sería la Casa de la Villa. Una sede municipal que treinta años después, en 1692, se culminó en todas sus partes y con todas sus necesidades cubiertas en adornos exteriores y distribución interior.

Allí, en la Casa de la Villa, por fin, se instaló el Concejo de Madrid, un consistorio municipal formado por un corregidor designado por el rey, dos tenientes de corregidor nombrados por el corregidor con el visto bueno del Consejo Real y cuarenta regidores, cuyo nombramiento se efectuaba a título vitalicio y cuyo cargo tenía carácter hereditario.

El corregidor era el presidente del Concejo y disponía de la potestad de sellar con su firma cualquier asunto de competencia municipal. Los tenientes de corregidor eran los encargados de velar por el orden público y el cumplimiento de los requisitos para la apertura de establecimientos públicos y para su actividad, y los regidores se repartían las restantes labores de ordenación y vigilancia de la ciudad.

A su servicio, en calidad de ayudantes, asesores, técnicos y empleados municipales, estaban los escribanos, los abogados y procuradores, el alférez mayor, los alguaciles, los mayordomos y los arquitectos, así como los albañiles, alarifes y fontaneros que precisaba el Concejo para el cumplimiento de sus menesteres.

Otra de las misiones del Concejo era designar y nombrar a los alcaldes de villas y aldeas que pertenecían al alfoz madrileño, llamados justicias, y que respondían ante el corregidor y sus órganos municipales, en ocasiones con su vida o, al menos, con pena de prisión si su labor comprometía la dignidad que se les tenía encomendada.

El primer Ayuntamiento de Madrid instalado en la Casa de la Villa en 1692 contaba como órganos de gobierno con el Concejo y la Junta de Policía y Ornato, que compartía su trabajo público con la Sala de Alcaldes de Casa y Corte. Velaban por mantener el orden en Madrid, una responsabilidad concreta y exigente porque se trataba de la ciudad en donde estaba asentada la Corte con todo su séquito de funcionarios y un ejército civil al servicio de un rey que todavía gobernaba medio mundo desde un palacio instalado en el oeste de la ciudad más importante del mundo durante todo el siglo XVII.

La Casa de la Villa fue, desde entonces, la expresión más visible del barroco madrileño y la sede del Ayuntamiento de Madrid, en la que se denominó la Plaza de la Villa. Sólo Juan de Villanueva, medio siglo después, modificó la fachada que daba a la Calle Mayor con la apertura de una gran balconada para que la reina y sus sirvientes pudieran asistir desde ella a la procesión del Corpus Christi que, en su trayecto, recorría la gran calle.

—Gran noticia hemos recibido de su majestad —reflexionó el corregidor mientras abandonaban el Alcázar, dirigiéndose a sus regidores—, pero veníamos a dar cuenta de los graves problemas de la ciudad y dejamos Palacio sin siquiera haberlos expuesto. Y mucho me temo que Madrid está al borde de la algarada, señores.

—Verdad es —admitió el primer teniente de corregidor—, pero hemos de convenir y reconocer que la nueva ha merecido la pena. ¡Una sede nueva para el Concejo! ¡Cuánto lucirá nuestra labor, señorías! Y de lo demás, pues ya veremos: sofocar el incendio del pueblo, su irritación, recaerá ahora en nuestras manos. Ya veremos cómo lo hacemos. ¿Qué se os ocurre, señorías?

—Estaba dándole vueltas a la posibilidad de encerrar en la Cárcel de Corte a todos los alborotadores... —espetó un regidor, y no parecía una ironía.

—Magnífica idea —replicó el corregidor, esta vez evidentemente irónico, arrugando el ceño y volviendo la cara para mirar a su edil con desdén—. Pensaré el modo. Entretanto, ¿tenéis alguna otra sugerencia igual de brillante?

Y continuó andando por la Calle Mayor hasta el Palacio de los Consejos seguido por su corte de regidores, defendiéndose de las miradas de los vecinos que buscaban afearle su indiferencia ante sus graves problemas y haciendo oídos sordos a las voces murmuradas o claramente audibles que reclamaban firmeza y resolución para poner fin a la incomodidad de una ciudad cada vez más inhóspita y saturada de transeúntes, a pie, a caballo y en carro.

Tenía razón aquella gente en reclamar un poco de orden público. Los atropellos eran frecuentes, los accidentes, cotidianos, y las algaradas, diarias. No era seguro caminar de noche por las calles ni deambular de día sin mil ojos y cuidados. A la marabunta de pilluelos y ladrones al descuido se añadían los desocupados, los vagos, los matasiete, los barberos charlatanes, los escamoteadores de monedas, los timadores arbitristas que aseguraban saber cómo «arreglar el país», los sacamuelas, los astrólogos, los zahoríes, los capigorrones o estudiantes pícaros que vivían de la sopa boba, los aprovechados y fulleros, los caballeros de rancio linaje y escasa bolsa, los alguaciles, los escribanos y los soldados de fortuna sin destino, dispuestos al pleito por un tropiezo sin intención o una mirada mal interpretada, prestos a tirar de daga y de espadín aunque no hubiera motivo ni afrenta. Las mujeres no podían realizar sus quehaceres sin exponerse a burlas o a lenguas insanas; los hombres habían de cuidarse de no tener un mal encuentro y los niños tenían tan hecha la cabeza a cosco-rrones y palmadas bruscas que los empellones ya no les cau-saban molestia.

De nada servía la ronda que, por parejas, patrullaba la ciu-dad: en cuanto volvían una de las mil esquinas del trazado urbano, la inseguridad regresaba como las moscas al culo de una vaca. Y el abastecimiento de los tenderetes y estableci-mientos de toda clase de productos requería de continuos portes que los carros llevaban desde el matadero a los lugares de venta, a toda prisa y sin cuidado alguno, provocando so-bresaltos y caídas que se repetían por doquier.

Por si algo le faltara al desorden, abundaban las estafas a quienes eran recién llegados a la ciudad. Y alguno pagó su ingenuidad, como el caballero confiado que llegó a Madrid y empezó a conversar con un hombre de aspecto elegante que le resultó simpático y hospitalario. Y resultó que el hombre de buenos modales era un ladrón y un asesino, buscado des-de hacía tiempo por la autoridad policial, y, pensando que eran cómplices al verlos conversar animadamente, fueron ambos detenidos y condenados. O el caso de un labrador, tan ingenuo y desprevenido como el anterior, que se topó al lle-gar con un hombre que le rogó que llevase una carta a una dirección determinada. Aceptó el labrador y, al llevarla al si-tio concertado, la policía le detuvo al confundirlo con un fraile huido de la justicia, precisamente el hombre que le ha-bía encargado llevar la carta. Por fortuna para él, un compa-ñero de viaje, labrador como él, pudo hablar en su favor y aclarar su identidad, por lo que el atropello no conllevó peo-res consecuencias para el incauto.

Pero quien peor lo pasó, en aquel continuo rosario de es-tafas y embustes, fue un sastre que recibió la visita de un hombre de porte elegante que solicitó su presencia en su casa para tomar medidas a todos sus sirvientes al objeto de con-feccionarles un nuevo vestuario. Cuando el sastre le siguió hasta su casa, y con la excusa de tener que ir en busca de dinero para pagarle, el estafador le pidió que le prestara la capa, mientras el sastre cumplía su labor de medir y tasar las tallas de los trajes de los supuestos sirvientes. Vestido así, regresó a la casa del sastre y pidió a su mujer, en nombre de su esposo, que le diera cuatrocientos reales, por encargo de él. La mujer, al ver que vestía la capa de su marido, confió en el extraño y le entregó la suma de dinero, con lo que el sastre quedó sin encargo y sin una buena parte de su bolsa.

Y así, y de mil maneras más, se las gastaban algunos embaucadores y pillos en el Madrid de los pícaros durante unos años de muchas carencias y demasiados desalmados.

Para tanto desmán, ya no era bastante la Cárcel de la Villa de Madrid que se había construido en 1543. La decisión de sustituirla por otra más moderna partió del mismo Diego de Tarazona, y el Concejo coincidió en las razones que le asistían para presentar la propuesta. De ese modo, la vieja cárcel fue derribada en 1621 y en el mismo solar se inició la construcción de la Cárcel de Corte, en donde se asentarían también la Sala de Alcaldes de Casa y Corte, las salas de juicios y los calabozos.

La misión de los alcaldes o jueces era velar por el orden de la ciudad, redactar las normas y ordenanzas de obligado cumplimiento, dictar las leyes de buen gobierno de Madrid y vigilar el precio de los alimentos en los mercados de la ciudad, así como garantizar su idoneidad para el consumo. Situada la cárcel detrás de la Puerta del Sol, en un edificio de planta rectangular y dos grandes patios, el de la Audiencia y el de los Calabozos, en sus sótanos se albergaban las mazmorras para los presos que se juzgaban allí mismo. Su primera piedra se colocó el 14 de septiembre de 1629 con asistencia del rey Felipe IV en una ceremonia presidida por el cardenal obispo de Málaga, monseñor Gabriel de Trejo, como presidente del Consejo de Castilla. En su portada de acceso, el arcángel san Miguel lo presidía todo. Allí, desde su inauguración en 1634, se juzgaba, se dictaban y se cumplían las sentencias. Los condenados sólo disponían de un plato de comida al día, aumentándose a dos para los más pobres a partir de unos años después.

La Cárcel de Corte fue obra del arquitecto Juan Gómez de Mora, y tras su incendio de 1791 fue Juan de Villanueva, como arquitecto mayor del reino, el encargado de su reconstrucción. Un presidio en el que se alojaron, o dejaron sus huesos a lo largo de su existencia, personajes de toda ralea, desde ladrones y asesinos confesos hasta personalidades históricas como el gran Lope de Vega, el poeta Espronceda, el político Rafael de Riego y el bandolero Luis Candelas.

Con el tiempo llegó a ser la sede del Ministerio de Asuntos Exteriores.

Que era imposible limpiar las calles de Madrid, era aceptado por todos. Que orinar en público se hizo hábito, un hecho asumido. Y que recibir una lluvia de aguas fétidas, cualquiera que fuera el lugar por donde se transitara, una incomodidad que se percibía como normal, no en balde todos los vecinos lo hacían desde las ventanas de sus casas. El mismo corregidor procuraba atravesar la Calle Mayor caminando por el centro de la calzada, lo más alejado posible de los balcones, y aunque tal decisión fuera arriesgada por tener que esquivar de continuo cabalgaduras y carretas, siempre era preferible zigzaguear avanzando entre peligros que llegar al despacho empapado y maloliente, desbarajustadas las ropas.

—Ya sé el modo de regular el exceso —dijo al fin a sus acompañantes el corregidor, deteniéndose bruscamente en mitad del paseo.

—Su señoría dirá —se aprestaron todos a oír lo que se le había ocurrido.

—Muy sencillo: construiremos una cerca que cierre Madrid por todos sus lados, de modo que la muralla impida que la ciudad continúe creciendo. Con ello pondremos fin a la llegada de forasteros a la Corte.

—No veo el remedio —se aventuró a decir un regidor, alzando los hombros—. El problema de crecer se corrige, pero la incertidumbre de sobrevivir no se soluciona.

—Por algo habrá que empezar —insistió el corregidor—. Se elaborará un censo, se tasarán los vecinos y se dictarán órdenes precisas de convivencia. De ese modo, ningún recién llegado podrá alegar desconocimiento.

—Si vos lo decís...

No era una respuesta a los problemas, pero tampoco se les ocurrió a los demás solución más inmediata. Y con el descreimiento y la resignación dibujados en los rostros se dispersaron sin despedidas y todos ellos regresaron a sus obligaciones pendientes.

La gran cerca se terminó de construir en 1625. Una muralla sólo abierta por las puertas que quedaron vigiladas para impedir la entrada de nuevos viajeros con intención de asentarse y que tampoco supuso remedio alguno porque quienes fueron rechazados empezaron a construir sus casas de adobe y piedra al otro lado de la muralla, junto a la cerca, de tal modo que en pocos meses la gran idea del corregidor terminó siendo una valla ornamental que nadie sabía para qué se había alzado.

Pedro Texeira Albernaz era un joven de buena planta, barbilampiño, de abundante cabellera, faz aniñada, mentón afilado y pulcra presencia que gastaba camisa blanca, calzones de paño marrón, botas militares y chaleco de botonadura dorada como si se disfrazara de príncipe para ocultar la timidez de su mirada clara. Nacido en Lisboa en 1595, se había trasladado a Madrid para ponerse a las órdenes de don Juan

Bautista Labanha, un arquitecto que seleccionaba con cuidado a sus discípulos de la Academia Real Mathematica de Madrid, la escuela dirigida por el celebrado Juan de Herrera desde que culminó con éxito las obras del monasterio de El Escorial. Pedro Texeira quería ser también arquitecto, pero no pasó de cartógrafo, acaso por timidez, o tal vez porque se enamoró pronto y empleó más tiempo en adorar a Isabel que a darle vuelos al compás, a la escuadra y al cartabón.

Y era que Isabel, la hija mayor de Juan Posada e Inés Sánchez, no tenía vocación de posadera y dejó la gestión de la Posada del Peine en manos de sus hermanos Juan y María. Ella, que había dado amparo a Texeira al llegar a Madrid y hospedarse en su establecimiento, ya nunca quiso dejar de cobijarle. Ni él de dejar de ser cobijado por ella.

—Para vos será la mejor habitación —informó ella nada más verlo entrar por la puerta de la posada con un par de bultos como equipaje—. Seguidme, señor, y no dudéis en solicitar cuanto vuecencia precise. Con gusto será servido como merece su excelencia.

—Muy agradecido —replicó él, aturdido por tanta reverencia—, pero debo informaros de que soy un simple estudiante que pretende...

—Si sois estudiante, señor —atajó Isabel—, seréis el mejor de vuestra academia. No lo dudo.

—Sois muy amable.

—Y vos muy cortés.

—Me azoráis, señora.

—Llamadme Isabel.

—A mí podéis llamarme Pedro. Pedro Texeira, para serviros.

—Os serviré yo. Para eso estáis en mi casa.

—Procuraré no molestar...

—Nunca molestaréis, os lo aseguro...

Aquel instante de miradas batiéndose en duelo y rindiéndose con cada golpe intercambiado, presagió una alianza irrompible. De hecho, pronto empezaron a incendiarse las lumbres del amor cuando él comentó sus deseos de conocer Madrid e Isabel no dudó en ofrecerse a mostrárselo, al menos los lugares que mejor conocía. Y lo que empezó siendo un corto paseo por los aledaños de la posada acabó en lejanas visitas hasta el prado de San Gerónimo y el prado de los Recoletos Agustinos, por el este; hasta las profundidades de la calle de Fuencarral por el norte; hasta el Camino del Río y la Plaza de Palacio por el oeste, y hasta la Plaza de la Cebada, la calle Toledo y la Puerta de Toledo por el sur. La calle de Leganitos, el Camino de El Pardo, la calle del Puente, las vistas de San Francisco, la calle de Atocha y la calle de Alcalá fueron recorridos que transitaron entre palabras escasas y miradas frecuentes, muchas de ellas demasiado atrevidas para una madrileña y otras, las de él, en exceso tímidas para un joven portugués.

Pedro se sintió atrapado por una pasión amorosa desconocida hasta entonces. Y tuvo una curiosa manera de confesarla.

—Gran ciudad —dijo—. Difícil de abarcar.

—Dicen que creció mucho en poco tiempo —respondió ella.

—Mucha gente, sí —añadió él—. Y muchas mujeres.

—Muchas y muy hermosas, sí.

—Hermosa sólo he visto una.

—Miráis mal, señor.

—Miro mucho, os lo aseguro.

—Pues poco veis.

—Será porque sólo puedo mirar a una.

—Qué cosas decís. Hay tantas mujeres...

—Sólo una —insistió.

—¿En dónde? ¿En Madrid? Bromeáis...

—Sólo una —repitió por tercera vez—. Y está ante mí.

—¡Señor!

—Y así quisiera que estuviera para siempre.

La ceremonia de la boda se celebró dos meses después en la iglesia de las monjas trinitarias de la calle Cantarranas, en donde estaba enterrado el insigne Miguel de Cervantes. Y quiso el azar que fuera un 22 de abril, coincidiendo con la efeméride de su fallecimiento, lo que el portugués interpretó como una señal para que ya nunca tuviera que volver a irse de Madrid.

Luis Argote no quiso seguir los pasos de su padre y convertirse en actor. Su hermano Félix, por el contrario, ingresó desde muy joven en la compañía del Corral del Príncipe y fue durante toda su vida un galán que lo mismo interpretaba una obra de Tirso de Molina que daba un recital con las poesías de Luis de Góngora. Nunca tomó esposa, ni siquiera fijó en las mujeres los ojos para desearlas; se decía que era más proclive a ayudar a los jóvenes actores que se iban incorporando al corral, aunque las habladurías nunca llegaron lejos y las dos veces que el Santo Oficio se interesó por él, para tratar de buscarle culpas en pecados nefandos, la investigación no prosperó ni tuvo consecuencias.

Félix Argote vivió como actor y como actor envejeció en la clandestinidad, siempre escondido tras sus personajes: los que exigían su profesión y los que le exigía la vida para no ser condenado por el peso de la todopoderosa Iglesia católica. Sólo su hermano Luis llegó a conocer su secreto y a compartir el sufrimiento que su condición le procuraba; y cuando en la vejez, al dejar las tablas, ingresó en un convento para profesar como fraile hasta el fin de sus días, lo hizo por su recomendación, para espiar los pecados de la carne y porque ni el mismo Luis podía garantizar su seguridad si la Inquisición se abalanzaba sobre sus pecados por una tercera vez.

Porque Luis Argote era un hombre respetado, pero su poder tampoco era excesivo. Escogió el camino del estudio de la botánica y desde muy temprana edad entró a formar parte del área municipal encargada de velar y conservar los jardines públicos, y tan experto llegó a ser que a él se debieron buena parte de los diseños de los jardines del Buen Retiro y como tal acompañó en 1632 al conde-duque de Olivares a entregar las llaves del Buen Retiro a su majestad don Felipe IV.

Antes, como funcionario del Concejo, y también miembro destacado del Consejo de técnicos del Alcázar, acudió en auxilio de su hermano Félix cuando los fondos del Corral de Comedias y el del Príncipe empezaron a escasear y el Ayuntamiento de Madrid tuvo que hacerse cargo de los dos corrales, en 1627, a cambio de abonar a las cofradías que los regentaban una regalía anual para que pudieran subsistir y continuar sus funciones, que tanto agradaban al pueblo de Madrid y al monarca, convertido en un gran aficionado desde que en una velada teatral conoció a la Calderona.

—Cerraremos el corral, hermano —le dijo Félix en una ocasión—. Ni para vivir con dignidad nos llega.

—Pero si el público acude en gran cantidad...

—Pero los gastos crecen sin cesar.

—¿Y qué haréis?

—Me han rogado que te hable para pedirte que influyas cerca de su majestad y del corregidor, de tal modo que no nos dejen morir.

—Haré lo que me pides, pero ya conoces las penurias de nuestras arcas. No garantizo el éxito.

—Con el corregidor, no, lo sabemos —se lamentó Félix—. No le gusta el teatro. Pero con el rey será más fácil.

—Lo sé.

—Además, noto cómo me mira...

—¿A ti? ¡Qué ingenuo! Tú crees que te mira todo el mundo, Félix. Los hombres sobre todo...

—El rey me mira.

—Más le mirarás tú a él. —Luis Argote se desentendió de la disputa—. Anda, anda... Déjame hacer y tú esconde esas imaginaciones. Procuraré que el corregidor acuda en vuestra ayuda.

—Don Felipe y yo te lo agradeceremos —sonrió, malicioso.

La gestión, debido al renombre adquirido ya por Luis Argote, dio pronto frutos y el Corral del Príncipe inició una nueva era de esplendor en los tiempos en que Lope de Vega había alcanzado la cima del teatro español en un universo poblado por artistas e inteligencias de oro en un Madrid de diamante: Calderón, Tirso, Moreto, Alarcón, Rojas, Quevedo, Murillo, Velázquez...

Y por la primera mujer autora teatral profesional de la historia: Ana Caro. Nacida en Sevilla, o en Granada, en 1590, de lo que no hay constancia fiel, Ana Caro Mallén de Soto, fue hermana del granadino Juan Caro Mallén de Soto, caballerizo mayor de doña Elvira Ponce de León, y prima del poeta Rodrigo Caro.

Desde muy joven participó con una *Relación* en las fiestas ofrecidas por Sevilla a los mártires del Japón; y al llegar a Madrid, en 1637, escribió el poema laudatorio *Contexto de las reales fiestas madrileñas del Buen Retiro*. Fue muy amiga de la célebre novelista María de Zayas Sotomayor y muy reconocida y alabada por los autores Juan de Matos Fragoso y Luis Vélez de Guevara, que habló de ella en su *El diablo cojuelo*, denominándola «décima musa sevillana». Protegida por el conde-duque de Olivares, cobró por algunas obras, por lo que fue la primera escritora profesional. También fue alumna en la Academia Literaria del Conde de la Torre y se hizo muy popular por dos comedias, *El conde Partinuplés*, publicada en 1653, y *Valor, agravio y mujer*. Pero sobre todo por esta última, donde no sólo fue capaz de crear personajes femeninos de gran fuerza, sino que, además, *Valor, agravio y mujer* era una comedia de enredo de ambiente palatino que desarrollaba, invirtiéndolo, el mito de Don Juan, con alusiones a *El burlador de Sevilla*. Una mujer vestida de hombre que supo manejar los convencionalismos con habilidad en toda su obra literaria hasta su muerte, ocurrida en 1650.

Y desde entonces los corrales madrileños continuaron bordando obras con la maestría de una costurera experta.

Don Gaspar de Guzmán y Pimentel, conde-duque de Olivares, era un personaje que a la postre resultó perverso para España y para la Casa de los Habsburgo.

Pronto quedó demostrado que el rey Felipe IV carecía de toda capacidad para gobernar el imperio heredado de su padre y de su abuelo y, en lugar de rodearse de cabezas lúcidas y brillantes que compensaran sus carencias, como habían hecho sus antepasados, empleó como valido a uno de los más confusos e inútiles zalameros del siglo, un conde-duque que sólo miraba para sus adentros mientras España asistía al declive de su poderío mundial y a la ruina económica de sus pueblos.

En su condición de adulador, lisonjero, tiralevitas, lagotero y lavacaras del rey y demás miembros de la realeza, creyó hacer una buena inversión regalando a su rey una tierra que poseía junto al monasterio de los Jerónimos para que se dibujaran en ella unos jardines que sirvieran para el recreo de la Corte. Tal empeño fue visto con tan buenos ojos por el adolescente Felipe IV que, desde el principio, contó con su beneplácito para que se hicieran en aquellos terrenos una residencia de reposo que, desde la entrega de sus llaves, se llamó el Buen Retiro, como también se llamaría así el palacio que allí se construiría. En total, la extensión de sus ciento cuarenta y cinco hectáreas, a las afueras de Madrid por el este, permitía por su cercanía del Alcázar un traslado cómodo, a la vez que facilitaba el reposo por lo alejado del bullicio del centro de la ciudad y por estar poblado de espesos bosques que dotaban al conjunto de un aislamiento grato y de una temperatura agradable cualquiera que fuera la época del año.

Cuando en 1632 don Gaspar ofreció al rey las llaves de sus tierras con el ofrecimiento de ponerlas a su disposición y construir en ellas un palacio, Felipe IV sólo puso como condición que se edificara también en esos terrenos un teatro para que se representaran en él obras de sus autores favoritos. Sin dudarlo, el conde-duque accedió a tan ingenua petición y de inmediato lo organizó todo para que los arquitectos Giovanni Crecenzi y Alonso Carbonell se hicieran cargo del proyecto del palacio, en el que se incluyó el exigido teatro del Buen Retiro, un Salón de Reinos, un Salón de Baile, un estanque con capacidad para celebrar naumaquias, otro estanque ochavado, que se llamó de las Campanillas, una ría, una leonera donde reunir animales de distintas especies traídas de lejos y una pajarera para la exhibición de aves poco conocidas o exóticas. Y todo ello complementado con la Faisanera, el Salón oriental, el Mirador, los Embarcaderos...

El palacio y sus salones se adornaron con frescos y pinturas de los grandes artistas madrileños, desde Velázquez a Lucas Jordán, y el teatro se erigió bajo la dirección de un escenógrafo del gran duque de Toscana, don Cosme Lotti. El diseño de los jardines y la plantación de árboles de todas clases y plantas de las más diversas especies se encomendó a un equipo municipal de técnicos botánicos entre los que destacó Luis Argote por su imaginación, criterio estético y gusto para dotar de armonía a sus paseos y parterres, sus caminos y sus zonas de sombras y discreción.

Luis Argote, durante todos los años que trabajó en el diseño, sembrado, plantado, cuidado y atención a las diferentes plantaciones florales y arbóreas del Retiro llamó la atención de autoridades, colegas y empleados porque ignoraba las variaciones climatológicas y lo mismo vestía si ardía agosto o se congelaba diciembre, tan solo cubierto por su ropa perenne y un delantal del color de las castañas que le llegaba hasta los pies. Si le preguntaban, siempre respondía lo mismo: «No, no siento frío»; o bien: «No, no siento el calor». Indiferente a la temperatura, su cuerpo gozaba del don de la insensibilidad a los colores del aire. A su madre le pasaba lo mismo, decía; y no sabía más, ni comentaba si otros de sus antepasados habían disfrutado de tal ventaja.

Aunque la disfrutaron.

Madrid ganó, con aquel despilfarro real inducido por la malicia del conde-duque, uno de los jardines más bellos de las cortes europeas, pero a la postre fue una distracción más en los momentos en los que se desmoronaba un imperio y se alzaban las revueltas por todas las tierras de España. Aquella peca graciosa que le salió a Madrid, y que perduró a través de los siglos, fue con los años una joya que una y otra vez se amplió, mejoró, reformó y reconstruyó hasta llegar a ponerse a disposición de todos los madrileños, en fecha muy tardía, porque durante siglos quedó reservado a los reyes de la Casa de Austria, a los Borbones y a sus invitados exclusivos.

En realidad, de la construcción inicial sobrevivieron sólo su perímetro y algunas de sus primeras construcciones. Con el paso de los años se erigieron en los jardines distintos edificios, como la Real Fábrica de Porcelana del Buen Retiro durante el reinado de Carlos III y el Observatorio Astronómico en tiempos de Carlos IV, diseñado por Juan de Villanueva. Antes, el rey Felipe V había ordenado plantar un gran parterre en él, y después de la invasión napoleónica de 1808, al ser utilizado por los ejércitos de Napoleón como asentamiento militar, el palacio quedó destruido en su totalidad, con excepción del Casón del Buen Retiro, que permaneció en pie. Años después, y quizá como el único mérito del nefasto rey

Fernando VII, acabada la guerra de la Independencia, se construyeron otros edificios en el recinto: la Casa del Contrabandista, la Montaña Artificial, o de los Gatos, y la Casa del Pescador.

De todas formas tuvieron que pasar muchos años para que los vecinos de Madrid pudieran disfrutar de los jardines del Retiro. Carlos III fue el primero que, acabando el siglo XVIII, accedió a que algunos paisanos se adentraran en el Buen Retiro, siempre «que acudiesen a la visita bien vestidos y aseados». Su nieto, Fernando VII, el traidor a la Constitución de Cádiz de 1812, admitió también la visita de los vecinos a una zona limitada del Retiro, la más extensa y principal, aunque se reservó otra gran extensión para su uso privado; y no fue hasta el triunfo de la Revolución de 1868 cuando el Buen Retiro se convirtió en una propiedad del Ayuntamiento de Madrid, momento en que, por fin, el parque fue puesto a disposición de todos los ciudadanos, sin excepción ni limitaciones, convirtiéndose en uno de los mejores lugares de paseo de la ciudad.

El estanque grande de San Antonio de los Portugueses se rehízo para servir de Paseo de Coches y el parque entero se adornó con diversas estatuas y fuentes, la más célebre la del *Ángel Caído* (el primer monumento al diablo existente en el mundo, obra de Ricardo Bellver, antes de la existente de Lucifer en el Traforo del Frejus, de Turín, de 1879, o la cara de Lucifer en Quito, Ecuador, y la efigie del Rockefeller Center, de Nueva York). Otras estatuas adornaron los jardines, como la de La Alcachofa y la de Los Galápagos. Mientras, en la superficie del Campo Grande, el arquitecto Ricardo Velázquez Bosco construyó el palacio de Cristal y luego el sencillo y acogedor palacio de Velázquez.

Una historia, en definitiva, que empezó en 1632 por la ambición de Gaspar de Guzmán y Pimentel Ribera y Velasco de Tovar, conde de Olivares, duque de Sanlúcar la Mayor, marqués de Heliche, conde de Arzarcóllar y príncipe de Aracena, más conocido como el conde-duque de Olivares, con el único propósito de entretener al rey y disponer de absoluta libertad para gobernar el reino a su antojo, lo que le costó a la Casa de Austria no sólo diversas guerras con Cataluña sino un motín en Vizcaya, una conspiración independentista en Andalucía, la independencia de Portugal y la irritación ciudadana con sus reformas abusivas, cuya historia acabó cuando fue enjuiciado por la Inquisición y desterrado a la ciudad de Toro, donde murió en 1645. Un valido sin valía y unos jardines, en resumidas cuentas, que se convirtieron en una joya para Madrid; y en el principio del fin de un personaje que sumó crispaciones y conflictos mientras compraba obras de arte a los pintores de Corte para que su condición de adulador y lavacaras pasara a la historia en diversos retratos, incluidos algunos de su artista preferido y protegido, el pintor Diego Velázquez.

El enfermizo y débil rey Felipe IV, en la vejez, paseaba las noches atrapado por la melancolía y el arrepentimiento bajo los cielos estrellados de Madrid que cubrían las veredas de los jardines del Buen Retiro, con la mirada vencida, las manos atadas a la espalda, la cabeza baja y la respiración rota. Se preguntaba una y otra vez qué demonios se habían adueñado de su vida para confundirle y apartarle de la razón y el buen sentido de su padre, su abuelo y su bisabuelo. Se adentraba en el árbol de su genealogía y se avergonzaba sintiendo el puñal de los ojos hirientes de Felipe III, Felipe II y Carlos I que, muy diferentes a él, se habían rodeado de los mejores validos para conservar un imperio que a él se le desaguaba, como se deshacen los carámbanos en la primavera. Ellos, recordaba, se habían mostrado fuertes y seguros, asesorándose de grandes hombres y mentes privilegiadas... El cardenal Cisneros, don

Juan de Austria, el duque de Alba... Él había caído en las redes de otros seres petulantes, como el duque de Lerma o el conde-duque de Olivares, y con ellos se desmoronaba un reino, un país, un imperio. Unos reinos, territorios y posesiones que se extendían por todo el mundo conocido... Castilla, León, Aragón, Toledo, Córdoba, Granada, Vizcaya, Cataluña, Nápoles, Milán, Austria, Perú, Brabante, Cerdeña, Méjico, Borgoña, Flandes, Sevilla, Sicilia, Valencia, Jaén, Murcia, Galicia, Portugal, Navarra... ¿Qué había hecho él? ¿Qué había edificado durante su reinado de lo que pudiera vanagloriarse? ¿Tan solo aquellos jardines por los que se paseaba en las noches de luna negra, incapaz de conciliar el sueño, insomne y dolorido, atribulado porque ni a Madrid ni a su imperio había sabido darle algo mejor? Noches de pena y culpa, de soledad, miedo y vergüenza... ¿Con qué ojos le miraría la historia y cuáles serían las cuentas a dar a los Habsburgo, su familia, cuando alcanzara la estrella de cristal en la que pasaría la eternidad?

Pero no siempre fue melancólica su estancia en el Buen Retiro. Hubo un tiempo en el que gozó de los jardines con sus amoríos, y también allí escribió versos y obras de teatro. En una ocasión participó en los Carnavales, los de 1638, con una obra de teatro donde él hacía de ayuda de cámara, la reina de obrero, el conde-duque de portero y el arquitecto Carbonell de novia. Incluso alguna de esas representaciones se abrieron al público, previo pago de las localidades, para cubrir los gastos del festejo. Era un modo de responder a muchos madrileños que se quejaban del dispendio y mala administración que en época de escasez representaba el Real Sitio. También en el estanque grande, el que se construyó en 1634, se celebraron varias naumaquias o combates navales con barcos a escala y fuego simulado que hicieron las delicias de la Corte. O se pescaba en él, se navegaba en falúa o en lujosas góndolas forradas de plata y oro y decoradas por los mejores pintores, traídas de Nápoles con sus correspondientes gondoleros. Eran góndolas que discurrían no sólo por el estanque, sino también por un canal navegable que se abría en el lado sureste y que corría hasta una glorieta donde formaba una isla. El estanque grande sirvió, asimismo, de escenario teatral en su isleta central y el conjunto del Buen Retiro para toda clase de festejos, fuera teatro, corridas de toros y juegos de cañas, un juego militar árabe en el que hileras de hombres montados a caballo se tiraban cañas a modo de lanzas, o dardos, y las paraban con sus escudos. También se hacían cargas de combate, escapando haciendo círculos o semicírculos en grupos de hileras; y bailes, saraos, mojigangas, fiestas de disfraces... Y un juego que atraía a la Corte y, especialmente, al rey Felipe: las batallas de huevos de olor, consistente en arrojar huevos rellenos de perfume.

También el ingenuo rey, por influencia del conde-duque, era un gran admirador de las gallinas, y tenía multitud de ellas en un rincón del Retiro. Pero no llegó a tanto como la pasión que sentía Olivares por ellas, por sus gallinas exóticas, entre las cuales sentía especial predilección por una a la que llamaba *Doña Ana* y cuya defunción, según se rumoreó, le produjo al valido una gran depresión. De ahí que muchos madrileños llamaran el Gallinero al Buen Retiro, y que luego los franceses se refirieran a los españoles como gallinas.

El conde-duque cedió su gallinero finalmente a los nuevos jardines, pero tampoco la compañía de las plumosas sirvió de bálsamo a la melancolía real.

No. Porque ninguno de aquellos recuerdos fue consuelo en su vejez. Felipe IV murió triste. Y Madrid no sintió su muerte, salvo los duelos protocolarios de los que la muchedumbre se contagia por simpatía con los fastos de los funerales reales.

—¡Ha muerto Lope de Vega! ¡Ha muerto Lope de Vega!

La noticia, como un rayo, recorrió las calles de Madrid en cuanto Juan Posada fue informado de ello una tarde que regresaba de efectuar unas compras y se lo comunicó a su hermana María. Era el lunes 27 de agosto de 1635 y el fénix de los ingenios tenía setenta y tres años. El segundo de los hijos de los Posada, regente de la Posada del Peine junto a su hermana menor, María, tuvo noticia del fallecimiento por un huésped que regresaba a pernoctar y se lo comunicó en la puerta de la hospedería, y de inmediato la mala nueva se hizo grande por todos los mentideros de la ciudad y se introdujo por puertas y ventanas en todas las casas como hojarasca en una tormenta de aire en pleno verano.

—¿Y cómo ha sido? Parecía estar bien de salud...

—No lo sé —dudó Juan—. Parece ser que el pasado viernes se sintió indispuesto. Allá al mediodía.

—¿Y los médicos? ¿Nada hicieron?

—Al principio, no le dio importancia a la indisposición ni el propio Lope, porque por la tarde acudió a una lectura poética...

—En tal caso, no se encontraría tan mal.

—Pero, sea como fuere, regresó pronto a casa la noche del viernes. Al parecer sufría de altas fiebres, un desasosiego que le hizo temer por su salud, como si la calentura de agosto se hubiera hecho fuego en su pecho. Pidió que se avisara al físico.

—Pobre don Félix...

—Dos médicos acudieron presto a su casa —siguió Juan, narrando a quienes se arremolinaron cerca de él y seguían atentos su relato—. Estudiaron su mal y prescribieron una sangría y una purga. Pero el enfermo no mejoró mucho, según coligo, porque el domingo pidió seis testigos para dictar su testamento y...

—Pobre —María se puso las manos sobre el pecho, en actitud de oración—. Cuando se solicita testar, ya se sabe.

—Lo sabía él mismo, a buen seguro —asintió su hermano Juan—. Porque la misma noche de ayer domingo pidió el viático y la extremaunción. Y ya no pudo hablar más. Quedó ciego, sordo y mudo, inconsciente, como ya cadáver.

—¿Anoche, decís? —quiso asegurarse un vecino.

—Anoche, sí. Y hoy mismo, hace poco, allá a las cinco y cuarto de la tarde, ha muerto en su casa y en su lecho. El médico lo ha certificado así.

El certificado de defunción de Lope de Vega, en efecto, rezaba así: «Frey Lope Félix de Vega Carpio, presbítero de la Sagrada Religión de San Juan, calle de Francos, casa propia, murió en veinte y siete de agosto de 1635. Deja como albacea al señor duque de Sessa y a su voluntad, su funeral y misas».

—¿Y quién prescribió una sangría? —María no comprendía esa clase de remedios—. Si estaba débil, sin sangre aún se debilitaría más...

—Es lo habitual —respondió su hermano Juan—. Desde siempre...

—Pues más debería ser oficio de saludadores...

—¿Saludadores? —preguntó un vecino que seguía la conversación—. ¿A qué os referís?

—A esos curanderos que dicen curar lo que no curan los físicos y cirujanos, los verdaderos hombres de ciencia. ¿A quién si no? ¿O no habéis oído hablar, señores, de que se jactan de tener tratos con el diablo y lo proclaman en los alrededores de palacio, del Arrabal y de la Puerta de Atocha?

—Algo he oído, sí.

—Hasta el mismo Cervantes se burló de ellos...

En efecto, Miguel de Cervantes, en su obra *La gitanilla*, una de sus «novelas ejemplares», escrita en 1613, describía así la actuación de una anciana saludadora: «... y acudió luego la abuela de Preciosa a curar al herido, de quien ya le habían dado cuenta. Tomó algunos pelos de los perros, friólos en aceite, lavando primero con vino, dos mordeduras que tenía en la pierna izquierda, le puso los pelos con el aceite en ellas, y encima un poco de romero verde mascado; lióselo muy bien con paños limpios y santiguóle las heridas, y díjole: Dormid, amigo; que con la ayuda de Dios, no será nada».

—También podían haberle puesto a masticar romero, que mezclado con la saliva tiene un poder muy curativo —añadió Juan, siguiendo la burla.

—Pues mi esposa fue curada de una mordedura de perro por una saludadora —explicó otro vecino, en defensa de quienes consideraba objeto de mucha mofa—. Quemaron pelos de perro en su lecho y...

—Vamos, vecino —objetó María—. ¿Pelos quemados para curar de la rabia? No lo creeréis...

—Creer, no sé; lo que yo digo es que se curó —respondió tajante el vecino—. Ahora, que si no padecía la rabia y sólo eran fiebres como consecuencia de la mordedura...

—Pues eso sería —asintió Juan—. Porque al menos las sangrías equilibran los cuatro humores de los enfermos. Eso está probado. Limita la bilis amarilla, evita la bilis negra, aligera la flema, la sangre corre más aprisa...

—Estás hecho un sabihondo. —Su hermana lo miró con extrañeza—. ¿Se puede saber en dónde aprendes tales ciencias?

—Por ahí..., no sé —se ruborizó Juan, mostrando su timidez—. De los doctores...

—¡Pero si en Madrid hay más curanderos que curas! —negó María con la cabeza—. A alguno de ellos se lo habrás oído...

—Bueno, no sé... —titubeó Juan—. Lo que sí oí de uno de ellos es que tienen remedios para todo. Oí en la Puerta del Sol a un saludador que no hay desgracia mayor que cruzarse en un camino con un hombre vestido de negro, conduciendo un carro tirado por tres mulas...

—¿Y qué tiene eso que ver? —preguntó María—. Ya sé que eso trae mala suerte.

—Lo contaba a propósito de un caso que él mismo conocía. Lo que le sucedió a un hombre que vino de Manzanares el Real para realizar unas compras en Madrid y que al encontrarse de frente con un carro tirado por tres mulas y conducido por un hombre vestido de negro sintió tal temor a la mala suerte que corrió en busca de un curandero. Y al encontrarlo le aseguró que conjuraría la mala suerte si seguía las instrucciones que le iba a dar.

—¿Y cuáles fueron, si puede saberse?

—No sé si me acuerdo de todas. —Juan se rascó la cabeza—. Pero de algunas sí: debía caminar hasta la Puerta de Moros, dando cuarenta pasos hacia delante y otros veinte hacia atrás, repitiendo en voz alta: «Demonio, abandóname».

—¿Y ya está?

—No. Además debía de comer entrañas de cordero mezcladas con vino de Arganda.

—Vaya cosa...

—Y, por último, rebozarse la cabeza con boñigas de vaca blanca.

—Qué agradable receta.

—El caso fue que el aldeano se pasó así el día, hasta llegar la anochecida.

—¿Y conjuró la mala suerte? —María esperaba ansiosa oír el final del cuento.

—No oí decirlo —admitió Juan—. Pero sí escuché cómo se reía el curandero cuando repetía que al acabar el día al aldeano le habían robado todo el dinero que traía para sus compras en Madrid.

—¡Vaya pillastre! —exclamó María—. A buen seguro que él mismo se lo robó.

—Pudiera ser... Y, ahora que lo dices —siguió Juan—, también me contó un huésped que pernoctó dos días en nuestra posada la historia de un caballero cuya esposa había sido burlada por un saludador y que, en venganza, organizó una fiesta para ponerlo en ridículo. En aquella cena abundaban los nobles y muchos caballeros de alta cuna, y el saludador no dejaba de presumir de sus tratos con el diablo y de otros secretos inconfesables que le proporcionaban un gran poder.

—¿Cuáles?

—Decía poder andar sobre hierros al rojo vivo y coger con las manos las ascuas del fuego.

—¡Presumido! —cabeceó María.

—Y tanto —corroboró Juan—. Hasta el punto de que los nobles, irritados por tanta petulancia, le pidieron que probara cuanto decía.

—¿Y lo probó?

—Al principio, sí. Porque el saludador llevaba en su bolsa una grasa especial que untada en su piel le protegía. Pero los asistentes, aunque en un principio se quedaron asombrados, al poco empezaron a dudar del prodigio que presenciaron, por lo que, a instancia de uno de ellos, decidieron hacer una última prueba: lo metieron en un horno de pan.

—¿Y qué pasó?

—Pues lo que tenía que pasar. Que el saludador no llevaba tanta grasa encima como para cubrir todo su cuerpo y al cabo lo sacaron del horno completamente quemado.

—¡Bien empleado le estuvo! —exclamó un vecino.

—Muy cierto —coincidió María.

—Pero no todos los curanderos son así —recondujo Juan la conversación—. Hay otra clase de doctores, médicos, cirujanos o físicos que saben bien lo que hacen. Por eso no me parece mal que al bueno de Lope de Vega le practicaran una sangría...

—Pues tampoco es que le hiciera mucho bien —renegó María—. Porque, ya lo ves, hermano. Ahora toca ir de entierro.

Don Félix Lope de Vega fue uno de los personajes más importantes, si no el más, de los nacidos y muertos en Madrid. De biografía licenciosa, contradictoria y turbia, como correspondía a su genialidad, llegó a su hora final en armonía con sus creencias religiosas. Prueba de ello es el testamento que dejó dictado, en el que se leía:

Lo primero encomiendo mi alma a Dios nuestro Señor, que la crio y hiço a su ymagen y semejança y la rredimió por su preciosa sangre, al qual suplico la perdone y lleve a su santa gloria; para lo cual pongo por mi yntercesora a la Sacratísima Virgen María conceuida sin pecado original, y a todos los santos y santas de la corte del cielo; y difunto mi cuerpo, sea restituido a la tierra de que fue formado. Difunto mi cuerpo sea bestido con las ynsignias de la rreligión de San Juan, y sea depositado en la yglesia, lugar que hordenare el Exmmo. Señor Duque de Sesa, mi Señor, y páguese los derechos. El día de mi muerte, si fuera ora, y si no otro siguiente, se diga por mi alma misa cantada de cuerpo presente, en la forma que se acostumbra con los demás relixiosos. Y en quanto al acompañamiento de mi entierro, onrras, novenario y demás osequias y misas de alma y rreçadas que por mi alma se an de decir, lo dexo al parecer de mis albaceas o de la persona que lexitimamente le tocare esta disposición.

—¿Cuándo será el entierro, señor Juan?
—Dicen que mañana mismo.
—Debemos acudir todos.
—Debería acudir todo Madrid.
En efecto, el martes 28 de agosto se procedió al entierro, a las once de la mañana. El cortejo fúnebre partió de la calle de Francos, puntual, a esa hora, con el féretro portado a hombros por ocho miembros de la Venerable Congregación de

los Sacerdotes de Madrid, que lo condujeron por esa calle hasta torcer un poco más abajo hacia la calle de San Agustín, para pasar delante del convento de las Trinitarias Descalzas donde profesaba en clausura su hija sor Marcela de San Félix, que asistió al último viaje de su padre resguardada tras las celosías de uno de sus ventanos. Luego el cortejo salió por la calle de Cantarranas hasta llegar a la calle del León, siguiendo por la calle de las Huertas hasta alcanzar la puerta de la parroquia de San Sebastián.

A lo largo de todo el recorrido, el cortejo tuvo que detenerse mil veces y avanzar con esfuerzo unos pasos otras mil más porque el gentío que acudió a la despedida del genio fue multitudinario. A su paso, ningún balcón permaneció sin apelotonamiento de madrileños, ninguna ventana desocupada ni ninguno de los carruajes sin gente subida a los pescantes y estribos. Tras el féretro, caballeros, duques, condes, funcionarios reales, regidores del Concejo, personajes principales de la ciudad y muchos madrileños ilustrados, actores, pintores, poetas, escritores y músicos, rodeando al duque de Sessa, componían un acompañamiento doliente y compungido.

Al llegar a la Capilla Real, dio permiso el párroco de San Sebastián, Baltasar Carrillo de Aguilera, para introducir el féretro en el templo entre músicas sacras, para celebrar a continuación la misa de cuerpo presente deseada por el finado, y proceder, después, a su entierro en el tercer nicho, tal y como indicó el duque de Sessa. Los asistentes, y cuantos madrileños quedaron fuera sin poder entrar a la iglesia, acompañaron la inhumación con lágrimas, pesadumbre, gemidos y llantos incontenibles. Después, tardó mucho en disolverse el duelo, quedándose mucha gente consolándose mutuamente y relatando las virtudes del difunto.

—Han dicho que quedará enterrado en la cripta, bajo el altar mayor.

—Sí, en la tercera fila. En el segundo nicho, de la derecha.

—¿Y quién pagará el depósito de los restos?

—Se ha comprometido el señor duque de Sessa. Son cuatrocientos reales anuales.

—Ya ha pagado la primera anualidad. Sí, es buen hombre el señor duque.

—Qué menos. Lope de Vega trabajó con él, como secretario, hasta el último día.

—¿Y luego? ¿Qué será de nuestro Lope?

—Dicen que se mandará hacer una lujosa sepultura, con panteón y un busto que lo inmortalice...

—¿En Madrid?

—En Baena.

—No lo verán estos ojos... A Lope de Vega no se lo llevará nadie de Madrid...

Las palabras de aquel vecino resultaron, al fin, proféticas. Porque por una u otra razón, ni el duque de Sessa, ni ningún familiar de Lope, volvió a abonar la anualidad del depósito, de tal modo que el párroco anunció que, de no ser satisfecho el depósito, no le quedaba más remedio que trasladar los restos al osario común, en el cementerio exterior del templo. Aquellas mondas eran imprescindibles para dejar espacio a otros difuntos que abonaran el depósito de sus huesos en la cripta parroquial, una labor que se tenía que hacer cada cinco años.

Nadie volvió a pagar el depósito. Y el párroco, gran admirador de Lope de Vega y consciente de que se trataba de un personaje principalísimo de Madrid, retrasó cuanto pudo el traslado de sus restos al osario común. Confiaba en que alguien, familiar o discípulo, terminara pagando los 400 reales, pero pasaron los años y ninguno acudía a hacerse cargo de la deuda. Para forzar las cosas, hizo saber que, de no ser satisfechas las cuentas pendientes, los restos de Lope de Vega irían a la bóveda con otros huesos anónimos, en una monda inminente. Pero tampoco surtió efecto la amenaza.

Y volvió a amenazar otra vez en 1647, y una más en 1655. Pero como en 1660 no hubo respuesta, al nuevo párroco de San Sebastián no le quedó más remedio que ordenar el traslado de los restos del poeta al osario común. Aunque no es seguro que aquella orden se cumpliera. Al menos hasta el año de 1805, cuando puede que quedaran inhumados en el cementerio adyacente a la parroquia.

Lope de Vega se sumó, así, a la larga lista de restos célebres que se perdieron en Madrid, por el escaso aprecio de los españoles a sus más ilustres escritores. Los restos de Cervantes se perdieron en el convento de las Trinitarias; los de Diego Velázquez, en la iglesia de San Juan de la plaza de Ramales; los de Calderón de la Barca, en la iglesia de Nuestra Señora de los Dolores y los de Quevedo..., bueno, los de Quevedo, al morir en Villanueva de los Infantes tras vivir sus últimos años en su señorío de la Torre de Juan Abad, se inhumaron definitivamente en Infantes, de ser ciertas las investigaciones que se llevaron a cabo finalizando el siglo XX.

Quevedo. Según aseguró un equipo de la Universidad Complutense de Madrid, se recuperaron e identificaron los restos del escritor encontrados en Villanueva de los Infantes (Ciudad Real). La Escuela de Medicina Legal de la Universidad Complutense y el Ayuntamiento de Villanueva de los Infantes pusieron en marcha un proyecto para identificar sus restos, que, de acuerdo con varios documentos históricos, estaban depositados en la cripta de Santo Tomás en la parroquia de San Andrés Apóstol de la localidad manchega. Francisco de Quevedo falleció en Villanueva de los Infantes en septiembre de 1645, cuando estaba a punto de cumplir los sesenta y cinco años.

Un equipo formado por once investigadores de la Escuela de Medicina Legal de la Complutense, junto a personal municipal de Villanueva de los Infantes, desarrolló una investigación dirigida por los profesores José Antonio Sánchez y

Andrés Santiago para establecer si los restos del escritor se hallaban en una de las nueve fosas de la cripta. Los investigadores realizaron un estudio antropológico forense de los restos encontrados en la cripta, para posteriormente realizar un estudio antropométrico, morfológico, patológico y radiológico, y establecieron su relación con Francisco de Quevedo, según informó la Universidad Complutense en un comunicado.

Francisco de Quevedo falleció en el convento de Santo Domingo de Villanueva de los Infantes, lugar en el que, según dijo en su testamento, deseaba ser enterrado. Esta voluntad no llegó a cumplirse, puesto que fue inhumado en la cripta que la familia Bustos poseía en el citado templo infanteño. Los restos que había en esta cripta fueron trasladados casi un siglo después a la de la iglesia de San Andrés Apóstol, que permaneció escondida hasta 1955, cuando se descubrió al realizarse unos trabajos de excavación en la Sala Capitular del templo.

La falta de una muestra patrón del fallecido o de descendientes suyos hizo imposible el análisis del ADN. La clave para el siguiente paso en la identificación estuvo en un detalle más mundano: la cojera que padecía el escritor. Entre todo el material que quedaba en manos de los científicos tras la primera selección, se encontró un fémur derecho con una ostensible torsión que fue la primera pieza del puzle. A partir de ahí se consiguió seguir el procedimiento hasta recuperar otras nueve piezas óseas vinculadas a esta y que finalmente se identificaron como pertenecientes al cadáver de Quevedo. Las conclusiones del estudio de investigación se presentaron en la Biblioteca Histórica Marqués de Valdecilla de la UCM. El director de la investigación, José Antonio Sánchez, explicó que ningún método científico permitía demostrar al cien por cien las conclusiones de un trabajo de identificación forense, pero según manifestó «se puede afirmar que estos son los restos de Quevedo». Además, la Real Academia de Medicina ratificó los resultados.

Y por lo que respecta a Cervantes, una investigación realizada en 2015 informó que se habían logrado identificar algunos de sus huesos. Los restos mortales del novelista fueron aparentemente localizados, aunque para asegurar su identificación los investigadores mostraron una gran cautela, por la ausencia de una prueba de ADN. El forense y director de la búsqueda de los restos de Cervantes, Francisco Etxebarria, señaló que daba como «posible» que «algunos fragmentos» encontrados fueran de Cervantes, conclusión a la que se llegó «a la vista de toda la información generada en el caso del carácter histórico, arqueológico y antropológico». Aseguró que «no hemos podido resolver con certeza absoluta. Estamos convencidos de que tenemos algo». Fue posible considerar que entre los fragmentos de la reducción de huesos localizada en el suelo de la cripta de la actual iglesia haya restos de Cervantes: una mandíbula y varios huesos de los brazos y la cadera, junto con los de su esposa, Catalina de Salazar, en un profundo estado de deterioro.

En definitiva, fueron identificados a través de evidencias históricas y arqueológicas, pero no de ADN, por un equipo inter-facultativo formado por una treintena de especialistas de todo el país, dirigidos por Etxebarria, hallados en la cripta conventual madrileña de las Trinitarias, tras cuatro siglos de extravío. Unas investigaciones que se iniciaron en 2014 mediante una exploración con georradar del suelo de la iglesia y los muros y base de la cripta por parte del experto Luis Avial. Los trabajos documentales, inicialmente emprendidos por el genealogista Fernando de Prado, se vieron acelerados por el historiador experto en el Madrid Barroco y Moderno Francisco José Marín Perellón, que obtuvo la posibilidad de cotejar en el torno del convento las bitácoras de las monjas trinitarias, hecho este que dio un fuerte impulso a la investigación, si bien ocuparon al menos dos emplazamientos distintos.

Madrid, ciudad insólita: la calle donde vivió Lope de Vega se llama hoy calle de Cervantes y la calle donde vivió y murió Cervantes se llama calle de Lope de Vega. Madrid y sus paradojas.

Félix Lope de Vega y Carpio nació en la calle de los Milaneses, junto a la Puerta de Guadalajara, en 1562. Desde su regreso del destierro en 1595 (castigado por difamar a la esposa de un poderoso caballero), vivió en distintas casas de Madrid hasta que en 1610 compró la vivienda en la que pasó el resto de su vida.

—¿Era hombre adinerado? —preguntó María a su hermano de regreso del entierro, ya en la posada.

—No mucho —replicó Juan—. Buena casa tenía, no obstante.

—Mucho debió de costarle. Dos pisos...

—Nueve mil reales, dicen —informó—. Y pagó cinco mil de inmediato. Los otros cuatro mil, dos y cuatro meses después, a cuenta de dos mil cada pago.

—El teatro le dio dineros.

—La suerte, María. El mucho trabajo da poco dinero; el mucho dinero lo da la suerte.

—¿Y qué dice la inscripción del dintel de su portón?

—*Deo optimo máximo. Parva propia, magna. Magna aliena, parva.*

—Como no me lo digas en cristiano...

—Ay, mujer. Es latín: Para Dios, el Mejor y más Grande. Que propio albergue es mucho, aun siendo poco, y mucho albergue es poco, siendo ajeno.

—Ah —asintió María—. Que el señor Lope prefería ser dueño de una casa pequeña que vivir en arrendamiento, aunque fuera más grande la arrendada.

—Eso es.

—Qué madrileño era...

En 1631, poco antes, ardió la Plaza Mayor. Un pavoroso incendio se produjo en una de sus casas y el fuego se propagó sin que hubiera forma de detenerlo. Otra catástrofe más que se sumaba a las incomodidades de la ciudad.

La Plaza Mayor fue un lugar que desde siempre conoció muchos ajusticiamientos públicos, a veces mediante la horca, otras con garrote vil, finalmente mediante la guillotina... Desde el siglo XVI hasta el XIX, cuando allí se ejecutó al último preso en 1815, se cumplieron en ella muchas sentencias a muerte. Incluso llegó a correr el rumor de que, en ocasiones, los espectros de los ajusticiados se congregaban de noche para atemorizar a los vecinos e intercambiar narraciones de sus sufrimientos. Y tan lejos llegó la superstición, y tanto el pánico que las murmuraciones extendían, que de vez en cuando se alzaban grupos de madrileños que se reunían en la misma plaza para rezar por las almas de los allí ajusticiados y para rogar por su eterno descanso, confiados en el perdón y misericordia de Dios.

Por si hubiera pocas cuitas de las que preocuparse, aquel año se incendió la plaza. Y el rey don Felipe IV volvió a recibir poco después una nueva queja del corregidor referida a la imposible reordenación de la ciudad porque seguían llegando forasteros y cada cual construía sus casas a su antojo, donde querían y sin atender a criterio urbanístico alguno. Continuaba el goteo de nuevos madrileños provenientes de todas las tierras de España, deseosos de encontrar trabajo en la Corte y de asentarse en Madrid para siempre, por el buen carácter de los vecinos, el buen recibimiento con que eran obsequiados y las muchas oportunidades de trabajo que ofrecía una ciudad que no dejaba de crecer, de un modo incontrolado, desde 1561.

El corregidor pidió de nuevo audiencia al rey y su majestad, agobiado por la reiteración de las quejas, y cada vez más solo desde que desterró al conde-duque, no tenía respuesta para lo que se le demandaba por enésima vez.

—Pero ¿no se construyó un muro que cerraba Madrid hace muchos años?

—Al principio se respetó, señor —asintió el corregidor—. Pero hace ya tiempo que se sobrepasó y ahora, en vez de muralla, más parece murete para juegos infantiles entre las nuevas construcciones levantadas a ambos lados de la cerca.

—¿Y qué proponéis, señor corregidor? —se alteró el rey—. ¡Por el amor de Dios, señoría! ¡No sé qué esperáis de mí!

En efecto: el rey ya no podía pedir más dinero al prestamista genovés Octavio Centurión. El banquero había prestado ya demasiado dinero a la Corte española y aunque el rey Felipe IV, y su padre Felipe III, intentaron lavar el prestigio del banquero ennobleciéndole gracias a la concesión de los hábitos de las órdenes militares de Santiago y Calatrava y con el título de marqués de Monasterio, además de nombrarle miembro de los consejos de Hacienda y Guerra y tesorero personal de sus dos esposas, ya no encontraba el modo de seguir pidiéndole que aumentara la cuantía de sus préstamos. Era cierto que Octavio Centurión estaba contribuyendo a mejorar su propia imagen, evitando ser calificado popularmente de usurero, como mecenas de obras filantrópicas y caritativas, pero por eso mismo el rey no se podía permitir el lujo de solicitarle nuevos fondos.

El corregidor, ajeno a las deudas reales, y a las cavilaciones del monarca, espetó muy firme:

—Espero una nueva licencia, señor.

—¿Una nueva licencia? ¿Para qué?

—Para construir un nuevo perímetro en Madrid, majestad. Una nueva muralla y esta vez con normas estrictas de cumplimiento.

—Vamos, señor corregidor —sonrió Felipe IV, y aquella sonrisa burlona encerraba un notable desdén—. ¡Que estamos hablando de los vecinos de Madrid, mi querido amigo! No hay quien los detenga cuando en algo se empeñan, ni quien los doblegue cuando defienden lo suyo. Lo tengo hablado con muchos extranjeros: si hay un pueblo con alma irreductible, con altivez aristocrática, con espaldas imposibles de doblar, ese es el madrileño. Tienen alma de príncipe y cuerpo de junco. Sólo rinden su voluntad con una daga punzando su papada.

—O con una dura ley.

—Pues bien, como os plazca. Haced vuestra ley, señor corregidor. Pero tened la precaución de acompañarla de una daga dispuesta a empaparse en sangre, porque no confío para su cumplimiento ni siquiera en vuestras señorías.

—Gracias, majestad. Esta vez será diferente.

En 1653, finalmente, Madrid volvió a ser amurallada por orden real, con la estricta obligación de no construirse ni una casa más a menos de cien metros del muro, porque de lo contrario sería derribada sin necesidad de previo aviso. La orden, cuando los desobedientes comprobaron que era firme, porque se derribaron las primeras construcciones ilegales, Madrid quedó al fin encerrada en una extensión que ya no creció hasta dos siglos después. Fue, sin duda, el modo de controlar una población que ya había sobrepasado los ciento cincuenta mil habitantes y que iniciaba, desde su desorden, un proceso de reforma y ordenación urbanística que fue transformándola en una ciudad bella y efímera, el conocido universalmente como el Madrid de los Austrias, una creación arquitectónica muy personal y original producto de su vertiginosa conversión en Corte, con edificios, palacios, teatros y calles que fueron erigiéndose y derribándose con el paso de los años, por lo que apenas sobrevivieron después vestigios de un tiempo que quedó plasmado en el primer dibujo de la ciudad, el *Mantua Carpetatorum Sive Matritum Urbs Regia* (Madrid Ciudad Regia), el plano realizado por Pedro Texeira en 1656.

Fue precisamente en esa época, en 1654, cuando Tirso de Tazarona fue informado de un hecho ocurrido en el palacio de la marquesa de Cañete que le obligó a iniciar una investigación que, aun concluyéndose de justicia, resultó de lo más desagradable.

—El corregidor os envía a hablar con doña Teresa Antonia Hurtado de Mendoza y Manrique de Córdoba —le dijo un ayudante de buena mañana.

—¿A la señora marquesa? —se extrañó Tirso—. ¿Y a qué se debe?

—Los vecinos dicen que oyen de noche correr de cadenas, lamentos de ultratumba, ruidos infernales...

—Ya estamos —se quejó Tirso—. Más supercherías...

—Pues el mismo rey está interesado en conocer los motivos de tanta queja. Y el corregidor...

—Ya, ya, comprendido —se resignó Tirso—. Veremos qué se puede hacer... ¿Algún pretexto para iniciar la investigación?

—Sí, sí. —El ayudante adoptó un tono susurrante, de confidencia—. Parece ser que hace un par de años la marquesa se opuso al amor de una de sus jóvenes doncellas con un albañil que trabajó en el palacio, arreglando algún desperfecto. Y como el amor era tan fuerte, ambos huyeron de noche de la casa.

—Nada de interés, en tal caso. Si tuviéramos que buscar doncellas en fuga, no haría otra cosa el Concejo.

—¡No, no! ¡Hay más! —añadió su ayudante—. Porque al

echarla a faltar, la marquesa preguntó a todas las criadas por el paradero de la doncella y, al no recibir respuesta alguna, encerró a tres de ellas en un sótano sin alimentos.

—Dura reprimenda —comentó Tirso.

—Sólo al principio —continuó su auxiliar—. Porque al cabo de unos días ordenó sacarlas del sótano y les hizo afeitar cabellos y cejas.

—Vaya.

—Y, como las criadas seguían sin hablar, ordenó a su mozo de establo que las azotara. Fueron cien latigazos a cada una, según consta. Las carnes de sus espaldas colgaban como tiras de cuero ensangrentado, aseguran quienes lo presenciaron.

—Brutalidad, sí —asintió Tirso—. Inadmisible, desde luego. Investigaré de inmediato tamaña crueldad.

La investigación de Tirso acabó pronto porque todas las pruebas concluyeron en la veracidad de los castigos, aunque no pudo comprobarse, en cambio, el arrastre fantasmal de cadenas en la noche. Informado el rey de lo comprobado, no titubeó.

—En mi Corte no admitiré jamás comportamientos así —aseguró, preso de una gran irritación—. Encarcelad de inmediato a la marquesa de Cañete y, como compensación, que abone tres mil ducados a cada una de sus criadas.

—Enseguida, majestad.

—Ah, y al autor de los latigazos condenadle también. Su crimen tampoco ha de quedar sin castigo. Que sufra vergüenza pública, que se le destierre de Madrid durante cuatro años y que abone una multa de tres mil maravedíes.

—Se hará, majestad.

—Y haced saber que es orden del rey. ¡Que se sepa!

6

Madrid se divierte

Octubre de 1656

Madrid se divertía, a pesar de todo. Era el tiempo de la ciudad más alegre y despreocupada. Los problemas de habitación, una vez cerrada la muralla, se resolvieron en parte elevando las plantas de las casas y construyendo en el interior de las mismas, en antiguos corrales, buhardillas y patios desocupados, habitaciones para ser utilizadas por las nuevas familias. También se ampliaron las corralas, edificios de vecindad con un gran patio central al que se asomaban los corredores de tres o cuatro plantas llenas de puertas y ventanucos, conformando una unidad vecinal tan beneficiosa para el socorro mutuo como indiscreta para la intimidad de sus vecinos. En ellas no cabían los secretos, ni se silenciaban las discusiones domésticas o los pleitos vecinales. Sólo el encargado de cada corrala, el administrador de los alquileres, el vigilante del condominio o el mismo propietario del inmueble, si vivía allí, tenía autoridad para imponer el orden, marcar las reglas, fijar los horarios y establecer la limpieza por turnos. También para administrar los gastos para las fiestas de cada corrala, sufragados por los vecinos de acuerdo a las posibilidades de cada cual, sin exigencias ni injusticias, fiestas que se convertían en el acontecimiento del año puertas adentro.

Porque de puertas hacia fuera, todo Madrid parecía vivir en una fiesta sin fin. Incluso sus miles de mendigos, limosneros, ex-soldados de fortuna y otras gentes de mal pasar parecían estar prestos a olvidar sus penalidades.

Se comentaba, entre críticas ácidas en los reinos vecinos y en otras muchas tierras alejadas, que Madrid, desde que se había convertido en Corte y capital del mundo, en centro del Imperio español, era una ciudad en donde nada se producía y la habitaba un nido de vecinos que vivía de la algarabía y el festejo, a imitación de sus reyes y funcionarios. Pero nada más lejos de la realidad, no sólo por sus innumerables comercios y muchos artesanos que abastecían buena parte de las necesidades de la ciudad con sus productos, sino por la industria del préstamo, beneficio del que sacaban buen partido comarcas vecinas y señores de otras tierras, incluso la propia Corona cuando precisaba liquidez dineraria para sus gastos.

El origen del negocio de la Banca llegó a confundirse con un invento de Madrid, considerando no tanto el número de ciudadanos que lo practicaban como la enorme cuantía del dinero que se movía en las operaciones. Sin que por ello, claro está, dejase de ser una actividad que siempre despertaba contra quienes la practicaban miradas de reojo, desconfiadas y cautelosas, al ser considerada propia de los prestamistas judíos.

Pero abundaban las fiestas, los saraos, las representaciones teatrales y la música, sobre todo la música... Madrid siempre conoció el valor de la música como arte sublime y la hizo presente en todas sus celebraciones. Hasta el punto de que en algún momento decidió hacerla compatible con el teatro, y se las ingenió para que así fuera.

Tenía modelos a imitar, como las primeras óperas que contaban con el beneplácito de cierto público cultivado en

Centroeuropa e Italia, pero los madrileños buscaban que su invención surgiera del pueblo para contentar al pueblo. Se trataba de un teatro popular acompasado por una música también popular.

Así fue como, de repente, ocurrió algo excepcional. Algunas compañías de teatro pensaron en combinar texto y música, diálogos y cantares, y el Concejo, intentando presentar algo nuevo en los corrales a sus vecinos, aprovechando los momentos de descanso de cortesanos y plebeyos, contrató a algunas de esas compañías para que distrajeran a los vecinos, compañías que representaban obras donde se alternaba el canto con pasajes hablados. Fueron las primeras zarzuelas, que surgieron como pequeños experimentos y que arraigó de distinta forma en unas épocas u otras, pero que nunca fue un género completamente ajeno a Madrid.

Un género musical que se situaba entre el teatro, el concierto, el sainete y la tonadilla. Y fueron *El jardín de Falerina*, de 1648, *La fiera, el rayo y la piedra*, de 1652, *Fortunas de Andrómeda y Perseo*, de 1653, *El golfo de las Sirenas* y *El laurel de Apolo*, todas ellas producto del ingenio de Pedro Calderón de la Barca, las primeras zarzuelas que se representaron en la ciudad.

Sus temas eran mitológicos. *El golfo de las Sirenas*, estrenada en 1657 en el Palacio de la Zarzuela, se basó en dos episodios de *La Odisea*, de Homero. *El laurel de Apolo*, estrenada el 4 de marzo de 1658 para celebrar el nacimiento del príncipe heredero y *La púrpura de la rosa*, también de Calderón y estrenada en el coliseo del Buen Retiro, el 17 de enero de 1660, adaptaron algunas fábulas de Ovidio, de su obra *Metamorfosis*.

Calderón de la Barca contó en los primeros tiempos con Juan Hidalgo, el gran músico privilegiado por la Corte, para poner la música de su obra *Celos aun del aire matan*, estrenada en el teatro del Buen Retiro el 5 de diciembre de 1660. Su argumento se basaba en la fábula de Céfalo y Procris, de la *Metamorfosis* de Ovidio. Después el gran músico también hizo lo propio con otras obras de Calderón, *Eco y Narciso*, de 1661, *Ni amor se libra de amor*, de 1662, *El asno de oro, La estatua de Prometeo...* Todas ellas de tema clásico o mitológico.

Pero aquel inesperado éxito popular fue menguando en los momentos de mayores dificultades económicas de los madrileños, que dejaron de asistir a las representaciones teatrales con tanta asiduidad como les hubiera gustado; y añadiendo a ello que los cortesanos siguieron el gusto de los primeros Borbones por la música italiana, a mitades del siglo XVIII la zarzuela sufrió su primer decaimiento. El rey Felipe V, al desconocer la lengua española, prefería la música cantada en italiano, y la zarzuela se vio relegada por la omnipresencia de la ópera, representada por compañías italianas que el mismo rey hizo llamar a España. Fue entonces cuando, en un intento imposible de adaptación, la zarzuela trató de imitar la manera italiana de representarse, pero ni a unos ni a otros gustó el resultado y el experimento resultó ser un fracaso.

Era cierto que las obras provenientes de Italia triunfaban, pero aun así hubo zarzuelas que lograron competir con ellas y cosecharon éxitos, como la zarzuela barroca *Viento es la dicha de amor*, de 1743, obra de José de Nebra y Antonio de Zamora. Un éxito, en todo caso, efímero, porque con el sucesor al trono de Felipe V, Fernando VI, aumentó la admiración general por la ópera italiana y la zarzuela pareció definitivamente un género desaparecido.

Pero el arte es a veces tozudo, terco, perseverante... Un arte que termina sobreviviendo a la adversidad y atravesando los tiempos con la firmeza de lo que está destinado a renacer. Y la zarzuela encontró un hueco con la llegada al trono de Carlos III, un rey que no era aficionado a ninguna clase de música y, por tanto, le daba igual la música italiana que cualquier otra, y si era breve e inteligible, mejor. Y cuando conoció las óperas menores, las zarzuelas mitológicas y las costumbristas, le parecieron entretenidas sin carecer de calidad, y adecuadas para todos los gustos, sin ser denigrantes para el fino oído de la Corte que le rodeaba.

Conociendo lo que sucedía, don Ramón de la Cruz decidió abandonar los temas mitológicos y escribir zarzuelas en las que prevalecían los temas costumbristas madrileños. *Quien complace a la deidad acierta a sacrificar*, de 1757, fue su primera zarzuela. Con el compositor Antonio Rodríguez de Hita formó un dúo excelente para componer zarzuelas y, puestos manos a la obra, sus zarzuelas se empezaron a representar en funciones nocturnas veraniegas a beneficio de los cómicos, con lo que pronto volvieron a contar con un gran apoyo popular. *Las segadoras de Vallecas*, de 1768, y *Las labradoras de Murcia*, fueron las más célebres del momento.

De nuevo la zarzuela, como género, estuvo a punto de desaparecer a finales del siglo XVIII sustituida por la tonadilla escénica, que era un género lírico-dramático menor que aunaba melodías populares españolas y temas costumbristas y humorísticos. El auge de la tonadilla escénica se consideró íntimamente ligado con los escasos gustos musicales de Carlos III porque el rey, después de haber reinado en Nápoles durante veinticinco años, al instalarse en España creyó que Madrid se divertiría más si en las comedias se cantaban tonadillas para que así se animaran las tramas dramáticas.

El caso es que tuvo razón porque, como todo el mundo aprendió enseguida, la tonadilla se diferenciaba del sainete en que era una pieza hablada y la tonadilla era cantada, aunque lo que se dijera fuera similar en un caso u otro, dicho o cantado. En ambos géneros el argumento era muy simple, porque lo que importaba era la presencia del personaje aunque apenas hubiera acción, y en todo caso era una acción realizada por el personaje. La finalidad de la tonadilla, y en cierto modo también del sainete, era divertir al público, provocar su risa, y al mismo tiempo, exponer alguna crítica social y transmitir al final una moraleja. Para ello, contaba con una estructura musical muy relacionada con el texto, y la obra constaba de tres partes: la introducción, en la que se exponía el asunto a tratar, en donde el actor se dirigía directamente al público; la sección central, en la que se desarrollaba la acción que se había expuesto; y la sección final que, aunque casi nunca guardaba relación con el argumento, solían ser unas seguidillas y un número musical de despedida. Por supuesto, tal esquema no era rígido y evolucionó a medida que se adaptó la tonadilla a los nuevos tiempos; pero en esencia era así. Como ejemplo, llegaron a alcanzar el favor del público tonadillas escénicas como *El majo y la italiana fingida*, de 1778, *Garrido enfermo y su testamento*, de 1785, *Lección de música y bolero*, de 1803 y *La cantada vida y muerte del general Mambrú*, también de 1785.

> *Mambrú se fue a la guerra,*
> *qué dolor, qué dolor, qué pena...*

Un nuevo cambio en los gustos musicales se produjo poco después en Madrid porque Napoleón, al ocupar España desde 1808 hasta 1814, hizo desaparecer la ópera italiana sustituyéndola por la ópera cómica francesa, que, como todo cuanto trató de imponer la invasión francesa, no triunfó. Al término de la guerra de la Independencia volvió a imponerse la ópera italiana en buena parte de España, pero no en Madrid. Porque con el advenimiento del romanticismo, muchos músicos pretendieron imitar a la ópera italiana, cantada en castellano y usando temáticas mitológicas o heroicas, pero a Madrid no le gustó la impostura y nuevamente se decantó por temas costumbristas locales, mal llamados castizos. La zarzuela, otra vez, resurgía de sus cenizas.

La tozudez del arte...

Y así, a mediados del siglo XIX, comienzan a proliferar las zarzuelas modernas. Los compositores de este género fundaron la Sociedad Artística, con la pretensión de difundir la zarzuela por toda España y para ello se conjuraron su presidente, Luis de Olona, Gaztambide, su director de orquesta, Barbieri, su director de coros, y Francisco Salas, su director de escena. De las obras de los miembros de la Sociedad Artística fueron célebres *Jugar con fuego*, estrenada en 1851 en el Teatro del Circo, y *Los diamantes de la corona*, de 1854, ambas compuestas por Francisco Asenjo Barbieri; y *Catalina*, de Gaztambide. Otra vez iniciándose una nueva etapa para la zarzuela.

Emilio Arrieta empezó en 1853 a componer zarzuelas, estrenando con gran éxito en el Teatro del Circo *El dominó azul*, su primera obra, con libreto de Francisco Camprodón. Ese mismo año, el 6 de junio, Arrieta estrenó *El grumete*, y a continuación se incorporó a la Sociedad Artística, al tiempo que tres de sus fundadores, Odruid, Inzenga y Hernando, salieron de ella porque no pudieron afrontar la ampliación de capital que se decidió para consolidar la sociedad. Fue Arrieta, el más acaudalado de los socios, quien reforzó económicamente la sociedad con su propio dinero, aprovechando su situación para forzar el imperio de sus gustos musicales italianizantes.

En esos años triunfaron obras como *Aventura de un cantante* y *Los diamantes de la corona*, de Barbieri; *Catalina* y *El alma de Cecilia*, de Gaztambide; y Fernández Caballero estrenó en 1885, en el Teatro del Circo, *La vergonzosa de Palacio*. Fue el mismo año en el que Arrieta estrenó *Guerra y muerte* y, el 21 de septiembre, su obra más famosa: *Marina*.

El éxito de la zarzuela en Madrid se extendió muy pronto a otras ciudades españolas. Nicolau Manent y Francesc Porcell estrenaron en el Liceo de Barcelona *La tapada del Retiro* y *No más zarzuela*, respectivamente. Y como también hubo un movimiento musical que superó las influencias italianas y francesas, las zarzuelas no tardaron en adaptarse al folclore regional y más en concreto al folclore local, protagonizadas por personajes de la calle que hablaban un lenguaje que todo el mundo entendía. Como exponente caricaturesco de ello se crearon unas formas de expresión en la zarzuela madrileña de la que nacieron todos los tópicos conocidos, como la forma castiza de hablar, las situaciones y los lugares madrileños, y el uso de ritmos musicales como el chotis y la mazurca, aunque ninguno de ellos tuviera origen madrileño, porque el *schottisch* era una danza alemana que provenía de Escocia y la mazurca, una danza nacional polaca. El resultado finalmente fue que lo que se consideró desde entonces el modo de hablar madrileño, desafiante y chulesco, con las palabras arrastradas y el tono despectivo, pretendidamente caricaturesco, resultó un invento de la zarzuela porque nunca fue el modo de expresarse del vecino de Madrid.

Con el éxito final de la zarzuela, los compositores buscaron el modo de divertir aún más a los espectadores y, al principio como obra de presupuesto bajo y más tarde como entretenimiento para el público mientras se producían los cambios de ropa o de escenario, surgió lo que se llamó «el género chico», un género de obra musical que se diferenciaba de la zarzuela por su tiempo de duración, más breve, y sobre todo por el número de actos, porque la zarzuela solía tener dos o tres actos y el género chico solo uno.

Su primera aparición fue en El Recreo, en 1897, un pequeño teatro de la madrileña calle de la Flor. Y su invención tuvo la autoría de un grupo de actores cómicos formado por Juan José Luján, Antonio Riquelme y José Vallés que trataron de poner en práctica una nueva modalidad de espectáculo, el «teatro por horas», en el que, en un mismo día, podían representarse varias obras. Su menor duración, sin llegar a una hora, abarataba el coste de las localidades, pudiendo ofrecérselas a las clases populares, que pronto abarrotaron el teatro. Las recaudaciones aumentaron espectacularmente, lo que llamó la atención de los grandes empresarios teatrales, y de inmediato se incrementó la producción de este tipo de obras menores.

El nacimiento del género chico tuvo tal éxito y tan inmediato que sus detractores trataron de minusvalorarlo por considerarlo un teatro de menor calidad, pero lo cierto fue que con ello sólo consiguieron dañar lo que inicialmente trataban de proteger, la zarzuela, que de pronto empezó a considerarse toda ella como género chico para distinguirla de la ópera, sin advertirse popularmente que la diferencia entre el género chico y la zarzuela no era sólo la duración, sino sobre todo el argumento que trataba un género y otro. La zarzuela abordaba temas dramáticos o cómicos de acción complicada, de tramas teatrales múltiples o reflexivas, mientras el género chico reflejaba el costumbrismo, la vida cotidiana madrileña de un modo más simple.

También era muy distinta la música que el género chico empleaba. Sus temas eran pegadizos, compuestos al servicio del texto. Sus melodías discurrían por lo bailable y lo gracioso, por lo sentimental y lo amoroso, ancladas todas ellas en el folclore español: boleros, jotas, seguidillas, soleás, pasacalles, fandangos, habaneras, valses, mazurcas, polcas y, por supuesto, chotis.

La crítica de su tiempo denostó este nuevo teatro musical breve, pero el público lo aceptó de inmediato, por lo que se erigieron tres nuevos teatros destinados al nuevo género: el Martín, el Lara y el Eslava. Más tarde, los inventores de este nuevo género se trasladaron de El Recreo al Teatro Variedades, situado en la calle de la Magdalena. Y en 1873 se inauguró el Teatro Apolo, que fue calificado como el templo del género chico.

En sus inicios, en 1844, el género chico se representaba sin música, sólo texto. La primera obra en la que se incorporaron las canciones fue en *La canción de la Lola*, con libreto de Ricardo de Vega y música de Chueca y Valverde, estrenada en 1880 en el Teatro Alhambra, en la calle Libertad. Y llegó a su máximo esplendor en 1886 con el estreno de *La Gran Vía*, de Chueca y Valverde, el 2 de julio, en el Teatro Felipe.

Sus compositores más populares fueron Manuel Nieto, Ruperto Chapí y Federico Chueca, y las obras más celebradas *El Santo de la Isidra*, *La fiesta de San Antón*, *Chateau Margot*, *El pobre Valbuena*, *La alegría de la huerta*, *La verbena de la Paloma*, *La canción de la Lola*, *Agua, azucarillos y aguardiente* y *La revoltosa*. Un género que tuvo uno de sus santuarios en el Teatro Apolo, construido en el antiguo solar del convento del Carmen con una capacidad para dos mil quinientos espectadores. Inaugurado el 23 de marzo de 1873 con la intención de representar comedia española, sus inicios no fueron espectaculares debido al excesivo precio de las entradas, dieciocho reales, y también a que estaba un poco alejado del centro de la ciudad; pero diez años después se consagró cuando estrenó *La verbena de la Paloma* y a continuación las mejores obras del género, como *El año pasado por agua*, *El dúo de la africana*, *La revoltosa*, *Cádiz*, *Agua, azucarillos y aguardiente* y *La reina mora*. Fue tal el éxito que los empresarios decidieron mantener los espectáculos de zarzuela durante todo el año, incluso en verano, dando origen a los llamados teatros estivales construidos en madera, al aire libre y generalmente en lugares poblados de árboles. A estos teatros asistían los madrileños en toda época, llenando el Recoletos, el Felipe, Eldorado, el Maravillas y el Tívoli.

El Teatro Felipe, fundado por Felipe Ducazcal, estaba situado en el paseo del Prado, cerca del Palacio de Correos y Telecomunicaciones, y fue inaugurado en mayo de 1885 por la compañía de cómicos del Teatro Variedades. Allí se estrenó en 1886 *La Gran Vía* y luego se representaron *Los valientes*, de Javier de Burgos, *¡Al agua patos!*, de Jackson Veyán y Ángel Rubio, *De Madrid a París*, de Jackson y Chueca, y *El chaleco blanco*, de Ramos Carrión y Chueca. Después el Teatro Felipe fue trasladado a la calle Bailén hasta que desapareció.

En el Teatro Recoletos, situado en la calle de Salustiano Olózaga, se estrenó *Los bandos de Villafrita*, caricatura de los políticos más conocidos de la época, con texto de Navarro Gonzalvo y música de Caballero. El teatro se cerró en 1894 y poco después sufrió un incendio que lo hizo desaparecer. Por su parte, el Teatro Príncipe Alfonso fue construido con la intención de ser un circo en 1863. En él se representaron distintos géneros, conciertos sinfónicos de la Sociedad de Conciertos y obras como *Certamen nacional*, con libreto de Perrín y Palacios y música de Nieto, *Trafalgar*, con libreto de Javier de Burgos y música de Gerónimo Giménez y *Los voluntarios*, de Irayzoz y Giménez.

El Teatro Eldorado estaba situado en un solar del paseo del Prado, donde con el tiempo se construyó la Bolsa de Madrid. Se inauguró en 1897 y se cerró en 1903 a causa también de un incendio, tragedias frecuentes en esa época por los materiales de su construcción, el poco cuidado de compañías y público con el fuego y los numerosos espectadores que fumaban durante las funciones. Sobre sus ruinas se construyó el Teatro Tívoli. En Eldorado se estrenaron obras como *El pobre diablo*, de Celso Lucio, Quinito Valverde y Torregrosa y *El Barquillero*, de López Silva y Chapí. Y el Teatro Maravillas se inauguró en 1886 con el estreno de la obra de Chapí y Estremera *Las hijas de Zebedeo*.

Existieron otros muchos teatros en los que se representaron obras del género, como el Novedades, el Moderno, el Cómico y el Romea y, sobre todo, el Eslava, que durante muchos años incluyó al género chico en su cartelera. Fue construido en 1871 por Bonifacio Eslava, hermano del músico Hilarión Eslava, y en sus comienzos estuvo destinado a salón de conciertos y almacén de instrumentos musicales, hasta que en 1873 José Leyva lo arrendó y reconvirtió la planta baja en un gran café, sobre el cual se construyó un teatro de dos pisos en el que se cultivaba un género de variedades atrevido, calificado entonces como «subido de tono». Este café fue tan famoso que llegó a ser citado en *La Gran Vía*: «Te espero en Eslava tomando café». Más tarde, Bonifacio Eslava trató de lavar la cara al local y dignificar su nombre y empezó a estrenar zarzuelas de un acto, de buena calidad, como *A la plaza, Ya somos tres, Torear por lo fino, De Cádiz al puerto, Cómo está la sociedad, Toros de puntas* y *Coro de señoras*.

En 1894, asociándose con el Eslava, Chapí se aventuró como empresario, y en su primera temporada se representaron cuatro obras: las tres primeras pasaron sin pena ni gloria, pero la cuarta alcanzó un gran éxito. Fueron *Flores de mayo, El moro Muza, Una aventura en Oriente* y la aclamada *El Tambor de Granaderos*. Posteriormente, y hasta su cierre, se representaron *El cortejo de Irene, La alegría de la huerta* y *Viaje de instrucción*.

El 6 de marzo de 1856 la Sociedad Lírica Española decidió emprender la construcción de un nuevo teatro, destinado exclusivamente a la música lírico-escénica, abandonando el Teatro del Circo, que empezaba a quedarse pequeño. El dinero para comenzar las obras lo aportó el banquero Francisco de las Rivas. Se levantó el teatro en un solar cercano a la Carrera de San Jerónimo, detrás del Congreso de los Diputados y desde el primer momento tuvo claro el nombre, Teatro de la Zarzuela, aunque la denominación desató una amplia polémica porque algunos críticos musicales eran contrarios al uso del término «zarzuela» para designarlo, y durante mucho tiempo fue conocido como Teatro Jovellanos. Ellos, los más críticos, hubieran preferido que se llamara Teatro de la Ópera Cómica o Teatro Lírico Español.

El Teatro de la Zarzuela se inauguró el 10 de octubre de 1856, fecha del cumpleaños de la reina Isabel II. Por fin la zarzuela tenía una sala que dignificaba el género, con unas excelentes cualidades acústicas, cuatro plantas y capacidad para dos mil quinientos espectadores. *El diablo en el poder*, con música de Barbieri y letra de Francisco Camprodón, estrenada el 14 de diciembre de 1856, fue su primer éxito. Otras obras estrenadas fueron *Un tesoro escondido,* de Barbieri, en 1861, *Pan y Toros,* de Barbieri y José Picón, en 1864 y muchas más. Otro nuevo compositor que se sumó al proyecto fue Manuel Fernández Caballero y su debut como compositor fue la obra escrita en colaboración con Barbieri *Cuando ahorcaron a Quevedo.* En sus comienzos, que no dejaron de ser accidentados, el Teatro de la Zarzuela repartió los estrenos con el Teatro del Circo, hasta que este último fue totalmente abandonado.

El Teatro de la Zarzuela era el templo de la zarzuela y el Apolo lo era del género chico. Las penurias económicas que los españoles padecieron durante la segunda mitad de los años sesenta del siglo XIX redujeron la asistencia de público, haciendo aparición un nuevo fenómeno teatral que triunfó durante un corto periodo de tiempo, hasta que al cabo pasó al olvido, sustituido por el género chico: los «Bufos Madrileños». Los Bufos fueron creados por Francisco Ardierus y eran pequeñas piezas cómicas copiadas de las operetas de la Offenbach francesa. El 22 de septiembre de 1866 se estrenó en el Teatro Variedades la primera obra: *El joven Telémaco*, a la que se definió como «pasaje mitológico-lírico-burlesco». Y poco más.

Porque con la llegada del nuevo siglo la zarzuela volvió a experimentar un cambio significativo. Se rescató la zarzuela, olvidada durante los finales del siglo XIX, pero recogiendo las pautas esenciales del género chico. Y aunque durante la primera década del siglo XX continuaron estrenándose obras del género chico, esta modalidad musical inició su declive. Aun así, la mayoría de los grandes autores tuvieron tiempo de estrenar sus últimas obras en vida, como *El puñado de rosas*, de Chapí, en el Teatro Apolo, con libreto de López Silva y Jackson Veyan, en 1902; Chueca estrenó *La alegría de la huerta* en el Eslava, en 1900, con libreto de Antonio Paso y Enrique García Álvarez, y *El bateo* en el Teatro de la Zarzuela, en 1901, con libreto de Antonio Paso y Antonio Domínguez. Gerónimo Giménez estrenó *La tempranica*, también en 1900, en el Teatro de la Zarzuela, con libreto de Julián Romea, y luego, en colaboración con Nieto, *El barbero de Sevilla*, en 1901, en el Teatro de la Zarzuela, con libreto de Perrín y Palacios. Finalmente, Amadeo Vives estrenó *Bohemios* en 1904, también en el Teatro de la Zarzuela, con texto de Perrín y Palacios.

Pero el género chico agonizaba: el público se decantó cada vez más por las zarzuelas, más largas, de más de un acto. Aparecieron nuevos compositores como José Serrano, con *La canción del olvido*, estrenada en 1906 en el Teatro Lírico, de Valencia, con libreto de Federico Romero y Guillermo Fernández Shaw; Pablo Luna, con *Molinos de viento*, estrenada en 1910 en el Teatro Cervantes, de Sevilla, con texto de Luis Pascual Frutos; José María Usandizaga, con *Las golondrinas*, estrenada en el Teatro Price en 1914; y Vicente Lleó con *La corte del faraón*, célebre desde su estreno en 1910 en el Teatro Eslava, con texto de Perrín y Palacios.

En 1928 se incendió el Teatro Novedades, uno más, y un año más tarde bajó definitivamente el telón el Teatro Apolo, lo que puso en evidencia el estado en que se encontraba ya el género chico en Madrid. Porque fueron las zarzuelas las que tomaron el relevo: Federico Moreno Torroba, con *Luisa Fernanda*, en 1932, con libreto de Federico Romero y Guillermo Fernández Shaw; Jacinto Guerrero con *Los Gavilanes*, en 1923, un libreto de José Ramos Martín; *El huésped del Sevillano* en 1926, con libreto de Enrique Reoyo y Juan Ignacio Luca de Tena; *La rosa del azafrán* en 1930, con textos de Federico Romero y Guillermo Fernández Shaw; y uno de los grandes compositores: Pablo Sorozábal, autor de éxitos como *Katiuska, La del manojo de rosas, Black el payaso, La tabernera del puerto* y *Don Manolito.*

La Guerra Civil española no interrumpió el éxito de la zarzuela, y a pesar de las muchas dificultades de la vida cotidiana madrileña continuaron estrenándose y representándose obras en Madrid. Nada detuvo, pues, su viaje a través de los siglos hasta que la ausencia de la reivindicación del género, a finales de los años ochenta, inició una nueva agonía. Y siempre porque se quiso comparar la zarzuela con la ópera, sin tener en cuenta que, aunque ambas fueran teatro cantado, eran géneros musicales diferentes. No sólo porque la zarzuela era típicamente española, incluso localista y heredera del folclore popular, sin extenderse más allá de Latinoamérica, sino porque la ópera era totalmente cantada mientras en la zarzuela se alternaban escenas cantadas con pasajes hablados. Además, la zarzuela incluía cantos y danzas populares que el pueblo asimilaba como suyo, y su carácter popular, asequible a las clases menos cultas, provocaba el desprecio de muchos. Pero su ausencia, con el tiempo, sorprende en una época en la que los grandes musicales, sin distinción de épocas, llegaron a grandes públicos y con éxito notable. Nada importaba que *Los miserables* reflejaran una Francia decimonónica, ni que *El violinista en el tejado* retrotrajera a conflictos antiguos y lejanos. En un momento histórico de resurgimiento de los grandes musicales, obras cortas como *La Gran Vía*, o largas como *La del manojo de rosas*, podrían ser apreciadas de nuevo por la enorme calidad de música y texto que en otro tiempo se supo apreciar en Madrid, España y países de cultura tan distinta como Alemania. Tal vez lo que faltaría para recobrar su presencia pública y el reconocimiento de los nuevos públicos sería pasar por la tintorería y que así se desprendiera de las manchas psicológicas del complejo, tan carpetovetónico.

Lo cierto era que la música lo impregnaba casi todo en el Madrid al que llegó Pedro Texeira, y a ello tuvo que acostumbrarse cuando, tras casarse con Isabel Posada, conoció por ella las peculiaridades del carácter madrileño, los matices de la actividad del comercio y los intríngulis de las fiestas que permanecían ignotas para los visitantes que decidían quedarse a vivir en la nueva ciudad.

—Hoy pasearemos por la Calle Mayor, ¿te parece bien?

—Conozco esa calle. No la hay más transitada.

—¿Seguro que la conoces bien? —repitió Isabel, sonriendo—. Porque es sabido que los hombres nunca os fijáis en nada.

—¿Y en qué habría de fijarme?

—En sus puestos y mercaderías, Pedro. En todas las maravillas que se venden allí. Ven y verás. Te las mostraré.

Lo curioso de la Calle Mayor, que unía el edificio del Concejo y más allá con la Puerta del Sol, era la cantidad de tenderetes dedicados a la venta de productos destinados a las mujeres. Joyerías, bisuterías, puestos de sedas, de tejidos de toda clase, de perfumes y adornos... No era extraño, así, que fuera una de las calles más concurridas de Madrid, y sobre todo visitada por mujeres que acudían de compras o simplemente a conocer las novedades que innovaban los artesanos o se importaban de países lejanos con barcos que cruzaban el mar Mediterráneo y carros que trasladaban las mercaderías desde Valencia a la Corte.

—¿Habías reparado en sus tiendas?

—No. Siempre crucé la calle deprisa.

—Y expuesto a ser atropellado. ¿Sabes que aquí murió aplastado por un carruaje el conde de Villamediana?

—Algo oí, sí.

No exageraba Isabel. Ninguna otra calle de Madrid sufría tal ir y venir de carros y carruajes, y no todos a velocidad moderada. A ambos lados de la calzada, cientos de personas avanzaban a empellones y con dificultad en una dirección u otra, de modo que ninguna ordenanza municipal fue bastante eficaz para aligerar y ordenar el tránsito. Con tanto revuelo, no faltaban los pillos y descuideros que metían la mano en lo ajeno para convertirlo en propio, ni los altercados y amenazas de estocadas cuando cualquiera de ellos era descubierto en el oficio de facilitar a las bolsas de los reales un rápido viaje con destino final al interior de la propia faja.

—¿Esa dama no es la señora duquesa?

—Lo es —asintió Isabel.

—No la veo acompañada por su esposo, el duque.

—No. ¿Por qué iba a estarlo? No es lo habitual.

—No comprendo —Pedro Texeira miró a su mujer, extrañado.

—Ay, Pedro —suspiró Isabel—. Tendrás que esforzarte en conocer las costumbres de Madrid.

—Me esfuerzo en ello, me esfuerzo... Pero hay cosas...

—En Madrid —explicó Isabel—, las damas nobles suelen ir de compras con un caballero acompañante, no con su esposo. Nada hay de malo en ello.

—¿Y el marido? ¿Nada objeta?

—¿Y qué ha de objetar? Se trata tan sólo de un señor al que le agrada salir de compras, que valora lo que la dama desea y aconseja lo ajustado de su precio. Es amigo de la dama, nada más. Y así, de ese modo, ella está acompañada y libre de otros hombres galantes que la aturdan con sus acercamientos, proposiciones y ruegos.

—Todavía lo entiendo menos...

—Pues habrás de llegar a entenderlo —se desentendió Isabel—. ¿Ves a la señora duquesa? Pues ahora fíjate en aquella otra dama..., y en esa otra. Llevan sus criadas tras ellas, incluso algún sirviente. Pero quienes permanecen a su lado no son sus esposos, sino caballeros amigos. Puede que te parezca una extravagancia, o te resulte extraño por ser extranjero, pero es una moda madrileña que algún día será copiada en todas las cortes europeas, te lo aseguro. Estoy convencida de que en Francia ya existe algo parecido a ese *chevalier servant* que tanta extrañeza te causa.

—Si tú lo dices.

Pedro Texeira alzó los hombros y pensó que había llegado a una ciudad sin ley ni moral, pero tampoco persistió en ese pensamiento. A fin de cuentas a él le interesaban más otras cosas.

Guzmán y Tirso, los hermanos Tarazona, siguieron los pasos vocacionales de su padre y abuelo, Diego y Guzmán, y se dedicaron, desde muy pequeños, a la formación y el estudio. Y es que ocurre a menudo que hay oficios que se heredan como apellidos, y dones que se transmiten en los genes y no hay medicina para combatirlos. Por eso a los quince y dieciséis años, respectivamente, fueron a estudiar leyes y gramática a la Universidad de Alcalá y al cumplir ambos los veinte entraron a formar parte del gabinete privado de asesores de Felipe IV por recomendación del propio corregidor de la Villa.

Uno de ellos, Guzmán, el mayor, era ya un experto conocedor de las leyes que regían la Corona y sus relaciones con la Corte; Tirso, el pequeño, dominaba las relaciones con el Concejo y tenía muy claras las ideas para que Madrid se reordenara con vistas a ser una de las ciudades más atractivas de Europa. Además, uno y otro se repartieron, de común acuerdo, la misión de velar por el abastecimiento de la ciudad, Guzmán atendiendo a los productos provenientes de las tierras del este por el Mediterráneo y Tirso de las llegadas por el oeste, de las colonias. Su buen hacer, su seriedad en el oficio a pesar de su corta edad y la simpatía natural heredada de su abuelo, no exento de un esporádico y afilado sentido del humor, les hizo pronto gratos a los ojos del monarca, que con gusto despachaba con ellos en largos paseos por la residencia del Buen Retiro o en el Salón Real del Alcázar, en ocasiones de los asuntos oficiales y otras muchas de los más variados temas, relacionados con la naturaleza de Madrid, las aficiones de los madrileños e incluso con los caprichos lujuriosos de la noche y el cambiante baile de las estrellas.

Felipe IV se seguía sintiendo muy solo. Ni su esposa Mariana de Austria ni el pequeño de sus hijos, Carlos, llamado a ser el heredero de la corona de España, llegaron a consolarle de los muchos errores cometidos durante su reinado. Trató de combatir el tedio con cortesanas y devotas del oficio de la prostitución, incluso con la Calderona, o Marizápalos, una actriz de teatro llamada María Inés Calderón con quien tuvo un hijo: Juan José de Austria. Pero ni así combatió su melancolía, y su tristeza terminó desembocando en una disentería acompañada de grandes sufrimientos, un mal que le condujo a la muerte el 17 de septiembre de 1665.

El rey triste fue enterrado en el monasterio de El Escorial, tal y como había dejado escrito en sus disposiciones testamentarias.

Pero desde años antes, cuando aún no vislumbraba su final, ya gozaba de entregarse a la melancolía en sus largos periodos de soledad en el palacio del Buen Retiro. Y allí, cuando la angustia le sobrepasaba, ordenaba dar aviso a los hermanos Tarazona y compartía con ellos largas conversaciones que, por su amenidad, amortiguaban sus emociones.

—¿Su majestad nos ha mandado llamar?

—Sí, mi buen amigo Guzmán. Tú y tu hermano sois mi mejor compañía.

—Para nosotros es un honor, señor.

—Venid conmigo y paseemos por el jardín. Hace una noche que invita a dejarse ver por las estrellas.

—Mejor sería que seamos nosotros quienes las miremos —dijo Tirso—. ¿Sabéis lo que decía mi padre, don Diego?

—Vuestro padre era sabio, lo sabe todo Madrid —alabó el rey.

—Gracias, señor —agradecieron ambos hermanos el homenaje. Y Tirso añadió—: Él decía que las estrellas son cajitas de cristal y que cada uno tenemos reservada la nuestra para cuando muramos.

—¿Y cuál será la mía? —quiso saber Felipe, alzando los ojos guiñados al cielo.

—Los reyes tienen un sol reservado, majestad —replicó Guzmán, galante y cortés—. El vuestro sale todos los días.

—Conmigo no necesitáis cumplidos, Guzmán. Además, no lo creo en absoluto, amigos míos —lamentó Felipe IV, y recobró su semblante taciturno—. Yo no he sido un buen rey...

—¿Quién lo dice? —pareció indignarse Tirso—. Sois un gran rey, lo sabe toda Europa.

—No —negó el monarca otra vez, moviendo la cabeza a un lado y otro—. Me equivoqué con el conde-duque, que sólo acarreó problemas a la Corona. Problemas con Vizcaya, con Andalucía, con Cataluña, con Portugal... Y porque hube de desterrarlo, que si le consiento un poco más de libertad y tiempo sus descalabros hubieran terminado levantando en armas a la mismísima Castilla contra mí.

—No os entristezcáis, señor —atajó Guzmán—. No sois justo con vos mismo.

—Lo soy, lo soy. —El rey continuó caminando, esta vez mirando tan sólo al suelo—. Pero dejemos eso y ahora hablemos de otras cosas, que tengo curiosidad: me han dicho que apenas se basta Madrid para abastecerse. ¿Cómo va a resolver el Concejo tan gran inconveniente?

—No es cosa de apurarse, majestad. —Tirso sabía lo que decía porque en unas recientes conversaciones con el Ayuntamiento se había discutido el mismo asunto—. El abastecimiento de carne, frutas, verduras, aceite, vino y sal está garantizado por las provisiones que llegan continuamente de toda Castilla. El Matadero, por ejemplo, no da abasto para guardar tanta res, y los precios bajan de continuo para dar salida a las viandas de sus matanzas. Por lo que respecta a frutas y verduras, llegan frescas incluso en verano. Sólo se echan a faltar provisiones de pescado, pero el madrileño no es muy aficionado a esos alimentos y le basta con los que mejor se conservan en su viaje desde el norte: el bacalao y los arenques, que cada vez cuentan con más demanda durante la Cuaresma.

El rey pareció darse por satisfecho con la respuesta y asintió, afirmando con la cabeza.

—Por demás —añadió Guzmán—, no escasean los madrileños que, como modo de vida y comprendiendo la creciente demanda de nuestros vecinos, se animan a instalarse en comercios que cada vez satisfacen más y mejor las necesidades de la ciudad.

—También se agrupan en gremios, señor —explicó Tirso—. Y los hay que ya poseen flotas de barcos que importan sedas y otros productos de países extranjeros.

—¿Sí? Qué osados —se sorprendió el rey.

—Incluso en vuestra mesa disfrutáis de quesos franceses, vinos italianos y dátiles africanos, ¿me equivoco?

—No, no —admitió Felipe IV—. Tenéis razón. Pero pensé que eran extranjeros quienes los traían a Madrid.

—No —informó Tirso—. Son comerciantes madrileños reunidos en los cinco gremios. Los mismos que han puesto a vuestra disposición establos para herrar, fraguas para moldear todo tipo de armas y utensilios de forja, industrias de ladrillo y cementos, comercios de ropajes y toda clase de productos para los vecinos. Lo único que no sobra es dinero para adquirir tanta mercadería, señor, porque hay oferta, y grande.

—Me tranquilizáis. —El rey se mostró satisfecho con las explicaciones de los hermanos—. Y me sentiría aún más sosegado si me dijerais ahora cómo es posible que dos jóvenes como vos, tan esmerados, no tengáis esposa.

—Ay, señor —sonrieron ambos y Guzmán se explayó—. No sé si considerar vuestras palabras como un halago o como una mala encomienda. ¿No os parece que, como vos mismo decís, somos bastante jóvenes para pensar ya en presidios y cadenas, aunque sean tan sugerentes como las del matrimonio? No, mi señor; aún no hemos pensado en ello, ¿verdad, hermano?

—Verdad —confirmó Tirso—. En nada envidiamos a nuestros amigos que ya se han desposado e incluso gozan de descendencia. Amor y libertad son, a nuestro entender, mala mezcla.

—Pues no he de decir que carezcáis de razón —sonrió el rey—. Pero el tiempo pasa, consideradlo, y luego...

—Hay un tiempo para el amor y otro para gozar de los pequeños placeres de la vida, mi señor —añadió Guzmán—. Y por ahora nos ocupa más el trabajo durante el día y las tabernas al anochecer. Las lecciones maestras del señor Quevedo y del señor Lope de Vega no deben quedar sin discípulos.

—Sea —admitió el monarca, sonriendo otra vez la ocurrencia—. Pero considerad también que la vida es nueva cada día, y repetir los días conduce al hastío. Así es que está bien que hoy viváis con alegría, pero los hijos dan otras alegrías igualmente importantes.

—Si vos lo decís —asumió Guzmán—. Bien lo sabréis por experiencia propia.

—Bueno, no lo digo por mí, precisamente. —El rey volvió a mostrar una gran melancolía en sus ojos—. Se me han muerto tantos hijos, nueve ya, que los que aún viven no pueden lavar la pena de un padre.

—Perdón, majestad —suplicó Tirso—. No queríamos...

—Lo sé, lo sé —asintió el rey—. Pasemos al interior, que la noche empieza a mecerse entre brisas húmedas. Puede que se acerque el amanecer...

Tirso Tarazona, como experto en Madrid y sus normas de convivencia, sabía que el rey se sentía triste porque sólo esa ciudad no había levantado la voz contra las discutibles decisiones de su valido el conde-duque, ni tampoco había protestado ruidosamente por la dejación de autoridad que había demostrado durante tantos años de reinado. Quizá fuera porque eran pocos los madrileños de nacimiento y estaban más preocupados por hacerse un hueco en la capital que por entrar en rencillas políticas; o tal vez porque Madrid tendía a la generosidad y el perdón hasta que se sentía herida, en cuyo caso se alzaba como el oso rampante que blasonaba su escudo junto al árbol del madroño, tan abundante en el alfoz madrileño, bajo las siete estrellas en una banda azul que representaban a la Osa Mayor, o «el Carro», y la corona real concedida por su abuelo, el emperador Carlos I, en las Cortes de 1544 celebradas en Madrid.

Tirso había estudiado el pasado de Madrid y lo tenía muy presente. Recordaba que tuvo un Concejo abierto para que los vecinos decidieran sobre los problemas que se presentaban a la Villa; que se empezaron reuniendo en el atrio de la parroquia de San Salvador y que, hasta que obtuvo su fuero real, sancionado por el rey Alfonso VIII en el año 1202, no se establecieron los miembros del nuevo Concejo, no sólo formado por campesinos sino por los representantes de los sectores eclesiásticos, comerciantes y militares. Un Concejo modificado por la Cédula Real de 6 de enero de 1346 en la que ya se fijaba su composición: doce regidores elegidos por el rey entre «hombres buenos» propuestos por los vecinos cristianos de la ciudad, porque ni judíos ni mudéjares tenían voz salvo en la judería y en el barrio de los moros, respectivamente; también formaban parte del Concejo el alcalde de la Mesta, el alcalde de la Santa Hermandad, el alguacil mayor de la cárcel, dos fieles de vara, seis caballeros de Montes, el mayordomo de Propios, el escribano secretario del Concejo, un vocero abogado, un procurador y el guardasellos. Sus decisiones quedaban recogidas en los libros de Acuerdos, todos perdidos hasta bien entrado el siglo XV, aunque a partir de entonces se puso más cuidado en su custodia y se fueron conservando. Una composición del Concejo que fue evolucionando y modificándose hasta llegar a la composición que entonces tenía: el corregidor designado por el rey, dos tenientes de corregidor y cuarenta regidores.

Tirso comprendía, así, que mucha de la historia política y jurídica de Madrid fuese de transmisión oral, y, por tanto, navegando entre la certeza y la leyenda. Como el hecho de que un supuesto pastor madrileño de nombre Isidro fuese quien avisara a los cristianos de la situación de las tropas moras, con lo que Alfonso VIII obtuvo la victoria en la definitiva batalla de las Navas de Tolosa en 1212. El agradecimiento real por tal colaboración consistió en el regalo de un arca a la parroquia de San Andrés, un arca en la que se conservaban los restos momificados de san Isidro, en la convicción de que aquel oportuno pastor era precisamente el santo madrileño. Un arca de madera ilustrada con escenas de la vida del santo, de caracteres góticos, morfología castellana, con miniaturas que después se repitieron en las ilustraciones de las *Cántigas* de Alfonso X, llamado el Sabio, y recubierta de pergamino pintado. Un arca que se conserva en la catedral de la Almudena.

También el cuerpo incorrupto de san Isidro se expuso durante nueve días para los devotos a finales del siglo XVI. Y posteriormente se repitió alguna que otra vez esa exposición pública.

Para honrar al santo, en 1642 se construyó una capilla en donde rezarle, la Capilla de la Cuadra de San Isidro o Cuadra de San Isidro, en la misma cuadra o caballeriza en donde el santo madrileño guardaba los bueyes que le ayudaban a labrar las tierras de la familia Vargas, sus amos. La capilla allí erigida para rendir culto a san Isidro se construyó sufragada por don Diego de Vargas y por el marqués de Villanueva, siendo de inmediato un lugar de peregrinación y culto para los madrileños.

Aunque el monumental homenaje popular al santo se inició antes, en 1622, cuando san Isidro fue canonizado. El Concejo, avergonzándose de la humildad del templo en donde reposaban sus restos, decidió embellecer una capilla que resultara apropiada para la dignidad del santo convertido en el patrón de Madrid. Juan Gómez de Mora, como arquitecto real, propuso una capilla en la gótica iglesia de San Andrés de una dimensión equivalente a tres tramos de la nave principal, pero no llegó a considerarse idónea la propuesta, por lo que en 1642 se convocó un concurso de proyectos que eligió el de Pedro de la Torre como el más apropiado.

La capilla ganadora del concurso discurría de manera perpendicular al altar mayor de la iglesia, por lo que la capilla del santo sería mayor que la propia iglesia a la que se adosaba. El edificio eclesiástico fue un simple cubo clásico coronado por una cúpula encamonada, similar al Panteón de los Reyes del monasterio de El Escorial.

Las obras no se concluyeron hasta 1669, y el arquitecto Juan de Lobera acotó un espacio monumental de cuatro columnas sosteniendo un dosel bajo el que se depositó el arca que contenía las reliquias de san Isidro. La decoración de la capilla se hizo con mármoles y jaspes; en los muros y altares se colgaron cuadros representando la vida del santo e imágenes de la Virgen; y sus puertas, sostenidas por columnas sobresalientes, se adornaron con la imagen en piedra del santo y de la Virgen María.

El arca de San Isidro fue trasladada en 1767 a la iglesia del Colegio Imperial, denominada desde entonces Colegiata de San Isidro, y finalmente se perdió en 1936, durante la Guerra Civil española.

—Oye, Tirso, estaba pensando en que... —reflexionó en voz alta su hermano Guzmán, camino de su casa, tras despedirse del rey—. Al fin se sabe algo de la verdadera vida de san Isidro, nuestro patrón.

—Muy poco, en realidad —respondió Tirso—. Pero hay tantos convecinos y regidores que dicen saber tanto, que ganas me dan de admitir la leyenda como cierta y así olvidarse de nuevas averiguaciones.

—¿Y qué se dice?

—Hacen retratos y conjeturas inverosímiles acerca del santo. Hasta aventuran que nació en Madrid el 4 de abril de 1082, hijo de una familia humilde. Dicen tantas cosas... Aseguran que luego, ante la inminente invasión árabe, se trasladó a Torrelaguna y se casó allí con María de la Cabeza, en el año 1109. Que diez años después regresó a Madrid para trabajar como criado de la familia Vargas, viviendo en la casa destinada para los mozos de labranza, una casucha cercana a la parroquia de San Andrés, y en donde nació su único hijo, Juan.

—Pues mucho se asegura de tan remotos tiempos para saberse tan poco y con tan escasos modos de demostrarlo —se sorprendió Guzmán.

—Y ahí no acaba la cosa —siguió Tirso su relato, tan poco convencido como su hermano—. Porque se dice que, además de labrador, era carpintero, y que todos los días, de madrugada, acudía a la iglesia de Santa María de la Concepción y a la ermita de Santa María Magdalena, por la que al parecer tenía una especial devoción.

—Muy religioso debió de ser, en tal caso.

—Y tanto. Porque por la tarde, además, repetía sus rezos, por lo que no faltó quien criticara que, con tanta oración, no trabajaba lo necesario. Y a fe que, en mi opinión, no era acusación injusta. Pero responden los más devotos que nada faltaba a sus quehaceres porque, para compensar su religiosidad, los ángeles, durante la noche, labraban sus campos para que él continuara sus ejercicios de devoción.

—¡Gran remedio, vive Dios! —exclamó Guzmán—. Buena falta nos haría una ayuda así para sacar adelante nuestros muchos trabajos administrativos...

—Cabe la burla, sí...

—Dios me perdone... ¿Y cuáles fueron sus milagros?

—Brotar un torrente de una roca para dar de beber a su amo; salvar mediante sus rezos a su hijo Juan, que se cayó a un pozo... No sé. El caso es que cuando murió, en 1172, tenía noventa años y ya todos le consideraban un santo.

—¿Por salvar a su hijo rezando?

—Algo más haría... —cabeceó Tirso—. No seas malvado, hermano. Roma le consideró beato tras declarar comprobados cuatrocientos treinta y ocho milagros realizados por él, y el papa Pablo V fijó la fiesta en su honor los 15 de mayo. Hace unos años, en 1622, su santidad Gregorio XV lo canonizó.

—Lo recuerdo, sí.

—Pues así dicen que fue y vivió nuestro santo patrón. No tengo más que decirte.

—Pero los madrileños veneramos su fuente, su ermita...

—Ah, la fuente —asintió Tirso—. Muy cierto. Tiene fama de llevar aguas milagrosas, propiedades curativas. San Isidro la hizo brotar, como te he dicho, para calmar la sed de su patrón, Juan de Vargas, en medio del campo. Allí clavó la aguijada y, zás, comenzó a salir agua. En romería acude desde entonces el pueblo a beber sus aguas... Incluso iba la madre de don Felipe II, el rey, la esposa de don Carlos V, cuando se encontraba enferma, para curarse.

—No sé qué pensar...

—No es nueva la receta, hermano —siguió Tirso—. Recuerda que las fuentes milagrosas de santos también existen en la cultura islámica, un sistema de lo más eficaz para encontrar cauces subterráneos de agua, como los «viajes de agua» que consolidaron en Madrid los árabes.

—Y en el Concejo, ¿creéis en su bondad?

—El Concejo cree en lo mismo que creen los madrileños. Todo es política, Guzmán. Conocemos el simbolismo de esa fuente, su importancia para los vecinos, y por eso corremos con los gastos de repararla. Y cuando carecemos de fondos, se los pedimos al Consejo Real de Castilla. Años atrás el Consejo aportó ocho ducados para su restauración y poco después, cuando el corregidor don Íñigo de Mendoza se decidió a adornar la fuente como merece nuestro santo patrón, se financió con bienes propios. Y así desde entonces.

—Pues costoso no parece, en todo caso...

—Más cuesta la ermita... —admitió Tirso—. Ahí la tienes, en el mismo lugar donde está la fuente, desde 1528 o 1537, nadie se pone de acuerdo, ni siquiera los miembros de la Cofradía del Santísimo Sacramento y San Isidro, sus fundadores. Total, el dato carece de importancia....

—Ya, es de suponer —coincidió Guzmán. Y añadió—: ¿Y nada se sabe de su mujer..., como se llamaba..., María de la Cabeza?

—Pues claro que sí: hay quien anda por ahí buscando la forma de convertirla también en santa. Y te aseguro que, con la perseverancia que emplean para tal, algún día lo conseguirán. Ya lo verás...

Guzmán de Tarazona conocía tan bien la ciudad y el espíritu perseverante de los madrileños que, en efecto, santa María de la Cabeza fue canonizada en 1752. Y tanto conocía asimismo al rey, que comprendía su desazón y el agradecimiento que sentía por la villa de Madrid, hasta el punto de que todo cuanto hacía por ella le parecía poco. Incluso se sentía culpable por haberse construido un nuevo palacio en los jardines del Buen Retiro en lugar de emplear esas cuantiosas cantidades de dinero en aliviar las necesidades de los moradores menos favorecidos de la ciudad. Y como Tirso pensaba lo mismo, así se lo comentó a su hermano, Guzmán, de regreso ya al centro de la ciudad después de haberle hablado de cuanto sabía acerca de san Isidro.

—Como si con la fortuna que cuesta el mantenimiento del Alcázar no bastara, más dispendio aún con ese palacio en el Retiro —lamentó—. No me parece que haya sido un acierto. El rey, nuestro señor, debería haberse contenido en el gasto.

—Algún día se le agradecerá, hermano —replicó Guzmán, quitándole importancia—. Se lo agradecerán todos los vecinos. Esa finca es la más hermosa de Europa y gracias a él se ha podido hacer en Madrid.

—Ya, ya... Explícaselo a los madrileños que penan...

—Habrá que explicárselo.

—Y tanto. Pero será difícil de justificar —siguió Tirso—. No hay espacio para plazas nuevas ni para remozar las antiguas; los dueños de solares sólo se preocupan de sacar el máximo provecho a sus tierras; las escasas plazuelas que han quedado en los cruces de calles están descuidadas... Y así está todo manga por hombro en Madrid. Ayer mismo acompañé al corregidor a visitarlas para ver qué podemos hacer y ni Leganitos, ni San Joaquín, ni las plazas de Lavapiés, San Juan o Gumiel tienen remedio, salvo que pudiéramos derribar muchas casas o, al menos, empujar hacia atrás sus fachadas para alinear edificios y facilitar el paso a los que desean caminar a su vera. ¿Y has visto las plazas de Santo Domingo, Palacio y la de la Paja? Sólo la de la Cebada puede usarse para mercado, dada su extensión. Ni siquiera la de los Caños del Peral sirve para tal menester. No sé qué vamos a hacer, hermano. No lo sé.

—Dejar que las cosas se resuelvan solas, como ha sucedido siempre en Madrid. Ya sucedió con la Puerta del Sol.

—¿Solas? —ironizó Tirso—. Más de cincuenta años está

costando hacer grata la ciudad, y ni así se ha conseguido por completo.

—Pues la Plaza Mayor no ha supuesto tan descabellado presupuesto para las arcas municipales...

—Verdad —admitió Tirso—. Incluso tras incendiarse. Pero ha sido una excepción, nada más. Ahora hay que ordenar Madrid, Guzmán, te lo aseguro. Y yo, por mucho que lo pienso, no sé por dónde empezar.

—Pues, en mi opinión, por irnos a dormir. Que ya es tarde y no son horas propicias para las preocupaciones. Te aseguro que esta noche nada vais a arreglar, ni el corregidor ni tú.

—Ni hoy ni mañana, eso es bien cierto —coincidió Tirso, asintiendo, resignado—. Despreocupémonos de esas cuitas, hermano, al menos por unas horas. ¿No es mañana día festivo?

—Sí. Y hay justas y picas en la Plaza Mayor. ¿Acudirás a verlas? Te convendría un poco de distracción.

—Iré —afirmó Tirso—. ¿Me acompañarás?

—Concedido, hermano.

En Madrid, los días laborales no llegaban a los doscientos al año. Casi todos los días en que se celebraban corridas de toros eran festivos, un espectáculo que apasionaba a la Corte, y muchos días de representaciones teatrales, si se trataba de un estreno, también lo eran. Por otra parte, y como era de rigor, los domingos eran fiestas de guardar, y no era extraño el lunes que también se declaraba así para que los madrileños descansaran de los excesos realizados el día anterior.

Madrid, durante aquellos años, era una fiesta, aunque las necesidades y penurias no menguaran.

Como también era refugio para muchas brujas, milagreras y beatas que aseguraban curarlo todo mediante la oración y sus manos santificadas. Una de ellas, Josefa Carranza, era la bruja más conocida de los comienzos de 1600 y, cuando se le acusó de brujería, ella se defendió diciendo que simplemente era «una madrileña que había recibido poderes divinos para hacer el bien, nunca el mal». Toda su palabrería resultó inútil cuando la Inquisición descubrió que para elaborar sus pócimas supuestamente mágicas tenía en su cocina alacenas colmadas de pucheros con resina, trementina, figurillas de cera con piernas, brazos y cabezas, alfileres clavados en ellas, pez, huesos de animales, restos de un cordón umbilical, agua bendita robada de las iglesias, cabellos de un muerto y de un recién nacido, tierra de cementerios y de cárceles, corazones desecados de cerdo, ranas vivas y muertas, velas verdes, pan mordido y tarros con sangre menstrual. Una sangre que, según decían, era la idónea para preparar las mejores pócimas con poderes para enamorar perdidamente a un varón. Y si al cabo el hombre ya había rendido su amor a la joven, recetaba suministrarle otro elixir para que mantuviera la pasión intacta y no tuviera la tentación de serle infiel. La bruja Carranza, una vez descubiertos sus hechizos y apresada por el Santo Oficio, acabó sus días entre el fuego purificador.

Otra experta en las mismas hechicerías era la madrileña Teresa María Espada, que tenía su guarida en la calle del Horno de la Mata número 4. Tenían tanta demanda sus brebajes que llegó a contar con dos ayudantas para prepararlos. Acabó presa.

Aunque la hechicera madrileña que mejor preparaba los elixires de amor se llamaba Leonorilla, y de sus pingües beneficios vivió ricamente hasta que por algún error que debió de cometer fue detenida en 1622, salvándose de las hogueras purificadoras de la Inquisición gracias a la mediación del condeduque de Olivares, que era un buen y antiguo cliente suyo, y muy agradecido por los servicios que recibía de ella.

Entre las mujeres que no alcanzaron a ser consideradas brujas, la que mejores artes utilizaba para alegrar a las que sufrían de «vientre seco» era Isabel García, cuya receta era pedir a la mujer que quería quedarse embarazada que le lleva-ra tres huevos de gallina. El primero de ellos debía llevárselo un martes; el segundo, un viernes, y el tercero, el martes si-guiente. Una vez reunidos los tres huevos, la bruja hacía unos agujeritos en la cáscara, tapaba con cera los orificios y se los devolvía a la mujer para que los pusiera debajo del colchón donde iba a acostarse con su esposo. Pero tampoco con ello bastaba: para que surtiera efecto el remedio, debía recitar en voz alta una letanía mientras hacía el amor con el marido: «San Juan, así como la gallina pone su huevo en el nido, pon-go yo estos en el mío». La embaucadora mujer aseguraba que si el marido no se distraía y era capaz de concentrarse en el trabajo exigido, el embarazo estaba asegurado.

También Virtudes Corrales fue una hechicera famosa por su sabiduría y por su hermosura, y aseguraba tener el don de sacar a los diablos del cuerpo. Llegó a ser muy popular y su casa estaba siempre concurrida hasta el exceso. Otro de sus dones era que podía disipar las dudas de las embarazadas so-bre el sexo de sus hijos, todo ello con un método consistente en hacer llegar hasta su puerta a la mujer encinta, y simple-mente con haber alcanzado la vivienda, al retornar a su casa recibía como por ensalmo una revelación del sexo de su feto. Vivía en una gran casa conocida como el Caserón de las Vir-tudes, y la propia calle, denominada desde entonces Virtu-des, cobró fama de milagrosa y hasta ella acudían enfermos en busca de sanación o enamorados no correspondidos que, al parecer, con sólo suspirar en esa calle podían conseguir conquistar a sus mujeres amadas.

Pero tanto potingue, brebaje, remedio improvisado y un-güento compuesto de mil componentes irreconciliables llegó a convertir la hechicería en una actividad peligrosa, incluso cuando escapaba de la persecución inquisitorial. Porque al-guna de sus recetas resultó demasiado dañina para la masculi-nidad de los varones. Si una esposa madrileña se enfurecía con su marido porque le había sido infiel, con acercarse al número 3 de la calle de San Pedro y llamar a la puerta, su problema se solucionaba, porque allí vivía Victoria de los Santos, una hechicera especializada en dejar impotentes a los hombres. Su oficio, aunque nunca pudo probarse la eficacia del método, la condujo muy pronto a la cárcel de la Villa.

También fue célebre una mujer de nombre Encarnación que echaba las cartas y leía el futuro y, aunque nunca cobraba dinero y se conformaba con cobrar sus servicios con algunos cestillos de comida y vino, desapareció pronto de Madrid perseguida por sus malas artes. Su casa estaba en la que desde entonces se llamó la plaza de la Encarnación, que aunque algunos aseguraron que el nombre se debía a la iglesia allí existente, la mayoría de los madrileños lo atribuyeron al domicilio de la hechicera, y, a la postre, cada cual llegó a creer lo que se le antojara.

Pero, con todo, la embaucadora que mayor atención concitó entre los madrileños fue la beata Clara. Vivía en la calle Cantarranas, en el número 6 y, bien aconsejada por su madre y por su confesor, se fingía tullida, vidente, sanadora y santa. Hacía creer que únicamente se alimentaba de pan eucarístico, entraba en trance si era requerida para ello y se rumoreaba que entre sus prodigios estaba la facultad de poner huevos de gallina. Su casa se llenó muy pronto de gente de la nobleza en busca de remedios y bebedizos, siendo tal su éxito que se mudó a otro inmueble mejor situado en la calle de los Santos, junto a la iglesia de San Francisco. Pero el negocio se le derrumbó, como castillo de arena arrasado por una ola, cuando una criada despechada por haber sido despedida desveló sus secretos al cura de la parroquia de San Andrés. La Inquisición no le perdonó sus herejías ni permitió que se mantuvieran sus falsedades, que ridiculizaban a la Iglesia católica, y el 14 de julio de 1803 la arrestó y torturó, interrogándola para que confesara sus tratos con el Maligno. Sólo gracias a sus amistades y a ciertos clientes de la alta sociedad madrileña que intercedieron por ella, la pena no la condujo a la hoguera, como se daba por hecho, sino que quedó reducida a obligarla a permanecer encerrada en su casa sin recibir visita alguna.

Al año siguiente, en 1804, Madrid sufrió un fuerte terremoto. Y todo el mundo aseguró, muy convencido, de que se debió a un maleficio que la beata Clara había echado sobre la ciudad.

La superchería, superstición e ingenuidad popular tuvieron también buen caldo donde cocinarse en Madrid.

Juan Posada y su hermana María se esmeraban en mantener confortable la Posada del Peine mientras la hermana mayor, Isabel, renunció a sus derechos sobre la misma al casarse con Pedro Texeira. Ellos dos fueron los encargados de atender a los huéspedes y procurar la higiene y la comodidad de cuantos pernoctaban en ella, ya fuera por unos días, de paso, o los que ya se habían establecido en ella, alguno de los cuales llevaba más de un año hospedado y no apuntaba intención de buscar mejor acomodo en Madrid.

Juan era hombre serio y trabajador que envejecía lentamente sin manifestar interés por buscar esposa ni descendencia. Habituado a la rutina de su oficio, dejaba que María fuera quien innovara, decidiera la compra de mobiliario nuevo, sopesara la conveniencia de ampliar la posada y no cejara en hacer de ella un lugar cada vez más reputado entre viajeros que, más tarde, la recomendaban cuando regresaban a sus lugares de origen. Juan nunca quiso salir demasiado del establecimiento, salvo cuando era obligado por la necesidad de adquirir las compras que decidía su hermana. María, por el contrario, disfrutaba sentándose al atardecer a la puerta de la hospedería y comentar con huéspedes y vecinos las novedades que se iban conociendo en la ciudad.

Y fue en uno de aquellos corrillos, al anochecer, cuando se sentó a conversar con unos huéspedes recién llegados a Madrid. Él era francés y se llamaba Jean Botin; su esposa, de origen asturiano, le acompañaba. Y se instalaron en la posada porque traían intenciones de quedarse a vivir en la ciudad y abrir un negocio también de hospedaje. El francés se expresó con dificultad en un español limitado, pero bastante correcto.

—La intención de mi esposa, así como la mía, es abrir una posada como la vuestra en Madrid, señora.

—Bien pensado —admitió María—. Será un negocio próspero, señor. Sin duda.

—Y mi esposa y yo —continuó el francés—, querer visitar esta mañana un..., un... ¿cómo se dice, Luisa?

—Mi esposo quiere decir que hemos visto una casa que paga impuesto por el privilegio de exención de huéspedes y...

—Ya sé, ya sé —afirmó María—. De esa forma no está obligado a alojar a funcionarios reales de los muchos que llegan a Madrid.

—Eso es —entendió el francés de inmediato—. Y está en un lugar magnífico, junto a la Plaza Mayor, y...

—Han dejado muy aparente la antigua plaza del Arrabal, sí —admitió María—. Ahora la Plaza Mayor está siempre ocupada por tanta gente que cualquier negocio obtendrá grandes beneficios.

—¡Eso es, señora! —se alborozó Jean Botin, coincidiendo con lo dicho por María.

—Mi marido está persuadido —añadió la asturiana—, de que, si allí se han instalado latoneros, curtidores, herradores, zapateros, cuchilleros, sastres y mesoneros, no hay razón para que no disfrute de buen recibimiento una posada limpia y acogedora. No tan lujosa como la vuestra, señora, claro es —añadió Luisa con humildad—, pero, aunque no sea sino para empezar...

—¿Y a qué oficio se dedica vuestro esposo, doña Luisa? —quiso saber María.

—Jean es cocinero, señora.

—Pues... —dudó ella—, en tal caso no estoy segura de que una posada sea lo más adecuado para él. Supongo que sabéis que no se nos permite servir comidas ni vender vino en estos establecimientos. Se quejaron los comerciantes de esos gremios y una real orden les amparó en sus demandas. En las posadas, como sabéis por la mía, sólo nos es permitido cocinar lo que los huéspedes, como vos, compráis fuera, y servíroslo después.

—Sí, lo sabemos —dijo la asturiana y su esposo aceptó, afirmando con la cabeza—. Por eso la intención de Jean es trabajar en las cocinas de algún señor distinguido de la Corte durante el tiempo necesario para ganar lo suficiente para adquirir una propiedad y pensar luego si convertirla en mesón, posada o casa de postas.

—Entonces, os deseo mucha suerte, señores —concluyó María—. Y entre tanto, mientras os hospedéis en mi casa, sólo quiero aconsejaros no frecuentar de noche esas calles que os gustan tanto, las de Cuchilleros, Herradores o Curtidores, y si lo hacéis, que sea con prudencia, que no paseéis al descuido, vamos, que muchos son los ladronzuelos que acechan al amparo de la oscuridad.

—Ah, sí, lo comprendemos —agradecieron Jean y Luisa, al mismo tiempo—. Sabemos de los peligros de Madrid, ya nos lo advirtieron, pero no sabíamos cuáles eran las calles más expuestas.

—Pues ya lo sabéis, señores. Queda dicho. Y cuidado también con dejarse ver por el Salón del Prado a según qué horas. —María alzó las cejas, en señal de advertencia—. No os lo recomiendo.

—No entiendo. —Jean Botin se volvió para ver si su esposa le traducía las palabras de la posadera.

—Yo tampoco, señora.

—Ya os lo explicaré. Mañana, con más calma, que se está haciendo tarde...

Lo que María quiso advertir a sus huéspedes forasteros era que uno de los espacios más visitados y utilizados por los madrileños era un largo arroyo resecado situado en una vaguada al este de la ciudad, por delante del monasterio de los Jerónimos y los jardines del Buen Retiro, situados en la parte posterior del monasterio. Conocido por todos como el Salón del Prado, era un paseo o itinerario llano que seguía el curso de un arroyo desecado flanqueado por una frondosa arboleda, un lugar fresco, pausado y agradable que los madrileños emplearon como su lugar preferido para citarse, reunirse en corrillos y comentar las novedades de los vecinos y de la propia ciudad.

Todos paseaban alguna vez por allí, pero nunca juntos ni a las mismas horas: la condición social marcaba los horarios, de modo que jamás se mezclaban gentes de distinta fortuna ni categoría social. Y había horas reservadas para las citas amorosas y los encuentros clandestinos, que era de buen tino y seso respetar. Por eso convenía conocer las características del Salón y las costumbres establecidas, para no equivocarse y ver lo que no se deseaba, ni lo que era visto sin desearlo. María se lo explicó así al francés, como lo hacía con sus restantes huéspedes forasteros.

También quiso hacerles saber que no era preciso tener tales precauciones en los días de fiesta, ni los domingos, porque en esos días no había reglas, concurrían madrileños de toda condición y muchos se acomodaban junto a una torre o templete erigido en medio del paseo, en donde se celebraban conciertos de música interpretada por diversos grupos de músicos aficionados. Eran los únicos días en que se podía pasear y solazarse en el Prado, el ámbito más concurrido de Madrid.

María Posada era una mujer de carácter, como su madre lo fue y lo heredó también de su abuela, la fundadora de la posada. Y como mujer despierta, atrevida, valiente y bien informada, a veces ejercía de guía a los huéspedes que, al llegar, requerían conocer costumbres madrileñas para que no les hiriera su susceptibilidad ni encontrarse en apuros por desconocimiento o criterios forjados en sus lugares de origen, en otros lugares de España o del extranjero.

Así, se veía obligada a dar a conocer a los visitantes que una de las costumbres más arraigadas entre los madrileños, que quizá pudiera sorprender a los extranjeros, era la de darse a comentarlo todo, y en alta voz. No había acontecimiento público o suceso privado de cierta relevancia que no sirviera de comidilla a los vecinos y con ella se entretuvieran, por ella discutieran, de la cual se mofaran o a su propósito satirizaran durante largo tiempo, incluso más allá de que el hecho hubiera dejado de ser novedoso. Eran reuniones espontáneas o establecidas por la costumbre, ya fuera en una esquina o a la puerta de la casa de un vecino, de modo que parecía estar todo el mundo al corriente de todo, como si su vida careciese de sentido si no se supiera todo lo sucedido y a quién le sucedía.

Pero si de verdad se quería estar puntualmente informado de lo más relevante, o de lo que se preveía que podía suceder, era preciso acercarse a poner el oído y, de querer, la palabra, en los «mentideros» públicos, abiertos a cualquier vecino que gustara de integrarse en él y opinar y asentir o discrepar, sin censura, con absoluta libertad, lo que fue el antecedente de las tertulias de café que siglos más tarde se convirtieron en habituales en Madrid.

Algunos mentideros llegaron a ser multitudinarios, por la cantidad de vecinos, desocupados o personajes dados al chismorreo que habitaban tan desmesurada y superpoblada ciudad. El mayor no era el que se formaba a diario en una plazuela de la calle del León, llamado el Mentidero de Representantes, donde se comentaba todo lo concerniente a los actores, las novedades de los corrales y las obras a estrenar. Ni tampoco el de Palacio, que se reunía ante el Real Alcázar, donde se mezclaban aspirantes a funcionarios y empleados reales con quienes aguardaban turno para obtener respuesta de Palacio a una demanda, percibir una pensión real, presentar escritos ante el rey o simplemente recibir noticias de la Corte, junto a los cuales pretendían vender sus productos comerciantes de menudencias, hacerse notar los vocacionales del cotilleo y deambular sin motivo gentes de poco fiar y otros de mucho medrar.

Porque el mentidero más conocido y frecuentado de la Villa era el asentado en las escalinatas y muretes del convento de San Felipe el Real, formado por vecinos de toda ralea, vendedores de todo, profesionales de no hacer nada y correveidiles de mesones y tabernas, que repetían de noche entre vasos de vino lo oído de mañana en boca de embaucadores, maledicentes o sabihondos sin fundamento. Pero no todos los que allí se escuchaban eran comentarios falsos ni malintencionados, ni la actividad de los mentideros fue vacua e inútil: de hecho, el nacimiento de los sistemas de información surgió en estos corrillos y reuniones públicas, así como una casta de expertos en el oír, ver y callar de quien muy bien supo luego aprovecharse la Corona española, creando la mayor y mejor red de espías y espionaje de toda Europa, de tal modo que cien años después todas las cortes europeas se convirtieron en transparentes para la Corte de Madrid, evitando con ello conflictos diplomáticos, intrigas peligrosas e incluso impidiendo perder batallas, como la que supo ganar Felipe V, y su almirante Blas de Lezo, en Cartagena de Indias frente a la todopoderosa flota inglesa para ridículo y escarnio del rey Jorge II y de su primer ministro Walpole, a mediados del siglo XVIII.

Mentideros, en fin, que significaron mucho por la triple función que alcanzaron de carácter informativo, social y de formación de atentos escuchadores.

—Y si quisiéramos distraernos, señora María, ¿hay dónde?

Jean Botin y Luisa veían acercarse el domingo y deseaban conocer los entresijos de la ciudad. Si iban a permanecer en ella durante mucho tiempo, incluso para siempre, conocerla era una necesidad de la que no querían prescindir.

—¡Uy! —exclamó María Posada—. Por lo que a diversiones se refiere, nada echaréis a faltar de Francia. Funciones de teatro, las hay a diario. Dos buenos corrales de comedias harán vuestro deleite, si os gustara tal arte. Y si no, tampoco os faltarán las fiestas, que en Madrid se celebra todo.

—¿Cómo que se celebra todo? —Jean no sabía si había comprendido bien.

—Todo —afirmó con aplomo María, y su actitud tanto podía significar satisfacción como disgusto—. Cualquier excusa es buena para beber, yantar y reír. Entre las que organiza el Concejo, las que gusta celebrar la Santa Inquisición y las jornadas que aprovecha la Corte para que la Corona rinda homenajes, cuando no hay festejo por una cosa, lo hay por otra: o porque se ha ganado una batalla en el extranjero o porque nace una infanta; porque viene a Madrid un príncipe europeo o porque se firma un tratado de paz; porque se casa un noble o porque se nombra un obispo; porque su santidad el Papa canoniza un santo español o porque se inaugura un hospicio... El caso es estar siempre metidos en diversiones y celebraciones. Hasta se han celebrado desfiles porque a alguien célebre gentilhombre ha sido llamado por el Señor a su seno. En Madrid se celebra todo y se brinda por todo. Hasta por la muerte, ya os digo. No sé yo qué fama estaremos cosechando en las demás ciudades...

A diferencia de lo que sucedía por otros lares, en Madrid las fiestas públicas solían estar inducidas por las autoridades y los madrileños solían ser meros espectadores, aunque también era cierto que muchas veces se celebraban bailes públicos en los que participaba todo el que quería. Pero las realmente fastuosas eran las ceremonias reales, tanto si se trataba de una coronación como de bodas, nacimientos u óbitos. Tampoco faltaban celebraciones cuando se firmaban ciertas alianzas diplomáticas o tratados de paz. Para completarlo todo, se montaba una gran parafernalia para exaltar el poder real mediante suntuosos escenarios, palacios o templos, arcos triunfales, frontispicios, pirámides y obeliscos decorados con escenas mitológicas alusivas a la historia nacional y a la dinástica. Todo ello bien acompañado de ruidosos fuegos artificiales, efímeras luminarias, grandes paradas militares, armoniosas bandas de música y estridentes salvas de artillería.

—Una ciudad muy alegre, en todo caso. —Luisa, la asturiana, miró a su marido y ambos sonrieron—. Mejor así, ¿no?

—Sí, sí —asintió María—. No digo que no... Hay en Castilla tantas ciudades sombrías y severas, de esas que parecen estar siempre de luto, que prefiero mil veces la luminosa alegría de Madrid. Con sus desfiles, sus corridas de toros, sus justas y picas, sus carreras de jinetes, sus procesiones, sus verbenas... Consideradlo: no debéis dejar de asistir a algunas de esas grandes celebraciones. Las mejores son las que tienen lugar en la Plaza Mayor...

—Pero ¿no resulta gravoso en exceso acudir a ellas? —reparó Jean—. Nuestros dineros...

—La mayoría no son de pagar —informó María, sosegando la inquietud del francés—. Nuestro Concejo es muy espléndido para esos casos. Será porque no hay muchos reales sobrantes en nuestros bolsillos y porque, qué caray, a la Corona le resulta beneficioso distraer a los vecinos de otros problemas. Ya sabéis que el imperio que heredó nuestro señor don Felipe, el rey, de sus antepasados, no pasa por sus mejores momentos...

—Pues ¿qué le pasa?

—Perdonadme, señores, pero esa pregunta se la tendréis que hacer a mi hermano Juan, que yo, de política, sé tanto como del arte de la cetrería: nada. Pero id en cuanto podáis a la Plaza Mayor: veréis a nuestros reyes asomados a los balcones de la Casa de la Panadería y a nuestros regidores en la de la Carnicería. Os divertiréis...

Un año más tarde, el francés Jean Botin quedó viudo. Luisa se había quedado embarazada ocho meses antes y quiso el destino que su hijo naciera adelantado un mes, y además tratara de venir al mundo del revés, con los pies por delante, por lo que a pesar de los muchos esfuerzos de las parteras, y de un físico que fue llamado a última hora para tratar de aliviar el parto, madre e hijo no pudieron soportar el alumbramiento ni sobrevivir al intento. Jean Botin, que aún se hospedaba junto a su esposa en la posada, sintió tal ataque de melancolía por el fallecimiento de su mujer y la pérdida de su hijo, todo al mismo tiempo, que abandonó su oficio de cocinero en la casa del conde de Cifuentes y se encerró en su habitación de la posada sin querer probar bocado.

Pero tantos fueron los cuidados de María, tanta su insistencia para aliviar su dolor y tan grandes las atenciones que prodigó al francés, que un mes más tarde, cuando al fin lo hizo salir de su cuarto y sentarse a la puerta de la posada a respirar el aire fresco de la noche de junio, supo que aquel hombre no podía continuar solo y que como marido no lo haría mal. Primero le convencieron entre Juan y ella para que se quedara a trabajar en la posada; después compartieron con él mesa y mantel; y finalmente María se acercó de su brazo ante el altar de la capilla mayor de la iglesia de las Trinitarias para afirmar ante su párroco que se querían mutuamente y juraban ser fieles uno y otro, en la alegría y en la tristeza, en la salud y en la enfermedad, hasta que la muerte les separase.

Aquel casamiento devolvió, por fin, la salud a Jean Botin y robó a María el estado de soltería al que ya se había resignado. Y tampoco resultó malo para Juan, porque a falta de esposa, que nunca buscó, ni por tanto de hijos, tenía en su hermana y su cuñado una familia, en su propia casa, con la que compartirlo todo hasta que le llegó la hora última el 17 de octubre de 1650. Y con Isabel y Pedro Texeira, cuyas visitas eran tan frecuentes que se podía decir que la familia nunca quedó dispersa.

Juan Posada fue siempre un buen hermano. Al principio, animaba a los recién casados a no permanecer tanto tiempo en las faenas de la posada y salir a divertirse, mientras fueran jóvenes y conservaran las fuerzas, de tal modo que muchas tardes se iban al teatro después de comer y no regresaban hasta bien anochecido el día. Porque los programas del Corral del Príncipe nunca duraban menos de cuatro o cinco horas, en los que compartían obras morales de Calderón con funcionarios reales y miembros de la Iglesia; u obras ligeras y de divertimento con las clases populares, que se desternillaban cuando el objeto de la burla en alguna de aquellas obras de teatro, farsas, escenas y entremeses era algún miembro de la Iglesia o de la Casa Real, siempre y cuando no se agrediera ni se hiciese escarnio con la Inquisición, el Papa, el rey, la reina, las infantas ni los altos dignatarios de la Iglesia. Todo lo demás, aunque resultara a veces un poco burdo, estaba permitido en Madrid, entre otras razones porque sus autoridades conocían la afición del madrileño por reírse de todo y de todos, sin consecuencias políticas ni de alteración social.

Era buen hermano, también, porque nunca impidió que su hermana María, tan dispuesta y firme, tomara las decisiones más importantes de la posada, tal y como hicieron su madre y su abuela, y jamás puso mala cara si de ella salía mejorar las instalaciones o expulsar huéspedes indeseables, aunque Juan no fuera testigo de cuanto ella acusaba y la pérdida supusiera también una merma de ingresos de los que, dependiendo de la época, no era conveniente prescindir. Incluso redobló su trabajo muchos días para que su hermana y el francés marcharan de viaje a Francia durante todo un verano, para visitar a los parientes de Jean y que ellos conocieran a su esposa, de cuyo viaje volvieron con un sobrino de Jean, de apenas dos años, que, habiéndose quedado huérfano, ellos adoptaron para que al niño no le faltara de nada. Un niño llamado Pierre que se crio junto al hijo mayor de su hermana Isabel y de Pedro Texeira, José, y que fueron ya siempre amigos. Y a Juan le pareció muy bien, aunque se tratara de una boca más a la que alimentar.

—Eso de Pierre no es un nombre, es un insulto —le hacía rabiar José, desde muy pequeños.

—¿Un insulto? ¿Cómo te atreves? —se envalentonaba Pierre, haciéndole frente.

—Pierre, Pierre, Pierre... —pronunciaba en un francés muy exagerado José—. Suena a que algo te da asco.

—¡Ven y atrévete a decírmelo a la cara! —corría Pierre tras él—. ¡Te la vas a ganar!

En las escasas horas libres que la posada dejaba a Juan, gustaba de pasear por las calles y plazoletas que rodeaban a la Plaza Mayor, en donde departía con vendedores y tenderos y comentaba la afluencia de viandantes por la Cava Baja, la calle Toledo, la plaza de Santa Cruz, la de San Miguel, la Cava Alta, Puerta Cerrada, la calle del Arenal y la Puerta del Sol, que con sus mercados, tiendas, vendedores ambulantes y mercaderes de toda clase de productos atraían a los madrileños de todos los barrios en un reguero incesante de idas y venidas.

Ya viejo, se empezó a quedar en la posada cada vez más tiempo. Hasta que un día decidió no volver a salir y fue el principio del fin. Fue en abril de 1650. Seis meses después moría sin razón aparente, tan sólo porque el ánima se le escapó por la boca en un suspiro prolongado y a su cuerpo se le olvidó que tenía que respirar una vez más.

En aquellos años Luis Argote y Ana habían tenido dos hijos: Teresa y Luis. Guzmán de Tarazona y su hermano menor, Tirso, continuaban sirviendo a la Corona y al Concejo con una dedicación cada vez mayor y un reconocimiento cada vez más notorio, hasta el punto de que su solvencia y sabiduría les puso en bandeja honores y cargos que no tardaron en aceptar. Por su parte, Isabel Posada y Pedro Texeira tuvieron, además de José, dos hijos más que no cumplieron los cinco años ninguno de ellos, infestado una por una mordedura de perro y atacado el otro por una enfermedad pulmonar; y María Posada y Jean Botin no tuvieron hijos, aunque hicieron de Pierre su descendiente con todos los derechos y con él forjaron un futuro que disfrutaron todo cuanto les fue posible. Para todos ellos, en definitiva, con los avatares de la vida, a veces justos, a veces incomprensibles, los años transcurrieron con la necesaria normalidad para que no tuvieran que rezar cada noche a los Cielos pidiendo cuentas por su destino.

Sólo rezaron, como requería la ocasión, el día que se dio a conocer la muerte del rey Felipe IV. Sucedió el lluvioso día 17 de septiembre de 1665.

Pocos días después fue coronado rey su hijo Carlos II, que contaba cuatro años de edad.

En consecuencia se estableció la regencia de su madre la reina Mariana de Austria, que se vio obligada a formar un

Consejo de Regencia hasta la mayoría de edad de Carlos, con una Junta formada por seis miembros: don García Haro Sotomayor y Guzmán, conde de Castrillo y presidente del Consejo de Castilla; don Cristóbal Crespí de Valldaura, vicecanciller del Consejo de Aragón; don Gaspar de Bracamonte, conde de Peñaranda, representando al Consejo de Estado; don Guillén Ramón de Moncada, marqués de Aytona, grande de España; el cardenal Pascual de Aragón, inquisidor general, y el cardenal Baltasar Moscoso y Sandoval, arzobispo de Toledo, que ostentaba la máxima autoridad religiosa de España.

Carlos II fue un rey incompleto. Física e intelectualmente. Llamó la atención su manera de ser, y aún más la descripción que de él hizo el nuncio del Papa cuando, desde el Vaticano, le pidieron que informara sobre él cuando cumplió veinte años.

La carta decía así:

El rey es más bien bajo que alto, no mal formado, feo de rostro; tiene el cuello largo, la cara larga y como encorvada hacia arriba; el labio inferior típico de los Austria; ojos no muy grandes, de color azul turquesa y cutis fino y delicado. El cabello es rubio y largo, y lo lleva peinado hacia atrás, de modo que las orejas quedan al descubierto. No puede enderezar su cuerpo sino cuando camina, a menos de arrimarse a una pared, una mesa u otra cosa. Su cuerpo es tan débil como su mente. De vez en cuando da señales de inteligencia, de memoria y de cierta vivacidad, pero no ahora; por lo común tiene un aspecto lento e indiferente, torpe e indolente, pareciendo estupefacto. Se puede hacer con él lo que se desee, pues carece de voluntad propia.

Tal fue el ajustado retrato del rey Carlos II, a quien pronto se le conoció con el sobrenombre de el Hechizado.

7

Una ciudad sin rey

Noviembre de 1661

El extraño rey Carlos, a quien se llamó por todos el Hechizado, nació en Madrid el 6 de noviembre de 1661. Hijo de Felipe IV y de Mariana de Austria, su nacimiento se celebró con gran algarabía por los madrileños, organizándose en su honor una gran jornada de toros en la Plaza Mayor en la que, desde la mañana hasta el anochecer, se dio muerte a veinte toros a cargo de once toreros y dos caballistas. También se celebraron misas solemnes cantadas y se organizó una peregrinación popular a Palacio, en la que los madrileños se agolparon como si acudieran a otro gran festejo, y entre el griterío y el correr de los pellejos de vino se negaron a abandonar el Alcázar hasta que el nuevo infante fue mostrado por su padre desde el balcón real.

Un padre, por otra parte, que no tuvo mucho tiempo para ver crecer a su hijo ni para darse cuenta de lo disminuido que había nacido, porque murió cuatro años después. Por eso aquella criatura, coronada rey, heredó de inmediato de la Casa de Austria todas las posesiones de los Habsburgo españoles, incluyendo Sicilia.

De constitución enfermiza, débil y de poca capacidad mental, el joven Carlos no tuvo aptitud de gobierno hasta 1675, tiempo durante el cual su madre ejerció la regencia acompañada por un Consejo que a tal fin se formó. Un periodo de confusión en el que Mariana de Austria confió el reino y sus gobiernos a validos que eran de su absoluta confianza, uno de ellos el jesuita alemán Nithard, que ejerció de tal hasta 1669, y a Fernando de Valenzuela después, dos validos que, por supuesto, carecían de certera opinión acerca de los problemas de Madrid y no sentían afecto alguno por los madrileños.

Carlos II fue, desde niño, un ser inútil. Se llegó a decir, por los vecinos aficionados a las leyendas siniestras, que su hechizo comenzó cuando a los catorce años tomó una taza de chocolate en el que se habían diluido sesos de un muerto, un mejunje ordenado por su propia madre. Sea como fuere, el rey llevó durante toda su vida unas bolsas llenas de reliquias, a imitación de lo que también acostumbró a llevar su antepasado Felipe II, tan dado también a los esoterismos, las hechicerías y las supersticiones, y que Carlos II se sometió a diversos exorcismos para remontar su salud mental, incluso de manos de un exorcista traído ex profeso de la corte de Viena.

En cuanto el menguado rey tuvo responsabilidades como tal, fue muy mal aconsejado y decidió nombrar un nuevo valido a su servicio, Juan José de Austria, que gobernó a su antojo desde 1677. El nuevo valido era enemigo de la reina madre, y así se comprobó hasta que en 1685, tras múltiples conspiraciones palaciegas y dadas las escasas luces del monarca, cayó en desgracia y fue relevado primero por el duque de Medinaceli y más tarde por el conde de Oropesa.

Sin mostrar el rey, en ningún momento, capacidad de decisión, decidieron por él que tenía que casarse, y así lo hizo a los dieciocho años con María Luisa de Orleans, hija del duque Felipe de Orleans, hermano del francés Luis XIV y de Enriqueta Ana de Inglaterra. Como era de suponer, Carlos II no solo fue incapaz de lograr descendencia sino que amargó la vida de su esposa hasta que diez años más tarde murió, por lo que en 1690 tuvo lugar un segundo matrimonio con Mariana de Neoburgo, hija del elector Felipe Guillermo del Palatinado, duque de Neoburgo.

Ni así: el rey Carlos no tuvo descendencia con ninguna de sus dos esposas, por lo que generó un problema sucesorio que desembocó en el final de la dinastía de los Austrias españoles.

De su padre no sólo había heredado unos genes débiles, sino también una mala situación económica general y una crisis política y social sin precedentes. Todo ello, unido a su inutilidad como gobernante, acrecentó la situación crítica de España, de Castilla y también de Madrid.

Todo empezó con la necesidad de iniciar un rosario de devaluaciones monetarias que terminaron en 1680 por hacer perder valor a la moneda de vellón, con su consiguiente descenso de la actividad económica general. Nadie en la Corte supo cómo afrontar la gravedad de la crisis, ni siquiera el conde de Oropesa, a pesar de sus políticas de austeridad en el gasto público y otras medidas que buscaban el apoyo popular, como la reducción de impuestos. En aquellos años del último tercio del siglo XVII la situación económica, salvo en Aragón y en Valencia, se volvió insoportable para los ciudadanos. Y si se salvaron ambos reinos fue porque optaron por buscarse fueros que eludían la política errante de la Corte, y porque pusieron en juego sus recursos propios y una labor de exportación de productos a Europa que les rindió pingües beneficios y un cierto saneamiento económico.

Por si no fuera bastante con ello, durante aquellos años la Corte tuvo que afrontar dos guerras contra Francia. Los conflictos armados se saldaron en 1684 en Ratisbona, cuando se firmó una paz inestable con Francia que, de nuevo, se rompió seis años después al cerrarse una alianza entre España e Inglaterra con los Países Bajos y el Imperio austrohúngaro. La extraña alianza dio lugar a un nuevo enfrentamiento, otra vez con Francia.

Durante esa guerra los ejércitos franceses ocuparon distintas ciudades de Cataluña, incluida la misma ciudad de Barcelona, al principio de 1697. Fue una nueva guerra en la que España se alió otra vez con los Habsburgo junto al imperio, Austria, Inglaterra, Suecia y el Vaticano. La guerra finalizó con la paz de Ryswick. Fue, para fortuna de la Corona española, una paz humillante para Francia y su rey, Luis XIV, que tuvo que devolver a España las ciudades catalanas y renunciar a Flandes y a Luxemburgo.

Aun así, los años finales de Carlos II estuvieron caracterizados por la enfermedad del rey, a quienes todos consideraron enfermo y loco, un trastorno que se vio agravado por su impotencia física e intelectual para tener descendencia y para comprender qué pasaba a su alrededor: un ambiente extremo insoportable cuajado de presiones políticas y de intrigas palaciegas.

Con todo, lo más grave fue el visible terror de la Corte por la ausencia de un sucesor; y el desgaste de las presiones sobre un rey abúlico que no quería dormir con su esposa ni sabía qué hacer cuando le obligaban a ello. Y como la salud de Carlos II empeoraba, y aquello tenía trazas de ser irresoluble, se desató una guerra palaciega sobre la sucesión al trono y la herencia de los Austrias, los restos de un imperio en peligro.

Se consideró la posibilidad de que José Fernando Maximiliano, hijo del elector de Baviera, fuera designado su heredero, pero quiso el destino que muriera antes que el mismo Carlos II, en 1699, y de nuevo se avivaron el terror y el fuego de los debates interesados. ¿Podría sucederle el archiduque Carlos, que era hijo del emperador Leopoldo y biznieto de Felipe III o sería mejor inclinarse por la candidatura de Felipe de Anjou, nieto de Luis XIV y biznieto de Felipe IV? El debate no fue sosegado ni primaron los intereses de España y los de la Casa de Austria. Fue un pleito en toda regla por la sucesión al trono español en el que ninguna potencia europea quiso quedarse al margen, formándose dos bandos que no hubo forma de reconciliar. Los más sensatos pretendían hacerse comprender y proponer al candidato que mejor garantizara la integridad de las posesiones de la monarquía española, pero, como tantas veces sucedió, el sentido común se volvió irreductible cuando quedó cegado por la música del dinero o del poder, de modo que la solución mejor, aquella que contaba con el apoyo de Francia, no se impuso en el calor de los debates.

Tal vez fueran las intrigas palaciegas, o un golpe más de insensatez; pero lo cierto es que Carlos II en una imprevisible y sorprendente decisión tomó partido por Felipe de Anjou, dejándolo así escrito en el testamento que hizo un mes antes de su muerte, una decisión que dio lugar a una nueva guerra de Sucesión.

Carlos II murió finalmente en Madrid, aún no cumplidos los cuarenta años.

Fue un triste reinado. Los sucesivos matrimonios consanguíneos de la familia de los Austrias produjeron tal degeneración en los descendientes que Carlos salió raquítico, enfermizo, de corta inteligencia y sexualmente impotente, lo que trajo como consecuencia el grave problema sucesorio que dio paso a los Borbones, al quedar extinguida la rama española de la Casa de Austria. Es cierto que Carlos recibió la Corona en una caótica situación marcada por las luchas por el poder entre doña Mariana de Austria, su madre y regenta, Juan José de Austria (el hijo bastardo de Felipe IV), el valido Valenzuela y el valido Nithard. Hasta tal punto que el bastardo Juan

José, con apoyo de bastantes nobles, formó un ejército que invadió Madrid y lo tomó para sus intereses en 1677, pero como murió apenas dos años después, las aguas volvieron a su cauce y el reino a Carlos II.

Y eso que el infante bastardo Juan José era mucho más dotado que su hermano Carlos. Político, militar, educado al hablar, buen diplomático, mejor estratega y magnífico legislador, tuvo la capacidad de darse cuenta del poder de la prensa escrita que empezaba a publicarse y, sobre todo, del gran futuro que podría llegar a tener, por lo que no sólo animó a la creación de nuevas revistas de prensa, sino que aportó buenas sumas de dinero para poder colocar al frente de ellas a personas de su entorno que le ayudaran y alabaran su labor.

Quizá de lo único que no se dio cuenta, porque no llegó a conocer el carácter de los madrileños, fue que no iba a ser tan fácil evitar libelos y pasquines contra su persona, críticas burlonas y soflamas satíricas que no pudo evitar. Porque los malos tiempos llegaron, vestidos de peste, malas cosechas y hambre generalizada, y la simpatía de los madrileños se volvió contra él en 1677. El 9 de abril de ese año amaneció con un pasquín colocado en la Casa de la Panadería que decía: «¿A qué vino el señor don Juan? A bajar el caballo y subir el pan».

Lo del caballo se refería a que Juan José de Austria había tenido la ocurrencia de quitar la estatua ecuestre de Felipe IV instalada ante el Real Alcázar y esconderla en el Buen Retiro, oculta a los ojos de los vecinos. Una estatua de Pietro Tacca que a los madrileños les parecía un merecido honor al anterior rey y, por ello, esconderla en un jardín privado les pareció una injusticia.

Y lo del pan... Bueno, lo del pan fue esencial siempre en Madrid, como en cualquier otra ciudad.

Fue en la cercana villa de Vallecas donde se creó el centro de abastecimiento de pan para toda la ciudad de Madrid. En sus campos se cultivaba trigo y cebada para fabricarlo, y se extendieron toda clase de molinos de viento, de agua y de tracción animal para moler el cereal y obtener la harina.

En Vallecas se agruparon los panaderos y tahoneros que, tras fabricar sus panes, los trasladaban a la Casa de la Panadería diariamente para ser pesados y registrados antes de ponerse a la venta en la Plaza Mayor y en otros lugares del centro de la ciudad. Los mercados en donde se vendían eran conocidos como «redes», por su hábito de cubrir los panes de noche con una red, y hasta el siglo XVIII, cuando se convirtió en moda consumir el pan tierno, crujiente, de miga blanca y de forma alargada, el llamado pan francés, los vallecanos eran los más prestigiosos panaderos de la Corte en la fabricación de hogazas. Hasta su Museo del Pan Gallego, inaugurado a mitad del siglo XVIII en la plaza de Herradores, fue lugar de peregrinaje popular. Al igual que la célebre Tahona de Vallecas. Todo hasta que los tahoneros franceses, trasladados a Madrid desde Auvergne, impusieron su nuevo producto.

Sea como fuere, por el caballo o por el pan, aquel fue el principio del fin del poder de Juan José de Austria. Dos años después murió, ya sin ningún crédito público, y el trono regresó a Carlos II.

El rey hechizado, de vuelta a palacio, fue incapaz de gobernar por sí mismo y dejó todo el poder en manos ajenas. La Corte, desesperada con su impotencia, y con permiso del inquisidor general, autorizó realizar una serie de exorcismos al rey, no fuera a ser que fueran ciertos los bulos que corrían por Madrid de que el rey estaba poseído, o hechizado, o para concluir sencillamente de que se trataba de un hombre sin facultades. Aun así, el rey intentó en sus últimos años gobernar personalmente, pero le resultó imposible: su evidente incompetencia dejó el poder en manos de su esposa, la reina Mariana de Neoburgo, que a su vez se dejó aconsejar por el arzobispo de Toledo, el cardenal Luis Fernández de Portocarrero. En tales circunstancias, el embajador de Francia transmitió un mensaje a su rey Luis XIV tan lacónico como inequívoco: «Su mal, más que una enfermedad concreta, es un agotamiento general».

Y así se admitió por todos, finalmente. Se trataba de un rey incapaz. La noticia no tardó en zarandear las cortes europeas y empezaron los movimientos estratégicos para colocarse en un buen puesto de salida a la hora de iniciar la carrera sucesoria. Austria defendía los derechos del archiduque Carlos, el futuro emperador Carlos VI, para intentar recuperar la herencia de los Habsburgo y evitar agrandar el poder de Francia. Pero Luis XIV de Francia fue más rápido, jugó bien sus bazas y consiguió impedir algo que atormentaba al monarca francés: que reinara un nuevo emperador, como lo fue Carlos I de España y V de Alemania.

Su habilidad fue ceder a Carlos II, en la Paz de Ryswick de 1697, las plazas tomadas en Cataluña, de tal manera que el simpático gesto fue agradecido por Carlos II nombrando como heredero a Felipe de Anjou, nieto de Luis XIV. Pero a la postre no fue tan buena idea porque, cuando el rey murió, se inició una larga guerra de Sucesión que duró desde 1701 hasta 1714, y en ella no quedó potencia sin intervenir: Austria, Inglaterra, Portugal, Holanda, Prusia, Saboya, Hannover y Francia. Y los franceses se quedaron solos apoyando a Felipe de Anjou, aunque por razones difíciles de entender la guerra se decantó a favor de Francia y, por consiguiente, a favor de su candidato, esto es, de Felipe V, el primer Borbón que consiguió imponerse como rey de España.

En ese momento se produjo la instauración en España de la Casa de los Borbones.

La débil Corte de Carlos II y su impotencia fueron la causa de la decadencia de la Casa de los Austria en España. Las guerras contra Francia se contaron por derrotas: cesión del

Franco Condado, pérdida de Luxemburgo, invasión francesa de Cataluña en 1691... Hasta que la Paz de Utrecht en 1713 puso fin a la guerra de Sucesión y sancionó esa decadencia, con la consecuencia directa de que los austriacos y los ingleses exigieron compensaciones territoriales a cambio de permitir el reinado de la Casa de Borbón, compensaciones que se cristalizaron en la pérdida de los Países Bajos e Italia, cedidas al Imperio austrohúngaro, y Gibraltar y Menorca, plazas que fueron cedidas a Inglaterra.

El rey Carlos II hizo testamento el 3 de octubre de 1700 en favor de Felipe de Anjou, nieto de Luis XIV de Francia y de su hermana, la infanta María Teresa de Austria, la mayor de las hijas de Felipe IV. La cláusula 13 de su testamento rezaba:

Reconociendo, conforme a diversas consultas de ministro de Estado y Justicia, que la razón en que se funda la renuncia de las señoras doña Ana y doña María Teresa, reinas de Francia, mi tía y mi hermana, a la sucesión de estos reinos, fue evitar el perjuicio de unirse a la Corona de Francia; y reconociendo que, viniendo a cesar este motivo fundamental, subsiste el derecho de la sucesión en el pariente más inmediato, conforme a las leyes de estos Reinos, y que hoy se verifica este caso en el hijo segundo del Delfín de Francia: por tanto, arreglándome a dichas leyes, declaro ser mi sucesor, en caso de que Dios me lleve sin dejar hijos, al Duque de Anjou, hijo segundo del Delfín, y como tal le llamo a la sucesión de todos mis Reinos y dominios, sin excepción de ninguna parte de ellos. Y mando y ordeno a todos mis súbditos y vasallos de todos mis Reinos y señoríos que en el caso referido de que Dios me lleve sin sucesión legítima le tengan y reconozcan por su rey y señor natural, y se le dé luego, y sin la menor dilación, la posesión actual, precediendo el juramento que debe hacer de observar las leyes, fueros y costumbres de dichos mis Reinos y señoríos.

Su propia esposa, Mariana de Neoburgo, no estuvo conforme con el testamento, pero tampoco pudo hacer nada por evitar que se redactara. Que ello costara una gran guerra de sucesión no era de su incumbencia. Como casi nada lo fue en su vida.

Carlos II, último de los Habsburgo españoles, falleció el 1 de noviembre de 1700, a la edad de treinta y ocho años, aunque aparentaba muchos más. Según el informe que redactó el médico forense, el cadáver de Carlos «no tenía ni una sola gota de sangre, el corazón apareció del tamaño de un grano de pimienta, los pulmones corroídos, los intestinos putrefactos y gangrenados, tenía un solo testículo negro como el carbón y la cabeza llena de agua».

En el mentidero de Palacio se corrió la voz de que en el momento de expirar se vio en Madrid brillar al planeta Venus junto al Sol, lo que se consideró un prodigio tan extraordinario que muchos lo consideraron un milagro. Entre tanto, en Bruselas, adonde como era lógico aún no habían llegado noticias sobre la muerte del rey, se cantaba un tedeum tras otro en la iglesia de Santa Gúdula, orando por su pronta recuperación. Cuando al fin llegaron noticias del fenómeno astrológico visto por los madrileños, un astrólogo belga, llamado Van Velen, exclamó que los signos indicaban que había que seguir orando por la salud del rey Carlos, sin intuir que lo que sucedía en realidad era que ya había fallecido.

Cinco días después la noticia llegó a Versalles. Diez días después Luis XIV anunció la aceptación de lo consignado en el testamento del rey español y ordenó a Felipe V que se encaminara a Madrid para tomar posesión del trono, lo que empezó a prepararse a su llegada a la ciudad, el 22 de enero de 1701.

—Oye, Tirso.

—Dime, Guzmán.

—Es cierto lo de la duquesa de Medina de Rioseco.

—¿Qué hay con ella? ¿Qué te intriga?

—Me han dicho que ya no sale de casa.

—¿Y bien?

—Es muy hermosa.

—Sí.

—Y demasiado joven...

—Ya lo sé.

—Entonces, ¿se puede saber por qué se esconde así? —se irritó Guzmán.

Tirso se quedó sorprendido de la vehemencia de su hermano, tan comedido por lo común. Lo miró con fijeza, intentó descubrir la razón de su enojo, pero no fue capaz de desentrañar el misterio de la causa.

—¿Se puede saber a qué debemos ese genio, señor mío?

—Nada, nada, perdona —se disculpó Guzmán—. Pero es que han llegado a mis oídos ciertos rumores en los que hace días que pienso, y me pone nervioso esa situación.

—Yo no he oído nada —se excusó Tirso.

—¿No era una mujer muy aficionada a las fiestas?

—Sí. Es lo que tiene la juventud.

—Bueno: la juventud, y el haberse casado con ese anciano del duque de Medina de Rioseco, don Juan Gaspar Enríquez de la Cabrera.

—Eso también —aceptó Tirso—. Pero ya sabes que el señor almirante de Castilla murió hace medio año.

—¡Pues a eso me refiero! —volvió a alzar la voz Guzmán—. Era viejo, caballerizo mayor del rey, consejero de Estado de nuestro rey don Carlos y tan adinerado que disponía de uno de los mejores palacios de Madrid. Incluso ya se conoce a esa calle como la del Almirante.

—¿Y cuál es tu reproche?

—Que debía de tener en la mollera algo más que serrín...

—Y así era.

—Entonces, ¿a qué se casa con una mujer tan joven y hermosa? ¿No sabía que no podría atenderla? ¿Cómo no imaginar que ella organizaría toda clase de fiestas y coquetearía con tantos hombres? ¿Acaso no se daba cuenta de lo viejo y enfermo que estaba?

—Y más que enfermó con todo ello, por los celos. Pero así es el amor, imagino. —Tirso alzó los hombros, desentendiéndose.

—¿Amor? ¿Y entonces?

—No te comprendo, hermano. —Le puso una mano en el hombro—. Estás muy alterado. ¿Qué rumores han llegado hasta ti para haberte puesto en tal estado?

Guzmán dudó en hablar. Le parecía ridículo. Un hombre de ciencia como él, con tantos conocimientos, no podía creer en tales cosas. Pero no era capaz de evitarlo. Superstición o miedo, tal vez. Quién podía saberlo. Pero el caso es que no era capaz de permanecer sosegado.

—El fantasma del almirante... A eso me refiero.

—¿Qué fantasma?

—El del duque. Dicen que ella, tras un luto de apenas tres meses, se puso a organizar otra fiesta y que, a medianoche, se puso a gritar como una posesa. Cuando el servicio llegó a su estancia, dijo haber sido visitada por el fantasma de su marido...

—¿Y tú lo crees?

—Calla —prosiguió Guzmán—. Y que su esposo, con una daga, sajó sus pechos con dos cruces. Las doncellas aseguran haber visto las heridas, la sangre corriendo por su cuerpo y sus cicatrices. Nunca más podrá la joven duquesa lucir vestidos con escote...

—Guzmán, parece mentira... —Tirso cabeceó, incrédulo y defraudado ante las palabras de su hermano—. Un hombre como tú... No me esperaba algo así. Supercherías...

—Pero ¿a que no has vuelto a ver a la duquesa? ¿No te parece de lo más extraño?

—Vamos, vamos… Salgamos a dar un paseo y compremos alguna gacetilla. A lo mejor nos aclara esta siniestra venganza del muerto que se aparece —sonrió sarcástico—. El fantasma del almirante, dices…, qué cosas hay que oír.

—Tú ríete, hermano. Ríete. Que a mí esas noticias no me hacen ninguna gracia…

Desde hacía varios años existían en Madrid semanarios y periódicos, y si alguno llevaba el título de «diario» era porque daba cuenta de acontecimientos ordenados cronológicamente por días. Eran gacetas o mercurios que informaban sobre novedades ocurridas en las ferias o en los puertos comerciales.

Fue el rival de Carlos II, Juan José de Austria, quien primero se dio cuenta, como se ha dicho, del valor de esos medios escritos, que le procuraban publicidad a sus actos. Por ello se esforzó en crear gacetas y sostenerlas. Era un buen recurso para cimentar su posición y fomentar sus intereses, y con tal propósito, contrató al flamenco Francisco Fabro Bremundán, el primer gacetero español de nombre conocido, para escribir e imprimir la primera gaceta española en 1661, la *Relación o gaceta de algunos casos particulares, así políticos como militares, sucedidos en la mayor parte del mundo*, de periodicidad mensual. Pasó a llamarse *Gaceta ordinaria de Madrid*, luego *Gaceta de Madrid* y finalmente *Boletín Oficial del Estado*.

El primer diario, considerado como tal, fue el *Diario noticioso, curioso, erudito y comercial, político y económico*, cuyo primer número salió un siglo después, el 1 de febrero de 1758. En 1788 pasó a llamarse *Diario de Madrid*. Constaba de dos secciones, una de divulgación con artículos de opinión, a menudo traducciones francesas, y otra de información económica, en donde se anunciaban ventas, alquileres, ofertas, demandas, etc.

Francisco Mariano Nipho era su redactor, y por ello fue considerado como el primer periodista profesional en España.

Mientras todo lo anterior ocurría, los madrileños permanecieron ajenos a las idas y venidas de la política internacional y los pactos y alianzas que se iban haciendo y deshaciendo como trenzas en cabello de princesa y, bastante más preocupados por su propia supervivencia y las necesidades cotidianas, no estuvieron pendientes de los asuntos palaciegos, ni siquiera cuando Juan José de Austria invadió Madrid. Sólo algunos asiduos del mentidero de Palacio y los más intrigantes del mentidero de la Puerta del Sol extendían rumores y construían hipótesis sobre lo que podía o no podía pasar, insistentemente, o escribían libelos por diversión, hasta que muchos de los asistentes al mentidero se hastiaron de las conjeturas, concluyeron que no había manera de comprender por qué su rey actuaba de una u otra forma y, aburridos de esperar un sucesor que permitiera una gran fiesta en Madrid, optaron por dirigirse al corregidor don Francisco de Vargas y exigir al Ayuntamiento la celebración de fiestas diversas por cualquier motivo, sin esperar noticias del Alcázar. Fueron cuarenta años, los del reinado de Carlos II, en los que una vez más los madrileños pusieron de manifiesto la injusta confusión universal que prosperaba por todas partes por lo que se llamaba el «gobierno de Madrid», cuando lo justo era que debería acuñarse la expresión del «gobierno en Madrid», muy diferente en todos los sentidos. Algo que todavía no se comprende ni en España ni en el extranjero y que es una especie de mantra que actúa de forma muy negativa, e injusta, sobre Madrid y sus vecinos.

—Quiero ser torero, padre.

—¿Por qué?

—¡Porque yo soy un artista!

Quién iba a decirle a Luis Argote, tan serenamente embebido en sus menesteres de floristería y botánica en los jardines del Retiro, que su hijo Luis le sorprendería un anochecer con semejante decisión. Luis Argote cuidaba plantas y flores, mimaba brotes y regaba arbustos, podaba árboles y limpiaba rastrojos, y todo ello con un esmero más propio de orfebre que de jardinero. Y de repente se dio de bruces con un hijo tan sensible como él que, apenas alcanzada la mayoría de edad, hablaba de arte y sensibilidad en referencia a un oficio más propio de carniceros.

—Torero, padre. Torero —insistió el joven.

—Pero ¿cómo puedes compararte con un artista si buscas apuñalar bestias en público? —Luis no salía de su asombro.

—Es un arte, padre, aunque no lo veas así —afirmó el hijo. Y continuó—: No veo razón para el asombro, padre. El abuelo fue actor, igual que su padre. Eran artistas. Y vos, por lo que dice todo el mundo, sois un maestro en vuestro oficio, que tiene tanto o más de arte que el del abuelo. Yo también quiero probar oficio de artista, y el toreo es un arte.

—Una carnicería —repitió el padre.

—No. Sólo hay muerte en el tercio final, porque la fuerza y la inteligencia entre el toro y el hombre salen a competir, y es obligado que uno deba acabar con el otro para cumplir con las leyes de la naturaleza que Dios nos ha dado. Por eso el torero está obligado a vencer en su lucha.

—O a morir asaeteado por la cornamenta de la bestia...

—En el riesgo y en esquivarlo está el arte.

—Un arte demasiado peligroso.

—Todo arte lo es.

Luis Argote no supo responder. Se entrelazó las manos a la espalda y dio cortos paseos por la estancia, dudando de si debía replicar la aseveración de su hijo, tan firme como discutible. Y comprendió que buena culpa de todo ello la tenía él, por haberle llevado desde muy pequeño a la Plaza Mayor siempre que se anunciaba corrida de toros y haberle ido explicando, paso a paso, la naturaleza de los lances, tanto a pie como los que se efectuaban a caballo. Quizás había mostrado mucho entusiasmo por el juego de lucha entre el hombre y el toro, y su hijo se había contagiado. O tal vez no; acaso fuera que la sangre del arte corría por sus venas, como siempre había corrido por las suyas y las de sus antepasados. Incluso para él, la jardinería no era un oficio, sino un menester artístico en el que jugaban un papel primordial la armonía, el color, el diseño y el resultado final con un criterio estético cuya manifestación era puramente artística. Por eso no quiso continuar la agria disputa con su hijo y se limitó a preguntarle:

—¿Ya se lo has dicho a tu hermana?

—Teresa está encantada. Dice que no hay hombre más guapo que vestido de torero.

—Mujeres...

Luis Argote comprendió que sólo le quedaba implorar que la vida de su hijo no se malograra entre las astas de uno de aquellos toros de más de quinientos kilos que se exhibían ante un gentío deseoso de oler a sangre, humana o animal, pero sangre al fin. Para acabar, le preguntó:

—¿Podrás ganarte la vida en tal oficio, hijo?

—Lo procuraré.

—¿Y cómo he de llamarte, si me lo preguntan?

—El gran torero Argote —sonrió el joven Luis, exultante—. No digáis más.

La afición a la fiesta de los toros, en Madrid, se perdía en los orígenes de la ciudad. Era una celebración cristiana que consistía en la lucha a muerte entre un hombre y un toro, o un uro, animales abundantes en todo el alfoz madrileño. Al principio la fiesta consistía en hacer correr a las vacas y toros por las calles del viejo Magerit, costumbre que se enraizó durante muchos años, y los carniceros prestaban sus reses para que el pueblo celebrara a sus santos, sobre todo a san Juan, santa Ana y Santiago, los patronos de la Villa, y más tarde a san Isidro. Y tan antigua era la costumbre que en el mismo Fuero de 1202 se establecía el modo de llevar las reses al matadero para que no pusieran en peligro la vida de quienes, festivamente, las conducían hasta él a la carrera.

Una costumbre, en todo caso, que previamente también se celebraba en todas las ciudades reconquistadas por los reinos de la cristiandad, porque en el año 815 ya había festejos de esa naturaleza en tierras de León. Pero en Madrid la costumbre se hizo cada vez más frecuente por la afición que se tenía a tales espectáculos.

Luis Argote, el gran torero Argote, como gustaba hacerse llamar, presumía de ello ante los paisanos que celebraban sus éxitos con él tras sus lances en los festejos:

—Cómo no va a ser de vuestro agrado... ¡Pero si hace siglos que no hay celebración en Madrid sin corrida de toros! —les decía emocionado—. Vuesas mercedes, a fuer de ignorantes, no saben que en 1487 se celebró una, aquí mismo, al darse noticia de la conquista de Málaga; luego, en 1490, por San Juan, se corrieron dos toros; y en 1493, cuando los mismísimos Reyes Católicos se quedaron un tiempo aquí, en Madrid, en su honor se celebraron varias corridas de toros y cañas en el Prado de San Jerónimo.

—¡Cuánto sabe el maestro! —exclamaban sus seguidores entonces, admirados.

—¡Y más que me callo, por no abusar!

Era una forma de mostrar altanería, inherente al oficio de matador de toros; pero también era cierto cuanto decía porque Luis Argote se había documentado mucho en lo referente a su oficio para poder disuadir a su padre cuando, de vez en cuando, le proponía otros menesteres bien remunerados para que abandonara tan arriesgado oficio.

—Las corridas no durarán mucho —decía—. Algún día desaparecerán como oficio y no tendrás otro al que recurrir.

—¿Vos creéis, padre? Porque a mí me parece todo lo contrario. ¿O no os han hecho saber que en la Plaza Mayor, cuando aún era el arrabal de Santa Cruz, ya se festejaban juegos de lidia? Con deciros, padre, que el primo Tirso tiene un documento en el Concejo que asegura que para la fiesta de San Juan de 1501 un tal Juan Marcos entregó tres toros, dos de ellos pagados por los carniceros y el tercero por el propio Concejo... Incluso me dijo que el encargado de limpiar y regar la plaza del Arenal, un hombre llamado Bovadilla, recibió en pago 334 maravedíes y que se pagaron otros tres maravedíes para cerrar un corral donde guardar los toros hasta la hora de lidiarlos.

—¿Lo ves? —replicó su padre, Luis—. Si con esa memoria te dedicaras al estudio, como tus amigos Guzmán y Tirso, serías alguacil en muy poco tiempo.

—¿Y para qué quiero yo ser alguacil, padre?

—Oficio de soldada segura.

—El mío también la tiene.

No había manera de mudar su opinión. El joven Argote estaba tan entusiasmado con su oficio que ninguna palabra bastaba para que recapacitara. Tampoco ayudaba al prudente padre del torero el hecho de que don Felipe II, en cuanto fue rey, dedicara muchos días del año a obsequiar a los madrileños con festejos taurinos, lo que convirtió a Madrid en la ciudad donde más corridas se celebraban.

También muchos fueron los lugares y espacios públicos en donde se celebraron estos festejos: ante el Palacio, en la plaza de San Andrés, en la de la Cebada, en la huerta del duque de Lerma, en la Puerta del Sol, en las plazas de Lavapiés,

de la Priora y de las Descalzas, en el Prado de San Jerónimo...
En tantos lugares de Madrid... Incluso en el Prado Alto, en 1636
y 1641, como quedó documentado en los Libros de Acuerdos depositados en los Archivos de la Villa.

Y, sobre todo, en la Plaza Mayor, diseñada para tal fin.
Los toros provenían de ganaderías dedicadas especialmente a
facilitar las reses que pastaban en Colmenar Viejo, Aranjuez
y otras fincas situadas a ambos lados del río Jarama, grandes
partidas de toros que constituían las Reales Vacadas.

El famoso Argote, torero, empezó a practicar su oficio,
no obstante, en una de las plazas cuadradas existentes junto al
palacio del Buen Retiro, en donde el conde-duque de Olivares construyó el lugar de descanso del rey y lo dotó con varias plazas para tal uso taurino. Su primera actuación como
diestro matador de toros, y con notable éxito, se celebró
en 1677; y luego repitió escenario en el mismo año de 1677,
en 1690 y en 1701, un lugar que le encantaba por ser donde
trabajaba su padre y siempre, allí, lograba obtener grandes
triunfos. En su última corrida en el Retiro, Luis Argote y sus
compañeros toreros se repartieron en total una cantidad de
3.792 reales, una buena suma que les permitió vivir durante
mucho tiempo holgadamente. Entre medias, en esos años de
éxito y fama, no dejó plaza madrileña sin recorrer ni hubo día
en que no se alzara con triunfos rotundos, lo que le convirtió
en uno de los más admirados toreros de la época.

—La primera corrida de toros en honor a san Isidro se
celebró en la Plaza Mayor el jueves 23 de mayo de 1630
—contaba Guzmán a su «primo» Luis Argote en las charlas
del anochecer.

—Si es que no hay santo sin homenaje.

—Y tanto —siguió Guzmán—. Antes se habían rendido
honores a san Juan en la inauguración de la plaza, el 3 de julio

de 1619, y aquel día se corrieron quince toros desde primera hora de la mañana, tras el encierro de las reses, hasta el anochecer. El triunfo más sobresaliente, aquella primera tarde, fue para el torero Juan Moreno, que era vecino de Barajas, y junto a él participaron otros toreros llegados de Valencia, Aragón y Navarra, así como un hidalgo que toreó a caballo, el habilidoso don Gonzalo Bustos de Lara.

—Colegas ilustres, sí —asintió Luis—. ¿No es verdad, Tirso?

—A mí..., lo que diga mi hermano —Tirso no mostró nunca gran afición por esa clase de festejos.

Pero desde aquella primera tarde taurina hasta la del 23 de mayo, en honor de san Isidro, habían mejorado mucho las condiciones de acondicionamiento de la Plaza Mayor. Se habían instalado una especie de gradas, alrededor de la plaza, que llegaban hasta los balcones del primer piso. En ellos, los reyes y los infantes acudían a ver las corridas desde los balcones de la Casa de la Panadería, y los miembros del Concejo y sus invitados los presenciaban desde la Casa de la Carnicería. A un lado, había un callejón cerrado en donde se guardaban los toros hasta el momento de su lidia, traídos de la Casa de Campo, en donde descansaban desde el día anterior, y la plaza toda se regaba repetidas veces por carros con toneles de agua para que no se produjeran polvareda ni salpicaduras de tierra que molestaran a los asistentes el festejo. Se cuidaban todos los detalles, tanto para los espectadores como para los toreros, ya hicieran su faena a pie o a caballo, que eran los menos y generalmente menos apreciados, porque como eran por lo general nobles, se les denominaba despectivamente hidalguillos.

—Fue un gran día aquel del 23 de mayo de 1630 —relató Luis Argote a su padre cuando una noche tomaron asiento frente al hogar y el hijo narró con todo lujo de detalles lo que había oído contar de aquel festejo—. Un gran día.

—Lo creo...

—Se corrieron veinte toros, padre —comenzó diciendo—. ¿Os imagináis? Desde las diez de la mañana hasta las seis de la tarde. ¡Qué espectáculo!

—¿Estás seguro de que te lo han contado tal cual?

—Sí, padre. Me lo ha contado Guzmán de Tarazona, que de estas cosas sabe un rato... Dice que fue un día magnífico. Los balcones lucían espléndidos, engalanados con toda suerte de estandartes nobles y enseñas reales; desde el mismo rey hasta el menos destacado de los duques vestían galas de gran ceremonial, deslumbrando el oro de sus hilos bordados bajo el sol fiero que desde el amanecer se hizo hueco para no perderse nada de cuanto acontecía.

—Palabras bellas, hijo.

—Y todavía hay más. En las gradas que el Concejo hizo construir alrededor de la plaza, no cabía un vecino más, muchos de ellos avituallados con pellejos de vino y hogazas de pan rellenas con queso o chorizo picante, para entretener los entreactos. Todos pulcros desde la mañana, ellos con chalequillos y botonaduras de hilo negro, cubiertos con sombrerería de punta o cubiertas de ala ancha; ellas engalanadas con faldones y blusas blancas, también recogida la cabellera debajo de redecillas, o el pelo atado en trenzas rematadas por cintas de colores. Era hermoso ver en sus rostros la sonrisa del buen día, y en los ojos la esperanza de disfrutar de un espectáculo irrepetible. No sabían que en ese momento se estaba haciendo historia, pero intuían que algo grande empezaba en Madrid y ellos eran quienes protagonizaban la mayor y más esplendorosa comedia que se ha representado nunca.

—Emocionado te veo, hijo.

—No es para menos, padre. Porque, en cuanto el primer toro bufó encabritado al salir a la plaza, se produjo una exclamación sobrecogedora que silenció el resto de la ciudad. Y no fueron uno ni dos, sino doce los toreros engalanados que fueron alternándose, a lo largo del día, para jugar, sortear, esquivar, doblegar y dar muerte a los veinte toros venidos de las dehesas de Aranjuez y puede que de más lejos aun. ¿Sabéis, padre? No hubo heridos. Algunos toreros fueron volteados, unos se resbalaron a veces, cayendo, y otros se trompicaron entre las astas, pero nadie vio sangre en sus cuerpos.

—Milagro de Dios, sin duda.

—Y habilidad de toreros, también. —Los ojos de Luis brillaban emocionados—. Grandes maestros, sin duda. ¿Sabéis que hay quien dice que yo soy aún más hábil que el mismo Tomillo, el zaragozano? Me halagan, padre.

—¿Tomillo sigue vivo? —quiso saber el padre.

—No. Murió dos años después. Mala suerte tuvo el hombre... Una vaca lo corneó en su propia casa. ¿Os fijáis, padre? No lo hiere un toro de bravura en la plaza y lo mata una vaca de leche en su corral, irritada por el ordeño. Nunca se sabe...

—Es cierto. Nunca se sabe...

Todos los días, antes del anochecer, José y su primo adoptivo Pierre se sentaban junto a los pies de la Mariblanca para ver pasar a su alrededor la gente que ya se recogía, camino de sus casas, y atravesaba apresuradamente la Puerta del Sol tras un día largo de trabajo o de buscar el modo de encontrarlo. Ellos iban haciéndose hombres, aunque todavía andaban en la edad en que los jóvenes echaban cuentas y derramaban sueños acerca del oficio al que les gustaría emplearse para cruzar sin miedo ni apuro el río de la vida.

José acababa de cumplir los dieciséis años; Pierre todavía transitaba por los catorce. Pero juntos se entendían bien, se intercambiaban confidencias y, cuando uno de ellos se entristecía, enseguida encontraba una respuesta optimista en el otro. Todo el mundo sabía que eran buenos amigos.

José Teixeira Posada le fue dando cuenta de que carecía de familiares en Madrid, pero que tenía muchos parientes. Así se lo había explicado su madre, Isabel Posada, y como el francés no lograba entender la diferencia entre familiares y parientes, José tuvo la paciencia de describirle cuanto sabía, desde la llegada a Madrid de sus bisabuelos Juan Posada y María de Tormes, acompañados por el cómico Alonso Vázquez y el sabio Guzmán de Tarazona, hasta los hijos del actor, Miguel Argote y Clara, y el del sabio, Diego, que se casó con Ana. Que su propio abuelo, llamado Juan Posada, se había casado con su abuela Inés, y que sus hijos eran su madre Isabel, su tío Juan y la propia madrastra de Pierre, María. Y luego estaban los tíos Luis y Félix, y los hijos de Luis y Ana, Teresa y Luis Argote, el gran torero, que no eran sus primos pero se consideraban parientes. Lo mismo que los hijos de Diego y Ana, Guzmán y Tirso, también igual de parientes, sin ser primos.

—¿Lo comprendes ahora?

—No.

—Te lo vuelvo a explicar...

—*Non, merci.* Otro día, por favor.

Y entonces continuaban haciendo cábalas sobre el futuro que querían descubrir y cómo lo llenarían de sueños.

—¿No te gustaría ser cocinero, como tu padre Jean? —le preguntaba a José.

—*No, mon ami.* Yo no quiero cocinar para nadie, sólo para mí.

—Pues ya puedes ir aprendiendo un oficio de buena renta porque, en Madrid, o eres noble o le sirves a uno.

—Entonces pronto seré noble.

—¡Así me gustan los franceses! —Rio José—. ¡Modestos!

—Un francés no sabe ser modesto, *mon ami.* Eso se lo dejamos a los españoles...

Y entonces era cuando José torcía el gesto, Pierre echaba a correr y José le perseguía a gritos e insultos por toda la Puerta del Sol, tirándole piedras y tropezando y molestando a los vecinos con que se cruzaban en su alocada carrera.

Fue un mal domingo de noviembre cuando Pierre, tras una de aquellas carreras, jugando, bebió a toda prisa una gran jarra de agua y de inmediato se puso a jadear como si le faltara el aire. Su frente estaba perlada por el sudor, las piernas fueron incapaces de sostenerle, los ojos se vistieron de miedo y las manos se aferraron a los brazos de José, que en un principio pensó que estaba fingiendo. Pero pasaron los segundos y el miedo de aquellos ojos contagiaron el temor a José, que de repente se puso serio y le preguntó qué le sucedía. Pierre no contestó. Su rostro empezó a amoratarse, como sus labios, y unas convulsiones agitaron su cuerpo desmadejado, ya en el suelo. José pidió auxilio, unos vecinos se arremolinaron y entre varios de ellos fue conducido a la posada, sin lograr inmovilizar al joven, que seguía agitándose como si el diablo se hubiera adueñado de sus entrañas.

Pierre dejó de agitarse justo a la entrada de la posada. José empezó a llorar en ese mismo momento. Y Jean Botin, el padrastro del muchacho, sólo tuvo necesidad de avisar al párroco de San Andrés.

Pierre Botin murió, a los catorce años, el último domingo de noviembre de 1673 sin que nadie llegara a conocer la causa. Quizá se tratara de una de aquellas muertes súbitas inexplicables, o un corte de digestión a causa de aquel gran vaso de agua fría; o acaso que un cuchillo helado le había apuñalado la espalda y se había quedado a morir en sus pulmones. Quizá.

Sea como fuere, José no pudo olvidar nunca la terrible muerte de su amigo.

Hay días, como aquel de la muerte del joven Pierre, en que la soledad y la nostalgia los viste de hielo.

La pérdida es fría como un amanecer de escarcha, como un paraje nevado de los montes del norte, de la sierra madrileña, en donde se acumulaba la nieve y se preparaba el hielo que más tarde, en las agobiantes jornadas del verano, se transportaba a Madrid a lomos de caballo.

Los depósitos de nieve estaban en El Paular y en otros pueblos cercanos. Allí se horadaban hondos pozos que se iban llenando con la nieve que luego, con pajas y piedras, se prensaba, hasta que los pozos quedaban convertidos en almacenes de hielo. Desde allí, cuando el calor envolvía Madrid y lo echaba a sudar, cientos de caballos viajaban de noche cargados con pedazos grandes de hielo que se depositaban en la plaza de los Pozos de la Nieve, situada al final de la calle de Fuencarral.

Aquel negocio fue una concesión real del rey Felipe III que, como monopolio, privilegió en 1607 a Pablo Xarquíes, un industrial con visión del comercio y buen conocedor de las necesidades de los madrileños. Después hubo otras concesiones para la explotación del hielo, como el que se formaba, congelado, en el lago de la Casa de Campo y en el estanque de los jardines del Buen Retiro. Pero aquel primer hielo, el que tanto se parecía al sentimiento que se adhirió al corazón de José a la muerte de Pierre Botin, venía de las cumbres nevadas de la sierra, de donde a veces venía también el viento acuchillado que, a traición, traspasaba los pulmones de los madrileños hasta hacerlos sucumbir.

Los hermanos Guzmán y Tirso Tarazona continuaban prosperando en sus carreras profesionales. Guzmán, después de servir bien al rey en el Alcázar, ordenando las relaciones de la Corte española con la de otros reinos europeos, vio que Carlos II no era un rey con futuro, ni nadie tendría futuro colaborando con él. Fueron tantos los despropósitos a los que asistió, y tantas las intrigas internas que se susurraban en pasillos y despachos del Real Alcázar que, comprendiendo que su labor empezaba a carecer de recompensa porque lo que se jugaba era la sucesión y apenas importaban los menesteres que afectaban a la buena labor del gobierno madrileño, decidió solicitar licencia real para marchar a Alcalá y dar clases de Política y Leyes a los estudiantes universitarios. En Palacio nadie se molestó en calcular si su marcha beneficiaba o perjudicaba a los despachos reales; tal vez lo hubieran calculado si alguien se hubiera detenido a valorar la eficacia de su labor y la cualificación de su persona, leal y entregada al trabajo, pero nobles y jurisconsultos andaban enredados en la impotencia masculina del rey y en sus decisiones testamentarias y aceptaron la marcha de Guzmán con el mismo interés con que se observa cambiar de dirección a una mosca en un vuelo por el gran salón.

Antes de acabado el siglo, por tanto, Guzmán de Tarazona se trasladó a vivir a Alcalá para pasar los días entre las clases y el estudio. Y con tal dedicación y buen tino que pronto fue considerado uno de los mejores maestros. Y poco después nombrado segundo vicerrector de la Universidad Complutense.

Su hermano Tirso lo echó de menos. Vivían en la misma casa, en la calle de Fuencarral, y compartían ama y criadas, sin que pasara noche en que no se reunieran ante la chimenea a conversar sobre sus respectivos trabajos, asesorándose en ciertas decisiones a tomar e intercambiarse noticias de lo que iba sucediendo en Palacio y en el Concejo, instituciones ambas sumidas en complejas situaciones a las que ellos estaban llamados a resolver. En el Concejo, Tirso se encargaba ya de dirigir la Junta de Policía y Ornato, y desde ella iba reordenando Madrid, derribando fachadas para igualar las calles, aumentando las vías iluminadas con antorchas, concediendo o retirando licencias de establecimiento para vendedores y comerciantes, dictando reglamentos para intentar impedir la falta de higiene general en la Villa, o al menos que no aumentara la suciedad general, regulando los horarios y funciones del Matadero Municipal y los restantes mataderos privados, disponiendo los turnos de ronda de alguaciles y guardias al servicio del municipio, normalizando las actividades propias de mesones, tabernas y posadas, organizando fiestas y celebraciones, decidiendo conmemoraciones y, en general, dando respuesta a la mayoría de los problemas que afectaban a las competencias del Concejo, porque la Junta de Policía y Ornato, en realidad, cargaba con la mayor parte de las tareas de la Villa y subsanaba el poco esfuerzo del resto de los regidores y oficinas que tenían como misión hacer de Madrid una hermosa y gran ciudad, como le correspondía por seguir siendo, a pesar de su declive, la capital del imperio, la capital del mundo.

—¿Y no te hartas, hermano? —quiso saber Guzmán una vez escuchadas las cuitas de Tirso—. Debe de ser agotador...

—No me harto, no —cabeceó Tirso—. Aunque confieso que más de un día he pensado en dejarlo todo.

—Ven conmigo a la Universidad. Gozaremos de una vida más descansada.

—¿Y dejar Madrid en sus manos? —sonrió Tirso, y su mueca era el retrato del sarcasmo—. Si me invitas a tal, es que no sabes bien quién nos gobierna. Madrid está en manos torpes, y como madrileño no me lo perdonaría.

—Tú no harás de la ciudad un paraíso, Tirso.

—Lo sé. Pero al menos cabe la posibilidad de que impida que llegue a ser un infierno. Y, a propósito de infiernos, ¿de verdad marchas a Alcalá? Te echaré mucho de menos, hermano.

—Y yo a ti, te lo aseguro —replicó Guzmán—. Pero en Palacio ya no soy necesario y siento que pierdo el tiempo y, con ello, mi vida. Necesito leer, estudiar, aprender nuevos

conocimientos y rodearme de la juvenil alegría de los estudiantes. En Palacio me hago viejo y empiezo a pensar como
quienes me rodean: de un modo apático o interesado o malvado o inútil. No puedo permitírmelo.

—Ya —volvió a sonreír Tirso—, ahora lo comprendo todo. Lo que ocurre es que tu intención es buscar esposa en
Alcalá, que dicen que está llena de bellas nobles con grandes
dotes.

—En plural, no lo sé —acompañó Guzmán la sonrisa de
su hermano—. Pero en singular, sí. Ha de antiguo la costumbre de dotar muy bien a las hijas cuando casan, y los nobles
de la ciudad complutense son muchos y muy generosos.

—Como nuestro señor, el rey... —volvió a sonreír Tirso.

—Un poco más, un poco más...

Guzmán de Tarazona, como profesor de la Universidad,
se casó en 1674, a los cuarenta años, con doña Jimena de Leiva, tercera hija de un conde desesperado por procurar bodas
a sus cinco hijas. La muchacha no pasaba de los dieciocho,
pero a pesar de lo desproporcionado de la edad, el conde don
Társilo de Leiva aceptó con alivio la petición del profesor
universitario y dotó a la hija con gran generosidad, por ser la
primera que se desposaba y pensando que la difusión de la
noticia del suculento regalo facilitaría la llegada de otros pretendientes para buscar casamiento con el resto de sus hijas.

Tirso de Tarazona también tomó esposa un año después,
precisamente con una prima de la joven alcalaína Jimena de
Leiva, que vivía en Madrid, y que ella le presentó durante la
ceremonia de la boda: la hija de don Jaime Sarmiento; pero ni
la dote de Leonor fue tan generosa como la del conde ni su
salud tan buena, porque unos pocos meses después la joven
murió de un resfriado mal curado que, convertido en pulmonía, no le permitió sobrevivir.

Tirso de Tarazona, desde aquel día, sólo salió de casa para
encerrarse en el edificio del Concejo y ordenar los Archivos

de la Villa, hasta que un día, inesperadamente, fue reclamado por el corregidor Vargas para otros menesteres y el resto de su vida fue un protagonista tan esencial como discreto para el desarrollo del nuevo Madrid, hasta su tardía muerte muy avanzada la primera mitad del nuevo siglo.

Guzmán y Jimena, por el contrario, tuvieron cuatro hijos, y los cuatro llegaron a la madurez. Lope, el mayor, estudió para clérigo y a los veinte años marchó a Roma, en donde se hizo un hueco en la corte del papado y vivió sin salir del Vaticano durante toda su vida. Jimena, la segunda, llegó a casarse con un pintor de los Países Bajos que había llegado a Alcalá a estudiar, y tras su boda se fue a vivir a Flandes. Pedro, el pequeño, se alistó como capitán en las tropas reales, y entregó su vida en los campos de batalla con honor. Sólo el tercero, Enrique de Tarazona, permaneció en Alcalá hasta finalizar sus estudios en su Universidad y después obtuvo un buen empleo en el Concejo de Madrid, en donde desarrolló una brillante carrera política.

En 1702, el gran torero Luis Argote celebró su última corrida de toros. Tenía cuarenta y siete años y había perdido fuerzas y facultades para seguir siendo un maestro en su oficio, algo que como hombre sabio notó por sí mismo sin que nadie tuviera que sugerírselo, de tal modo que con la fortuna acumulada durante tantos años de torero y el sentido común de los Argote, tan conocido como ese don de no sentir nunca el frío o el calor hiciese la temperatura que hiciese, se retiró a los prados de Talavera de la Reina en donde fundó y crio una vacada de reses para poder seguir surtiendo a Madrid de bestias dignas para el toreo en las plazas, y carnes prietas y bien alimentadas para su venta en los mataderos.

Su hermana Teresa fue quien recibió la noticia de su retiro con mayor alegría. Por fin dejaba de sufrir cada día en que él salía a la plaza a retar a la muerte en un duelo sin favoritos. Y, feliz por ello, y soltera como era porque nunca quiso dejar de acompañar y atender a su hermano en los largos años de oficio taurino, pidió licencia a Luis para ir a vivir con él y juntos marcharon a Talavera para comenzar una nueva vida lejos de la gran ciudad.

Una vida tranquila, lejos del alboroto urbano, y sana por causa de los aires limpios y mansos de la ciudad toledana, cuyo clima invitaba a muchas horas de reposo sin las inclemencias del cielo. Y, además, una vida que muy pronto fue próspera por el desarrollo ganadero de la finca y que continuó así hasta que la rueda del tiempo pasó sobre ellos con la naturalidad de lo inevitable, muchos años después.

8

El Motín de los Gatos

Abril de 1699

En Madrid se produjo una guerra de subsistencia similar a aquellas que azotaron Europa a lo largo del siglo XV y ya casi no se recordaban. Esas guerras, o motines ciudadanos, ocurrían, por lo general, por protestas vecinales ante acontecimientos domésticos de gran trascendencia para sus bolsillos, y tanto podía ser por la subida del precio del pan o de la harina como por la carestía de los impuestos, el aumento de las requisas o por los gastos de transporte. Hubo casos, como el de la *Guerre de farines* en Francia, en los que la gente amotinada pagaba en los establecimientos el precio que consideraba justo, una especie de economía moral ciudadana, y no el que impuso el libre mercado que decretó Turgot. Algo así fue lo que ocurrió en Madrid a finales del siglo XVII.

El Motín de los Gatos, también llamado el motín de Oropesa, estalló con una fuerza inusitada el 28 de abril de 1699 en Madrid. Fue una respuesta a la carestía de algunos alimentos, sobre todo del pan, en la época del año en que justamente el trigo era más caro: justo antes de la cosecha y cuando se estaban agotando las reservas del año anterior.

Las primeras protestas fueron tibias, nacidas de bocas indignadas de algunas mujeres que, todavía, no se atrevían a llamar a la revuelta. Pero aquel malestar quejumbroso se convirtió en lo que finalmente ocurrió por la imprudencia del corregidor de Madrid, que tal vez tuviera un mal día, o a saber cuál sería el motivo, pero en la Plaza Mayor, el 28 de abril, a eso de las siete, se puso bravo contra una mujer que le llamó la atención en plena calle.

—¡Haga algo, señor corregidor! —reclamó ella, a buena voz—. ¡Que mi marido está sin trabajo y con este pan, poco, caro y de mala calidad, a ver cómo voy a llenar la boca de mis seis hijos!

—Pues dé gracias a Dios porque no le cuesta dos reales de plata, vecina —replicó de malos modos el corregidor. Y añadió, imprudente—: ¡Y haced castrar a vuestro marido para que no os haga tantos hijos!

En mala hora pronunció aquellas palabras. Y en mal lugar, porque, como si hubiera prendido una mecha pegada a un barril de pólvora, los vecinos que asistieron al desafío se enrabietaron, aparcaron sus susurros malhumorados y, cuadrándose ante el corregidor, iniciaron una protesta airada que fue el inicio de un motín.

—¡Pan! ¡Queremos pan! ¡Pan, pan, pan! ¡Viva el rey! ¡Muera el Gobierno!

Los disturbios se iniciaron de inmediato. La gente estaba convencida de que algunos poderosos y destacados funcionarios habían acumulado granos de trigo para especular con él, aunque lo cierto fue que las sucesivas malas cosechas y la pésima gestión de la economía del Gobierno hizo que el precio del cereal se duplicara en un solo año y, como consecuencia, los artesanos tahoneros y los campesinos se arruinaron y se trasladaron a vivir a Madrid para buscar trabajo. La gravedad de la situación llegó al extremo de que el hambre apareció en Madrid de manera inusitada y en todos los pueblos de su alfoz, y la escasez de pan fue tan alarmante que los panaderos tenían que trasladarse escoltados por alguaciles para evitar ser asaltados por las gentes desesperadas. Con ello también aumentó la delincuencia en la ciudad.

Pero la chispa definitiva para el motín de los madrileños la prendió el corregidor. Nada más replicar a la mujer de manera tan indigna, muchos de los presentes empezaron a reprocharle su actitud y él, no sólo no arrepentido sino aún más altanero, ordenó detener y llevar presos a algunos de los que se le enfrentaron.

Aquella insolencia sólo consiguió irritar todavía más a los presentes, que se fueron arremolinando hasta convertirse en multitud, y primero surgió una piedra, luego voló otra y después media docena más contra el corregidor y el alguacil que le acompañaba, hasta el punto que ambos tuvieron que salir de la plaza corriendo y buscar refugio en una tienda cercana.

—¡Queremos pan! ¡Queremos pan!

La muchedumbre empezó a crecer, llegando tantos vecinos que nadie sabía de dónde salían. Hasta que fueron cientos y cientos los madrileños que abigarraron la Plaza Mayor hasta hacerla rebosar.

—¡Queremos pan! ¡Queremos pan!

Y como ya no cabían más y seguían acudiendo vecinos encrespados, una voz gritó: «¡A Palacio!», y de inmediato los amotinados se dirigieron al Alcázar.

—¡Queremos pan! ¡Queremos pan!

Una vez llegados a la residencia real, los amotinados vencieron a la guardia de protección, que no opuso gran resistencia, y con facilidad se adentraron en Palacio.

—¡Queremos pan! ¡Queremos pan!

—¡Y queremos ver al rey!

Una vez dentro, fue el conde de Benavente el encargado de salir a su encuentro para recabar los motivos de su ira y, al escucharlos, logró convencer a quienes encabezaban la revuelta de que su ira no debía dirigirse contra el monarca, sino contra el gobierno, único responsable de la carestía de alimentos. Es decir, contra el presidente del Consejo de Castilla y valido del rey, el conde de Oropesa.

Convencida la gente con la explicación, muchos se volvieron airados para tomar camino hacia la plazuela de Santo Domingo, en busca del valido. Y una vez allí intentaron tomar su casa al asalto, e incendiarla, siendo repelidos por la guardia personal de Oropesa que causó, entre los manifestantes, varios muertos y muchos heridos. Se habló de quince muertos, luego de ocho y, finalmente, de seis.

Pero el mal estaba hecho y el Motín de los Gatos era ya imparable. Así es que el rey tomó de inmediato dos medidas tajantes, tal y como exigieron los amotinados: la destitución fulminante del conde de Oropesa y el cese en su cargo del corregidor de Madrid.

Con ello, cumplidas las condiciones, se apaciguó Madrid y se concluyó el motín. Aunque no todo acabó ahí porque en los días siguientes fueron arrestados hasta cuarenta amotinados acusados de incitar a la sublevación y de participar en los disturbios. Pero, por encima de aquellos incidentes, las consecuencias de la afrenta del corregidor Vargas a una pobre mujer llegaron mucho más lejos, porque las reacciones políticas resultaron de gran trascendencia. Lo que pareció ser un simple disturbio ciudadano que apenas duró veinticuatro horas se convirtió en un asunto esencial de Estado: al ser destituido el conde de Oropesa, tuvieron que irse de la Corte todos los partidarios del archiduque Carlos de Austria, que eran liderados por el conde y la esposa de Carlos II, Mariana de Neoburgo, y así quedaron libres los partidarios de Felipe de Anjou para que la sucesión se decantara en su favor, en el futuro Felipe V. Una consecuencia nacida de la bravuconería de un corregidor a una mujer quejosa; una actitud indigna que fue bien aprovechada por una facción política para conspirar a favor de quien iba a cambiar el destino de la monarquía española.

El conde de Oropesa no gustó nunca a los madrileños. Sufrió libelos y pasquines de los vecinos, y hasta el autor Francisco Bances Candamo escribió una obra de teatro contra él: *El esclavo en grillos de oro*. Al corregidor Francisco de Vargas, de inmediato, le sustituyó otro de muy diferente talante, Francisco Ronquillo, un partidario de los Borbones que fue enaltecido por los amotinados por haber actuado de intermediario de las exigencias de los madrileños ante el rey, por lo que fue vitoreado al comunicar que sus peticiones habían sido atendidas.

Fue, el Motín de los Gatos, un modelo que utilizó el pueblo de Madrid en pocos pero sonados casos. Lo repitió en 1766, en el conocido Motín de Esquilache, y otras muchas veces cuando trató de defender lo suyo y, sobre todo, cuando tuvo que responder a la injusticia, a la altanería o a las invasiones interiores y extranjeras.

—¿Cuándo organizará el Concejo uno de esos bailes populares que tanto me gustan? —Isabel Posada se lo preguntó a Tirso una noche en que tomaban el fresco ante la puerta de la Posada del Peine.

—No esperes muchas fiestas —negó con la cabeza Tirso, mostrando su disgusto—. Las obras de reconstrucción de la Casa de la Panadería están vaciando buena parte de las arcas municipales.

—¡Pero si, de ese incendio, hace ya...! ¡Qué sé yo! —comentó Pedro Texeira—. Ni me acuerdo cuándo ocurrió aquel desastre.

—En 1672, sí —respondió Tirso—. Pero ya se sabe: las cosas de palacio...

—Y todo por una tontería —recordó Isabel—. Si alguien hubiera dado aviso aquella noche, aquella hoguera se hubiera apagado con cuatro mantas. Pero, como no hubo nadie para avisar...

—Cierto —asintió Tirso—. Comenzó con cuatro papeles quemados, pero las llamas se extendieron durante horas y lo devoraron todo.

Pedro Texeira se quedó pensativo. Estaba dándole vueltas a la cabeza a algo, se notaba porque fruncía el ceño y se rascaba la nuca con una uña, pero era imposible descubrir en qué andaban enredados sus pensamientos.

—Algo tramas, esposo —dijo Isabel.

—Todos los maridos están siempre tramando algo —sonrió María, su hermana—. A saber...

—¿Yo? —despertó Texeira—. No, nada...

—Vamos, Pedro, estás en familia —le animó Tirso—. Cuéntanos.

—Nada —balbució Texeira—. Una idea que se me acaba de venir a la mente y...

—Háblanos de ella —pidió Tirso.

—Es que... Bueno —se animó a hablar el portugués—. Pensaba en que si el Concejo tuviera un cuerpo de guardias que vigilaran las calles durante la noche, el incendio aquel se hubiera sofocado antes de causar tantos destrozos. Y muchos otros, supongo.

—¿Más empleados? ¡Pues sí que está el Concejo para gastos! —Tirso rechazó la idea de plano.

—Quizá no tendría que correr por su cuenta el dispendio...

—¿Y cómo, si no? —se interesó Tirso.

—Pues, no sé... —replicó Texeira—. ¿No nos quejamos los madrileños de la escasa seguridad de nuestras calles, de los ladrones y maleantes que atemorizan a los vecinos durante las noches de Madrid?

—Es una queja continua, sí —admitió Tirso.

—No sólo es una queja. Es, sobre todo, una vergüenza —confirmó Isabel.

—¡Y vosotros nunca hacéis nada! —se lo recriminó María a Tirso.

—Es que... no podemos —se excusó él.

—¡Pues nosotros sí podríamos! —Pedro Texeira volvió a tomar la palabra—. Imaginemos que los vecinos cargásemos con esos gastos. Serían unas pocas monedas, apenas una propina, a cambio de poder caminar por la ciudad sin miedo a ser asaltado.

—A ver, explícame en qué estás pensando...

—Sería un cuerpo de vigilancia que saliera todas las noches por las calles...

—¿Un cuerpo policial? ¿Cuántos? —preguntó Tirso.

—No lo sé... Muchos. Incluso uno por cada manzana de casas. Recorrerían ese tramo de continuo...

—La guardarían de ladrones y mala gente —añadió María—. Qué buena idea.

—Y, con su presencia, se evitarían muchas peleas de borrachos, las luchas entre los envalentonados... —se sumó Isabel a la propuesta.

—Bueno, y hasta entre los matrimonios que disputan a voces en la medianoche —dijo María.

—Serían los primeros en detectar los incendios y en avisar a los vecinos —siguió entusiasmándose Isabel.

—Podrían ayudar a quienes precisaran auxilio —afirmó María.

—Permanecer al servicio de los vecinos, si necesitaran de ayuda...

—¡Basta, basta! —interrumpió Tirso la retahíla de funciones y encomiendas—. ¡Magnífico! ¡Todo me parece magnífico! Pero ¿lo habéis pensado bien? ¡Un vigilante por cada calle! Serían cientos...

—Como miles son los desocupados ahora —intervino Texeira—. Muchos se ofrecerían a efectuar ese trabajo a cambio de...

—¡Que no hay dineros para pagar ese ejército, Pedro! —Tirso no lograba hacerse entender—. ¡Que no lo hay!

—¡Claro que lo hay! —replicó el portugués—. Estoy seguro de que los propios vecinos, si se les propusiera algo así, con gusto aportarían un real o dos para su seguridad.

—¿Y si no lo hicieran? —quiso saber Tirso.

—El Concejo ordenaría el pago. Sería como..., un impuesto pequeño, o una tasa minúscula, no sé cómo lo llamaríais. En todo caso, una menudencia a cambio de una mayor seguridad.

—¿Y se darían armas a esos hombres? —Tirso no acababa de verlo—. ¡Lo que faltaba! Armar a cualquiera. Eso sí que sería peligroso.

—No haría falta —negó Texeira—. Imaginad que sólo llevaran un palo, a modo de chuzo, y un silbato para darse aviso entre ellos si se vieran en peligro. Se socorrerían mutuamente...

—Un chuzo, un pito y un farol, ¿bastaría con eso? —La pregunta de Tirso ya no fue sarcástica, sino que empezó a prender en su imaginación como un fruto bien plantado.

—¡Claro! —exclamó María contenta.

—El caso es... —Tirso continuó madurando la propuesta—, que a lo mejor no es tan mala idea. Si los vecinos aceptasen esa pequeña tasa..., si el corregidor lo considerara una solución..., si encontráramos hombres dispuestos al oficio... Porque, claro..., luego tendrían un trabajo duro y aburrido. Todas las noches, en invierno y en verano, con buen tiempo o un frío infernal, sin nada que hacer durante horas la mayoría de esas largas noches...

—Podrían dar las horas y decir el tiempo que hace. Si llueve, o nieva, o todo está en calma... —aportó María.

—Eso es —asintió Isabel—. Cada cuarto de hora. O cada media hora. Así tendrían ocupación...

—¿Os imagináis? —sonrió Texeira—. En la media noche se oiría una voz conocida diciendo: ¡Las doce y media y lloviendo! O, ¡la una y cuarto y sereno! Sería un bálsamo para la inquietud.

—No está mal visto —admitió Tirso—. Como idea, no está mal del todo... Al menos serían de gran ayuda para recoger a quienes quedaran abandonados en las calles. Niños, ancianos, enfermos...

—¿Lo ves, Tirso? Hasta a ti te parece una buena idea. Es que mi Pedro, ¡ay esposo mío!, vale más... ¡Dame un abrazo, marido!

—Bien, bien —aceptó Tirso—. Lo estudiaré con detenimiento y trataré de convencer al Concejo. Quizá sea la mejor idea que se nos haya ocurrido nunca. Y ¿cómo llamaríamos a ese cuerpo de vigilantes? ¿Guardas, policías...?

—De eso no te preocupes, Tirso —respondió María—. Los vecinos los bautizarán pronto con ingenio. Para eso, no habrá que esperar mucho.

El Concejo dio el visto bueno a la iniciativa en el mismo año de 1697, estableciendo el servicio mediante un reglamento en el que exigía que los aspirantes a vigilantes nocturnos tenían que tener ciertas características, como «robustez, agilidad proporcionada al objeto, cinco pies como mínimo de estatura, no ser menor de veinte años ni mayor de cuarenta, tener fuerte y clara la voz, saber leer y escribir para dar por escrito los partes, observar conducta irreprensible y no haber sido procesado por camorrista, perturbador del orden público, ni por robo, embriaguez ni otra causa negativa». El horario de la ronda duraba desde las once de la noche hasta las cinco de la mañana e iban provistos de un chuzo, o asta de madera con punta metálica, un farol y un silbato.

Pero tardó muchos años en convertirse en una realidad su función. Y décadas hasta que se popularizó y acabó implantándose en muchas otras poblaciones. Y fue precisamente su función de informar del estado meteorológico la que dio origen a su nombre. El cielo solía estar, por lo común, sereno y, a fuerza de repetir esta expresión una y otra vez, pasó a ser el nombre con el que se los llamaba, acompañado de una palmada seca: ¡Sereno!

Los madrileños, despiertos como siempre, atinaron con el nombre a los pocos días de la puesta en marcha del llamado inicialmente servicio de vigilancia nocturno.

Pero, en su origen, aquellos hombres no formaron desde el principio un cuerpo municipal dependiente del Concejo. Cobraban su salario yendo de casa en casa, solicitándolo a los vecinos, y casi nunca veían rechazada su petición de colaboración voluntaria. Al contrario: se convirtieron pronto en unos acompañantes amables que sosegó bastante el clima de inseguridad callejera durante las noches, hasta el punto de que la manzana de casas que no disponía de un vigilante lo solicitaba al Concejo, para sentirse más tranquilos y para, también hay que decirlo, no ser menos que la manzana colindante.

Pero empezaron a crecer las necesidades, las sucesivas épocas de hambre se repitieron en exceso y aquellos vigilantes nocturnos empezaron a tener dificultades para recibir la propina de los vecinos y, uno tras otro, fueron desapareciendo. Un experimento que, en aquellos primeros años, fracasó.

Porque el primer cuerpo oficial de serenos no se creó hasta muchos años después, y fue en la ciudad de Valencia. Allí, un valenciano llamado Joaquín Fos, de oficio fabricante y manipulador de cohetes para fuegos artificiales, se vio obligado a dejar de ejercer su oficio cuando en 1777 se declararon peligrosos e inciviles los juegos pirotécnicos, declarándose ilegales y prohibiéndose. Muchos *coheters* se quedaron sin trabajo y el señor Fos, a quien le importaba tanto no dejar sin trabajo a sus obreros como la seguridad de sus conciudadanos, creó un cuerpo de serenos para auxiliar durante las noches a los vecinos, lo que fue de inmediato admitido y tutelado por el Concejo de Valencia.

En Madrid, muchos años después, cuando el 12 de abril de 1765 el rey Carlos III decidió «liberar al vecindario del cuidado de encender, limpiar y conservar los faroles», encargó al corregidor de Madrid que diera instrucciones al encargado de la Junta de Policía, un nieto de Guzmán de Tarazona, de nombre Lope, para que pusiera en práctica la encomienda. Lope de Tarazona, sin estar muy seguro de la eficacia de la medida, nombró a unos cuantos operarios para que efectuaran estas funciones, y aquella iniciativa, tal y como imaginaba Lope, duró sólo una temporada de invierno, desde el primero de octubre hasta finales de marzo de 1776. Aun así, Carlos III insistió en la encomienda y, a su pesar, tras una Real Orden de 15 de mayo de 1764, amplió a todo el año esa labor nocturna, aunque cuidándose de aclarar que los días de libranza de los operarios serían las noches en que la claridad de la luna no hiciera preciso el alumbrado artificial.

—Lope.

—Dime, Susana.

—Tendréis que hacer algo en el Concejo.

—¿Algo sobre qué?

—Sobre los muchos malhechores que se pasean de noche por Madrid. Recibo noticias todos los días de mis vecinas y están empezando a temer por sus maridos e hijos.

Lope observó la firmeza de su esposa en lo que decía y le dio la razón. También era un aspecto de la vida de la Villa que preocupaba a vecinos y regidores.

—Se buscan soluciones, mujer, te lo aseguro. Ya mi abuelo tuvo que enfrentarse al problema, pero no es fácil. Recuerdo que le comentó a mi abuela en una ocasión, estando yo presente, que era dificilísimo llevar adelante las órdenes reales, a pesar del buen propósito del rey Carlos III, y mi abuela, tan práctica como temerosa de que la desobediencia de su marido le costara el empleo, le insistió para que hiciera todo lo posible para atender a lo que le pedían hacer y le convenció para que obedeciera.

—¿Y lo hizo? —preguntó Susana.

—Hizo lo que pudo. Como ahora también se está intentando.

—Pues más ánimo, esposo, más ánimo —concluyó ella—. Que no basta con intentar remedios cuando los remedios son urgentes.

El motivo que impulsó al Ayuntamiento de Madrid a crear un cuerpo oficial que finalmente se hiciera cargo de aquella decisión real fue proteger a los ciudadanos por la noche, argumentando que a esas horas los malhechores «toman la noche por salvoconducto para cometer insultos de diversas especies».

Y así se puso manos a la obra el hijo de Lope, Fabián de Tarazona, que fue designado el 21 de noviembre de 1791 para crear el primer Cuerpo de Serenos de Madrid. Era una necesidad que los madrileños exigían a gritos y la consecuencia de una Real Orden que aprobaba un proyecto redactado por Pablo Joaquín de Borbón y José de la Fuente. Con ello se retomaba y se extendía la función reservada a aquellos operarios muchos años atrás.

Fabián pensó iniciar su implantación experimentando su proyecto en el barrio de las Monjas de Pinto, pero su alcalde no consiguió que los vecinos se comprometieran a pagar periódicamente una cantidad fija para su sostenimiento, por lo que la idea no pudo llevarse adelante. Dándole vueltas al problema, Fabián convenció a Damián Adurriaga, el corregidor, para que el dinero saliera de lo que el vecindario pagaba para el alumbrado de sus calles, pero aunque se probó la fórmula, resultó que tampoco llegó a ser suficiente esa cantidad. Entonces el Ayuntamiento madrileño, completamente convencido de la necesidad de tal servicio público, reunió en 1797 una Comisión, presidida por el propio Fabián de Tarazona, para que se constituyera oficialmente un «cuerpo de serenos de Madrid» y, a imitación de los serenos ya existentes en Valencia, se elaboró un reglamento por parte de Esteban Dolz del Castellar, y a este primer reglamento se añadieron años más tarde disposiciones complementarias y otras instrucciones, aunque, en su esencia, la norma inicial estuvo vigente hasta 1840.

—Ya me quedo mucho más tranquila, ¿lo ves, marido?

—Parece que habrá vigilantes de la noche, sí —admitió Fabián—. Espero que la ciudad sea más sosegada en esas horas.

—Ya verás como sí. Aunque ahora dicen los vecinos...

—Que es caro, ya lo sé.

—Es que, tener que pagarlo ellos...

—¿Y quién habría de pagarlo, mujer?

—El Ayuntamiento.

—Pero... —Fabián se pasó la mano por la frente, fatigado—. ¿Es que nadie piensa que si lo paga el Ayuntamiento será tras cobrar un nuevo impuesto para ello? ¿O es que piensan que el dinero se hace en los sótanos municipales, como el pan en las tahonas?

Lo cierto era que los madrileños nunca se mostraron muy partidarios de sufragar los gastos que el Cuerpo de Serenos conllevaba. Y hasta tal punto fue así, y durante tantos años fue mal vista la orden municipal al respecto, que mucho tiempo después, el 25 de octubre de 1813, el corregidor Ángel González Barreyro hizo publicar un bando o «Aviso al público», que, literalmente, decía:

La iluminación de las calles y el establecimiento de serenos o celadores nocturnos proporciona al vecindario de esta ilustrada capital del Reyno los beneficios de seguridad y comunidad que son notorios. Para atender a su subsistencia y conservación es indispensable que cada casa pague el impuesto que a igual objeto le está asignado como carga Real, so pena de que no verificándolo, o se ha de privar a los vecinos de tan útil establecimiento precisándolos a llevar luz individualmente por la noche, o han de quedar expuestos a los horrores de la obscuridad, capa de todo delito, insulto y ofensa personal. El Ayuntamiento Constitucional, a cuyo cargo están los ramos de policía, quisiera disimular la morosidad que se experimenta en la debida satisfacción de aquella contribución, convencido del corto rendimiento a que la iniquidad del gobierno intruso reduxo la renta de las casas de Madrid por exorbitantes exacciones, indigencia de los inquilinos, desalquilados, sequestros y despojos violentos de sus productos; pero sus deberes y obligaciones no le permiten esta tolerancia quando es ya preciso y ha determinado se repongan los muchos faroles que faltan, y se restablezca la indispensable iluminación general desde el mes de noviembre inmediato, y carece de fondos con qué proveer a su considerable gasto, teniendo suplicados en la estación última los que, siendo posible, deben reintegrarse a sus señaladas atribuciones. En esta inteligencia confía en la rectitud, sabiduría y probidad de este gran pueblo que representa, que sin demora contribuirá con una carga que redunda en su provecho, y no darán lugar los dueños y administradores de casas a usar de los embargos que determina la instrucción contra los morosos, excusando las costas y apremios que deben pagar sin excepción de clase ni persona porque, sean de la pertenencia que se quiera, los palacios, iglesias, conventos o cualquier otro edificio de dominio público, real, nacional o particular, es obligado por la Ley al pago de su luz asignada.

Fabián de Tarazona se puso de inmediato a las órdenes de Esteban Dolz que, como redactor del reglamento, fue nombrado «Cavezón» o jefe de serenos, con el compromiso de que se responsabilizara de los madrileños o cualquier otro ciudadano que contratara para formar parte de ese cuerpo municipal. Fabián se aseguró de que la inspección sobre los miembros del nuevo Cuerpo de Serenos corriera a cargo de los alcaldes de Corte y Cuartel, o alcaldes de barrio, cada uno de ellos con ocho celadores encargados de comprobar que los serenos cumplían con su obligación.

El primer Cuerpo de Serenos estuvo compuesto por cien operarios, y hasta 1819 no se amplió el número a ciento cincuenta. Los serenos tenían que redactar cada amanecer un informe en el que explicaran cualquier incidencia que hubiera ocurrido durante la noche en las calles a su cuidado, y tenían que entregarlo a las ocho de la mañana en invierno y a las siete en verano. Si no sabían escribir, el trabajo tenía que realizárselo uno de los celadores a cuyas órdenes estaban.

Algunos serenos debían también encargarse, como en sus orígenes, de encender al anochecer y apagar al amanecer las farolas de la ciudad. Pero en otros distritos de la ciudad la labor la desarrollaban faroleros, con cargo también al vecindario al que servían, operarios que no precisaban pasar la noche al raso ni hacer labores de policía como las encomendadas a los miembros del Cuerpo de Serenos.

Finalmente, en 1840, se unificaron las misiones de sereno y de farolero, y se creó la figura del inspector como responsable de hacer cumplir cuanto se dictó en un nuevo reglamento. Las condiciones que se requerían para el puesto de inspector eran «honradez, probidad, aptitud, carácter firme y antecedentes intachables». Por supuesto, no se les permitía tener otra ocupación que pudiera distraerles.

Un cuerpo, en fin, el de serenos, que veló las noches de Madrid hasta muy avanzados los años sesenta del siglo XX.

—Y tú que sabes tantas cosas, Tirso —le preguntó su hermano Guzmán una tarde de visita—. ¿Se puede saber a qué esperáis para cambiar esos nombres tan raros que tienen algunas calles de Madrid?

—¿Raros? No entiendo —respondió Tirso.

—Raros, raros... —insistió Guzmán—. La calle de los Mancebos... ¿A qué viene?

—Pues porque allí anduvieron presos dos mancebos en el palacio de don Pedro Lasso de Castilla. Vivieron allí confinados toda su vida en una torre por ser los causantes de la muerte del rey Enrique I cuando contaba sólo trece años. Ellos aseguran que jugaban, pero lo cierto es que desplomaron sobre su cabeza dos tejas y una piedra. Por eso murió el rey y por eso quedaron presos los mancebos. El pueblo de Madrid, al saberlo, llamó a esa calle de tal manera. Aunque la verdad es que no sé si es cierto el relato o se trata de una leyenda. Otros dicen que también pudiera ser que el tal Lasso de Castilla diera aposento en esa torre a los mancebos que lo servían, sabe Dios.

—Ya —Guzmán alzó los hombros, dubitativo con la explicación—. ¿Y la del Pez? ¿Un pez en Madrid?

—Ah, esa historia es más divertida —sonrió Tirso y se aclaró la garganta con un trago de vino—. Todo ocurrió cuando el estanque de propiedad de don Juan Coronel se secó y su hija, Blanca, conservó dos peces del estanque en una pecera. Pero los peces murieron y la hija, desolada ante tan descomunal pérdida, en su opinión, entró a profesar en un convento, el de San Plácido. El padre se irritó tanto con la actitud de su hija que, cuando reconstruyó la fachada de su casa, hizo grabar en piedra uno o dos peces, no lo recuerdo. Por eso la llaman así los madrileños...

—Pues si esa es la razón —Guzmán estaba al punto de la carcajada—, no quiero ni saber por qué hay otra que llaman la calle del Perro...

—Pues algo parecido —replicó Tirso, risueño—. Porque el maestre de Calatrava construyó en esa calle una casa con una gran biblioteca, y allí guardaba celosamente sus libros de física, de química y otros muchos libros curiosos. La casa era guardada por un mastín de gran tamaño y fiereza que no dejaba acercarse a nadie, y tanto le odiaban en el vecindario que, cuando el obispo de Cuenca, don Lope Barrientos, quemó en el claustro de Santo Domingo los libros del maestre, los vecinos aprovecharon los dictados del Santo Oficio para deshacerse del perro con un disparo certero de ballesta. Aseguraban que aquel perro causaba mal de ojo.

—Seguro que era así. —Rio Guzmán—. Supersticiones del pueblo, siempre igual...

—En cambio no parecen sorprenderte otros nombres tan estrafalarios como por los que preguntas... —siguió Tirso—. La del Espejo...

—¿Espejo? Por algún establecimiento de venta de espejos, claro...

—No, no... Porque en la vieja muralla de Madrid, había una atalaya de esas que los árabes construían para vigilar los avances de las huestes cristianas, una torre que se llamaba *especula*, que significa espejo. De ahí su nombre. Como la calle de la Madera, otra que tal...

—Supongo que por disponer de alguna carpintería —dedujo Guzmán.

—No —corrigió Tirso a su hermano—. Porque allí estaban los corrales de doña Catalina de la Cerda, donde se almacenaba casi toda la madera que llegaba a Madrid para la construcción de casas y otras edificaciones.

—Pues eso: lo que yo decía...

9

De Borbones y guerras

Noviembre de 1700

Felipe V fue un rey singular. Por una parte, gozaba siendo un miembro más de la Casa de Borbón, con su Corte en Madrid, pero por otra sentía una gran vergüenza por asentar su trono en una ciudad tan polvorienta y sucia, tan desordenada y desorganizada, tan carente de servicios, calles vistosas, empedrado, avenidas amplias, ornamentaciones barrocas y criterio estético, en nada parecida a las grandes ciudades del extranjero que conocía bien. Una ciudad que carecía de la grandeza de las otras cortes borbónicas reinantes en Europa. Una ciudad, en fin, impropia de los tiempos que vivía y del modo en que quería vivirlos.

Cuando el 18 de febrero de 1701 llegó a Madrid, no quiso entrar en la ciudad. Se instaló en el palacio del Buen Retiro a la espera de que le anunciaran que todo estaba preparado para que Madrid le diera el recibimiento que merecía y, durante tres meses, esperó pacientemente, día tras día, hasta que el corregidor de la Villa, Ronquillo, fue a visitarlo para anunciar eufórica y pomposamente que todo estaba dispuesto y que el 14 de abril era el día decidido para su gloriosa entrada en Madrid y su traslado al Real Alcázar.

Muchos contaban que, durante aquellos meses, existía un duende en El Retiro. Un duende que paseaba junto al rey por el parterre y que revoloteaba a su alrededor, consiguiendo que según iba avanzando el rey en su paseo, las flores cambiaban de color, con lo que el espectáculo resultaba sorprendente. Incluso muchos jardineros, que aseguraron haber presenciado el hechizo, no podían creerlo ni se atrevían a decir que habían visto el baileteo del duende alrededor de Felipe V, pero la leyenda circuló por Madrid como un cuento de hadas que muchos utilizaron para dormir a sus niños. Otra más de las muchas leyendas que brotaron de una ciudad que durante siglos se hizo de roca, anclada en los prodigios.

Cuando llegó el momento, la travesía desde el palacio del Buen Retiro al Alcázar se efectuó por un recorrido previamente dispuesto por el Concejo en el que todo era una farsa. Los arcos eran de flores, los balcones adornados con tapices tan vistosos como baratos, las esculturas, estatuas y escudos de gran tamaño y poco valor, la alegría de los vecinos, forzada, y el embellecimiento y limpieza de las calles que transitó, la de Alcalá y Mayor hasta el Alcázar, excesivamente cuidadas, para causar la mejor impresión.

Felipe V y su esposa, María Luisa Gabriela de Saboya, hicieron el recorrido en carroza tirada por cuatro caballos, tras un escuadrón de caballería de escolta, un cochero al pescante y tres lacayos de pie en la trasera del carruaje. Otra escuadra de infantería, armada de mosquetones, seguía al cortejo, a escasos metros del vehículo. Alrededor de él, los madrileños asistían al paso de la comitiva con la natural curiosidad por el nuevo monarca, pero sin gran, o ningún, entusiasmo. Querían ver el rostro de su nuevo rey y el aspecto de la reina, su vestuario y sus joyas, era cuanto les interesaba. Y, en general, asistir a una de esas jornadas que en Madrid, a fuerza de ser calificadas de históricas, terminaron siendo mundanas y aburridamente repetidas.

No fue, en todo caso, un largo recorrido, aunque a todos se les hiciera largo por la lentitud de la marcha y por la observación desdeñosa del rey de cuanto podía ver a su paso. Por eso, en cuanto Felipe V se instaló en el Alcázar, hizo llamar al corregidor de la Villa.

—Majestad... —El alcalde se inclinó en presencia del rey.

—Pasad, pasad, señor corregidor —ordenó don Felipe—. Y tomad asiento cerca de mí.

—Señor. —El hombre agradeció el gesto y se sentó en donde se le indicó.

Don Felipe tardó en empezar a hablar. Parecía buscar las palabras o el modo de iniciar la conversación para que sus pensamientos no hirieran a su interlocutor.

—En primer lugar —dijo—, quiero agradecer a su señoría el recibimiento que habéis organizado para nuestra llegada a Palacio.

—Un honor, majestad —asintió Francisco Ronquillo—. Escaso para vuestra dignidad, en todo caso...

—En efecto —sentenció don Felipe, tajante, pero sin alterar el tono de voz—. Escaso, pobre, inadecuado y, sobre todo, tan artificial que me he sentido avergonzado. Y no por vuestro esfuerzo, ni por cuanto os habéis preocupado por engalanar el recorrido de mi comitiva, que... reconozco y aprecio, os lo aseguro. Mi vergüenza, señor, es por saber que mi Corte se instala en una ciudad, la que vos dirigís, que más que mostrar pulcritud y limpieza, se me antoja una ofensa inadmisible para nuestra gran, secular, dinastía.

—¿Señor, majestad...? —Las manos y piernas del corregidor empezaron a temblar ostensiblemente y en el balbuceo de sus palabras se pudo leer el desconcierto.

—¡Como lo oís, señor! —Don Felipe se levantó bruscamente y empezó a dar unos pasos cortos y nerviosos por la sala de audiencias—. ¡Me habían dado a entender que Madrid era la pocilga de Europa, y a fe que lo que entonces creí exageración de mis enemigos resulta ser descripción de mis mejores consejeros! ¡Y una muy certera descripción!

—No os entiendo, majestad. Yo...

—¿Acaso conocéis las cortes europeas? ¿Conocéis la majestuosidad de las ciudades en las que se asienta la Casa de Borbón, la más importante monarquía reinante del mundo? ¡No! ¡Vos no la podéis conocer!

—Lamento, majestad, que nosotros...

—Y, además —continuó, cada vez más excitado el rey en sus palabras—, resulta que no tenéis mejor ocurrencia que organizar mi traslado a paso lento, permitiéndome observarlo todo y con gran detalle. Para cruzar una ciudad así, lo más sensato habría sido obligarme a hacerlo al galope, así al menos no hubiera tenido que contemplar todo lo que me habéis permitido ver.

El corregidor Ronquillo enrojeció por momentos y ya fue incapaz de permanecer inmóvil en su asiento. Trataba de encontrar algunas certeras palabras de disculpa que no estaban en su garganta para expulsarlas. Y alzándose de hombros, se limitó a decir:

—No termino de entender a su majestad...

—¡Pues no es tan difícil para cualquier entendedera, señor corregidor! —La mirada del rey se volvió de fuego—. Madrid debería ofrecer a Europa una imagen grandiosa, digna de nuestro lugar en el mundo, una gran ciudad reflejo de la grandeza de mi Corte y de mis antepasados, un ejemplo que... En fin. ¡Bah! A qué seguir. Vuestras calles son malolientes, vuestras casas de una pobreza hirientes, vuestras vías irregulares y retorcidas, vuestro pueblo mal vestido y poblado de mendigos... Y este Alcázar, ¡qué decir de este palacio viejo, desangelado e inhabitable! No estamos acostumbrados a esto, señor corregidor. ¡No, no lo estamos! ¡Venimos de vivir en Versalles!

El corregidor Francisco Ronquillo no supo qué responder. Sólo rezó para que terminara pronto la audiencia y trasladar a sus regidores las deplorables impresiones reales. Cuando al fin don Felipe le dio licencia para marchar, abandonó el Alcázar con la tristeza de saber que no tenía otra salida que dejar su cargo y permitir que fuera otro quien, a partir de entonces, se hiciera cargo de iniciar una remodelación completa de la ciudad, tal y como exigían las palabras del rey.

A Tirso de Tarazona le llegaron los ecos del disgusto real mientras trabajaba en los Archivos de la Villa. Primero fueron palabras sueltas, luego frases enteras y, al final, una descripción detallada de las opiniones de don Felipe cuando el corregidor, en lugar de cesar en su puesto, le mandó llamar a su despacho.

—Decidme, señor. ¿Me mandasteis llamar?

—Pasad, señor De Tarazona. Y sentaos, que hay mucho de lo que hablar.

—Sea —Tirso obedeció.

—Me han dicho los funcionarios municipales que sois la mejor cabeza del Concejo y que estáis desperdiciando vuestro talento en una labor menor de carácter archivística.

—Exageran, señor.

—Lo dudo —rechazó el corregidor—. Porque lo único que sé a ciencia cierta es que estoy rodeado de asnos y mequetrefes, así que vuestra cabeza, a poco iluminada que esté, a buen seguro será la mejor ordenada del Concejo.

—Señor...

—Callad y atended, os lo ruego, don Tirso. —El corregidor Ronquillo se mostró apesadumbrado—. Todo lo que hayáis oído de mi audiencia con su majestad se queda corto para lo que, en realidad, me dijo. Por eso nuestra obligación es organizar de inmediato un nuevo proyecto de ciudad para dotar a Madrid de la suntuosidad que espera el rey, la Corte y, al parecer, las demás cortes europeas. ¡Pocilga de Europa!

¿Sabéis que nos califican de pocilga de Europa? ¡Es intolerable! ¡Inadmisible! Así es que os pondréis de inmediato a trabajar en ese proyecto. ¿Os veis capaz?

Tirso se quedó pensativo. No estaba seguro de lo que debía responder, así que guardó silencio durante unos segundos. Finalmente, carraspeó y comenzó a hablar.

—El problema de Madrid —trató de explicar Tirso—, siempre ha sido la distancia entre las peticiones de la Corte y el oro puesto a disposición de la empresa. Si con cada demanda real hubiera caído del cielo un escudo, Madrid sería la ciudad más adornada y admirada de Europa. Pero aquí todo queda siempre en papel escrito, en un simple proyecto plagado de buenas intenciones y, en el mejor de los casos, a medio hacer. Sólo basta recordar que...

—Está bien, don Tirso, no me abruméis con mayores cuitas —exclamó el corregidor—. Conozco nuestro pasado y las quejas nacidas de vuestro parecer. Pero ahora no es tiempo de arrepentimientos ni de reclamaciones, es menester un nuevo esfuerzo. ¿Cuento con vos?

Tirso pasó sus dedos por la nuca y respiró profundamente.

—Sabéis que sí, señor.

—Pues en tal caso poneos a pensar, que de los asuntos de dinero me encargaré yo.

Cuando el rey recibió la noticia de que el Concejo había empezado a diseñar un proyecto general para el embellecimiento y cuidado de Madrid, y supo a quién se le encomendaba la dirección del proceso, tuvo una sensación agridulce. Por una parte pensó que encargarlo a un antiguo responsable de la Junta de Policía y Ornato era tropezar dos veces en la misma piedra; pero, por otro, le agradó saber que sería tal el desastre y la ineficacia del esfuerzo que ello le permitiría permanecer el menor tiempo posible en el Alcázar, que odiaba, y podría vivir en otros lugares durante largas temporadas, fuese el Buen Retiro o el Palacio de Aranjuez. Así las cosas, felicitó al corregidor por la decisión y mostró interés en que el designado, el señor don Tirso de Tarazona, conociese cuanto antes a la reina, porque doña María Luisa Gabriela le había susurrado que ella tenía algunas ideas para intentar dar un poco de lustre a la ciudad y quería que él las conociese y colaborara a que se llevaran a cabo.

Tirso y la reina se pusieron de acuerdo muy pronto. Ella era una mujer de gran cultura y dotes de organización, sensible ante el arte y muy despierta para tomar decisiones posibles. Y su complicidad y simpatía mutua fue inmediata y todo ello se manifestó en la confianza con que conversaban.

—¿Sois casado, don Tirso? —quiso saber la reina.

—Lo fui, señora. Y enviudé.

—¿Y no hay quien consuele vuestra soledad?

—La memoria de doña Leonor es mi consuelo.

—Tal vez podría favoreceros cerca de alguna de mis damas...

—Os lo agradezco, majestad. Pero juré fidelidad a mi esposa y, desde entonces...

—Buen cristiano, señor. Forzado es reconocerlo. Pero un hombre viudo, y por tanto libre, no debería privar de halagos a otra dama.

—Nunca pensé en ello, señora.

—¿Tampoco tenéis amante alguna, señor? Con vuestro porte, ¡cuesta tanto creerlo!

—Mi amante es Madrid, majestad.

—Está bien, dejemos esta conversación. En tal caso, decidme, ¿qué podemos hacer para engalanar con hermosas joyas a vuestra amante?

Entonces Tirso le hizo saber las dificultades económicas con que se encontrarían para llevar a buen fin cualquiera de las mejoras que planeasen, pero ella le aseguró que lo importante era empezar por algún sitio, aunque fuera modestamente, que lo bueno de las obras de amejoramiento era que descubrían más que tapaban, afeaban lo próximo mucho más de lo que embellecían lo mejorado y, al arreglar algo, resaltaba tanto lo estropeado a su alrededor que el mismo rey, o los nobles con buenos dineros, donarían con gusto sus bolsas para que los contrastes no fueran tan hirientes para los ojos.

—¿No coincidís, señor?

—Coincido. Y desearía que fuera así.

—Pues seguidme el juego y haremos un jardín de este erial...

Conforme con la opinión de la reina, Tirso empezó a diseñar un plan urbanístico y de ornato que se quedó en meros proyectos, pero al menos se pudieron llevar a cabo ciertas mejoras en los espacios ocupados por la Corte y por algunos nobles que hicieron más grato a sus ojos los lugares que frecuentaban. Y nada más pudo hacerse porque, en 1706, Felipe V se involucró en la guerra europea de Sucesión y más tarde, en 1714, demasiado joven aún, murió doña María Luisa Gabriela de Saboya, la reina.

Desde muy joven, el tercer hijo de Guzmán de Tarazona y Jimena de Leyva, Enrique, entró al servicio de su tío Tirso para estudiar con él las interioridades burocráticas del Concejo y, más tarde, colaborar con él en los trabajos que le fueron asignando. Enrique había heredado de sus antepasados el afán por el estudio y la curiosidad por aprenderlo todo. De hecho, a los siete años ya había aprendido la gramática castellana de Nebrija, y a los ocho la latina, ambas por su cuenta, memorizando en este caso el *Arte de Antonio de Nebrija* en un libro publicado en 1598 por el Hospital General de la Corte de Madrid, tratado que, en su inicio, a modo de introducción, dejaba de manifiesto su Suma del Privilegio por el cual tiene el privilegio el Hospital general de esta corte, por juro de heredad, para poder imprimir el Arte de Antonio de Nebrija, con prohibición de que otro ninguno lo pueda imprimir, só las penas contenidas en el original, despachado en el oficio de Juan Vázquez el año de mil quinientos noventa y ocho. Tiene asimismo privilegio perpetuo para imprimir, y vender el dicho Arte en todas las Indias, Islas, y Tierra firme del mar Océano, con prohibición de que ninguna otra persona, sin poder del dicho Hospital general, le pueda imprimir, ni vender, como más largamente consta de su original, despachado en el oficio de Pedro Ledesma.

El joven Enrique, así, llegó a la Universidad a los quince años y unos pocos después, a los veinte, empezó a trabajar con su tío Tirso.

Era el año de 1707.

Lo que no imaginaban tío ni sobrino era que dos años antes, en 1705, Felipe V se diera cuenta al fin de que la guerra europea entre franceses y austriacos había llegado al interior y que España se había dividido en dos bandos. Fue al descubrirlo cuando supo que su Corte, en Madrid, no podía permanecer ajena al conflicto, y menos cuando el archiduque Carlos entró en Madrid al frente de sus tropas y obligó al rey a escapar. Aquella invasión duró poco, apenas un mes, antes de huir Carlos de la ciudad, pero en 1710 el archiduque entró de nuevo en Madrid, esta vez por cuarenta y tres días, hasta que Felipe V volvió a liberar la ciudad del aspirante austriaco.

Los madrileños, mientras se sucedían aquellas escaramuzas de idas y venidas, permanecían en su mayor parte al margen. Pero la segunda invasión ya les pareció de una altanería y prepotencia tan inadmisibles que no estuvieron dispuestos a ceder y, aunque hubo quien seguía apostando por la Casa de Austria, la inmensa mayoría tomó partido por el francés don Felipe y la Casa de Borbón. El carácter madrileño podía permanecer indiferente a los pleitos reales, pero no a las afrentas desafiantes de la soldadesca austriaca, y cuando hubo que dar la cara, la dio, como siempre hizo: salió a la calle, exhibió sus facas y navajas, zarandeó a los impertinentes y les expulsó con pedradas atinadas y miradas tan fieras como significativas. Porque podrían ser pobres, pero dignos; y podían pasar penurias, las que fueran precisas, pero órdenes, voces y gritos, no; de imposiciones, sólo las imprescindibles.

—Valientes son nuestros paisanos —comentaba Enrique a su tío, admirado de su talante aguerrido contra las tropas del archiduque.

—Sí, lo son —asintió Tirso—. Debe de ser que las tripas vacías desatan la cólera y agrandan la dignidad.

—¿Tan pobres son?

Y entonces Tirso le puso al tanto de la realidad madrileña de 1700. Con gran detalle explicó que Madrid era una ciudad desde la que se dominaban tierras dispersas por todo el mundo, que tenía censados casi ciento cuarenta mil habitantes y que sólo la tercera parte, e incluso menos, trabajaban, porque el resto de la población lo formaban nobles y aristócratas de todo signo, de alta y baja nobleza, para los que trabajar era cosa de pobres y no lo hacían, convirtiéndose en personas inútiles para la ciudad.

La mayoría de los madrileños que trabajaban lo hacían al servicio de los nobles, ya fuera como criados, sirvientes, lacayos, mozos de cuadra o doncellas, y los demás, quienes no formaban el ejército de los servicios domésticos, eran comerciantes, obreros de los mataderos y, sobre todo, funcionarios, que llegaron a sumar una cifra de seis mil entre los que hacían labores burocráticas al servicio de la Corona o del Concejo.

Le informó también de que una gran parte de los vecinos apenas tenía para comer, mientras había en la ciudad unos cuantos centenares de familias que acumulaban grandes riquezas, y para ellos trabajaba una legión de sirvientes.

—Pero, sobre todo —concluyó—, repara en que nuestros vecinos son, en buena medida, vagabundos, pobres y mendigos. De nada han servido las numerosas órdenes reales para expulsar de la Villa a los vagos que vienen de otras ciudades para medrar de limosneros, ni los muchos bandos del Concejo advirtiendo a los recién llegados de que tenían que trabajar o serían devueltos a su ciudad de origen, porque por mucho que los nobles doten al clero para remediar pobrezas, ni las calles ni el hospicio tienen hueco ya para albergar a tantos.

—Me sorprendéis, tío —se extrañó el joven Enrique—. Veo tanta animación en las calles... Se diría que todos los hombres tienen dineros y trabajan...

—Pocos. Son muy pocos —insistió Tirso—. Artesanos, comerciantes, jornaleros... También banqueros. Y agricultores. Nueve mil de ellos trabajan en los campos y traen su mercancía a la ciudad. Y luego verás clérigos, hidalgos medio arruinados, poetas, pintores, algún que otro actor... Parecen muchos, pero no lo son. ¿Ya te he hablado de los Cinco Gremios Mayores?

—Algo he oído, señor.

—Pues bien. Recuerda que te ilustre al respecto otro día. Ahora es tarde y necesito descansar. Buenas noches.

Inglaterra se alió con la Casa de Austria y obtuvo la complicidad de Barcelona contra Felipe V, en defensa del archiduque Carlos de Austria. Francia y las demás monarquías borbónicas se aliaron con el rey, y desde 1705 a 1713, los acontecimientos se desbordaron hasta el punto de que las tropas de Felipe V se vieron obligadas a poner fin a la guerra de Sucesión española con la entrada en la ciudad de Barcelona por la fuerza, y con un exceso de derramamiento de sangre. Como consecuencia de la deslealtad catalana al rey Borbón de España, prefiriendo al bastardo Austria, Felipe V decidió aumentar su poder, además de centralizar el gobierno en Madrid y dictar una regulación legal idéntica para todo el país, concretada en una real disposición que declaraba que había decidido

reducir todos mis reinos de España a la uniformidad de unas mismas leyes, usos, costumbres y tribunales, gobernándose igualmente todos por las leyes de Castilla tan loables y plausibles en todo el Universo, abolir y derogar enteramente como desde luego doy por abolidos y derogados todos los referidos fueros y privilegios, prácticas y costumbres hasta aquí observadas en los referidos reinos de Aragón y Valencia siendo mi voluntad que estos se reduzcan a las leyes de Castilla y al uso, práctica y forma de gobierno que se tiene y se ha tenido en ella en sus tribunales, sin diferencia alguna en nada.

Una decisión política refrendada por la reunión celebrada a tal fin en las Cortes del Reino.

Fue el momento en que la Corte asentada en Madrid inició el ejercicio del nuevo poder y para ello necesitó crear instituciones nuevas. Se fundó, para ello, el Ministerio de Hacienda, la Casa de Postas, la Casa de la Aduana y las primeras Reales Academias, la de la Lengua, en 1713, y la de la Historia, veinte años después.

El Concejo, atendiendo a la renovación de la ciudad, decidió también actualizarse con la Sala de Alcaldes de Casa y Corte y con una profunda remodelación del Concejo municipal.

—He decidido nombrar un nuevo corregidor en Madrid.

—¿En quién habéis pensado, majestad?

—En el señor marqués de Vadillo.

—¿Estáis seguro, majestad?

—¿Acaso os parece mal, señor don Tirso de Tarazona?

—No, majestad —se apresuró a responder Tirso—. Pero no sé cómo lo apreciarán en el Concejo. Estaban tan acostumbrados a nuestro señor corregidor...

—¡Un inútil! —exclamó el rey, enfurecido—. ¡Un inútil y un antiguo! ¡Madrid necesita savia nueva, imaginación, ahínco, decisión! Vos seréis quien le ayudéis a explotar esas virtudes.

—Lo procuraré, majestad.

El rey don Felipe sorbió un trago de su copa de vino. Luego, sonriendo, ironizó:

—El Concejo, el Concejo... Qué sabrán sus regidores... Si vos y yo estamos persuadidos de que son unos ineptos que se refugian en comisiones para no mover un dedo... Porque, a ver, decidme: ¿cuántas comisiones se han formado en el Concejo?

—Cincuenta y dos, señor.

—¡Cincuenta y dos! Qué barbaridad... ¿Y acaso sabéis a qué se dedican? —se burló el rey—. Porque me han dicho que las hay de todo pelaje. Alguna tan irrisoria como la Comisión del Traslado de Toros, o la de Verbenas... ¿Y qué me decís de esa peculiar Comisión de Pésames y Enhorabuenas? ¡Es que parece broma y regodeo en el despilfarro!

—Sí, señor —asumió Tirso, lamentándolo con el gesto con que se acompañó—. Puede que en ello tengáis algo de razón, majestad.

—Pues eso. Disponeos enseguida a entrar al servicio del señor marqués de Vadillo. Espero que don Antonio de Salcedo y Aguirre ponga fin a tanto despropósito...

«Por motivos de conciencia.» Así respondía el rey cuando le preguntaban por qué no le gustaban las corridas de toros. Y así debía de ser porque durante su reinado apenas se celebraron un puñado de corridas en Madrid. Se suprimieron las corridas votivas, celebradas en fiestas religiosas o como conmemoración de santos patrones de la Villa, y sólo en 1704, 1725 y 1726 acudió a un festejo el rey. Y a regañadientes.

La mejor de todas ellas, y a la que Felipe V asistió durante un par de horas, fue la de 1704, con veintiocho toros pertenecientes a la dehesa de Aranjuez, de las ganaderías del conde de Niebla y del duque del Infantado, que aportaron diez astados cada uno de ellos, y ocho más de don Manuel Calvo, cobrando por cada toro quinientos reales. Los toreros intervinientes en el festejo se repartieron la cantidad de 4.540 reales en proporción a la faena que realizaron, considerando su oficio, habilidad y eficacia a la hora de culminar el lance.

Años más tarde, el martes 23 de julio de 1726, última corrida a la que asistió Felipe V, el triunfador de la tarde fue el célebre Oveja, un matador que cobró la suma de 550 reales por su actuación. Los otros catorce matadores de toros cobraron cantidades que oscilaron entre los 110 y los 350 reales. Aquel día se lidiaron reses de dos ganaderías: una proveniente de Navarra y la otra de Talavera de la Reina, concretamente de la de Luis Argote y su hermana Teresa. En esa jornada se hizo lo imposible por agradar a su majestad e intentar que tomara algún gusto por el festejo, pero resultó imposible. Aunque se gastara el Concejo 2.938 reales en vestir a los toreros con mucha gala, aunque no se produjeron heridos graves ni otros incidentes desagradables, aunque intervinieran caballeros rejoneadores para darle más vistosidad al espectáculo y aunque *La Gaceta de Madrid* explicara en sus páginas que «... entre los Toreros de a pie hubo algunos de singular destreza y habilidad...», nada contentó a Felipe V y fue la última corrida de toros que se celebró durante su reinado.

Pero aquel día sucedió otro hecho inesperado. Un empleado de la dehesa de Luis Argote, de nombre Isidro, acompañó a sus amos y a los capataces a presenciar la corrida y a disfrutar con el comportamiento de las reses de la ganadería. Isidro tenía diecisiete años, era la primera vez que viajaba a Madrid y le deslumbró todo cuanto vio. El colorido de la fiesta, la multitud de gente, la alegría contagiada, la abundancia de queso, pan, pasteles y vino, la algarabía general y la enormidad de una ciudad tan populosa le mantuvieron media jornada en reflexión, dándole vueltas a la sesera y comprendiendo que había un mundo por conocer y que él no lo conocía. Y antes del anochecer, decidió que quería conocerlo, que estaba enterrado en vida en Talavera y que su lugar era Madrid.

Y así fue. Sin decir nada a sus amos, ni despedirse de nadie, antes de la finalización del festejo se escabulló por detrás del vallado que guardaba las reses y se perdió por las calles de Madrid para descubrir un universo al que quería pertenecer.

Luis Argote lo echó a faltar al día siguiente, cuando él y su gente iniciaron camino de regreso a Talavera. Pero nadie supo dar razón del muchacho: nadie le había visto desde la tarde anterior, cuando se afanaba en vigilar a las bestias en el corral. Pensó en buscarlo, incluso en retrasar la marcha para esperar a que se uniera al grupo. Pero preguntó cuántos años tenía el tal Isidro y si tenía parientes en Talavera, y cuando le respondieron que había cumplido los diecisiete, que era huérfano, que nadie había en el pueblo que lo pudiera reclamar y que desde hacía mucho tiempo decía que quería dejar de ser un vaquero porque lo que realmente le gustaba era ser actor, Argote pensó que el muchacho había tomado una decisión y él no podía ser quien le impidiera cumplirla.

—Pero ¿no tiene familia ese Isidro? —empezó preguntando.

—No. No se supo nunca quién era su padre.

—¿Y su madre? ¿Quién era su madre?

—Juana, señor —le dijeron—. Bien la recordaréis... Estuvo a vuestro servicio en aquellos años. Una moza bien plantada, hermosa, de carnes prietas...

—¿Juana, decís? —Luis Argote frunció los ojos y le temblaron apenas los labios, que cubrió de inmediato con una mano—. No la recuerdo.

—Morena, con hermosos ojos negros...

—¡Basta de descripciones, por Dios! —exclamó Argote—. ¡Ya sé a quién te refieres, diablos!

—Murió en el parto, amo. Y nunca quiso decir de quién era el hijo que alumbraba.

—O sea, que nunca se supo...

—No. Y de eso hace ya diecisiete años.

—¡Eres idiota o qué, Clemente! —Luis Argote no podía ocultar su nerviosismo—. ¡Si el zagal tiene diecisiete años, sobran otras cuentas!

—Y el Isidro no tiene otros parientes...

—Bien. Dejémoslo así —concluyó Luis, sobreponiéndose—. Ya se buscará la vida o regresará a Talavera. Vámonos.

Isidro Rodríguez inició aquella misma noche su camino. Un camino fatigoso que le llevó a pisar la artística alfombra de flores con la que siempre soñó.

Los primeros días fueron difíciles para él. El joven Isidro no tenía lugar donde dormir ni quien le ofreciera un plato de comida, y los pocos reales que tenía ahorrados los gastó con alegría, convencido de que pronto encontraría oficio y acomodo para instalarse en la ciudad como todos los demás que a ella acudían. Era julio, las noches eran cortas y los días muy largos y, como por un don que no sabía de dónde le venía, ni que nunca le preocupó, jamás sentía frío ni calor, hiciera el tiempo que hiciese.

No le costó esfuerzo patear las calles al mediodía ni dormir al raso por las noches, seguro como estaba de que al día siguiente encontraría lo que buscaba.

Pero murió julio, se agostó agosto y nació septiembre, y nada encontró que pusiera remedio a su penuria. Conoció a cientos de mendigos que, como él, deambulaban buscándose la vida, y esa visión le hizo tener, por primera vez, la mala idea de que tal vez se había equivocado, que los sueños le habían jugado una mala pasada y que él, un chico de pueblo sin más oficio que el de dar de comer al vacuno, ni más estudios que las cuatro letras que le obligó a aprender don Luis Argote en la infancia, y que ya casi había olvidado, no eran zurrón suficiente para codearse entre el gentío de una ciudad en la que todo le parecía puro lujo. Algunos vagabundos le hablaron de El Refugio, y a él apeló. «Sólo para pasar el invierno mientras algo se me ofrezca», se dijo; y así lo hizo porque lo que creyó humillante al principio, al poco resultó bálsamo para su situación.

—A no ser que pretendas dormir en el quinto pino...

—¿Y eso qué es? —preguntó el pueblerino Isidro, sin comprender lo que le decían.

—¿No sabe vuesa merced en dónde está? —se burlaron—. Vaya madrileño...

—Yo... Es que acabo de llegar...

—Pues allá a lo lejos, buen hombre. Muy a lo lejos...

Y era que en el camino que conducía a la salida de Madrid por el norte se acababan de plantar cinco frondosos pinos. El primero estaba en el Salón del Prado, junto a la Puerta de Atocha, y los otros, a una distancia considerable entre ellos, se plantaron en dirección al norte. El último, el famoso quinto pino, a más de tres kilómetros del primero.

Aquellos pinos fueron pronto lugar de encuentro y cita para los madrileños. Pero lo normal era quedar en el primero, o a la sombra del segundo; y, los más aventurados, los aficionados a los largos paseos, llegaban a alcanzar el tercero. Más allá, era salir de los lindes de la Villa. Por eso alguna pareja de enamorados, al objeto de quedarse solos y al resguarde de ojos que los espiaran, quedaban en el cuarto pino, bajo el que podían besarse o a lo que natura les incitase, sin que hubiera quien se lo afeara o reprochara. Pero al quinto pino...

Al quinto pino era mucho llegar. Sólo los más atrevidos, los amantes clandestinos y quienes temían una reprimenda policial o vecinal por usos tan repudiables, se llegaban hasta él, a las afueras de Madrid, casi en la soledad de las eras. Y hablar del quinto pino se convirtió, desde entonces, en una expresión castiza muy pronto acuñada por madrileños y extendida a otros muchos lugares para significar lejanía extrema, distanciamiento. Enviar a alguien «al quinto pino» era desearle tenerlo lejísimos, fuera del alcance de la vista e incluso de los pensamientos.

—Pues no —rechazó Isidro la idea—. Creo que prefiero no ir a pernoctar al quinto pino.

Antes de aquello, en Madrid habían ocurrido muchas cosas. Antonio de Salcedo y Aguirre, marqués de Vadillo, fue nombrado corregidor de la Villa y Tirso de Tarazona se convirtió en su principal asesor y valedor frente a los miembros reticentes del Concejo que vieron su llegada como una amenaza a su holgazanería. El marqués, de acuerdo siempre con Tirso, empezó a diseñar un ambicioso proyecto de embellecimiento de la ciudad, como le había solicitado el rey, con la intención de que la corte del Borbón aparentara una suntuosidad no menor que la de otras capitales europeas. Y el nuevo corregidor contó para ello con una idea que pronto consultó con Tirso.

—¿Conocéis a don Pedro de Ribera, don Tirso?

—Me parece que no —se excusó.

—Es un arquitecto joven y valiente, muy despierto.

—Lo lamento, señor. ¿Debería conocerle?

—Le tendréis que conocer, don Tirso. Porque va a ser quien lleve a cabo nuestros planes.

—¿Un arquitecto? —se extrañó Tirso—. Ya tenemos uno. El maestro mayor de la Villa es don Teodoro Ardemans.

—¿Y en dónde está el señor Ardemans, don Tirso?

—Creo que... —reflexionó un instante antes de responder—. En La Granja, señor marqués. Está construyendo un palacio para su majestad el rey en La Granja de San Ildefonso.

—¡Ah! ¡Magnífico! —exclamó alborozado el corregidor—. Pues que el viejo y decrépito Ardemans siga allí. Nosotros trabajaremos con el joven Ribera.

—No sé cómo se lo tomará el viejo —advirtió Tirso—. Tiene malas pulgas y muchos amigos entre los regidores. Conspirará contra nuestra intención y no es buen enemigo...

—Bien —concluyó Vadillo—. Mejor. Si hay quejas, me desharé de todo regidor que alce la voz. Os encargo, os ordeno, hacérselo saber a todo el Concejo.

—Así lo haré.

El resultado de sus gestiones ante el Concejo fue inmediato. Teodoro Ardemans se tuvo que conformar, a la fuerza; los regidores que anunciaron discrepancias, fueron silenciados o expulsados del Concejo; y el primer proyecto que propuso Pedro de Ribera al marqués de Vadillo comenzó a desarrollarse en 1717.

Se trataba de la reforma y urbanización de las tierras al este del Alcázar. Unos extensos territorios baldíos que se limitaban por el río Manzanares y el propio palacio real, lo que se denominaba el Campo del Moro. Allí se empezó diseñando un gran paseo, bautizado como camino de la Virgen del Puerto en honor al propio marqués de Vadillo, natural de Plasencia, de donde esa Virgen era patrona. El arquitecto Ribera hizo allanar la explanada, construyó caminos y glorietas, sembró todo el conjunto de fuentes y centros de flores, en parterres barrocos, y edificó una ermita dedicada a la Virgen del Puerto, una hermosa capilla que causó la admiración real y fue elogiada por todos los madrileños.

Satisfechos con aquella operación urbanística que embellecía una parte de la ciudad que estaba abandonada, el corregidor, Ribera y Tirso se propusieron continuar sus planes y lo primero en que pensaron fue en poner fin a los problemas que causaban a todos el deficiente estado del puente de Toledo, castigado una y otra vez por las subidas del río y constituyendo un verdadero problema de inseguridad para quienes lo cruzaban. Cien años se llevaba pensando en cómo resolver el problema. Hasta que Pedro de Ribera, echando mano de su genialidad, acordándose de la solución dada por Herrera al puente de Segovia y contando con el apoyo incondicional del corregidor, diseñó un puente que, además de cruzar el cauce del Manzanares, también se extendía hasta cubrir las vaguadas de sus riberas. Así, no sólo ancló el puente al terreno firme del cauce y de sus alrededores sino que construyó diversas rampas para poder bajar a los márgenes del río, adornándolo todo con fuentes y obeliscos.

—He decidido que en el centro del puente se erigirán dos capillas: una en honor de san Isidro; otra, en honor de su esposa, doña María de la Cabeza —propuso Ribera.

—Bien pensado —asintió Vadillo—. ¿Y qué más?

—El puente se sostendrá por pilares que se unirán por arcos de medio punto.

—Firmeza y solidez. Conforme.

—Y lo mejor —Ribera mostró su plano al corregidor—: los arcos estarán rematados por torres, muy sólidas, porque sobre ellas quiero levantar estas glorietas que sirvan de miradores. Desde ella se contemplarán unas vistas espléndidas.

—¡Magnífico! —se entusiasmó el marqués de Vadillo—. Si todo ello lo adornamos con algunas fuentes, será una obra imperecedera.

—¿Dispondremos de lo necesario, señor marqués?

—¿Dispondremos de ello? —se volvió el corregidor a Tirso.

—La obra lo merece, señor corregidor —afirmó Tirso—. Si no lo hay, lo recaudaremos. Adelante con ello, señor Ribera.

El puente de Toledo volvió a ser la admiración de todos. Al fin daba gusto pasear junto al río Manzanares y cruzarlo sin temor a que el suelo se abriera bajo los pies. Felipe V no sólo felicitó al marqués de Vadillo por el logro sino que le animó a continuar con nuevas obras, porque descubrió que sólo a él podía confiar la ciudad que quería lograr para presumir en Europa.

—Adelante, señor marqués —animó el rey—. ¿Cuál es vuestro próximo proyecto?

—Dejad que lo pensemos, majestad. No sobran los fondos.

—Sobran si se gastan bien.

—Lo hablaré con el señor Ribera. En breve os traeré un proyecto con todos nuestros planes.

—Impaciente lo aguardo, señor corregidor.

—Quedad tranquilo, majestad.

Poco después al maestro mayor responsable de Obras y Fuentes de Madrid, Pedro de Ribera, se le encargó, entre otras muchas acciones sobre la ciudad, una *Propuesta de remodelación de la fachada sur del palacete de la Casa de Campo*, tramitada por el duque de Medinaceli. La orden real comenzaba así: «Pone en las reales manos de Su Majestad el diseño que le ha entregado el Maestro Mayor de la Obra que es menester hacer en la Casa de Campo, en la fachada que mira al mediodía en la línea que están las columnas y arcos de medio punto, por estar muy maltratadas y amenazando ruina [...]».

Tirso de Tarazona y su sobrino Enrique trabajaban juntos desde hacía algunos años. De día se veían poco, cada cual en el cumplimiento de su oficio, pero de noche se reunían en la sala para intercambiar novedades y conversar largamente sobre la marcha del embellecimiento de Madrid y los pormenores de la Villa.

—Un día me hablastéis de los Cinco Gremios Mayores, tío. Y he oído tantas cosas sobre ellos...

—No hay mucho más que saber, Enrique —replicó Tirso de Tarazona—. Están ahí mismo, junto a la Puerta del Sol, en su palacio. Hace muchos años se reunieron para defenderse mutuamente y ahí siguen, desde 1667. Se unieron los sederos, los lenceros, los joyeros, los pañeros y los merceros y obtuvieron privilegio para fabricar, importar y vender en exclusiva sus productos en Madrid. Han sido tan poderosos desde entonces que, en ocasiones, hasta han sido quienes han prestado dinero a los reyes cuando así lo han necesitado.

—¿Tan poderosos son?

—Mueven bien el dinero y las influencias, sobrino, y eso en la Corte es esencial —explicó Tirso con convicción—. Los gremios actúan a veces como un banco de dinero que luego se devuelve con algún interés, y no hay empresa económica, comercial o de industria que quede al margen de sus intereses. Si no les permiten colaborar en una empresa, no cejan hasta controlarla.

—¿Y ello es legal?

—El dinero hace las leyes, sobrino.

—Pues no me parece justo... ¿Callaremos ante una situación así? ¿Nada ha de decir el Concejo?

—Bueno, bueno —le tranquilizó Tirso—. Por mis palabras pareces haber deducido que su labor es de extorsión, o de coacción... No, Enrique. No es así. Los gremios están formados por honrados comerciantes, bueno, por todo lo honrado que puede ser un comerciante en nuestros días... El caso es que son muchos los comerciantes..., algunos con tienda propia bajo los soportales de la Calle Mayor, otros que instalan su puesto cada día donde pueden, para vender sus productos. Gente trabajadora y honrada, en todo caso, que se ha unido para defender su negocio, nada más. La gente les compra sus mercaderías y al terminar la jornada recogen sus cajones y se van a sus casas, con sus familias, nada más que eso. Te aseguro que no son gente de peligro.

—Pues a mí me sigue pareciendo un ejército invasor.

—¿Te parece así? ¿Acaso no los has visto a diario en las plazas y calles, voceando su mercancía honradamente?

—Los he visto.

—¿Y aun así te parece un ejército armado y peligroso?

—No. Así visto, no.

—Pues no hablemos más de ello y cuéntame. ¿Qué sabes de nuestro pariente José, el hijo de Isabel y Pedro Texeira?

—Que ha venido a verme varias veces al Concejo. Quiere abrir posada en Madrid.

—¿No tiene ya la del Peine?

—Otra. Quiere ponerla el nombre de su amigo muerto, Pierre Botin, o sólo Botin. Ya te diré en qué acaba la cosa.

Luis Argote no dejaba de pensar en el joven Isidro. Sabía que era hijo suyo y todas las noches, antes de dormir, lo imaginaba desvalido en la gran ciudad, pasando calamidades y penas. Hasta que llegó el día en que no pudo soportar por más tiempo el peso de la culpabilidad y, diciéndole a su hermana Teresa que necesitaba arreglar algunos asuntos en Madrid, montó su caballo y se plantó en la capital, en su busca.

No iba a ser fácil dar con él. Movió influencias en la Corte y en el Concejo, paseó las calles de día y de noche, entró en tabernas y mesones, rezó en iglesias, pagó servicios de búsqueda y limosneó a mendigos y vagos que merodeaban los mentideros sin lograr que nadie diera razón de él. Hasta que alguien le dijo que se estaba abriendo un nuevo teatro, el de los Caños del Peral, y que andaban reclutando actores para formar nuevas compañías. Y, recordando su vocación de actor, fue a interesarse para ver si alguien le podía facilitar la relación de aspirantes, entre los admitidos y los excluidos en la selección.

El teatro, situado muy cerca de Palacio, a un costado de la plaza, era un edificio muy hermoso, más que los ya existentes de la Cruz y del Príncipe. En aquellos días se estaba ensayando la ópera *Demetrio*, y todo había empezado por la afición de Felipe V por la ópera italiana, que sirvió de pretexto para la construcción de ese nuevo corral de comedias, llamado de los Caños del Peral por levantarse en un solar cercano a los lavaderos de igual nombre existentes desde 1542. Por ello, el escenario de los Caños sirvió de albergue a las compañías italianas en 1713 y luego fue convertido en 1737 en el primero de los teatros de Madrid de planta italiana.

Cuando en 1708 el actor Francesco Bartoli, cómico de la compañía italiana Los Trufaldines, obtuvo licencia para levantar un corral junto a los lavaderos, por ser un lugar concurrido y con público asegurado, el proyecto se puso en marcha. Pero Los Trufaldines abandonaron el corral en 1713, cerrándose, así que hubo de esperar tres años para que el teatro se pusiera de nuevo en funcionamiento por otra compañía italiana, al comprometerse el propio rey a aportar los fondos del que habría de ser el mejor local de la ciudad.

Felipe V, a pesar de las reiteradas pegas del Concejo por la carestía de la obra, no atendió a razones y ordenó la demolición del viejo corral, nombrando un director y juez de cómicos. Y cuando se dio cuenta de que el Concejo tenía razón y que la obra iba ser demasiado cara para las posibilidades de su casa real, acudió a un hombre rico, también muy aficionado a la ópera, don Francisco Palomares, quien aceptó costearlo a cambio de quedarse con su propiedad.

Resuelto el inconveniente de los presupuestos, se encargó en primer lugar su construcción a los arquitectos italianos Juan Bautista Galluzzi y Santiago Bonavia, pero a la postre tampoco se pusieron de acuerdo y finalmente lo diseñó y construyó otro arquitecto, el afamado Virgilio Rabaglio.

Inaugurado el nuevo teatro el 16 de febrero de 1738, coincidiendo con las fiestas del Carnaval, la temporada se abrió con la representación de la ópera *Demetrio*, de Johann Adolph Hasse, con libreto de Pietro Metastasio, y en ella formó parte del coro de actores el joven Isidro Rodríguez. Un teatro sobre el que, pasados los años, se erigió el Teatro Real. Y allí mismo lo encontró Luis Argote el día del estreno de la ópera, en un escenario atiborrado de cantantes y actores que actuaron para una sala repleta de público, un auditorio formado por mil seiscientos ochenta espectadores.

El funcionamiento del teatro, después, dependiente del apoyo de la Corte, fue irregular, abriéndose y cerrándose al público cada dos por tres, incluso utilizándose para bailes de máscaras, tan propios del gusto francés. Pero allí fue en donde Isidro Rodríguez, al fin, se convirtió en actor el día en que Luis Argote pudo volver, viejo ya, a su dehesa de Talavera con la tranquilidad de saber que su hijo había encontrado el modo de vida que anhelaba.

Tirso de Tarazona y su sobrino Enrique convencieron al arquitecto Pedro de Ribera para que presentara al corregidor un proyecto de varios edificios para el Concejo, de modo que la representación municipal tuviera una mayor y más solemne presencia en Madrid. Aunque Felipe V tardó en dar su consentimiento, y lo hizo tras asegurarse de que el marqués de Vadillo compaginaría ese plan municipal con otras mejoras para la ciudad, finalmente pudieron llevarse a cabo aquellos sueños, y así se dotó a Madrid de nuevas canalizaciones, diversos puentes que salvaron vaguadas, obras de secado de arroyos urbanos, un ensanchamiento de calles que aligeraron el volumen cerrado de la ciudad y, sobre todo, dos edificios que se acercaban, con su presencia, a la idea barroca imperante en otras cortes europeas: el Hospicio de San Fernando y del Ave María, inaugurado en 1722 en la calle de Fuencarral y convertido con los años en el Museo Municipal, o Museo de la Historia; y el gran Cuartel de los Guardias de Corps, que con el tiempo llegó a adquirir la denominación de Cuartel del Conde Duque. A toda esa ingente obra de modernización se añadieron fuentes ornamentales y de surtido de agua, esculturas en la vía pública, ajardinamiento de espacios abiertos y un ambicioso proyecto que tardó medio siglo en realizarse, pero que ensanchó Madrid por el norte y el noroeste.

Así, mientras en 1734 Isidro Rodríguez era ya primer actor del Corral de Comedias, Enrique de Tarazona heredó el prestigio de su tío Tirso en el Concejo cuando el viejo se retiró, a la muerte del marqués de Vadillo en 1728 y tras la marcha de Pedro de Ribera, y José Teixeira, tal y como anunció a su pariente Enrique, cumplió su deseo de abrir una posada en el centro de Madrid.

—Necesito licencia municipal, Enrique —le rogó día tras día.

—No es tan fácil, José. Hay demasiadas peticiones...

—La mía será diferente. Y, además, se trata de una simple posada, Enrique. Muy pequeña, de verdad. No pido inaugurar un palacio en ruinas...

—¿En qué lugar estás pensando, José?

—En la calle de los Cuchilleros.

—¡Otra vez en el centro! ¿Es que nadie quiere instalarse más allá de...?

—¡Es tan apropiado el edificio...! —exclamó, ensoñador, José—. Escucha, primo: con sólo reformar un poco la planta baja, cerrando los soportales que dan al exterior, e instalar un horno de leña en su sala principal...

—Sabes que no está permitido dar comidas, José. Sólo es lícito cocinar lo que aporten los huéspedes para su alimento. Sólo cocinar o calentar.

—Lo sé, querido Enrique. Y te aseguro que cumpliré a rajatabla con la imposición de los gremios. Ni carne, ni vino, ni pan. Nada. En mi posada no se infringirá ni uno solo de tus deseos. Tan sólo pido licencia municipal de apertura. Además, haré cincelar en una de las piedras del portón de la entrada este año, el de 1725, para que los tiempos recuerden que tú fuiste quien la hizo posible.

—Déjate de darme coba que por ahí no está franco el camino. ¿Cómo llamarás a tu posada?

—Botin. Como se llamaba el padre de mi buen amigo Pierre.

—Está bien. Adelante —aceptó Enrique—. Hablaré en tu favor al Concejo y conseguiré la licencia.

En Botin, el restaurante más antiguo del mundo, Francisco de Goya trabajó como friegaplatos en 1765. Casi un siglo más tarde, en 1850, se construyeron el friso de madera policromada con pan de oro de la entrada, los escaparates y el mostrador de pastelería en el que se vendían pestiños, bartolillos, suizos y glorias de crema. Entonces aún se llamaba Casa de Comidas, porque todavía no se había popularizado la voz francesa «restaurante». Y cuando en el siglo XX se hizo cargo del negocio la familia González, aquella empresa familiar formada por Amparo Martín, Emilio González y sus hijos Antonio y José era todavía un negocio pequeño formado por siete empleados que vivían en el tercer piso del edificio.

Durante la Guerra Civil de 1936 se convirtió en comedor de soldados de la República. Y, al terminar la guerra, los hijos de la familia, Antonio y José, continuaron para siempre con el empeño, como sus hijos Antonio, José y Carlos: una posada en la que pervive el alma de quien, en 1725, hizo un homenaje eterno a un francés, Jean Botin, que llegó a Madrid queriendo ser cocinero y, sin saberlo, fue la semilla de un rincón madrileño que ha sobrevolado los tiempos de la Historia.

El crecimiento de la población de Madrid durante aquellos años se debía a la esperanza de muchos habitantes de otras tierras de encontrar un futuro en la Corte que en su lugar de origen no vislumbraban. Madrid, por ello, se llenó de apellidos catalanes en el gremio de los artesanos, de apellidos castellanos entre los vendedores de alimentos, de apellidos vascos en negocios de dineros y de apellidos varios para quienes buscaban servir como criados y sirvientes de familias adineradas. Porque Madrid precisaba de todo: alejada del mar, requería pescado que se trasladaba en carros desde Valencia o Galicia, el Mediterráneo o el mar Cantábrico, conservado en hielo; sin una industria previa, precisaba de gentes con ánimo para intentar el florecimiento de sus actividades de mercado; con escasas tierras y poco ganado para alimentar a su gran población, adquiría cuantas viandas llegaran de las tierras cercanas; y con una población de políticos y aristócratas al servicio de la Corte de la capital de un imperio, toda la servidumbre de doncellas, criados, cocheros y lacayos, parecía escasa para sus necesidades básicas. Además, precisaba mesones, posadas, tabernas, puestos de todo tipo de mercaderías y ropa, mucha ropa: vestuario, ornamentos y zapatería. La población madrileña, en estas condiciones, era muy desigual en capacidades: tres de cada cuatro servían a los demás, pocos pero muy ricos. Tan ricos que con frecuencia compraban cuanto necesitaban en París, aunque la artesanía y confección madrileñas alcanzaron éxito y reputación en tapices, sederías, lencerías, platería y otros sectores menores, como los derivados del esparto y la cuerda.

Con todo, la necesidad, y a veces la pobreza, alcanzaban a muchos madrileños.

—Preocupante, majestad. Muy preocupante.

—¿Qué os abruma, don Francisco?

—Conozco muchas familias que no logran cubrir sus necesidades más primarias con el esfuerzo de su trabajo —lamentó el cura Francisco Piquer Rodilla.

—¿No exageráis, padre Piquer? —inquirió el rey, Felipe V.

—Ni un tanto así —respondió el reverendo—. Por tal, he pensado que, si a vuestra majestad le pareciera oportuno...

—Decidme, os escucho.

—Había pensado en crear un establecimiento muy particular, un lugar en donde las personas pudieran deshacerse temporalmente de algunos de sus bienes para satisfacer una necesidad prioritaria, urgente.

—Si no os explicáis mejor.

Piquer Rodilla tardó en encontrar las palabras de lo que deseaba explicar. Al fin, tomó el camino más corto.

—Se trataría de una casa de empeños, majestad. ¿Sabéis a qué me refiero?

—Lo sé.

—La denominaría Monte de Piedad.

—Muy cristiano, pero algo humillante, ¿no?

—Una labor piadosa que la Iglesia vería con muy buenos ojos, majestad.

Felipe V no habló enseguida. Cabeceó un par de veces, se llevó el dedo meñique tras la cabeza y se rascó levemente la nuca.

—¿Y qué necesitáis de mí, padre Piquer? Porque veo que tenéis todo muy bien pensado.

—Sé que vuestra majestad dispone de una casa sin uso en la plaza de las Descalzas Reales y...

—Deseáis que os la ceda.

—Sois muy perspicaz, señor.

—Nuestro patrimonio, en este año de 1713 no es muy boyante...

—Pero esa casa, hasta donde he podido saber, no os es de utilidad, majestad.

El rey estaba dubitativo. Pero no le pareció necesario en esta ocasión convocar a sus asesores más cercanos para consultar la petición de don Francisco, sobre todo porque sabía que sus más allegados encontrarían pegas para aceptar la propuesta de aquel hombre.

—Bien. Sea —asintió el rey—. Doy mi conformidad. Pero tratad, por el bien de los madrileños más necesitados, que esa casa de empeños esté libre de la tentación del abuso.

—¡Señor! —exclamó Piquer, diríase que ofendido—. ¡No os ha de caber la menor duda acerca de mi intención! Os daré cuenta puntual de todas nuestras cuentas económicas y de nuestra labor social.

—Estoy persuadido de ello, padre. Marchad. Sé que os proponéis una obra de mucha utilidad.

El Monte de Piedad de Madrid, así, fue una institución temprana de la ciudad que remontó los siglos con la agilidad y buen fin de los salmones buscando su sitio para ovar en los principios de los ríos.

El rey no solía tomar solo las decisiones. Aunque dirigía la política de la Corte y el gobierno de Madrid a través de su representante, el corregidor de la Villa, le gustaba conversarlo todo con sus consejeros, la mayoría de ellos hidalgos con estudios en la Universidad y viajados por el extranjero que sabían del mundo más que él mismo. De hecho, sus cuatro hombres de confianza poseían gran poder de decisión. Uno era el limosnero mayor, un cardenal u obispo que se encargaba de la capilla del palacio y que ejercía de vicario general de los ejércitos reales, consentía o desaconsejaba actitudes personales del rey y se rodeaba de una pléyade de predicadores y capellanes. Otro era el mayordomo mayor, siempre un noble importante, que se encargaba de que todo estuviera en orden en la Casa Real y respondiera de la buena gestión de la administración de los bienes reales. El tercero era el caballerizo mayor, responsable de las salidas al exterior del rey, ya fuera para actos públicos como privados: caza, viajes, preparativos de desplazamientos a lugares de descanso... El último era el sumiller mayor, de quien dependían médicos, físicos, sirvientes, lavanderas, la cámara real y, en ocasiones puntuales, los aspectos íntimos y secretos de su majestad cuando debían ser desconocidos por completo.

Quien mayores quejas presentaba siempre al rey era el limosnero mayor, apesadumbrado porque Felipe V no dotaba a Madrid de un poder religioso real, sino que el clero madrileño, aun poseyendo grandes superficies urbanas, parroquias, iglesias, huertos, palacios y buenas rentas por sus servicios, así como centenares de curas, sacristanes, frailes, monjas, acólitos, campaneros y sepultureros, dependía del arzobispo de Toledo, de cuya diócesis formaba parte y a la que debía obediencia. Pero la ciudad del Tajo mandaba mucho, exigía más y dictaba con firmeza sus instrucciones, sin reconocer el verdadero peso de Madrid ni las necesidades de sus feligreses, por lo que el limosnero no cejaba en sus quejosas demandas, reclamando para sí los privilegios que conservaba Toledo.

—Todas las órdenes religiosas tienen convento en Madrid, señor.

—Lo sé, señor cardenal.

—Y son los mejores conventos de vuestro reino.

—También lo sé.

—¿Y conocéis su labor? Los frailes y monjas que los habitan se desviven por los pobres.

—La conozco, cardenal.

—Además, disponen de centros de beneficencia, hospitales, inclusas, casas de acogida...

—¿Me haréis relación exhaustiva de los méritos del clero, señor cardenal? —se irritó el rey Felipe—. ¿He de creer que vos pensáis que soy tan ignorante?

—¿Y también os han informado de su labor en la educación de nuestros jóvenes?

—Dale que dale...

—Sin ir más lejos —terminó resultando cargante el cardenal—, sólo ellos reparten treinta mil raciones diarias de sopa entre los más necesitados de nuestros vecinos madrileños.

—¡Basta ya, señor cardenal! —gritó el rey—. ¡Ya me fatigáis con tanta cuenta! ¿Se puede saber a qué viene ese rosario de méritos? Porque querréis llegar a algún sitio con tal letanía...

—¡Que sigue disponiendo de todo ello el arzobispo de Toledo!

—¡Acabáramos! —El rey se levantó de su sitial—. Otra vez la misma cantilena de siempre. Pero, hombre de Dios, ¿qué os ha hecho Toledo, por los clavos de Cristo? Contad la monserga a su santidad, en Roma. ¿Qué queréis que haga yo?

—Que habléis con el Papa.

—Andad, andad con Dios. Se lo diré un día de estos, en cuanto lo vea. Buenas tardes, señor cardenal.

Y el cardenal, una vez más, abandonaba el salón real con la sensación de que sus ambiciones quedaban íntegras para otro día.

Mientras los madrileños usaban sombrero de ala ancha, camisola, pantalón de tela tosca y zapatos de corcho con hebilla, cubiertos todos ellos con una capa hasta los pies con la que se embozaban de noche la cara, las madrileñas se vestían con falda amplia hasta el suelo, corpiño ajustado al talle, zapato sin tacón y peineta o mantilla, de más y mejor calidad en bordados cuanto más posibilidades económicas había en la familia. No era infrecuente la navaja en las fajas de ellos, ni un puñalito disimulado en la liga de la pierna izquierda de ellas; tan poco infrecuentes como las disputas y peleas en la calle, de día y de noche, pero casi nunca con resultados dignos de lamentar. Así vestía el pueblo, y sólo se ataviaban con tales guisas los nobles y sus esposas cuando acudían a los bailes públicos y a las verbenas, con el fin de pasar inadvertidos y disfrutar más del festejo. Y, entre los días de fiesta y las largas jornadas de trabajo, los madrileños veían crecer su ciudad con nuevas y más lujosas construcciones, muy diferentes de aquella iglesia de San Nicolás de Bari, o de los Italianos, que fue la primera que se alzó a los cielos indescriptiblemente bellos de la ciudad, antes incluso de que Madrid obtuviera su Fuero en 1202, situada en la plaza del mismo nombre, y que quizá fuera antes una mezquita musulmana.

Eran proyectos diseñados y realizados por arquitectos y pintores que trabajaron desde los tiempos del hechizado Carlos II, entre ellos los célebres Ardemans y José Benito de Churriguera, especializado este último en retablos muy particulares, tal cual fue el admirado en la iglesia de las Calatravas, y proyectos arquitectónicos globales como la ciudad del Nuevo Batzán, al lado de Alcalá de Henares, financiado por la adinerada familia vasca de los Goyeneche. Y para la misma familia se alzó un gran palacio en Madrid, en la calle de Alcalá, a cien metros de la Puerta del Sol, que con el tiempo se convertiría en la Academia de Bellas Artes. Pedro de Ribera, por su parte, fue el pilar en torno al que se erigió un nuevo Madrid, no sólo para el Concejo, sino para los nobles que pudieron contratarle y adornaron sus casas y palacios, como el de Uceda (convertido después en Palacio de Consejos), el de Perales, el de Oñate... También terminó la iglesia de Montserrat, la de Porta-Coeli, la de San Antonio Abad, San Hermenegildo (luego denominada San José), San Patricio y San Cayetano, tanto daba que pertenecieran a la orden de los caracciolos, los antonianos, los carmelitas, los irlandeses o los teatinos. Y es que el clero vio en Ribera un arquitecto respetuoso, eficaz y asequible por sus emolumentos.

En concreto, la iglesia de San Patricio, o de los irlandeses, se erigió en 1635 cuando, tras las revueltas civiles de Irlanda, un puñado de clérigos de aquel país decidió trasladarse a vivir en Madrid. Con el dinero que traían los frailes consiguieron comprar un solar junto a la calle del Humilladero, antigua calle de San Gregorio, y edificar un oratorio modesto que muy pronto fue enriqueciéndose con las aportaciones de los fieles. Por ello pudieron ampliar su iglesia, crear un colegio y construir un hospital, consiguiendo tanta repercusión que al final la calle en donde estaban instalados terminó conociéndose como la calle de los Irlandeses.

La relación entre los arquitectos no fue, en todo caso, tan amistosa como cabría esperar por su indudable calidad y buen hacer. El caso de Teodoro Ardemans, envidioso por el protagonismo que el rey dio a Pedro de Ribera, fue comidilla de mentideros durante años, sobre todo desde que se extendió un bulo que, aunque se tratara como tal, no fue inventado, sino reflejo de la realidad.

—Ese mentecato se ha ganado los favores reales, a saber con qué artimañas —comentó Ardemans un atardecer en una taberna que frecuentaban muchos funcionarios reales.

—¿A qué os referís, don Teodoro? —quiso saber uno de ellos.

—A la chapuza que ha hecho ese Ribera del Corral del Príncipe.

—No os entiendo, señor Ardemans —se extrañó un regidor del Concejo que bebía un vaso de vino en un rincón de la taberna—. No sé de ninguna chapuza en el corral.

—¿Ah, no? —se irritó Ardemans, dirigiéndose al regidor, que en aquel momento seguía siendo maestro mayor de la Villa—. ¿Acaso no llamáis chapuza a esa colocación del plomo y del hierro en el corral? ¿A eso llamaríais vos hacer sanas reparaciones al teatro?

—Era preciso asegurar el edificio, don Teodoro —explicó el regidor—. Lo aprobó así el Concejo.

—¿Y pensasteis que se puede asegurar algo poniéndolo en manos de ese jovenzuelo recién llegado?

—Su majestad lo decidió así.

—¿También los honorarios que se le abonaron? —Rio groseramente Ardemans.

—Apenas 5.960 reales de vellón, don Teodoro. Un precio de lo más justo.

—Vamos, vamos, señor regidor —Ardemans se desentendió de la discusión, harto de ser despreciado por el rey y el Concejo que lo había nombrado—. Si semejante fortuna por cuatro latas mal puestas os parece un precio justo, id ajustando mis próximas exigencias, pues no habrá en la Villa fondos para recompensar mis obras.

Y abandonó la taberna con el rencor royéndole las entrañas porque aquella decisión real, tomada nada más asentarse en Madrid el joven arquitecto, significaba a todas luces el principio del fin, el inicio de una nueva era en la que no se iba a contar con él.

En esos años se inició en Madrid una apenas perceptible devoción hacia un santo, san Antonio de Padua, que poco a poco fue convirtiéndose en un fervor popular imparable. Se inició en la ribera izquierda del Manzanares, a las afueras de la Puerta de San Vicente, y muy pronto aquella agradable campiña empezó a ser cita obligada de los madrileños en los días de fiesta.

Por ello se erigió una ermita con una imagen de san Antonio de Padua y por tradición o por azar, algo que nunca se acabó de saber con certeza de las decisiones populares espontáneas, se hizo costumbre ir en romería cada 13 de junio, bajo la superchería de que las jóvenes deseosas de casarse podían rezar al santo y rogarle para que les concediera un buen novio, peregrinaje que con los años se convirtió en una de las tradiciones más arraigadas de Madrid.

Difícil explicar por qué fue san Antonio y no otro el santo escogido para ejercer de casamentero. Un santo, además, portugués, conocido como san Antonio de Lisboa y que vivió entre 1195 y 1231. Fraile, predicador y teólogo, pronto fue venerado como santo y como doctor de la Iglesia por los católicos. Un santo rápidamente canonizado cuya festividad se empezó a celebrar los 13 de junio, coincidiendo con la fecha de su muerte en la lejana Padua.

Nacido como Fernando Martim de Bulhões e Taveira Azevedo en el seno de una familia de buena posición en la sociedad lisboeta, en 1210 se convirtió en monje agustino en Coimbra y en 1220 se hizo franciscano, participando en el Capítulo General de Asís al año siguiente junto a otros tres mil frailes franciscanos, en donde conoció personalmente a san Francisco.

Viajero constante, conocedor de Portugal, Francia e Italia, sólo conoció España de paso, y nunca se detuvo en Madrid. Buen orador, culto, hábil, inteligente y persuasivo, todo el mundo deseaba asistir a sus afilados sermones y a sus piezas retóricas, ricas y convincentes, hasta el punto de que el mismo san Francisco le ordenó enseñar Teología a los frailes de su congregación. Asimismo, se le encargó combatir la herejía cátara en Francia, ganando tal respeto entre los cristianos que el papa Gregorio IX le llegó a denominar Arca del Testamento.

En sus discursos condenaba los vicios sociales, sobre todo la avaricia y la usura, hasta que su débil salud, minada por el exceso de horas de confesión y sin comer, le provocó una temprana muerte a la edad de treinta y cinco años en el convento de Arcella, cercano a Padua.

Se celebraron en su honor exequias multitudinarias y se le reconocieron cientos de milagros. Por ello fue canonizado en mayo de 1232, un año después de su muerte, la segunda canonización más rápida de la Iglesia católica tras la de san Pedro Mártir, de Verona.

La razón por la que los madrileños lo adoptaron como santo y le profesaron tamaño homenaje no era fácil de explicar.

Su ermita, situada en la orilla izquierda del Manzanares, fue, desde muy pronto, destino de romerías y visitas de mujeres de todas las edades, y su festividad, llamada de San Antonio de la Florida, quedó impresa en el devocionario madrileño. A sus seguidores se los llamaba «guinderos», por ser miembros de la Congregación de los Guinderos, que llevaban un escapulario con una guinda dibujada. La tradición marcaba que debían ofrecer el 13 de junio de todos los años un cesto de cerezas al santo.

La Real Ermita de San Antonio de la Florida, construida por José Benito de Churrriguera en 1720, fue la primera de las tres que, con el tiempo, se erigieron en honor al santo en Madrid. Las otras dos se le dedicaron en el Huerto del Francés, dentro de los jardines del Buen Retiro, y en el centro, la llamada iglesia de San Antonio de los Portugueses y, luego, San Antonio de los Alemanes.

La única explicación que cabe a la devoción por san Antonio era que, por tradición morisca, los madrileños profesaban una reverencia profunda por el mundo rural, y lo mismo que encontraron en san Isidro esa referencia, la hallaron en san Antonio, a raíz de una leyenda según la cual un campesino arriero que subía pesadamente por la Cuesta de la Vega, con su burro cargado de cerezas para ser vendidas en el mercado de los Mostenses, derramó su mercancía al romperse los amarres de la carga. Cuando el campesino vio las cerezas rodando cuesta abajo, rezó a san Antonio solicitando su ayuda y, al poco tiempo, un monje apareció ayudando al campesino a recoger todas las cerezas derramadas por la calle. Al terminar de recogerlas, el monje le hizo prometer que llevaría un puñado de ellas a la parroquia de San Nicolás, y cuando el campesino se dirigió a la iglesia para cumplir la promesa la encontró vacía, reconociendo al monje que le había ayudado como san Antonio de Padua, por un cuadro en el que se le representaba.

Ese cuadro que sacó de dudas al campesino se conserva en una de las capillas de la iglesia de la Santa Cruz.

La labranza estaba muy ligada a los moriscos en Madrid, y esa concepción de la tierra siempre estuvo presente en sus orígenes. Incluso hubo quien aseguraba que san Isidro tenía origen morisco. De san Antonio nunca se dijo, pero quizás aquel campesino de la leyenda lo fuera también, o en todo caso, morisco o no, se trataba de un labrador.

Y su tradición permaneció en Madrid sin que ningún viento alterara su contumacia, año tras año.

10

Madrid en llamas

Diciembre de 1734

Al rey Felipe V no le gustaba el Alcázar. Es más: seguramente lo odiaba. Y en la Nochebuena de 1734 se vieron cumplidos todos sus sueños cuando a medianoche se inició un incendio tan voraz y agresivo, de tales magnitudes, que el edificio real quedó reducido a cenizas.

Quién prendió la chispa, no se supo nunca. Un secreto que tal vez, sólo tal vez, el propio rey, y sólo él, se llevara consigo a la tumba.

Fue, en todo caso, un espectáculo hermoso. Las tragedias son inevitables, están impresas en el alma de las cosas y en la naturaleza de los tiempos como enseñas de la biología y de la geografía, y no hay fuerzas humanas capaces de evitarlas. Las tragedias son casi siempre dolorosas, pero en ocasiones son bellas como teas en la penumbra, como auroras boreales. Y aquel incendio, incontenible, vibrante, sobrecogedor y altivo, fue una iluminaria que convirtió la noche de Madrid en día y el ánimo de Felipe V en fiesta de guardar.

No se sabe en dónde empezó. Quizás en la alcoba real, tal vez en el salón de audiencias, acaso en un fogón mal apagado de la cocina o en una bala de paja de las caballerizas reales.

Quién sabe. Pero la inquietud de los madrileños por ver consumirse entre llamas la morada de sus reyes, y el peligro de su propagación, fue el contrapunto a la satisfacción del rey por asistir a la desaparición, de una vez por todas, de la morada más innoble que concebía para su Casa de Borbón.

El incendio, al fin, no se extendió a ningún edificio próximo ni causó daños personales. Se perdieron, eso sí, cientos de obras de arte en cuadros, miles de libros incunables o no, mobiliario, alfombras y tapices, pero el precio pagado, a los ojos del rey, fue asumible. Y a los de los madrileños, escaso, desconocedores de las obras de arte y de las bibliotecas que se guardaban en el Alcázar y su verdadero valor para la historia de la cultura universal.

Era Nochebuena y nadie acudió a sofocar el incendio. Sólo se aglomeraron vecinos y curiosos para asistir al espectáculo de la rendición del último residuo de un Madrid que ya había iniciado el camino necesario de la reconstrucción, de la regeneración hacia una ciudad moderna. Hubo vecinos y curiosos que lloraron lágrimas de nostalgia o intercambiaron recados al oído, señalando culpables. Pero nadie pronunció el nombre del monarca.

Aquellas insinuaciones, o insidias, sólo fueron malas ideas que se alojaron en algunas mentes para, pasado el tiempo, ponerse por escrito o viajar de boca en boca en los mentideros al amparo de tres vasos de vino de esos que sirve el diablo para que la lengua escupa maldades sin que puedan tomarse en serio.

Pero, cualquiera que encendiera la mecha, había cumplido un gran servicio. Por fin Madrid tenía la gran excusa para edificar un palacio real digno de ser mostrado a Europa.

Los madrileños, con su actitud ante el gran incendio, demostraron una vez más su lejanía del poder, aunque lo tuvieran al lado. Podían asomarse a ver pasar a sus reyes y aristócratas en las carrozas, disfrutar del colorido de la caballería, deslumbrarse con los reflejos del sol sobre las carrocerías de madera barnizada de sus coches de caballos y admirar el vestido de una dama noble o la gola exagerada de un marqués. Pero eran desfiles del señorío, postales de una clase social a la que podrían servir pero nunca compadecer en sus triviales preocupaciones. Los madrileños sufrían la carga de tener la Corte en Madrid, y con ella a un sinfín de nobles, ricos, poderosos, embajadores y autoridades; pero lo que un siglo atrás se consideraba un adorno deseable, según iban pasando los años la rutina se convirtió en desdén, y la procesión de diplomáticos, príncipes, reyes y adláteres, en un hecho tan insignificante que dejó de tener importancia. Ni siquiera cuando otros reyes tomaban por la fuerza el Palacio se aprestaban a defender a su rey depuesto. Lo más lejos que llegaban era a mostrar su frialdad o desprecio. Y luego seguían a lo suyo, como si nada.

Sólo cuando se sentían ofendidos por el trato recibido de manos de la soldadesca invasora, afilaban la navaja y miraban de un modo concluyente: ni una broma más o se ponían a zurcir sietes en la barriga de los intrusos. Nada importaba, para su fama, que fuera de la capital se los motejara con calificativos tan groseros como petulantes, matasietes, arrogantes, fanfarrones, altaneros o altivos. Nada les importaba porque los conflictos de otros, fueran catalanes, andaluces o vizcaínos, afectaban al poder instalado en Madrid, no al poder de Madrid, que no existía. Bastantes cuitas y disgustos tenían ya con sus dificultades para comer caliente a diario, escapar de la miseria, encontrar oficio, compadecerse de los mendigos o buscar techo donde cobijarse como para, además, entrar en pleitos de política. Por ello, raras veces se irritaban: podían hablar mucho, comentarlo todo, criticar a diestro y siniestro o maldecir a destajo, incluso hacer de ello un oficio como el señor Quevedo, pero los demás, para eso, reservaban las horas de la anochecida en las tertulias a las puertas de las casas, el solaz del trasnoche en mesones y tabernas y, los más desocupados, las horas muertas pasadas en torno a corrillos y mentideros a la media mañana, a la intemperie.

Por ello, sólo se enfadaban con sus autoridades cuando imponían normas, ordenanzas y reglamentos que les hacía un poco más difícil la vida, y de esas leyes había muchas y dictadas casi a diario. Entonces, en ocasiones, se reunían en una algarada callejera y no les costaba ponerse de acuerdo para acudir en masa a la plaza del Alcázar, y a esa marcha se unían muchos vecinos que algunas veces no sabían a qué iban. Por eso se hizo célebre aquella frase que repetían, unos entre risas, otros atemorizados, por las calles de Madrid:

—Cuando un grupo de gente se dirige enardecida a Palacio, los madrileños se unen alborozados al festín sin saber si se va a vitorear al rey o a ahorcarlo.

Mientras ardía el Real Alcázar, en muchas casas se degustaba la cena de Nochebuena y se rezaba después para que el nuevo año aliviara la pobreza de tantos vecinos. Porque, entre mendigos, desocupados, menesterosos y limosneros, uno de cada cuatro madrileños era pobre y uno de cada tres pasaba hambre. Junto a la seda y el oro de unos pocos, que incluso gastaban fortunas en viajar a París sólo para comprar un nuevo vestuario, muchos otros apenas podían alimentarse con un plato de sopa al día. Las continuas sequías, el desmoronamiento lento pero imparable del Imperio español, los ochenta años de guerra en Flandes, las epidemias y sucesivas pestes, los barcos perdidos en el Atlántico a manos de piratas y corsarios, el escaso oro que llegaba de América... Madrid parecía un paraje idílico, pero levantando el envoltorio dejaba ver sus miserias y sus huesos, unos huesos débiles, hambrientos, descalcificados y prestos para descoyuntarse y caer.

Esa, y no otra, era la razón de que los más piadosos y caritativos, contemplando la realidad escondida bajo las luces del oropel, comprendieran que nada podía esperarse del Concejo ni de la Corte y decidieran crear unas instituciones benéficas, que se denominaron hermandades, para paliar con la caridad lo que no se enjugaba con la justicia.

Tres fueron las primeras sociedades de socorro popular en crearse: la Hermandad de la Buena Dicha, la Venerable Orden Tercera y la Hermandad del Refugio.

Desde su fundación, en 1615, la Hermandad del Refugio fue la más conocida y mejor considerada por los madrileños necesitados. Un cura benedictino, Bernardino de Antequera, fue quien convenció a dos nobles adinerados, don Juan Jerónimo Serra y don Pedro Lasso de la Vega, para que le ayudaran a fundar una casa de caridad en un edificio próximo a la Puerta de Toledo. Una institución dedicada a prestar cuidados y sustento a los más necesitados, a los heridos, a los moribundos, a los enfermos, a los dementes, a los huérfanos... Hasta de enterrar a algunos muertos se ocupaba. Sus estatutos fundacionales, además, explicaban con claridad sus fines, entre los que también figuraba la acogida de mendigos y la recogida de niños abandonados y de criaturas de pecho que carecían de quien los atendiera.

Pronto se la conoció popularmente como la Bien Mirada y, poco después de su fundación, en 1701, la Santa, Pontificia y Real Hermandad del Refugio y Piedad de Madrid trasladó su sede a la Corredera de San Pablo, en donde pervivió ya para siempre y cumplió con su cometido de un modo que resultó providencial para llegar, en asuntos de socorro al vecino, adonde las autoridades nunca pudieron hacerlo.

Sus miembros acudían a los domicilios de las personas necesitadas y las socorrían; incluso había ayudas secretas para personas de cierta categoría, arruinadas, que no deseaban que su situación fuera conocida públicamente. Daban cama por una noche a quienes lo precisaban. Trasladaban a los dementes a hospitales para su reclusión, muchos de ellos situados fuera de Madrid, realizando el traslado en las llamadas sillas-ambulancia, que no eran sino una especie de ataúdes o baúles descubiertos que se portaban entre cuatro hombres en parihuelas; las mismas sillas que utilizaban para trasladar a los enfermos a los hospitales. Enviaban a la inclusa a los casi mil bebés al año que eran abandonados en el torno que a tal fin existía a la puerta de la institución, criaturas de distintas edades aunque un cartel advertía claramente que no se admitían niños mayores de cinco años. También enviaban a realizar curas de balnearios a los enfermos convalecientes. Y, como labores complementarias, disponía de un servicio médico para atender problemas de ojos y demás defectos oftalmológicos, sin coste alguno para el paciente; buscaban y procuraban amas de cría para lactantes, hasta que cumplieran un año si su madre no podía satisfacer esa labor alimenticia, y, para recuperar por completo a los enfermos que mejoraban, les facilitaban leche de burra, tan apreciada por sus propiedades beneficiosas para la salud.

Y, como curiosidad que admiraba todo Madrid, realizaban a diario «la ronda del pan y del huevo».

La Hermandad del Refugio se formó con hermanos cofrades voluntarios provenientes de la aristocracia madrileña que participaban directamente en algunos de sus fines o se limitaban a facilitar los medios económicos para desarrollarlos, limosnas con las que creían adquirir una parcela en el Cielo para después de su muerte, pero que, sea cual fuere su intención, sirvió para la expansión de una labor social insustituible. Y, además, ser cofrade de la hermandad daba un prestigio y reconocimiento social que tentaba a muchos aristócratas a solicitar su ingreso, empezando por todos los reyes de España, que pertenecían a ella en cuanto alcanzaban a acomodarse en el sitial real.

Junto al edificio de la hermandad se alzaba la iglesia de San Antonio de los Portugueses, luego llamada de los Alemanes, construida por los arquitectos Juan Gómez de Mora y Pedro Sánchez, un cura jesuita; era un edificio que pertenecía al Refugio, como cualquier otra de sus misiones, regida por la hermandad. Al igual que le pertenecía el colegio de la Purísima Concepción, un colegio situado al lado mismo del Refugio para huérfanas sin recursos, sin ascendencia judía y que fueran hijas de nobles arruinados. Se las admitía desde los siete hasta los catorce años, debían carecer de defectos físicos y allí eran formadas e instruidas para, al salir del colegio, casarse, entrar a profesar en un convento como monjas o, en el peor de los casos, servir en una casa noble y cristiana que el mismo Refugio les facilitaba. Su instrucción era estricta y completa, sus normas muy severas y sus enseñanzas limitadas, dando una especial importancia a la formación moral y a la doctrina cristiana de las adolescentes. Una labor educativa, en fin, muy apreciada en su tiempo, aunque no tan popular como su célebre «ronda del pan y del huevo» que sembraba elogios allí por donde pasaba.

La ronda la formaban dos ciudadanos con un grupo de sirvientes y un sacerdote, incorporado al grupo por si en algún caso era necesaria su presencia para suministrar el sacramento de la extremaunción a los moribundos. Pertrechados con alimentos, un escantillón para medir los huevos y una camilla formada por dos palos atados por varias correas de cuero, se alumbraban con un farol para descubrir por las calles mendigos que dormían al raso en entrantes y rincones, o vagabundos sin hogar; y entonces se acercaban hasta ellos y les repartían una hogaza de pan y dos huevos duros, además de agua para su sed. Lo más llamativo del caso era que el escantillón, una especie de tabla con asa y un agujero ovalado en el centro con una determinada medida, servía para que los huevos no fueran demasiado pequeños, porque de ser así no se los entregaban a los necesitados. Era muy conocida la frase «Si pasa, no pasa. Si no pasa, pasa», referida a que los huevos no podían pasar por el orificio realizado en el escantillón porque en tal caso no se consideraban del tamaño apropiado para la ronda ni para el almuerzo que se repartía.

La patrulla empezaba su labor a las ocho de la tarde en invierno y a las nueve en verano, y duraba lo necesario hasta completar el recorrido marcado cada día, que venía a durar unas dos horas.

A la «ronda del pan y del huevo» se le acumulaba a veces el trabajo: si se topaba con muchachas jóvenes que pudieran caer en la tentación de prostituirse, se las ingresaba en el colegio de la Purísima; y si descubrían niños huidos de sus casas, se les devolvía a ellas, dejando a sus padres escoger el castigo que estimaran adecuado para el afán aventurero de su vástago.

De características similares eran la Venerable Orden Tercera Seglar de Penitencia de Nuestro Padre San Francisco, cuyo origen se remontaba al año 1221, y la Hermandad de la Concepción y la Buena Dicha, creada a raíz de la fundación del Hospital de la Buena Dicha en 1594 por el abad del monasterio de San Martín, fray Sebastián de Villoslada.

Eran tiempos marcados por la influencia de la Iglesia y su todopoderosa Inquisición, aunque no era Madrid un lugar dado en exceso a sus tropelías porque cualquiera de sus acciones tenía mayor repercusión y los madrileños no eran proclives, en absoluto, a imposiciones escasamente argumentadas. En ocasiones, se llegaron a realizar castigos ejemplares, incluso letales, en la Plaza Mayor, sobre todo contra los conversos judíos o los madrileños judaizantes, a quienes escudriñaban por mucho que se hubieran convertido al cristianismo; pero la Inquisición madrileña se enfrentaba a desconfianzas y censuras fácilmente legibles en las miradas torcidas de los personajes cultos e influyentes, y en las murmuraciones disimuladas de ciudadanos viajados y leídos. Incluso soportó una hiriente abundancia de sátiras populares y romances truculentos que se extendieron por doquier. Porque, en realidad, cada vez eran más los madrileños que pensaban que el Santo Tribunal era tan sólo una institución que pervivía para pagar y dar buena vida a un puñado de clérigos a costa de las penalidades de unos pobres madrileños con pasado judío que se limitaban a sobrevivir sin hacer mal a nadie. Hasta los propios obispos recelaban ya de la Inquisición por su capacidad para actuar por su cuenta sin someterse a otra jerarquía que no fuese la que se daban a sí mismos, o sea, al Santo Oficio, su instrumento.

Pero no sólo fueron unos cuantos humildes madrileños quienes pasaron por la intolerancia inquisitorial. Familias distinguidas, como los Carrillo o la de Francisco de Torres, que era un rico mercader de la lonja, tuvieron que soportar prisión y torturas. O como la familia Miranda, también adinerada; o los Córdoba, cuyo cabeza de familia, don Alonso, tenía los brazos destrozados a cuenta de las torturas del Santo Oficio. Por no hablar de la familia más célebre de todas ellas, la del marqués de Cardoso, que además era miembro del Consejo Real, acusada por ser todos ellos amigos de supuestas familias judaizantes: los Quirós, los Cid, los Pimentel...

También hubo médicos perseguidos y sometidos a tortura: los doctores Zapata, Peralta, Vargas y Cruz entre ellos, famosos por su ciencia y saber hacer, muy conocidos en su tiempo y en quienes los más altos nobles depositaban su confianza cuando se trataba de buscar curación a sus males.

En definitiva, entre comerciantes, médicos y mercaderes de toda clase, un puñado de cien judíos conversos tuvieron que sufrir los caprichos de las sospechas inquisitoriales, lo que poco a poco fue irritando a los madrileños y, con sus recelos, las quejas susurradas y algunas sátiras encubiertas minaron a la Inquisición hasta que empezó a contar sus días a la espera de que le arrebataran un poder que empezaba a ser insoportable, incluso para los cristianos viejos.

A pesar de ello, o precisamente por ello, el poder eclesiástico era mucho, y no todos sus miembros observaban al Santo Oficio con los mismos ojos. Unos, porque consideraban que tenía demasiado poder; otros, porque veían que en el seno del clero madrileño había clases y diferencias que todo el mundo conocía porque era imposible disimular. De hecho, no eran pocos los curas y frailes que pasaban penurias mientras otros, inquisidores enriquecidos y ciertos obispos y párrocos, engordaban sin cesar.

No era que Madrid demostrara durante aquellos años que era una ciudad hostil al cristianismo, ni mucho menos, pero tenía que quedar claro que tampoco sus habitantes eran rebaños sin sesera. Lo sabían su arzobispo y sus adláteres, sus obispos y sacerdotes, sus sacristanes y sus campaneros. No había barrio sin iglesia ni iglesia sin feligreses, ni fiesta sin patrón ni santo sin peana y velas. La industria de la cerería, por tanto, era próspera, y junto a cada iglesia o convento había un establecimiento que vendía cirios y velones con más facilidad que los mercaderes colocaban sus verduras. De hecho, a la salida de la cárcel de la Villa, y de otras prisiones menores, permanecían cada mañana puestos de venta de velas por la costumbre establecida de que cada preso que obtenía la libertad fuera a poner un cirio prendido a la iglesia más cercana, en señal de reconocimiento y agradecimiento por recobrar la libertad perdida.

Desde el año de 1625, al menos, existía la Cerería de la Santa Cruz, la más antigua de España y la segunda más antigua del mundo, situada justo al lado de la parroquia de Santa Cruz, próxima a la antigua cárcel del mismo nombre, que luego fue palacio. Y mucho más tarde, para las necesidades del Palacio Real y de los demás Reales Sitios, el rey Carlos III ordenó crear en 1788 la Real Fábrica de Cera, para lo que se erigió un gran edificio neoclásico en la cercanía de la calle Ancha de San Bernardo, en la calle Cruz Nueva, luego llamada Cruz del Rey y finalmente de la Palma, bajo la que discurría el arroyo de Las Palmas. Una calle muy arbolada y poco a poco despoblada, de la que al final sólo quedó un árbol palmero, de ahí su denominación.

Isidro Rodríguez, el actor, se cansó pronto de serlo. Y, sin saber por qué, o por qué no, un día notó brotar desde sus adentros una fiebre que no supo explicar y se puso delante de un toro, para ver qué se sentía.

Y lo que sintió fue una emoción tan grande, y una satisfacción tan honda de saberse artista también ante un toro, que aprovechó su nombre e influencias para que le permitieran torear en una corrida de la Plaza Mayor, y luego en otra, y en otra más. Antes de darse cuenta, en un par de años, se había olvidado de su profesión de cómico y convertido en uno de los más célebres y aplaudidos toreros de Madrid.

Un cambio tardío de profesión que, no obstante, le facilitó vivir de ella y de sus rentas durante el resto de la vida. Y así dedicar sus muchos ratos de esparcimiento a conversar con sus admiradores en tabernas y mesones.

—Hoy me han hablado de la Ronda del Pecado Mortal —expuso un día, sorprendido, mientras apuraba su tercer vaso de vino—. ¿Se puede saber qué es eso?

Isidro Rodríguez, tras una tarde de toreo fino, que culminó con éxito dos faenas consecutivas a dos toros bien armados, bebía con otros compañeros en una taberna cercana a la Puerta del Sol.

—¿No lo sabes? Pero ¿de dónde sales tú, maestro?

—Yo, de Talavera. Allí no debemos de ser tan pecadores, a lo que se ve...

—En Madrid, tampoco. —Rio uno de los toreros que lo acompañaban—. Pero siempre se escapa alguno y para eso está la Santa y Real Hermandad de María Santísima de la Esperanza y Santo Celo en la Salvación de las Almas.

—¡Virgen santa! —exclamó Isidro, aún más aturdido—. Con ese nombre tan largo, necesitarán una semana para firmar un contrato.

—¡Deja, deja...! —descartó otro matador—. Esos no firman contratos, sólo alborotan las noches con sus campanillas y letanías.

—¡Ah...! ¿Son esos majaderos que a las tantas de la noche...?

—¡Ahí los tienes! ¡Veo que a ti también te han despertado!

—Pero ¿se puede saber qué hacen a esas horas con sus campanas y monsergas?

—Ay, maestro, qué poco mundo tienes, con lo figura que eres... ¡Sirve otra jarra, Ezequiel!

—¡Marchando! —se aprestó el tabernero a rellenar otra jarra, que seguía la conversación sin contener la sonrisa.

—Pues se llama la Ronda del Pecado Mortal, maestro —siguió el otro torero—, porque los miembros de esa hermandad salen todas las noches a recoger putas arrepentidas y llevárselas a una casa que ellos mismos mantienen. Y no sólo eso: recorren las calles haciendo sonar sus campanillas y rezando para que los buenos vecinos no cometan lujurias ni pecados mortales.

—¡Pues a fe que obtienen grandes resultados! —Rio Isidro—. Por el susto, más que nada...

—Y porque amenazan con ofrecer misas para salvar las almas de los pecadores...

—¡Buen propósito!

—Búrlate lo que quieras, maestro, pero van recitando coplillas y rezos que ponen la piel de gallina. A esas horas retumban sus voces como truenos surgidos de lo más profundo de los cielos. Asustan.

Isidro Rodríguez apuró su vaso y se sirvió otro más.

—Si no lo dudo... —asintió—. Esas voces me han despertado más de una noche y llegué a pensar que soñaba pesadillas... Pero no me digáis que no es para tomárselo a broma...

—¡Calla, Isidro! Que como esas palabras lleguen a oídos de la Inquisición vas a oler tu propia carne chamuscada. Esa Santa Hermandad acaba de ser creada por nuestro rey Felipe V.

—No me extraña... Un rey que no le son de agrado las corridas de toros... En fin, está bien, no quería burlarme —se achantó el torero—. Pero lo que os aseguro es que nunca entiendo lo que dicen sus letanías, parecen voces del infierno.

—Pues rezos, ya te lo he dicho. Cosas que dictan en la iglesia de Santa María Magdalena de Mujeres Arrepentidas, que está un poco más allá, en la calle de Hortaleza. ¿No has oído hablar del convento de las Recogidas? ¿Del Hospital del Pecado Mortal?

—Yo vengo de fuera —Isidro trató de dejar de lado una charla que no le interesaba en absoluto.

—Pues aprende cómo es Madrid, maestro, o un día vas a llevarte un disgusto muy grande.

Isidro pidió otra jarra y se impacientó:

—Pero, a ver... ¿qué dicen esas voces? ¿Puede saberse, por los clavos de Cristo?

—¡Sin blasfemar! —gritó el tabernero—. ¡Que se acaba el mal hablar o se acaba el vino para sus señorías, rediós!

—Disimule, buen hombre —se disculpó Isidro.

—Sea.

—Pues van diciendo rezos muy breves —siguió uno de los otros toreros—. Yo no me sé todos, pero alguno he oído muchas veces.

—¿Cómo cuál?

—Uno que dice... «Alma que estás en pecado, si esta noche te murieras, piensa bien a dónde fueras».

—¡Qué susto!

—O este otro: «Para los cuerpos que pecan, con tactos y viles gustos, hay los eternos disgustos».

—¡Bien traída la rima, diga usted que sí!

—O «Muchos hay en el infierno por una culpa no más; tú, con tantas, ¡dónde irás!».

—¡Ese sí que es bueno! ¡Como para echarse a temblar!

—Y uno más: «A la mujer más hermosa el tiempo en fea convierte, y en monstruo terrible la muerte».

—¡Acaba con eso, compadre! Ya me hago una idea.

—Pues eso.

Isidro Rodríguez se santiguó tres veces y recobró la seriedad. Al cabo, tras mojarse el gaznate otra vez con un sorbo de vino fuerte, carraspeó y lamentó:

—Creo que tendré que lavar mis pecados de burla con una confesión...

—Mejor con algunos reales —aseguraron sus amigos—. La Ronda del Pecado Mortal recoge las limosnas que los vecinos les tiran a su paso, así van recaudando fondos para sus fines y diarias excursiones de medianoche. La próxima vez que pase bajo tu ventana, lava tus pecados practicando la caridad con ellos.

—¿Tirando monedas en la noche? —se extrañó Isidro—. ¿Y a qué? Se perderán muchas de ellas.

—No, maestro —sonrió uno de los contertulios—. La gente envuelve sus monedas en papeles incendiados y así los hermanos cofrades saben en dónde caen. Haz tú igual.

—Así será. Prometido. ¡Por estas!

La ronda creada por Felipe V para combatir la mucha prostitución existente en Madrid durante aquellos años actuaba así: asustando, amedrentando, aterrorizando a los pecadores y a las prostitutas. Cuando las campanas daban la medianoche, los miembros de la Santa y Real Hermandad de María Santísima de la Esperanza y Santo Celo en la Salvación de las Almas, de negro riguroso, cubiertos con capuchas también negras y con un farol en la mano, siempre precedidos por un campanillero infatigable, recorrían las calles más oscuras y retorcidas de los barrios más sórdidos de Madrid, en donde la prostitución era oficio corriente y la clientela abundante.

Nadie sabe cuál fue la eficacia para la moral ni el resultado cierto de aquella norma real, pero lo que fue verdad es que el convento de las prostitutas arrepentidas de Hortaleza pronto quedó pequeño para albergar a tantas «arrecogidas» contritas y temerosas de Dios.

Cuatro días duró el incendio del Real Alcázar. El fuerte viento ayudó a reducir a cenizas el palacio, mientras los reyes pernoctaban en el palacio del Pardo, adonde habían ido a pasar las fiestas de la Navidad. Doce horas después de iniciado el fuego, el Concejo organizó un operativo de guardias y voluntarios para sofocarlo, pero otras doce horas más tarde, comprendiendo la imposibilidad de poner fin al último bastión palaciego de los Austria, se limitaron a cuidar los edificios vecinos para que las llamas no les alcanzaran y el incendio se cebara tan solo en el palacio, del que, por otra parte, resultó imposible rescatar sus joyas artísticas.

La noticia no sólo no sorprendió a Felipe V, sino que, al oírla, fingió una exagerada desolación que no fue en absoluto convincente. De hecho, aquella mañana no suspendió su partida de caza, acudió como cualquier otro día a los oficios religiosos y compartió mesa y mantel con sus invitados. Tampoco fue un gran tema de conversación para los postres; ni siquiera hizo amago de regresar a Madrid para presenciar el resultado de la devastación que le anunciaron. Por su cabeza, a buen seguro, sólo pasaba una idea: hacerse construir un verdadero palacio, a su medida, y buscar a quién encargarle el proyecto.

Felipe V no sentía tanto aprecio por el Retiro como sus antecesores, pero una vez desaparecido el Alcázar no le quedó más remedio que convertirlo en su estancia en Madrid, algo que tampoco pudo evitar su hijo y sucesor, Fernando VI, durante su breve reinado, convirtiéndolo en su Corte. Por eso los palacios y estancias del Retiro fueron ampliados, sus salones adornados con nuevas obras de arte y un mobiliario acorde con la realeza y, para su distracción, hizo construirse un teatro de una belleza extraordinaria, utilizado sobre todo para la representación de óperas italianas compuestas por el gran Carlos Broschi, más conocido por Farinelli, y en el que actuaron los más sobresalientes cantantes de Europa con obras de los más reputados compositores. Fue un momento especial en el que la finca del Buen Retiro volvió a adquirir la importancia que tuvo con los anteriores monarcas.

En ese tiempo de humareda y expectación, mientras el fuego reducía el Alcázar a cenizas y se inauguraba el palacio de Miraflores en la Carrera de San Jerónimo, obra de Pedro de Ribera, Tirso de Tarazona permaneció en la cama, convertida en su lecho de muerte. Junto a él, sólo su sobrino Enrique velaba las horas secas del viaje a las estrellas que se anunciaba, sin disimular su victoria inminente. Enrique había sustituido a su tío en las funciones del Concejo, pero no escribía una cuartilla ni adoptaba una decisión sin consultarlo con quien, desde hacía muchos años, se había convertido en la cabeza más lúcida del organismo municipal. Y ahora, observando cómo se apagaba en su lecho, más muerto ya que vivo, con los ojos perezosos para abrirse y la respiración esforzada y rendida para mantener sus espasmos, sufría ante lo inevitable sin saber qué hacer para posponer un día más el fin que se aproximaba, imparable. Los físicos habían dictaminado la contumacia del mal y el médico real, llamado a tal fin, había practicado una sangría y recurrido a algunos de sus conocimientos alquímicos para suavizar el tránsito que, coincidiendo con los físicos, estimaba también como imposible de evitar.

Enrique sufría. Alejado de sus hermanos, y huérfano de sus padres ya desaparecidos, la muerte de su tío Tirso lo dejaba en un páramo de soledad tan doloroso como inabarcable. Se entregó a los rezos, suponiendo su ineficacia, pero confiado en ellos como consuelo último; y trató de encontrar en el baúl de sus conocimientos el modo de comprar con la lógica la esperanza que no podían venderle los médicos más reputados. Finalmente se quedó dormitando a su lado, consumidas las fuerzas que le habían permitido la prolongada vela. Y en sueños creyó ver la placidez del viaje de su mentor a una estrella situada justo detrás de la cuarta estrella de la Osa Mayor.

Un largo suspiro, acompañado de un gemido leve, lo despertó. Se acercó a iluminar el rostro de su tío con la vela de una candela y observó que Tirso abría los ojos y sonreía.

—Sobrino...

—Decidme, tío.

—No te quedas solo en este mundo.

—No, tío.

—La muerte está llamando, hay que abrirle la puerta.

—No digáis eso, tío.

—Estoy preparado, no debes temer nada.

—Nada temo.

—Mejor así. Pero escúchame bien —Tirso tomó aire, en una bocanada exagerada, y tosió con fuerza, hasta quedar otra vez agotado, desplomado en su almohada, con los ojos desvariados.

—¡Tío! ¡Habladme!

—Sí, sí... —balbució Tirso, apenas susurrando—. Atiende lo que quiero decirte.

—Decid.

—Tú provienes de una familia muy antigua, mucho...

—Sí.

—Una estirpe que llegó a Madrid hace muchos años con otras dos familias que, desde el principio, forjaron un camino que nunca dejaron de transitar juntas, queriéndose.

—No os entiendo, tío.

—Busca a José Teixeira Posada, posee una posada llamada Botin. Él te hablará de sus antepasados... y de los nuestros.

—Sí, tío. No os fatiguéis.

—No, no. Escúchame bien. —El jadeo dificultaba su hablar pausado, pero perseveraba en lo que quería decirle—. Él es más que un amigo. Es un pariente, casi un primo tuyo, no por razón de sangre, sino por el eslabón del afecto. Nuestras familias...

—Sí, tío, ya os he entendido.

—Y luego busca a Luis Argote. —Volvió a sufrir un ataque de tos que le rasgó el pecho y devoró sus pulmones—. Búscale. Ahora vive en Talavera, pero sé que tiene un hijo que...

—Tío, callad.

—Él no lo sabe —siguió Tirso—. O no quiere decir que lo sabe. Pero tiene un hijo que es Isidro Rodríguez, el torero. También es tu primo. Reuníos los tres y recuperad lo que nunca perdieron nuestras familias. No es bueno que estéis solos ninguno de los tres. Y lo estáis.

—Haré lo que me pedís, tío.

—Hazlo, Enrique. Y ya no temas más por mí. Sois hijos de Madrid y Madrid necesita hijos como vosotros. ¿Los buscarás?

—Os lo prometo, tío.

—Bien. Y ahora déjame dormir. Creo que el sueño es el mejor carruaje para entrar en la muerte con los ojos cerrados.

—¡Tío...!

—Déjame, sobrino. Déjame.

Tirso de Tarazona murió esa misma noche a tan avanzada edad que a nadie sorprendió la noticia de su marcha, aunque fue hondamente sentida por el Concejo y hasta por el mismo rey, como si de un íntimo amigo se tratara. Y Enrique, su sobrino, tras preparar a conciencia sus funerales y encargar doscientas misas por la salvación de su alma, se dispuso a cumplir los deseos de su tío con la meticulosidad con que cerraba los expedientes administrativos.

En efecto, José era el dueño de la Posada Botin y, en cuanto recibió la visita de Enrique de Tarazona, lo abrazó con afecto y no tardó en admitir que conocía la historia de su padre, de su abuelo y del resto de sus antepasados, desde que su bisabuelo Juan Posada y su bisabuela María de Tormes llegaron a Madrid en compañía de Guzmán de Tarazona, un bisabuelo de Enrique. Dijo haber oído la historia de las dos familias mil veces, como también la de los herederos de Alonso Vázquez, el gran cómico, antepasado de los hermanos Argote, Luis y Teresa, de quienes ya no sabía nada. Y recordó la peculiaridad de los Vázquez y los Argote, un don natural que hacía mucha gracia porque se comentaba desde siempre en su familia: ellos nunca tenían frío ni calor, tenían los cuerpos protegidos contra las vicisitudes del clima y jamás notaban el cambio de las estaciones. Estirpe curiosa, concluyó. Y tras quedarse en silencio, recordando ese don y sonriendo, con los ojos perdidos en el horizonte, al repasar la cantidad de veces que ese prodigio había servido de comentario jocoso en sus padres y abuelos, volvió a la realidad para preguntarle intrigado.

—¿Y vuestro tío, don Tirso, os ha asegurado que Luis Argote tiene un hijo?

—Eso me dijo. El torero Isidro Rodríguez.

—¿El famoso matador de toros?

—Así es.

—¿Y el torero lo sabe?

—No lo sé —negó Enrique—. Deberíamos buscarlo y hablar con él. Quizá nos saque de dudas.

—Pues no será difícil dar con él —aseguró José—. Dicen que, desde que se retiró del oficio, vive en las tabernas y en los prostíbulos.

—Muchos hay.

—Así es. O sea que a buen seguro que en cualquiera de ellos nos darán razón de su paradero.

José sugirió que empezaran a buscarlo en una de las mancebías más visitadas de la ciudad, la de la calle de Francos, la más cara; o la de Luzón; y la de la Morería. O por las muchas de la calle de las Huertas, pues un torero tan célebre y adinerado como él seguro que frecuentaría alguna de ellas. Aunque en estas casas de prostitución de tan pecadora calle sería más difícil dar con él porque, como se cantaba, «en Huertas, más putas que puertas».

—Vamos a las mancebías de Isabel de Urbina, a la de la Vieja Rueda y a la del Amor —decidió finalmente José Teixeira—. En una de ellas sabrán decirnos.

—No sé si obramos bien —objetó Enrique.

—Busquémosle —atajó José—. Ocasión habrá luego de excusarnos si se antoja propicio. Lo importante es saber de él.

—Como digas, primo.

—Y si no lo encontramos en ellas, en Lavapiés hay más, y gozan de fama las de Gabriel Hernández y la de la Labradora. ¡Será por mancebías en Madrid...!

—Las hemos prohibido —advirtió Enrique de Tarazona—. El Concejo y el rey...

—Vamos, primo, no seas ingenuo —sonrió José, con sorna—. Si sus más principales clientes y asiduos son gentes de Palacio...

—Cierto es —cabeceó Enrique, lamentándolo.

—Pues vamos.

—Pero te aseguro que, por mandato del rey, cerraremos todos esos lupanares. En el Concejo tenemos órdenes severas al respecto.

—Claro, claro —volvió a sonreír José—. Cerrad una y se abrirán ciento, ya lo comprobaréis. Con las putas no se acaba, primo. Mientras haya clientes con la bolsa sin cerrar, nadie lo conseguirá jamás.

En Lavapiés, ciertamente, abundaban los burdeles y las mancebías, sobre todo desde la expulsión de los judíos. Con anterioridad, allí se hallaba instalada la judería de Madrid, pero a su marcha se corrió a cambiar los nombres de las calles con nombres de marcado carácter cristiano, como Amor de Dios, La Fe y otros.

—En estas calles de Lavapiés los altercados son tan frecuentes que la vida es un suplicio —comentó Enrique—. Los vecinos no hacen sino pedir al Concejo su derribo.

—¿Y les atiende el corregidor?

—Bueno, ahora ya están empezando a apaciguarse un poco esas cosas —cabeceó Enrique, y su gesto tanto podía querer decir que sí como que no—. Lo cierto es que hubo un tiempo en que ya se instauró el orden, y se clausuraron algunas casas de lenocinio, pero ahora... no sé si volverá a hacerse.

—¿Ya se hizo? —se extrañó José—. ¿Cuándo?

—Dicen que el confesor del rey Felipe II intercedió para que así se hiciera...

—¡Buen embajador!

—Sí —explicó Enrique—. El beato Simón de Rojas tenía mucha mano con el rey y, a fuerza de insistir... Por cierto, aquí está la calle del Ave María. Se llama así por un suceso estremecedor...

—¿Qué sucedió?

—Fue durante el derribo de las mancebías. Porque hubo que llegar al extremo de la demolición para que desaparecieran, y eso que el bueno de Simón de Rojas intentó por las buenas que las prostitutas abandonaran su oficio...

—Lo del suceso —le apremió José—. Decías que...

—Sí, sí... En esta calle, al derribar tres o cuatro burdeles, se descubrió algo terrible: en los sótanos y pozos se hallaron decenas de cadáveres. De hombres y de mujeres, incluso de niños. Y de bastantes bebés recién nacidos...

—¡Cierto! —admitió José—. Estremecedor.

—Y tanto. Con decirte que el beato Simón de Rojas, al verlo, se santiguó y lleno de horror, exclamó: «¡Ave María!».

—Ah, claro —asintió José Posada—. Ahora comprendo por qué la calle lleva este nombre...

Lo cierto era que el oficio de la prostitución se reguló desde muy pronto en Madrid. Entre las normas fundamentales, se establecía que la prostituta debía ser mayor de doce años, huérfana o, en todo caso, de padres desconocidos, y no podía pertenecer a una familia noble. Otra de sus condiciones era que no podía ser virgen al iniciarse en el oficio, algo que debía ser conocido por el juez antes de conceder el permiso para ejercerlo, así como estaba obligado a tratar de convencerla para que no lo practicara. Si aun así la joven insistía, se le otorgaba licencia para ejercer la prostitución, comprometiéndose ella a que un médico de la Corte revisara con frecuencia su salud, y aceptara ser llevada por Cuaresma, todos los años, a la iglesia de las Recogidas para atender una extensa homilía de un sacerdote en la que era amenazada con el infierno y se la llamaba a reconsiderar su oficio y a abandonarlo.

Las prostitutas podían ser de tres clases: cantoneras o putas de calle que, en ocasiones, recibían alguna limosna del

Concejo y se apostaban en esquinas y rincones; otras podían ser protegidas por un rufián, desatendidas en tal caso por el Concejo; y, por último, la tercera clase la formaban las de discreta actividad, o tusonas, que vivían en su casa y recibían allí las visitas de los hombres que las requerían.

Todo el mundo recordaba que durante el reinado de Felipe II las mancebías estaban permitidas e incluso contaban con la protección real, sobre todo porque el infante don Carlos era un asiduo visitante de una de ellas, Las Soleras, situada en el callejón de la Duda, entre el arroyo del Arenal y la Calle Mayor, justo enfrente del convento de San Felipe Neri. Sin embargo, hubo vecinos que se quejaron del alboroto que se producía de noche en la calle y, para contentarles, finalmente se ordenó su traslado a una calle cercana a la muralla de la Puerta del Sol.

Pero lo que mejor se recordaba de aquel prostíbulo era que el burdel tenía como reclamo la talla en madera de una hermosa mujer que tocaba el violín en una de sus ventanas. Bernardino de Obregón, fraile santo que llegó a ser famoso por dedicar su vida a los enfermos de Madrid, descubrió un día que la figura en cuestión era la imagen de una Virgen robada de una ermita de Toledo años atrás, a la que se le habían cortado los brazos y un hombre enano tocaba un violín escondido tras ella, de tal modo que la impresión que producía era que la que tocaba el violín era la mujer de la propia talla.

El buen fraile Bernardino de Obregón intentó comprar la figura para acabar con la blasfema presencia de una Virgen en una mancebía, pero no consiguió que se la vendieran. Entonces el hombre denunció el antiguo robo a la Inquisición y sus guardias apresaron a los dueños de la mancebía y requisaron la sagrada imagen, que desde entonces fue denominada como Nuestra Señora de Madrid.

El burdel fue quemado y derruido; y se construyó en su lugar la iglesia del Carmen, que ha permanecido en el mismo sitio desde entonces. Pasados los años la imagen se depositó en la capilla del Hospital General, en Atocha, y al destruirse fue trasladada a otros edificios, hasta el actual Museo Reina Sofía, aunque antes vistió la capilla del Hospital Gregorio Marañón, en la adyacente parroquia de San Vicente Ferrer, en la calle de Ibiza.

En definitiva, los burdeles y mancebías nunca dejaron de estar presentes en Madrid. En 1730 había en la ciudad más de ochenta locales y alrededor de tres mil prostitutas. Autorizadas por el Concejo, debían cuidar de la limpieza de sus espacios y velar por la seguridad de la casa, por lo que no era extraño que dentro de ellas hubiera hombres armados con misiones de vigilancia y de guardar el debido orden, impidiendo el maltrato de las mujeres y siguiendo instrucciones del dueño, o tapador, o de la dueña, o madre. Las pragmáticas de 1623, 1632 y 1661, prohibiendo las mancebías, fueron leyes que jamás se cumplieron, sobre todo porque su autor, el rey Felipe IV, era un asiduo de ellas y todo Madrid lo sabía.

Todo lo más se consiguió que las putas vistieran de modo especial para ser distinguidas, cubiertas por un manto negro, y que su precio fuera no mayor del medio real, salvo en el caso de las tusonas, que fijaban ellas mismas su recompensa. También se fijó que la Real Hacienda cobrara un impuesto a los prostíbulos, pero no a las prostitutas, cuyos ingresos oscilaban entre los cuatro ducados diarios, las más atractivas, hasta los 50 cuartos, las menos agraciadas.

Muchos eran los casos en que eran los esposos quienes introducían a sus mujeres en el oficio: en unos, porque les parecía bien vivir de esas rentas; en otros, pocos, por insistencia de ellas, con la consiguiente resignación de los maridos; y en la mayoría de los casos porque el suyo había sido un matrimonio de conveniencia para que la mujer eludiese así la persecución de la justicia o de la Inquisición. Una situación que empezó a volverse insostenible cuando un marido, de nombre Joseph del Castillo, asestó a su esposa siete puñaladas y le causó la muerte por la simple razón de que ella se negó a ejercer el oficio durante la Cuaresma, devota de esos días santos. Un escándalo público que fue conocido por todo Madrid y que obligó al Concejo a dictar nuevas normas contra la prostitución, permitiendo exclusivamente la existencia de una casa de esas características en la Calle Mayor. Norma que, una vez más, tampoco logró resultado alguno.

—Vayamos a buscar a Isidro, entonces —repitió José—. Empezaremos por la calle de Francos.

En realidad, no hizo falta buscar mucho porque, en el segundo burdel que entraron, preguntando por él, fueron informados de que Isidro Rodríguez, el torero, hacía mucho que no frecuentaba esa clase de establecimientos, al menos desde que había encontrado una buena mujer y se había casado con ella. Y que no se molestaran en buscarlo más por esos sitios, que ahora vivía con doña Francisca en una casa en la calle de Puñonrostro, a espaldas de la Plaza de la Villa.

—¿Puñonrostro? —se extrañó José—. ¿Conoces tú calle con tan rara denominación?

—Sí, la conozco —respondió Enrique—. Justo al lado del Concejo, tras la calle del Codo.

—¿Y ese nombre?

—Allí vivió el conde de Puñonrostro, en una casa que compró precisamente a Hernando del Pulgar, el cronista real. Habrás pasado por allí mil veces, a buen seguro... Al lado está el convento de las Hermanas Jerónimas.

—Pues no —José alzó los hombros y luego dijo, pensativo—. Puñonrostro, vaya condado...

—Y muy valeroso debió de ser el conde, por cierto. Don Juan Arias Dávila se llamaba. No te digo más que el mismo rey don Carlos le concedió tal condado al señor de Torrejón de Velasco por haberse enfrentado a los Comuneros cuando tomaron la plaza de Madrid. Se dice que incluso con las manos llegó a golpear a uno de ellos en la cara en defensa del Alcázar. De ahí lo de «puño en rostro».

—Hay que ver las cosas tan raras que os enseñan en el Concejo, amigo Enrique. Si supierais tanto de canalizaciones y desagües como de historias menudas, no tendríais a Madrid hecha una cloaca en cuanto llueven cuatro gotas.

—Mejor no sigamos por ese camino, amigo José, y vayamos en busca de Isidro —atajó Enrique el comentario—. Agradecerá nuestra visita en cuanto sepa a lo que se debe, te lo aseguro. Tanto como yo te agradecería que no siguieras por ese sendero tan espinoso.

—Bien, así sea.

Isidro Rodríguez, en efecto, vivía en una casa de la calle que les fue indicada, casi esquina con la del Codo. Ocupaba toda la planta baja y, por el mobiliario y decoración, estaba a la vista que había hecho buena fortuna en el oficio de matar toros. Una criada les abrió la puerta y les hizo esperar un buen rato hasta que su amo salió a recibirles, extrañado de la visita de dos caballeros a los que no conocía de nada.

—Vuesas mercedes dirán, señores —dijo a modo de saludo, tras revisarlos de arriba abajo.

—No es fácil de explicar lo que os queremos decir, señor —anunció Enrique—. Tal vez si pudiéramos hablar más pausadamente...

—Bien. Pasad y acomodaos.

Enrique se presentó con su nombre completo, de la familia de los Tarazona, y le preguntó si le resultaba familiar el apellido. Y como Isidro respondió que no, sin necesidad de pensarlo, José le preguntó si el apellido Posada tampoco le traía memoria de nada.

—No, señores —volvió a replicar Isidro, con un gesto que tanto podía ser de intriga como de impaciencia—. No os conozco, os lo aseguro. ¿Acaso debería conoceros?

—Sí —replicó tajante Enrique.

—¿Y a santo de qué? —La respuesta del torero, esta vez sí, fue seca y malhumorada.

—No os irritéis, señor —trató Enrique de recobrar la calma—. Como es natural sabéis quién es don Luis Argote.

—Ah, ya —cabeceó Isidro—. Os envía él.

—No —movió la cabeza José—. Los muertos no envían recados.

—Y si los envían son para echarse a temblar —sonrió Enrique—. A no ser que contengan noticia de buena herencia, claro está.

—¿Y hay herencia que envíe el señor Argote, don Enrique?

—No. O tal vez sí. Porque venimos a deciros que don Luis Argote era vuestro padre.

—¿Cómo decís?

Lo demás fue más sencillo de explicar. La paternidad inconfesada de Luis Argote y la saga de la que provenía. Y que era heredero de una familia dedicada al arte, porque si su padre había sido torero, su abuelo había ejercido de jardinero escrupuloso, su tío abuelo de actor y su tatarabuelo también de actor, el gran Alonso Vázquez, que llegó a Madrid junto a los tatarabuelos de ellos mismos, don Juan Posada y don Guzmán de Tarazona, allá por los años de 1565.

—¿Nada de ello sabíais?

—¿Y cómo habría de saberlo?

—Acaso vuestro padre os pudo hablar de ello alguna vez.

—Yo nunca tuve padre.

—Era don Luis.

—Pues crecí sin él.

Lo demás tampoco fue difícil de explicar. Los tres debían considerarse parientes y socorrerse como tales, cada cual en su oficio, frecuentarse en sus visitas y acceder al afecto que se debían. Y lo primero que haría Enrique en los registros públicos era, si Isidro lo deseaba, rectificar su apellido para que pasara a ser Isidro Argote Rodríguez, reconociendo públicamente una estirpe a la que nadie iba a oponerse porque su padre y su tía Teresa habían muerto sin testar y la dehesa de su propiedad había pasado al patrimonio del municipio de Talavera.

A Isidro le gustó la propuesta, pero quedó en pensarla despacio y tomar una decisión. Después, los tres intercambiaron durante un buen rato noticias de sus vidas y celebraron el reencuentro, que terminó en la promesa de volver a verse pronto, esa vez en el mesón de José, a donde Isidro aseguró que se acompañaría de su esposa para que la conocieran.

11

Piedra sobre piedra

Febrero de 1735

Reducido a cenizas el Real Alcázar, el rey Felipe V se encontró con la grata satisfacción de poder erigir un nuevo palacio real en Madrid con el fasto que a su entender correspondía a los Borbones. Y, sin dilación, buscó en Europa un arquitecto que pudiera dedicarse a construir de inmediato el gran palacio con que soñaba.

Le hablaron de un italiano, Filippo Juvarra, conocido en todas las cortes europeas por su maestría y genialidad, y tras asegurarse de que, en efecto, parecía el más apropiado para el propósito, mandó que fuera llamado a Madrid.

La primera sorpresa que le deparó el gran arquitecto al conocerlo fue su edad, ya muy avanzada. El rey dudó al verlo si estaría en condiciones de planear y dirigir lo que deseaba, pero como la realidad fue que el animoso Juvarra le presentó en muy breve espacio de tiempo un proyecto colosal, ambicioso, extenso y monumental de nuevo palacio, por completo a su gusto, el rey se entusiasmó con la idea y lo único que quiso saber fue si aquel magnífico edificio cabría en los escasos terrenos del desaparecido Alcázar.

—Naturalmente que no —casi se sintió ofendido el arquitecto—. Hay que erigirlo en un lugar más apropiado. Se edificará en los Altos de San Bernardino, detrás de esa vieja casona en la que no sé cómo habéis podido morar, majestad.

—Pero sabed que esos terrenos no son de la Corona, Juvarra —objetó el rey.

El arquitecto, sin levantar los ojos del plano que estaba mostrando, alzó un hombro en señal de indiferencia y dictaminó:

—Pues se expropian, señor.

—Muy fácil os debe parecer. —El rey torció el gesto, menos convencido de que tal cosa fuera posible dado el coste que supondría. Y decidió ser más cauto—. No, señor arquitecto. Admiro vuestro proyecto, os lo aseguro, pero por desgracia habrá de ser algo más ajustado, diferente, para ocupar el mismo suelo que ocupaba el Real Alcázar. No quiero que Europa opine, como vos decís, que he dormido hasta ahora en un corral de gallinas.

—En un rey la inseguridad es hija de la debilidad —desdeñó el arquitecto.

—¡Guardaos de ciertos comentarios, Juvarra!

—Me guardo de lo que deseéis, majestad. —El tono del arquitecto inició un *in crescendo* de lo más inapropiado—. Pero yo he venido a construiros un palacio, no a juntar tablones para una jaula de pájaros.

—Pero ¿sabéis lo que decís, señor Juvarra? —El rey se alteró y su tono de voz lo dejó bien a las claras—. ¡Mi palacio será como yo quiera y estará en donde yo desee, os lo aseguro! ¡Y si no estáis conforme, conocéis el camino de regreso!

—¡Ah, ya! —se burló el arquitecto—. Lo que sucede en verdad es que las arcas reales no pueden afrontar...

—¡Por supuesto!

—Ah, ¿pueden?

—¡Por supuesto que no!

—Pues haber empezado por ahí, majestad. Yo puedo ser muy..., pero que muy flexible.

—En tal caso presentadme un nuevo proyecto —ordenó don Felipe, ya un poco más calmado.

Filippo Juvarra se rascó la cabeza, se inclinó un poco más sobre el plano extendido sobre la gran mesa del salón de audiencias y caviló durante unos segundos.

—El caso es que..., si redujéramos esto de aquí, y esto otro..., yo creo que... cabría.

—Pues si es así, recomponedlo y me volvéis a visitar.

—En breve, majestad.

Pero aquella brevedad no fue tal. Y menos cuando, unos meses después, uno de aquellos cuchillos helados del norte asaeteó la espalda del arquitecto y Juvarra murió de una pulmonía. Su ayudante y discípulo, el joven Juan Bautista Sachetti, fue entonces llamado por el rey para ver si conocía el proyecto de su maestro y podría desarrollarlo tal y como había quedado rehecho.

—¿Conocéis el plano?

—Lo conozco, majestad.

—¿Y podríais dirigirlo vos? Estoy harto de demoras...

—Podría, majestad.

—Enseñadme cómo quedaría.

—Quedaría según vuestros deseos, señor —afirmó muy seguro Sachetti—. Aunque es verdad que lo que se pierde en extensión habrá que ganarlo en altura. Ya lo veis: una estructura cuadrada con un gran patio central y cuatro torres en los extremos que resaltarán su altura. Muy simple, es verdad, pero majestuoso, macizo y sólido, como vuestro reinado.

—Bien, bien... —aceptó Felipe V—. Parece... no sé: un alcázar; casi un castillo. Me gusta. Muy español.

—Sabía que os placería, majestad.

Las obras del Palacio Real iniciadas aquel mismo 1735, el 7 de abril, no culminarían hasta pasadas tres décadas, en 1764. De su ornamentación se encargó el jesuita Sarmiento, colocando en el exterior y en el interior del palacio relieves y estatuas de todos los reyes de la historia de España cinceladas sobre piedra blanca de las canteras de la cercana ciudad de Colmenar, que coronaron las paredes del palacio como almenas en las que, en lugar de cubos de defensa, se alzaban reyes godos, cristianos, Austrias y Borbones, sin faltar ninguno. Por deseo del rey, y más tarde de sus sucesores, se acondicionaron también todos los entornos del palacio, desde los barrios medievales del este a los barrancos del sur, y desde los desniveles del norte a los abismos del oeste, que caían en picado hasta el río Manzanares. Por eso, Sachetti se entregó a la tarea de proponer embellecer todas las cercanías del nuevo edificio palaciego con calles trazadas a tal fin y, a la vez, construir una gran plaza ante el palacio, plantar jardines, salvar el desnivel del norte, en la calle Segovia, con un puente que sería un viaducto, dibujar paseos en los alrededores y embellecer la caída hacia el río con rampas de arbolado y praderas.

Al rey le parecieron espléndidas las propuestas, y le dio las gracias por su ingenio a la hora de acrecentar la suntuosidad del entorno, pero alzó los hombros, le dio una palmadita en la espalda y lo dejó solo en el gran salón, no sin antes comentar:

—Brillante. Verdaderamente brillante, señor Sachetti. Lástima que estéis presupuestando unas cantidades inexistentes en mis arcas. De no ser así, quedaría incluso un puñado de ducados para vuestros proyectos. Pero así... Nada. Imposible. Saludad a vuestra esposa, maestro Sachetti.

Isidro Rodríguez aceptó muy pronto el ofrecimiento de Enrique de Tarazona y pronto adquirió el apellido de Argote, asegurando que era de justicia y honor sentirse perteneciente a quien en verdad había sido su padre. Añadiendo que no lo hacía por él, ni siquiera por Francisca, su esposa, sino por el hijo que llevaba en las entrañas y nacería en muy pocos meses.

Lo dijo una tarde en que se reunieron a las puertas de Botín a devorar la noche de julio que, aquel día, castigaba Madrid con saña y les obligaba a todos a beber vasos de agua para aliviar el calor. A todos no, claro; a todos menos a él, que no sentía nada anormal por la temperatura caliginosa de la noche y permanecía impertérrito con su camisa abrochada y su chaleco abotonado, y si se había despojado de la chaqueta fue por indicación severa de Francisca, que no comprendía aquella indiferencia de su esposo a los cambios de temperatura.

—¿Cómo llamaréis a vuestro hijo? —preguntó Enrique.

—Si es niña, como su madre —respondió Isidro—. Y si es niño... ¿Cómo me dijiste que se llamaba mi tatarabuelo, el actor?

—Alonso Vázquez, Isidro.

—Pues Alonso, en su honor. Se llamará Alonso.

—Alonso Argote —murmuró Francisca, asintiendo con la cabeza—. Suena bien. Será un hombre importante.

Todos coincidieron en que llegaría a ser un artista, por la estirpe de la que provenía, y brindaron para que el niño naciera sano y creciera fuerte como su padre. Y esta vez lo hicieron con un vaso de vino, para conjurarse en el deseo compartido.

Tras el primer trago se rellenó el vaso con otro, y con otro más. Y siguieron muchas conversaciones que se encadenaron como eslabones en las que se habló de las familias de los antepasados, de las novedades teatrales, de las próximas corridas de toros y hasta de la escasez de cereales que parecía presagiar otro año difícil para Madrid. Y de sus consideraciones sobre lo mucho que seguía creciendo la ciudad en gente y edificios.

—¿Qué es esa cruz de palo que he visto junto a tu casa, Isidro? —quiso saber Enrique, curioso, como todos los Tarazona—. Nunca me había fijado... y son muchas las veces que pasé por ahí.

—¿La de la casa de la calle del Sacramento?

—Sí, justo detrás de la plaza del Concejo.

—Bueno, no lo sé muy bien —respondió Isidro—. Me contaron una vieja historia, pero no sé si es verdad o no.

—¿Qué te dijeron? —insistió Enrique.

—Pues que en esa casa vivían unos esposos musulmanes y que la mujer se enamoró de un caballero cristiano. Parece ser que el joven la visitaba a diario hasta que un día desapareció y no volvió más.

—No entiendo, en tal caso, la relación...

—Es que el esposo murió un día, y la esposa tuvo la ocurrencia de hacer alguna reforma en la casa. Y en una de esas, al levantar una pared, se encontró el cadáver del amante cristiano. Se dice que el marido le sorprendió en la casa y puso fin al adulterio por las bravas.

—Sigo sin entender... —Enrique seguía preguntando por la cruz que coronaba la casa, y no encontraba el modo de hallar relación en la explicación.

—Pues no lo sé —concluyó Isidro—. Dicen que la mujer, tras el hallazgo del muerto, se convirtió al cristianismo y mandó poner en el tejado esa cruz. Eso es lo que dicen, pero ¡yo qué sé!

Sin estar seguros ninguno de ellos de la veracidad del hecho, decidieron ir en busca de más vino para continuar la conversación por otros derroteros más cotidianos y, antes de vaciarse la segunda jarra, con los vapores del alcohol fundiéndose con la travesura ardiente de la noche, las lenguas no supieron quedarse quietas y la desinhibición se adueñó de José Teixeira, que se atrevió a decir:

—Guapa mujer tienes, Isidro.

—Lo sé —respondió él.

—No hay muchas así en Madrid.

—Las hay, las hay...

—Cuidado con lo que dices, esposo —intervino Francisca, ceñuda.

—Sólo digo que hay otras mujeres guapas, mujer —se amilanó él—. Tu hermana Juana, sin ir más lejos.

—¿Qué tienes tú que decir de mi hermana, si se puede saber?

—Pues nada. Que es muy guapa también —Isidro mostró indiferencia al tono que empleaba su mujer—. Y tanto es así que no entiendo por qué sigue soltera.

Era evidente, por el modo en que hablaban, que algo había de oscuro en el pasado de ambos que no habían dicho, pero que ni a Enrique ni a José les dejó dudas. Y esa oscuridad nacía del hecho de que Isidro había conocido a Francisca en una de aquellas mancebías a las que tan aficionado fue en otro tiempo y de su esclavitud la había manumitido, casándose con ella. Y Francisca, conociendo el pasado de su marido, quería atarlo en corto, mientras él, acostumbrado al galanteo, no hallaba mal en piropear a otras mujeres, aunque fuera delante de la suya. Por eso se hizo tensa la conversación entre ellos y por lo mismo Francisca se esmeró en defender la virtud de su hermana Juana.

—¿Tienes una hermana soltera? —se interesó entonces José.

—Porque quiere —replicó Francisca, ya claramente enfadada—. Que no será por pretendientes.

—Si no lo dudo, mujer —recalcó José, conciliador—. A lo que me refiero es que, quizá, si no te pareciera mal, ni le pareciera mal a ella, podrías presentármela.

—¿Y para qué quieres tú conocerla? ¿No estarás pensando que mi hermana...? ¡Porque decente, es muy decente!

—¡Qué carácter! —resopló Isidro—. Esta mujer, todo lo que tiene de guapa lo tiene de arisca. En cuanto se le menta a la familia...

—Yo... —dijo, en voz baja, José—, bueno, que como soy soltero, ya sabes. Y si congeniáramos...

—¿Juana y tú? No lo creo —rechazó la idea Francisca, de plano, acompañándose de un fruncimiento de labios y un movimiento negativo de cabeza.

—Pero ¿qué te cuesta colaborar, mujer? —intercedió Isidro—. Tú haces las presentaciones y luego ellos, si se arreglan, se han arreglado. Y no hay más.

—Bueno, ya veré yo —zanjó ella la conversación y, alegando la hora tardía y su cansancio, pidió a Isidro que dieran por acabada la cháchara y regresaran a casa.

Desde esa tribuna situada a la puerta de la calle, alineadas las sillas junto a la fachada de Botín, los tertulianos madrileños observaban a sus paisanos, los contemplaban durante unos segundos y, en ocasiones, comentaban sus andares y sus indumentarias. Veían pasar a los «manolos y manolas», ellos chaquetilla o chaleco con clavel en la solapa, pantalones oscuros y ajustados, gorra negra a cuadros, botines y pañuelo blanco al cuello; y ellas con pañuelo a la cabeza con clavel rojo o blanco, blusa blanca y ajustada con falda de lunares, o vestido típico de lunares hasta los pies y mantón de Manila... Manolos y Manolas: nombres que compartían muchos vecinos del barrio de Lavapiés, derivado del nombre de Manuel con el que se convirtieron al cristianismo muchos judíos conversos mediante bautismo, y muchos moriscos también que ponían siempre Manuel a sus primogénitos, de tal modo que terminó conociéndose como el barrio de los Manolos, y sus habitantes, por tanto, como manolos y manolas.

Y veían pasar también a los «chulapos» y «chulapas», provenientes del barrio de Maravillas, a quienes otros terminaron llamando «majos» por sus atuendos más castizos. O «chisperos» a los trabajadores de las herrerías que andaban siempre entre las chispas, producidas en sus labores de fragua. Una serie de denominaciones que, a veces, se usaban de manera indistinta y que terminaron consolidándose por la literatura y el teatro, y sobre todo por las zarzuelas, tan enraizadas en Madrid, pero cuyo éxito empezaba a decaer por el desconocimiento de Felipe V del castellano, privilegiando la ópera italiana.

Pero no pudo acabar con ella. Tanto en el Corral del Príncipe como en el Teatro de la Cruz se siguieron representando. Eran obras musicales que describían y caricaturizaban la sociedad madrileña, exagerando sus formas y su modo de hablar, porque ningún madrileño hablaba del modo representado por los actores y actrices en el género zarzuelero ni nunca fue su sentencioso tono tan rotundo y prepotente. El habla madrileña que se exportó y que luego se satirizaba fue, así, un invento de la zarzuela, muy apropiado para las obras que compuso Ramón de la Cruz para el género y para la sobreactuación de los actores que trataron de interpretarlas como si se trataran de guapos, valientes y chulos, rasgos con los que identificaban a los hombres jóvenes de las clases populares madrileñas. Obras que llegaron a hacerse muy populares, como *Las segadoras de Vallecas* y *El Licenciado de Farfulla*. Un género musical, en fin, que tuvo mejores y peores momentos de esplendor, a veces imponiéndose y otras sucumbiendo ante la ópera, la tonadilla o la breve ópera cómica y satírica italianizante, pero siempre sobreviviendo.

También sentados ante Botin, los consumidores del escaso fresco de la noche observaban pasar a otros personajes que, con frecuencia, movían a la hilaridad. Se trataba de quienes, influenciados en exceso de las modas que llegaban de Francia y de Italia, vestían exageradamente al dictado de aquellas tendencias, con casaca francesa, abundantes pelucas, zapatos de tacón y hebilla de plata, collares y pulseras... Nada que ver con la simpleza en el vestir que conservaban de antiguo los madrileños y en su manera de ser sobria y contundente, incluso áspera. Y tanto exageraron con la imitación que llegaban a rozar el ridículo, por lo que no faltó el ingenioso que empezó a denominar «señoritos» a quienes así vestían y de ahí pasaron a ser conocidos como los pequeños maestros, o *petit maître*, popularmente tildados de petimetres en el caso de ellos, y petimetras en el de ellas. Personajes de quienes se burlaba el pueblo llano porque parecía que sólo vivían para embellecer su aspecto personal y exhibir su comportamiento exagerado en ademanes, en su forma de moverse, de andar, de saludar, y en la afectada finura en el hablar, que les sumergía en los territorios de lo irrisorio.

Y una de aquellas noches vieron pasar ante ellos a Domenico Scarlatti, el gran músico italiano afincado en Madrid.

Scarlatti, un compositor admirado por todos, tenía ya una edad muy avanzada, cercana a los setenta años, y residía en una casa de la calle Leganitos con su esposa Anastasia, junto al Colegio Real de Santa Bárbara para niños músicos al servicio de la Real Capilla. La visión que les produjo fue otra vez entrañable porque, aunque los madrileños estaban habituados a ver con frecuencia a los grandes genios y maestros de todas las disciplinas artísticas, la presencia de Scarlatti nunca dejaba indiferente por su aspecto bonachón, su eterna mirada de hombre enamorado y su persistencia en no salir de Madrid por muchos que fueran los lugares desde donde le reclamaban. Por eso gozaba de tantas simpatías entre los vecinos y tan exclusivo reconocimiento por parte de las autoridades. José, Enrique y hasta Isidro, el torero, se levantaron al verlo y lo saludaron con la sincera admiración que por él sentían.

—Gusto de verlo, señor Scarlatti —se adelantó Enrique—. Se os ve muy saludable.

—Puede ser, puede ser, joven —cabeceó el músico—. Pero sabed que la buena salud es un estado pasajero que no augura nada bueno.

—Siempre de tan buen humor —sonrió José—. ¿Os animáis a compartir un vaso de vino con nosotros?

—Con gusto lo haría —respondió el compositor, sonriendo—. Pero mirad qué hora es ya. Doña Anastasia estará afilando a piedra su mejor cuchillo de cocina.

—Pues en tal caso no os detengáis —le apresuró Enrique—. Que las mujeres se dan muy buena maña en ese oficio de afilar armas contra los maridos rezagados.

—Y que lo digáis, joven. Y que lo digáis...

Madrid, sede de la Corte, seguía siendo una ciudad impropia para una gran capital europea. Los esfuerzos del rey y del Concejo persistían en hacer de ella un lugar admirable, pero todo empeño se antojaba imposible de culminar. Incluso los madrileños, muchos de los cuales contemplaban el aspecto de su ciudad y les disgustaba, manifestaban sus quejas en cuanto eran conocedores de los servicios de que gozaban otras grandes ciudades, como París, Viena, Londres o Roma. Porque Madrid seguía sin policía; estaba sucia y era maloliente, con todos sus rincones llenos de inmundicias; carecía de luz durante la noche; también carecía de varios paseos agradables y toda la diversión de los muchos vecinos desocupados se limitaba a tenderse a la larga a tomar el sol o a acudir a funciones de teatro cada vez más apreciadas por unos y menos admisibles para otros porque se representaban obras licenciosas y poco respetuosas, tanto en lo referente a la moral de las piezas como por la conducta de los cómicos, que se mostraban conformes con las frecuentes algarabías que armaban los espectadores en los corrales.

Era evidente que la civilización de Madrid y sus costumbres se hacía imprescindible. Si Felipe V no era capaz de imponer nuevas normas al Concejo, tendrían que ser los propios madrileños quienes lo impusieran a un nuevo rey o a un nuevo corregidor. Y muchos estaban de acuerdo. Porque cada vez era más evidente que había poco de todo: de artes, de fábricas y grandes edificios, de comercio y establecimientos útiles... Ni para los ricos ni para el socorro de los pobres y recogimiento de los vagabundos y mendigos viciosos había lo necesario, y los que existían estaban mal administrados y dirigidos. Los madrileños empezaron a compartir la idea de que sus regidores se negaban a admitir que lo sobrio, lo moral y lo virtuoso, opuesto al exceso corrupto y voluptuoso del mundo barroco, era necesario. Empezaron a exigir, en consecuencia, nuevas normas y leyes, y esos deseos se fueron extendiendo poco a poco a todos los campos sociales, desde la educación a las costumbres, desde el gobierno a las artes, y por supuesto a la Iglesia como institución, aunque ella lo rechazara con todo su poder. Porque en Madrid, en 1740, vivían seis mil personas del clero entre curas, monjas, sacristanes, frailes, campaneros y acólitos.

Los madrileños también empezaron a disgustarse por la perversión de las costumbres en el vestido y en el comportamiento social de algunos de sus vecinos, petimetres y petimetras, también conocidos como «grantontos». Y querían que se intentara dar prioridad a la belleza y el ornato de los objetos públicos, al orden público, al aseo de la ciudad y a la sencillez en el vestido de sus vecinos.

Con esas peticiones generales, Madrid estaba preparada para iniciar un proceso reformista y de regulación social mediante otras normas referentes a fiestas y diversiones públicas. Era necesario poner orden en las costumbres y lo inmediato, opinaban muchos, debía ser establecer cafés o casas públicas de conversación y diversión en donde jugar, leer el periódico y conversar, cambiando las leyes que lo prohibían y dando entrada a nuevos espacios donde reunirse, conocidos en Viena o París pero desconocidos en Madrid hasta entonces, algo que con toda seguridad aliviaría las necesidades de los ociosos, de esos miles de hidalgos empobrecidos que seguían considerando que trabajar era una pérdida de dignidad y deambulaban todo el día por las calles sin más fin que el de entretener las horas.

Ese deseo de ordenar la vida, de reordenar la ciudad, de hacer que la capital tuviera un aspecto nuevo y moderno que la acercara al de las cortes europeas, dio lugar con el tiempo a una serie de leyes que supusieron cambios notables en la vida y costumbres urbanas. Con todo, Madrid tuvo que esperar medio siglo hasta que en tiempos de Carlos IV se exigió al fin pasaporte a los transeúntes, se reguló la construcción y el levantamiento de andamios, se obligó a cerrar las cortinas de las ventanas que daban a la calle, al objeto de que se guardara un poco la intimidad, y se regularon las formas de venta de productos en los mercados.

Porque hasta entonces no se tomaron medidas para aumentar la higiene en la conservación de los alimentos. Al fin se prohibiría que tuvieran agua los tenderetes, en la que se lavaban las legumbres; también se ordenaría que se cambiara con asiduidad el agua en que se mantenía el bacalao. Se impediría establecer fábricas como tintorerías, hornos de ladrillos y yeso e industrias que necesitaran combustibles en el centro de la ciudad, sacándolas a las afueras; y para mejorar la educación y convivencia de los habitantes se prohibiría que las lavanderas coquetearan con los viandantes o hicieran gestos obscenos, y que los hombres silbaran a las mujeres, dispararan fusiles o lanzaran cohetes a su paso, asustando a todo el mundo... Al fin se puso en práctica todo aquel nuevo corpus legislativo, medio siglo después, pero para todo ello fue necesario empezar por mejorar la educación, empezando por los más jóvenes. Algo que todo Madrid sabía imprescindible.

También era cierto que se percibía un considerable aumento de riqueza, lo que producía alteraciones no sólo en la capa social que se benefició de ello, por su comportamiento cada vez más ostentoso, sino en los desheredados, que se irritaban por aquella exhibición de riquezas. Aunque todos sabían que ese lujo no era nuevo, como tampoco lo era la ostentación: había sido siempre así desde que la Corte se instaló en la Villa. También se sabía que las mesas de los poderosos contaban con una infinita variedad de platos, muy al contrario de lo que servía de alimento a los asalariados, que siempre comían poco y sólo bebían aloja y vino hipocrás. O el vino que se bebía de pellejo, en el mejor de los casos.

Los grandes contrastes a la hora de comer entre clases humildes y privilegiadas se manifestaban en Madrid de manera evidente: la alimentación cotidiana era el pan, muchísimo pan, más o menos refinado según las posibilidades, y el cocido. Aunque las familias más humildes no le ponían carne al cocido, sino especias. Una comida siempre idéntica. Otros, los que se lo podían permitir, comían el cocido con carne de vaca, un alimento considerado «de pobres», o comían la carne de vaca, a secas, con pan. La ingesta de verdura, frutas y postres era escasísima y muy infrecuente. Ni siquiera se comían patatas, porque la patata no empezó a cocinarse hasta el siglo XVIII, y sin gran aceptación; sin embargo, el tomate sí tuvo una rápida aceptación, bien como componente de ensaladas como en forma de salsa, muy distinta a las tradicionales, que se hacían a base de mostaza o comino.

Por el contrario, los menús reales eran escandalosamente ricos y variados. Una comida diaria de un rey, aunque fuera tan frugal en su alimentación como lo fue Felipe V y luego también Carlos III, estaba marcada por la influencia francesa, debido a su origen, y porque así estaba de moda en Europa. Se contrataban cocineros franceses para la Corte y los reyes e infantes siempre comían en público, aunque otros miembros de la familia real lo podían hacer a distintas horas por separado, pero siempre acompañados por cortesanos diversos y por un encargado de bendecir la mesa, que solía ser el patriarca de Indias.

La comida real consistía, para su elección, por un inicio de tres sopas: una de cangrejos con dos pichones, otra de hierbas con una polla y otra de arroz con sustancia de ternera. Después seguían diez trincheros: uno de perdigones asados; uno de criadillas fritas; uno de mollejas de ternera, guarnecidas de cresta y botoncillos de pollo; uno de timbal de macarrones; uno de filetes de gazapos con vino de Champaña; uno de pichones con chuletitas; uno de pato cebado asado; uno de costillas de ternera en adobado; uno de costraditas de polla al blanco; y uno de pastelitos a la española. Luego dos entradas: una de pecho de vaca cocido y otra de tres pollos con jamón. Finalmente dos asados: uno de dos pollas de cebo y otro de tres pollos o tres pichones. Para terminar, no podían faltar los cuatro postres: uno de cangrejos cocidos, otro de tortas con guindas, uno más de artaletes de higadillos de pollas y uno de buñuelos en serpiente.

Las cenas no eran más sencillas. Tres sopas: una de caldo claro con dos pichones, otra de arroz con sustancia y una más de pasta de Italia. Después ocho trincheros: uno de perdigones asados; uno de mollejas de ternera en artaletes; uno de filetes de pato con salsa de naranjas; uno de dos pichones en matelota; uno de pavito cebado asado; uno de rebanadas de ternera con aceite; uno de jugote de perdices y uno de polla estofada con vino de Borgoña. Para continuar, una sola entrada: lomo de ternera asada. Pero a continuación dos asados: uno de pollas de cebo y otro de tres pichones. La cena concluía con tres postres: uno de tartaletas de conserva, otro de rosquillas de pasta Flora y uno más de huevos frescos.

Para acompañar, la bebida era esencial. El buen gusto presidía las copas a la hora de elegir vinos: el Borgoña, el mejor vino francés del momento, y uno español, el vino de Canarias, un vino dulce y poderoso que gozó de gran fama en la época. Se mezclaba el Borgoña con agua templada, según el gusto de la época, y el rey mojaba dos pedazos de pan tostado en el vino de Canarias, sólo a la cena, no en las comidas, y luego bebía lo que quedaba en la copa. Por supuesto, un gentilhombre se mantenía en todo momento cerca del rey para verter el vino y el agua, para probarlo y, después, para presentarlo hincado de rodillas.

El desayuno solía consistir en un tazón de chocolate seguido de un vaso de agua fresca. Hecho por un repostero traído de Nápoles, se lo tomaba el rey mientras se vestía, antes de ser examinado por los médicos, los cirujanos y el boticario real para valorar su estado de salud.

Del mismo modo que en lo referente a las comidas, las clases sociales se diferenciaban escandalosamente por las maneras de vestir: los ricos lucían colores y ropas de estreno; el ropaje de los demás era negro por lo general, por lo que no era preciso cambiar de colores continuamente, algo que ocasionaba un gran gasto. Y el de las mujeres tenía las faldas más largas, cubriendo el pie, con lo que no era necesario tampoco gastar en medias y zapatos.

Todo era tan dispar y desproporcionado que Madrid estaba, a mediados del siglo XVIII, dispuesto para el cambio. Y los madrileños decididos a exigirlo.

Porque en cerca de doscientos años Madrid había crecido, pero no cambiado. Se había hecho mayor, pero no mejor. Cierto era que se había agrandado, con casas de dos, tres y hasta cuatro alturas que pronto se llenaron de vecinos y de familias enteras a las que bastaba cualquier rincón para establecerse, pero las calles seguían siendo igual de pequeñas, retorcidas y desordenadas, igual de malolientes e igual de insalubres. Los edificios crecieron, añadiéndose piso tras piso de madera con techos de dos aguas, que se seguían ocupando por gentes de todas partes que llegaban a Madrid para afincarse y compartir el poco espacio que había. Los dueños más avispados de casas no se detuvieron a atender norma alguna y siguieron construyendo una y otra planta más, así como acondicionando corrales, establos y patios para tabicarlos y alquilarlos a los muchos forasteros que necesitaban un lugar donde guarecerse.

Una ciudad que multiplicó por doce su población en muy pocos años, y a la que no le estaba permitido ampliar su extensión, no tuvo más remedio que crecer a lo alto, en vez de expandirse.

Era, en definitiva, una ciudad medieval reconvertida en moderna, con necesidad de albergar a sus vecinos e imposibilitada para hacerlo y abastecerlos sin una reforma total que se proponía pero que nunca se terminaba de hacer, por muchos que fueran los planes para llevarla a cabo y mucha la coincidencia en sus vecinos y autoridades para que se hiciera. Pero siempre se topaba con el mismo problema: la falta de medios económicos para hacerla realidad.

También había boticas y farmacias, pero escasas y no siempre bien abastecidas. La de mayor solera, la Farmacia de la Reina Madre, databa de 1578 y se mantenía impertérrita en la Calle Mayor, tras haberse trasladado desde la calle del Sacramento, en donde fue fundada por un alquimista veneciano. Allí se sigue conservando una receta de Cervantes. También gozaban de prestigio, desde 1625, la Farmacia León, en la calle del mismo nombre, y la de Herradores. La Farmacia Puerto, en San Ildefonso, y la Botica de San Bernardo, fundada en 1780, sirvieron desde siempre a los madrileños con diligencia, al igual que otras boticas, droguerías y farmacias como El Botijo, de 1754, y la Platerías, de 1827.

A pesar de la escasez general, para algunas cosas nunca faltaba el dinero. Como, por ejemplo, para no reparar en medios a la hora de entretener a los madrileños con fiestas y juegos. Así, en 1737 se construyó una plaza de toros circular de madera, en Casa Puerta, la primera plaza taurina con esa disposición. Erigida en la ribera izquierda del Manzanares, en los terrenos conocidos como Casa Puerta, o Soto de Luzón, fue obra del arquitecto real Pedro de Ribera, que imitó a los coliseos romanos en su diseño y fue financiada por la Archicofradía Sacramental de San Isidro para que, de paso, se reconstruyera el Portón de San Isidro sobre el río. Con un ruedo de dimensiones desconocidas hasta entonces, cincuenta metros de diámetro, y con unas gradas desmesuradas capaces de albergar casi diez mil localidades, fue pionera y modelo para las plazas de toros posteriores, de tal modo que a partir de aquella fecha todas las plazas se construyeron así.

—Tengo entradas para la nueva plaza —Isidro mandó recado a sus primos—. ¿Os apetece acudir?

—¿Cómo las conseguiste? —inquirió Enrique de Tarazona, extrañado—. Las que llegaron al Concejo se han embolsado a toda prisa y ni una ha quedado para mí.

—Soy del oficio, ¿recuerdas?

—Ah, claro —reconoció Enrique, y asintió—. Los toreros, siempre tan gremialistas.

—¡Pues ya te has quedado sin ir! —Isidro Argote se hizo el enojado—. Me llevo a José, que seguro que no lo criticará tanto y, además, va a pasarlo muy bien. Porque Francisca vendrá acompañada de su hermana, y José se muere por conocerla.

—Ah, eso sí que no me lo pierdo —replicó Enrique de Tarazona—. Yo voy a ese festejo, desde luego, así es que busca otra entrada porque se avecinan burlas y te aseguro que ese espectáculo de galanteo no va a celebrarse sin mí.

—¿De veras está inquieto el primo José?

—¿Inquieto? ¡Puro nervio! No te digo más que está convencido de que va a conocer a la mujer de su vida.

—Nos vamos a divertir —sonrió Isidro, malévolo—. Tan prudente y tímido él...

La inauguración de la plaza consistió en tres corridas en las que se lidiaron sesenta toros de Lorenzo de Robles, Manuel Navarro, Pedro Garay, Juan Gijón y Pedro Español, y los toreros fueron Lorenzo Manuel Martínez *Lorencillo*, Agustín Morales *El Mulato* y Marcos Combarro.

—Me han dicho que las cosas han cambiado mucho desde que dejé el oficio —les confesó Isidro—. Ahora esos toreros ganan una fortuna, y no sólo los que torean a pie; también los varilargueros y los hidalgüelos que rejonean a caballo.

—Entonces no es de extrañar que tantos quieran jugarse la vida ante esas bestias —respondió Enrique.

—Aunque hoy será diferente, porque estas corridas de inauguración serán a la vieja usanza —siguió explicando Isidro—. No quieren que falte de nada para que el público no extrañe los tiempos en que oficiábamos nosotros. En estos tres días veremos caballos de pasta, perros de presa, dominguillos, lanzada de a pie, lanzada a caballo, tinajilla enterrada y hasta la suerte de parchear.

—Mejor —asintió Enrique, contento—. ¡Que no falte de nada! ¿Verdad, José?

Pero José Teixeira no oía nada. Miraba y se escondía. Esquivaba los encuentros visuales con Juana y enrojecía de rubor hasta que lograba recomponerse. Echaba un vistazo de reojo y volvía a perderse en la nada. Su corazón latía tan deprisa que había momentos en que podía ser oído. Y, entretanto, Juana seguía entre risas y cuchicheos una conversación susurrada con su hermana Francisca y no se fijaba ni en José ni en nadie, ni siquiera en la gente que iba completando las localidades vestida a propósito para la fiesta. Muchas mantillas, muchos mantones, muchas blusas y muchos lunares adornaban a las mujeres, y grandes cestas con comida y bebida se recolocaban a duras penas en los asientos o junto a los pies de los hombres, dispuesto todo para pasar un gran día.

—¿Verdad, José? —repitió Isidro, en voz más alta.

—¿Eh?

—¡Que estás dormido! ¿Se puede saber qué te pasa? —Se rio Isidro, y guiñó un ojo a Enrique.

—¿A mí? —José disimuló cuanto pudo, ruborizado—. ¿Pues qué me va a pasar? *Ná.*

Las risas de Isidro y Enrique se confundieron con las

intercambiadas entre Francisca y su hermana, aunque por motivos bien distintos.

—Y el caso es que tu cuñada es verdaderamente guapa —comentó Enrique a Isidro—. ¡Pero que muy guapa!

—¡Pues como si no la vieras, primo! No vayamos a darle un mal día al primo José. ¿Verdad, José?

—¿Eh?

—Nada. Que no se entera de nada.

Las banderillas, aquel día, se pusieron de dos en dos, no una a una como en tiempos de Isidro Argote, y eran lanzadas desde lejos y con una sola mano, porque en la otra se llevaba el capote para el engaño.

Aquella plaza de Casa Puerta estuvo disponible dos meses antes de dejar de usarse y proceder a su desmontaje. En las tres primeras corridas se recaudaron 231.083 reales y los gastos ascendieron a 137.459 reales y 12 maravedíes, por lo que, al fin, hubo dinero suficiente para construir el portón de San Isidro como quería su Archicofradía. Luego, tras su inauguración, se celebraron en ella dos corridas más, una organizada por el Real Hospital General y la otra por el Real Hospital de la Pasión, con fines benéficos. En ella se lidiaron reses de Robles y de la Serranía de Ávila. Pero aquellos espectáculos con fines benéficos para la ayuda asistencial de pobres y enfermos ya no contaron con la presencia de los amigos y las hermanas porque, al finalizar la primera corrida, y cuando estuvieron de regreso a sus casas, ocurrió un hecho que ninguno de ellos había podido imaginar.

—Esposo —llamó Francisca a Isidro—. Siéntate a mi lado.

—¿Qué quieres mujer?

—Hablarte.

—¿Y de qué, si se puede saber?

—De mi hermana.

—¿Juana?

—Eso es. Que se ha enamorado de Enrique.

—¿De Enrique? —Isidro brincó en su asiento—. ¿Qué me dices? No, mujer, te habrás confundido. Se llama José.

—¡Sé perfectamente cómo se llaman tus primos! ¡Y a Juana le gusta Enrique!

—Pero si...

—Anda y lo que hay que oír —se enfurruñó Francisca—. Pero ¿desde cuándo vas tú a decidir por quién tiene que desvelarse una mujer?

—Pues vamos a tener un problema...

—Ni tú ni yo. En todo caso lo tendrá el primo José. Que, por cierto, no sabemos si le ha gustado mi hermana o no, porque no ha abierto la boca. Claro, que con los ojos de cordero degollado con que la ha mirado durante todo el día, no hay mucho que averiguar.

—Pues eso.

—En cambio, Enrique ni la ha mirado. Anda y que no es estirado el primo Enrique...

—¿Y él qué iba a saber?

—¡Eso se nota, caramba! —exclamó ella—. Un hombre que lo es, nota esas cosas...

—¡Oye, oye, no te encabrites! Que el acuerdo era presentar Juana a José, nada se dijo de Enrique.

—Y se han presentado. Pero no le gusta, maestro, qué le vamos a hacer. Prefiere a Enrique.

—Pues mañana se lo diré en la plaza.

—¡Eso mismo!

—¡Qué mujeres! —cabeceó Isidro, contrariado—. ¡Cuando no es un disgusto, es otro!

Los toros, los bailes y las verbenas entretenían algunos días a los madrileños, pero la mayor parte del año vivían entregados al trabajo, quien lo tenía, o a la holgazanería, quien no lo encontraba; y los asuntos del rey Felipe y de los intentos del Concejo por aportar mejoras a la ciudad ni se hablaban ni se conocían. Los mentideros cada vez eran menos frecuentados, salvo el de los Representantes, porque los actores y artistas tenían necesidad de conocer sus posibilidades de trabajo; pero la mayor parte de los vecinos se habían hartado de un rey que, al decir de muchos, cada vez estaba peor de la cabeza.

Y era cierto, porque si de verdad hubieran puesto atención a sus desvaríos y vaivenes, y a los de su familia, el Alcázar hubiera ardido en llamas mucho antes.

En realidad, sólo sabían de él algunas cosas y no pocas eran motivo de comentarios sarcásticos cuando no de burlas sin disimulo. Sabían que era rey de España desde el 16 de noviembre de 1700 y que había abdicado en su hijo Luis I en 1724 y de nuevo había retomado la corona el 5 de septiembre del mismo año. Supieron que su reinado, cuando murió en 1746, había durado cuarenta y cinco años y tres días, más largo que cualquier otro que se recordara, y que entre medias se había casado dos veces: la primera con su prima María Luisa Gabriela de Saboya, con quien tuvo cuatro hijos; y la segunda, a la muerte de la primera en 1714, con Isabel de Farnesio, con quien había tenido siete hijos.

Sobrino nieto de Carlos II, fue el primer Borbón, y pronto demostró su inestabilidad emocional cuando, en 1724, tuvo la ocurrencia de abdicar sin ninguna necesidad, porque su hijo Luis, desde luego, no era el más adecuado para el trono. Y menos a su edad.

Porque la historia de ese rey efímero hubiera sido motivo de chanza permanente entre los madrileños de no ser por las peculiaridades de su corto reinado. Y es que Luis, llamado El Bien Amado por unos y El Liberal por otros, tenía dieciséis años cuando el 10 de enero de 1724 su padre firmó un decreto por el que abdicaba en él. El joven, casado con Luisa Isabel de Orleans en 1722, cuando ella tenía catorce años, duró doscientos veintinueve días como rey, y entre tanto no tuvo otra cosa que hacer que atender a su esposa, una auténtica enferma mental.

La reina Luisa Isabel tenía un trastorno límite de personalidad. Su conducta habitual era presentarse a diario sucia y maloliente, en palacio y fuera de él, negándose a utilizar ropa interior. Por si ello no bastara, disfrutaba provocando a quien se le acercara enseñando su cuerpo desnudo, su culo o sus muslos, u otras zonas más íntimas, y a la hora de comer era aún peor, porque no sólo se negaba a comer en la mesa, sino que cogía alimentos y salía corriendo para comérselos glotonamente y de un modo repugnante en rincones apartados o en el mismo suelo. Su comportamiento no mejoraba con el paso de los días, sino que tan pronto se le descubría limpiando suelos, cristales, baldosas y azulejos como lavando tejidos de toda clase en los lavaderos del palacio. Cuando no le daba por desnudarse y limpiar con su propio vestido los cristales del salón.

Harto de las extravagancias de su esposa, el rey Luis escribió a su padre una carta en la que le decía: «No veo otro remedio que encerrarla lo más pronto posible, pues su desarreglo va en aumento». Y, entonces, antes de poder cumplir con ello, el joven rey se contagió de viruelas y a los siete meses de haber jurado como rey murió en Madrid, el 31 de agosto, nada más cumplir los diecisiete años. Un rey que nunca vivió en Madrid, sino en el Real Sitio de La Granja, y que repartió su reinado entre el cuidado a su esposa y la organización de grandes fiestas con sus amigos, sin aportar nada de utilidad a la ciudad.

Su esposa, a su muerte, fue enviada a Francia de regreso, en donde la Reina Loca murió en 1742.

También es cierto que Felipe V, al retomar el reinado, tampoco se caracterizó por su sano juicio, sobre todo al final de sus días. Era cierto que el duque de Saint-Simon, embajador de Francia en Madrid, lo describió como un rey que poseía «un gran sentido de la rectitud, un gran fondo de equidad, es muy religioso, tiene un gran miedo al diablo, carece de vicios y no los permite en los que le rodean», pero la opinión de otros muchos aseguraba que el despacho le aburría, que no sabía divertirse y que al final de su vida este aburrimiento le llevó a sumirse en una inercia total, preso de una profunda melancolía. Solo la guerra lo sacó por breves momentos de su apatía congénita, lo que le valió el sobrenombre de Animoso, pero toda su vida estuvo dominado por sus familiares. Desde muy pronto aparecieron en Madrid caricaturas alusivas a todo ello, sobre todo una especialmente célebre en la que se le mostraba guiado por el cardenal Portocarrero y el duque de Harcourt, embajador francés, con una inscripción que rezaba: «Anda, niño, anda, porque el cardenal lo manda».

Felipe V se empeñó durante mucho tiempo en llevar una camisa usada antes por la reina porque temía que le envenenasen con una prenda de ropa; otras veces prescindía de vestirse de cintura para arriba y andaba semidesnudo ante extraños. En ocasiones, se pasaba días enteros en la cama en medio de la mayor suciedad, hacía muecas y se mordía a sí mismo, cantaba y gritaba desaforadamente, incluso alguna vez pegó a la reina, con la cual se peleaba a voces. Y repetía tantas veces sus deseos de huir de Palacio y escaparse a los montes que al final no quedó más remedio que poner guardias en su puerta, por si acaso.

Incluso llegó a escribir una carta de abdicación al presidente del Consejo de Castilla, que era el órgano de gobierno principal de su reinado, para que reuniera a los consejeros y les hiciera saber que cedía la corona, otra vez, y en esta ocasión al príncipe Fernando, su heredero. El presidente del Consejo, el arzobispo de Valencia, era un leal servidor de la reina, por lo que decidió retener la carta hasta consultarlo con ella. Y la reina no sólo se negó a hacer pública la abdicación y le irritó el intento, sino que dispuso redoblar la vigilancia sobre el rey para que no persistiera en sus extravagancias.

A pesar de esos trastornos, que le venían de lejos, Felipe V no fue un pésimo monarca. Con él se fortalecieron las actividades económicas, mejoró el sistema fiscal, recuperó en cierta medida el comercio con las colonias españolas en América arrebatándoselas a Francia e Inglaterra, trazó leyes contra el contrabando, creó aduanas, regularizó el cobro de impuestos y dictó leyes que favorecieron algunos sectores de la economía, prohibiendo importar textiles y exportar grano. Además, creó compañías de comercio con las colonias y se preocupó seriamente, por primera vez en España, de la educación de los ciudadanos, y aunque la enseñanza primaria quedó en manos de las órdenes religiosas, la educación universitaria fue reformada con la creación de nuevas instituciones llamadas «colegios mayores», administrados por el Estado, y con un sistema novísimo de provisión de becas. El Colegio de Minería y otras academias científicas se pusieron en pie durante su reinado.

Y de manera muy especial, la Real Academia Española, creada en Madrid en 1713 por iniciativa de su alcalde, el marqués de Villena, Juan Manuel Fernández Pacheco, con el propósito último de «fijar las voces y vocablos de la lengua castellana en su mayor propiedad, elegancia y pureza».

En Madrid existieron con anterioridad muchas academias que intentaban emular a las italianas, destinadas no tanto a defender y reglar el idioma castellano como a establecer reglas poéticas. En la del conde de Saldaña, creada el 19 de noviembre de 1611, participó Lope de Vega hasta que se hartó de las luchas internas de sus miembros. El propio Lope escribió en una carta de 1612: «Las academias están furiosas: en la pasada se tiraron los bonetes dos licenciados. Yo leí unos versos con unos antojos de Cervantes que parecían huevos estrellados mal hechos». Y luego, al año siguiente, escribió en otra carta:

Sólo me cuentan de las Academias, donde acuden todos los señores y muchos de los poetas. Un mes pudo haber que fui a ver esto... Después acá me refieren crece aquel ejercicio, si bien más de los que oyen que de los que hablan y escriben. Esta última se mordieron poéticamente un licenciado Soto, granadino, y el famoso Luis Vélez: llegó la historia hasta rodelas y aguardar á la puerta. Hubo príncipes de una parte y de otra; pero nunca Marte miró tan opuesto a las señoras Musas.

Cierto: Soto de Rojas y Luis Vélez de Guevara se desafiaron y se batieron. Tras este suceso, el conde de Saldaña cerró la academia.

También en 1612 inauguró el propio Lope en Madrid la academia Selvaje, así denominada por reunirse en la casa de Francisco de Silva, también llamada «del Parnaso». Allí dictó su «Discurso sobre la poética». Y, más tarde, también adquirió cierta fama la Academia de Madrid, que duró desde 1617 hasta1622, con ese o con otros nombres. Allí acudían muchos poetas de la Corte y, en ocasiones, el mismo rey Felipe IV. Fue en esta academia en donde Lope de Vega leyó su célebre *Arte de hacer comedias*.

Y, entre bromas y veras, se crearon otras muchas academias, de carácter festivo o burlesco, que sólo duraban un par de días y se erigían en homenaje a una boda, a un nacimiento, a la festividad de un santo o a cualquier otra celebración, sin mayor trascendencia.

Pero, al fin, un proyecto cuajó en Madrid y su seriedad y rigor lo hizo trascender en el tiempo. Porque después de algunas reuniones preparatorias durante el mes de junio en casa del mismo marqués de Villena, el 6 de julio de 1713 se celebró en su casa la primera sesión de la Academia de la Lengua, hito recogido en su primer libro de actas, iniciado el 3 de agosto de ese año. Dos meses después, el rey Felipe V aprobó mediante una Real Célula su constitución, acogiéndola bajo su amparo y real protección. Esto significaba que los académicos gozaban de las preeminencias y exenciones concedidas a la servidumbre de la casa real.

Para su creación, se tomaron como modelos la Accademia della Crusca italiana, creada en 1582, y la Academia Francesa, fundada en 1635, y pronto acordaron que, como la francesa, la institución necesitaba un lema. Así es que se barajaron unos cuantos y se descartaron los demás para elegir el que siempre permanecería: un crisol en el fuego con la leyenda: «Limpia, fija y da esplendor».

Su objetivo esencial, desde su creación, fue la elaboración de un diccionario de la lengua castellana, el más copioso que pudiera hacerse, y ese propósito se hizo realidad con la publicación del *Diccionario de autoridades*, editado en seis volúmenes, entre 1726 y 1739, y en cuyos preliminares se incluyó una sucinta historia de la corporación.

Algunos miembros del Consejo de Castilla no vieron con buenos ojos la creación de esta nueva institución y no dudaron en interponer cuantos obstáculos burocráticos les fue posible para demorar su apertura oficial. Y entre ellos impusieron una censura religiosa que no venía a cuento, pero que los académicos aceptaron para ver autorizados cuanto antes sus deseos de inaugurar la Academia. Para ello aprobaron, como se les exigió, que antes de cada sesión se comenzara las reuniones de la Junta con la lectura de la antífona *Veni, Sancte piritus* y la oración *Actiones nostras quaesumus, domine*, y que, al acabar la reunión, se rezara el *Agimus tibi gratias*. Por si ello no bastara, asintieron a que siempre participaran algunos eclesiásticos en las sesiones, y que dichas oraciones las leyera el mayor de ellos.

Con la Iglesia se topó también la Literatura.

Por fin, en 1715 la Academia aprobó sus primeros estatutos. La institución estaba formada por veinticuatro miembros que, en aquellos primeros años de su historia, publicaron la *Orthographía*, en 1741 y la *Gramática*, en 1771. También fueron adaptándose sus estatutos en 1848, 1859, 1977 y 1993.

A las primeras reuniones asistieron, entre otros, Juan de Ferreras, historiador y teólogo; Gabriel Álvarez de Toledo, erudito, poeta, traductor oficial de diversas lenguas para la primera Secretaría del Despacho del Consejo de Castilla y bibliotecario mayor de la Real Biblioteca; varios poetas, algunos matemáticos, ciertos historiadores y otros eruditos. Eligieron director al marqués de Villena y un día a la semana, los jueves, se reunían para planear su proyecto de revivir los tesoros de la lengua y su estilo, alertados por el empobrecimiento del idioma y por la entrada de un exceso de galicismos en la lengua castellana. El marqués de Villena fue el primero que presentó una lista de un centenar de autores escogidos para extraer de ellos las voces del futuro Diccionario: eran autores de obras jurídicas (Códigos y Fueros), de crónicas de reyes, de textos gramáticos, de variados libros de cetrería y montería y obras de ascéticos y moralistas, así como ciertos libros antiguos, como el *Poema de Alejandro*, y obras de autores contemporáneos, como Cervantes, Lope de Vega, Calderón, Solís y Antonio Pérez.

La vocación de sus miembros, puesta al servicio de la utilidad colectiva, «al servicio del honor de la nación», se convirtió en la principal seña de identidad de la Real Academia Española, diferenciándola de las otras academias que habían proliferado en aquellos años y que estaban concebidas como meras tertulias literarias de carácter ocasional.

Velando por su permanencia, en 1723 se le concedieron al marqués de Villena, corregidor de Madrid y fundador de la Academia, 60.000 reales anuales para sus publicaciones. Luego, el rey Fernando VI le permitió publicar sus obras y las de sus miembros sin censura previa. Y en 1784, María Isidra de

Guzmán y de la Cerda, primera mujer doctora por la Universidad de Alcalá, fue admitida como académica honoraria y, aunque pronunció su discurso de agradecimiento, no volvió a comparecer más. Ella fue una de las primeras mujeres académicas del mundo.

En sus trescientos años largos de historia la RAE ha ido adaptando sus funciones a las exigencias y necesidades de la sociedad de su tiempo. Los últimos estatutos de 1993 establecen como objetivo fundamental de la Academia «velar por que la lengua española, en su continua adaptación a las necesidades de los hablantes, no quiebre su esencial unidad». Este compromiso se ha plasmado en la denominada Política lingüística panhispánica, compartida con la veintena de corporaciones que forman parte de la Asociación de Academias de la Lengua Española (ASALE), creada en México en 1951.

Un logro histórico, en definitiva, que aun siendo iniciativa del corregidor de Madrid, cabe situarlo en el haber de Felipe V, que desde el principio comprendió, alentó y participó en el desarrollo de la primera institución literaria española.

La Real Academia de la Lengua se alzó en el lugar donde estuvo el cuarto real del monasterio de San Jerónimo el Real, junto al Salón del Prado.

Felipe V vio fundarse también, durante su reinado, la Real Fábrica de Tapices de Santa Bárbara, asistiendo a su inauguración en 1720. Era una empresa dedicada a la fabricación de objetos de lujo, de manufacturas reales, que imitaban a los talleres franceses que proveían de piezas a los salones de Palacio y a las estancias de todos los edificios que habitaba el rey.

Situada junto a la Puerta de Santa Bárbara, razón por la que se denominó así, su primer director fue Jacobo van der Goten, llegado de Amberes con su familia, con el fin de ponerse al frente de una institución que perduraría en el tiempo sin llegar nunca a desaparecer. Madrid recibió a la Real Fábrica y a sus gestores con cierta indiferencia, no en vano se trataba de una industria que no conocía y que además se ponía en manos extranjeras, tanto su dirección como los tapices que de ella salían, ajenos a las costumbres propias por seguirse modelos de las escuelas flamencas de Philips Wouwerman y David Teniers III. Los telares de bajo lizo primero y de alto lizo después fueron tejiendo ornamentos exclusivos para la realeza que a los madrileños les resultaban ajenos por completo. Y por ello ni se inmutaron.

Como tampoco se dieron por aludidos cuando se inauguró una nueva fábrica de tapices en 1734, dirigida por el hijo de Van der Goten. Y cuando años después, en 1746, ambas fábricas se fusionaron y recibieron el apoyo decidido del nuevo rey, Fernando VI, la empresa empezó a tomarse en consideración por los madrileños. Entonces, sí.

Porque ya no sólo se imitaban los modelos italianos o franceses, de Amiconi, Giaquinto, Van Loo y Houasse, sino que algunos artesanos españoles como Antonio González Ruiz y Andrés de la Calleja añadieron a sus obras series como la «Historia de Don Quijote», reconocibles para los vecinos. A partir de entonces también se tejieron telas costumbristas mitológicas, y sobre todo de temática local, que aumentaron el prestigio popular de la Real Fábrica.

Felipe V, durante los últimos años de su reinado, dejó de tener cualquier presencia pública, a causa de un deterioro mental y físico extraordinario, y aquella desaparición hizo pensar a muchos vecinos que estaba secuestrado por su esposa, la reina, en unas apartadas habitaciones del palacio. Un declive biológico, en efecto, que le condujo en la noche del 9 de julio de 1746 a la muerte.

El médico real certificó, como causa última del fallecimiento del rey, apoplejía.

Por expresa disposición testamentaria, no fue enterrado
en la cripta real del monasterio de El Escorial, como sus antepasados, sino en el Palacio Real de La Granja de San Ildefonso, en la localidad segoviana del mismo nombre. Muchas veces había repetido que aquel palacio le agradaba más que los
del Buen Retiro y El Escorial, por su peculiar belleza arquitectónica, explicaba él, tan parecida a otras edificaciones de la
Corte de Francia.

Sus restos, posteriormente, fueron trasladados y reposaron junto a los de su segunda esposa en un mausoleo de la
Sala de las Reliquias de la Real Colegiata de la Santísima Trinidad, edificio adyacente al Palacio Real de La Granja.

Su muerte, a decir verdad, no produjo entre los madrileños ni frío ni calor. Fue una muerte que se esperaba sin inquietud y se conoció con indiferencia. Un triste final para un
rey triste.

Tampoco se podía pedir mucho más.

Mucho más alegre fue la celebración del bautizo del hijo
de Isidro Argote y Francisca, al que se le impuso el nombre
de Alonso, tal y como había deseado su padre desde que conoció su verdadero origen. Una ceremonia bautismal a la que
acudieron el primo José, atildado como un noble, y el primo
Enrique, acompañado por Juana, la hermana de Francisca,
quienes ya habían formalizado la promesa de matrimonio.

En los meses previos se temió que José mostrara su indignación por la afrenta de haber sido despojado de una mujer
que le embelesó desde que la conoció, pero con su actitud
demostró que la bondad natural que poseía y el afecto que
sentía por sus parientes eran roca difícil de horadar. No le
gustó conocer la noticia de que Juana había elegido a Enri-

que, pero tampoco hizo recaer la culpa en su primo sino, entre burlas, al mal ojo de Cupido en su flechazo, porque según aseguró entre risas era evidente que había errado el tiro y, con ello, menguado la felicidad que él podía haber proporcionado a la muchacha. Y de ahí no pasó la cosa. Al contrario: la ceremonia sacramental se desarrolló en un ambiente familiar y entrañable que después se bañó en buen vino de la posada y en unos dulces que Enrique adquirió para que no faltara de nada en un día feliz para los Argote.

Tan grata fue la jornada, en definitiva, que durante la celebración, una vez seca la tercera jarra de vino, el propio José vio pasar ante la Posada Botín a un grupo de madrileñas atildadas como si regresaran de una verbena y, ni corto ni perezoso, animado por el vino ingerido, se dirigió a una de ellas y, señalándola con el dedo índice, le espetó:

—Tú y yo nos vamos a casar.

La joven quedó seria, pensativa. Sus amigas, que al principio se sorprendieron de la bravura del hombre, se echaron pronto a reír, y se lo tomaron a broma.

—Para casarte con esta —dijo una de ellas, entre risotadas—, deberías ser, por lo menos, el dueño de esa posada.

—Lo soy —respondió él, con la mayor seriedad.

Y entonces volvió a dirigirse a la muchacha y le preguntó su nombre.

—Luisa —dijo, apenas en un susurro.

—Bien, Luisa —replicó él—. Yo me llamo José Teixeira, soy el dueño de esta posada y jamás vi en todo Madrid unos ojos como los tuyos. Quiero casarme contigo.

La muchacha sintió arder el fuego en sus mejillas y un incendio dentro de su cabeza. No obstante, tuvo la entereza de responder:

—Pues primero deberíamos conocernos un poco, ¿no lo creéis así, señor?

—De acuerdo —admitió José Teixeira—. Empezaremos

ahora mismo. Pasad todas y compartid con nosotros el bautismo que celebramos. —Y sin más miramientos, la tomó del brazo y la condujo al interior de la posada, seguidos por las demás muchachas, mientras le iba diciendo—: Hay bodas que llaman a bodas y bautizos a bautizos, pero creo que coincidirás conmigo en que es mejor ir paso a paso. Que lo primero es lo primero, y no por mucho madrugar... Si sabré lo que me digo, porque yo, sin ir más lejos, cuando compré esta casa para convertirla en posada, de esto hace ya más de veinte años..., cumplí una ilusión que siempre tuve, desde muy joven, no creas, porque para mí tener una posada de mi propiedad era...

—Hablas como llueve: a cántaros —sonrió Luisa.

Y José calló, sin saber que muchos años atrás una niña llamada Clara, entre los antepasados de su primo Enrique, le había dicho lo mismo a Diego, en los peldaños de piedra de las escaleras de la plazuela de Santiago, mientras jugaban a perseguirse.

José Teixeira y Luisa Sarmiento se casaron meses después en la ermita de San Felipe y Santiago. También Enrique de Tarazona y Juana Montilla. Una boda doble que, por lo inusual, llamó la atención de todo Madrid.

Era el 11 de septiembre de 1739 y, por mucho que el verano madrileño estuviera esforzándose por exhalar sus últimas bocanadas, hacía mucho calor.

12

La gran redada

Julio de 1749

Enrique de Tarazona y Juana Montilla se instalaron en una casa en la calle del Soldado, vía de curioso nombre cuya denominación procedía de la locura de un joven militar enamorado de una muchacha que prefirió profesar en un convento antes que casarse con él. El soldado, despechado, la mató, le cortó la cabeza y, metida en un saco, se la envió a la madre superiora del convento en la que ella había decidido profesar. Y, otro prodigio al fin, cuando la superiora abrió la bolsa que recibió se encontró la cabeza de la muerta que, con los ojos abiertos, gritó: «¡Madre!».

Como era lógico, el brutal asesinato fue conocido y el soldado detenido y ahorcado; y antes de ser enterrado, le fue cortada una mano para que, empalada, todo el mundo pudiese contemplarla en la calle donde cometió su horrible crimen. De ahí la denominación de una calle que, mucho tiempo después, cambió su nombre por la de un músico muy popular: Barbieri.

Por su parte, José Teixeira y Luisa Sarmiento se quedaron a vivir en la Posada del Peine, y fue de Luisa, concretamente, de quien partió la idea de poner braseros debajo de las mesas para mayor confort de sus huéspedes durante los fríos días del invierno, y también grandes velones de aceite colgados del techo, compuestos de candiles de cuatro mechas. Asimismo, empezaron a cocinar ciertos alimentos que, aun siendo para consumo de la familia, pronto fueron atrayendo por su buen aspecto y aroma y sirvieron para alimentar a sus clientes; y tan buenos eran y tanta su calidad que el secreto no pudo mantenerse y se hicieron célebres sus hojaldres, sus asados, su cuchifrito o cochifrito (una receta a base de carne de cordero, cabrito, chivo, cerdo o cochinillo a medio guisar, con vino para que se ablandara el guiso, y frita después con aceite de oliva en una sartén con abundante cantidad de ajos, vinagre y especias: perejil, romero, laurel y hierbabuena).

Y ganaron gran fama sus bartolillos.

Dos matrimonios que continuaron la amistad heredada de sus antepasados junto al formado por Isidro y Francisca, que acababan de tener a su primer hijo: Alonso.

—¡Alonso, ponte algo encima, que te vas a enfriar!

—No tengo frío, madre.

—Como tu padre. ¡Igualito que tu padre! Vaya hombres... ¡No hay quién os entienda!

Felipe V había muerto el 9 de julio de 1746 en el palacio del Buen Retiro. Y el 10 de agosto se proclamó rey su hijo Fernando VI.

Con él se abrió una nueva etapa para la historia de España que duró apenas trece años, y un periodo de cierta transición en Madrid que no tuvo mayores consecuencias que las que afectaron al resto del reino: un puñado de medidas que el nuevo rey, y sus validos, establecieron para todo el país. Del paso de Fernando VI por la capital no quedó mucho que reseñar: apenas el nombramiento de un gobernador político y militar que restó algunas funciones al corregidor, la creación de un hospicio en la calle de Fuencarral, luego convertido en Museo Municipal y más tarde en Museo de la Historia de Madrid, y algunos arreglos de un puñado de calles y la instalación de farolas que alumbraban casas particulares y señoriales del centro urbano.

Tan plácido fue para la ciudad su reinado que, a su muerte, el Concejo contaba con grandes cantidades de recursos económicos y por eso su sucesor, Carlos III, pudo llevar a cabo la verdadera primera transformación y ordenación de la capital del Reino.

A esa solvencia económica no fue ajena la imposición de un sistema de tributos que, con el nombre de catastro, obligó al pago de un impuesto ineludible a todos los vecinos propietarios de un inmueble, solar o local, una cantidad de dinero proporcional a su casa, a su situación y a su categoría.

—Al fin ha sido coronado rey don Fernando, a ver qué tal se porta con sus súbditos —comentó Enrique de Tarazona a su esposa y a sus amigos paseando por el Salón del Prado—. Porque otra cosa no sé, pero buena paciencia ha tenido.

—Paciencia y templanza —coincidió Juana—. Otro, en su lugar, hace mucho que estaría viviendo en otro país.

—¿Por qué dices eso? —quiso saber Luisa—. ¿Acaso no vivía bien en palacio?

—¿Vivir bien? —Enrique quedó extrañado por la pregunta—. ¿Es que no sabes cómo ha vivido?

—¡Como un príncipe, no te digo! —respondió, muy convencida—. No sé de ningún príncipe de Asturias que haya gozado de mala vida.

—Pues con él, no ha sido el caso —negó Enrique.

—¿Y eso? —interrogó José Teixeira.

—Porque su vida, hasta ahora, ha sido un infierno —afirmó Enrique, y movió la cabeza a un lado y otro, como si recordarlo le trajera motivos de lamento.

Porque entonces comenzó a narrar cuanto sabía. Dijo que durante los últimos veinte años se le obligó a vivir aislado en la Corte, sin poder recibir siquiera visitas. Con su mujer, ahora la reina, Bárbara de Braganza, había pasado muchos años encerrado en Palacio, por orden expresa dictada por la reina Isabel de Farnesio, temerosa de que la joven pareja tratara de urdir alguna conspiración contra su padre, Felipe V, ya enfermo y cada vez más trastornado. La reina no se fiaba del joven Fernando y le prohibió trato alguno con nobles, ya fueran leales o partidarios de la abdicación de su padre. Una orden que se hizo expresa en 1733, aunque las normas para su encierro databan de mucho antes.

—¿Y don Fernando no hizo nada al respecto? —se sorprendió José Teixeira.

—¿Y qué iba a hacer? —respondió Enrique, mientras alzaba los hombros repetidamente—. En el verano de 1733 se aprobó una especie de reglamento para regular los derechos y deberes del príncipe de Asturias, que no fue otra cosa que marcar el modo de coartar su libertad. No os sorprendáis con lo que decía tal reglamento, porque su crueldad fue tan inexplicable como opresora. Por ejemplo, dictaminaba que don Fernando y doña Bárbara podrían ser visitados, cada uno de ellos, por sólo cuatro personas al mes, y todas ellas tenían que figurar en la relación de nombres y cargos que específicamente se enumeraron. Además, no podrían recibir a más embajadores que a los de Francia y Portugal, que al parecer eran los únicos de fiar para doña Isabel.

—Estricta normativa, sí —comentó Luisa—. Pobres...

—Pero eso no ha sido lo peor —continuó Enrique—. Se estableció también que los príncipes no podían comer en público ni tampoco salir a dar un paseo ni acudir a ningún templo o convento, ni siquiera para recogerse en oración...

—No puede ser —rechazó Luisa, convencida de que Enrique exageraba—. Agrandas esas normas...

—Claro que era así —remachó él, asegurándolo—. Como también se prohibió al heredero asistir al Consejo de Gobierno y hasta fue vetado todo despacho con él, sobre todo y de manera principal, del valido Patiño y sus ministros...

—Ahora entiendo lo que dices —admitió José, afirmando con la cabeza—. Un infierno...

—Y encima se le exigió que se abstuviera de realizar cualquier visita a sus padres. Ni al rey ni a la reina.

—¿No podían ver siquiera a sus padres?

—No. Prohibido.

—Inaudito. Y ahora, que es rey, ¿qué va a hacer don Fernando? ¿Olvidará el trato recibido o prepara alguna venganza contra ella, la reina, su madrastra?

—Ya ha empezado a hacerlo...

Y así fue. Unos días después de la muerte de su padre, el nuevo rey ordenó a su madrastra, la reina viuda Isabel de Farnesio, que abandonara el palacio real del Buen Retiro y se fuera a vivir a una casa propiedad de la duquesa de Osuna, con sus hijos, los infantes don Luis y doña María Victoria. Y apenas pasaron unos meses cuando fue desterrada de Madrid y fijada su residencia en el palacio de La Granja de San Ildefonso.

—Nada de duelos. Demasiado cerca le he ordenado marchar. Demasiado —comentó Fernando VI—. No creo que haya motivo para su queja.

—Ciertamente —corroboró el marqués de la Ensenada, su primer ministro—. Ciertamente...

Pero la reina, en vez de agradecer la cercanía a la Corte, envió una carta a Fernando protestando: «Desearía saber si he faltado en algo para enmendarlo». La respuesta del rey no se hizo esperar: «Lo que yo determino en mis reinos no admite consulta de nadie antes de ser ejecutado y obedecido».

Era el año de 1746 y el país estaba enredado en la guerra de Sucesión austriaca entre los partidarios de María Teresa y el resto de Europa. Además, los seguidores de la reina viuda, un puñado de cortesanos italianos, intentaron entorpecer la política exterior de su hijastro, Fernando VI, así es que el nuevo rey los expulsó a todos ellos y firmó la Paz de Aquisgrán en 1748, fijó la neutralidad de España y se dedicó a reconstruir el país con algunas reformas.

Pero, Borbón al fin, quiso ser conciliador entre las facciones políticas, y dejó que el francófilo marqués de la Ensenada y el anglófilo José de Carvajal y Lancaster se repartieran el protagonismo de las reformas, pugna que no sólo impidió grandes logros sino que no terminaron las discrepancias hasta que, muerto Carvajal en 1754 y destituido el marqués, fue Ricardo Wall el designado para gobernar España en nombre del rey.

Pero hasta entonces, otros fueron los sucesos que se vivieron en Madrid, en la ciudad y en el seno de sus familias.

La doble boda de José con Luisa y de Enrique con Juana fue un acontecimiento que, por su escasa frecuencia, fue sonado en toda la Villa. Acudieron vecinos de casas cercanas y amigos de muchos barrios de Madrid, compañeros del trabajo municipal de Enrique de Tarazona y colegas de oficio hostelero de José Teixeira, así como proveedores de este y subalternos de aquel. La doble ceremonia nupcial se celebró en la ermita de San Felipe y Santiago, una pequeña iglesia situada en el Sotillo junto al paso del río Manzanares en dirección a Vallecas.

Eligieron los novios esa ermita porque gozaba de gran tradición en Madrid, al ser el lugar en donde se celebraba la fiesta de Santiago el Verde, justo cuando empezaban a verdear los árboles, al comienzo de la primavera. De ahí que llamaran así a la fiesta de origen pagano que se celebraba todos los primero de mayo y que consistía en una romería a la ermita seguida de una comida abundante y regada la excursión con vinos y otras bebidas.

Aquella era una romería muy popular. Acudían los madrileños ataviados con sus mejores ropas, de tal modo que ellos vestían de mayos y ellas de mayas, denominación que, desvirtuándose, pronto dio paso a la denominación de majos y majas a quienes de tal modo se engalanaban. Era el modo festivo de dar la bienvenida a la primavera y, para hacerlo bien, bajaban a los sotillos de la orilla opuesta del Manzanares y cruzaban el río en caballo, mula, yegua o borrico hasta la isla, logro difícil de conseguir por la escasez de caballeriza para tanto romero, lo que al final, tras muchos esfuerzos, de un modo u otro, todos conseguían.

Como también lo hicieron José y Luisa, Enrique y Juana, cada pareja en un coche de caballos adornado de azucenas y ramas de madroño. Las novias vestidas de blanco y los novios de chaquetilla bordada en oro y plata. Tras ellos, los invitados se presentaron a la ceremonia igualmente ataviados con sus mejores prendas: los majos vistiendo camisa blanca, pañuelo al cuello y fajín a juego, chaquetilla bordada y abotonada, pantalón ajustado de perneras hasta debajo de las rodillas y medias blancas; las majas engalanadas con corpiño, falda corta con vuelo, mandil, peineta y mantilla. Y ambos, hombres y mujeres, luciendo sus coletas recogidas con una redecilla, casi todas negras o rojas, sujeta en la cabeza.

Asistieron funcionarios, comerciantes, carpinteros, taberneros, alfareros, zapateros, sastres, libreros y otros muchos madrileños de los más variados oficios. El rey envió a un representante a la ceremonia y el corregidor a su regidor de Pésames y Enhorabuenas. El enlace matrimonial, oficiado por cinco curas y un párroco, resultó al fin emocionante y muy celebrado.

Y más festejado aún después, cuando los recién casados invitaron a todos a merendar en los jardines de la ermita, y hubo refrescos de nieve con agua y miel: aloja; y refrescos de vino azucarado: hipocrás. También agua helada con azúcar, café, té y bastantes jarras de chocolate, dulces y mazapanes, bombones y pasteles, vino de Ciudad Real y frutas de temporada.

No faltaron los conciertos de música ni una representación teatral a cargo de la compañía de comedias del Príncipe, avisada para la ocasión; y juegos de prendas, de naipes y de ajedrez. Y baile, muchas horas de baile hasta bien entrada la noche.

En aquel sarao se impusieron los sonidos de las castañuelas, las paraderas, las zarabandas, las chaconas y las pavanas, ruidosos los instrumentos y cada vez más alegres según avanzaba el día; y durante algunas horas algunos bailes según la moda francesa, como el minué, y otros bailes como el rigodón, el pasapié, el vals, el amable, el galop, la polca y el baile inglés.

Y juegos. Muchos fueron los juegos a los que se entregaron, alguno de ellos de honda raíz popular que se celebraban en todo Madrid y en las fiestas populares. Como El juego de cañas, una diversión que tenía lugar en muchas fiestas, propia de caballeros y en el que con frecuencia tomaban parte los propios monarcas. Era un juego de gran raigambre popular y netamente español, y con un gran calaje en Madrid, del que dieron amplias referencias, y muy detalladas, los escritores costumbristas de la época. Igual que El chito, un juego que consistía en arrojar un tejo o disco de hierro contra un pequeño cilindro de madera, tango, sobre el que se colocaban las monedas que apostaban los jugadores. El chito fue practicado por los madrileños desde el origen de la ciudad, de tal modo que estaba incluido en la rúbrica L, o 50, del Fuero de Madrid de 1202, que decretaba que «todo hombre que jugara a los chitos, y al arrojar el tejo, hiriera y no matara, pruebe su inocencia con seis vecinos y él mismo el séptimo de que no quiso herirlo; además pague la cantidad para curar la llaga y no peche ningún otro coto. Sin embargo, sin embargo, si no pudiera probarla, pague el coto».

Otro juego muy popular era el de La taba, consistente en lanzar al aire una taba de cordero, cuyas cuatro caras se denominan: taba, carne, culo y chuca, con una distinta valoración. Tuvo un gran arraigo en Madrid, incluso Cervantes lo reseñó en *La ilustre fregona* cuando el personaje Carrizo decía: «... en tres años que tardó en aparecer y volver a su casa aprendió a jugar a la taba en Madrid...».

Y nadie ignoraba tampoco el juego de Don Tancredo, consistente en que un muchacho se ponía a «cuatro patas» y otro, de menor peso, se ponía encima con los brazos cruzados y el cuerpo echado para atrás, con la cabeza alta y erguida con un sombrero de papel de tres picos, a quien se le denominaba Don Tancredo. Entonces otro muchacho hacía el papel de toro y, acercándose a Don Tancredo, mugiendo fuerte, olfateaba y pasaba junto a él sin derribarle. Este muchacho tenía que volver a pasar dos veces más por su lado y, entonces, el toro se marchaba. Era una reproducción de una suerte que se realizaba en las corridas de toros, y cuando a Don Tancredo le salía bien la faena, se bajaba de su pedestal a recibir los aplausos del público. Pero cuando el toro no se iba, sino que arremetía contra Don Tancredo, y lo tiraba al suelo, el público recibía el mal lance con un gran alboroto y jolgorio. Una suerte taurina que encantaba a los madrileños.

Al anochecer, del festejo de la boda se adueñaron las músicas del fandango, la más sensual y sugerente de todas, un baile que escandalizaba a los extranjeros porque lo calificaban de indecente, pero que era obligado en cualquier gran fiesta madrileña como momento cumbre, antes justo de empezar a disolverse la celebración.

Una boda doble, en fin, en la que participaron cientos de

invitados, que fue celebrada por todos y recordada por todo Madrid durante mucho tiempo, tanto por sus características singulares como por lo que se contó de ella siempre con una sonrisa en los labios, desde Maravillas a Barquillo, desde Fuencarral a Atocha, desde el Prado a Lavapiés. Sobre todo en Lavapiés, un barrio muy particular que era la antigua judería y en el que existía, como de siempre se supo, una fuente o pilón donde los nuevos cristianos «se purificaban» mojando los pies en ella antes de abandonar su religión y convertirse al cristianismo, pileta de donde tomó el nombre el barrio y la misma calle.

A la boda fue llevado, también, el hijo de Isidro Argote y Francisca, todavía bebé. Y su presencia fue una especie de incitación al desbordamiento de la naturaleza, una invitación al ánimo sucesorio, porque también nacieron dos niños más: un hijo de José Teixeira y de Luisa, al que bautizaron con el nombre de José, y el primero de los hijos de Enrique de Tarazona y Juana, con el que se siguió la tradición familiar y se le puso el nombre de Guzmán.

Niños a quienes siempre unió una estrecha amistad que se prolongó a lo largo de toda su vida.

Era época en que los madrileños ya se habían acostumbrado a vivir en la calle y permanecer poco en las casas, tanto por su carácter sociable como por su deseo de conocer todo lo que ocurría a su alrededor, ya fuera enterándose en corrillos y mentideros como en conversaciones vecinales que daban cuenta de lo novedoso, de lo rumoreado y de lo noticioso, por pequeño y nimio que pudiera parecer. Por eso Madrid fue pronto sede de botillerías y de cafés, que fueron sustituyendo a la sordidez y fama estrecha de los mesones y las tabernas, por lo general oscuras, malolientes, nocturnas y peligrosas.

—En Madrid se vuelve a casa cuando ya no queda más remedio —se decía desde siempre—. Mientras se pueda estar en la calle...

El café como bebida tardó en ser popular en la ciudad. Aunque muy conocido desde hacía un siglo, no era una bebida muy consumida, pero el café como lugar de encuentro se puso de moda en cuanto las botillerías se empezaron a transformar en centros de reunión para degustar ese nuevo bebible. En las botillerías se despachaban refrescos y sorbetes, que a menudo servían en una bandeja de mimbre que sacaban a la calle hasta la ventanilla del carruaje que hacía el pedido; pero con el tiempo se fueron refinando, sirviendo distintas clases de café y conociéndose los establecimientos con ese nombre genérico, como cafés.

Al principio, la botillería más famosa fue la de La Canosa, situada en un bajo asotanado de la Carrera de San Jerónimo, pero competían con ella la del Prado, frente al convento de los Agustinos Recoletos, y la de los Balbases, cuyo dueño era un tipo intrigante y huraño, feo y desgarbado, que, no obstante, como si así tratara de embellecer con sus manos lo que la naturaleza le había negado, preparaba unos sorbetes que se hicieron célebres en todo Madrid.

Pero la más antigua de la Villa fue la que se convirtió en El Antiguo Café y Botillería de Pombo, situada muy cerca de la Puerta del Sol, en la calle Carretas: un local modesto de suelo desnivelado que alcanzó gran fama por su leche merengada y su sorbete de arroz, aunque también era verdad que no era infrecuente que su arroz produjera diarrea y pronto se le adjudicó el apodo de «el Café de los cagones». Nunca resultó sorprendente que los madrileños estuvieran siempre prestos a buscar la chispa en donde se encontrara.

Pombo fue el café que antes se sumó a la costumbre francesa de acoger en sus mesas a tertulias de interior, y el que con los años fue más reconocido por establecer allí su mentidero Ramón Gómez de la Serna. Como lo fue el Café de la fonda de San Sebastián, en la plaza del Ángel, para Moratín, Cadalso, Iriarte y López de Ayala. O La Fontana de Oro, en la Carrera de San Jerónimo esquina a la calle Victoria, fundada por el italiano veronés Antonio Gippini y muy propicia para las conspiraciones de los liberales. O el Café de Santo Domingo, acogedor con su gran brasero invernal, situado en la plaza del mismo nombre.

Pero la primera fonda que se complementó con un café fue la de Genieys, en el número 8 de la calle de la Reina, pionera en la introducción de la cocina francesa en el gusto de los madrileños, consiguiéndolo. Otros cafés, como el de La Cruz de Malta, y el del Ángel, en la calle Caballero de Gracia y en la plaza del Ángel respectivamente, gozaron también de gran aceptación popular.

En los cafés no faltaba nunca un camarero especializado, o «maestro de café», que recomendaba el producto según los gustos; ni tampoco un turco, que por lo general era un sirviente disfrazado de tal, que lo servía con gran aparato y parafernalia. Era el modo que mejor se encontró de dar finura y elegancia a los establecimientos.

Por otra parte, las fondas continuaron siendo imprescindibles por la cantidad de viajeros que recalaban a diario en la ciudad. La Posada del Peine aumentó su clientela y, junto a ella, otras muchas se acondicionaron o se inauguraron. La Hostería de los Basilios, por ejemplo, en la calle Desengaño, frente a la iglesia de los Basilios, se hizo popular por sus pepinillos en vinagre y sus perdices estofadas, y luego surgieron muchas posadas secretas que eran casas particulares que ponían a disposición de los viajeros algunas habitaciones a cambio de un precio pequeño por habitación y noche de pernocta. Los labradores que llegaban a Madrid para vender sus productos, más modestos, se conformaban en cambio con alojarse en mesones, y no era infrecuente que terminaran vendiendo sus mercaderías, lanas, carnes, vinos, aceites o espartos a los propios mesoneros que los acogían.

Porque comer en una botillería, en una hospedería, en una fonda o en un café no estaba al alcance de todos los bolsillos, ni mucho menos. Madrid ya empezó a ser una ciudad poco barata. Desde los 15 reales que costaban los menús más caros, hasta los 2 reales, los más baratos, había precios de toda cuantía, pero aun así comer en Madrid resultaba gravoso y no estaba al alcance de muchas bolsas.

Años de transición de algunas costumbres y de deseos de modernización en algunas grandes ciudades, pero de manera especial en Madrid, la capital de España. El secretario de Hacienda, Marina e Indias, el marqués de la Ensenada, fue el primero que convenció a Fernando VI para que se iniciara una labor modernizadora del Reino y se regularan distintas situaciones que favorecerían el progreso de España, tratando de recuperar así una parte del prestigio perdido tras la guerra de Sucesión austriaca. Admitió el rey lo razonable de sus proyectos, y también su esposa la reina, doña Bárbara, y autorizó al marqués a ponerlos en marcha, iniciándose con ello un proceso de reformas y de la legislación general que condujo a una nueva situación para todo el país. Y para Madrid, concretamente, supuso un aumento de los fondos de sus arcas municipales que en el futuro iban a ser de gran utilidad para la transformación urbanística de la ciudad.

Lo primero que intentó el marqués, sin éxito por la negativa de buena parte de la nobleza a aceptar las nuevas normas tributarias, fue proponer modificar los impuestos tradicionales por un impuesto único que gravase a cada contribuyente de acuerdo a su fortuna y a sus propiedades: el catastro, que finalmente no pudo llevarse a la práctica hasta años después;

al igual que tampoco prosperó la idea de reducir los gastos públicos de las Cortes y del Ejército.

Sin embargo, sí pudo concluir en 1752 la idea de crear el Giro Real, una especie de banco público que se encargó de realizar transferencias de dineros públicos y privados relacionados con el exterior. De este modo logró que la Real Hacienda gestionara dichos envíos, con el correspondiente beneficio en comisiones para las arcas del Estado, y tan provechoso fue el resultado que años después el rey Carlos III imitó su experiencia creando el que sería el Banco de San Carlos, antecedente del Banco de España.

—El marqués de la Ensenada ha conseguido autorización real a barcos españoles para que comercien directamente con América, protegiendo a los navíos de registro frente al sistema de flotas.

—¿Y lo ha conseguido? ¿Tan fácil?

—No sólo eso, sino que ha logrado que disminuya el fraude y así lleguen más fondos al Estado.

—¿Y qué opinan de ello los comerciantes privados?

—No hacen sino quejarse, claro. Lo consideran una injerencia de la Corona en una actividad privada. Pero como el marqués también ha mejorado la Marina y ha gastado muchos dineros en mejorar la eficacia de los astilleros de Cádiz, Cartagena, Ferrol y La Habana, el resultado postrero ha sido del agrado general.

—¿Qué resultado? No sé yo...

—Hombre... una nueva y poderosa Marina española que protege las rutas comerciales y se está haciendo respetar en todos los mares.

—Pues falta hacía...

—Por eso es bien agradecido por quienes antes pretendían rapiñar un minúsculo diezmo al Estado.

—En tal caso, bien parece.

Ese tipo de conversaciones en los salones nobles concitaban halagos y respeto al rey y su valido, y después eran motivo de comentario o de abierta discrepancia en cafés y mentideros.

También fue causa de engrosamiento del Tesoro el hecho de que en 1753 la Corona firmó con el papa Benedicto XIV un concordato que sirvió para recuperar una buena relación con la Iglesia, deteriorada desde el apoyo papal al archiduque Carlos frente a Felipe V. Con ese nuevo concordato la Corona se aseguró un importante control sobre el clero y, en consecuencia, pudo obtener beneficios para sus arcas a cambio del derecho de Patronato Universal del Papa en el reino de España, un privilegio más honorífico que efectivo y que, en todo caso, no era del desagrado de la católica familia real española.

Y para satisfacer a la Orden de Malta, en 1755 se decidió que el edificio de tres plantas, en el número 20 de la Corredera Baja de San Pablo, propiedad de los señores don Andrés de Ayala Godoy y don Juan Simón del Valle, pasara a manos de la Orden de Malta, sirviendo desde entonces de hospedería para los caballeros de la orden. Una función que cumplió hasta que la desamortización llevada a cabo por Mendizábal desalojó de allí a la orden, convirtiéndolo en un edificio de viviendas y oficinas. Agrietado por un obús durante la Guerra Civil española, se declaró en ruinas en 1991, cuando el Ayuntamiento lo compró y expulsó a sus ocupantes entre pleitos y desahucios, prometiendo convertirlo en una casa de viviendas sociales que nunca hizo.

Como amante de la cultura e impulsor de su recuperación en Madrid, el marqués de la Ensenada colaboró en la creación en la Villa de la Real Academia de Bellas Artes de San Fernando, en 1752, una institución cultural cuyos orígenes se correspondían con las nuevas ideas que empezaron a llegar desde Francia.

En su origen, en 1744, se constituyó una Junta Preparatoria de la Academia en el Palacio Real, presidida por el primer escultor del rey, Juan Domingo Olivieri, quien desde 1741 mantenía una academia privada de escultura en sus habitaciones. Su labor de promoción le valió ser nombrado primer director general de la nueva Real Academia, incluso redactar con Felipe de Castro sus primeros estatutos, aprobados en 1747. El rey, que durante los primeros tiempos permaneció ajeno a la Real Academia de las Tres Nobles Artes de San Fernando, finalmente llegó a intuir sus beneficios y se involucró en ella, por lo que nombró como «maestro director extraordinario de escultura en la Academia» a su escultor personal, Felipe de Castro, de tal modo que quedó vinculada a la Corona y pudo darse a conocer oficialmente el 12 de abril de 1752.

En 1753 tres artistas italianos compartieron su dirección: Olivieri, Corrado Giaquinto y Juan Bautista Sachetti.

En un principio, sus actividades fueron la pintura, la arquitectura, la escultura y el grabado, y más tarde la música, tratando de convertir la creación artística en materia de estudio reglado, más allá del mero taller. Por eso contrató profesores y modelos que inspiraran a los alumnos en sus obras de creación; y los mejores alumnos, para que crecieran en su arte, obtenían prebendas y premios consistentes en ayudas económicas para continuar sus estudios en Roma.

Pero tal vez la decisión de mayor relieve del marqués de la Ensenada al servicio del rey, y seguramente la menos conocida por su vergonzosa adopción, fue una acción que marcó para siempre la época, la que se conoció como la Gran Redada y que consistió en un intento de exterminar a los gitanos de España.

Todo comenzó el 30 de agosto de 1749 cuando Fernando VI autorizó al marqués y a su gobierno a llevar a cabo una persecución general de los gitanos, realizada en secreto y de manera simultánea en toda España, para que fueran detenidos y erradicados. A aquella indigna operación de limpieza racial se la denominó Prisión General de Gitanos.

No fue una improvisación, ni una actitud xenófoba repentina. En 1539 (doscientos años antes) se había dictado ya una ley por la que se condenaba a trabajo forzado de galeras, como remeros, a los gitanos que se sorprendiera cometiendo cualquier falta, o incluso sin cometerla. Un poco después, en 1561, cuando Madrid se convirtió en Corte, se trató de impedir su llegada a la ciudad y su asentamiento en la Villa, encargándose personalmente el corregidor de que los gitanos no se instalaran en ella, incluso aplicando normas represivas y coacciones implacables. La prohibición de acercarse a menos de veinte leguas de la Corte se impuso, y su trasgresión se castigó con dureza. Los gitanos, desde aquellos tiempos, eran considerados con el calificativo de indeseables.

Pero, como era natural en la marabunta de la invasión de forasteros a la Corte, algunos gitanos consiguieron encontrar su sitio en algunos barrios populares de Madrid y asentarse de manera permanente. El propio Cervantes escribió las peripecias de unas familias gitanas asentadas en el este de la ciudad, en las cercanías del convento de los Recoletos, con sus mujeres e hijos, siendo ellas quienes salían a diario a pedir limosna a cambio de bailes zíngaros y oficio de quiromancia y adivinación. Incluso cuenta Cervantes que una joven gitana de hermoso talle y más lindo nombre, Preciosa, llegó a bailar en casa del corregidor y después requerida para que lo hiciera para el rey.

También se dictó un bando en aquellos años que prohibía el uso del idioma caló y a las mujeres vestir ropas de colores ni tocados propios de sus costumbres, so pena de ser azotadas y desterradas. En 1609, finalmente, el corregidor acordó su expulsión de Madrid hasta no menos de doce leguas de distancia, norma que fue refrendada por la Sala de Alcaldes bajo la excusa de que se habían instalado demasiados gitanos en la Villa.

Así se impidió, durante unos años, la llegada de nuevas familias, aunque algunas gitanas casadas con caballeros castellanos lograron autorización para quedarse dentro de la ciudad, y otras se casaron a tal fin, como Catalina Pérez, en 1611, que convenció a un aguador castellano, con el que mantenía amoríos ciertos, para que se casara con ella y así obtener licencia de permanencia.

También la Inquisición colaboró en la limpieza étnica mediante acusaciones de aojos y hechicerías a muchas gitanas, en ocasiones sin pruebas y en otras con ellas, como el caso de la gitana que fabricó unos bebibles para una bodegonera de Puerta Cerrada para logar que su amado volviera a su lado, o la gitana que convenció a una madre para que medicara a su hijo con otro brebaje de su invención. En ambos casos se demostró la naturaleza del timo y ambas sufrieron tortura, prisión y destierro.

—Pero no siempre fue así —explicó Enrique de Tarazona a sus amigos—. Recuerdo haber leído la publicación de 1633 de una pragmática que trató de que se respetara a esa gente. Incluso se declaró injurioso insultar a alguien con el calificativo de gitano.

—A ver... —asintió Isidro—. ¿Acaso no eran personajes populares en teatros y comedias por sus bailes y fiestas?

—Y tanto —añadió Enrique—. El mismo rey don Felipe IV, nuestro señor, asistió encantado a los bailes de compañías de danza que bailaron a lo flamenco, lo castellano, lo catalán, lo vizcaíno y lo gitano durante las fiestas celebradas en el Buen Retiro en 1637.

—Y eso poco fue —recordó Isidro, para sorpresa de su esposa Francisca, que ignoraba tales conocimientos en su marido—. ¿Pues no sabéis que hubo de cambiar el corregidor sus ordenanzas sobre alojamiento de gitanos para que fueran bien vistos y alojados en Madrid?

—Muy cierto —concluyó Enrique—. Veo que has leído sobre esas cuestiones, mi querido Isidro.

—Es que yo también fui pobre, Enrique.

—Lo sé.

También hubo autoridades, alcaldes y guardias que no llegaron a atreverse a enfrentarse a los gitanos incluso cuando delinquían, tanto por su aguerrida fama como por su afición a mostrar el brillo de las hojas de sus facas a la menor ocasión, por lo que muchos se limitaron a mirar hacia otro lado y permitirles seguir la ley de la familia y a unos pocos a delinquir, ya fuera por comodidad o, en la mayoría de las ocasiones, por necesidad, al no encontrar a nadie que les diera trabajo para atender a su sustento. Y, así, Madrid terminó contando con una población gitana abundante y muchas veces molesta. Si a ello se añade que la guerra de Sucesión concluyó y devolvió a la ciudad a una soldadesca pobre y sin recursos, muchos de ellos convertidos en vagabundos, contrabandistas, desertores y gentes de mala vida, entremezclados con los gitanos con o sin su consentimiento, no le quedó más remedio a las autoridades municipales madrileñas que poner coto a la creciente amenaza real o supuesta, encargándose a la policía allanar hogares y requisar todo tipo de armas. La operación policial, sin embargo, no disminuyó la frecuencia de altercados callejeros ni la delincuencia urbana, así que fue un clérigo, el obispo gobernador del Concejo, con el apoyo explícito del marqués de la Ensenada, quien consiguió que se procediera al exterminio de los gitanos por peligrosos e indeseables.

Fue la Gran Redada de 1749, cuando sin miramientos ni distinción de edad, sexo o culpa, se procedió a su extinción en toda España, conduciendo a los hombres a los arsenales de El Ferrol, Cádiz y Cartagena, a trabajar forzadamente en sus obras de construcción, y a las mujeres a ser recluidas en prisiones, con la obligación de trabajar para compensar los gastos de su encarcelamiento.

La idea fue comunicada a Fernando VI. Y el rey, complacido, propuso que tal exterminio no sólo se circunscribiera a Madrid, sino que se ampliara a todos los gitanos de España. Y así fue. No era tarea fácil, pero en Madrid, al conocerse la localización de las casi novecientas familias gitanas que estaban a la espera de licencia para asentarse, la operación de expulsión y apresamiento resultó más sencilla.

Las injusticias no se hicieron esperar. Se detuvo a un niño de ocho años, Pedro Gómez, a quien se condujo a galeras. A una niña muda se la apresó y condujo al presidio de Toledo. Incluso un preso, José Fáez, castellano viejo, exigió ser liberado junto a Brígida Salazar, su esposa gitana, y sus hijos pequeños, pero la autoridad consideró que ella debía seguir presa, por muy casada que estuviera con un payo.

La Gran Redada, así, fue eficaz, pero ignominiosa. Y tan vergonzosa que hasta el rey Carlos III, una vez resuelto el asunto y devuelto a los gitanos su condición, solicitó que fuera retirada esa mención de la biografía de Fernando VI, pues «hace poco honor a la memoria de mi hermano».

Porque en 1763 se notificó a los gitanos, por orden del rey Carlos III, que iban a ser puestos en libertad. Pero antes hubo que resolver el problema de su reubicación y reformarse la legislación sobre los gitanos. Esto supuso dos años de dilación, desesperando a los gitanos presos que reclamaban su libertad, hasta que el rey dio órdenes de finalizar el asunto.

Finalmente el 6 de julio de 1765, dieciséis años después de la Gran Redada, se emitió la orden de liberar a todos los presos, y quince días después se cumplió el mandato en toda España. Aun así, quedaron algunos rezagados, e incluso en 1783, treinta y cuatro años después de la redada, estaban siendo liberados algunos gitanos en Cádiz y en El Ferrol.

Un ejemplo del intento de reconciliación con los gitanos por parte de las autoridades fue la censura que sufrió en 1770 don Ramón de la Cruz con su sainete *Las gitanillas*, porque tuvo que corregir la obra y sustituir los versos donde se decía que los gitanos «han hecho mil robos en la comarca» por otros dos versos que el propio censor ofrecía voluntariosamente: «porque un jumento han hurtado en la comarca». Se trató de presentar a los gitanos como meros «tipos» folclóricos, incapaces de actitudes agresivas y hechos delictivos.

La equiparación legal de los gitanos con los demás ciudadanos españoles llegó finalmente en 1783, al promulgarse una pragmática que abolió la larga relación de textos legales contra ese grupo étnico desde 1499.

En 1771 se produjo un hecho que produjo, a la vez, un gran escándalo y un sentimiento de compasión en la ciudad, en cuanto se supo lo ocurrido en el cementerio de la muy conocida y popular iglesia de San Sebastián.

Se trataba de un recinto religioso principalísimo en Madrid. Denominado así en honor a san Sebastián, mártir asaeteado por orden de Diocleciano que era miembro de su guardia pretoriana y había realizado apostolado cristiano entre sus compañeros y amigos, era quizá la iglesia por la que más personajes ilustres pasaron. En una de sus capillas fue enterrado Lope de Vega, fallecido el 27 de agosto de 1635, y Juan Ruiz de Alarcón, en 1639; Ventura Rodríguez, en 1788; Ramón de la Cruz, en 1794; Juan de Villanueva, en 1811 y José de Espronceda, en 1842. En ella también fueron bautizados, como constaba en sus archivos, Ramón de la Cruz, en 1731; Leandro Fernández de Moratín, en 1780; Patricio de Escosura, en 1807; Francisco Asenjo Barbieri, en 1823; Luis Madrazo Kuntz, en 1825; José de Echegaray, en 1832, y Jacinto Benavente, en 1866, entre otros muchos personajes madrileños ilustres. Como lugar de celebración matrimonial, en ella contrajeron matrimonio Gustavo Adolfo Bécquer con Casta Esteban, en 1861; Julián Romea con Eloísa Gorriz, en 1883; Práxedes Mateo Sagasta con Ángela Vidal, en 1885. Y Larra, en 1829; y Bretón de los Herreros, en 1837; y Zorrilla, en 1839; y Alonso Martínez, en 1857; y Fortuny, en 1867; y Alberto Aguilera, en 1873; y Canalejas, en 1878; y Menéndez Pidal, en 1900; y Serrano, en 1902... Y muchos otros. A su cofradía pertenecieron muchos madrileños, como cabe imaginar, entre ellos los mismos Fernando VII e Isabel II.

La iglesia de San Sebastián arrastraba una larga historia. Fundada en el año 1541 por el cardenal arzobispo de Toledo, Juan de Tavera, pronto se hizo templo y parroquia para los madrileños que acudían a otras iglesias cercanas. En 1553 se compró el terreno en el lugar que luego ocupó siempre, costeado por Hernando de Somonte, vecino de la Villa, y un año después se iniciaron las obras, a cargo del alarife madrileño Antonio Sillero. La iglesia se concluyó en 1578, aunque su torre se comenzó a construir en 1612 por el maestro Lucas Hernández. Su entrada principal estaba en la calle de Atocha y el edificio lindaba con la calle de San Sebastián.

Fue una iglesia con derecho de asilo, es decir, que se podían acoger a él quienes temían la persecución de la justicia, y permaneció intacta hasta que una bomba del ejército franquista la destruyó el día 19 de noviembre de 1936. A pesar de los destrozos, se consiguieron salvar muy importantes archivos de la parroquia, y el edificio se reconstruyó a partir de 1943, por Francisco Íñiguez, una reconstrucción alentada y esforzada por los párrocos don Hilario y don Manuel Herranz Estables, que fueron reconocidos con una placa a su memoria. La iglesia de San Sebastián es monumento nacional histórico-artístico desde el día uno de octubre de 1969.

Pero el episodio trágico que convulsionó a Madrid en aquel año de 1771 sucedió en su cementerio, ubicado entonces en la parte trasera. Y el protagonista fue el escritor gaditano, afincado en Madrid, José Cadalso, cuando murió su amada, la actriz María Ignacia Ibáñez, a quien se conocía como la Divina. La cosa fue que Cadalso, en pleno éxtasis del romanticismo tan propio de la época, desesperado por su muerte, se pasaba las noches rondando el cementerio, hasta que convenció a uno de los sacristanes para que le ayudara a desenterrarla para abrazarla y sentirla de nuevo junto a él. Fue la ronda nocturna la que, descubriéndolos en tan macabro intento, impidió la profanación y detuvo al poeta.

Debía de ser muy hermosa María Ignacia Ibáñez, su musa. A ella le dedicó innumerables poemas, llamándola siempre por el nombre de Filis, una actriz nacida en 1745 en Carabanchel Bajo de una familia natural del pueblo turolense de Fuentes Claras. La joven, que vivía en la calle de Santa María, murió a los veintiséis años a causa del tifus, el 22 de abril de 1771, y fue enterrada en el cementerio de la iglesia de San Sebastián en la capilla de Nuestra Señora de la Novena por haber pertenecido a su congregación.

Hija del autor teatral José Ibáñez y de Tomasa Fernández, desde muy pronto destacó por sus cualidades artísticas. Ya en 1768 trabajó en el Teatro de la Cruz, en la compañía de María Hidalgo, y representó el papel de la condesa Ava en la comedia neoclásica *Sancha García,* de Cadalso. Después formó parte de la compañía de Juan Ponce, llegando a ser considerada la mejor actriz de España, a la que calificaban la Divina o la Sobresaliente, un alias propio del argot teatral de la época.

Bella, culta y «la mujer de mayor talento que yo he conocido —escribió José Cadalso—, tuvo la extravagancia de enamorarse de mí, cuando yo me hallaba desnudo, pobre y desgraciado. Su amable trato me alivió de mis pesadumbres; pero murió a los cuatro o cinco meses de un tabardillo muy fuerte, pronunciando mi apellido». Y tanto fue el amor de Cadalso que después de enterrada fue difícil apartar al poeta de su lápida, permaneciendo días enteros en la iglesia hasta que llegaba la hora de cerrar, y luego deambulaba alrededor del edificio noche tras noche, en un enloquecimiento que no disimulaba. Hasta que un día sobornó al sacristán para desenterrarla. Fue una noche sin luna. Le fue abierta la verja y, alumbrándose con un farol, llegó hasta la tumba, inició a golpear la lápida con la piqueta y sólo se detuvo cuando, al oír los golpes, unos policías entraron, lo reconocieron y lo arrestaron.

José Cadalso no fue encarcelado, pero le obligaron a abandonar Madrid y a afincarse en Salamanca. Un hecho, en definitiva, que causó entre los madrileños, al mismo tiempo, escándalo y compasión, porque el enfebrecido amor del romántico poeta conmocionó a todos cuantos conocieron el suceso.

Otro de los legados a tener en cuenta en el haber de Fernando VI fue la fundación del Real Jardín Botánico en 1755, en el Soto de Migas Calientes, en el Camino del Pardo, decidido por el rey porque quería que el recinto se dedicase al estudio y conocimiento de la botánica, como exponente de su interés por dotar a Madrid de un lugar adecuado para el desarrollo de las principales innovaciones científicas y técnicas. Así se hizo, aunque posteriormente, en 1774, Carlos III decidió su traslado hasta el Prado con el fin de divulgar la utilidad y valor de esa ciencia, algo que no se apreciaba por los vecinos al estar situado en un lugar tan alejado de la ciudad.

El Prado era un enclave natural tan privilegiado como frecuentado, al ser un lugar de paseo. Por eso el Botánico se convirtió en la primera de las piezas del programa ilustrado ideado para el recién urbanizado Paseo del Prado, para ennoblecimiento de la capital; y junto con la Academia de las Ciencias y el Observatorio Astronómico componían el conjunto de edificios destinados al ejercicio científico. Fue el arquitecto Sabatini el encargado de proyectar este nuevo centro cultural, científico y docente que aunaba la investigación con el recreo de la vista y el aprendizaje de los madrileños en esa materia, dotando, además, al conjunto con una portada monumental de acceso que lo hacía aún más atractivo y visitado.

Antes de morir Fernando VI se produjo un hecho menos popular, pero tan cuestionado como la afrenta a los gitanos. Y ello fue la prohibición de la masonería en España, decretada el 2 de julio de 1751 y que causó estragos en la Logia francesa instalada en Madrid y en la propia masonería madrileña. Una decisión que vino impuesta por la Iglesia católica al Concejo, al que no le quedó más remedio que dictar una ordenanza en tal sentido, y que el rey, que no mostraba ninguna antipatía por los masones, sino más bien todo lo contrario, admitió por extravagancia o por cobardía en unos años en los que, como a su padre, ya empezaba a bailarle la cabeza por los territorios de la locura.

Una locura que se inició con la muerte de su esposa, la reina Bárbara de Braganza. La mujer había enfermado, padeciendo una persistente tos que la obligaba muchas veces a suspender las veladas que se organizaban en Palacio. Al objeto de aliviarse, en 1758 se marchó a vivir a Aranjuez, en la creencia de que podría curarse de su asma, y aunque al principio pareció que mejoraba, al cabo regresaron los síntomas. Cuando en julio empeoró su estado de salud, manifestado por unas fiebres altas, y en agosto perdió definitivamente la voz, su final era un hecho: murió en la madrugada del 27 de agosto de 1758 y su cadáver fue trasladado al convento que ella misma había fundado, el de las Salesas Reales, y provisionalmente guardado bajo la cripta.

Los reyes estaban tan compenetrados que la muerte de la reina le produjo a Fernando VI un agravamiento de su propia salud, hasta llegar a unos desvaríos que culminaron en un alto grado de locura. Porque si durante las recaídas de la salud de la reina Fernando VI siempre estuvo a su lado, paciente y atento a cuanto ella necesitara, la muerte de su esposa aceleró el proceso de la enfermedad de Alzheimer que padecía él, según han dictaminado estudios recientes.

Ni siquiera quiso formar parte del cortejo fúnebre que condujo el cadáver de la reina hasta Madrid, sino que se marchó de Aranjuez el mismo día en que murió Bárbara de Braganza y, desmoronado, se encerró en el castillo de Villaviciosa de Odón acompañado por su hermanastro, el infante don Luis.

En la Corte pensaron que allí estaría bien, porque nada le recordaría a la reina y podría distraerse con la caza, pero de inmediato afloraron los primeros síntomas de su enfermedad y ya no hubo modo de recuperarse para continuar su reinado. Se describieron así sus últimos días:

Sentía grandes temores de morir o de ahogarse y fue abandonando los asuntos y la caza. [...] El último documento que firmó es de un mes después de la defunción de su esposa y el último despacho del rey con el ministro Wall fue a principios de octubre de 1758, «de pie y en conversación». [...] El rey dejó de hablar, y fue reduciendo sus comidas hasta el punto de que no se alimentaba. Las manías hicieron su aparición y poco después se encerró en una habitación en la que había sitio escaso para una cama, donde pasó sus últimos meses.

Se mostraba agresivo, quería morder a todo el mundo, se le medicaba con opio... Intentó suicidarse varias veces y pedía veneno a los médicos o armas de fuego a los miembros de la guardia real... Jugaba a fingir que estaba muerto o, envuelto en una sábana, correr por los pasillos haciéndose pasar por un fantasma. Su locura fue imparable.

Fernando VI estaba cada día más delgado, y no se lavaba nunca. No dormía en la cama sino sobre dos sillas y un taburete y, mientras deambulaba por el castillo de Villaviciosa de Odón, por Madrid circulaban versos como estos:

> *... Si este rey no tiene cura,*
> *¿a qué esperáis o qué hacéis?*
> *Muy presto cumplirá un año*
> *que sin ver a vuestro rey, os sujetáis a una ley*
> *hija de un continuo engaño...*

Murió el 10 de agosto de 1759, decimotercero aniversario de su proclamación como rey. Su cadáver fue trasladado al convento de las Salesas Reales, junto al de su esposa, en un sepulcro provisional debajo del coro. Más tarde, los mausoleos de ambos fueron construidos en 1765. El de Fernando, diseñado por Sabatini, labrado en mármol por Francisco Gutiérrez Arribas, instalado en el lado derecho del crucero de la iglesia del convento. Y el de Bárbara de Braganza en el coro bajo de las monjas, detrás del de su esposo.

—¡A los toros, a los toros!

—¿Iremos?

—¿Cómo no? Por nada del mundo me perdería ver la nueva plaza de toros.

Isidro Argote apresuró a sus amigos para que estuvieran listos para acudir a la inauguración de la plaza de toros de la Puerta de Alcalá y a presenciar el festejo que se iba a celebrar aquel 3 de julio de 1749, un espectáculo que iba a durar desde las once de la mañana hasta las siete de la tarde.

—¡A los toros!

—Eso, eso —había susurrado el corregidor al oír tanto júbilo entre los vecinos por la instalación del nuevo coso taurino—. Que el pueblo, mientras se divierte, no conspira.

La nueva plaza se había construido sobre la anterior de madera existente en el mismo lugar, y había sido recubierta con paredes de cal y canto. Tenía una capacidad para doce mil espectadores. Situada en el camino de Alcalá, pasado el Prado y junto a la antigua Puerta de Alcalá, el edificio taurino fue regalado al pueblo de Madrid y al Real Hospital General, para ayudar a sus ingresos, por el rey Fernando VI, que lo costeó en su totalidad. La nueva plaza, que desde su apertura fue la más importante del mundo, se mantuvo durante ciento veinticinco años como primer coso taurino de Madrid, con una circunferencia que rondaba los mil cien pies y que contaba con ciento diez palcos y la grada cubierta, además de los tendidos de madera. Poco después, estos tendidos fueron sustituidos por otros más cómodos y amplios de sillería, con lo que la capacidad final de su aforo fue de 9.669 localidades.

—¡A los toros!

—¿Quiénes son los maestros toreros? —preguntó Enrique de Tarazona, más por curiosidad que porque, en realidad, le importara quiénes fueran, dados sus escasos conocimientos sobre la actualidad de la tauromaquia.

—Ahí es nada —resopló Isidro, queriendo poner de manifiesto la excelencia del cartel—. José Leguregui, *el Pamplonés*, Juan Esteller, *el Valenciano*, y Antón Martínez. ¡Y además habrá rejoneadores! —añadió eufórico.

—Buenos espadas, sí —asintió Enrique, por dar la razón a su amigo.

—¿Y qué crees tú? ¿Veremos algún lance nuevo? —quiso saber José Teixeira.

—¿Por qué lo preguntas? —se extrañó Isidro.

—Porque..., bueno, en fin. Es que a mí las corridas de toros, ya...

—¡No seas sieso, José! —le regañó Isidro—. ¿Pues qué va a haber? Parcheo, pica con garrochón, lanzada de a pie... Los rejoneadores, ya se sabe..., gustan de repetirse.

—¿Y los matadores? ¿Innovan?

—Déjate de quejas, primo José —se hartó Isidro, herido en las dudas que zarandeaban su gran afición a la fiesta de los toros—. ¡Innovar! ¡Ni que los artistas fueran cirujanos! Harán lo mismo que aprendieron Melchor Calderón, o Lorencillo, o Malagueño, o el Chiclanero... o yo mismo cuando oficiaba de tal. ¡Qué preguntas...!

—Perdona, Isidro —se arredró José—. Cosas del no saber.

—Bah, no te ofendas, primo —lo abrazó Isidro—. Ya sé que no eres un gilipollas...

Gilipollas. Era el insulto madrileño por excelencia. Una invención de Madrid que hizo fortuna y atravesó el río de los tiempos. Porque gilipollas se aplicaba a una persona de pocas luces y escasa inteligencia, lerda y sin agudeza, tonta, deshilvanada. El origen de su creación se forjó en honor de un fiscal del Consejo de Hacienda, don Baltasar Gil Imón, que vivía con sus dos hijas en una calle cercana a la Ronda de Segovia, junto a la basílica de San Francisco el Grande, en los años finales del siglo XVI.

Las dos hijas de don Baltasar, Fabiana y Feliciana, carecían de motivos para agradecer a los Cielos su aspecto, su gracia y su intelecto. El fiscal, por ello, frecuentaba cuantas fiestas podía acompañado de las dos niñas por ver si así lograba caballero o mozo dispuesto a casar con alguna de ellas, y a ser posible con las dos. No le faltaba al consejero posición social ni bienes, pero la empresa resultaba difícil dadas las características de las muchachas. Jovencitas a las que, por costumbre de la época, se las denominaba «pollas», como a toda moza en edad adolescente y prestas para el casamiento.

Ni que decir tiene que todo el mundo conocía las intenciones del fiscal, por lo que al entrar en cada fiesta o salón siempre había quien comentaba: «Ahí viene don Gil con sus dos pollas». Era una frase que, como una cantilena, se repetía por doquier y con una sonrisa en los labios. Y tanto se repitió la frase que, a fuerza de susurrarse y acortarse, terminó derivando en la expresión gilipollas que hacía referencia a tan peculiar trío y a la escasa perspicacia de padre e hijas.

No hay noticias de si hubo final feliz a los intentos casamenteros del buen padre. Pero la expresión se quedó grabada en el vocabulario madrileño como insulto y definición de persona de escasa inteligencia y aún mayor idiotez, simpleza y memez.

—¡A los toros! —repitió eufórico Isidro.

—Bien, no grites más —recriminó Francisca, su mujer—. ¡Ya vamos! Pero a ver si alguna vez vamos al Corral del Príncipe, que tanto Juana como Luisa y yo queremos ir al teatro.

Porque la renovación del Corral del Príncipe, ya gestionado por el Concejo municipal, había quedado muy mejorado. Precioso, fue la expresión que utilizó todo el mundo cuando se reinauguró en 1745 con un diseño de teatro a la italiana, esto es, con escenario frontal y un patio de butacas frente al proscenio de las tablas donde se desarrollaba la obra.

—Precioso, en verdad —repitió Enrique de Tarazona porque el Concejo había dado en el clavo al reformar el viejo corral de comedias.

—No presumas tanto, Enrique, que si no llega a ser por la lucidez de don Ventura Rodríguez... —reparó Luisa, la esposa de José Teixeira.

—¡Pero si es obra de Juan Bautista Sachetti! —protestó Enrique—. Él es el arquitecto mayor de Madrid. Y ambos lo hablamos sobre plano antes de iniciarse las obras...

—Sí —sonrió Luisa—. Planos dibujados por Ventura Rodríguez.

—¿Cómo sabes eso? —Enrique frunció las cejas y arrugó los ojos.

—Lo sabe todo Madrid —replicó desdeñosa Luisa.

Y Francisca y Juana sonrieron también al contemplar el gesto del rostro de Enrique, por haber quedado en evidencia.

—Bien, es cierto —admitió al fin—. Pero mejor que no extendáis esa información porque Sachetti se gasta malas pulgas, y no quiero que piense que yo ando menguándole el prestigio y la autoría de...

—No te apures, marido —le abrazó Juana, su mujer—. Ese secreto morirá con nosotras.

—Tampoco es para tanto —se apartó Enrique y se colocó los lentes para seguir leyendo la Gaceta del día. Y susurró—: Os invitaré a la primera función del sábado.

—¡Así habla un hombre! —se alborozaron las tres—. ¡Al teatro! ¡Al teatro!

Farinelli, que había llegado a Madrid en 1737, fue nombrado director de los teatros de Madrid y, en el corral, introdujo la ópera italiana, música que finalmente se extendió por toda España. Su condición de músico al servicio de la Corte, unida a su prestigio e influencia, le permitió llegar a cantar ante la reina Bárbara de Braganza mientras su profesor de música, Scarlatti, tocaba el clavecín. Pero su mayor aportación a Madrid provino de su capacidad para favorecer a la cultura, cual empresario moderno, y como gran gestor organizó conciertos de ópera en la ciudad y en el mismo río Tajo, cerca de Aranjuez, para deleite de quienes acudían entusiasmados a los eventos musicales que inventaba y dirigía él mismo. Con el tiempo, Farinelli, por su tributo a la cultura madrileña, recibió la distinción de ser nombrado caballero de la Orden de Calatrava y mereció innumerables honores por parte de la Corte y regalos de parte de nobles y vecinos de Madrid.

Al igual que en 1748 llegó a Madrid María Mola, una bruja conocida como la Agorera que había sido expulsada de Burgos por sus malas artes. Se instaló a las afueras, al no obtener licencia de asentamiento en la Villa, y para congraciarse con la ciudad colaboraba con un viejo franciscano en las necesidades de los pobres y de los mismos frailes, entregándole semanalmente un celemín de harina.

Y así continuaba su vida y sus menesteres con engaños y ardides adivinatorios para incautos cuando el viejo fraile, ingenuo, recomendó a un joven franciscano de su convento atormentado por sus dudas de fe que acudiera a ver a María Mola, famosa ya por sus dotes. El frailecillo, aunque escamado por semejante conseja, aceptó acudir finalmente a ella y obtuvo de la bruja una receta.

—Mañana, al amanecer, celebra tu primera misa —le dijo al joven fraile—. Y comprobarás que del Cielo bajará la respuesta que buscas. La obtendrás de Dios o del demonio, y podrás actuar en consecuencia.

Nada más habría ocurrido si el fraile hubiera desoído la receta y no la hubiera tomado en cuenta. Pero lo cierto es que creyó lo que le dijo la bruja y a la mañana siguiente, al alba, celebró su misa en soledad, en una capilla entre penumbras. Y de repente sintió un gran alboroto en las alturas y, aterrado, se desmayó, convencido de que el demonio había acudido hasta él.

Cuando se descubrió la verdad, se supo que la bruja había azuzado en la capilla una gran lechuza, para que el frailecillo creyera en las dotes de la Agorera. Y en consecuencia fue condenada a la horca, sentencia que fue cumplida públicamente, y fueron muchos quienes, engañados también por ella, lapidaron su cuerpo arrojándole piedras y cuantos escombros encontraron a mano.

Allí no acabó todo, porque durante muchos años se dijo que en la calle donde vivía María Mola se oían de noche voces y lamentos, y se sentía su presencia. Incluso muchos vecinos dejaron de pasar por allí, de tan grande como fue el terror que inspiró una de las últimas brujas que atemorizó a buena parte de Madrid.

Otra hechicera que se hizo muy popular, a su pesar, fue la Ventosa, que con su mote dio nombre a una vía en aquella época. Una curandera que alcanzó tal publicidad y reconocimiento popular que la calle de la Paloma Baja cambió de nombre por ella y sus métodos, que tanto dieron que hablar en la ciudad en el siglo XVIII. Y era que sus métodos se diferenciaban de los empleados por otros sanadores de su tiempo. Ejercía entre la Gran Vía de San Francisco y la Ronda de Segovia, a pocos metros de la Puerta de Toledo, y ofrecía servicios y remedios varios, hasta que cayó en desgracia. Porque Juana Picazo, *la Ventosa*, se hizo famosa sanando a sus clientes aplicándoles sobre la zona dolorida o castigada una ampolla de vidrio que utilizaba como ventosa. Con ello aseguraba curar dolores e inflamaciones a cambio de sumas muy altas de dinero.

Según explicaba, su secreto radicaba en que su herramienta de trabajo, la ampolla de vidrio, había pertenecido al mismísimo san Isidro, e incluso había sido utilizada por él. Y aunque fue cierto que en unos primeros momentos sus pacientes sentían alivio a sus males con tal método, con el discurrir del tiempo la buena fama de Juana se fue poniendo en duda, hasta que algunos de sus pacientes se sintieron estafados porque sus dolencias no mejoraban y su bolsa menguaba, así es que decidieron tomar la justicia por mano propia y aplicarle un castigo ejemplar: le cortaron el pelo al cero, la embadurnaron en una sustancia pegajosa, similar a la brea, y la cubrieron con plumas.

Y, para mayor escarnio, no conformes con lo anterior, la montaron en un burro y la pasearon con semejante aspecto por plazas y calles de Madrid, mientras era insultada y golpeada por la gente que se sentía engañada por la embaucadora hechicera.

Finalmente fue expulsada de la ciudad. Sin embargo, su vivienda se dio en conocer como «la de la Ventosa», lo que con el tiempo definió el nombre de toda su calle.

Aquello sucedió veinte años antes de que en 1764 se dejara ver por el Cerro de las Vistillas otra bruja de nombre Andrea de la que se extendió la leyenda de que montaba en su escoba con largas faldas negras durante las noches de luna llena. Una imagen brujesca que hizo fortuna en el imaginario colectivo y traspasó fronteras, representándose desde entonces así en grabados y cuentos infantiles en todo el mundo. Verruga incluida.

—Pero ¿de qué te has vestido, mujer?
—¿No te gusta?
—Pues..., no lo sé... Pareces una duquesa...
—¿Verdad?

Francisca se presentó ante Isidro Argote, su marido, ataviada de tal modo que los ojos de él se hicieron redondos como luna llena. No cabía en sí de su asombro, al verla engalanada de tan extraño modo.

—Es la moda francesa, esposo —explicó ella—. Todo Madrid se viste ya así.
—Será la nobleza...
—Como nosotros —replicó ella, desdeñosa.

En realidad, no le faltaba razón. En aquellos años cambió la moda en el vestir, siendo el corsé la invención más llamativa, una especie de faja rígida que reducía la cintura hasta espigarla y cortar la respiración, al punto de que no fueron pocos los grabados satíricos que aparecieron en los que se veía a toda una familia y el servicio tirando de los cordones para conseguir ajustar la prenda. Incluso muchos hombres llegaron a utilizarlos para estilizar también su figura. Y, curiosamente, algunos niños de la nobleza, aunque naturalmente muchos menos.

Otra moda que se imitó a su llegada de Francia fue la exageración en los peinados, llevándose tan desmesurados que precisaban de la asistencia de un peluquero especializado para que su arquitectura se sostuviera en pie. Las damas de alcurnia contaban con peluquero propio, y si la fortuna les alcanzaba, preferían que fueran franceses y dispuestos a acudir día tras día a las casas en las que se les reclamaba. Podían peinar «a lo adorable», «a lo celosa», «a lo impaciente», de modo que cada peinado tenía un significado acorde con el ánimo del día de la dama que acicalaba.

Empolvar la cabellera, de hombres y mujeres, era otro signo de distinción: el peluquero colocaba en el rostro del cliente un cucurucho con un orificio en la punta para respirar y le esparcía los polvos, un procedimiento más higiénico que el agua que, en determinadas épocas, era un peligro de contagio de enfermedades, pestes y otros males. Tuvo que avanzar cien años la historia para que el baño con agua volviera a ser de uso común, y mezclada con vinagre o vino para enjuagarse la boca y lavarse las manos. Las axilas se frotaban con toallas perfumadas, para contrarrestar el olor, y se empleaban inciensos de aromas varios para desinfectar ropas.

—¿Y ese escote? ¿No sientes pudor, mujer?

—Pero si todas lo llevan...

Ciertamente, en los vestidos se ampliaron considerablemente los escotes, y se acortaron, muy ligeramente, las faldas, dejando asomar el pie. Una moda iniciada en Madrid por

María Luisa de Saboya, esposa del rey Felipe V, y que generó protestas porque, al dejar el pie a la vista, se hizo necesario cuidar más los zapatos, y como lo elegante era que fueran importados de Francia, fabricados con sedas y bordados en oro y plata, y además no se debía repetir el calzado ya usado en anteriores fiestas, acumular zapatos femeninos era caro y los maridos se quejaban del gran gasto que tal moda imponía.

Los vestidos realmente distinguidos tenían que ser de seda fina y colores apagados, con nombres inventados para el color, como «suspiro sofocado», «lágrimas indiscretas», «de panza de pulga», «lodo de París», «corazón de petimetre», o el raro nombre del color «entrañas de procurador», imposibles de conocer o recordar salvo por las damas y sastres más avezados en las denominaciones a la moda.

Los lunares pintados con carboncillo en el rostro de las damas, por otra parte, se pusieron también a la última, y conformaban un lenguaje propio dependiendo de su posición. El marqués de Valdeflores fue el único que publicó unas cuartillas desvelando las claves para desentrañar el misterio: si se pintaban en la sien izquierda significaba que la dama estaba comprometida; si era en la sien derecha, significaba que estaba dispuesta a romper su relación y aceptar que otro galán la cortejase. Si no había lunar alguno, la dama carecía de compromisos. La cosa se complicaba cuando se lucían varios lunares pequeños: si estaban junto al ojo derecho, el caballero dispuesto a cortejarla no podía mirar con atención a tal o cual persona; si estaban junto al ojo izquierdo, el caballero podía mirar a quien quisiera; si se agrupaban a la derecha de la boca, no debía hablar con tal o cual señor, y si el grupo de lunares estaba a la izquierda de la boca significaba que ese día el caballero había cortejado muy bien. Ahora que si los lunares se agrupaban bajo la nariz, malo: el caballero cortejante lo había hecho muy mal. En fin, una proposición inoportuna o rechazada, un mal paso.

—¿Otro abanico, Francisca? ¡Por el amor de Dios! Si tienes...

—Apenas tengo unos pocos...

Porque así sucedió también, al igual que con los zapatos, con un complemento singular que hizo furor en muy poco tiempo: el abanico. Esencial en el coqueteo femenino y con un significado concreto en cada uno de sus movimientos y en las formas de mostrarse u ocultarse, se convirtió también en objeto de colección, sabiéndose que la reina doña Isabel de Farnesio dejó a su muerte más de un millar y medio de abanicos. Coleccionar abanicos fue otro mordisco dinerario a los patrimonios de las casas más nobles.

En cambio lo que fracasó por completo fue el uso de las basquiñas de colores. Se usaban desde hacía mucho tiempo, pero de colores oscuros y discretos, y esos mantos o capas se empezaron a usar de colores vivos, incluso en las procesiones de la Semana Santa. Mucha gente lo tomó como una indecencia y una irreverencia, de modo que el Gobierno se vio obligado a dictar una pragmática que prohibía el uso de basquiñas que no fueran de colores oscuros.

—Vas a arruinarme, Francisca —concluyó Isidro, tras observar las exageraciones de su mujer en el vestir y en los complementos con que se adornaba—. Haz como tus amigas Luisa y Juana y vístete como siempre, mujer, que tú no eres francesa.

—Sois todos unos antiguos —protestó ella, dándose la vuelta y saliendo de la estancia con la nariz muy alta—. Lo que hay que oír... No parecéis madrileños...

13

El Motín de Esquilache

Julio de 1760

TERCERO

El 11 de septiembre de 1759 Carlos III fue proclamado rey, pero pasó varios meses de estancia en el palacio del Buen Retiro decidiendo cuáles iban a ser los pilares más firmes de su reinado. Y después, cuando el 13 de julio de 1760 hizo su entrada en Madrid, se encontró con que la ciudad era un enjambre de más de ciento cincuenta mil habitantes que apenas esperaban nada nuevo de otro rey más, a tenor de las experiencias vividas con los anteriores borbones.

La verdad era que ni los madrileños esperaban nada de Carlos III ni el nuevo rey esperaba nada de los madrileños, un sentimiento mutuo de indiferencia cuando no de correspondida animadversión, hasta el punto de que Carlos III sopesó dos tentativas de trasladar la Corte fuera de Madrid, en una ocasión a Sevilla y en otra a Valencia, y los madrileños le invitaron en ambas ocasiones, con su desdén, a hacerlo. El nuevo rey, además, vivía casi siempre lejos de Palacio, y pasaba largas temporadas en Aranjuez, La Granja, El Pardo o El Escorial, evitando una ciudad que le desagradaba profundamente y de la que no escondía sus opiniones al considerarla sucia, desagradable, huérfana de la grandeza propia de una capital y, además, peligrosa.

Sin embargo, la proclamación de Carlos III se festejó aparentemente de forma majestuosa. Se preparó todo como si la ciudad estuviera entusiasmada con su nuevo rey, de modo que se formó una gran comitiva que pasó por las calles engalanadas para la ocasión: la calle ancha de San Bernardo, la plazuela de Santo Domingo el Real, la calle de las Veneras, la plazuela de San Martín, Bordadores, Platerías..., hasta las puertas del Ayuntamiento, en donde se efectuó la ceremonia de entrega del pendón real. Luego la comitiva se dirigió al palacio del Buen Retiro para realizar el acto principal de la coronación, recorriendo la calle de Platerías, la Puerta de Guadalajara, la Calle Mayor, la Puerta del Sol y la calle de Alcalá. Y tras la proclamación pública, coreada por una multitud que se enardecía porque se le lanzaba monedas de oro y plata, el cortejo regresó hacia la Plaza Mayor, para realizar el segundo acto de proclamación.

Y, por si fuera poco, luego se llevó a cabo un tercer acto en la plazuela de las Descalzas Reales. Ventura Rodríguez, el arquitecto municipal, fue el encargado de engalanar las calles con colgaduras y adornos en fachadas y balcones, diversos arcos de triunfo, muchas fuentes y galerías de columnas, estatuas y bajorrelieves. Ni que decir tiene que no faltaron fuegos artificiales, las tradicionales mojigangas en las que los hombres se vistieron de animales, los bailes populares y algunas corridas de toros.

Pero, con todo, los madrileños en general prestaban a las opiniones del monarca sobre Madrid oídos de mercader, o sea, una indiferencia sin disimulos. Tan solo uno, Lope de Tarazona, el segundo hijo varón de Enrique y Juana, alzaba el tono y mostraba abiertamente su indignación por cuantos reproches y epítetos oía del rey y la expresaba a viva voz a la menor ocasión. Sus amigos José y Alonso, los hijos de José

Teixeira e Isidro Argote respectivamente, le rogaban prudencia, pero ni ellos, ni sus hermanos, lograron apaciguarlo. Y tanto fue el alboroto de Lope, y tan desmedida su enemistad con Carlos III, que un buen día decidió reunir todo el monto recibido de la herencia de su padre, convenció a sus hermanos para que le prestaran parte de la suya y fundó un periódico satírico con la única finalidad de burlarse del rey nómada, aquel que se pasaba más tiempo en Aranjuez, La Granja, El Escorial y El Pardo que en el sitio que le correspondía en su residencia en la capital.

—El rey vendrá a Madrid a pasar las fiestas de Navidad —oyó decir en una ocasión por la calle—. Otro año más.

—Se repite más que el ajo...

—Pero el 7 de enero volverá a trasladarse a su palacio de El Pardo, como siempre.

—¿No te digo? Pues, lo que es por mí, ya se sabe: a enemigo en fuga, puente de plata —rezongaba Lope.

—Te van a oír, hermano —le advertía Guzmán, recriminándoselo como correspondía, por ser el mayor de los hermanos—. Sosiégate y contén esa lengua.

—Como no me la corten... —desafiaba él.

En El Pardo hasta abril, la primavera en Aranjuez, un par de semanas en el Buen Retiro, el verano en La Granja y el otoño en El Escorial hasta las fiestas de la Navidad fueron las residencias reales durante veinte años, precisamente hasta que en 1780 quedó acabado por fin el nuevo Palacio Real. Veinte años en los que los madrileños lo apreciaron tan poco como ellos se sentían apreciados por el monarca, a pesar de que el corregidor y sus regidores trataron de armonizar los desafectos, revirtiéndolos, y resaltar las obras públicas que Carlos III encargó, proyectó y realizó en la Villa para que tuviera un aspecto mejor y resultara más grata a vecinos y visitantes.

—¡Hasta se ha iniciado ya la construcción de una basílica en honor de san Francisco el Grande!

—¡Vaya mérito! —replicaba Lope, sarcástico—. Que se lo agradezcan los curas...

Madrid, en 1750, contaba con unos 142.000 habitantes, según el catastro realizado; cincuenta años después, en 1800, alcanzó la cifra de 195.000 vecinos, debido a una nueva oleada inmigratoria en la que abundaron los apellidos vascos en sectores industriales y los apellidos catalanes en ocupaciones comerciales y artesanales, además de otros muchos españoles de las provincias más cercanas que llegaron a la ciudad para entrar al servicio de las familias con recursos y de altos funcionarios de la Corte. Una nueva inmigración, otra más, que volvió a reducir proporcionalmente la población madrileña de dos o más generaciones, recuperando otra vez la cualidad de ciudad abierta, cosmopolita, amable y sin raíces que la caracterizó desde siempre.

De nuevo el carácter madrileño, tan especial y grato para cualquier visitante o forastero, se debió a la escasez de naturales de Madrid, una seña de identidad que continuó haciendo de la Villa una ciudad de todos en la que nadie se sentía realmente extraño. Una ciudad para hombres sin patria que la hicieron suya sin olvidar sus orígenes; una ciudad de forasteros que de inmediato se sentían tan madrileños como el que más.

Madrid: la ciudad más libre por ser la menos exigente para contar sus vecinos.

Una capital, también, que por mucho que creció quedó a gran distancia demográfica de otras grandes capitales europeas, como París o Londres. Y que, al contrario de aquellas, tampoco logró el atractivo urbanístico y ornamental de aquellas, lo que provocaba una irritación continua en Carlos III y una honda preocupación en sus corregidores o alcaldes.

De los cuatro hijos que sobrevivieron a Enrique de Tarazona y a Juana, sólo Lope se quedó en Madrid, y, como ocurriera con sus antepasados, su apellido siguió sin pasar inadvertido porque se hizo otra vez popular como uno de los más conspicuos alborotadores contra la dinastía borbónica. Entre sus hermanos, el mayor, Guzmán, estudió Leyes en Alcalá y se casó con una dama valenciana con quien se instaló en la localidad levantina de Sueca, en donde ejerció su profesión de jurisconsulto y llegó a ser nombrado miembro del Tribunal de las Aguas de la ciudad de Valencia. El tercer hermano, Tirso, no alcanzó los quince años de edad, muriendo por una gripe mal curada, y la pequeña, Fuencisla de Tarazona, la menor de los cuatro, se desposó en 1753 con un noble de Medinaceli y marchó a tierras sorianas, en donde envejeció plácidamente y murió a una avanzada edad después de dar a luz y criar sanos a seis hijos varones que extendieron sus posesiones y quehaceres por todas las tierras de la vieja Soria.

Sólo Lope permaneció en Madrid, compartiendo tertulias nocherniegas con sus parientes Alonso Argote y José Teixeira, muchas veces a las puertas de Botin, la casa de comidas que muy pronto resultó ser un buen negocio familiar. Estudioso y de cabeza despejada, como toda la estirpe familiar de la que provenía, Lope estudió Letras y Humanidades en Alcalá, luego entró al servicio del Concejo para reemplazar la vacante dejada por su padre al morir y, tras no comulgar con el conformismo municipal ante ciertos criterios reales, un día decidió dejar el Concejo, reunir sus dineros e invertirlos en *El Impertinente Embozado*, una gaceta que nunca tuvo licencia legal pero que se distribuía por Madrid para gozo, burla y regocijo de muchos madrileños a los que el rey no les resultaba en absoluto simpático. Y aunque todo el mundo sabía quién andaba detrás de su publicación, ni el Concejo ni la propia Casa Real se atrevieron a arrestarlo ni a censurar nunca el libelo, convencidos de que tal acción podría suponer un nuevo encrespamiento popular, y de ninguna forma querían que se repitieran los sucesos acaecidos tras el llamado Motín de Esquilache del 23 de marzo de 1766.

Lope era joven, despierto y divertido, aunque también era verdad que le faltaban algunos centímetros de estatura para poder competir como galán en las correrías madrileñas y en las muchas fiestas a las que era invitado. Quizá también le sobraran unos centímetros en el diámetro de su cabeza, pero de esa herencia genética carecía de culpa, y, además, era excusable por lo mordiente de su lengua y la agilidad de sus respuestas, sobre todo cuando de burlarse de los lameculos del rey se trataba. Vestía con refinamiento, esmeraba sus modales, cuidaba sus formas y seducía sin arriesgar la buena fama de las damas, de modo que no le costaba tener amoríos y su presencia se antojaba imprescindible en cualquier fiesta que pretendiese reunir a lo más notable de la Villa, aunque de algunas tuviera que salir antes de tiempo para evitar ser retado a duelo por sus poco disimuladas ofensas a la Corona.

Lope de Tarazona sabía en dónde encontrar noticias que le permitieran afilar sus escritos contra el rey y aprovechaba cualquier rumor para ir tirando del hilo hasta encontrar un ovillo jugoso que le facilitara carne fresca para el guiso de su mordaz publicación. Por eso, cuando supo que don Ventura Rodríguez se había recluido en su casa, desmoronado y triste, moribundo y desencantado, no dudó en solicitar la venia para ir a visitarlo.

—Mucho os agradezco haberme recibido, señor —saludó Lope al entrar en el salón en donde le esperaba Buenaventura Rodríguez Tizón, conocido por todo Madrid como Ventura Rodríguez—. Gozáis de un magnífico aspecto...

—Sentaos, señor de Tarazona, y no os molestéis en halagarme. De sobra sé cuál es mi aspecto.

—Envidiable, señor.

—¿Envidiable? —Ventura Rodríguez alzó el bastón en señal de gran irritación—. ¡Estáis ante un viejo, un decrépito animal prehistórico, un desecho de Madrid! ¡Pura arqueología! ¡No os burléis, señor mío!

Lope de Tarazona lo observó durante unos segundos. Ante él estaba sentado un hombre al que le habían robado el orgullo y la fama, y sobre todo el trabajo, un trabajo por el que, hasta hacía poco, estaba reconocido como el más grande arquitecto de España. Considerado el último barroco, fiel continuador de las ideas de la Ilustración y aferrado al neoclasicismo en sus últimos años, había pasado por méritos propios de ser un simple delineante que ayudaba a su padre, el maestro alarife Antonio Rodríguez, a delineante de Filippo Juvarra en las obras del Palacio Real, después a aparejador segundo de Giovanni Sacchetti en las obras del mismo palacio, más tarde a académico de la Academia de San Lucas de Roma, y finalmente a arquitecto de Fernando VI en la construcción de la capilla del Palacio Real.

Y aquello sólo fue el principio: la iglesia parroquial de San Marcos, la finalización de la basílica del Pilar en Zaragoza, la decoración del interior de la iglesia del Real Monasterio de la Encarnación de Madrid, supervisor de todas las obras que precisaban licencia de construcción por parte del Consejo de Castilla, la Colegiata madrileña de San Isidro, el palacio de Liria, el de Altamira, el de Boadilla del Monte, director de estudios de Arquitectura de la Real Academia de Bellas Artes de San Fernando y otros cientos de obras y méritos conformaban una biografía profesional tan extensa como intensa, sin olvidar la Puerta de Atocha, el convento de los Padres Premonstratenses, la iglesia del monasterio de Santo Domingo de Silos y decenas de obras más. Pero aquel hombre que había dejado su ingenio, su saber, su desvelo y sus huellas en toda España, desde Granada a Pamplona, desde Oviedo a Barcelona, desde Jaén a Zamora, ahora estaba sentado ante Lope abrigado por un viejo batín, el mentón mal afeitado, la comisura de los labios húmedos de saliva, los ojos vidriosos y opacos, la nariz roja y la doble papada reposando en su pecho, como un ser desarmado y vencido, resignado y sin fuerzas para mirar de firme a su interlocutor.

—¿Qué os ha postrado a vuestra situación, don Ventura? —preguntó Lope, por iniciar la conversación.

—El rey —suspiró el arquitecto—. Maldito sea...

—¿Don Carlos III?

—¿Y quién si no? —Cabeceó Ventura Rodríguez, lamentando su existencia—. Yo era maestro mayor del Ayuntamiento de Madrid, don Lope. ¡maestro mayor! Pero llegó ese Sabatini y...

—No lo puedo creer, maestro. —Lope tiró de la cuerda que iba a hacer tañer la más estruendosa de las campanas—. Vos sois el mejor arquitecto de Europa...

—Quién me lo iba a decir. —El arquitecto entornó los ojos y pareció que se escondía en su interior, rememorando su pasado—. Si mi padre me hubiera visto... Y mi madre, la pobre doña Jerónima Tizón, que tantas lágrimas derramó cuando abandoné el hogar familiar en Ciempozuelos para venir a Madrid. ¿Sabéis, señor? Por ella, sólo por ella, no marché a Italia, por no disgustarla, y eso que allí me esperaban los grandes Bernini y Francesco Borromini. Pero me las apañé para estudiar sus obras con las estampas y los informes que se podían conocer en los estudios de algunos maestros arquitectos madrileños y de ellos aprendí, como aprendió Herrera, o Busiñac, o Sacchetti... —El arquitecto exhaló un suspiro—. Pero llegó Sabatini y...

—¿Qué pasó? —interrogó Lope—. Mucho parece haberos perjudicado don Francesco Sabatini.

—Él no. El rey. Fue cosa del rey. Con la miserable excusa de que le construyó en Nápoles el Palacio Real de Caserta, lo hizo llamar a Madrid. Y vino.

—Pero no falta en Madrid trabajo para todos los arquitectos —apuntó Lope—. Bien podríais...

—¡Yo era el maestro mayor! —de repente, Ventura Rodríguez pareció revivir con la rabia y determinación del despojado—. ¡Ordené urbanísticamente Madrid, diseñé las fuentes de Cibeles, Neptuno y Apolo en el Salón del Prado, además de las colindantes Cuatro Fuentes, la de las Conchas y la de la Alcachofa...! ¿Y cuál ha sido el premio? ¡Me han robado la construcción de la Puerta de Alcalá! ¡Me la ha robado Sabatini, señor don Lope!

—El rey don Carlos, querréis decir.

—¡Eso es! ¡El mismísimo rey!

La irritación de Ventura Rodríguez le hizo toser, congestionándose. Por un momento Lope pensó que se ahogaría e hizo traer un vaso de agua para el arquitecto, que lo agradeció con un gesto de la cabeza. Luego bebió un par de sorbos hasta que se tranquilizó y recobró el ritmo de su respiración.

Lope de Tarazona le dio unos segundos de tregua antes de seguir en busca de carnaza para emplearla como munición contra el rey.

—Siempre creí que acabar el Palacio Real era encargo del monarca para vos y para Sacchetti.

—Lo era.

—¿Y qué pasó?

—Que el rey lo hizo llamar a Palermo, le nombró maestro mayor de las Obras Reales, lo hizo designar académico de honor de la Real Academia de Bellas Artes y, no contento con eso, le ascendió a teniente general del Cuerpo de Ingenieros. Y, además, fue designado gentilhombre de cámara e investido con el hábito propio de caballero de la Orden de Santiago.

—¿Y a vos?

—Aquí me tenéis, señor. —Ventura Rodríguez volvió a sorber un poco de agua de su vaso y tosió una vez más—. Un sepulcro me espera en la capilla de los arquitectos de la iglesia de San Sebastián.

—Bah, bah —Lope trató de quitar hierro al asunto—. Estoy seguro de que aún saldrán de vuestro ingenio otras muchas obras... En cuanto reposéis unos meses...

—Hacéis bien en contar la vida en meses —replicó el arquitecto—. Hacerlo en años sería una exageración por vuestra parte...

Era cierto que la presencia en Madrid de Sabatini, y los favores que recibió de Carlos III, habían condenado a aquel hombre a una fuerte depresión. Porque, además, cuando el arquitecto italiano realizó, una tras otra, las obras encomendadas por el rey, su prestigio y popularidad silenciaron por muchos años la ingente labor de Ventura Rodríguez. En apenas treinta años Sabatini concluyó las obras del Palacio Real, realizó las instrucciones de alcantarillado, empedrado y limpieza de Madrid, construyó la Real Casa de la Aduana, inició la prolongación del ala sureste del Palacio Real, realizó los sepulcros de Fernando VI y Bárbara de Braganza en las Salesas Reales, remodeló la Cuesta de San Vicente, proyectó y levantó las Puertas de Alcalá, la Real del Jardín Botánico de Madrid y la de San Vicente, construyó la Casa de los Secretarios de Estado y del Despacho, llamados los Palacios de Grimaldi y de Godoy, acabó la basílica de San Francisco el Grande, construyó el convento de los franciscanos de San Gil en el Prado de Leganitos, reconstruyó la Plaza Mayor incendiada en 1790 y realizó el puente de la Culebra en la Casa de Campo, entre otras muchas obras.

Y algo trascendental para la ciudad: terminó el Hospital General en Atocha.

El origen del Hospital General como institución benéfico-sanitaria se remontaba a finales del siglo XVI, cuando Felipe II decidió unificar los numerosos hospitales surgidos desde el establecimiento de la Corte en Madrid con el propósito de lograr la mayor eficacia y funcionamiento de los precarios centros asistenciales diseminados por toda la Villa. Con esta intención surgió el Hospital General de Nuestra Señora de la

Encarnación y San Roque en 1580, un hospital sólo para hombres, en la Carrera de San Jerónimo, donde pervivió en activo hasta 1603 cuando, por falta de espacio y exceso de pacientes, se trasladó hasta un edificio en la confluencia del Prado Viejo con la calle de Atocha. Entonces fue cuando se le denominó Hospital General y de la Pasión.

Años más tarde, Felipe V inició la modernización de los centros asistenciales, iniciativa que continuó Fernando VI impulsando la reforma del Hospital General a partir de los programas que en el campo de la medicina planteaban la asistencia hospitalaria como servicio de Estado y un nuevo concepto de hospital entendido como centro de curación y de servicio público. Por ese motivo, en 1748 el monarca promovió la ampliación del Hospital General para mejorar su funcionamiento y capacidad. Fue el resultado de los cambios impulsados en Madrid en el campo de la medicina, lo que se concretó en la creación de la Junta de Hospitales, en 1754, para definir sus fines y su labor médica.

Comprobando la necesidad de esa función asistencial, en 1755 se decidió construir un edificio de nueva planta respetando el emplazamiento del antiguo, integrándose en los planes de intervención impulsados por Fernando VI para dignificar el paseo del Prado. El proyecto se le encargó inicialmente a Ventura Rodríguez, pero su trabajo no fue aceptado y fue llamado el arquitecto José de Hermosilla para realizar otro diferente.

En 1758 se iniciaron las obras, pero sólo se concluyeron cuando en 1769 se le encargó a Sabatini darle el impulso final: un edificio enorme, para hombres y mujeres, y separados por la iglesia que se construyó en el eje central. La importancia del edificio, en la calle de Atocha, merecía una fachada similar a la de un palacio, y así se hizo para satisfacción de Carlos III. Así, el Hospital General de Atocha de Madrid estuvo en servicio durante trescientos años, desde el siglo XVII, como experimento de unificación de instituciones sanitarias, y sobrevivió hasta el 1 de octubre de 1965, cuando años después acabó siendo, rehabilitado, el Museo Nacional Reina Sofía y el Conservatorio.

—Yo quería diseñar y construir la Puerta de Alcalá —insistía Ventura Rodríguez—. Me la robó Sabatini, me la robó...

—Fue el rey.

—Sí. Carlos III fue el ladrón.

—Lo lamento, señor. Os lo aseguro.

Ventura Rodríguez nunca volvió a ser el mismo. Lope de Tarazona lo fue a visitar en muchas ocasiones, intercambiando recuerdos con él, atendiendo a sus viejas historias y animándolo en su estado cada vez más frágil hasta que en 1785, un 26 de agosto, el gran arquitecto murió en su lecho, a los sesenta y ocho años de edad.

Fue una muerte serena, en todo caso. El cirujano había cumplido su misión con hacer la visita, pero al comprobar el ritmo cardiaco del arquitecto decidió quedarse a su lado, velando las horas siguientes, a su juicio escasas. Lope de Tarazona pidió al servicio que preparara un caldo porque la noche se anunciaba muy larga. El médico, al principio, permaneció pendiente del enfermo, repitiendo la toma del pulso y las exploraciones del pecho, cada vez que se repetían las toses, cada vez más apagadas, pero a las once empezó a dar cabezadas y dejó a un lado el instrumental: ya no podía hacer nada.

El cuerpo de don Ventura Rodríguez estaba muerto, pero su cabeza aún no se había despedido de sí mismo. En sueños, y en pesadillas, se acordó de los instantes buenos y malos que dieron sentido a su vida; y así recordó que había asistido a una época llena de cambios, descubrimientos e invenciones, un tiempo maravilloso en el que las respuestas a la curiosidad de los más inquietos no se hacían esperar. Tiempos en los que cambió todo menos la condición humana: el siglo de los nuevos soñadores franceses y el siglo de las invenciones inglesas, desde la máquina de vapor al retrete. Hasta habían instaurado un cuerpo de serenos en Madrid. Había conocido a Fernando VI y a Carlos III. Se había sentido halagado por Sacchetti y humillado por Sabatini. Había visitado Cuenca, Toledo, Zaragoza, Valladolid, Ávila, La Coruña, Segovia... Bien pensado, no había sido el siglo de los arquitectos, sino el de los pensadores. Y el de Bach, Casanova, Voltaire, la Enciclopedia, la guerra, la paz, una guerra..., otra más..., y otra. Las vidas son instantes si se sueñan, aunque es tiempo suficiente porque quien se queja de la brevedad de la vida normalmente no sabe qué hacer esa misma tarde. Y su vida había sido buena; había sabido llenarla de victorias y de derrotas, aquellas efímeras, estas imperecederas. Incluso había pasado por ella sin hacer daño a nadie, aunque de sobra sabía que no se debe hacer el bien si no se es capaz de soportar la ingratitud. Pero nunca había molestado al prójimo, sobre todo para que tampoco lo molestasen a él. Algo que no consiguió.

Recordó haber leído que Cervantes escribió que no hay recuerdo que el tiempo no borre; pero lo hizo estando vivo: no pudo ponerse en el lugar de quien agoniza. Porque los últimos pensamientos de un hombre, antes de nublarse y dejar de ser, son un puñado de recuerdos que ni el tiempo ni ninguna otra dimensión son capaces de borrar. Don Ventura vio imágenes que le agradaron y otras que le repugnaron, besos de madre, balas de trabuco, banderas en el suelo, pechos de adolescentes y al rey Fernando VI paseándose por Palacio cubierto con una sábana, creyéndose un fantasma. El mar, calmado y sigiloso, fornicando con la playa con infinita paciencia; incansable, eterno. El frescor del valle al amanecer, cuando los árboles sudan sangre fría sobre las amapolas salvajes y libres, nacidas para nadie, y que ellas convierten en rocío. Una ventana abierta al azul, aquella ventana que estuvo viendo un año seguido mientras permaneció enfermo en cama, y otras ventanas que llevaron lejos sus pensamientos y trajeron ideas y proyectos con los que hacerse notar en la vida. Y libertad: siempre buscó el aroma limpio de la libertad. Ventura Rodríguez nunca quiso ser esclavo de nadie, salvo de sus ideas. Caminos de polvo guardaron sus huellas en un viaje de sesenta y ocho años vendiendo arte, edificios tributarios de Dios, puertas de entrada y de salida y un amor infinito a Madrid. Y mares, valles, ventanas, caminos... Y los colores del oro, la sangre y la mora clavados ahí, en ese corazón que ya no quería seguir pedaleando. Al final del camino había encontrado un lecho donde morir: no era poco.

El balcón del Ayuntamiento de Madrid le debía engalanarse para él con una bandera a media asta. Soñó que él ayudaba a izarla. Hacía viento y llovía: los madrileños dicen que, hasta que no para el aire, el cielo no se echa a llover, pero aquel día no iba a ser verdad. El pueblo. Nubes: cúmulos y cirros, nubes altas que bajan, neblina, niebla, oscuridad, nada, silencio.

Una última imagen: un vuelo de palomas en la plaza de Oriente, las campanas de la iglesia de San Sebastián aguardándolo. La vida fue así. Ya no era nada. Oscuridad, nada, silencio. ¿Dónde estás? ¿Dónde estoy? Voy, voy. ¿Adónde voy? Falta un latido: ¿dónde está? Y otro. Espera, espera... Voy contigo. Llévame, llévame...

El médico y Lope asistieron a un espasmo del enfermo, y luego a otro, y a otro más. El cirujano buscó su pulso y no lo encontró. Le aplicó el oído al pecho y le contestó el silencio. Miró el fondo de sus ojos cerrados, levantándole un párpado, y volvió a ver el rostro de la muerte que se acercaba, como tantas veces. No hizo más: se quedó de pie al lado del lecho, lo miró una vez más y se pasó un pañuelo por la frente. Eran las once y cuarenta y siete minutos del miércoles 26 de agosto.

Y a medianoche, las alas del corazón de Ventura Rodríguez dejaron de batir. Su vida había sido un vaso de licor fuerte del que había apurado hasta la última gota.

—Buenas tardes, señora.

—A las buenas, joven. ¿Qué se le ofrece?

—Busco trabajo.

Era un muchacho muy joven, tímido, de rasgos redondeados y ojos muy vivos, que inspiraban confianza. Sus manos estaban limpias y parecían cuidadas, como si nunca hubiera tenido que usarlas en trabajos de campo o de forjas o maderas. Mercedes, la esposa de José Teixeira, dueños de la Posada Botin, lo miró con simpatía. Era un muchacho educado y tímido que se sonrojó en cuanto le preguntó:

—¿Cuántos años tienes?

—Dieciséis, señora.

—¿Y de dónde vienes? Porque creo que no te conozco. Madrileño no pareces...

—De un pueblo de Zaragoza, señora. Llegué ayer y...

—¿Quieres trabajar?

—Si pudiera ser...

Mercedes volvió a mirarlo de arriba abajo. Buen mozo, pensó. Y no tenía aspecto de que fuera de los que causaban problemas. Pero, aunque le resultó simpático desde el primer momento, lo cierto era que José aseguraba que en la casa no se necesitaba en ese momento de más trabajadores.

—Está el servicio completo, muchacho.

—Ya, comprendo... —El joven bajó la cabeza y giró entre sus manos la gorra que se había quitado para dirigirse a la señora—. Podría hacer cualquier cosa que se me ordenase.

—Te creo, de verdad —respondió ella—. Pero todo el mundo anda igual en Madrid, el trabajo escasea, y en la posada ya no hay sitio para... Espera un momento... ¡José!

—Dime, mujer —José salió a la puerta al oír que le reclamaba su esposa.

—Este joven —se lo señaló con las cejas—. Busca trabajo.

—Pues no hay, ya lo sabes.

—Ya se lo he dicho —replicó Mercedes—. Pero estaba

pensando que... ¿no te estás quejando siempre de que nos quedamos sin platos y vasos limpios en cuanto hay más comensales de los que calculamos?

—Bueno —admitió José—. Algunas veces.

—No hay día que no refunfuñes, marido. O al menos eso me parece a mí, de la insistencia con la que te tengo que oír.

—¿Y qué propones? —José atendió las palabras de su mujer, el tono de recriminación que empleó, y cambió el tono.

—¿Tú sabes fregar platos? —Mercedes se dirigió al chico.

—Lo que haga falta, señora —contestó él, con una mirada que empezaba a iluminarse—. Yo, por trabajar en Botin, lo que haga falta.

—Pues de friegaplatos sí que hay una plaza —se volvió a mirar a su marido—. ¿No es verdad, marido?

—Si te parece bien —se resignó él.

—Estupendo —concluyó ella—. Ya tienes trabajo. ¿Cómo te llamas?

—Francisco, señora.

—Francisco ¿qué?

—Francisco de Goya y Lucientes.

—Pues, ¡hala!, a fregar, Francisco. José, enséñale su sitio en la cocina. Y no le aprietes con el salario que este muchacho tiene cara de buena persona.

—Muchas gracias, señora. —Goya esbozó una gran sonrisa—. Y a vuesa merced también, señor —se dirigió a José—. No se arrepentirán, se lo aseguro.

Mediaba el año de 1765 y empezaba a derramarse el calor sobre Madrid con la fiereza de los inicios del verano.

José y Mercedes se habían casado unos años antes y aún no había señales de que la naturaleza les fuera a regalar descendencia. Ella era una mujer predispuesta y con carácter, a pesar de no haber cumplido todavía los veinte años, y José dejaba en sus manos la mayor parte de las necesidades de la posada, sobre todo la cocina y el comedor, porque sabía tratar a los huéspedes y se organizaba a las mil maravillas para que ningún comensal se marchara insatisfecho del establecimiento. Él estaba más pendiente de las cuentas y de las compras, y trataba de ordenar el servicio doméstico, pero al final era ella la que siempre mediaba o tomaba la decisión última para que el personal de limpieza y restaurante cumpliera sus deberes con pulcritud. Durante el día se entregaban al trabajo con esmero, tanto uno como otra, pero al final del día, cuando al fin todos los huéspedes dormían, dejaban limpia la cocina y quedaba recogido el salón, tenían por costumbre sentarse en el cuarto de estar que tenían en la casa y conversaban del futuro que deseaban hasta que el sueño les vencía y se retiraban a dormir.

En los días finales de la primavera y durante el verano sacaban dos sillas de enea a la calle y allí repasaban sus sueños y deseos, entre los que nunca faltaba el de tener hijos. A veces les acompañaban Alonso Argote y su mujer, Patro, que también se habían casado un año antes y ya esperaban su primer hijo. Y en alguna ocasión Lope de Tarazona, cuando tenía chismes que compartir y aquella tertulia nocturna le parecía idónea para despotricar contra todo y contra todos, lo que en muchas ocasiones causaba una gran hilaridad entre sus contertulios.

—¿No hay boda a la vista? —le preguntaban con frecuencia Mercedes y Patro—. Porque ya no eres ningún niño, Lope.

—Pero ¿quién va a quererme con este cabezón?

—Eso es verdad. —Reía Alonso—. Cabezón sí que eres un rato. Como tu padre y tu abuelo.

—A quien padre parece, honra merece —replicaba él, tirando de refranero.

—Pues deja ya de meterte con el rey y haz un poco más de caso a la pobre Susana —le recomendó Mercedes—, que a la legua se le notan esos ojillos golosos...

—¿Susana? —Lope se alzó de hombros—. ¡Qué más quisiera yo! Pero ni caso me hace.

—Si en vez de hablarle de política te dignaras a decirle alguna cosa bonita —comentó Patro.

—Ya le hablo de las reformas en los paseos...

—¡Qué hombre! —cabeceó la mujer, dejándolo por imposible—. ¿Y tú crees que el paisaje urbano es tema de conversación del agrado de una muchacha? La luna, las flores, lo lindo de su vestir... Pues sí que no hay asuntos más dignos de las artes del amor. Pero tú, claro, prefieres ponerle la cabeza como un bombo despotricando de la realeza... ¡Vaya pieza de hombre!

—En eso tiene mucha razón mi mujer —asintió Alonso Argote—. Que entre lo que publicas en tu gaceta y lo que voceas por la calle no hay quien se acerque a ti sin reparo, y te aseguro que ninguna mujer quiere un marido preso.

—Bah —respondió Lope, desdeñoso—. No hay cuidado. Conmigo no se atreverán...

—Tú sigue así, sigue —advirtió José—, y ya lo veremos. Y tú, por favor, Alonso, quítate ya la chaquetilla, hombre, que me estás dando fatiga sólo con verte. ¡Debe de hacer cerca de cuarenta grados!

—Pues yo no siento calor.

—Ni frío ni calor —cabeceó Patro, su mujer—. Este hombre no tiene sangre en las venas...

Las veladas transcurrían así día tras día, unas veces a solas y en otras ocasiones acompañados por sus amigos. Hasta que un día Mercedes miró de manera distinta a José, esbozó una leve sonrisa, bajó los ojos al suelo y susurró:

—Creo que sí.

—¿Que sí, qué?

—Que ya.

José dio un brinco y, del impulso, tiró la silla en la que estaba sentado, cayendo al suelo provocándose una fuerte asentada en las posaderas. Se incorporó con los ojos desorbitados y se apoyó en el regazo de Mercedes.

—¿Un hijo?

—O una hija, José.

—Lo que tú quieras, amor —José la abrazó—. ¡Un hijo!

—Sí —confirmó ella, y juntos derramaron lágrimas de alegría, en silencio, durante un buen rato.

En esos días alcanzaron gran celebridad las fiestas de la boda de la infanta María Luisa con el archiduque Leopoldo de Toscana. La ceremonia nupcial se llevó a cabo en el Casón del Buen Retiro y fue oficiado por el patriarca de Indias, pero el regocijo popular empezó días después, tras las ceremonias de besamanos a la reina madre y a las infantas, cuando Madrid obsequió al futuro emperador de Austria y a su esposa con ornamentos e iluminaciones, con bailes y serenatas, con refrescos para todo el pueblo y con la representación de una obra de teatro que, para la ocasión, se eligió una tragedia francesa. Y así continuaron los festejos hasta que en junio la infanta partió para ir a vivir a Viena. Y tantos fueron los festejos, y tan descomunal la algarabía y los excesos vividos, que hubo gente que murió a causa de las aglomeraciones humanas asistentes a las fiestas y de la represión exagerada de la Guardia Real. Un motivo más para que Lope arremetiera contra la monarquía, la falta de previsión del Concejo en cuestiones de seguridad pública y la desmesura de la Guardia Real extranjera contra los madrileños en las celebraciones de la Corona, por mucho que en ellas se excedieran al comer y beber de forma gratuita.

Y no sólo hubo tales disturbios durante esas celebraciones, que se acallaron finalmente con la carga de la Guardia Valona contra los ciudadanos, un ataque innecesario y atroz que produjo varios muertos y multitud de heridos. En Madrid no eran infrecuentes las peleas entre los habitantes de unos barrios y otros, de tal modo que tanto en las verbenas, como en las fiestas y en otras muchas ocasiones se afilaban las navajas y, la mayoría de las veces, volaban las piedras mientras se pegaban pasquines y carteles con coplas desafiantes. Alguna era tan directa como:

> *Si no me habéis conocido*
> *en el pico y el sombrero*
> *soy del barrio del Barquillo*
> *traigo bandera de fuego.*

A lo que se replicaba con otro pasquín pegado por las paredes y fachadas:

> *Aquí están las Maravillas*
> *con deseos de reñir;*
> *menos lengua y más pedradas,*
> *señores del Barquillí.*

En ese caso concreto se trataba de una provocación entre los vecinos de Maravillas y los del barrio del Barquillo; pero también las gentes más nobles de Madrid se unían con frecuencia para enfrentarse a los manolos y majos, con fama de atildados frente al porte rudo y pendenciero de los chisperos y chisperas. Sus enfrentamientos eran conocidos por toda la Villa, e incluso se hacían públicas sus treguas acordadas, como la que se llevaba a cabo en las fiestas de San Antonio. Unas treguas que dieron lugar a sainetes como *Los bandos de Lavapiés*, en el que Ramón de la Cruz cuenta una de aquellas contiendas en la que vencen los chisperos, más fuertes por oficio que los de Lavapiés.

Carlos III y sus validos trataron de atraer a los majos más carismáticos de los barrios bajos nombrándolos alcaldes de barrio, por ver si así se apaciguaban los ánimos al disponer de una responsabilidad pública, de una autoridad que debía dar ejemplo; y, en cierto modo, lo consiguieron Floridablanca y Godoy años después, porque los barrios majos por excelencia, los de Lavapiés y Maravillas, llegaron a ser los cuarteles de barrio de más extensión.

Los incidentes acaecidos durante aquella celebración real parecían olvidados. O al menos así se creyó por parte de las autoridades, convencidas de que se olvidarían pronto. Pero bastó que el marqués de Esquilache se empeñara en dictar una orden por la que se prohibía el uso de la capa larga y el sombrero de ala ancha a los madrileños, obligándolos a vestir capa corta y sombrero de tres picos, para que el 10 de marzo de 1766 se iniciara la gran revuelta popular. Fue un bando que, en su parte dispositiva, decía:

> ... quiero y mando que toda la gente civil... y sus domésticos y criados que no traigan librea de las que se usan, usen precisamente de capa corta (que a lo menos les falta una cuarta para llegar al suelo) o de redingot o capingot y de peluquín o de pelo propio y sombrero de tres picos, de forma que de ningún modo vayan embozados ni oculten el rostro; y por lo que toca a los menestrales y todos los demás del pueblo (que no puedan vestirse de militar), aunque usen de la capa, sea precisamente con sombrero de tres picos o montera de las permitidas al pueblo ínfimo y más pobre y mendigo, bajo de la pena por la primera vez de seis ducados o doce días de cárcel, por la segunda doce ducados o veinticuatro días de cárcel... aplicadas las penas pecuniarias por mitad a los pobres de la cárcel y ministros que hicieren la aprehensión.

—¿Has leído el bando?

—¡Y tanto!

—¿Qué hacemos?

—Calla y sigue pegando pasquines. ¡Esto no va a acabar así!

—¡Lope!

—¡Calla y a pegar!

De inmediato se produjo la indignación, primero, y un gran alboroto después entre los madrileños, alimentados por pasquines que circularon de mano en mano y se pegaron en las fachadas por todo Madrid. El texto era ardoroso, incendiario, bien redactado y mejor escrito, lo que denotaba que había sido elaborado por un autor que dominaba el arte de la escritura. Y, por si faltara algo más a la irritación popular, muchos nobles y jerarcas de la Iglesia se pusieron del lado de quienes se indignaron, aprovechando la ocasión para protestar por la cantidad de ministros extranjeros que había elegido Carlos III para su gobierno.

Por si ello no bastara, la subida del precio de alimentos de primera necesidad provocada por las reformas económicas del marqués de Esquilache fue el telón de fondo del descontento ciudadano. Mucha gente pasaba hambre, y los madrileños no estaban dispuestos a consentir semejante situación. Porque el pan, por ejemplo, básico para la alimentación de los vecinos, había duplicado su precio en menos de cinco años, pasando de siete cuartos la libra (460 gramos) a doce cuartos, desde 1761 a 1766, y en marzo de ese año a catorce cuartos. Un jornal de dos reales diarios no permitía comprar una libra de pan; el mayor, de ocho reales diarios, apenas alcanzaba para tres libras. La situación de necesidad pública se volvió insostenible.

La reacción popular inmediata fue sustituir los bandos por pasquines vejatorios contra Esquilache, cuya redacción fue obra de Lope de Tarazona y alguno de sus colaboradores. El marqués, en vez de admitir la justicia de las protestas, ordenó a los soldados que colaboraran en reprimirlas y a cobrar las multas que empezaron a imponerse, de modo que la irritación, en vez de conducir a la resignación, se convirtió en algunos enfrentamientos violentos. Los alguaciles se dedicaron a cortar las capas de los insumisos y disconformes en plena calle y trataron de cobrar las multas allí mismo, algunas para quedárselas. Hubo quien, como el tío Paco, de Lavapiés, pagaba a los chicos pequeños para que gritaran y protestaran por la tropelía. Y se decía:

> *El Rey Carlos, bonitatis,*
> *el Gobernador, tontitis,*
> *el Confesor, chilindritis,*
> *pero el Ministro, agarrantis.*
> *Los Grandes serán gratis*
> *cabrones sin ton ni son,*
> *Madrid, Datán y Abirón,*
> *y si no hay quien nos socorra*
> *también Sodoma y Gomorra,*
> *excepto la Inquisición.*

A las cuatro de la tarde del 23 de marzo, Domingo de Ramos, se desencadenó el motín. En la plazuela de Antón Martín un embozado con capa larga y chambergo se acercó provocadoramente al cuartelillo que había en ella, el de Inválidos, y cuando el oficial le dio el alto se pusieron a discutir. El paisano sacó una espada y, silbando, alertó a su gente que, unida a otros muchos madrileños del barrio, asaltaron el cuartel. Los soldados huyeron despavoridos y los madrileños se hicieron con sus sables y armas de fuego, marchando por la calle Atocha a los gritos de «¡Viva el Rey! ¡Viva España! ¡Muera Esquilache!», una manifestación que fue en aumento porque se fueron sumando vecinos hasta una cantidad aproximada de unos dos mil.

Los amotinados empezaron a recorrer las calles de Madrid obligando a descoserse los tres picos del sombrero a quienes lo llevaban y destrozando algunas de las cuatro mil farolas, conocidas como «esquilaches», que había instalado el marqués en la ciudad, farolas que, además, debían mantenerlas los vecinos, pagando el aceite y las velas, que también habían subido mucho de precio. Y así hasta que llegaron a la casa de las Siete Chimeneas, la casa del marqués, que fue asaltada. Uno de los criados opuso resistencia al allanamiento, y allí mismo quedó muerto, a cuchilladas. Dentro, no había nadie: el marqués había huido.

La revuelta continuó durante toda la noche y el día siguiente. Para continuar la protesta por todo lo que había causado el motín (los precios, los ministros, el bando...) los madrileños se manifestaron ante el Palacio Real, momento en el que la Guardia Valona, otra vez, se enfrentó a los congregados causando muchos heridos, mientras la Guardia Española permaneció ajena al enfrentamiento. De los gritos se pasó a los hechos, de los disturbios al encrespamiento y del gran desorden al motín, y aunque Carlos III consultó a sus consejeros si debía dispararse o no contra el pueblo, finalmente tuvo que seguir el criterio del conde de Revillagigedo, que amenazó con dimitir antes de ordenar que se disparase sobre la multitud, y ceder a recibir las demandas de los amotinados.

El levantamiento madrileño, durante aquellos días, tuvo inmediatas consecuencias en otras ciudades, que se sumaron a la algarada. Desde La Coruña a Cartagena, desde Cádiz a Barcelona, desde Bilbao a Sevilla y desde Santander y Oviedo a Zaragoza y Cuenca, muchas ciudades españolas hicieron suya la causa y se alzaron contra las imposiciones de Esquilache, añadiendo a las quejas madrileñas otras más locales de acusaciones de corrupción contra sus propias autoridades, por lo que dada la gravedad de la situación no le quedó más remedio a Carlos III que doblegarse y recibir a una comisión de los amotinados para escuchar sus demandas, una comisión que encabezó un cura, un franciscano de nombre Cuenca.

Los amotinados hicieron entrega a Carlos III de una lista de peticiones: reclamaron la supresión de la Junta de Abastos, la reducción de los precios de los alimentos, la derogación del bando sobre la vestimenta, la disolución de la Guardia Valona y la sustitución de los ministros extranjeros por otros españoles. Y que, por supuesto, no se produjeran represalias, detenidos ni procesamientos contra los participantes en el motín. Y a Carlos III no le quedó otra que aceptar las demandas populares, asomarse al balcón para dar su palabra de cumplirlas, como se le exigió, cesar al marqués de Esquilache, nombrar un nuevo gobierno encabezado por el conde de Aranda, importar cereales de Sicilia y dictar una nueva ley electoral para que se incorporaran a los gobiernos de las ciudades concejales y diputados elegidos por los vecinos mediante sufragios populares.

El corregidor de Madrid, Alonso Pérez Delgado, también fue cesado en su cargo.

A pesar de la victoria popular, algunos pasquines siguieron apareciendo. Como aquel que decía:

> *Ya falleció de repente*
> *el gran monstruo Esquilache,*
> *y aunque el entierro se hace,*
> *no está de cuerpo presente.*
> *Mucho llora su gente,*
> *Parayuelo e Ibarrola,*
> *Santa Gadea y Gazola,*
> *no siendo cosa ynhumana*
> *que quien mandó a la italiana*
> *sea servido a la española.*

Requiescat: Murió Squilace,
in pace ha quedado el Reino.
Amén dice toda España,
Jesús, ¡y a qué lindo tiempo!

Otra vez Madrid, tan prudente, paciente y resignada en tantas ocasiones, se había levantado cuando la ocasión lo exigió, y otra vez se dejó en el camino la piel y la sangre para conseguir lo que era justo. Hasta lograrlo.

Otra vez Madrid vanguardia de España, como siempre que fue preciso.

Y sin presumir de ello: sólo porque debía hacerlo.

Así fue siempre Madrid.

¡Qué ingenuo Carlos III cuando se burlaba de esta especie de resistencia pasiva que creía ver en los madrileños cuando, frente a cualquiera de sus dictados, que él denominaba «mejoras», solía decir que sus súbditos españoles eran como los niños, «que lloran cuando se les lava y se les peina»! ¡Lo que tardó en conocer de verdad al pueblo de Madrid!

Y entonces, sólo entonces, llegó a ser un buen rey y un buen amante de su ciudad.

—Nuestros hijos ya son mayores, José.

—Lo sé, Mercedes.

—Y no parece que les guste seguir con el negocio, marido.

—Sólo a Mateo.

—Sí, esposo. Sólo a Mateo —Mercedes se arrancó una lágrima que se había posado en su lacrimal, como un copo de nieve—. Si María Luisa nos hubiera vivido...

—Déjalo, mujer. —José la abrazó, buscando el modo de consolarla—. La niña murió, Dios lo quiso.

—Lo quiso la maldita peste, José. Dios no tuvo nada que ver en ello.

—Dios lo decide todo, Mercedes.

—Dios no estuvo ese día mirándonos...

Mercedes se echó a llorar amargamente. Quería tanto a la pequeña María Luisa... Era la tercera de sus hijos, y aunque Mateo y Pascual habían sobrevivido a la gripe, María Luisa no pudo cumplir los seis años. Y ningún médico consiguió aliviar la perseverancia de sus fiebres, sus temblores, su agonía, su asfixia lenta e inexorable. La pequeña murió en brazos de Mercedes, su madre, como si la calentura conociera el modo de arrebatársela. Al igual que en aquel año murieron cientos, miles de madrileños. La gripe otra vez. Ese drama que, cada invierno, se presentaba puntual a una cita para la que no había sido llamado. Una cita pavorosa, imposible de esquivar, tenaz y mortífera. Sólo se había llevado a la pequeña María Luisa, sólo. Pero Mercedes la lloraba como si le hubiera arrancado un enorme pedazo de su alma de madre.

—Pero ¿ves? A Mateo le gusta la posada y, sobre todo, el restaurante. Seguirá nuestro trabajo y sacará adelante Botin.

—¿Y Pascual? —negó Mercedes con la cabeza—. ¿Qué le gusta a Pascual?

—Está siempre con Fabián, el hijo de Lope. A saber en qué andará metido...

—En nada bueno, seguro...

José Teixeira y Mercedes tuvieron tres hijos, pero sólo sobrevivieron dos, los varones. Al otro lado de Madrid, Lope de Tarazona y Susana también perdieron a Marta, la pequeña, a los nueve años, al año siguiente de la gripe que robó el cuerpo vivo de María Luisa, y vieron crecer a Fabián, el mayor, que heredó de su padre idéntica afición al estudio y la vocación por el servicio público. Pero que no quiso servir al Concejo, sino que desde su licenciatura en la Universidad se entregó de lleno a la política, como si de ejercer la protesta desde su bufete de abogado se pudiera vivir.

Y más allá, a dos pasos de la Calle Mayor, Alonso Argote y Patro, su mujer, vieron crecer a sus dos hijos, Luis y Gabriel. Uno espigado, de mirada esquiva, de pensamientos oscuros, introvertido y huraño; el otro, Gabriel, todo lo contrario, extrovertido, alegre, dicharachero y burlón. Y desde los dieciséis años, empeñado en hacerse actor, como alguno de sus antepasados. Y lo consiguió: Gabriel Argote fue primera figura del Corral del Príncipe antes de acabar el siglo XVIII, cuando Madrid volvió a divertirse con el teatro y a llenar todas las funciones que se representaban en su teatro más popular.

—Pascual, Fabián y Luis, el de los Argote, andan siempre juntos...

—Déjalos, mujer —José no quiso seguir hablando de ello—. Son jóvenes e inquietos.

—La política es mala, esposo.

—Quizá no se trate de eso... ¡Pero si hasta Lope, el padre de Fabián, ha dejado de atacar al rey, nuestro señor, desde que fueron atendidas sus peticiones tras el motín! Hasta se ha hecho monárquico... No deja de alabar las grandes obras de Carlos III en Madrid...

—Se trata de política, marido. Hazme caso. Se trata de esas cosas de la política.

Y, antes de que José desapareciera por la puerta, en dirección al restaurante para preparar las mesas antes de la hora de comer, se santiguó y rezongó:

—Si lo sabré yo...

Mercedes tenía razón. Los tiempos andaban revueltos, con continuos cambios en el gobierno de Carlos III y con un nuevo corregidor en Madrid, y aunque parecía que nada iba a pasar, por los subterráneos del Estado corrían rumores, se conspiraba, se preparaban medidas que alteraban los ánimos de muchos, incluidos nobles e hidalgos. Y miembros del clero. Sobre todo de un clero que veía disminuir su influencia, en particular alguna que otra orden religiosa.

En aquellos movimientos sísmicos, muchos jóvenes veían la oportunidad de cambiar las cosas. Leían documentos que llegaban de París, libros en francés, anuncios de revueltas, vísperas de revolución. Filósofos y pensadores franceses extendían a través de artículos que se publicaban en la *Enciclopedia* ideas nuevas que invitaban a pensar libremente, a actuar con libertad, a reconocer la muerte de los viejos regímenes y la llegada inexorable de un nuevo orden político. Y Pascual Teixeira, Luis Argote y Fabián de Tarazona, jóvenes e impetuosos, leían y releían, comentaban y debatían, se conjuraban y conspiraban, se unían en unas ideas de libertad que les podían conducir a la gloria o a la cárcel. Aunque ellos pensaban que a las dos cosas a la vez. El «despotismo ilustrado» de Aranda, Campomanes, Floridablanca, Wall o Grimaldi, en los sucesivos gobiernos del rey, no satisfacían sus pretensiones ni anhelos. Y por eso hacían «cosas de la política», como imaginaba Mercedes. Política de covachuela, clandestina, de trastienda de mesón y pasquín de medianoche. Política peligrosa. Política.

Una actividad que se desarrollaba clandestinamente en el bufete legal de Fabián de Tarazona y que llegó a su punto más excitante en el momento en que se expulsó de Madrid, y de toda España, a los jesuitas.

14

El Museo del Prado

Febrero de 1767

Una ciudad es un organismo vivo, por mucho que sus piedras parezcan inamovibles, sus trazados invariables y sus límites tasados. No se trata de sus gentes, que nacen, viven y mueren y, por lo mismo, cambian y son variables y mudables; es la propia ciudad la que, a veces defendiéndose, otras imponiéndose, la mayoría de las veces exigiendo, se retuerce sobre sí misma como un alma se arruga en el fuego de los infiernos del dolor y de la melancolía. Las ciudades también miran a lo alto y a sus lados con satisfacción o desdén, y esa mirada requiere ser atendida porque, si se elude, la propia ciudad se anquilosa y muere, apática y dejada como una viuda en las profundidades de lo rural. Madrid, como toda ciudad, no dejó nunca de estar viva, con sus entrañas mudando la piel y sus vísceras reponiéndose del gasto de sí misma. Y por fuera, presumida como toda ciudad hermosa, no dejó de reclamar ser engalanada por el placer de sentirse atractiva, no para satisfacer vanidades de reyes ni el orgullo de sus vecinos. Madrid supo siempre de su eternidad, olvidando su origen pero sin pensar en que alguna vez podría llegar el tiempo de la caducidad y, desde una inmodestia nunca reconocida pero permanente en su piel y en sus huesos, fue evolucionando década a década, siglo a siglo, sin perder jamás la búsqueda de un horizonte utópico que la convirtiera en un ideal, sin que el transcurrir de los tiempos llegara a lograrlo. Por eso jamás se rindió, ni a los demás ni a sí misma.

Causa de lo anterior fue que durante el reinado de Carlos III se produjera en Madrid una evolución social que supuso un cambio radical en las costumbres de buena parte de los madrileños.

—Ya era hora.

—¿De qué, Fabián?

—¿De qué va a ser? —respondió el mayor de los Tarazona—. De que al fin los nobles puedan trabajar.

—¿Es que antes no lo hacían? —preguntó ingenuamente Mateo Teixeira, mientras alzaba el botijo en la noche, sentado ante las puertas de Botin.

—¿Trabajar? Sí —replicó sarcástico Fabián—. En ir a misa y en llenarse la panza...

El censo, en efecto, contemplaba que el cuatro por ciento de la población madrileña eran hidalgos que, procurando casarse con hijas de la nobleza, ingresaban en la marabunta de los desocupados y vividores. El rey acertó al tomar la decisión de suprimirlos del censo y de autorizar que participaran en el trabajo manual, con lo que ya no pudieron vivir sólo del fruto de las rentas de sus riquezas, como acostumbraban. Era cierto que acumulaban muchos bienes patrimoniales, pero el decreto de 1783 les permitió trabajar, con una redacción muy parecida a indicarles, a obligarles, que se habían acabado los tiempos de la holganza y que tenían que trabajar. Y por muchos que fueran los nobles que habitaban la ciudad, porque tanto Felipe V como el propio Carlos III no ahorraron en regalar títulos nobiliarios, lo cierto fue que con las restricciones impuestas a los mayorazgos y a los señoríos los nobles se vieron obligados a colaborar en el crecimiento económico de

Madrid, aunque como contrapartida se crearan cuerpos distinguidos para que entraran a formar parte de ellos, como lo fueron el Real Cuerpo de la Nobleza de Madrid, la Orden Militar de Carlos III y las Reales Maestranzas.

—¿Y de los curas, qué?

—Esos, ni trabajar, ni nada —lamentó Fabián—. En el catastro que ha hecho el marqués de la Ensenada figura que dos de cada cien madrileños pertenecen al clero.

—¿Tantos?

—Y viven mejor que reyes... Son los dueños de la séptima parte de las tierras de labor de Castilla...

—No me lo puedo creer.

—Y del diez por ciento de todas las ovejas. —Fabián resopló—. ¡Y luego decían que mi padre, el buen don Lope, era un revolucionario! ¡No sé yo si...!

—Tu padre se reconcilió con el rey después de que lo recibiera su majestad tras el motín de Esquilache...

—Y terminó muriendo de pena —cabeceó Fabián—. Pero como que me llamo Tarazona te prometo, amigo Mateo, que voy a dedicarme a la política y ser menos tolerante que él con todo lo que pasa. Porque, ¿te puedes creer que la diócesis de Toledo siga disponiendo de una renta anual de más de tres millones y medio de reales? ¡Es intolerable!

—¿Tres millones? —se escandalizó Mateo—. ¿De dónde...?

—Edificios, diezmos, rentas hipotecarias, alquileres de pisos, conventos, iglesias... ¡Qué sé yo! ¡Es vergonzoso! Y mientras, los pobres...

—Ya sé, ya sé —asintió Mateo—. Ven, Pascual —llamó a su hermano, que en ese momento regresaba a la posada—. ¿Sabes cuál es la renta anual de los curas de Toledo?

—A mí déjame en paz, hermano —respondió Pascual, desdeñoso—. Cuando llegue el momento, yo ya sé lo que tengo que hacer. ¿Qué tal sigue nuestra hermana?

—¿Está enferma María Luisa? —quiso saber Fabián.

—Y nada le alivia. Ya no sé qué hacer. Ningún médico...

—Los médicos sólo sirven a los dueños de buena bolsa —volvió a lamentar Fabián—. A los jornaleros, que están en la miseria, los dejan morir, y a los campesinos, por vivir a las afueras, apenas los atienden. Sólo visitan a los nobles y a esos nuevos burgueses que lo copian todo de Francia y están ganando sus buenos dineros. Pero yo traeré a uno por las orejas, te lo aseguro...

—Espero que llegue a tiempo...

José Teixeira y Mercedes habían tenido tres hijos: Mateo, Pascual y María Luisa. La muchacha había nacido débil y enfermiza, y no había remedio para que sus mejillas recobraran el color perdido desde la infancia, cuando sufrió unos extraños dolores de garganta y un rosario de toses que le impedían dormir. A pesar de su palidez, y de su extrema delgadez, era muy hermosa de cara, con unos ojos transparentes por los que se asomaba la tristeza de quien presiente estar siempre en la víspera de su último día. Y aquel fue un día de 1790, sin que las cataplasmas y jarabes recetados por el médico que llevó a la casa Fabián de Tarazona proporcionaran el menor beneficio para su mala salud.

Mateo Teixeira, el mayor, se hizo cargo del entierro y de mantener en funcionamiento el mesón y la posada Botin durante todos aquellos años. Era un hombre cabal, trabajador y sin doblez. Su hermano menor, Pascual, era todo lo contrario: desentendiéndose del negocio familiar, pasaba las noches en reuniones secretas de las que nadie conocía su finalidad y se ejercitaba en el arte de la esgrima y en el tiro con pistola, mientras de día dormía hasta la hora de comer y pronto desaparecía.

—Algo está tramando, sin duda —le comentó Mateo a Fabián de Tarazona, en una de sus veladas a la puerta de la posada.

—Ya me enteraré, descuida —replicó Fabián—. Voy a cerrar la gaceta de mi padre y hablaré con Aranda para trabajar en el gobierno. Una vez ahí, intentaré descubrir en qué anda metido.

—¿Has preguntado a Luis?

—Luis Argote está en lo mismo que él. Sea lo que sea. Los han visto juntos muchas veces...

Luis Argote y su hermano Gabriel eran los hijos de Alonso y Patro. Mientras Gabriel, bien plantado y estudioso, había optado por convertirse en actor, y ya formaba parte de la compañía estable del Corral del Príncipe, su hermano Luis vivía también de noche y dormía de día, como Pascual, y tampoco soltaba prenda de sus correrías nocturnas. Los hijos de los Argote, los Teixeira y los Tarazona estaban tan unidos como lo estuvieron sus padres, pero cada uno estaba tomando un camino diferente y la complicidad, entre ellos, se fue deshaciendo como el azucarillo en el agua. Sólo estuvieron juntos, y abrazados, en 1770, cuando murió Marta de Tarazona, la menor de Lope y Susana, a los tres años y sin razón aparente. Una muerte súbita que nadie pudo explicar.

—Pues no sé yo contra quién conspirarán. —Mateo movió a un lado y otro la cabeza—. Porque desde la expulsión de los jesuitas y la reinserción de los gitanos, Madrid no puede estar más tranquila.

Así había sucedido. El fiscal del Consejo de Castilla, Pedro Rodríguez de Campomanes, que odiaba a los jesuitas, abrió un expediente para descubrir quiénes habían sido los instigadores del conocido como Motín de Esquilache, y a falta de más pruebas concluyentes dedujo que sus verdaderos inductores habían sido los jesuitas y les acusó de poseer enormes riquezas, de controlar los nombramientos de los altos cargos de la Iglesia, de dictar la política eclesiástica, de ser leales al marqués de la Ensenada en su política ejercida a espaldas del rey y, por si algo faltara, de protagonizar las insurrecciones militares y populares contra la Corona en Paraguay.

Carlos III, que tras el motín se deshizo, como prometió, de sus ministros extranjeros y entregó el poder al mismo Campomanes, al conde de Aranda y al de Floridablanca, aceptó sin dudar las conclusiones del fiscal y el 27 de febrero de 1767 dictó una orden por la que la Orden de los jesuitas era expulsada de España y se confiscaban todos sus dominios y posesiones.

Para hacer efectiva la orden, el 2 de abril los soldados de la Guardia Real cercaron simultáneamente las ciento cuarenta y seis casas y conventos de los jesuitas y se les comunicó el contenido de aquella Pragmática Sanción, que explicaba literalmente que se les expulsaba «por gravísimas causas relativas a la obligación en que me hallo constituido de mantener en subordinación, tranquilidad y justicia de mis pueblos, y otras urgentes, justas y necesarias que reservo en mi real ánimo, usando la suprema autoridad que el Todopoderoso ha depositado en mis manos para la protección de mis vasallos y respeto a mi Corona».

En total, los jesuitas expulsados de España, y enviados en barcos a la República de Génova, fueron dos mil seiscientos cuarenta y uno, pero cuando Génova pasó a manos de Francia, país del que habían sido también expulsados cinco años antes, en 1762, el papa Clemente XIII tuvo que acogerlos en el Vaticano, a lo que antes se había negado. Al igual que tuvo que hacer con los dos mil seiscientos treinta jesuitas expulsados por Carlos III de las Indias. Un total de más de cinco mil jesuitas que tuvieron que vivir con las estrecheces de una mínima pensión que les concedió Carlos III, por exigencia del Papa, a cuenta de la venta de los bienes de la orden que se había realizado en España.

La marcha de los jesuitas supuso el inicio de la reforma de la enseñanza, que debía responder al desarrollo de la ciencia y de la investigación. Desde entonces las Universidades se sometieron al patronazgo de los reyes y, para extender la educación al pueblo, se crearon en Madrid los Estudios de San Isidro y las Escuelas de Artes y Oficios, usándose las dependencias de los jesuitas como nuevos centros de enseñanza primaria, media y universitaria, así como para crear algunos hospitales y bastantes hospicios. Sólo la Universidad de Salamanca objetó el plan de estudios universitarios diseñado por el conde de Aranda, y con tanta vehemencia que, finalmente, se le dio la razón y se puso en marcha el plan diseñado desde la ciudad castellana.

Con todo, Madrid seguía siendo una obsesión para Carlos III y por eso buscaba más y más fondos para convertirla en una gran capital europea. Madrid era una ciudad política situada en el centro de todo, aislada del mar y de su floreciente comercio. En realidad, ninguna ciudad europea de importancia estaba tan alejada del mar y de sus posibilidades de mercado y expansión. Era necesario por tanto obtener mucho dinero, y para ello no se encontró mejor fórmula que crear, el 10 de diciembre de 1763, una Lotería, a imitación de la de Nápoles, con la excusa de dedicar sus ganancias a «hospitales, hospicios y obras pías y públicas en que se consume anualmente muchos caudales de mi real erario», según expresaba el decreto de su creación. El éxito de la primera Lotería fue tal, aunque el premio se limitara a apenas 250 reales, que la Hacienda pública recaudó tanto dinero, y tan rápidamente, que no sólo se aumentaron los premios desde entonces, sino que fue posible destinar grandes beneficios a otras muchas obras públicas. Como el alumbrado público: una deuda de la modernidad que Madrid no podía dejar de lado.

—Hoy actúa Gabriel en el corral...

—¿Vamos a reírnos un poco de él?

—No sé si estará para bromas —comentó Mateo—. Creo que anda muy enfadado con Luis.

—¿Qué ha hecho ahora su hermano? —preguntó Fabián, imaginando la respuesta.

—Lo de siempre. Ha vuelto a desaparecer...

—¿Y Pascual? ¿Está en casa?

—Tampoco —negó Mateo, y alzó los hombros mientras entornaba los ojos, como resignándose ante la realidad—. Pero yo ya lo he dejado por imposible...

Gabriel Argote interpretó de manera magistral su papel y las ovaciones al término de la obra duraron varios minutos. El éxito y los comentarios halagadores fueron tan notorios en la platea que Mateo y Fabián corrieron a los camerinos para felicitarlo, abrazándose a él.

—¡Has estado espléndido!

—¿De verdad os lo parece?

—Extraordinario —asintió Fabián—. No se habla de otra cosa en el teatro. Pero cúbrete un poco que estás sudando y te vas a enfriar.

—Yo nunca tengo frío —respondió Gabriel mientras volvía a abrazar a su amigo.

—Ni frío ni calor —cabeceó Mateo—. Un Argote, ya se sabe. ¡Qué familia!

—¿Iremos a beber algo? —se desentendió Gabriel del comentario—. Así me cuentas qué tal te va con el conde de Aranda, Fabián. Que me dicen por ahí que te has convertido en un hombre poderoso, vamos, que una palabra tuya...

—Subiendo peldaños, Gabriel. Subiendo peldaños...

—Pues vamos a celebrar nuestra buena fortuna a la hora de subir escaleras y me cuentas con detalle tus cosas. Ahora dejadme ponerme mi ropa y nos vamos a brindar con unos vasos de buen vino.

Las calles de Madrid ya no eran bocas de lobo con sombras amenazadoras y recovecos peligrosos. Desde que en 1716 el marqués de Vadillo ordenó sin éxito que la ciudad se iluminara durante la noche con farolas separadas por cien pies y atendidas por los vecinos, habían pasado muchos años. Tampoco fue atendida la orden de Felipe V de colocar faroles a la altura de las plantas principales, y ni siquiera el corregidor de la Villa instaló los tres faroles que le correspondían a su casa y con gusto pagó a cambio la multa que le impuso el propio rey por no cumplir sus órdenes.

Hasta que en 1765, con Carlos III viviendo en el palacio del Buen Retiro y deseoso de vislumbrar una ciudad menos lúgubre durante las noches, ordenó instalar los primeros faroles de velas de sebo, farolas que, sin embargo, fenecieron durante el motín de Esquilache a manos de los enfurecidos vecinos levantados contra el marqués. Y los pocos faroles que quedaron en pie sirvieron para ejercitarse en el afinamiento de la puntería de muchachos a los que se imponía, de ser descubiertos, seis ducados de multa por lámpara destrozada, y si reincidían se les obligaba a caminar por la calle con los restos del farol destrozado colgando del cuello.

Pero el rey no se resignó y volvieron a instalarse luces nocturnas. Así, poco a poco, algunas calles volvieron a permanecer iluminadas durante toda la noche. En una noche, por ejemplo, como aquella en la que Gabriel Argote, el actor, Mateo Teixeira, el posadero, y Fabián de Tarazona, el político, salieron a festejar el éxito teatral del primero y la prosperidad profesional del señor De Tarazona.

—Pronto habrá farolas de gas, ya lo veréis —aseguró Fabián, sin saber que aún habría que esperar cincuenta años para que se instalaran las cuatro primeras en la Plaza de Oriente—. En ello estoy, con todas mis fuerzas.

—Pues a ver si es verdad, amigo —refunfuñó Mateo—, porque estas velas de sebo huelen fatal y, además, se apagan cada dos por tres.

—Paciencia, paciencia —reclamó Fabián—. Pronto os voy

a dar una sorpresa. Lo tengo todo pensado, aquí. —Se señaló la frente.

—¿Y se puede saber de qué se trata? —preguntó Gabriel, intrigado ante la seguridad de su amigo.

—Serenos. Pronto Madrid tendrá un cuerpo encargado de encender las farolas al anochecer y de apagarlas al alba.

—¡Bueno! —sonrió Mateo—. ¡Ya salió el político con sus promesas! ¡Pues no habré oído yo veces esa martingala de los guardas de noche...!

—¡Los habrá! —afirmó Fabián—. ¡No lo dudéis!

Las farolas de gas no se vieron por las calles céntricas de Madrid hasta mucho tiempo después, en 1849, y una verdadera red de farolas públicas no se extendió hasta 1929, ya eléctricas. Así fue como la promesa de crear un cuerpo de empleados encargados de encender y apagar las farolas tuvo que esperar todavía algunos años más.

Cuando Fernando VI puso en marcha el Real Banco de Giros, con la misión de hacer frente a los pagos que la Corona tenía que realizar al extranjero, no imaginó que Carlos III, años después, acuciado por la necesidad de atender al pago de los vales reales, iba a crear el Banco de San Carlos, antecedente de lo que después sería el Banco de España. Fue un 2 de junio, de 1782, y aquel banco estuvo en sus inicios sustentado por los particulares con fortuna que aceptaron adquirir acciones de la institución porque los avalaba la Hacienda Pública. Y con ese caudal inicial de fondos, recaudado sobre todo entre los madrileños con más capacidad económica, se pudo canalizar el Manzanares y otros ríos, como el Guadarrama, afrontar una reforma agraria, construir caminos y buscar medios de transporte para que llegaran hasta Madrid las mercancías provenientes desde las tierras de América, cruzando el Atlántico. El Banco de San Carlos, así, resultó ser una importante institución económica que benefició desde el primer momento a los madrileños y, con el tiempo, a todos los españoles. Unos beneficios que la nobleza madrileña, en lugar de reinvertir en una economía productiva, empleó en aumentar su servicio doméstico y en adquirir bienes de lujo, sobre todo franceses, sin tomar conciencia de la necesaria creación de una red de industrias en la ciudad que conllevara una mayor actividad económica y, en consecuencia, una mejora general del bienestar de todos los vecinos.

Carlos III fue un rey que comenzó dudando si le había hecho el destino un favor llevándolo a Madrid o se trataba de una condena. Pero poco a poco, como solía ocurrir a cuantos terminaban integrándose en la ciudad, acabó enamorado de un lugar que repartía un hechizo bebible que convertía la incertidumbre en pasión.

Porque fue siempre fácil apasionarse por Madrid.

En realidad, si se preguntaba a los forasteros, nunca sabían decir con precisión los motivos, ni describir con exactitud las razones de ese apego que les proporcionaba tan inmediata integración y tan estrecha afectividad. Pero Madrid, como una sirena mitológica silenciosa de mirada penetrante, embrujaba, abrazaba y se entregaba, y a esa pasión lujuriosa de amor inexplicable no había modo de resistirse.

Por eso el rey no se sintió extranjero, como ninguno de sus ministros. Hasta Sabatini, abandonado por la Corona y sin nada que hacer al ser sustituido en Palacio y en el Concejo por Juan de Villanueva, poco después de morir Ventura Rodríguez, no supo irse de Madrid para regresar a su Italia natal, sino que deambuló por la ciudad a la que ya se había aferrado y que le abrigaba como lo hace la piel de plátano a su pulpa carnosa. Juan de Villanueva fue el maestro mayor del Concejo, algo que nunca llegó a ser Sabatini, y el rey Carlos III, su valedor, dejó que Madrid se decantara por uno de los suyos porque un amante siempre se sale con la suya cuando de caprichos de trata.

Fueron años de un reinado pensado para toda España, pero esmerado singularmente con Madrid. El palacio de Benavente, el traslado de la Academia de Bellas Artes al palacio de Goyeneche, el inicio de las obras del Museo del Prado, la Puerta de Alcalá... Carlos III fue, en realidad, el Borbón que más hizo por convertir Madrid en una ciudad aceptable en el conjunto de las cortes europeas, con todas sus dificultades, con todos sus inconvenientes, con todas sus carencias y sus defectos. Pero con él nació una nueva idea de Madrid, un nuevo concepto de ciudad, y así permaneció en sus líneas de expansión, modernización, crecimiento y desarrollo hasta finales del siglo XX.

Carlos III fue duque de Parma, de Toscana y de Plasencia, rey de Nápoles y de Silicia, rey de España... Demasiados títulos y responsabilidades para fijar su mirada en Madrid y que sus ojos se hicieran de azúcar. Pero lo hizo, y el mérito, quizá, no fuera suyo. Lo fue de la ciudad que sabía mostrar en los recovecos de su caos la silueta subyugante de una sirena mitológica.

Modernizador de la sociedad con ideas ilustradas, reformador de la agricultura con las Sociedades Económicas de Amigos del País, reorganizador del Ejército, impulsor del comercio exterior con compañías como la de Filipinas, liberalizador del comercio con América mediante Decretos de Libre Comercio y Reglamentos de idéntica materia, en 1765 y 1778, fundador del Banco de San Carlos, diseñador de un plan de caminos radiales desde Madrid a Valencia, Cataluña, Galicia y Andalucía, organizador del Correo como servicio público, impulsor de la concepción de España como nación, dotándola de bandera e himno propios, y distribuidor de España por provincias en 1787 de acuerdo al censo realizado por el conde de Floridablanca, el rey Carlos III puso, sobre todo, sus anhelos en Madrid y sus alrededores, creando y fomentando industrias que los madrileños adinerados no tuvieron la ambición o la intuición de desarrollar.

Él las tuvo. Y creó empresas como la Real Fábrica de Porcelanas del Buen Retiro (a instancias de su esposa, la reina María Amalia de Sajonia, cuyo padre era el dueño de las famosas fábricas de porcelana de Meissen); la fábrica de cristales de La Granja; la Real Fábrica de Platerías Martínez, trasladándola al Salón o Paseo del Prado; la de Tapices de Santa Bárbara; la Real Fábrica de Aguardientes y Naipes, que después fue la de Tabacos; las fábricas de Cera, de Holandillas para forros de vestidos y la de Coches, que significaron prosperidad y se desarrollaron en Madrid durante más de un siglo.

—¡Hoy se inaugura la Real Fábrica de Aguardientes y de Naipes! ¿Vamos a verla?

—¿En dónde? —se interesó Mateo Teixeira.

—Me han dicho que en el mismo lugar donde estaban los huertos de los monjes de San Cayetano —informó Fabián de Tarazona.

—Ah, ya sé.

—Venga, vamos. Además, dicen que fabricarán licores, barajas de cartas, papel sellado, documentos oficiales...

—¿Licores? Pues a mí me han dicho que la elaboración del aguardiente se la van a conceder a la duquesa de Chinchón —comentó Mateo.

—Y la de naipes a ese belga, Heraclio Fournier, ya lo sé —corroboró Fabián—. Aseguran que va a llevarse la fábrica a Bilbao.

—También lo he oído yo —asintió Mateo—. Pero ¡qué más da! ¿Vamos a la inauguración?

—Vamos.

Carlos III también levantó hospitales públicos, como el de San Carlos; inició los servicios de alumbrado, creó una red de alcantarillado y, enamorándose cada vez más de Madrid, ordenó construir un plan de ensanche que modificó la fisonomía urbana con calles anchas, avenidas espaciosas y plazas grandes, adornadas todas ellas con monumentos que definieron los iconos madrileños: la fuente de la diosa Cibeles, la de Neptuno, la Puerta de Alcalá y, sobre todo, el Museo del Prado, que inicialmente era un proyecto pensado para albergar el Museo de Historia Natural.

Diseñado en un primer momento por José Moñino y Redondo, conde de Floridablanca, para servir de Real Gabinete de Historia Natural, el edificio del Museo del Prado se erigió en el Paseo del Prado en 1786. Considerado una de las cimas del neoclasicismo, finalmente se encargó su construcción a Juan de Villanueva, el mismo arquitecto mayor que había construido el Jardín Botánico y el Real Observatorio Astronómico, justo a su lado, en la llamada «Colina de las Ciencias». Pero, tanto tiempo duró su construcción, y con tantos incidentes debidos a los avatares económicos de la ciudad, que hasta pasado el año 1800 no se terminó, y luego la invasión napoleónica y la guerra de la Independencia lo convirtieron en cuartel de Caballería, hasta degenerar en, prácticamente, un edificio en ruinas. Cuál no sería el destrozo que hasta las planchas de plomo de su tejado se fundieron para fabricar balas de fusil.

Cuando Isabel de Braganza, esposa del nefasto Fernando VII, se interesó de nuevo por el edificio, fue el arquitecto López Aguado quien lo rehízo para que pudiera ser reinaugurado en 1819 como Museo Real de Pinturas, albergando las mejores piezas de las colecciones reales dispersas por los Reales Sitios. Trescientos once cuadros fueron su primer patrimonio. Luego, con la incorporación de las colecciones del Museo de la Trinidad que albergaba las obras requisadas tras la Ley de Desamortización de Mendizábal, se procedió a ampliar el museo y abrir nuevas salas al edificio. Un museo, el del Prado, que sólo con la reina Isabel II, en 1868, pasó a ser considerado un Museo Nacional de Pintura y Escultura, hasta que por un decreto real del 14 de mayo de 1914, firmado por Alfonso XIII, fue denominado oficialmente Museo Nacional del Prado.

Pero fue Carlos III el iniciador de la que iba a ser, con el tiempo, una de las más importantes pinacotecas del mundo. Una iniciativa más de un rey que tenía puesta en Madrid una pasión como pocos corregidores y alcaldes demostraron nunca.

Casado con María Amalia de Sajonia en 1737, el rey Carlos tuvo trece hijos, de los que sólo siete llegaron a una edad adulta. Y uno de ellos, el séptimo, Carlos IV, fue su heredero en el trono de España cuando al atardecer del 14 de diciembre de 1788 murió, a la edad de setenta y dos años.

Una muerte serena, sin aspavientos, que en nada presagiaba el porvenir de la España que dejaba a su hijo, el débil Carlos IV, que al estallar al año siguiente la Revolución francesa se aterró de tal manera que no supo reaccionar de otro modo que convertirse, todo lo contrario de lo que era su padre, en un paradigma del conservadurismo y del temor a todo y a todos.

—¡Ha muerto el rey, ha muerto el rey!

—¡Viva el rey!

—¿Quién será? ¿Su hijo Carlos?

—Claro. El otro, el infante Felipe Antonio, ha sido apartado por deficiencia mental.

—Monarcas. Vaya tropa.

—¡Y que lo digas!

—¡Viva el rey!

—¡Pues viva! ¡Y bailemos un fandango!

—¿Un fandango?

Mateo Teixeira no entendía a su amigo Gabriel Argote, el actor. Ni sabía lo que era el fandango. Gabriel sonrió, puso su mano sobre el hombro de Mateo y le habló despacio:

—Pues con tan grandes conocimientos de bailes y músicas, difícil va a ser que encuentres esposa, primo.

—¿Es que acaso es preciso bailar?

—No hay nada que les guste más a las mujeres —aseguró Gabriel—. Ese movimiento sinuoso del fandango, esa pasión, esa invitación al movimiento sentido...

—Calla, no sabes lo que dices.

—¿Que no? ¡Claro que lo sé! Y les gusta a todas las mujeres, desde las de más alta cuna hasta las menos afortunadas. No te digo más que hasta el genial Mozart se inspiró en los fandangos que componía Boccherini, quien los trajo a Madrid... Si los has tenido que ver bailar...

—Pues no sé. —Mateo se alzó de hombros—. Yo... es que, en esas cosas del baile, no me he fijado nunca.

—¡Pues menos pensar en la posada y más en las mujeres, que vamos a terminar todos solterones! Mira: se baila por parejas, se parece a la jota, se baila con castañuelas... ¿No lo recuerdas?

—Pues... no.

—Que sí, hombre —siguió Gabriel, explicativo—. Si hasta Soler y Scarlatti compusieron fandangos... El fandango es algo así como una mezcla de lo antiguo y lo castizo, de lo que gusta a los manolos con lo que priva a los ilustrados. Hasta Boccherini ha escrito una zarzuela sobre él, *La Clementina*. Cualquier día de estos la representaremos en el corral, ya lo verás. La otra tarde la vi representada en casa de la condesa de Benavente, doña María Faustina.

—Pues represéntala y entonces sabré de qué me hablas.

—Ay, Gabriel. Qué cruz tenemos Fabián y yo contigo. ¿Tampoco escuchas la música nocturna de Madrid?

—¿Música nocturna?

—Sí, esa que se inspira en nuestras noches, con su bullicio y su alegría, el tañer vespertino de las campanas de las iglesias, los bailes populares, los ciegos tocando sus *viellas de rueda*, el toque de retreta en los cuarteles...

—¿Tú has bebido hoy, Gabriel?

—¿Beber? ¿Yo?

—Te encuentro muy raro, qué quieres que te diga...

—Pues ni una gota —Gabriel casi se dio por ofendido—. Llevo todo el día ensayando el sainete que representaremos mañana. ¿Vendrás a vernos, verdad?

—No sé... —dudó Mateo—. ¿De qué va?

—*Manolo, tragedia para reír o sainete para llorar.* Lo ha escrito don Ramón de la Cruz.

—Ni idea...

—Pues... la trama se desarrolla en Lavapiés, en medio de la plaza, para que todo el mundo presencie la escena, entre un tabernero, una castañera, unos amantes enamorados y los demás: verduleros, aguadores, pillos... Muy de Madrid.

—Ya —cabeceó Mateo—. De esa gente, todos los días veo.

—¡Pero es un sainete muy divertido, te lo aseguro! —ahora el enfado de Gabriel subió de tono—. ¡Manolo es la manera de llamar a los bautizados Manuel!

—Pues como no se aprenda algo más...

—¡Estás insoportable, primo! Avisaré a Fabián para que venga a vernos. Él no es tan inculto como tú.

—¿Yo inculto? ¡Pero si lo que me cuentas y nada es todo uno! ¡Y yo qué sé de qué diablos trata ese sainete!

—Pues toma una muestra...

Y Gabriel Argote, a medias entre irritado y profesional, recitó con una intensidad dramática que hizo detenerse en la calle a todos cuantos pasaban ante él:

> *¿Pues qué? ¿Faltan en Madrid*
> *asuntos para tragedias,*
> *habiendo maridos pobres*
> *y mujeres petimetras?*
> *¿Qué país del universo*
> *ofrece en todas materias*

más héroes; ni en qué país,
hay tantas civiles guerras
como aquí, que hay pretensiones,
gremios, cuñados y suegras?

—¡Basta, basta! —imploró Mateo Teixeira, abochornado y ruboroso porque todo el mundo los miraba—. Iré, jurado. Pero calla ahora, que me avergüenzas.

—Ay, Mateo, Mateo... Qué poca sesera gastas... Por lo menos invítame a merendar, ¿no? Un chocolate bien espeso...

—No puede ser —lamentó Mateo—. Se me ha roto el molinillo y hasta que no compre otro...

—¿El molinillo? Claro, si no los fabricaran copiando a los que usan los indios en América.

—Pues son los mejores. ¡Los mejores!

—Ya lo veo...

Desde los corrales de comedias del siglo XVI hasta que a finales del XVII pasaron a llamarse oficialmente teatros o coliseos, mucho habían cambiado los lugares de representaciones teatrales en la Villa. En aquellos primeros corrales la gente humilde se situaba en el patio central, de pie, y tan libres eran de arrojar verduras a los cómicos si no les gustaba la obra o la forma de interpretarla como de pasearlos en volandas por las calles aledañas si habían disfrutado con una u otros. Los nobles y caballeros disponían de sillas de anea en los pisos superiores para asistir a las funciones, y su comportamiento, dados su formación y modales, era muy diferente.

Pero en ese momento, cuando Gabriel iba a representar su sainete para los amantes del teatro, la conducta de los asistentes era, por lo general, más comedida, aunque nunca faltaran quienes hacían del bullicio y de la protesta o el aplauso un modo de distinguirse. Mucho más tarde, cuando se representó en el Teatro Felipe la zarzuela *La Gran Vía*, nunca faltaba el gracioso que, al salir el petimetre gomoso e impecable a cantar la canción de homenaje a la calle del Caballero de Gracia, se hacía notar. El cantante salía muy fino y atildado a escena, con ademanes afeminados, y tras los compases iniciales de la canción se arrancaba a cantar:

Caballero de Gracia me llaman...

Y, en ese momento, desde algún lugar del teatro se oía a grandes voces: «¡Maricón!». Tras lo cual el cantante, sin poder evitarlo, ruborizado o desdeñoso, tenía que continuar con la letra:

... y efectivamente soy así.

Era una gracia repetida que se convirtió en un clásico para la hilaridad general y que, si no se producía el improperio, se echaba a faltar y se lamentaba.

Era público llano y de buen humor, mucho del cual habitaba en las corralas madrileñas, unas construcciones abundantes en la ciudad desde el siglo XVII y que respondían a la necesidad de dar alojamiento a la ingente cantidad de inmigrantes de la Villa. Y, siendo Madrid pequeña y sin obtener facilidades del Concejo para su expansión, no quedó más remedio que ingeniárselas para acoger a muchas familias en espacios reducidos. Así nacieron los corrales, luego denominados corralas, que pasaron de tener una o dos alturas hasta seis o siete, para que del poco suelo disponible se sacara el máximo provecho.

Lo habitual era que hubiera uno o dos cuartos de aseo por planta, en los extremos de cada corredor, y que se establecieran turnos para su limpieza por familias o viviendas. Lo mismo que contaba con una cocina por planta, o dos las corralas más modernas, y en el patio había un pozo de agua que se podía beber y otro de agua salobre, con sal, que se usaba para la limpieza de corredores, patio y ropas. Sólo hasta avanzado el siglo XIX no se instalaron en las corralas fuentes de agua potable, en donde reunirse a lavar la ropa y extraer agua para beber, y no escaseaban las plagas ni los chinches que sólo se lograban eliminar con la lejía que llegó en el siglo XVIII a Madrid desde Holanda. Y aun así había chinches tan resistentes que ni por esas.

Esta complicidad en la desgracia compartida establecía fuertes vínculos de afecto y vecindad entre los habitantes de cada corrala, lo que se traducía en que cada una de ellas celebraba sus propias fiestas patronales y se engalanaban para la ocasión, todo coordinado por el gerente, administrador, portero o vecino con autoridad del edificio, que era el encargado de dirigir los ornamentos, contratar al organillero o dulzainero, preparar un barreño de sangría de vino blanco con variedad de frutas, llamada «limoná», y administrar los fondos que los vecinos aportaban para la celebración.

Vecinos que habitaban casas no mayores de dos piezas, un salón y un dormitorio, en apenas veinte o veinticinco metros cuadrados, con una sola ventana al exterior. Y, entre ellas, entre las muchas que existieron en Madrid, la corrala mayor fue, desde 1790, la de Miguel Servet, en la calle Mesón de Paredes junto a la calle Espino, que se construyó para dar vivienda y cobijo a las cigarreras de la cercana Fábrica de Tabacos.

Pocas corralas sobrevivieron al paso de los siglos. Sólo las de la calle Redondilla, 13, que se edificó en 1711; la de la calle del Rollo, de 1725, la antigua Casa de Postas del duque de Santiesteban, de 1742; y las posadas del León de Oro y del Mesón Segoviano, de 1740, en la Cava Baja, soportaron el paso del tiempo, todo ello gracias a alguna rehabilitación llevada a cabo en los años ochenta del siglo XX por indicación del alcalde Tierno Galván, como fue la corrala de la calle Miguel Servet, en el barrio de Lavapiés.

—Oye, Fabián, ¿qué es ese edificio que hay en la misma plaza de Santa Bárbara?

—¿El matadero de cerdos? —inquirió Fabián, sin saber muy bien a qué se refería Mateo Teixeira.

—No sé —se excusó Mateo—. Sólo sé que huele muy mal a mil leguas de allí.

—Sí, sí —aclaró Fabián—. Es el Saladero. Pero tranquilo, que pronto lo quitarán. Hablan de que pronto lo convertirán en cárcel.

—¿Otra cárcel para la Villa?

—Se ve que abunda la mala gente, sí. —Fabián se tomó unos segundos antes de seguir, con una media sonrisa dibujada en los labios—. O buena gente, vaya usted a saber. Con estas autoridades que nos gobiernan, nunca se sabe si se persigue al ladrón o a quien les lleva la contraria...

—Ay, Fabián. Cómo se nota que ya eres un político...

—Déjate de reproches y prepárate, que mañana nos vamos Gabriel, tú y yo a Aranjuez. Te vas a quedar con los ojos como platos...

La promesa de Fabián no era exagerada. Todo había empezado cuando el 5 de junio de 1783, en la localidad francesa de Annonay, los hermanos Montgolfier lograron la primera ascensión de un aerostato con aire caliente obtenido con la combustión de paja húmeda y lana seca. El día 19 de septiembre de ese mismo año, Étienne Montgolfier repitió el experimento en Versalles en presencia de Luis XVI y de toda la Corte y, el 21 de noviembre, el marqués de Arlandes y el farmacéutico Pilâtre de Rozier protagonizaron en París el primer vuelo tripulado de la historia en un globo de aire caliente, construido también por Étienne Montgolfier, repitiéndose posteriormente la experiencia por Charles y N. L. Robert el día 1 de diciembre, pero en esta ocasión con un aerostato elevado gracias al hidrógeno.

La noticia de que el hombre por fin podía volar se difundió a través de textos impresos y de grabados conmemorativos, llegando a todas las cortes de Europa, de manera que el 30 y 31 de enero de 1784 se realizaron experimentos similares en Barcelona a cargo del pintor francés Charles Boucher, que elevó a buena altura un globo de papel de 8,40 metros de altura del que colgaba una jaula con una gallina.

El mismo pintor repitió el experimento en Valencia los días 12 y 15 de marzo y por fin, el 6 de junio de 1784, tuvo lugar en los jardines del Palacio de Aranjuez la ascensión de un globo en presencia de la Corte.

El artista subió al aparato, pero la aventura duró muy poco: al prenderse fuego la envoltura tuvo que saltar desde la galería, tal y como lo vieron Gabriel, Mateo y Fabián.

Por desgracia el fuego de la Máquina comenzó a abrasarle, y este segundo Ícaro iba a dar nombre a las aguas del Tajo si los altos álamos no le hubiesen detenido, en cuyas ramas se quebró una pierna, pero sacó la pensión de 20 reales diarios, que estimó desde luego mucho más que su muslo.

El fracaso de la experiencia motivó el silencio de la prensa, pero los duques de Osuna, sin dudarlo un instante, hicieron que quedara reflejada la extraordinaria experiencia aeronáutica en un cuadro, encargándoselo al pintor salmantino Antonio Carnicero. Un cuadro en el que se representó el aspecto del globo, decorado con los signos del zodiaco y un gran sol con rostro humano, así como con una C y un 3 entrelazados, alusivos a Carlos III. También reprodujo en el lienzo la plataforma desde la que se realizó la ascensión y los mástiles a los que se fijó el aerostato, con el público colocado en círculos ante una espesa arboleda que representaba las riberas del Tajo en Aranjuez. Todo dibujado con sumo detalle, hasta tal punto que, por sus ropas, se podía deducir la clase social a la que pertenecía cada uno de los asistentes.

Incluso fueron retratados los tres amigos, Fabián, Gabriel y Mateo, en un segundo plano, a la derecha del cuadro, vestidos como madrileños y ataviados al estilo de los majos.

—¿Tenía razón o no, Mateo? —sonrió Fabián—. Te has quedado boquiabierto...

—Y no es para menos —susurró Mateo—. ¡Un hombre volando!

—¡Increíble! ¡Esto lo tengo que contar en el teatro! —exclamó Gabriel, entusiasmado.

—Olvídalo —recomendó Fabián—. De todas formas, nadie te va a creer...

Hasta unos años después, el 12 de agosto de 1792, no volvió a verse algo igual en Madrid. Fue cuando el capitán italiano Vicenzo Lunardi repitió un hito similar, esta vez en los jardines del Buen Retiro. Entonces el espectáculo sí que alcanzó una gran repercusión social y se convirtió en un acontecimiento histórico para los madrileños.

Se trataba de un globo con un diámetro de treinta y un pies en su parte más ancha, reluciente y majestuoso, incluso más que el de Charles Boucher. Antes de elevarse, y para contemplar su preparación, se instalaron alrededor de la pista varios centenares de sillas por las que, quien quisiera ocuparlas, había que abonar un precio de veinte reales; los demás, quienes permanecieron de pie, abonaron una cantidad menor: cuatro reales.

El globo se infló con una mezcla gaseosa compuesta por ácido vitriólico, agua y cinc, y a las seis en punto de la tarde, con la majestuosidad de un ave enorme, y una solemnidad que extasió a cuantos lo observaron, subió a los cielos para iniciar una travesía decidida por el viento que soplaba en dirección noreste.

Unos cuarenta y cinco minutos después se perdió de vista, pero no por incidente alguno sino porque inició un desplazamiento horizontal por los cielos de Madrid hasta perderse más allá de sus límites, dejando a los espectadores entusiasmados. Tan sólo se alzó trescientos metros, pero fue suficiente para que el entusiasmo, por otra parte, no lo compartieran los habitantes de la cercana villa de Ajalvir, que aterrorizados al verlo sobrevolar sus cabezas le arrojaron piedras hasta que terminó de pasar de largo. Una travesía aerostática, en fin, que culminó con éxito el capitán Lunardi cuando finalmente logró posarlo, sin incidentes, en la población de Daganzo de Arriba.

Antes, tras la primera experiencia fallida, los tres amigos regresaron a Madrid desde Aranjuez y dieron un paseo por la antigua calle de las Damas, llamada luego de Buenavista y más tarde de la Primavera. Un paseo por su empinada cuesta que les hizo pensar de inmediato en que, por dificultoso que fuera, había llegado el momento de buscar cada cual a su propia dama, con la que sentar cabeza y formar una familia. La calle era empinada, sí, pero también adornada por una fuente y algunas zonas ajardinadas que, con sus flores, llamaban a la necesidad de encontrar algo que les invitara a sentir aquello que se llamaba amor. En aquella calle se celebraba precisamente ese día la festividad de la Cruz de Mayo, en su época, y ellos comentaron que tal vez no había sido una casualidad que, distraídos en el paseo, comentando lo asombroso de lo que acababan de presenciar en Aranjuez, hubieran llegado hasta allí para comprender la misión que a partir de aquel día, sin haberlo previsto ni imaginado, debían abordar.

Al lado estaban las calles de la Fe y de la Esperanza. Y alguien cantó a lo lejos:

El Paco es un pollo-pera
muy 'remilgao' y muy feo
que anda siempre de paseo
por la ca' de la primavera.

Los tres atendieron la letrilla, sonrieron y, como si hubieran comprendido a la vez lo que debían hacer, apuraron el paso y entraron en una taberna a sofocar la fatiga con unos tragos de vino.

15

Tiempos de víspera

Julio de 1789

La muerte de Carlos III empezó a poner fin al reformismo ilustrado español. Había acabado un reinado paradójico en el que, por un lado, al rey nunca terminó de gustarle todo lo que había hecho por la ciudad de Madrid y, precisamente por ello, se quedó con ganas de adornarla, mejorarla, modernizarla y dotarla de un aspecto mejor y más acorde con las otras grandes capitales europeas. Paradoja sobre quien, detestando en un principio Madrid, pasó a la historia como uno de sus mejores alcaldes. Curiosidades y contradicciones madrileñas.

Porque luego, a su muerte, la cobardía de Carlos IV, aterrado por las noticias que llegaban a diario desde Francia, y concretamente de los acontecimientos que se desangraban en la Bastilla a manos del invento de *monsieur* Guillotin, convirtió su reinado en un periodo de miedo al pueblo, de desconfianza en cuantos le rodeaban y en un secreto deseo de hacer las maletas y huir a donde fuera. Y cuanto antes.

Además, Carlos IV fue un hombre sin suerte. Ni como rey ni como padre. Abdicó en uno de sus hijos, por imposición napoleónica, y vio morir a muchos de sus otros hijos. Su esposa, María Luisa de Borbón-Parma quedó veinticuatro veces embarazada, perdió diez hijos antes de que nacieran, dio a luz catorce y sólo siete llegaron a una edad adulta.

De ellos, el mayor de los supervivientes, tras la muerte prematura de Carlos, María Luisa, María Amalia, Carlos Domingo, Carlos Francisco de Paula y Felipe Francisco de Paula, fue Fernando, el que llegó a reinar con el nombre de Fernando VII. Y el siguiente, Carlos María Isidro, heredero del título de conde de Molina, pretendió el trono de España por las bravas y, al no conseguirlo, permitió que se fundara en su favor un movimiento político y militar carlista que tantos problemas, conflictos y guerras causó en el Estado.

Familiarmente fue un padre sin suerte, sí; y como rey no fue más afortunado. Sin personalidad, carácter ni acierto al elegir a sus ministros, su reinado se caracterizó por una serie de errores de todo tipo cuyas consecuencias terminaron retrasando de nuevo el desarrollo político español y abrieron la puerta al retraso histórico de un país al que no se permitió entrar, a su debido tiempo, en la modernidad.

Durante aquellos años el actor Gabriel Argote conoció a una mujer de nombre Teresa que se prendió a su corazón de artista y, sin él pensarlo mucho, se casó con ella en 1795.

Un poco después, Fabián de Tarazona asistió a una reunión política y se dejó servir tres veces seguidas un vaso de vino por Clara, una mujer a la que le sobraba carácter y no le faltaba belleza, con quien se casó en cuanto ella aceptó el envite de sus miradas de deseo.

Y en 1799 Mateo Teixeira, ya entrado en edad, vio en Paloma Ruiz, una mujer viuda, madre de un hijo de corta edad, una compañera para el resto de su vida, y le ofreció quererla para siempre. La viuda no lo dudó: a los pocos meses contrajeron matrimonio en la iglesia de los Trinitarios, actuando el pequeño Sebastián Álvarez, de once años de edad, como padrino de su madre en la ceremonia nupcial.

Fueron tres matrimonios celebrados en la intimidad, de hecho. El hermano de Gabriel, Luis, no estaba en Madrid; por su parte, Fabián no tenía ya familia cuando se casó con Clara del Rey y, por lo que respecta a Mateo, nada sabía de su hermano Pascual, seguramente también lejos de la ciudad, acompañando a Luis Argote, y con la pena de que su hermana María Luisa ya hubiera muerto y no llegara a conocer a la guapa viuda con quien se desposaba. Pero fueron tres ceremonias alegres, compartidas por quienes seguían manteniendo una amistad tan fraternal como la tuvieron todos los antepasados de sus tres familias.

Gabriel Argote llegó a ser un célebre primer actor y gozaba de una gran popularidad, razón por la que escogió una ermita de las afueras de Madrid para que su boda pasara lo más inadvertida posible. La novia, Teresa, lució una deslumbrante belleza envuelta en su vestido blanco de encajes y sedas, tocada con una flor de azahar en la cabeza, junto a un moño alto de impecable arquitectura. Gabriel, exagerado y sobreactuado como correspondía a su oficio actoral, pero por una vez sincero, se emocionó al dar el sí al oficiante, y lloró como sólo sabía llorar en el escenario cuando le correspondía interpretar una escena desgraciada. Un llanto que contagió a Mateo Teixeira, mayor y sensible, y que dibujó una sonrisa burlona en Fabián de Tarazona, que luego se pasó el convite haciendo chanzas sobre su lloriqueo y animándolo a repetirlo, para ver si era tan buen actor como había demostrado ante el altar. Una boda, en fin, que se saldó con risas y abrazos entre unos amigos que se juramentaron para encontrar también esposa y formar familias como las de sus padres y abuelos, y diciéndolo un poco a modo de chufla, para que nunca desaparecieran los «gatos» de Madrid.

Poco después, la boda del político Fabián de Tarazona con Clara del Rey se celebró en la recién inaugurada iglesia de Santa Bárbara. Él, vestido de levita, y ella de blanco, llegaron a las puertas de la iglesia en un coche tirado por cuatro caballos tan negros y resplandecientes como las pupilas húmedas de la novia enamorada. Actuó de padrino Mateo, y como testigos del novio, el corregidor de Madrid y cinco regidores, así como Gabriel Argote. Porque en aquel año de 1789 Fabián de Tarazona ya era un alto cargo en el gobierno del conde de Aranda e iba a ir pronto destinado a trabajar en el Concejo municipal con la responsabilidad de dirigir la Junta de Policía de Madrid.

Gabriel y Teresa tuvieron dos hijos, Fernando y Carmen, antes de que Mateo Teixeira y Paloma Ruiz se casaran. También Fabián y Clara habían tenido tres hijos, Domingo, Enrique y Felipe. Los cinco niños, por tanto, junto a sus padres, fueron los únicos invitados a la boda, además de Sebastián Álvarez Ruiz, claro, el hijo de la viuda Paloma Ruiz, que llevó los anillos y ejerció de padrino de aquella boda. Paloma lució un discreto vestido color crema, y Mateo chaquetilla y pantalón a media pierna, a la moda de los majos del momento. Tampoco fue una ceremonia ruidosa, pero no por ello se convirtió en un enlace triste, ni mucho menos. El convite, como los anteriores, fue abundante y se prolongó hasta altas horas de la noche.

—¿Sabes algo de tu hermano Luis? —preguntó a los postres Mateo Teixeira a Gabriel Argote—. Porque yo tampoco sé nada de Pascual.

—Estarán juntos, seguro —respondió el actor, muy firme en su convicción—. Y seguramente no les falte salud. De lo contrario, lo habríamos sabido.

Hacía dos años que nada sabían de Luis Argote ni de Pascual Teixeira, y permanecía intacta la preocupación en sus familiares, aunque lo disimularan y, a fuerza de disimularlo, pareciera que se habían desinteresado por su paradero.

—¿Crees que estarán en España? —se dirigió entonces a Fabián de Tarazona—. Quizás en el Concejo se sepa si...

—No sé nada, Mateo —respondió Fabián, acompañando sus palabras con un gesto de negación de su cabeza—. De sobra sabéis que, de saberlo, os lo hubiera dicho.

—Quizá, por su mala cabeza, anden presos —aventuró Gabriel—. No sé, por pensar en alguna explicación para su silencio...

—¿Mala cabeza? —protestó Mateo—. Ni tu hermano ni el mío fueron nunca de esa calaña. Lo sabes bien, Gabriel.

—Pero puede que, en estos años que llevan sin dar noticias, hayan sufrido algún tipo de...

—En tal caso —interrumpió Fabián a Gabriel—, habría conocido su paradero si anduvieran presos en cualquiera de las cárceles de la Villa. No, Gabriel, no andan presos. Lo más probable es que hayan partido hacia América.

—¿América? —se extrañó Mateo, que nunca había pensado en ello—. ¿Crees que...? ¿Y qué se les ha perdido a ellos en América? No, no puedo creerlo...

—Tal vez hayan ido en busca de hacer fortuna —se alzó de hombros Fabián—. No son pocos los jóvenes que lo hacen en estos tiempos.

—¡Pero habrían escrito una carta, por el amor de Dios! De ser así, nos lo habrían dicho, ¿verdad, Gabriel?

—No lo sé, Mateo. No me preguntes. No lo sé... —el actor fue a servirse otro vaso de vino—. A mi hermano Luis nunca llegué a conocerlo lo suficiente.

—Ni yo a Pascual —admitió Mateo—. Creo que tienes razón.

Teresa, Paloma y Clara se acercaron a sus maridos en ese momento, invitándolos a cambiar la cara y mostrar la alegría de la celebración a la que estaban asistiendo.

—¿De qué habláis?

—Es vuestra boda, Mateo —pareció regañarle Teresa—. No me digáis que estáis hablando de política.

—No —sonrió Fabián, recuperando la sonrisa—. Estábamos comentando que tu marido es de lo que no hay: míralo, sin chaquetilla en esta noche de enero.

—Nunca tengo frío —se excusó el actor.

—Ni frío ni calor —añadió Teresa—. Este hombre es un trozo de madera. Y, ¿no sabéis? Nuestro hijo Fernando es igual que su padre. ¡Qué hombres!

—Es que esa naturaleza les viene de familia —aseguró Mateo—. No te apures. Su padre y su abuelo eran igual. ¡Los Argote! Se lo oí decir mil veces a mis padres, que en paz descansen.

—Hay que ver... Qué cosas —se resignó Teresa—. Y tú, Clara, ¿qué rarezas has descubierto en Fabián? Además de esa afición suya a andar siempre protestando por cualquier decisión que tome el rey...

—¡Ya no! ¡Ahora se ha convertido en un ciudadano ejemplar! ¡Desde que le ha domado el señor conde de Aranda... —Clara sonrió de un modo encantador, mirando a su esposo.

—¿Domarme a mí? —protestó tímidamente Fabián—. ¡Vamos! ¡Lo que hay que oír!

—Bueno —siguió Clara—. Entonces su única rareza es que le gusta poco quedarse en casa.

—¡Uy! —Se rio Teresa—. ¡Eso les pasa a todos! ¡Es el mal de Madrid! A los hombres les encanta quedarse en la calle hasta las tantas. Con tal de no subir a la casa...

—¿A ti también? —Frunció el entrecejo Paloma, dirigiéndose a su recién estrenado esposo Mateo.

—A mí, no, mujer. A mí, no... —se defendió Mateo como pudo—. Yo con mi posada y mis clientes, bastante julepe tengo. ¡Yo soy muy hogareño!

Y los tres, Gabriel, Fabián y Mateo estallaron en una carcajada que a Paloma no le hizo ninguna gracia, pero que nadie lo descubrió porque embozó su desagrado en una sonrisa cómplice a sus amigas que optaron por acompañarla también con otra sonrisa de resignación.

En el mes de diciembre de 1799 Mateo Teixeira enfermó por primera vez de unas fiebres que le duraron todo el invierno. Se curó de ellas a la primavera siguiente, pero durante aquellos primeros días pasados en cama, al abrigo de la chimenea y aliviándose con friegas de agua en la frente, tomó una decisión que quiso comunicar a Paloma, su esposa. Una decisión que iba a cambiar el rumbo de su vida.

—Quiero hablarte, mujer —le dijo.

—Dime, marido.

—Llevamos casados...

—Ocho meses.

—¿Y te gusta Botin?

—Sí, claro.

—Es mucho trabajo, ¿no? La posada, el restaurante...

—Lo sé.

—Había pensado en venderlo todo.

—¿Y qué haremos?

—Tendríamos más que suficiente para vivir con lo que ganáramos en la venta.

—¿Estás seguro?

—Sí. —Se incorporó Mateo en la cama y se arremetió la almohada hasta poder quedar en una posición más elevada—. No sólo no nos faltaría de nada. También estoy pensando en tu hijo, Sebastián. Podríamos darle lo suficiente para que se instalara por su cuenta en Madrid. Con un negocio propio. ¿Sabes si habla ya de algún oficio que le guste?

—No lo sé —tardó en responder Paloma—. Todavía es un poco pequeño. Pero le preguntaré.

—Siempre le veo leyendo en las gacetas las noticias sobre las modas del extranjero. ¿Crees que...?

—Sí —afirmó ella, sin dudarlo—. Le encantan las ropas de hombre. No sé si piensa en ser sastre...

—Pregúntale —rogó Mateo—. Si fuera así, podría tener la mejor sastrería de Madrid.

—Se lo preguntaré, marido. Y ahora, descansa, a ver si se alivian esas fiebres que no hay manera de arrancártelas.

—Sí, descansaré. Gracias, esposa.

—¿Gracias? ¿Por qué?

—Por querer a este viejo.

Paloma sonrió y remetió las mantas en torno a su cama. Luego le besó en la frente.

—En todo caso gracias a ti, marido, por querer a esta viuda.

Mateo Teixeira curó de su mal en 1800 y, tras pensarlo durante algunos meses más, vendió su posada Botin en 1802 a buen precio. Y con el dinero obtenido por la venta se aseguró una renta bastante para el resto de su vida, y la de su esposa, y aún le sobró un buen dinero para comprar, en 1807, un gran taller a Sebastián Álvarez, el hijo de su mujer, en donde el joven se instaló como uno de los más apreciados sastres de Madrid. Un joven trabajador, despierto y enamorado de su trabajo que fundó una industria de tejidos en Madrid, otra en Salamanca y que, con los años, dio lugar a una dinastía de fabricantes de tejidos y trajes que alcanzó notoriedad en toda España y en otras muchas ciudades de Europa y América.

Vistió a nobles y a comerciantes, a militares y a eclesiásticos. Hasta fue proveedor de la Casa Real y diseñó, confeccionó y cosió trajes de gala para bodas reales. Unos vestidos que combinaban a la perfección con el cetro y la corona que servían a los reyes para sus juramentos como tales y sus actos más solemnes. Una corona real de la Casa de Borbón que había sido fabricada en 1775 en Madrid por el platero de palacio, Fernando Velasco. Corona de plata sobredorada, de un diámetro de cuarenta centímetros y treinta y nueve de altura, con un peso algo inferior a un kilo y rematada por una pequeña cruz. Su interior estaba forrado de un terciopelo rojo de gran viveza. Nunca se usó para ponerla sobre la cabeza del rey investido, sino que se mostraba junto al cetro que representaba el poder y el símbolo de realeza. Cetro, por otra parte, que a modo de bastón tenía una longitud de sesenta y nueve centímetros, fabricado hacia el año 1685 para el rey Carlos II y salpicado de esmaltes de tonos azules y verdosos, repujado con tres cañones de plata sobredorada también engarzados con piedras granates. Un bastón, en definitiva, poco ostentoso para la grandeza de la Corona de España, pero que cumplía y aún sigue cumpliendo la función para la que fue fabricado.

Luis Argote, el hermano del actor, y Pascual Teixeira, hermano de Mateo, que habían desaparecido sin dar razón de su marcha ni paradero, se habían enrolado en los ejércitos del rey, a bordo de un navío real, habían estado unos años recorriendo el mundo. Después, hartos de la vida militar, habían desembarcado en Génova y pedido licencia de baja, que les fue concedida. Y no se supo más de ellos aunque, quizá, se buscaron la vida a ratos como soldados de fortuna y otros muchos los pasaran en holganza, diversión y mujerío. Aunque nunca dejaron de sentir a Madrid en los adentros de su pecho porque un día se llegó a saber que Luis Argote, el hermano del actor, y Pascual Teixeira, el hermano de Mateo Teixeira, no habían desaparecido del todo.

Nadie supo dónde anduvieron los últimos diez o doce años pero figuraron en la lista de muertos en las jornadas del dos y el tres de mayo de 1808, caídos mientras defendían Madrid de la invasión napoleónica en el Cuartel de Artillería. Sólo supo Gabriel Argote, por el detalle de unos papeles encontrados en un bolsillo de la chaquetilla de su hermano, que habían estado un tiempo en Cádiz, otros años en Génova y algunos más en Lisboa. Junto al mar, siempre junto al mar; tal vez para no añorar la libertad que habían escogido como modo de vida por si alguna vez llegaba el momento en que intentaran arrebatársela.

Durante aquellos años no hubo grandes noticias que reconfortaran a los madrileños. En 1783 se habían construido unos lavaderos cubiertos junto al río Manzanares para que las lavanderas pudieran ejercer su oficio sin atender a las inclemencias del tiempo ni a las incomodidades de los cambios de humor de vientos y nubarrones, pero el trabajo de las mujeres continuaba siendo igualmente penoso, por mucho que ellas trataran de hacerlo más llevadero con risas, cancioncillas, chismes y notas de sana alegría.

Unos años después, en 1791, doña Isabel Tintero había solicitado permiso para construir una capilla a la Virgen de la Paloma y, muy pronto, obtuvo la preceptiva licencia y procedió a costear su edificación, licencia otorgada tanto por lo bienintencionado de su petición como por la devoción que a la Paloma profesaban los madrileños, que casi la consideraban tan patrona de Madrid como a Nuestra Señora de la Almudena, una Virgen que era patrona de Madrid porque, quizás, en el año 712 los habitantes de la Villa madrileña tapiaron una imagen de la Virgen María en los muros de la muralla, para esconderla de los invasores árabes. O puede que fuera porque cuenta una leyenda que al Cid se le apareció la Virgen María pidiéndole que tomase la fortaleza de Mayrit, y al acercarse el Cid con sus tropas a la muralla se desprendió un trozo de ella, en donde había una imagen de la Virgen María, y así pudieron entrar fácilmente en la Villa. O, lo más probable, porque entre las muchas iglesias que había en la Edad

Media en Madrid dedicadas a la Virgen María, no quedó más remedio que empezar a distinguir unas de otras, y a una de ellas se la denominó como Santa María de la Almudena porque en árabe *Al-mudayna* quiere decir «la ciudadela» y la iglesia estaba dentro del amurallado árabe de Madrid, en su ciudadela. Sea como fuere, aquella fue la primera y más antigua imagen de la Virgen María encontrada en la ciudad, de ahí que fuera considerada desde el principio como la patrona de Madrid.

En esa misma época cercana al 1800 la Inclusa municipal fue confiada, para su gestión y cuidado, a un grupo de damas de honor y mérito pertenecientes a la aristocracia y a otras familias adineradas provenientes de la alta burguesía madrileña, institución existente desde dos siglos y medio atrás y que, por aquellos años, empezaba a carecer de las necesidades indispensables para dar cobijo a cuantos niños precisaban de asilo y asistencia en la Villa.

En esos años, también, tal vez adquirió la mayor notoriedad la edificación de la Real Casa de Postas, un enclave históricamente conocido como el Cuartel de Zaragoza o Cuartel de Pontejos, edificio de estilo neoclásico ubicado entre las calles de la Paz, Pontejos y Correo. Esta Real Casa fue proyectada en 1795 por el arquitecto Juan Pedro Arnal como complemento a la Real Casa del Correo en la parte de atrás de este edificio. Pero muy poco después una parte de sus dependencias se trasladó a la Casa del Correo, quedando tan sólo como servicio de telégrafos e instalándose en el Cuartel de Zaragoza, que pasó a albergar unas dependencias policiales madrileñas. Su uso posterior para los Cuerpos de Seguridad se remonta a la primera mitad del siglo XIX, cuando se constituyó en sede para la llamada Guardia Principal.

Acontecimientos, todos ellos, corrientes en la cotidiana vida de la ciudad, una Villa sin sobresaltos que sólo se agitó con terror en 1791, una cálida noche agosteña, en que se incendió la Plaza Mayor envuelta en un pavoroso incendio que destruyó en su práctica totalidad la plaza que había sido recientemente reconstruida. Su rehabilitación tras el desastre fue inmediata y quedó finalmente tal cual se la conoció en los años venideros, una rehabilitación definitiva que devolvió a los madrileños la serenidad de una de sus estancias preferidas.

Esa reconstrucción definitiva de la plaza, y la construcción de la ermita de San Antonio de la Florida, en 1798, lugar emblemático de verbenas y citas festivas del pueblo de Madrid magistralmente reflejadas por los pinceles de Francisco de Goya, fueron los mejores símbolos de una ciudad cuya mejora había iniciado Carlos III y que Carlos IV, a pesar de su apocamiento, permitió continuar, aunque dejándolo todo en manos de Godoy, designado su valido personal con el cargo de teniente general de los ejércitos del rey.

Carlos IV fue un rey que siempre se puso de perfil en Madrid y en el Reino. Quizá tampoco tuvo suerte porque a la muerte de Carlos III empeoró notablemente la situación económica del país y las reformas emprendidas condujeron a un auténtico desbarajuste en la Administración, por no contar con que las ideas surgidas de la Revolución francesa exigían claramente la necesidad de poner fin al Antiguo Régimen.

Desde el 14 de diciembre de 1788, cuando accedió al trono, temió las repercusiones de lo que oía que sucedía en Francia, y a pesar de estar relativamente bien formado en los asuntos de Estado, dejó que su esposa María Luisa de Parma y su valido Godoy camparan a sus anchas, tomando todas las decisiones. Porque su primer valido, el conde de Floridablanca, que inició una etapa positiva en el nuevo reinado con medidas como la condonación del retraso de las contribuciones, la limitación del precio del pan, la restricción de la acumulación de bienes en manos muertas, la supresión de vínculos y de mayorazgos y el impulso del desarrollo económico, así como la derogación de la Ley Sálica vigente desde Felipe V (aunque finalmente esa derogación no llegara a promulgarse), no fue capaz de culminar lo que prometía ser y se anunciaba como un reinado ilustrado y reformista.

Porque el estallido de la revolución en Francia cambió radicalmente la política española. Conforme llegaban las noticias del país vecino, el nerviosismo de Carlos IV se hizo mayor, hasta el punto de cerrar las Cortes que controlaba el propio Floridablanca y que se habían reunido para reconocer a Fernando como el nuevo príncipe de Asturias. Atemorizado, el rey optó por aislar a España del mundo para evitar que se propagasen las ideas revolucionarias al interior y no sólo permitió que se estableciesen controles en la frontera, sino que inició una política radical de apoyo al rey francés Luis XVI, su primo, que ya era una causa perdida, una muerte anunciada, y para mayor torpeza política volvió a los viejos usos de la represión y a devolver muchos poderes a la Inquisición, que empezó por desterrar a Jovellanos, arrestar a Cabarrús y arrebatar sus cargos a Campomanes.

La primera consecuencia del miedo real fue sustituir a Floridablanca por el conde de Aranda quien, por ser amigo de Voltaire, recibió el encargo de Carlos IV de intentar librar de todo mal a Luis XVI. Pero no lo consiguió: Luis XVI fue encarcelado y finalmente guillotinado, se proclamó la República en Francia y el conde de Aranda fue destituido y sustituido por Manuel Godoy el 15 de noviembre de 1792. Un Godoy del que se comentaba en todo Madrid que era amante de la reina María Luisa, sin ser cierto.

Godoy fue un guardia de corps que ascendió rápidamente y que, en pocos años, pasó de ser un simple hidalgo a convertirse en duque de Alcudia y de Sueca, en capitán general y, desde finales de 1792, en ministro de Carlos IV, con un enorme poder. De pensamiento ilustrado, impulsó medidas reformistas como las disposiciones para favorecer las enseñanzas de las ciencias aplicadas, la protección a las Sociedades Económicas de Amigos del País, y la llamada «desamortización de Godoy», consistente en despojar a las comunidades religiosas de sus hospitales, sus casas de misericordia y sus hospicios.

Carlos IV, en un arranque de orgullo, se atrevió al fin a entrar en la llamada guerra de la Convención, junto a otros países europeos, contra la Francia revolucionaria. Pero fue un error de incauto porque lo hizo sin saber cómo había que abastecer a los ejércitos, tropas, además, pobremente preparadas y sin ninguna convicción para enfrentarse a los aguerridos *sans culottes* franceses. Un ejército compuesto por veinticinco mil hombres comandados por el general Ricardos que llegó a entrar en el Rosellón en un arranque de fortaleza, pero que en 1794 no sólo fueron rechazados de la plaza sino que los franceses se adueñaron de Irún, San Sebastián, Bilbao, Vitoria y Miranda de Ebro por un lado, y Figueras por otro. Por fortuna para el rey, la Paz de Basilea de 1795 devolvió a España esas ciudades, pero al precio de tener que entregar a Francia la soberanía de la isla La Española.

Carlos IV otorgó a Godoy, a pesar de ello, el título de Príncipe de la Paz, aunque los madrileños susurraron en sus corrillos que aquel título tal vez no fuera una concesión real, sino una mera autoproclamación. Porque las ambiciones de Godoy no se detuvieron ahí: por el Tratado de San Ildefonso España se sumó a la alianza con Francia contra Gran Bretaña, y otra vez con la imprudencia como bandera, la consiguiente y osada guerra naval le costó a España sucesivas derrotas en el cabo de San Vicente, en la americana isla de Trinidad y en Puerto Rico. Pero como no hay mal que por bien no venga, se decía en Madrid, aquellas aventuras supusieron el fin de Godoy en mayo de 1798.

Sustituido el gran valido por Francisco de Saavedra primero, y por Mariano Luis de Urquijo después al frente del gobierno de Carlos IV, Godoy no dejó de conspirar en su beneficio, y nuevamente logró su propósito de regresar al poder tras la proclamación de Napoleón como emperador de Francia en 1804, el megalómano que deseaba establecer una serie de alianzas con España en su guerra contra los ingleses y que ya contaba con el apoyo del gran muñidor español de estratagemas y estrategias para su beneficio personal. No obstante, Carlos IV volvió a confiar en Godoy y el valido puso la escuadra española a disposición de Napoleón, declaró la guerra a Portugal, como aliada de Inglaterra, ocupó Olivenza en la famosa guerra de las Naranjas y obligó a Portugal a retirar su apoyo portuario a los ingleses.

Pero en 1805, otra vez, la escuadra franco-española fue severamente derrotada en Trafalgar y Napoleón recurrió, entonces, a suscribir el Tratado de Fontainebleau por el que se repartía Portugal con España, un acuerdo que incluía la licencia de paso por tierras de España a las tropas francesas camino del país luso. El resto, lo que iba a suceder a continuación, era fácil de intuir, pero a Godoy no pareció importarle mucho. A fin de cuentas, a él también le correspondía una buena porción de tierras de Portugal en el reparto.

Como tampoco le importó que tal sucesión de guerras mermaran los recursos económicos de España, aumentaran la pobreza de los ciudadanos y ahondaran el inconformismo popular. Los franceses se paseaban por España; el príncipe Fernando se conjuró en El Escorial contra Godoy y contra su propio padre, Carlos IV; y en 1808, ante la inminencia de lo que iba a suceder, Godoy propuso a los reyes abandonar el país. Fue el momento en que, los madrileños de Aranjuez, hartos de Godoy y de sus intrigas, se amotinaron y apresaron al propio Godoy, amenazaron a Carlos IV con un ajusticiamiento público. En ese momento el rey, acobardado, abdicó en Fernando VII, su hijo.

De lo demás, a partir de entonces, se ocupó Napoleón, convocando a la familia real española en Bayona, en donde Fernando VII devolvió la corona de España a su padre, este se la dio a Napoleón y el francés la puso en la cabeza de su hermano José Bonaparte.

Y el caso era que Carlos IV, aun siendo un rey desnortado, no tenía malas dotes. Amaba el arte, tocaba el violín, nombró pintor de cámara a Goya y fue generoso repartiendo títulos nobiliarios, hasta ciento setenta y nueve, de los cuales treinta y tres llevaban aparejada la condición de grande de España. Pero apocado y atemorizado desde la toma de la Bastilla el 14 de julio de 1789, su reinado fue un brindis al pavor cuando no al amilanamiento y a la resignación.

Ni siquiera pudo volver a España, ni morir en Madrid. Lo hizo en Italia, en el palacio Borghese, por cesión papal, en el destierro y sin conocer las tropelías de su hijo Fernando VII, a quien se llamó el Deseado cuando volvió a Madrid para ser proclamado rey de los españoles. Tan «deseado» que la plaza del Almirante, dedicada a Godoy, en 1809 pasó a denominarse Plaza del Rey, en referencia a este Fernando VII, no a Felipe II como se insinúa en el ladrillo que luce la plaza.

Una plaza inmerecida y de la que siempre ignoraron los madrileños que fuera dedicada a semejante Borbón.

A pesar de todos esos acontecimientos, y de todos los demás que en esos años se produjeron en la historia de la ciudad, Madrid fue siempre un pueblo al que le gustó disfrutar y conservar sus hábitos y costumbres, así como mantener vivas sus manifestaciones populares. Asumió bien las influencias constantes de las sucesivas olas inmigratorias de otras tierras, que trajeron tradiciones y costumbres propias, unas costumbres que poco a poco se fueron incorporando a sus festejos.

Pero aun así Madrid mantuvo siempre un folclore propio.

El pueblo madrileño fue siempre generoso con lo ajeno y rico en cantos, músicas y danzas ancestrales. Y los tiempos supieron conservar en buena medida su pureza original. No sólo en lo referente al cancionero popular, que históricamente era amplísimo y compuesto por unas mil melodías de castellanismo nato, sino por el uso de instrumentos que, como la dulzaina y el rabel, siempre siguieron sonando en las fiestas de muchos de los pueblos de sus alrededores, así como se dejaba oír en la misma ciudad de Madrid.

Jotas, fandangos, seguidillas y rondones se interpretaban en toda su pureza y con vestimentas del traje castellano, con sus variantes y matices. También las llamadas danzas goyescas, bailes de escuela bolera que se bailaban en verbenas, romerías y festejos populares. Todas ellas alcanzaron una gran popularidad en el siglo XVIII, y se interpretaban con el traje de la «majería». Hasta hoy.

También boleros, tiranas, panaderos, cuchilleros y otras músicas... El nombre de trajes goyescos se debe, como por su denominación es fácil deducir, a la exaltación que hizo de ellos Goya en el siglo XIX, unas vestimentas fielmente retratadas en sus obras maestras de tapices y pinturas: *La pradera de San Isidro, El pelele, La gallina ciega...*

La cultura tradicional madrileña se escalonó en tres épocas bien definidas y concretas: la época castellana, que se inició en el siglo XI con la conquista de Madrid por el rey Alfonso VI a los árabes, en el año 1083; la época goyesca, que tuvo sus comienzos en el siglo XVII y gozó de gran protagonismo y preponderancia hasta el siglo XIX, y la época castiza o chulapa, arraigada en Madrid a partir de mediados del siglo XIX. Y en todas ellas se pusieron de manifiesto las dos notas características de la cultura tradicional: la diversidad y la unidad, permitiendo así que la Villa aspirara siempre a una concepción de lo universal.

Madrid, como sabían los madrileños de nacimiento o de adopción, fue un centro de inmigración de todos los pueblos de España y cada uno de ellos dejó en ella algo de su tradición artística, lo que le permitió contar con una riqueza y variedad sobresalientes, lo que unido a la suya propia y autóctona, transformaron la Villa en un abanico multicolor y excepcional de culturas tradicionales y de folclore.

Madrid, así, llegó a ocupar un lugar destacado en el mundo en tiempos en los que el ejercicio de las artes y las letras, y menos aún el folclore, no era considerado como integrante de una concepción cultural. Pero para ello los escritores costumbristas y los artistas nacidos en Madrid o llegados de fuera, pero arraigados plenamente en la ciudad, dieron, a través de los años, una cualificación cultural que no podía negarse. Porque Madrid tuvo en todas sus épocas una literatura propia con obras costumbristas de gran calidad, en las que se comprobaba que era un pueblo muy rico en tradiciones y un pueblo también amante de sus cosas: un pueblo, en fin, que vivía con intensidad el concepto lúdico de sus fiestas, de sus verbenas, de sus tradiciones... Porque la música, la danza, el baile y las costumbres pueden arraigar en el alma popular de otro lugar si reúnen las cualidades necesarias que hagan vibrar de emoción a quien las ejecuta y a quien las contempla, y termina por hacerlas propias. Casos así se multiplicaron en Madrid, desde el juego de la pelota vasca, que sin ser originaria del País Vasco, sino importada de Castilla, adquirió naturaleza vasca, hasta el baile del chotis, de origen escocés, y la Kermese, una fiesta holandesa, que se convirtieron en el baile y verbena más castizos del Madrid del siglo XIX.

Como sucedió con el mantón de Manila, que encubriendo en su país de origen a las princesas de leyenda, fue luego para las madrileñas la prenda más señalada del garbo y del postín.

Por la misma razón, y por mucho que gustara un baile o un cantar, una danza o una tradición forastera, si no poseía esa magia, esa complicidad, nunca podría haber echado raíces en Madrid y, sin arraigar, habría desaparecido.

A lo largo de la historia, lo lúdico y lo religioso, entremezclados, constituyeron una de las raíces más profundas de Madrid. Nunca se exageró al asegurar que pocos pueblos se divirtieron tanto como Madrid a lo largo de su historia, sobre todo a partir del siglo XVI, y si bien era verdad que a las manifestaciones festivas cortesanas el pueblo asistía como mero espectador, y muchas veces como destinatario de la propaganda y exhibición de la nobleza, también lo era que el pueblo llano tenía sus propias diversiones apoyadas y justificadas generalmente por una fiesta religiosa, como las romerías, que bajo la excusa de visitar a los santos de las ermitas, después se convertían en fiestas bulliciosas con divertimentos que muchas veces sobrepasaban con creces los límites de la religión hasta caer de lleno en lo pagano.

Así fue siempre Madrid: múltiple y secular. Y laico.

Quienes asistían a las fiestas pertenecían a todas las clases sociales y Madrid en sus fiestas era lo que siempre fue: alegre y hospitalaria. Al menos desde la época de Felipe IV, Madrid se caracterizó por fiestas deslumbrantes que se hacían con gran frecuencia, a veces demasiada: desfiles, torneos, procesiones, corridas de toros... Cualquier motivo era bueno para engalanar las calles y plazas de la Villa, y los madrileños sacaban sus mejores colgaduras a los balcones y ventanas para sumarse al festín. No faltó quien dejó escrito, en aquellos años, que, en Madrid, «el rey se divierte sin freno; las fiestas le ocupan una buena parte de su tiempo». Y no le faltaba razón.

Pasados los años, lo goyesco se convirtió en la cara alegre de un Madrid que bebía vino, corría toros, bailaba en las praderas y todo ello quedaba para siempre como una categoría cultural que confería a Madrid universalidad y grandeza. Incluso en el siglo XVIII, en los momentos de mayor mimetismo e imitación con cuanto llegaba del extranjero, apareció la figura netamente madrileña de don Ramón de la Cruz, un creador del sainete con títulos tan significativos e inspirados en la cultura popular como: *El Rastro por la mañana*, *La plaza Mayor de Madrid*, *El Prado por la noche* y tantos otros.

Porque, entre el rito y la historia, fluía un calendario de celebraciones populares de origen pagano o de evidente procedencia religiosa que acabarían secularizándose en su desarrollo. Pero, en ambos casos, todas ellas encontraron en el pueblo las condiciones favorables para su arraigo y supervivencia a través de los tiempos. La inventiva madrileña, su inquietud y generosidad, unidas a su temperamento y talante, posibilitaron que la fiesta se incardinara en la gente como un concepto de felicidad, como una seña de vida. Era un modo de ser con el que se identificaba Madrid.

Una ciudad que hizo suyo el principio de que un pueblo que canta nunca muere. Que lo lúdico trasciende.

Madrid fue en muchas ocasiones una fiesta.

Fiesta. Un término derivado del latín *festa* que indica alegría, diversión, esparcimiento... un estado de ánimo que tanto podía surgir de lo religioso como de lo civil o profano. Disculpas para inventarse actividades festivas de forma circunstancial o periódica con objeto de concederse un descanso en el trabajo cotidiano o de celebrar un acontecimiento específico. Existían también otras fiestas que obedecían a distintos motivos, como la celebración del santo patrón de Madrid, de su entorno, del país... Y las había circunstanciales que no tenían establecido un calendario ni tampoco día fijo, por estar motivadas por un suceso imprevisto, una boda real, una visita de un príncipe extranjero, un bautizo de un infante, cualquier acontecimiento destacable...

Y, sobre todo, muchas y diversas fiestas que la fe o el afán lúdico de los madrileños fueron tejiendo en torno a sus iglesias, beaterios, conventos, ermitas y humilladeros; allí en donde las vírgenes y santos de sus acendradas devociones encontraran acomodo. Y así, en torno a estas excusas para la devoción del pueblo, tanto reyes como reinas, príncipes y princesas, duques y duquesas, majas y manolas, chulos de hacha y petimetres, buhoneros y chamarileros, artesanos y modistillas, festejaban a sus patronos y santos de mayor devoción, en romerías y plegarias, en rogativas y sabatinas, en rosarios de aurora y procesiones de más o menos flagelantes... Cualquier motivo servía; cualquier excusa bastaba.

Una de ellas era la fiesta de San Antón, celebrada todos los 17 de enero, pasadas las fiestas de Epifanía. En principio se suponía que se rendía culto con un sentido religioso y familiar concreto, pero pronto aquella fiesta de alcance nacional, la fiesta de San Antonio Abad, se convirtió en la de San Antón, considerado desde la Edad Media como el patrón de los animales. Fue en Madrid una fiesta popular siempre muy concurrida que se celebraba en la ermita de San Blas, junto al parque de El Retiro, y entre sus peculiaridades se incluía una exaltación del cerdo y del porquerizo, con la celebración de un concurso de carreras de berracos del lugar y se coronaba también al «rey de los cochinos», al que se vestía de san Antón y ocupaba un sitio de honor en la procesión que se organizaba en los alrededores de la ermita. Luego se prolongaba la fiesta hasta que el cuerpo aguantara. Una fiesta que quedó suprimida a mediados del siglo XVIII, por pagana, así como la rifa del «cochino de San Antón» que se celebraba en la Puerta del Sol.

Ambas tradiciones se sustanciaban en que los imagineros de este santo habían colocado siempre en sus iconografías un cerdo a sus pies. San Antón gozó así, en todas las épocas, de una profunda devoción en el medio rural, lo que dio motivo también al desarrollo de diversas tradiciones en su honor, así como juegos, coplas y refranes como «Antón, Antón pirulero, cada cual atienda a su juego, y el que no lo atienda, pagará una prenda», o «Por San Antón, la gallina pon», o «San Antón, es un buen santo. Santo que no bebe vino, que lo que tiene a los pies es un cochino» o «Hasta San Antón, Pascuas son» y «Por San Antón, brasero y mantón».

En su iglesia, en la calle Hortaleza, todos los años se siguió cumpliendo con la vieja tradición del reparto de los «panecillos de San Antón», que, curiosamente, aguantaban todo el año sin estropearse y que con una moneda debajo atraían para su poseedor salud y fortuna. Panecillos hechos a base de almendra y con la imagen del santo. También era costumbre inmemorial bendecir los animales que llevaban sus dueños: perros, gatos, pájaros... y que se efectuaran las vueltas de rigor alrededor de la iglesia en procesión, eligiéndose a la mejor mascota.

Otra de las fiestas más populares de Madrid fue la romería, celebrada en el campo, al lado de una ermita o de un santuario el día de la festividad del lugar con meriendas, bailes y juegos. Y era tal vez en estas romerías en donde se descubría mejor el sentido lúdico que existía en todas las manifestaciones populares y que con el tiempo fueron dando fama a los pueblos alegres y divertidos.

Romería que se convirtió en una voz popular que provenía del personaje del romero, nombre con el que se conocía a los peregrinos que se dirigían a Roma, y luego, por extensión, a cualquier santuario.

Madrid fue siempre amante de sus romerías y muchas se siguen celebrando en todo su esplendor, como la de San Isidro. Otras, por el contrario, que tuvieron un arraigo importante, desaparecieron, como la Romería de San Blas, que se celebraba el día 3 de febrero en la desaparecida ermita de esta advocación en El Retiro; o la Romería del Trapillo, que se celebraba el día 25 de abril, festividad de San Marcos, en una ermita situada en la glorieta de San Bernardo, a la que la gente acudía vestida con andrajos, con el fin de alardear de indigentes, circunstancia que originó el tópico popular de «ir de trapillo». O la Romería del Sotillo, que se efectuaba en la ermita de San Felipe y Santiago el Menor, situada en una explanada a la orilla del río Manzanares, en las inmediaciones de la Puerta de Toledo: era conocida como la de Santiago el Verde y se celebraba el día primero de mayo. También la Romería del Santo Ángel, que se celebraba en la ermita del mismo nombre, situada en el recinto de la Casa de Campo, el día 1 de marzo. Esta ermita estaba custodiada por alguaciles con mazas, encargados de poner orden y paz en las verbenas y en las calles, lo que dio origen, pasados los años al cuerpo de Maceros del Ayuntamiento madrileño.

Otras muchas fiestas desaparecieron en Madrid: la de Nuestra Señora de las Victorias, iniciada en 1860 después de la guerra de África; la de San Miguel Arcángel, con voto del Concejo desde 1643; la de la Virgen de Gracia, en la plaza de la Cebada; la de la Magdalena, en el barrio de Hospicio; la de la Virgen de Covadonga, en la actual plaza de Manuel Becerra; la de la Fiesta del Santísimo Nombre de María; la de Santa Bárbara...

Y luego se consolidaron las verbenas, unas fiestas y ferias populares nocturnas que se celebraban generalmente la víspera del santo patrón, con baile, tenderetes, bebidas, bocadillos y otras muchas viandas entre fritos y bizcochos. Verbenas como la de San Juan, que consistían en pasar una velada de regocijo popular y cuyo nombre provenía de una flor de la familia de las verbenáceas que se empleaba como astringente y antipirético, hermosas flores usadas también con fines decorativos y ornamentales. Era costumbre ir a las verbenas con un ramito de verbena en la solapa, lo que dio lugar a su denominación, y tuvo su origen en la ancestral creencia de que poseía virtudes mágicas o curativas, y cuya recolección debía hacerse en la noche mágica de San Juan. Una de sus variantes, llamada Kermese, se celebraba generalmente al aire libre y con fines benéficos, con rifas y venta de distintos objetos con los que los madrileños apostaban, jugaban y se divertían.

Y fue precisamente en una de esas Kermese en las que adquirió gran popularidad un personaje con chistera y bastón denominado «bastonero», una especie de guardián de las formas y buenas costumbres que cuidaba de que las parejas que bailaban no lo hicieran demasiado apretados. El bastón era alto, con adornos de cintas y sobresalía por encima de la cabeza de los bailadores para señalar su presencia, y un toque sutil, o enérgico, devolvía la moralidad al baileteo.

Verbenas como la de San Antonio de la Florida, La Paloma y la Melonera han viajado a través de los tiempos sin arrugarse. Otras buscan resucitar, como la de San Cayetano, en Embajadores, y San Lorenzo, en Lavapiés. La mayoría, no obstante, desaparecieron o cambiaron de emplazamiento, como la del Carmen, que tuvo su primer sitio en la calle de Alcalá y después se celebró en Chamberí y Vallecas; o la de San Juan, que se celebró primeramente a orillas del Manzanares, en los aledaños de un puente de Segovia que se iluminaba con antorchas hasta 1631 cuando el conde-duque de Olivares la trasladó al salón o paseo del Prado, en donde perduró hasta 1936.

Con todo, la fiesta de San Antonio fue siempre la más popular entre las mujeres y, en general, en Madrid. Desde el siglo XVIII tenían fama sus bailes, incluso Goya pintó una escena que tenía lugar en esa ribera del río, la más famosa porque lavanderas, costureras y otras muchas madrileñas acudían cada 13 de junio a echar en la pila trece alfileres y contar los que se quedaban pegados al levantar la mano, que eran los amores o novios o pretendientes que tendrían.

Goya no dejó, durante siete meses seguidos, de acudir en un coche de caballos alquilado a la pradera donde se celebraba, desde la calle Desengaño, donde vivía. Había retratado ya a la duquesa de Alba en Sanlúcar de Barrameda unos años antes, y también a la familia de la duquesa de Osuna, a quien entregó ocho cuadros con escenas de brujería para decorar su palacete del Capricho. Y entonces su gran amigo Jovellanos le encargó pintar el milagro de san Antonio en el que el santo tiene una visión que le muestra a su padre acusado falsamente de asesinato y a punto de morir ahorcado. Goya imaginó al santo en lo alto, sobre una roca, dirigiéndose al muerto, que está desnudo.

Las verbenas madrileñas inspiraron a escritores y artistas miles de páginas de literatura y mucha música costumbrista, como la zarzuela *La verbena de la Paloma*, y otras. Hasta se sabe que en un libro árabe atribuido a Casiri, escrito en el siglo XI, se dice que «en las noches festivas de San Juan y San Pedro se tenía que reforzar la vigilancia de las murallas, porque los infieles y los enemigos de Alá se juntaban con los siervos de este, recorriendo unidos los campos donde los hombres y mujeres sin velo corrían como alocados profiriendo gritos desordenados de alegría y celebrando lascivos e impúdicos bailes».

Los musulmanes residentes en Madrid, pese a las prohibiciones establecidas en el Corán, acudían de buena gana a las celebraciones de estas primitivas fiestas. Hasta las normas que prohibían saltar la muralla de Madrid fueron suprimiéndose durante esas fiestas verbeneras, y con el tiempo se autorizó la primera gran verbena pública en torno a la ermita de Atocha, lo que ocasionó que, una vez abierta la mano, empezaran a surgir más y más verbenas, y en el siglo XVI fueran ya una tradición festiva con enorme popularidad y gran participación de cortesanos y vecinos de todas clases.

Fabián de Tarazona y Clara del Rey disfrutaban sus sobremesas de la cena hablando de los rumores que corrían por Madrid. Casi siempre se trataba de asuntos que afectaban al

Concejo, donde trabajaba él, y de las cosas que Clara oía en el mercado mientras realizaba las compras del día. Los tres hijos del matrimonio, Domingo, Enrique y Felipe, dormían desde temprano, cansados de un largo día de estudios en la escuela y de juegos en la calle, y el matrimonio aprovechaba esas horas apacibles de silencio y anochecer frío de invierno para intercambiarse informaciones sobre quejas vecinales y remedios municipales, casi siempre ineficaces.

—Nuestro rey parece que no está —había oído comentar Clara en el mercado—. Y lo de nuestro alcalde es aún peor.

—¿Qué dicen de nuestro corregidor? —quiso saber Fabián.

—Lo más suave que dicen es que no hace nada por Madrid.

—Pues se pasa el día en su despacho del Concejo...

—Eso ya se sabe —cabeceó Clara, expresando con un gesto de desprecio que aún era más inexplicable su actitud—. Pero unos dicen que por las mañanas no hace nada y por las tarde lo pasa a limpio.

—Qué crueldad... —comentó Fabián.

—Pero lo malo es que es verdad —remachó Clara—. Ni siquiera ha sido capaz de ordenar el asunto de los serenos.

—Pero ¡si son los vecinos quienes...!

—No le defiendas, esposo. —Clara se levantó para rellenarse el vaso con agua de la jarra—. Ni la vigilancia nocturna, ni el orden público, ni la venta ambulante... No hace nada. Y los demás miembros del consistorio..., bueno: no sé qué hacéis todo el día en esos despachos. Madrid se está cansando de sus ediles.

—Porque no saben lo difícil que es ordenar esta ciudad... Son tan tercos nuestros vecinos...

—Y por eso, ¿qué? ¿Os dedicáis a dictar bandos y más bandos? Órdenes, reglamentos, normas, leyes... ¡Papeleo y más papeleo! Dice Mateo que pasa más tiempo cumpliendo los requerimientos municipales en Botin que atendiendo a sus comensales como se debe. ¡Él mismo te lo ha dicho a la cara!

—Porque los madrileños somos más aficionados a protestar que a correr toros —Fabián pareció enojarse—. Por ellos nada estaría regulado, no habría administración, ni ventanillas públicas, ni permisos ni licencias. Todo sería un caos. ¡Un caos!

—¿Y te parece mejor que para iniciar un oficio hagan faltan meses de ir de aquí para allá por oficinas públicas, rellenando papeles?

—Estamos corrigiendo eso...

—Ya. Eso mismo decías hace un año, y dos, y cinco... Pasarán cien años y seguirás diciéndolo.

—Si vivo...

—Ríe, ríe —concluyó Clara—. Que un día los madrileños se van a hartar y ya sabes que, cuando eligen la estaca, es porque antes han elegido en qué cabeza estamparla...

Fabián sonrió la expresión de su mujer y pensó que, con tal carácter, había acertado al decidir casarse con ella. Era una mujer brava y buena, segura de lo que pensaba y firme de convicciones. Una gran mujer. La quería mucho.

Esos pensamientos sobre su esposa no los guardaba sólo para sí. Cuando se reunía con sus amigos Mateo y Gabriel alababa las condiciones de la mujer que tenía en casa y aunque ellos tampoco tenían ninguna objeción que poner a la bondad de Teresa y de Paloma, reconocían la grandeza de Clara y su fortaleza de espíritu. Lo comentaron extensamente un anochecer de julio, sentados en una terraza al aire libre de la ribera del Manzanares, mientras los críos de los tres matrimonios correteaban por la pradera y las mujeres compartían con ellos juegos de habilidades o hacían un corro para jugar a la gallinita ciega.

—¿Es cierto que quieres vender la posada? Me lo comentó el otro día Clara —preguntó Fabián mientras se refrescaba con una limonada.

—¡Pero si era un secreto! —protestó Mateo—. Sólo una idea. ¿Cómo ha podido...?

—¿Es que aún no conoces sus cualidades? —Rio Gabriel, el actor—. Menuda mujer tiene aquí, el munícipe.

—Munícipe, munícipe... —protestó Fabián—. Sólo soy un empleado del Concejo, ni regidor ni nada parecido.

—¡Pero si ya eres jefe de Policía! —insistió Gabriel Argote—. ¡No te hagas el modesto con nosotros!

—Hablábamos de Clara, mi mujer —cambió de tercio Fabián—. Y nos preguntábamos si es verdad que vas a vender Botin.

—Aún no lo sé —Mateo no se mostró claro en su respuesta—. No voy a negar que me siento un poco cansado, sí...

—¿Y el pequeño Sebastián? ¿No seguiría en el oficio?

—Dice su madre que quiere ser sastre.

—¡Sastre! —se admiró Gabriel—. ¡Qué sorpresa!

—Al fin y al cabo —siguió Mateo—, no es hijo mío. Y Paloma, su madre, tampoco está muy entregada a la rutina del trabajo en la posada. Y, ahora, es buen momento para vender. Sacaría buenos dineros...

—¿Y, entonces? ¿Qué te detiene?

—La tradición, amigos... ¡La tradición! Son tantas generaciones dedicadas al oficio...

—Todo cambia, amigo Mateo. Y lo primero es tu tranquilidad...

—Pero ¿no os parecería una traición a mis antepasados? —Mateo negó con la cabeza—. Se revolverán en sus tumbas si dejo morir la posada... ¿Qué crees que opinaría Clara de esto? —se dirigió a Fabián—. Tu esposa es muy inteligente y tiene la cabeza muy bien puesta. Su opinión sería de gran ayuda...

—Está bien —aceptó Fabián—. Esta noche se lo preguntaré y mañana mismo te digo qué piensa de todo ello.

—Gracias, amigos. Apenas duermo por las noches. Tengo tantas dudas...

Una nueva ronda de limonadas fue servida en la mesa donde conversaban los tres amigos. Durante un rato se detuvieron a ver jugar a sus mujeres e hijos en la pradera, siguiendo las peripecias del corro que formaban en torno al que correspondía llevar vendados los ojos en el juego que les distraía. Hasta que, de repente, Gabriel Argote interrumpió la contemplación de sus amigos.

—¡He decidido comprar un teatro!

—¿Cómo dices? —ambos se giraron a mirarle, sorprendidos.

—Bueno —siguió Gabriel—. Que como actor he ganado muy buenos dineros y ya estoy un poco cansado del Corral del Príncipe y de los escenarios. Si fuera dueño de mi propio teatro...

—Te arruinarías —sonrió Fabián.

—Puede —replicó Gabriel—. Pero al menos subiría al escenario sólo cuando me apeteciera interpretar a un personaje u otro, el que fuera de mi mayor agrado. Tendría mi propia compañía, contrataría actores de otros teatros, elegiría obras de mi gusto para representar, tendría una empresa a mi cargo... No sé, creo que todo son ventajas.

—A ver, a ver —intervino Mateo—. Explícame bien todo eso. ¿Se puede saber...?

—¡Y quítate la chaquetilla, por favor! —exigió Fabián—. Que me agobia sólo verte tan abrigado. Con este calor...

—¿Calor? —Gabriel miró a lo alto, como si buscara encontrar el calor volando sobre su cabeza.

—Fabián, no te empeñes —interrumpió Mateo—. Ya le conocemos. Y sigamos en lo que estábamos. Explícame por qué quieres arriesgar todo tu dinero en un teatro, con lo aventurado de tal empresa. Terreno, construcción, permisos del Concejo, preparación de los espectáculos...

—Los permisos no me preocupan —miró a Fabián—. Esas son cosas del Concejo, y para eso ya está ese...

—¡Oye, que yo...!

—Nada, Fabián. Tú me los consigues en un pispás. Y de construir, nada. Compraré un teatro ya en funcionamiento.

—¿Se vende alguno? —se extrañó Mateo—. No lo sabía.

—Ni yo —coincidió Fabián.

—En esta vida todo se vende, amigos míos. Todo depende del precio...

Unos años después Gabriel Argote cumplió su sueño de poseer un teatro en Madrid: un pequeño coliseo abandonado que nunca había estado abierto al público situado en un solar cercano a donde estuvo el Teatro de la Cruz. Un teatro que se mantuvo abierto hasta 1808, hasta los días posteriores a los trágicos sucesos del Dos de Mayo.

Poco después el gran actor y empresario Gabriel Argote murió. Se dijo que de fiebres, pero quienes bien le conocieron aseguraban que había muerto de pena y nostalgia tras conocer la muerte de su hermano Luis y de su amigo Pascual. Y que la rabia se le hizo cristal en el pecho, impidiéndole respirar, cuando supo de qué vil manera habían caído muertos sus entrañables Fabián de Tarazona y Clara del Rey en la defensa de Madrid.

16

Libros, libreros y librerías

Julio de 1800

Para la labor de vigilancia intelectual existían en Madrid los visitadores, unos censores que inspeccionaban con sumo cuidado las librerías y tiendas de libros que por lo común estaban compuestas de tenderete y vivienda familiar, ambos en un mismo edificio. Eran casas arrendadas por los comerciantes que, además, se heredaban de padres a hijos.

A esas librerías acudían quienes querían adquirir un libro y, con mucha frecuencia, los escritores, con el fin de celebrar allí sus reuniones, encuentros y tertulias y para conocer las últimas novedades en libros impresos, y en muchas ocasiones también para criticar al poder y conspirar contra él, un precedente de las reuniones que luego se celebraron como tradición consolidada en las trastiendas o reboticas de esa clase de establecimiento. Eran foros de pensamiento inconformista que se mantuvieron durante siglos como foco de intercambio de ideas entre los intelectuales, y especialmente entre los poetas dramáticos y líricos de los siglos XVI y XVII al margen del ambiente universitario y eclesiástico, dando origen a una cultura profana y con una concepción universal, más allá de problemas locales y de ideas políticas o filosóficas coyunturales.

De ahí la existencia de los visitadores, de los censores, y el cuidado de estos en el contenido de los libros a la venta, más aún porque estaban «a bista del comercio de la Corte».

Las instrucciones que tenían esos censores en 1618 a la hora de «visitar» las librerías estaban establecidas por unas normas muy severas: al entrar, obligaban a cerrar la tienda y pedir el Memorial o inventario de libros a sus propietarios; luego a exigir juramento sobre los libros prohibidos que pudieran tener, de acuerdo con el Catálogo y Expurgatorio vigentes; y, por último, exigir que les mostraran el Expurgatorio, cuya tenencia era obligada. Si todo lo anterior se cumplía, cotejaban los libros existentes en el establecimiento con el catálogo de libros con licencia de publicación.

Como norma, la inspección duraba un solo día al objeto de no perjudicar al librero por mantenerle el negocio cerrado, pero si tras la inspección se demostraba que no cumplían las normas eran penalizados con grandes multas e incluso con el destierro, aunque al correr de los tiempos quedó demostrado que esta última pena pocas veces se imponía y, de hacerlo, apenas se cumplía. Además, los libreros estaban casi siempre avisados con antelación de la visita del censor y del peligro al que se enfrentaban, de modo que solían esconder sus libros dudosos en sótanos o «encierros», en sus almacenes, de tal modo que, a la hora de pasar la inspección era frecuente que los «visitadores» o censores no llegaran a conocer el contenido real de las tiendas de libros y, por lo tanto, no se enteraran de gran cosa.

El universo libresco lo componían los editores, los comerciantes de libros y los encuadernadores, impresores y maestros libreros... Incluso los pergamineros, los abridores de láminas, los fundidores de letras de imprenta... Eran tantas las denominaciones de quienes trabajaban en la confección de libros y tantos los oficios (y tan complejo en ocasiones diferenciar unos oficios de otros), que era el azar lo que decidía si al editor de *El Quijote*, por ejemplo, se le consideraba maestro librero y a los artífices de la impresión de libros de otras obras de Cervantes, impresores, editores o comerciantes.

Eran profesionales libreros que se agrupaban en familias y como tales núcleos ejercían el oficio y lo traspasaban de padres a hijos, incluso a las mujeres viudas, aunque ellas no fueran sujetos capaces legalmente de poseer propiedades y derechos. En realidad, los editores y libreros conformaban verdaderos clanes familiares, heredándose de generación en generación, y su objetivo era que los frutos de esa clase de negocio quedaran en la familia, perpetuándose. Esta manera de entender el oficio dio lugar también al establecimiento y auge de bastantes familias extranjeras que se instalaron en Madrid, sobre todo italianas, flamencas y francesas, y en cambio no hay constancia de que hubiera comerciantes de libros españoles que fueran a establecer su negocio en otras ciudades del extranjero.

Muchos de ellos, no obstante, fueron denunciados reiteradas veces a la Inquisición por poseer y vender libros prohibidos. Algunas de las denunciadas y perseguidas eran familias que llegaron a ser bastante conocidas, y algunas de ellas particularmente célebres, como los Junti, los Beelaert, los Borgia, los Prost y los Anderson. En concreto, y desde el siglo XVII, había muchos libreros franceses afincados en Madrid y entre ellos un comerciante de libros, más que editor, de nombre François Lambert, que además de ganar fama como vendedor fue considerado un afinado tasador de bibliotecas, hasta el punto de que fue el encargado de realizar la tasación de librerías y colecciones de importantes personajes de su tiempo, como el inquisidor Pedro de Alcedo o el presidente del Consejo de Castilla, Fernando de Valdés.

También en esa primera mitad del siglo XVII, el librero francés Pedro Mallard representaba en Madrid los intereses de los comerciantes de libros lioneses; y el librero y editor Juan Bautista Baudrand tampoco le anduvo a la zaga. Pero, con todo, el más importante y el que disfrutaba del mayor volumen de negocio fue, a finales de ese mismo siglo, Florian Anisson, un mercader esmerado y muy avispado que logró hacer fortuna y cuyo negocio tuvo continuación en su propio hijo.

Por fin, en lo que se refiere a comerciantes de libros llegados de Francia en aquellos años, del último mercader del que se tiene noticia fue de Fermin Mariet, con casa en la calle Cedaceros, que todavía permanecía en activo en 1783.

Proveniente de Italia, fue también famosa en el gremio la familia Junti o Junta, todos ellos descendientes del primer librero, Julio Junti di Modesti, de origen florentino y enseguida dueño de la Imprenta Real. De aquella rama familiar surgieron muchos herederos que se casaron con hijos de otra familia de impresores, sobre todo con los Gast.

Y por lo que se refiere a los libreros españoles de renombre, destacó entre ellos la conocida familia Robles, con dos ramas distintas: una con negocio en gran parte de España y Méjico y otra con su empresa en Alcalá de Henares.

Nada rara resultaba esta genealogía familiar, en todo caso, porque lo normal era que el miembro de una familia heredara el oficio de otro, ya fuera un hijo, un nieto, un sobrino o un yerno. Y, de no haber quien lo heredara, lo habitual era que las viudas mantuvieran el negocio del esposo fallecido bajo las denominaciones de «Viuda de...». O incluso que contrajeran nuevas nupcias con hombres pertenecientes al mundo de las librerías si las leyes no les permitían ser propietarias de comercios ni negocios, lo que así fue hasta muy tarde. De hecho, aunque a la postre la propiedad figurara a nombre de un hombre, lo cierto era que hubo muchas mujeres que asumieron el papel de libreras, impresoras y editoras en este gremio.

Quedan múltiples referencias de todo ello en documentos del Archivo Histórico Nacional y en los de muchas parroquias, en el Protocolo Madrileño y en el Archivo de Villa... También en estudios, artículos y libros de actas, bautizos y defunciones, cartas de pago, testamentos, dotes, contratos y otros escritos que se conservaron en las parroquias de Santa Cruz, de los Santos Justo y Pastor y en otras, como las de Santiago, San Ginés, San Martín, San Juan y San Gil.

Esta endogamia habitual no era propia sólo del gremio librero, sino que se daba de igual manera en otros oficios. Aunque quienes se incorporaban a un oficio normalmente pertenecieran a una familia dedicada a otra artesanía, enseguida entraban a formar parte del nuevo gremio. De hecho, en los contratos de los nuevos trabajadores no aparece el nombre de los aprendices, sino los nombres de los progenitores o tutores que les iniciaban en el oficio. Pero el propietario siempre era descendiente del dueño anterior, un hijo de los muchos que solían tener, normalmente el primogénito supérstite que era el que heredaba el negocio, mientras las hijas buscaban su futuro en un buen matrimonio o ingresaban en un convento. Los demás hijos o bien trabajaban a las órdenes del primogénito en el oficio familiar o buscaban otra salida laboral en otro gremio de su agrado. Pero no era infrecuente que se quedaran en el negocio de casa, en general porque los maestros impresores tenían con frecuencia una situación económica holgada, incluso muy desahogada, entre otras razones porque eran dueños de los materiales, que generalmente no eran baratos, aunque tampoco era inusual que el papel lo obtuvieran a pago diferido o se lo proporcionaran los editores, o incluso los propios autores, dependiendo del número de ejemplares que se quisiera tirar de la obra.

Un papel que, durante los primeros siglos de la imprenta, provenía como mercadería de Francia y de Génova, salvo el denominado papel de la Tierra, que se fabricaba en España.

Pero, en concreto, los impresores madrileños utilizaban de manera masiva el papel producido por el molino del monasterio de Nuestra Señora de El Paular, de la Orden de los Cartujos, un molino que fabricaba papel de imprimir, papel de bulas, papel fino para escribir y papel de estraza, y cuyo destino comercial era Toledo o Segovia o Madrid. Sobre todo, Madrid.

Los impresores madrileños lo compraban a través de un religioso cartujo encargado del negocio en la Villa, y firmaban los contratos por el número de resmas que preveían que iban a necesitar.

Otros muchos molinos también suministraron papel a Madrid: el de Cuenca, los abundantes molinos de La Adrada (Ávila), el de Almonacid de Zurita, los de La Cabrera (Sigüenza), los de Arco y Palazuelos (Segovia) y el de Beteta (Cuenca). Incluso algunas resmas llegaban de más lejos, al menos si se da crédito a alguna constancia de adquisiciones que se refieren a Logroño y Ezcaray.

En cuanto se refiere a los libreros, los había ricos y pobres, como es natural, y ello dependía de que fueran sólo librero-encuadernador o su negocio fuera más completo, ejerciendo de librero, editor y mercader de libros. Por ejemplo, los grandes editores, como Junti, Francisco de Robles, Bonet, Pérez de Montalbán, Lasso o Annison, guardaban grandes fondos bibliográficos y poseían bienes y grandes cantidades de dinero. Su gran volumen de negocio implicaba que tenían deudores y que conseguían clientela aristócrata y de gran importancia nobiliaria, de modo que disponían, por separado, de casa familiar y de local comercial; y no faltaron quienes, muy adinerados, disponían de otras viviendas que alquilaban y de las que también obtenían buenos réditos.

Por supuesto, también había libreros pobres que apenas tenían libros para encuadernar, ni obras que imprimir, ni volúmenes que vender. Y ello aunque se incorporara al negocio la menguada dote que la esposa aportaba al matrimonio, lo que era una costumbre establecida si llegaba a casarse con un librero; pero siempre con la condición de que si la mujer moría antes que su esposo la dote debía pasar a sus hijos o, en caso de no tener, volver a sus padres. Por eso la dote de las mujeres no solía ser abundante ni salvar un negocio de libros pequeño.

Lo cierto fue que muchos libreros murieron sin testar por no poseer nada; y no faltaron los que fueron enterrados de misericordia, de limosna, por cuenta del Concejo o de alguna caridad eclesiástica.

Contra lo que pudiera pensarse, en lo referente a la formación cultural de los libreros, había de todo: cultos e ignorantes. Porque algunos eran meros «tiradores» de libros, y otros, por el contrario, llegaban a escribir prólogos y notas a la edición, o cartas del impresor al lector animándolo a leerlo o ensalzando las virtudes de lo que imprimían. Hasta en verso llegaron a escribirse alguno de estos prólogos para hacer más rara y original la edición.

En cambio, hubo otros libreros que no firmaban la impresión porque ni siquiera sabían escribir. Sobre todo si se trataba de mujeres, porque la mayoría no sabía hacerlo ni nunca les habían dado la ocasión de aprender las primeras letras.

En realidad, durante años e incluso siglos los impresores y editores buscaron ser tratados como artistas, y no como meros artesanos, por la sociedad de su tiempo, pero la historia demuestra que aquella pretensión no caló en la sociedad madrileña ni española. Aunque también era cierto que, al ser profesionales que permanecían en contacto directo con los libros, y por tanto valorados como fuente de cultura, muchos de ellos fueran considerados por los vecinos de Madrid como personas intelectualmente superiores.

No sucedía lo mismo con los autores, que también de todo había: acostumbrados a quejarse por todo y de todos, unos consideraban a los impresores despreciables, y no ocultaban su opinión, si bien es verdad que también había otros que reconocían su trabajo, se ponían en sus manos, les dejaban en custodia toda su confianza e, incluso, no había ocasión en que no alabaran en público el cuidado que sus editores ponían a la hora de realizar los libros.

En todo caso, hasta el siglo XVIII eran escasos los editores y libreros que fueran al mismo tiempo impresores. Lo normal era que fueran dos oficios diferenciados. Como, asimismo, eran diferentes los oficios de maestro y de mercader librero, siendo muy pocos los que contaban con el título y designación oficial de impresores y libreros del rey: sólo aquellos que estuvieron al frente de la Imprenta Real. O, en Madrid, los que dirigieron la imprenta que se encontraba en la calle Encomienda (caso de los hermanos Francisco y Luis Sánchez), que aunque no llevaba el calificativo de Real, alcanzaron esa designación oficial de impresores y recibieron tal honor, unas veces por un nombramiento personal, que se daban a sí mismos y se les reconocía, o que obtenían de una decisión personal de Palacio o de algún miembro del Consejo del rey, sin necesidad de explicar las razones de la distinción.

Todos ellos eran, en definitiva, proveedores de material de escritura para la Real Casa, como también lo fueron otros muchos. O disfrutaron de otras muchas denominaciones y títulos, como Impresores de la Inquisición, del Reino, de Su Majestad, Librero del Rey, Librero de la Real Capilla, proveedor del Estado Eclesiástico, Librero del Príncipe... Cualquier título valía para hacer más visible y rentable su negocio.

Unos impresores eran españoles, pero no faltaron los extranjeros. Italianos, como los cuatro Junti: Julio, Tomás, Teresa y Bernardo, que se sucedieron al frente de la Imprenta Real y del Nuevo Rezado. También la familia de los Bogia, no tan importante, o el conocido librero Juan Bonardo, instalado en Madrid desde 1576 hasta 1621, muy relacionado con el holandés Hasrey y el francés Courbes. Y luego otros impresores italianos, como Diego de Cussio, Julio César Castillion, Sandi o Sando, Sotili..., que regentaban sus negocios sin apuros y bien relacionados con importantes vendedores de papel de origen genovés. Otros impresores franceses fueron Pierre Cosin (asociado con Alonso Gómez), Roquete Juan de Buc, Muruet, Landry y, sobre todo, Jerónimo de Courbes, un mercader de libros establecido en Madrid desde 1611 hasta 1631 que también ejerció de mercader de otros bienes, muy diferentes: sedas, azafrán, joyas... Courbes tuvo muchos ayudantes y pupilos de origen francés, como Prost, Laurent, Lambert y Mallard. Y el más célebre del siglo XVII, el ya citado Florian Anisson, con casa propia desde 1670.

En la Villa se afincaron también algunos impresores flamencos... Debido a la unión entre Flandes y España, era normal que hubiera muchos flamencos en las imprentas de Madrid, llamados por los propios impresores españoles dada la facilidad con que habían aprendido el oficio y desarrollaban el trabajo por la abundancia de imprentas y librerías en Flandes. Dejaron huella Bernabé, Juan Flamenco *el Viejo*, Van Azticu, Foquel, Bolineo, Juan Hasrey y, sobre todo, Cornelio Martín, que vivió y destacó por su oficio en el primer cuarto del siglo XVII.

Aquellos fueron tiempos, siglos, en los que la Inquisición se esforzó en mantener un rígido control sobre los libreros. De ello dejaron constancia muchos documentos oficiales. No obstante, las penas impuestas por el tribunal inquisidor no se llevaban casi nunca a cabo con la rigidez con que se imponían porque su exageración las hacía, muchas veces, inviables, imposibles de cumplir.

Así, un documento municipal de 1706 obligaba a los impresores a presentar los originales de gacetas, relaciones, presupuestos, papeles, cartas, romances y otras mil clases de documentos sujetos a censura previa, una obligación especialmente establecida para la actividad de los mercaderes de libros. Así, tras los expurgatorios del arzobispo Valdés de los años 1559, 1583 y 1584, y del cardenal Quiroga de 1612, se determinó que los libreros, corredores y tratantes en libros estaban obligados a hacer un inventario de sus fondos a sesenta días de publicado el Expurgatorio, memoria que se debía confeccionar en orden alfabético de títulos, bajo pena, desde 1614, de treinta ducados. Si un librero o comerciante se atrevía a vender libros contenidos en el Expurgatorio, sufría pena de suspensión del oficio o trato de libros, dos años de destierro y doscientos ducados de multa (400 en caso de reincidencia). Además, los libreros tenían la obligación de tener un ejemplar del Expurgatorio propio, no prestado. Estas Memorias o relaciones de libros que se conservaban en el comercio, o tienda, o tenderete, se entregaban a los visitadores, así como los catálogos de la Feria de Fráncfort, que se celebraba anualmente, y además una relación de quiénes compraban los libros. Pero, eran tantas las exigencias, y resultaban tan caras, que a principios del siglo XVII las Memorias se entregaban, pero los catálogos no. Además, los libros prohibidos no se exhibían al público y, por supuesto, la Inquisición hacía como que no se enteraba cuando se trataba de la compraventa de bibliotecas particulares, pues tanto compradores como vendedores solían ser nobles, embajadores y miembros de familias de influencia y poder y no se atrevían a ponerles en tal compromiso herético. Por tanto, la norma imperativa existía, pero su eficacia fue cayendo en desuso hasta llegar a ser nula, por no aplicarse.

Los «padres visitadores» tenían repartidas las librerías de la Corte. En 1623 eran, en total, tres dominicos, dos mercedarios, dos trinitarios, un mínimo, dos franciscanos y dos agustinos, y su misión era controlar sobre todo los libros provenientes de fuera del Reino.

Pero la labor de cotejo de la Memoria con el Expurgatorio era titánica. A veces se trataba de fondos de un total de cuatro mil volúmenes a cotejar, o incluso más, por lo que era habitual que algunos libros heréticos o peligrosos pasaran sin dificultad la criba de la Inquisición. Cuando se encontraba alguno de los prohibidos, se intentaba recoger, cosa que rara vez se conseguía porque, a la vez, tenía que pasar a requerimiento judicial y, en su caso, a la imposición de la multa, un tiempo burocrático más que suficiente para que, mientras tanto, el librero continuara en posesión del libro e intentara darle salida, lo que solía conseguir. O, si la cosa se ponía difícil, hacerlo desaparecer.

Cuando, finalmente, conseguían requisar algún libro, se conservaba en el monasterio de Nuestra Señora de Atocha. Una biblioteca, o infierno, que por otra parte nunca llegó a ser muy abundante.

Y, además, los libreros nunca estuvieron muy dispuestos a dar muchas facilidades a la inspección. De hecho, en la visita de 1641 faltaron muchos de ellos a dicha obligación, hasta un total de cuarenta y tres en Madrid, y lo curioso era que cuando se les buscaba para dar notificación de su demora y de las consecuencias de su incumplimiento, nunca se les encontraba ni en casa ni en la tienda, recibiendo la notificación sus mujeres, que no tenían capacidad legal para recibirla, de tal modo que había que realizar una nueva notificación en días sucesivos. Los libreros empleaban esta argucia para ir ganando tiempo, porque sólo disponían de quince días desde que recibían la notificación hasta que debían presentar la Memoria de sus fondos librescos.

Por otra parte era muy importante para los libreros poseer el catálogo de la última edición de la Feria de Fráncfort, porque los visitadores encontraban en él las novedades que consideraban heréticas y otras obras herejes al mismo tiempo que los libreros, y así todos conocían qué libros mantener en la tienda y cuáles enviar lo antes posible a otros reinos o a las Indias, o venderlos secretamente, antes de que se los quitase la Inquisición. Algunos de estos libros terminaban en la venta callejera de libros y en alguna almoneda, cuyos dueños los vendían generalmente por ignorancia, no por malicia.

Cuando el padre Dávila, en 1651, se quejó por escrito de la escasez de libros heréticos encontrados en las inspecciones, achacándolo a la distracción culpable de los padres visitadores, sabía que no toda la culpa era de ellos, sino del comportamiento esquivo de los libreros. Lo sabía porque su petición consistió en pedir que se hicieran más visitas a las librerías, que se llegaran a ejecutar las penas directamente por los censores visitadores y que se publicara un edicto en las iglesias contra los libros prohibidos.

Otros oficios artesanos relacionados con la fabricación, confección, edición y publicación de libros eran los lamineros y los abridores de láminas, dedicados al comercio de estampas. Su existencia dejó huellas en los contratos celebrados con impresores y libreros y no fue mal oficio porque era notable el encarecimiento de la obra cuando iba ilustrada. También se los denominaba estampadores o escultores de láminas, y entre los muchos ilustradores que alcanzaron prestigio en su momento los había muy conocidos y valorados, como en el caso de Juan de Courbes, Juan Navarro y Juan Peyron.

También existía un oficio cuyo nombre luego pudo llevar a la confusión: eran los denominados «escritores de libros», de cuya existencia quedó constancia hasta finales del siglo XVI y principios del XVII. Aparecieron citados como tales en los talleres de encuadernación y eran los encargados de poner los títulos en los lomos de los libros. Destacados escritores, en realidad rotulistas, fueron Jorge Antonio Granera, que estuvo al servicio del nuncio como copista de documentos pontificios, Juan de Ayuso, Juan de Bascuñana, Domingo Bravo, Juan Fernández Montero y, por su prolífica creación, Juan de Irueste.

En cambio, quedaron pocas noticias de los fundidores de letras. Sólo el taller de Francisco de Robles, de 1615, con su mesa larga de trabajo, una más pequeña donde se fundían las letras, un bufete de pino donde se comía, escalera grande, sillas de respaldo, banco largo de pino, una romana y arcas (que posiblemente contenían las letras fundidas). Pero no quedó constancia de ningún inventario donde consten otros materiales propios del oficio. El precio por la fabricación de cada letra era distinto, pero en 1671 se pagaban hasta dos reales «por libra puesto en letra».

Los pergamineros, por su parte, se encontraban establecidos cerca del río Manzanares porque necesitaban grandes cantidades de agua (como también las precisaban quienes trabajaban la piel en la Ribera de Curtidores). Las herramientas de los pergamineros eran, en 1656, los arcos para hacer pergamino, de los que se cuentan por docenas, bancos de «empedrar» el pergamino y bastidores para labrarlo, además de garabatos de revolver pelambre, horquillas de colgar arcos, pandero de raspar el pergamino, cal, pieles, cascos para hacer pergaminos, «çaleas» y cordel de azote.

Y, entre todos aquellos profesionales del oficio se encontraban, sobre todo, los libreros.

Se sabe que vivían y trabajaban en el mismo local. La tienda y vivienda familiar eran una única unidad, un local de arrendamiento con renovación anual y pago trimestral o cuatrimestral. El propio Ayuntamiento arrendó al impresor Pierres Cosin un pedazo de callejuela en la Calle Mayor en 1574, para su menester.

También había locales de libreros bajo las lonjas de conventos e iglesias, espacios que los monjes les arrendaban. Las tiendas pasaban de un librero a otro cuando uno de ellos cesaba en su actividad y así, durante dos siglos, la modalidad de habitación de los libreros se mantenía intacta: el módulo tienda-vivienda. A pie de calle estaba el comercio; y en la trastienda, la cocina-comedor. Los aprendices dormían debajo de los mostradores y en el cuarto alto se situaban las alcobas y otras habitaciones accesorias. También solían contar con un sótano, y a veces patio, altillo y servicio de cueva y pozo. No era infrecuente que alguna de aquellas estancias o habitaciones fueran utilizadas también como de almacén de libros.

Y junto a ellos, o a su servicio, estaban los encuadernadores. Porque, por norma general, los mercaderes de libros contaban con un taller de encuadernación anejo a la tienda porque de las imprentas los libros salían «en rama». El impresor se los daba al editor-librero o autor-editor y lo encuadernaban en su taller o los daban a encuadernar. Siempre se trataba de un ámbito familiar, trabajando ellos solos, con un par de oficiales o aprendices como máximo.

Los instrumentos utilizados para encuadernar los libros eran las prensas de hacer papelones con tableros, los cepillos, las piedras de batir con un mazo de hierro, el torno con cuchilla, los tableros a cuarto, octavo y pliego, los martillos, las flores de hierro del oficio, las leznas, los compases, los alicates, las tijeras grandes, los taladros, el serrucho, la lima, los botadores, las planchas de hierro, la almohadilla de dorar, los cazos de azófar para la cola y los telares. En la tienda solía haber también cajones, con o sin llave, escaleras y pesillo.

En esa clase de negocio estaba permitido, y era habitual, vender el oficio cuando moría el encuadernador. En 1631 el inventario de sus herramientas también incluía las reglas de enlomar, las tablas y cartones, las manecillas de hierro o de latón, las agallas, las arrobas de cola, las medias de alcaparrosa, la goma, las ruedas y ramos para encuadernar en oro, los adornos de óvalo, los florones, las jarricas, los hierros de enrejar, los hierros menudos, los hierros de perfiles, los arquillos lisos, picados o labrados, los viradores de tres rayas y de dos en dos, las piedras de bruñir, y punzones, chiflas, bigornias de clavar, tenacillas, alicates, gubias... Y la tienda disponía también de papel para su venta, además de libras de hilo, polvos de cartas y pergaminos.

Durante tres siglos, pocos cambios hubo en el ajuar de los talleres de encuadernación y en las tiendas de los mercaderes de libros. El número de prensas con sus ingenios no superaba tampoco el número de seis. Y siempre tenían piedra de bruñir con los mazos, compases, chiflas, martillos, tijeras, telares para coser, sacabocados y reglas de enlomar. En las tiendas, los materiales que había eran libros en blanco, carteras en piel, plumas, hostias para cerrar cartas e hilo para estas, lacre, papel de escribir y tinta. Todo en tiendas que contaban con un mostrador y con cajones. Y que solían tener trastienda.

Por lo que se refiere a los puestos de venta de libros situados ante Palacio, la primera referencia data de 1593, dejando constancia de que el pago por el arrendamiento debía realizarse con carácter trimestral o anual, incluyendo en ese pago la licencia de asentamiento. El número de cajones, o puestos, en Palacio era limitado, por lo que no había otra solución para su mantenimiento que traspasarlos, por venta o arrendamiento, de unos profesionales a otros.

Además de los puestos fijos, pululaban por Madrid los vendedores callejeros de libros, porque en la ciudad llegó a ser importante el comercio de ejemplares de segunda mano. Los mercaderes establecidos en tiendas contaban con un volumen grande de libros usados (en el inventario ponían si eran nuevos o viejos), pero al margen de ellos también había vendedores sin tienda («los que venden en plazuela», los llamaban los visitadores). Entre ellos estaba Francisco Alcober, en 1646, que vendía libros en la Puerta de la Cárcel de Corte; Juan Calderón, abogado, que en 1651 fue denunciado por otros libreros por los libros que compraba y vendía sin licencia; y otros como Mateo de Quirós, Blas de Castro y Antonio Cabañas, en torno al año 1655.

En 1737 los vendedores callejeros de impresos menores defendieron sus derechos a ser reconocidos como comerciantes útiles para Madrid hasta que consiguieron que se les otorgara un poder para pleitos, definiéndoles como «retaceros en los puestos públicos de la venta de historias, comedias, relaciones y estampas de imprenta viejas», de tal modo que con su documento pudieron pleitear con la Hermandad de Ciegos de la Corte, que les negaba su derecho a la venta callejera. Sus principales representantes fueron Mateo Fernández de Losada, Francisco Arana y Juan de Costales, y aquel no fue un pleito reciente porque desde 1655, casi un siglo antes, se había manifestado ese malestar. Unos y otros tenían su parte de razón: los ambulantes, porque ejercían un oficio y colaboraban en el enriquecimiento cultural de Madrid; los asentados en tiendas y puestos porque se sentían discriminados porque los vendedores callejeros no tenían que presentar la Memoria obligatoria, por no mencionar que con su existencia veían mermadas sus ventas. Y, además, argumentaban, porque el hecho de existir incitaba al robo de libros por parte de los criados de señores con importantes bibliotecas.

Como suele suceder en estos casos, de pleito difícil y sin solución eficaz, nunca se hizo nada al respecto. Ni por parte del Concejo ni de la autoridad real.

Los comercios de libros, los puestos callejeros y las imprentas tuvieron su ubicación concreta en las ciudades. Pero en Madrid no dejaron huella topográfica, salvo la llamada calle Libreros.

Entre mediados del siglo XVI y mediados del XVII los libreros y mercaderes de libros estuvieron en los alrededores de la calle Santiago, junto a la Puerta de Guadalajara. Luego, con la creación del Colegio Imperial, se desplazaron hacia la calle Toledo, en las «covachuelas» de la Compañía de Jesús: calle Toledo, calle del Estudio o de los Estudios, Puerta Cerrada y calle de Concepción Jerónima. Otro núcleo comercial, más que cultural, fue la Calle Mayor: los libreros extranjeros, así como algunos editores, por su finalidad económica más que comercial, se instalaron pronto ahí. Y una tercera ubicación de libreros fue en los locales de la calle Atocha y alrededores: plaza de Santa Cruz, Cárcel de Corte, plaza de la Provincia, convento de la Santísima Trinidad, Loreto, Antón Martín, calle del Carmen y Red de San Luis.

Como era natural, los mejores puestos o «cajones» al aire libre estaban en torno a Palacio, permaneciendo allí desde el siglo XVI hasta bien avanzado el XVIII. Pertenecían a los libreros importantes de la zona, siendo una especie de anejo al establecimiento comercial. Los libros que allí vendían debían ser especialmente selectos por su rareza, curiosidad y traducción, o tratarse de libros caros, dado que hasta las cercanías de Palacio quienes acudían solían ser miembros de la nobleza y otros grandes señores.

También las imprentas se mantuvieron siempre en lugares fijos. En la calle Encomienda, en la calle del Carmen... Imprentas que no fueron muchas en Madrid, pero alguna de ellas de gran importancia. Como lo fue la de María Rodríguez de Rivalde, o la de Julio Junti de Modesti, que arrendó la Imprenta Real en 1595, a pesar de no ser muy grande para la importancia que tuvo siempre. Por su parte, María de

Urueña, en 1612, fue la mujer de un librero, y después de un impresor, que dispuso de bienes importantes y editó un gran catálogo de obras.

También llegaron a ser muy notables las imprentas de Miguel Serrano de Vargas, de Diego Flamenco y de Andrés de Parra. Este último dejó en herencia una gran prensa en 1648, según decidió en sus disposiciones testamentarias. Pero la mayoría de estas imprentas no disponían de taller de encuadernación, por lo que era fácil diferenciar entre libreros o mercaderes de libros e impresores.

Los diferentes instrumentos que se utilizaban para la impresión eran las arrobas de cuadrados grandes de cotas, las prensas con un número de ramas, los tornillos de bronce y matrices, los lavadores, los mojadores y el saco de humo, las tablas de imponer, las galeras, los bancos para sentarse a componer, los vasares, las tablas de alzador, los chivaletes, los cajones de letras floridas, los marmosetes, las estampas de santos y de otras figuras, la olla de cobre para hacer barniz, las arrobas de pez, las arrobas de peticanon, las letras de distinto tipo (cursiva y redonda de atanasia, de parangona, cursiva o redonda...), los barnices y la trementina, las guarniciones... Instrumentos que se heredaban o se daban en dote.

En estos siglos ninguna imprenta madrileña tuvo un número de prensas superior a seis, lo que limitaba el número de oficiales y de aprendices, por lo que rara vez superaba el ámbito del negocio familiar. Sucedía lo mismo entre libreros y encuadernadores. Los alojamientos existentes en las imprentas estaban apartados de los cobertizos, si se quiere hacer caso a una única referencia histórica documental al respecto.

A estas imprentas había que añadir dos más: la Imprenta Real de los Naipes, en la Calle Alta de Fuencarral, y la Imprenta del Papel Sellado, una imprenta creada ex profeso porque desde tiempos del rey Felipe IV se exigía que los cuatro tipos de documentos reales tuvieran un sello al inicio del mismo, sello que se cambiaba cada año.

En lo que hace referencia a los contratos de impresión y edición de libros, así como a los contratos para su venta entre autor e impresor o entre el autor y el librero, son muy numerosos y variados los tipos de documentos que se firmaban, todos ellos sin intervención oficial alguna, por lo general, sino de común acuerdo sobre lo que se pactaba. En ellos se determinaba el número de ejemplares a imprimir, la clase de papel a usar, el tipo de letra, la forma de pago y, a veces, incluso, el plazo de entrega. No era raro que el autor, junto al privilegio (o contrato) y el original, entregara un modelo de impresión, y también se alcanzara un acuerdo sobre el tiempo de cesión del privilegio.

A veces todo el coste de la edición corría a cargo del autor, como si se tratara de una auto-edición; otras veces se pagaba a medias entre ambas partes, y en algunos casos todos los gastos corrían por cuenta del librero-editor o impresor.

En el siglo XVI se solía fijar en el contrato o privilegio el número de ejemplares de la tirada, mientras en el XVII ya se fijaba el número de pliegos de papel a utilizar, salieran los ejemplares que salieran con esa cantidad o resmas de papel contratado.

La excepción a esta costumbre era la impresión de los Calendarios Perpetuos, cuya tirada se había fijado siempre. Era una tradición que fuera de diez mil ejemplares.

En los contratos también se acordaba el tipo de letra a emplear. El más común era el Atanasia, con la cursiva para las cotas marginales y la ciceroniana para las cotas de breviario. A partir de la segunda mitad del siglo XVII, por el contrario, el tipo de letra se solía dejar a elección del editor, salvo que se determinara por el modelo de concreto decidido y exigido por el autor.

Lo mismo sucedía en cuanto al papel. Algún autor exigía «papel de Francia del número dos, blanco, que no se pase de marca de ochavo». O papel del romero, papel del corazón, papel de Génova, papel blanco del molino de Silillos, papel ordinario, papel de El Paular, papel de la Tierra o papel de Almonacid de Zurita. Cada cual, con sus caprichos, o a su criterio estético. Cosas de autor.

La venta o cesión de privilegios se hacía, por lo general, sin la obligación por parte del librero-editor de imprimir la obra. Pero otras veces estaba sujeta a la realización de una edición, cuyas condiciones se establecían en el mismo contrato. La cesión se podía hacer sin límite temporal, convirtiéndose en una donación, permitiendo entonces la impresión de la obra en más de una ocasión. Otras veces era por el tiempo de vigencia del privilegio, generalmente diez años, o incluso para una sola impresión. Las formas de pago eran también variables, aunque se fue generalizando el reparto equitativo de los ejemplares entre el autor y el editor, quien a su vez daba un tercio al impresor.

Los trabajadores del oficio del libro no tenían organización gremial, por lo que los contratos de aprendizaje eran privados entre el maestro-propietario y el empleado-aprendiz. La mayoría eran «asientos de aprendiz», siguiendo esquemas muy similares para los impresores, los mercaderes de libros y los editores-encuadernadores. La edición no entraba a formar parte del aprendizaje, porque era una cosa que se heredaba dentro de la familia.

Para los impresores, los contratos de aprendizaje podían ser de batidor, tirador de la prensa o componedor de letras en la caja, haciéndose constar exactamente para lo que era. No hubo variantes en los contratos durante tres siglos. El tiempo de contrato dependía de la edad del aprendiz y oscilaba entre los cuatro y los ocho años. Si eran de menor duración, eran contratos de trabajo para mayores de dieciséis años. El maestro era responsable de dar cama y ropa limpia al aprendiz, así como darle de comer y de beber, vestir y calzar. Y curar enfermedades de menos de quince días que no fueran contagiosas, porque en otro caso habría de llevarle su padre o tutor a un hospital y sufragar los gastos.

En los contratos no se especificaban ni horario de trabajo ni días festivos, concretamente los domingos y las fiestas locales y patronales, incluido San Juan, el patrón de los impresores. Tampoco fue infrecuente el intento de huida del aprendiz, por lo que se hacía constar en el contrato la obligación del tutor de devolverlo al trabajo, así como pagar alguna posible ratería del muchacho, si la cometía.

El maestro estaba también obligado a enseñarle el oficio para que tras su aprendizaje acabara como oficial, debiéndole pagar como tal cuando el aprendiz no hubiera aprendido el oficio una vez acabado el tiempo de aprendizaje. Porque el responsable de enseñarle era siempre el maestro y si no lo lograba, la culpa era suya, no del muchacho, por muy zote que fuera. Si no, que no lo hubiera contratado.

Y, al concluir el contrato, el aprendiz recibía un vestido o unos pocos ducados. Y a veces una palmadita en la espalda deseándole suerte para que lograra ganarse bien la vida en otro taller.

Además de las tareas del oficio, el aprendiz debía a veces realizar también otras funciones. Y, en ocasiones, el maestro encargaba a algún oficial la labor de realizar lo necesario para su aprendizaje, sin por ello cesar en su responsabilidad. En lo referido a los contratos de trabajo, sólo se fijaba que los aprendices tenían derecho a recibir algún dinero por jornada; y cama y comida.

No eran muy distintos los contratos de aprendizaje del oficio de maestro de libros o encuadernador, sólo que eran de duración más corta porque nunca tenían más de cuatro años de vigencia. Las condiciones de los contratos eran similares a las de impresor, salvo que era habitual que el padre estuviera obligado a vestir, calzar y curar las enfermedades del aprendiz y que pagara por aprender el oficio. Si al acabar el aprendizaje quería seguir la formación, y el propietario lo aceptaba, el aprendiz continuaba como «mesero», trabajando para el maestro a cambio de una paga al mes. Era frecuente que recibieran el obsequio de un vestido al concluir su aprendizaje.

Tampoco distaban mucho los contratos laborales de los fundidores de letra de imprenta y los de escritores de libros. Ni los de mercaderes de libros y editores, o sea, de los libreros y sus aprendices. Su duración contractual, sí era distinta: entre cinco y ocho años.

Después del siglo XIX empezaron a florecer distintas librerías que adquirieron un protagonismo cultural importante en la ciudad de Madrid. Muchas fueron célebres; otras siguen vivas. Desde aquella famosa Librería Sanmartín, en la Puerta del Sol, a la que se dice que Pío Baroja entraba bastón en mano y enfurecido si en el escaparate veía alguna novedad literaria de Blasco Ibáñez, hasta las más tradicionales del siglo XX, como Rubiños 1860, nacida en esa fecha y que perduró hasta el 2004; la Librería Romo, en Alcalá, 5; la Librería de Fernando Fe, en la Puerta del Sol, 15; la Librería de Fernando Beltrán, en la calle Príncipe, 16; la Librería de Ruiz, en la plaza de Santa Ana, en donde también estaba la del francés Esteban Dossat; la Reus, en Preciados; la de Victoriano Suárez... La Casa Editorial Hernando, en la calle del Arenal, y la Casa del Libro, en la Gran Vía, la mayor y más importante de Madrid y de España en ese momento, nacida en 1923. La Librería Rodríguez, fundada por Estanislao Rodríguez en 1920 en la calle de San Bernardo a imagen y semejanza de otra librería que poseía Blasco Ibáñez en Madrid, y en donde había aprendido el oficio de librero (luego se trasladó a la calle del Marqués de Zafra, especializándose en libros de temática taurina). La Librería Agrícola, especializada en ganadería, agricultura, caza, pesca, animales de compañía..., que pervivió hasta el siglo XXI en la calle de Fernando VI, número 2. O la más antigua de todas ellas, la Librería Calatrava, que data de 1873, cuando el pastor protestante Federico Fliedner la fundó como Librería Nacional y Extranjera, en Caballero de Gracia, 60. Al estar especializada en libros religiosos, especialmente de carácter protestante, permaneció cerrada desde 1936 a 1972.

O las ubicadas en la Cuesta de Moyano o calle de Claudio Moyano, que desde 1925 reunía ferias no sólo literarias sino de otros muchos productos, hasta que un grupo de libreros consiguió del Ayuntamiento que la convirtiera en una feria diaria y de libros, sólo de libros.

La Casa del Libro, Fuentetaja, las librerías Antonio Machado, Pérez Galdós, Rafael Alberti, Crisol, Fnac o la Librería de Mujeres son algunas de las que, a lo largo del siglo XX, protagonizaron una parte esencial del comercio madrileño del libro. Unos locales que empezaron a veces como pequeñas tiendas y, en ocasiones, llegaron a ocupar grandes superficies y un protagonismo cultural evidente en Madrid. Un comercio librero siempre esforzado desde aquellos primeros puestos callejeros que, sobre cajones, irradiaban cultura en plazuelas y callejas del siglo XVI madrileño.

Y que muchas de ellas continúan su labor cinco siglos después, porque en el 2016 perviven en Madrid las librerías AB Bardón C.B., A Punto, Agire's, Akira-Comics S.L., Al-Hakam, Alemana Auryn, Alfaro, Aliana, Almena, Almez,

Alonso Moñibas S.A., Ammon-Ra (antes A.T.), Lª Histórica S.R.L., Antonio Machado, Argentina, El Argonauta-Lª De La Música, Arte9, Artimaña, Arrebato, Atlántica Juegos, Atticus-Finch, Aurea Clásica, B.O.E., Bajo el volcán, Berkana (En Otras Palabras S.L.), Blanco, Blas, Bohindra, Books-Center Librerías S.L., Booksellers, La Buena Vida, El Buscón S.C.L., Burma, Caes, Café Molar, Cairel@Clan.Es, Calatrava, Camelot S.R.L.U., El Candil, Carmen, Carrero-Virsol C.B., La Carreta, La Casa Del Ajedrez, Casa Del Libro, La Central, Centro Catequético Diocesano, Centro De Literatura Cristiana, Cervantes Y Compañía, Chinatrade S.A., Ciudad Argentina, Civitas, Clan Libros, Cocodrilo, Códice S.L., Comelibros C.B., Cómics Generación X, El Corte Inglés, De Cuento, Desnivel-Lª De Montaña, Diálogo Libros, Didacticalia, Diwan, Don Bosco, Dos Castillas, El Dragón Lector, Dykinson S.L., Ecobook, Ecocentro, El Mono-Araña Cómics, Enclave Libros, Esteban Sanz, Estudio En Escarlata Librería S.L., Felipa Libros, Fnac España S.A., Fragua, García Abeledo, Gaztambide, Generación X, Gomber, Grupodis S.A., Guillermo Blázquez Libros Antiguos, Hipercor S.A., Iberbook, Iberoamericana, Intercodex, Italiana, Jarcha Librería, Juan Rulfo, Kiriku y La Bruja S.L., La Fábrica, La Librairie Française (Jacqabad Slu), La Librería, La Marabunta, Lamalatesta C.B., Librería Lé, Leo, Leo S.L., Letras, Lex Nova S.L., Liberespacio, Librería Sanz y Torres, Librería Sanz y Torres S.L., Libro Motor, Lorer, Madrid-Cómics, La Mar De Letras, Marban Herederos S.L., Marban Libros, Marcial Pons, Marcial Pons Librero S.L., Méndez, Miraguano, Moncloa, Muga Publicaciones S.L., Mujeres & Compañía, Mujeres S.L., Multicolor, Naos Libros, Náutica Robinson, Nebli, Nicolasmoya, Panta Rhei S.L., Parvum Artis S.L., Pasajes, Librería Internacional, Paulinas, Pedagógica, Penguin Random House Grupo Editorial S.A.U., Pérgamo, Polifemo, Porrua Turanzas José S.A., Proyecto Cómic S.L., Pueblos y Culturas, Rafael Alberti, Reno, Rerum Natura S.L., SGEL (Internacional), Salamanca, Santander S.L., Santillana Ediciones Generales, Sigla S.A. (Vips), Con Tarima Libros S.L., Solochek Libros S.L., Terán Libros, Testimonio De Autores Católicos Escogidos, The Comic Co, Topbooks, Traficantes De Sueños, El Tranvía, Tres Rosas Amarillas, Tribuna Libros S.L., Venir A Cuento, Verde D S.L., De Viaje S.A. y Visor Libros S.L.*

Y otras muchas más...

Como muestra de vitalidad cultural y homenaje a la literatura, del 23 al 29 de abril de 1933 se celebró la primera Feria del Libro de Madrid, organizada por los libreros madrileños en casetas que se instalaron en el Paseo de Recoletos. Fue un acontecimiento literario que no contó con reconocimiento oficial hasta tres años después, en 1936, justo antes de que se suspendiera hasta 1944 por causa de la Guerra Civil. Después fue recuperada por el Instituto Nacional del Libro Español bajo la denominación de Feria Nacional del Libro, una feria libresca que no siempre se celebraba en Madrid, ni todos los años: no hubo en 1950 ni en 1954, y hubo años en los que se celebró en Sevilla, y otros en Barcelona.

Definitivamente, a partir de 1967, se empezó a celebrar en el Salón del Estanque del Parque del Retiro, y luego en el Paseo de Coches, ya para siempre (con una excepción, la del año 1979, que por llevarse a la Casa de Campo fue un fracaso tanto por la afluencia de visitantes como por su resultado comercial).

La Feria del Libro de Madrid, que dejó de ser organizada por el INLE en 1981 y pasó a ser labor de libreros, con la co-

* Relación de librerías actuales en Madrid facilitada por el Gremio de Libreros de Madrid.

laboración de los editores y los distribuidores, se convirtió con los años en un acontecimiento cultural de la máxima importancia en Madrid, alcanzando anualmente los dos millones de visitantes. Una de las grandes citas literarias europeas, y la más importante de España del mundo del libro y de los lectores, que iluminaba la ciudad con el candil de la afición a la lectura durante la última semana de mayo y las dos primeras de junio de cada año.

17

El Dos de Mayo

Mayo de 1808

Quizás hiciese un hermoso día de primavera, pero lo cierto es que nadie tuvo tiempo para detenerse a reparar en los colores del cielo. Desde el amanecer, oleadas de susurros y suspiros de miedo se extendieron por la ciudad como si todos sus habitantes supiesen que se avecinaban horas de luto. Hasta los famélicos perros, tan habituados al sesteo, zigzaguearon apresurados por las callejuelas solitarias olisqueando el viento y buscando en lo alto, donde el cielo parecía quebrarse, algún signo de tormenta. Pero no eran truenos secos los que sonaban a lo lejos y causaban su inquietud, sino los primeros aldabonazos de la sublevación popular que se estaba levantando en Madrid contra los franceses, rasgando la alborada.

En el taller de bordadoras de la calle de las Fuentes las costureras habían acudido puntuales al trabajo, como cualquier otro día. Pero ahora se mostraban más silenciosas que de costumbre: ninguna de ellas canturreaba, ni siquiera Paquita, en quien un ruiseñor, al nacer, había plantado nido en las honduras de su garganta y ya nunca se echó a volar. Ninguna cantaba, no; ni tampoco hablaba. Incluso Teresa, una mujer decidida y hermosa como una cimitarra, se había guardado para sí aquel escalofrío que sintió al amanecer, un latigazo de dolor que le pareció una señal del diablo.

Al llegar, todas habían repetido atropelladamente las frases oídas a los hombres y algunos labios habían temblado, sin lágrimas; pero después empezaron a coser y a bordar con resignación, como si la mañana no fuese víspera y en las calles de Madrid la vida no se hubiese tropezado una vez más con la tragedia.

Doña Madlene, la patrona, también cosía sin levantar los ojos de la pañoleta que estaba bordando, pero en las arrugas apretadas de los ojos se le dibujaban los miedos. A las diez había ido ya dos veces a la trasera de la casa con la excusa de rellenar el botijo con agua fresca, sin que nadie lo hubiese mermado; y a las diez y media había dejado por fin de disimular y se asomaba desasosegada a la ventana, mirando a un lado y otro de la calle, como si esperase la llegada de una importante visita que se retrasaba. Las modistillas, cada vez más inquietas, terminaron por contagiarse del nerviosismo de la dueña, cosían despacio sus labores y se herían una y otra vez con la aguja, como aprendices.

Hasta que Teresa, la más veterana, no pudo resistirlo más.

—Apacígüese ya, señora Madalena, por lo que más quiera. Que le va a dar un aire.

—Sí, hija, sí —respondió la mujer, pasándose una esquina del chal por la cara y los lagrimales—. Tienes razón. Pero este silencio me está despertando gatos en las tripas.

—Lo que yo decía: eso va a ser de la misma hambre...

Las demás costureras rieron la ocurrencia de su compañera porque en semejantes circunstancias cualquier excusa hubiese servido para rasgar la tensión que les oprimía el pecho; y, además, porque aún no se habían desayunado, aunque precisamente aquel no fuese el día en que más lo echasen a faltar. Pero doña Madlene, complacida por compartir cualquier viruta de alegría en aquella mañana de plomo, por pequeña que fuese, accedió de buena gana a decretar un rato de recreo para dar cuenta del queso, el vino y el pan que guardaba para el almuerzo.

De repente el eco de un obús, caído sobre la multitud que se agolpaba ante Palacio, sacudió el taller con la fuerza de un rayo cercano. Unas mujeres se taparon la boca con la mano, ahogando un grito, y otras, las más jóvenes, no pudieron evitar echarse a llorar. Doña Madlene se abrazó a la más joven, Manuela, y le apretó la cabeza contra su pecho, para sujetarse el miedo. Un hombre descamisado, esgrimiendo una charrasca en la mano, cruzó la calle corriendo mientras gritaba:

—¡A las armas, todos a las armas! ¡Muerte a los franchutes!

Las mujeres se abalanzaron a las ventanas, volcándose sobre el alféizar, hasta perder de vista al hombre que corría en dirección a la Plaza Mayor. Otro paisano pasó ante ellas, asimismo, desbocado.

—¡A las armas, a las armas...! ¡Que se llevan al infante!

Manuela miró a la patrona, con los ojos brillantes como diamantes puestos al sol.

—¡Por fin! ¡Por fin la guerra al francés, señora Madalena! ¿Qué hacemos? ¿Eh?

Todas se volvieron para ver qué decidía el ama. Pero doña Madlene, una alemana que había vivido en París y llevaba ya muchos años en Madrid, permaneció en silencio, pálida, con la mirada perdida, sin pestañear. Las mujeres esperaron ansiosas su decisión, pero ella parecía haberse quedado muda, alelada, como ida. Teresa corrió a su lado y la zarandeó.

—¿Qué le pasa, eh? ¡Eh! ¡Señora Madalena!

Y el ama, sin mover los ojos ni gesto alguno de su cuerpo, con una voz apenas audible, alcanzó a decir:

—Que me estoy meando...

Y, en efecto, todos los ojos comprobaron el charco que, a sus pies, se fue extendiendo como un río de lava dorada.

Un cañonazo; otro más. Disparos desordenados. Correrías de hombres arriba y abajo por las calles, gritando consignas y enarbolando pistolones, cuchillos y garrotas. Por la calle de las Fuentes, de las Hileras, del Arenal... Por la Calle Mayor... La ciudad parecía haber enloquecido. Pero no había lugar para la sorpresa en aquellos momentos porque todas sabían lo que tarde o temprano iba a ocurrir. O en todo caso lo imaginaban porque el día anterior, domingo, el general Murat había cruzado la Puerta del Sol con su Estado Mayor para dirigirse al Salón del Prado, en donde iba a efectuar la revista a las tropas francesas acampadas en Madrid; y a su paso se oyeron silbidos, abucheos y gritos contra él; al gran mariscal Murat, al altivo duque de Berg. Desde entonces no se había hablado de otra cosa en los corrillos y en las casas durante la noche, donde los vecinos susurraban lo que se avecinaba. En el interior de la ciudad y también en otros muchos pueblos de los alrededores. Porque aquel domingo primero de mayo era día feriado, celebrándose la tradicional feria anual de Santiago el Verde, y muchos campesinos se encontraban en la ciudad llevando a cabo sus negocios. Además, desde la mañana se habían repartido por todos los rincones de Madrid pasquines con un texto tan enigmático para los franceses como evidente para los madrileños: «Las diez de la mañana es la hora fatal acordada para alzar el telón a la más sangrienta tragedia».

Aquella era, pues, una cita ineludible para congregarse ante Palacio aquel lunes 2 de mayo de 1808; una llamada a la que todos acudirían airados y sin saber muy bien para qué.

Durante la noche se había respirado un aire desacostumbrado que no presagiaba nada bueno. Y desde primeras horas, por las calles desiertas, varios grupos de vecinos armados habían ido desplazándose de un lugar a otro a los gritos de «¡Muera Murat!, ¡Fuera el extranjero!» o, sencillamente, dando vivas a España.

Se dirigían al Palacio Real.

Desde entonces, las bordadoras habían oído gritos y correrías. Y después un gran silencio. Pero ahora ya podían oír los disparos de la fusilería, los cañonazos y otras descargas de arcabuces. Los hombres corrían de aquí para allá con gran desorden, llamando a la defensa de Madrid. Algunas mujeres, remangadas las faldas, corrían también en dirección a la Plaza Mayor exhibiendo facas, navajas, cuchillos o cualquier otro utensilio punzante que sirviese para la lucha. Algunos edificios de madera se habían incendiado y crecían humaredas densas, como neblinas, y lluvias azules, de cenizas. Llantos de niños y aullidos de madres rompían los silencios de las pequeñas pausas abiertas entre la furia de las andanadas, como grietas sordas en mitad de la zalagarda.

Y es que las guerras en las ciudades, sea quien sea el vencedor, no son guerras, sino matanzas.

Antes del mediodía el ruido de los disparos provenía de todas las esquinas de la ciudad. Se oían ecos de combate y el viento traía estridencias de metal y olor a sangres recientes. En el taller, la mayoría de las bordadoras musitaba rezos o guardaba un silencio acobardado, sin atreverse a salir; y aunque Teresa, la más sosegada también, propuso que se fueran a sus casas para resguardarse, por temor a las represalias de los invasores, Manuela, la más joven de todas ellas, levantó la voz para decir que lo que tenían que hacer era unirse a los hombres que se alzaban en armas en el Parque de Artillería o ayudar a los combatientes en la Plaza Mayor, que estaba muy cerca.

—Pero, hija..., ¿qué podríamos hacer allí? Sólo estorbar... —replicó doña Madlene.

—Por lo menos recargarles el mosquetón; para eso sí les servimos.

—Ay, Manuela... —se santiguó la patrona—. Con quince años y ya tan *echá p'alante*...

Las otras mujeres miraron a la muchacha con curiosidad, que parecía crecer como si se estuviese abriendo una flor en un parterre del jardín; y luego se volvieron hacia la dueña, intrigadas por saber qué le replicaría.

Pero Manuela Malasaña, impaciente, insistió:

—Bueno, ¿vamos o qué?

Estaba hermosa la joven en aquel momento, con los ojos muy abiertos, iluminados por el brillo de la mañana, húmedos por la emoción; firmes como si jamás hubiesen conocido la sombra que deja el miedo al cruzar la oscuridad en mitad de la noche. El pelo ondulado y negro, como las crines recién cepilladas de un caballo árabe, enmarcaban un rostro pálido de labios gruesos y sonrosados, nariz regordeta y barbilla altiva. Su cuello era largo, su escote liso y su busto se alzaba en plena madurez. No sonreía, pero tampoco había en aquel rostro lugar donde pudiese esconderse el temor. Plantada en jarras en medio del taller, observando una a una a sus compañeras, resplandecía como un retrato antiguo. Mirándola, la patrona no sabía qué decidir. Su obligación era cuidar de sus modistillas, procurar que nada les ocurriese. Y si ese era su deber con todas ellas, sobre todo debía cuidar de Manuela, la más joven, a la que más quería también. Y dejarla cumplir su voluntad era un riesgo tan grande que no se atrevió a correrlo, por mucho que una rabia oculta le invitase a unirse aquella mañana a quienes estaban saliendo a las calles intentando recuperar la libertad. Pero si le ocurriese algo, si algo malo le sucediese, no se lo perdonaría jamás. No, no podía acceder a sus deseos.

—Nos quedaremos aquí —dijo, finalmente, clavando los ojos en los de la niña Manuela—. Seguiremos trabajando...

—Pero... —inició una protesta la joven.

—¡Ea! ¡Ya me habéis oído! —Doña Madlene se volvió para que no descubriesen en sus ojos la verdadera razón de su decisión—. ¡A trabajar! Y esta tarde, si las cosas están más tranquilas, nos iremos todas a casa.

—La guerra pertenece a la brutalidad de los hombres —musitó Teresa, sin volverse, aunque todas se lo oyeron decir.

—*Pué* ser —replicó Manuela, enrabietada, quitándose la única lágrima que resbalaba por su mejilla—. Pero la libertad no es sólo de ellos.

El silencio se adueñó del taller, dibujando un paisaje de sepulturas. Afuera, a lo largo de todo el día, siguieron atronando disparos y vómitos de cañón. Desde la ventana vieron pasar heridos transportados por otros hombres camino de los hospitales de la calle del Arenal o de casas particulares. Hubo un desfile de camisolas teñidas de rojo, de cuerpos mutilados, o rotos; de cabezas ensangrentadas. Algunos eran rostros conocidos; otros, casi infantiles. Al fondo del vendaval, las campanas de algunas iglesias no dejaron de tañer, en la plaza de las Descalzas Reales y en la de Santiago, hasta bien cerca del mediodía. Y ningún pájaro se atrevió a revolotear los cielos.

Fue un día largo, como si se cruzase hambriento.

Hasta que pasadas las cuatro de la tarde un silencio afilado, rescatado de un viento de marzo, sumió a la ciudad durante un largo rato en la calma de un paraje nevado. Una serenidad tan escalofriante que, de repente, pareció que el mundo se hubiese dormido. O muerto. Como la quietud otoñal de una noche sin lluvia.

A partir de esa hora las mujeres sólo oyeron, mullidos por la distancia y espaciados en el tiempo, descargas salpicadas de fusil y latigazos cobardes de fuego en represalia contra los vencidos. Ya no les cabía la menor duda: Madrid se había comprado el traje del luto sin importarle estrenarlo y ahora estaba pagando a toda prisa el delito de no haber sabido someterse.

Teresa se volvió a asomar a la ventana, una vez más, con la excusa de comprobar si las calles habían recobrado la tranquilidad; pero empezó a oír a lo lejos, como todas las mujeres, un extraño ruido de pies arrastrados, una carraca acompasada que se avecinaba como si la tierra estuviese siendo arrasada por el monótono rasguño de mil rastrillos inmisericordes. Era el avance seguro de una patrulla militar, apenas una compañía de un centenar de soldados franceses y españoles comandados por un oficial extranjero. Una más de las muchas que ya a esa hora recorrían la ciudad.

El ruido que producía el reptar de las botas militares se fue acrecentando y, con toda nitidez, se oían las correrías que les precedían, huyendo en zigzag, como se oye a los roedores en el sigilo de la noche. Eran los madrileños que huían de los invasores, los paisanos que retrocedían en busca de un lugar más seguro en donde esconderse o desde el que continuar la resistencia. Las bordadoras reconocieron a alguno de ellos: a don Pascual López, el oficial de la Biblioteca del duque de Osuna, que corría a morir en las gradas de San Felipe el Real; a Francisco Bermúdez, el ayudante de cámara; a Miguel Castañeda, herido de bala en la Puerta del Sol, que se arrastraba aún con un gran coraje; a don Antonio Colomo; al carpintero Miguel Cubas... Y a otros muchos. Algunos ilesos; los más, manchados por sangres propias o ajenas.

Doña Madlene corrió a cerrar la puerta y le rogó que se callase. Ordenó a las mujeres que se tendiesen en el suelo hasta que pasase la patrulla.

Las mujeres, aterradas, permanecieron tendidas en el suelo, llorando o rezando, con el corazón rompiéndose con cada una de las detonaciones, cada vez más cercanas, y con los pasos rasgados que se aproximaban como una marea de tierra seca. Sin atreverse a decir palabra, ni siquiera a gemir.

Al anochecer, la ciudad pareció recobrar la calma. Sólo se oían, a lo lejos, pequeñas descargas, disparos sueltos y aullidos de pelotón de fusilamiento. Truenos falsos que criaban ecos en el Prado, en la montaña del Príncipe Pío, en el parque del Buen Retiro o en las tapias de la iglesia del Buen Suceso, donde ejecutaban a los prisioneros; o de los que, arcabuceados, morían desangrados en la calle de Preciados, junto a la fuente de la diosa Cibeles, en la Puerta de Alcalá o en la misma Puerta del Sol.

Pero poco a poco, espaciadas las estridencias como las toses de un agonizante, la noche se fue vistiendo de velatorio. Pareció que el mundo se había detenido durante unos minutos. Fue entonces, alrededor de las seis, cuando doña Madlene ordenó a las modistillas y bordadoras salir y, sin entretenerse, correr a sus casas, en donde les rogó que se resguardaran hasta que les diese aviso de que podían volver al trabajo. De momento, dijo, el taller quedaba cerrado.

Manuela Malasaña recogió las telas en las que trabajaba, un juego de agujas, hilo de coser y sus tijeras de corte y salió sin despedirse de ninguna de sus compañeras. Vivía lejos, en la calle de San Andrés, y por un momento dudó qué camino tomar. Fue la primera en salir, la más decidida también, pero una vez en la calle no estuvo segura si lo mejor sería recorrer la calle Ancha de San Bernardo, como todos los días, o desviarse por callejuelas menos expuestas, como las de Tudescos, Luna y Magdalena, para llegar a su casa.

Hasta unas manzanas más allá no fue consciente de que estaba absolutamente sola. El gas de las farolas públicas no había sido encendido y el silencio era aterrador. En las ventanas no había luces, los comercios estaban cerrados y nadie cruzaba las calles. Nada invitaba a pensar que quedase un hálito de vida en aquel Madrid que parecía vencido. Sólo una tos seca, seguida de un gemido lastimero, le reveló que el bulto que permanecía inmóvil en el suelo, al doblar aquella esquina, era un hombre que esa noche iba a morir. Un gato, atrevido, se cruzó ante ella mientras el refulgir de la luna dibujaba sombras espectrales a su alrededor.

Manuela, de repente, sintió tanto miedo que no pudo hacer otra cosa que echar a correr. Y, como una liebre perseguida por perros cazadores, subió la calle de San Bernardo con el corazón incapaz de seguirla y el alma atravesada en la garganta. No hay nudo más apretado que el que estrangula la angustia.

Antes de llegar a la mitad de la cuesta, dos soldados franceses que estaban clavando un bando en una pared oyeron el repicar de un taconeo de mujer y salieron a su encuentro, cerrándole el paso. Uno de ellos la sujetó por un brazo mientras el otro le apuntaba a la cabeza con su mosquetón. La niña, sobresaltada ante aquella aparición, gritó horrorizada, pero de inmediato una mano le cegó la boca.

—¿Y tú adónde vas? —le preguntó en un idioma desconocido para ella el soldado, reteniéndola con todas sus fuerzas para impedir que la muchacha escapase.

—¡Déjeme! —intentó zafarse, revolviéndose, sin conseguirlo—. ¡Socorro, socorro!

Pero en medio de aquel océano de terror no había nadie que la pudiera auxiliar. Ni siquiera se encendió un candil en las casas de los alrededores.

—Tranquila... —El soldado que la mantenía sujeta empleó un tono de voz suave, pretendidamente inofensivo, mientras la atenazaba para mantenerla inmóvil.

—Como una gata rabiosa, mírala. —Reía el otro soldado, sin dejar de apuntarla con el arma y alargando la mano para tratar de acariciarle la mejilla.

Manuela persistió durante unos segundos en su intento de escapar, defendiéndose y retorciéndose con todas sus fuerzas, pero pronto se dio cuenta de que no lo conseguiría. Entonces dejó de oponer resistencia y, bajando los brazos, intentó recuperar el resuello.

—¡Déjenme en paz! —gritó con todas sus fuerzas, colérica—. ¡Voy a mi casa!

—Sí, sí, desde luego —dijo el francés, sin comprender lo que había dicho la niña. Y añadió—: Eres muy bella, ¿sabes? Voy a tener que registrarte...

Manuela tampoco entendió al francés, pero comprendió sus intenciones cuando de repente empezó a tocarla por todo el cuerpo, primero la cintura, luego las caderas, después... Y entonces ella dio un respingo, saltó hacia atrás sorprendiendo al distraído soldado y, libre, sacó de la faldriquera las tijeras que había cogido del taller, enarbolándolas como si fueran un puñal, mostrándolas como si se tratara de una cruz capaz de realizar un exorcismo. El soldado que la manoseaba, sin perder la sonrisa, asistió complacido a la defensa del pudor que manifestaba la joven, observándola divertido; por el contrario, el otro soldado, irritado, aproximó rápidamente el cañón de su mosquete hasta posarlo sobre la frente de la muchacha.

—¡Estate quieta! —gritó, enfurecido.

—¡Española! —ironizó el otro, sin dejar de sonreír—. ¡Es toda una mujer española!

—¡Como se acerquen los mato! —balbució Manuela, aterrada—. ¡Juro que...!

—Oh, sí, sí... —Rio el soldado otra vez—. ¡Española! Salvajes y ardientes, como vuestros bailes. Nos gustaría comprobarlo. ¿Por qué no te vienes con nosotros? Te prometo que, si lo haces, después te dejaremos libre. No deberías desaprovechar una ocasión así, ninguno de nuestros compañeros sería tan amable contigo...

Manuela no entendió una palabra del discurso del francés, pero lo observó mientras hablaba para encontrar algún sentido a aquella perorata dicha en idioma extranjero. Y el soldado, al darse cuenta de que no le entendía, sin palabras escenificó los gestos que traducían su proposición y, para acabar, se acercó con la intención de besarla. La niña intentó separarse, ágilmente, pero el del mosquetón la sujetó por los cabellos, con gran brusquedad, haciéndole daño. Y cuando sintió los labios calientes y mojados del francés sobre los suyos, en un esfuerzo supremo sacudió la cabeza y le golpeó con ella en la nariz, que de inmediato se puso a sangrar. El soldado, sin pensarlo, apretó el gatillo; y la bala, envuelta en pólvora y fuego, atravesó el cuello de la muchacha, que cayó desplomada como un fardo de ropas viejas.

El soldado que había disparado la vio tambalearse y caer, sin inmutarse, y luego escupió sobre ella, dibujando con su boca un gesto orgulloso de desdén.

—¡Maldita madrileña!

Pero el otro, que no había dejado de sonreír a pesar del golpe recibido, congeló la mueca en sus labios, observó espeluznado la escena y miró a su compañero incrédulo, desconcertado.

—¡Pero..., si era una niña!

—Era una puta.

—¿Una puta?

No hubiera podido explicarlo. Tal vez al francés se le rompió el reloj de la cordura que ciertos hombres llevan escondido en algún lugar de su cerebro: la mano decente que mueve la marioneta de las actitudes honradas. O tal vez ya estaba asqueado de la jornada de sangre y dolor que había vivido desde el amanecer. Algunas veces los hombres no pueden sobreponerse a la realidad, y la inventan o la construyen para sobrevivir. Y si no lo consiguen, o la realidad les despierta del letargo, comprenden que ya nunca tendrán fuerzas para quedarse a solas consigo mismos y prefieren acabar cuanto antes con todo. La vergüenza es una máscara negra que uno desea tener para cubrirse con ella el rostro en ciertos momentos. Y tal vez fuera la vergüenza: no podría explicar qué fantasmas ensombrecieron en aquel momento su razón de hombre, ni qué fue lo que le impulsó a actuar así. Pero el buen soldado, olvidándose de pestañear, vio cómo empezaba a desangrarse el cuerpo de la muchacha, luego miró a su compañero, levantó el mosquetón, le apuntó a la cabeza y descargó su arma, matándolo al instante.

—La puta lo sería tu madre, cerdo... —escupió.

Las dos detonaciones, tan seguidas, rompieron el silencio de la noche y alertaron a una patrulla mixta que rondaba los alrededores, inspeccionando las calles. El oficial francés que la mandaba llegó hasta el lugar de los hechos y, al ver tendidos los dos cuerpos, uno junto al otro, preguntó qué había pasado. El soldado seguía apuntando a su compañero, con los ojos vacíos, sin expresión. Volvió a ser preguntado y no pudo responder, ni siquiera moverse. El oficial, enfurecido, le ordenó que se pusiera en posición de firmes y le entregase el arma, pero el soldado tampoco se inmutó. Y, entonces, arrebatándole el mosquetón, lo empujó hasta el centro de la calzada y gritó:

—Soldado. El asesinato de un compañero en campaña es delito de alta traición. En virtud de la autoridad que me está conferida, declaro este acto juicio sumarísimo y te condeno a ser ejecutado. ¡Pelotón!

Y, volviéndose a los hombres de su patrulla, apartó a los soldados franceses de los españoles, hizo alejarse a estos, ordenó a los suyos formar una fila y preparar las armas. No hubo tiempo para más. El buen soldado no supo qué estaba sucediendo, lo que impidió que el miedo se diese un banquete más aquella noche. Al instante, el oficial cumplió con el rito de la orden:

—¡Preparados! ¡Listos! ¡Fuego!

La andanada rompió el pecho del soldado, rasgando la casaca, que despidió vaharadas de humo azul. El oficial se aproximó al cadáver y sin inmutarse disparó la pistola sobre su cabeza, cerrando el caso con el tiro de gracia.

—¡Vamos! ¡Lleváoslo de aquí! ¡Y a ese también! —ordenó a sus hombres, profundamente irritado, tal vez consigo mismo, quizá con todo lo que le rodeaba—. ¡Terminaremos todos locos...!

Poco después la calle de San Bernardo se volvió a quedar silenciosa y lúgubre, como antes de que pasase por ella una muchacha de quince años que regresaba atemorizada a su casa, corriendo. Sólo que ahora, en el centro de la calzada, permanecía inerte el cuerpo de una niña en medio de un charco de sangre que nadie se atrevió a levantar hasta el nuevo amanecer.

El certificado de defunción de Manuela Malasaña, que se redactó días después, y se compulsó años más tarde, decía así: «Manuela Malasaña, soltera, de edad de quince años, hija legítima de Juan, difunto, y de María Oñoro, parroquiana de esta Iglesia, calle de San Andrés, núm. 18, murió el dos de mayo de 1808, se enterró de misericordia. Concuerda con su original a que me remito. San Martín, de Madrid y mayo 12 de 1815. Fray Bernardo Seco».

Las víctimas identificadas tras el levantamiento del Dos de Mayo en Madrid fueron muchas. Otras quedaron tendidas en las calles de la ciudad sin que nadie las identificase y, por tanto, han quedado en el anonimato. En los archivos militares y Municipal de Madrid quedaron reseñados los siguientes madrileños muertos a manos de las tropas francesas:

Alises, Juan Antonio. Palafrenero de S. M. Dejó viuda y dos hijos.

Almagro, Manuel. Fusilado en El Prado. Dejó una hija y dos hermanos con hijos.

Alonso, Eusebio. Cabo de Artillería. Murió durante la defensa del Parque de Artillería.

Álvarez Castrillón, Tomás.

Álvarez, Francisco Antonio. Jardinero en Aranjuez. Murió en día 2 en la calle del Tesoro. Fue enterrado en la parroquia de Santiago. Dejó viuda (que después volvió a casarse), y cuñada con un niño.

Álvarez, Fulgencio.

Álvarez, Manuel. Carretero de la Provisión del Pan. Muerto en la Plazuela del Rastro. Dejó una hija casada que tenía cuatro niños.

Álvarez, Pedro.

Amador, José Mamerto. Murió en la defensa del Parque de Artillería. Quedaron en Asturias dos hermanos y dos sobrinos.

Ambas, Manuel. Murió el día 2. Dejó viuda y tres hijos.

Amigide y Méndez, Don Benito. Tendero, fue herido el 2 de mayo en la cabeza y hombro. Llevado al Hospital, a los cuatro meses salió sin recuperarse totalmente y vuelto al Hospital falleció de resultas de sus heridas. Dejó viuda a doña María Morcuende, con un niño de corta edad.

Antolín, Manuel. Jardinero de la montaña del Príncipe Pío. Fusilado allí mismo. Quedaron cuatro hermanos casados en Asturias y tres niños, sus sobrinos.

Aparicio, Don Eugenio de. Muerto en la Puerta del Sol, se hallaba trabajando en su puesto y fue sacado de aquel cuarto. Dejó viuda y cinco niños pequeños. Fue enterrado en la iglesia del Buen Suceso.

Archilla, Donato. Fusilado en El Prado. Tenía 18 años. Dejó a su padre.

Arias, Gregorio.

Arroyo, Teodoro. Zapatero. En la Plaza Mayor le dieron tres balazos. Quedó una hermana casada, con una niña y un primo hermano.

Batres, José. Fusilado en El Prado, enterrado en el camposanto del Hospital. Dejó viuda.

Bermúdez, Don Francisco. Ayuda de Cámara. Defensor en las calles madrileñas, fue conducido a la montaña del Príncipe Pío y fusilado. Dejó viuda en Madrid y un hermano en El Escorial.

Braña, Domingo. Asturiano, mozo de tabaco en la

Aduana. Fue fusilado en la montaña del Príncipe Pío por hallarle los franceses un sable. Dejó viuda y dos niños.

Calvillo, Gaudioso.

Castañeda, Miguel. Herido de un balazo en la Puerta del Sol, falleció de sus resultas el 12 de abril de 1812. Quedaron dos hijas.

Cerro, José del. Aprendiz de empedrador. Tenía 14 años y murió de dos balazos en la calle de Carretas. Quedaron el padre y tres hermanos.

Chaponier, Don Gabriel. Grabador. Murió en la calle de la Montera. Fue enterrado en San Luis. Dejó viuda y tres hijos.

Colomo, Antonio.

Coste, María Felipa.

Cubas, Miguel. Carpintero. Dejó viuda y un hijo.

Daoíz y Torres, Don Luis. Capitán jefe del Parque de Artillería en Madrid. Herido gravemente el día 2 de mayo en la defensa del Parque, sobre las dos de la tarde, falleció en su casa de la calle de la Ternera, número 12-2º piso. Tenía 41 años de edad.

Díaz, Manuel. Vivía en la calle del Olvido, número 16. Fue muerto el día 2 de mayo a la puerta de su casa. Dejó viuda a María de la Cruz Fernández y su hijo José Díaz, de oficio cacharrero.

Domínguez, Julián. Murió en la Puerta del Sol; vivía en la calle de Segovia. Dejó un hijo.

Dose, Francisco.

Dotor, José. Zapatero. Dejó viuda y una niña.

Dubignao, Santiago.

Duque, Julián. Quedó la viuda con una niña a quien le tocó la dote, y dos hijos casados.

Escobar y Molina, Francisco.

Esperanza, Alfonso. Dejó una hermana.

Fernández Álvarez, Don Pedro. Agente de Negocios.

Fusilado en el Retiro por haberle encontrado una pistola. Dejó viuda y dos niños.

Fernández de Chao, Juan.

Fernández, Don Andrés. Murió de un balazo en la calle del Príncipe. Dejó un hijo.

Fernández, Don Gabino. Oficial de la Contaduría de Madrid. Murió en la Puerta del Sol. Dejó viuda (que después volvió a casarse) y una hija de corta edad.

Fernández, José.

Fernández, Juan. Hortelano. Fue muerto extramuros de la Puerta de Alcalá, cuando trabajaba con Juan Toribio Arjona. Dejó viuda y cuatro hijos.

Fumagal, Don José. Oficial de la Dirección de la Lotería. Murió víctima de un balazo que le dispararon desde la fachada de San Felipe el Real, cuando se hallaba mirando desde un balcón de su casa. Estaba casado. La viuda murió dos días después. Dejaron tres sobrinas llamadas: Manuela, Juana y María de la Cámara Rodríguez (la primera agraciada con dote).

Gacio, José. Tenía 22 años de edad. Arcabuceado en la calle de Preciados. Fue enterrado en Santa Cruz. Quedaron su padre Benito Gacio, de oficio peinero, establecido en la calle de Carretas, su madre y tres hermanos.

Gallego Dávila, Don Francisco. Presbítero y capellán del monasterio de la Encarnación. Fusilado en la montaña del Príncipe Pío, por haberle hallado una espada. En Granada vivía su padre; y un primo vivía en Madrid.

García Valdés, Manuel. Lavandero. Fue muerto a espaldas del edificio de los Consejos. Dejó viuda (que volvió a casarse).

García, Alonso.

García, Antonio.

García, Juan José. Cartero. Enterrado en San Ginés.

García, Manuel. Soldado de «Voluntarios del Estado».

Fusilado en la montaña del Príncipe Pío. Dejó viuda con tres niños pequeños. Fue el único militar fusilado aquel día. Había estado luchando en el Parque de Artillería y fue sacado de su domicilio y llevado al lugar de su ejecución.

García Vélez, Pablo Policarpo. Zapatero. Murió de un balazo que recibió en las inmediaciones del Palacio Real a las tres de la tarde del día 2. Quedaron sus ancianos padres.

García, Santos. Murió en la Plaza Mayor. Fue enterrado en San Ginés. Dejó tres hijos: Manuel, Francisca y Josefa; y también una sobrina.

Gómez de Morales, Miguel.

Gómez, Antonio. Murió en el Hospital, el día 26 de noviembre de 1812, víctima del maltrato que sufrió el día 2. Dejó viuda con una hija.

Gómez, Bernardino. Cerrajero. Murió en la Puerta del Sol. Dejó viuda.

Gómez, Don Vicente. Cajero en la calle del Olivo Alto. Murió frente a la parroquial de San Gil. Dejó una hermana.

González Recas, Manuel.

González, Manuel.

González, Mateo.

González, Ramón.

González, Ramón, padre del anterior.

Iglesias, Francisco. Fusilado en El Prado. Dejó viuda (que volvió a casarse) y tres niños menores de edad que se fueron a vivir a la villa de Berlanga.

Iglesias López, Pedro Segundo. Zapatero, de 30 años. Murió en el Barrio del Ave María. Quedó su madre, Francisca Antonia López.

Iglesias, Ramón. Muerto en la calle Carretas. Se le enterró en Santa Cruz. Dejó viuda.

Iñigo y Vallejo, Don Miguel de. El día 2 recibió un balazo y a resultas de ello falleció en el Hospital el día 17 de junio. Se le enterró en San Justo. Quedaron dos sobrinas carnales solteras y un primo hermano.

Llorente, Felipe.

Lone, José de. Tendero de aceites y vinagres. Fusilado en la montaña del Príncipe Pío. Dejó viuda (que volvió a casarse) y un niño.

López Silva, José.

López, Don Francisco. Soltero. Dependiente en un comercio de lencería. El día 2 recibió un balazo y como consecuencia falleció 44 días después en el pueblo de Barranco, cuando iba de camino a su tierra. Quedó un hermano en Madrid.

López, Matías. Herido el día 2 de un balazo frente a la parroquial de San Antonio de Piedra. Llevado al Hospital murió aquella misma noche. Quedaron su viuda, Isabel Ruiz, y su hijo Miguel López Ruiz, casado, con cuatro niños y que vivían todos en la Cava Baja, núm. 7. También tenía un primo carnal.

López, Don Pascual. Oficial de la Biblioteca del duque de Osuna. Murió en las gradas de San Felipe el Real.

Madrid, Fernando. Oficial de carpintería. Fue sacado de la obra en que se hallaba en la calle Santiago, y fue fusilado en la montaña del Príncipe Pío. Dejó viuda.

Maenso, Pantaleón.

Malasaña Oñoro, Manuela. Tenía solamente 15 años, era soltera y trabajaba como bordadora. Desde el primer momento se dirigió a incorporarse a la defensa del Parque de Artillería. Fue muerta por hallarle unas tijeras. Se le enterró en la Buena Dicha. Vivía en la calle de San Andrés, 18, quedó su tía carnal Marcela Oñoro, viuda de 52 años de edad.

Mangel, Félix. Guardacoches de Su Majestad. Murió el día 2 cuando salía del Retiro. Fue llevado muerto al Hospital, donde le enterraron. Dejó viuda a Vicenta de Gracia y un hijo, Crispín Mangel, cochero de la Real Casa.

Manso, Diego. Murió el 2 de mayo en un telar de la Puerta de Alcalá. Dejó viuda a Irene Maestre, con un hijo de diecisiete años que trabajaba de albañil.

Martínez del Álamo, Juan Antonio. Dependiente de Rentas. Fusilado en la montaña del Príncipe Pío. Tenía una hermana casada.

Martínez Valenti, Don Francisco. Abogado de los Reales Consejos. Murió el día 2 en la Puerta del Sol. Fue enterrado en el Buen Suceso. En Asturias quedaron tres sobrinos, un tío y dos primos hermanos.

Martínez, Antonio.

Martínez, Gregorio. Mancebo de Caballerizas y esquilador. Cuando salía del Retiro fue arcabuceado. Se le enterró en San Millán.

Martínez, José Eusebio. Arriero. Le cogieron prisionero en la Puerta de Alcalá. Fue fusilado en El Prado. Dejó a padres, hermanas, tía y sobrinos.

Matarraz, Antonio. Aserrador. Murió en el Hospital el 22 de Mayo, de resultas de un balazo. Dejó un hijo de dieciséis años en el Colegio de Doctrinos.

Meléndez, Antonio.

Méndez Villamil, José. Servía en la Casa del Sr. Canga-Argüelles. Fusilado en El Retiro, dejó viuda y un niño en Asturias.

Méndez, Domingo. Víctima del día 2. Se hallaba trabajando y fue llevado a la montaña del Príncipe Pío. Tenía un hermano en Madrid y una hermana en la casa familiar de Asturias.

Méndez, Domingo. Fusilado en El Prado por haberle hallado una navaja. Dejó tres sobrinos.

Molina, Francisco. Maestro de coches. Murió el día 2. Dejó viuda.

Montenegro, Juan José Bautista. Hortelano del marqués de Perales. Fue tomado prisionero junto a su compañero Postigo y fusilado con él en El Retiro. Quedó su hija Paula Montenegro, soltera, y su hijo Santiago.

Morales, Bernardo.

Morales, Víctor. Sargento de Inválidos. Murió en la calle de Preciados.

Morena, Claudio de la. Arriero. Murió en El Prado. Dejó viuda y un niño de ocho años. La viuda volvió a casarse en la Villa de Algete.

Moreno, Gregorio.

Nogués, Carlos.

Núñez, Don Manuel. Muerto en las inmediaciones del Palacio Real. Fue enterrado en Santa María. Quedaron su madre y tres hermanos.

Oliva, Manuel de la. Lavandero. El día 2 herido de un balazo en la calle de Toledo, murió en el Hospital. Dejó dos sobrinos carnales.

Olmo, Nicolás del. Jornalero. Herido de dos balazos, murió más tarde en el Hospital. Quedaron dos hijos.

Oltra, Manuel. Albañil. Murió en la Puerta de Alcalá. Quedaron su viuda y un hijo.

Oltra, Pedro. Albañil. Murió junto a su hermano en la Puerta de Alcalá. Dejó viuda y dos niños.

Oñate y Aparicio, Don Valentín de. Soltero. Murió en la casa de su tío Eugenio de Aparicio, en la Puerta del Sol. Su madre vive en Valgañón.

Pecherili, Bartolomé. Ayuda de cámara del marqués de Cerralbo. Fusilado en el Buen Suceso. Era natural de Nápoles, soltero y de 22 años de edad. Tenía un tío en Madrid.

Pedrosa, José. Sirviente. Fue muerto en la Plaza de la Cebada. Se le enterró en San Millán. Quedó un primo.

Pelaez, Manuel.

Peligro, José. Padre de José, *el cerrajero*. Era mayordomo en la Casa del marqués de Vellisca, y fue sacado con su hijo y fusilados juntos en El Prado.

Peligro Hugar, José. Cerrajero. Trabajaba en la Casa del marqués de Vellisca; de allí fue sacado con su padre y fusilado en El Prado. Quedó una prima.

Peña, José.

Perea Hernán, José.

Pérez Villamil, Ramón. Portero de la Casa del duque de Híjar. Fue muerto en la misma portería al intentar cerrar el portón de la finca. Se le enterró en San Sebastián. Dejó viuda y un sobrino en Asturias.

Pérez, Juan Antonio. Mozo de caballos del Cuartel de Guardias. Tenía veinte años de edad; era soltero. Luchó en el Parque de Artillería donde fue herido. Falleció en el Hospital el día 15 de mayo. Quedaron en Asturias dos sobrinas.

Pérez, Vicente.

Pico Fernández, Francisco. Fue uno de los 94 presos que se hallaban en la Cárcel de la Villa, y que «... suplicaban bajo juramento de volver a prisión con sus compañeros, se les pusiera en libertad para ir a exponer su vida contra los extranjeros». El día 2 recibió un balazo y falleció el 29 de mayo. Dejó a su madre. Curiosamente, de ellos, 38 no quisieron salir de la cárcel, 51 regresaron durante la mañana del día 3, otro fue herido y quedó en el Hospital, dos desaparecieron y uno fue declarado prófugo.

Postigo, Juan José. Hortelano en la finca del marqués de Perales. Prisionero con su compañero Montenegro fue fusilado en El Prado. Dejó un hijo, que luego fue soldado de Artillería.

Ramírez de Arellano, Anselmo. Ministro del Resguardo. Cayó muerto en la Puerta de Recoletos. Dejó un niño de nueve años que fue a vivir con su abuela materna.

Requena, Francisco. Empleado del Resguardo. Murió en la calle de Recoletos. Dejó viuda.

Revuelta, Miguel Facundo.

Rey, Clara del. Murió en el Parque de Artillería. Fue enterrada en el camposanto de la Buena. Dejó dos hijos solteros.

Rey, Nicolás.

Rivacoba, Ángel. Profesor de Cirugía, murió en El Prado. Tenía una hermana.

Rivas, Tomás.

Rodríguez, Esteban.

Rodríguez, Eugenio.

Rodríguez, Facundo. Guarnicionero. Murió en el Buen Suceso. Sólo quedó una hermana política.

Rodríguez, Joaquín. Jornalero. Enterrado en San Andrés. Dejó viuda y dos hijas solteras.

Rodríguez, José. Botillero en la calle de Hortaleza. Muerto en El Prado. Dejó viuda, dos hijos y dos nietos.

Rojo Martínez, don Domingo. Escribiente meritorio de la Artillería. Murió en la defensa del Parque de Artillería.

Romero, Antonio. Esquilador de mulas de las Reales Caballerizas. Fue muerto cuando salía del Retiro. Fue enterrado allí mismo. Dejó viuda a Inés Raboso.

Ruesga, Joaquín. Tasador de lienzos. Murió en la calle de la Montera. Enterrado en el camposanto de San Luis. Quedó su hijo Valentín Ruesga.

Ruiz, Baltasar. Arriero. Fue fusilado en El Prado. Dejó una hija, soltera y sirviente de profesión.

Ruiz Mendoza, Jacinto. Teniente del Regimiento de infantería «Voluntarios del Estado». Fue gravemente herido, especialmente por un balazo que penetró por la espalda y salió por el pecho, todo ello en la defensa del Parque de Artillería. Huido de Madrid, falleció el día 16 de marzo de 1809 en Trujillo, siendo enterrado en la parroquia de San Martín hasta el 13 de marzo de 1909 en que fue trasladado a Madrid al lado de sus compañeros Daoíz y Velarde.

Salinas y González, Don Félix de. Soltero, de veintidós años de edad, murió en la Cibeles. Dejó una hermana que anduvo pidiendo limosna y un hermano en Asturias.

Sánchez Celemín, Pedro. Murió en la Puerta del Sol. Quedó su padre.

Sánchez Navarro, Francisco.

Sánchez, Félix.

Sánchez, Francisco. El día 2, tras ser herido en la calle del Factor fue llevado al Hospital donde falleció. Asturiano, era soltero, quedó su primo hermano Juan Antonio Santos Relaño.

Santiago Jimenez, Dionisio.

Santirso, Esteban.

Siara, Antonio. Mozo de pala de una tahona. Tenía 30 años. Los franceses le cogieron en la Plaza y le llevaron al Buen Suceso donde le fusilaron. Dejó viuda y un niño.

Tejedor, Don Julián. Artífice platero. Fusilado en la montaña del Príncipe Pío, por hallarle en posesión de una pistola. Dejó a su madre y tres niños menores; y un hermano.

Teresa, Francisco de. Fue muerto a balazos en la calle Segovia. En Asturias quedaron su madre y tres hermanos.

Toribio Arjona, Juan. Hortelano. Muerto cuando trabajaba al lado de Juan Fernández. Dejó viuda y dos hijos.

Vázquez y Afán de Ribera, Juan Manuel. Cadete del Regimiento de Infantería «Voluntarios del Estado». Tenía doce años de edad.

Velarde Santiyán, Don Pedro. Capitán de Artillería de la Secretaría de la Junta Superior Económica del Cuerpo de Artillería en Madrid. De 28 años de edad, murió el día 2 en la defensa del Parque de Artillería de Monteleón.

Villadomar, Antonio.

Villalpando, Ángela.

Zambrano, Antonio. Fusilado en la montaña del Príncipe Pío. Dejó viuda con dos niñas.

Los fusilados en El Prado fueron 32. Sobre las tres y media de la tarde del día 2 de mayo comenzaron a situarlos en la antigua subida al Retiro, donde con el tiempo se construyó la estación de Atocha, hacia las tapias de la iglesia de Jesús de Medinaceli en dirección a Atocha.

En la plaza de Cibeles, hubo un fusilado. En el Portillo de Recoletos, dos. En la Puerta de Alcalá, tres, que se supone que se hallaban trabajando en aquel lugar. En el Buen Suceso, cinco.

El día 3 prosiguieron los fusilamientos, comenzando sobre las tres de la tarde. En la montaña del Príncipe Pío, fueron 24 los fusilados. En el Buen Retiro, 12. Según Pérez Guzmán, que en el año 1908 repasó todos los expedientes, las bajas fueron:

Muertos, 409 (39 militares y 370 civiles).

Heridos, 170 (28 militares y 142 civiles).

Y a ellos hay que añadir los muertos anónimos, innumerables, entre los que se encontraban Fabián de Tarazona, el marido de Clara del Rey, y el hijo de ambos, Felipe de Tarazona. También Pascual Teixeira, el hijo de José y Mercedes, que hacía años que se había marchado de Madrid con Luis Argote y por cuyo paradero la familia se preocupaba, y que supieron al fin de ellos dos cuando conocieron su muerte en aquel trágico día del Dos de Mayo.

Poco después, de pena, murió el gran actor y empresario teatral Gabriel Argote.

Los madrileños son pacientes y poco dados a la algarada, salvo cuando les atañen asuntos que, en realidad, importan. A lo largo de la historia no fueron muchas las ocasiones que levantaron la voz, e incluso menos las que se alzaron en armas, y casi siempre en defensa de su orgullo, de su libertad. Por eso, el madrileño es un pueblo a temer, por mucho que repetidas veces haya dado muestras de una paciencia suma, de un conformismo que a veces se confundió con la falta de sangre en las venas, de una sensatez que podía contemplarse como asentimiento, de una manera de ser supuestamente apática, indiferente. Nunca fue así. Por mucho que en la lejanía pudiera aparentarlo.

Aunque la mayoría no tuviera sus orígenes en Madrid. Porque tan pronto como se asentaban, hundían sus raíces en tierra con tal firmeza que ese arraigo los convertía en los más bravos defensores de la libertad. Para los madrileños, tanto importaba que fueran extranjeros o compatriotas quienes intentaran hacer de su poder, abuso. Tanto daba que fueran ministros foráneos, reyes españoles o tropas de afuera. Esquilache conoció su ira; Napoleón, también. Hasta reyes que decretaron la expulsión de los moriscos, judíos, gitanos y otros pueblos tuvieron a los madrileños enfrente. Una lección que llegó hasta la Guerra Civil española de 1936 y un espíritu que nunca murió en quienes habitaron la Villa.

Un espíritu que, aquel Dos de Mayo, conocieron también los soldados franceses. Y por mucho que al alba del día siguiente Madrid durmiese como si ya hubiera enterrado a sus muertos, y la ciudad se hubiera quedado exhausta y dolorida, tendida sobre una cama salpicada por huellas de sangre nueva, de inmediato recobró las fuerzas necesarias para afrontar la derrota y empezar a vivir los días del orgullo o de la humillación.

Desde muy pronto dejaron de oírse las descargas de la fusilería, segando vidas, aleccionando con el castigo; pero sus aullidos intermitentes, que habían roto la respiración de los madrileños durante casi toda la noche, ya no provocaban pavor. Porque de inmediato, cuando por fin salió el sol, no fue preciso que los gallos llamasen al día.

Y porque, lo que para los generales franceses pareció una victoria, para los madrileños no fue sino el inicio de la revuelta: la guerra había comenzado.

18

Pepe Botella en Madrid

Diciembre de 1808

—Un mal año.

—Sí.

—Éramos como una gran familia, y míranos ahora...

—No penes, mujer —intentó animarla Mateo Teixeira.

—Al contrario —dijo ella—. Me siento orgullosa.

Así lo aseguró Teresa a pesar de acabar de perder a su esposo, Gabriel Argote, y un poco antes, el 2 de mayo, a su cuñado Luis Argote en el alzamiento de Madrid contra los franceses. Estaban cenando en la Nochebuena en casa de Mateo Teixeira y Paloma Ruiz, y también los acompañaban los dos hijos supervivientes de Fabián de Tarazona y Clara del Rey, Domingo y Enrique. Sebastián Álvarez, el hijo de Paloma, asistía abstraído a los comentarios, como si su cabeza anduviera cosiendo pespuntes en la lejanía. Fernando y Carmen Argote, los pequeños de la reunión, mordisqueaban toda clase de dulces sin acabar ninguno.

—¿Por qué llegamos a eso, Mateo? ¿Por qué? —la entereza de Teresa no era tan sólida como pretendía, y se le humedecieron los ojos.

—Yo te lo diré, Teresa —intervino Enrique de Tarazona,

el menor de los dos hermanos que consiguieron conservar la vida en aquella jornada trágica—. Yo te lo diré: Godoy.

—¿Por un solo hombre?

—Por uno solo —Enrique se acompañó de un gesto de cabeza y su hermano Domingo asintió, como si entre ellos ya hubieran mantenido antes esa conversación—. Bueno, por él, por la pusilanimidad de nuestro rey don Carlos y por la ambición de Napoleón. Pero si hubiera que señalar al gran culpable, todos nuestros dedos índice apuntarían a aquel que se hizo llamar Príncipe de la Paz.

—Tiene razón el primo Enrique —confirmó Sebastián Álvarez, el hijo de Paloma, levantando los ojos del plato durante unos instantes—. Si me permites que te llame primo, primo.

—Para mí, lo eres —replicó Enrique—. Todos somos familia.

—¿Y por qué, tan jóvenes los tres, estáis tan seguros? —preguntó Teresa—. Eráis unos niños cuando...

—Pero no lo suficiente como para no ver lo que pasaba —respondió Domingo, y los otros dos se sumaron a sus palabras.

—Y después hemos oído contarlo —añadió Sebastián.

—Y lo hemos leído en muchas ocasiones —ratificó Enrique.

—Es cierto —continuó Domingo el relato—. El rey Carlos se había ganado con grandes merecimientos su abdicación. El pueblo se lo había avisado una vez, y otra, y no había aprendido a medir el peso de las advertencias: ni siquiera le pareció suficiente la primera de ellas.

—¿Qué advertencia? —se extrañó Teresa, y Paloma Ruiz miró con el ceño fruncido a su esposo Mateo.

—Pues la primera, cuando por el mes de octubre de 1807 sus partidarios le manifestaron claramente su oposición a Godoy y le exigieron que cesara al ministro y que cediese el trono a su hijo don Fernando, que era el único garante del bienestar de la Corona y, en su opinión, el llamado a devolver la salud a la dinastía.

—Pero el viejo rey era terco —continuó Enrique—. ¿No lo recordáis? Y, lo que resultó más grave, incapaz de comprender que las instituciones del Reino empezaban a debilitarse; incluso la monarquía comenzaba a ser objeto de burlas y desconsideraciones por parte de muchos vecinos y de algunos aristócratas. Pero no, claro; él no podía consentir tal desprestigio. Ni él ni sus consejeros. Terco...

—Por eso cuando el duque de San Carlos, el canónigo Escoiquiz, el duque del Infantado y otros miembros de su Consejo privado encabezaron aquella conspiración contra su padre el rey, don Fernando VII no la detuvo. Era un buen modo de dar aviso de que el plazo de la paciencia se estaba cumpliendo.

—Sí. De aquellos hechos nos acordamos todos —intervino Mateo Teixeira.

—¿Verdad? —coincidió Enrique de Tarazona—. Y aunque aquella airada y desleal queja se abortó, tampoco le importó al joven rey el fracaso de aquella conjura: se tragó sin empacho la dignidad y, en El Escorial, se ofreció a pedir perdón a sus padres y a denunciar a todos los conjurados, aun sabiendo que iban a ser desterrados de inmediato.

—Pero aquel sacrificio del orgullo, aquella leve humillación, tampoco sirvió de lección a la tozudez del rey Carlos —remachó Domingo—. Porque seguía sintiéndose esclavo de su siervo Godoy. Hasta que tuvo que producirse el segundo aviso.

—¿El motín? —inquirió Teresa.

—Exactamente —respondió Enrique—. Un motín en el que el pueblo se vio obligado a asaltar Palacio... Y entonces ya no le quedó más remedio a Carlos IV que abdicar en su hijo don Fernando, nuestro rey. Creo que nunca se lo perdonaron entre ellos, ni uno ni otro. El rey padre acusó a su hijo de conspirador, asegurando que él jamás se sirvió de algarada alguna contra sus padres, y el hijo, don Fernando VII, le respondió displicente con una sentencia demoledora: porque probar el amargo sabor del fracaso es doloroso...

—Nunca fue una familia ejemplar —lamentó Paloma.

—Ninguna lo es —comentó Mateo. Y luego sonrió—. Salvo las nuestras, claro...

Todos se hicieron cómplices de la broma y continuaron degustando la cena con apetito. Hasta que Enrique, haciendo una pausa, se recostó en el respaldo de la silla, se limpió la comisura de los labios con una servilleta y continuó narrando los hechos que había conocido.

—La noche del 17 de marzo se amotinó el pueblo contra el rey. De no ser así, Carlos IV no hubiese tenido que apresar a Godoy ni se habría prestado a ceder la Corona sin oponer resistencia. Los ciudadanos se amotinaron en Aranjuez, como de antemano lo conocían los consejeros reales y hasta el mismo Carlos IV. Pero al rey le faltó coraje para impedirlo. Un rey atrapado por un ministro es un rehén, y don Carlos lo era de Godoy, al que incluso llamaba Príncipe de la Paz como lo hacía la gente antes de darse cuenta de sus fechorías. Lo cierto es que no fue don Fernando quien le arrebató el trono; fue el propio don Carlos quien lo perdió. El hijo del rey se limitó a recoger una Corona abandonada a su suerte.

—Y todo por culpa de Godoy —remarcó Domingo.

—Maldito sea —Mateo Teixeira cabeceó, indignado—. Maldito sea una y mil veces... Pero lo que yo recuerdo a la perfección fue el amanecer del día 2 de mayo, cuando empezó todo.

—¿De veras? —Su esposa, Paloma, no le había oído nunca decir aquello—. ¿Cómo es que lo recuerdas?

—Porque..., porque... ¡Porque yo estaba allí, mujer!

—¿Tú estabas allí? —se revolvió Enrique, sorprendido, y

todos los comensales dejaron de comer y fijaron los ojos en Mateo.

—Cuéntanos —rogó Domingo.

—Sí, por favor —se unió Sebastián al ruego.

—Pues... —titubeó Mateo, mirando a su esposa—. Nada te dije para que no te preocuparas, pero me habían dado aviso de lo que iba a suceder y no podía dejar de mostrar mi repulsa.

—¿Y qué pasó? —insistió Sebastián.

—Que a eso de las nueve de la mañana... —Mateo hizo una pausa—. Sí, era esa hora, lo recuerdo bien. A las nueve de la mañana la multitud se arremolinaba ante las puertas de Palacio. Los madrileños estábamos muy alterados, los franceses inquietos, todo era confusión, un gran caos... Y, entonces, cuando un carruaje salió de Palacio, perdiéndose por la calle del Tesoro, llevándose a la reina de Etruria, el gentío lo festejó. Esa mujer nunca contó con el fervor popular, todos lo sabemos: se la consideraba de la máxima confianza del mariscal Murat y eso en Madrid era considerado un gran delito.

—Ya... —coincidió Teresa.

—Pero ahí no acabó la cosa: poco después sucedió lo más grave, porque ninguno de nosotros contábamos con el atrevimiento de los franceses de llevarse, en otro carruaje, a su alteza real el infante don Francisco de Paula.

—¿No era de esperar?

—Sí, era posible... Cabía la posibilidad de que así fuera... Y poco más habría pasado si don José Blas Molina y Soriano, muy imprudente, no se hubiera irritado tanto al ver al ayudante de Murat, el coronel Rucher, escoltando el carruaje de su alteza, y se hubiera abstenido de salir al patio de Palacio gritando: «¡Nos llevaron al rey y ahora quieren llevarse a toda la familia real! ¡Mueran los franceses!».

—Cierto... Qué atrevido... —comentó Paloma—. ¡Y en aquellas circunstancias!

—Imaginaos... Si los ánimos ya estaban encrespados, comprended la indignación popular al reconocer al infante: todos corriendo hacia el carruaje en que viajaba, cortando los correajes de los caballos, saltando sobre la escolta francesa, agrediendo al mismo coronel Rucher... Todavía no comprendo la imprudencia del teniente coronel López de Ayala: se asomó al balcón de Palacio, enloquecido, gritando: «¡Vasallos, a las armas, a las armas! ¡Que se llevan al infante!».

—¡Qué coraje! —exclamó Paloma.

—¿Y después? —se interesó Teresa.

—Que, en efecto, se lo llevaron... Y al teniente coronel le dispararon en la cabeza. Murió allí mismo, al instante... A partir de aquel momento..., bueno, de lo demás, de lo ocurrido después a lo largo de todo el día, os supongo bien informados.

—¡Qué horror! —se estremeció Paloma y apretó la mano de Mateo, su marido, como buscando consuelo en el recuerdo; o consolarle—. Nunca me dijiste que estuvieras allí, ese día, en Palacio.

—No, no te lo dije.

—Pues ahora, esposo, pienso que hiciste bien.

El 20 de julio de 1808 llegó José Bonaparte a Madrid, pero muy pocos días después se asustó al conocer la derrota de los franceses en la batalla de Bailén y salió huyendo de la ciudad. Fue Napoleón, su hermano, quien tuvo que acompañarlo de nuevo hasta Madrid en diciembre, seguidos por un fuerte ejército reunido para pacificar la ciudad y demostrar el inmenso poder de las tropas francesas.

José Bonaparte era un hombre esbelto, de estructura corporal pícnica, corpulento, pero sin caer en la gordura. Su cara era redonda, su papada incipiente, sus facciones suaves y su sonrisa fácil; pero cuando se enojaba componía una mirada a la que se podía temer. De labios finos, cejas afiladas y nariz larga, se peinaba siempre hacia delante, como un césar, ocultando su calvicie con los rizos escasos que se arremolinaban sobre la parte superior de la frente. Con todo, lo más sobresaliente de su fisonomía eran sus ojos, protegidos por unos párpados gruesos que en su abultamiento parecían tejadillos que daban sombra a unas pupilas demasiado apagadas. Podía haber sido un hombre feliz, su rostro se lo hubiese permitido; pero nunca lo fue. Pudo ser una buena persona, un hombre en el que cabía confiar, pero la vida lo colocó exactamente en el otro lado del muro de la felicidad.

De perfil, no parecía un rey. Tal vez porque nunca lo fue. Cuando cabalgaba, lo hacía despacio, con la vista al frente, encerrado en sus pensamientos, como si una idea se hubiese adueñado de él y nada de lo que sucediera a su alrededor fuese capaz de devolverlo a la realidad, ni siquiera la gran polvareda que levantaba su guardia personal, compuesta por ciento veinte jinetes polacos.

El rey impuesto vestía casi siempre camisa bordada y casaca labrada, y a su cuello se anudaba un pañuelo de seda blanco. Faltriquera, pololos y botas eran sus complementos. Se cubría con un sombrero apaisado, como el que usaba su hermano Napoleón. Y lucía un anillo de oro en el dedo anular de su mano izquierda con el sello de la casa Bonaparte. Sin forzarlo, sin guiarlo, se dejaba llevar por la bestia y miraba al frente, siempre al frente, aunque no viera nada más que lo que se cruzaba por sus pensamientos. Porque el rey pensaba, a todas horas, que qué hacía él en Madrid, como lo pensaban todos los que le acompañaban, salvo Napoleón.

El rey José no se sentía deudor de sus mariscales ni de los españoles, pero sí rehén de su hermano. ¿Por qué había aceptado el reino de España si en Nápoles había comprendido que reinar es el más penoso, insatisfactorio y desagradecido de los oficios? Un zapatero es felicitado si termina un buen par de escarpines; un sastre, si acierta en el corte de un chaleco; un general, si alcanza una victoria y un compositor, si emociona en un *allegro un poco maestoso*. Pero ¿qué ha de hacer un rey para que el populacho que hoy le vitorea no sea el mismo que mañana acuda horca en mano a presenciar con júbilo su decapitación? Si acierta, es su deber; si yerra, es reo de escarnio. Y de él no sólo se mofaban los españoles, sino también sus propios mariscales. Ni Jourdan, ni Victor, ni Sebastiani merecían su respeto, como tampoco ellos le respetaban. Pero tendría que hacerles saber quién detentaba el poder para que su hermano, al menos, sintiera que no era un memo incapaz de gobernar un país de gitanos lleno de moscas.

Nada más llegar a Madrid decretó el fin de la Inquisición, preparó la reforma del Código Civil, redujo la presencia de conventos y el poder de la Iglesia, en favor de los ciudadanos. También decretó que las tierras sin labrar fuesen expropiadas a sus amos y entregadas a los campesinos. ¿Qué más muestras de modernización se esperaban de él? Hasta ordenó que se llevasen las aduanas a las fronteras, como en cualquier país ilustrado. Pero nunca nadie llegó a comprender sus buenas intenciones... Y eso que no pretendía perjudicar ni a la nobleza ni al clero, aunque su intención fuera suprimir el régimen señorial, dar a España unas leyes idénticas a las de la República francesa y garantizar los derechos ciudadanos. Crear nuevas ciudades, construir caminos... Pero nada... Imposible hacer recaer sobre él la menor simpatía de los suyos ni de los madrileños. Y por eso se quejaba amargamente, convencido de que los españoles preferían a esos bárbaros ingleses que habían destruido el puente romano de Alcántara, una magnífica obra de ingeniería de tiempos de Trajano, con dieciocho siglos de antigüedad...

Pero aun así los preferían a ellos...

José Bonaparte se sabía el hermano mayor de Napoleón, y ello le maniataba. Había obtenido el título de abogado en

Pisa y desde siempre compartió con sus tres hermanos los ideales republicanos nacidos de la toma de la Bastilla. Él hubiese sido feliz dedicándose al ejercicio de su profesión de jurista, pero las responsabilidades se las impusieron siempre. Incluso ayudó a su hermano Luis en la redacción del 18 Brumario que convirtió a Napoleón en emperador de Francia.

Por eso después aceptó ser embajador en Parma y en Roma, representar a Córcega como diputado en la Asamblea Nacional francesa e incluso escuchar a su hermano ofrecerle reinar en Lombardía, aunque lo rechazase. Cuando el 6 de julio fue nombrado rey de España y de las Indias, después de celebrada la reunión de Cortes en Bayona, y redactada por Napoleón la Constitución de 1808, creyó por primera vez que tenía por delante una gran labor a realizar. Pero pronto se dio cuenta de que, a pesar de sus esfuerzos, no era fácil ni apasionante la misión encomendada, y que entender a los españoles era excesivamente complejo. Pero que lo aceptasen, era aún más difícil: algo que se le antojaba imposible.

A él no se le había ocurrido nunca pensar en España como en un país a gobernar, como un país propio. Él mismo, como corso, nunca hubiese aceptado en Córcega a un rey extranjero, por eso comprendía bien a los madrileños. Pero ¿qué podía hacer...? Tampoco se sintió jamás napolitano siendo rey de Nápoles ni aceptó el poder británico cuando los paolistas entregaron la isla de Córcega, su patria natal, a los ingleses. Lo entendía, comprendía muy bien el rechazo que inspiraba, y por eso muchas veces cabalgaba en silencio, pensativo, melancólico y maldiciendo su suerte. Él no quería ser rey de España. ¿Acaso era tan difícil de entender para su hermano?

Cuando llegó a Madrid lo primero que hizo fue informar a Napoleón de que el viaje y el asentamiento en la ciudad se habían producido sin incidentes. Es más, que la aristocracia española, los más sobresalientes miembros del clero y buena parte del ejército le habían recibido como un rey legítimo y, en consecuencia, rendido muestras de lealtad y pleitesía. El pueblo madrileño había sufrido graves pérdidas y respiraba por las heridas del odio, pero eso era algo que, en realidad, carecía de importancia. Los pueblos, pensó al llegar, pagan tributos en oro y en sangre, y ese es su único deber. Para lo demás no cuentan. Y el hecho de que algunas autoridades locales se hubiesen alzado en armas y puesto al frente de la resistencia interior no podía interpretarse sino como una prueba del bandidaje más execrable, una acción intolerable de los amantes del terror a quienes la ley castigaría con el máximo rigor. Así se anunció aquel 20 de julio, cuando José Bonaparte llegó al Palacio Real, y así fue cuando después regresó con su hermano Napoleón a Madrid.

Porque Madrid era una ciudad sin una verdadera defensa militar. Las tropas de Murat eran escasas, las de Dupont estaban enfrentándose a las españolas en Bailén y diecinueve mil soldados franceses habían caído ya prisioneros en manos de los rebeldes españoles. El rey José, a pesar de las buenas palabras de acogida de las autoridades españolas en Madrid, por convicción, o acaso a consecuencia de las conveniencias o del cinismo, se asustó como un crío en una noche oscura de tormenta y abandonó la capital el día 28, camino de Vitoria, apenas una semana después de su llegada. Nadie le daba seguridades de inmunidad y el nuevo rey, que desconocía absolutamente todos los mecanismos de defensa del Palacio y del Reino, se sintió solo y perdido; y se acobardó. Y aunque hubiese pretendido mostrar su firmeza ante los acontecimientos, se dio cuenta de que no tenía bastón alguno en el que apoyarse.

Pero aquella huida, aquella actitud débil y cobarde causó una enorme irritación en Napoleón y fue entonces cuando el emperador decidió echarse sobre España. No sólo para recobrar un país, sino sobre todo para rehabilitar la dignidad familiar puesta en solfa por su hermano. Estaba claro que José era un cobarde, concluyó su hermano; pero también aprendió Napoleón que el pueblo de Madrid era rebelde y, aunque sus autoridades se sometieran desde el primer momento al cambio de dinastía en la Corona, era evidente que los vecinos no estaban dispuestos a aceptarlo de buena gana. Todo lo contrario. Así es que necesitaban una lección que no olvidarían.

—¿Es que quinientos muertos no han sido suficientes? —estalló Napoleón.

—Parece que no, hermano.

—Pues bien. Habrá muchos más.

José Bonaparte calló, pero se quedó pensativo. Y cuando su hermano le exigió que dijera lo que estaba pensando, sin contenerse, Pepe Botella reflexionó en voz alta:

—Creo firmemente que España merece que todos nos esforcemos por convertirla en un país moderno, libre, culto y rico. Solamente eso. Pero huelga decir que los españoles no ven en mí al rey que pueda hacerlo. Es más: preferirían seguir incultos y pobres antes que deber nada a un extranjero. Curioso pueblo...

—No te debería sorprender, hermano —replicó Napoleón—. Tú eres corso y los italianos, sin ir más lejos, actuaríamos de igual forma...

Cuando al fin se quedó solo aquella noche, José Bonaparte sintió otra vez el peso de la incomprensión y el ácido dolor de la melancolía. No concebía tanta oposición y tanto odio hacia su persona. ¿Por qué los madrileños, y los demás españoles, no lo aceptaban si era un rey legítimo, tan legítimo como don Fernando y como su padre, el viejo rey don Carlos? Las Cortes reunidas en Bayona en 1808, convocadas y constituidas legalmente, habían recibido la renuncia voluntaria de don Fernando, habían aprobado la nueva Constitución del Reino de España y habían coronado un rey en su persona.

Todo ello fue absolutamente legal y legítimo. ¿Y entonces? ¿Cómo era posible ese enconamiento contra él, precisamente contra él, que sólo pretendía implantar los principios de la República, los derechos del hombre, la dignidad ciudadana y proceder, bajo su imperio, a la modernización de un país esclavizado por la Inquisición y atrasado en siglos con respecto a las demás naciones de Europa? Tal vez se hubiesen cometido algunos errores, algunos excesos con los madrileños y con otros muchos españoles, no podía negarlo, pero ellos mismos se lo habían buscado. Como sucedió cuando fue informado de una reunión de bandoleros que se estaba celebrando en una venta de Ciudad Rodrigo y ordenó arrasarla y pasar a degüello a todos los allí presentes. Resultaron ciento once muertos, entre ellos niños, mujeres y ancianos; y todo porque lo que creyeron que era un cónclave de bandidos resultó ser la celebración de una boda. Bien, un error. Un error fatal. Él era el primero en lamentarlo. Pero si la guerrilla no hubiese mantenido tan extraordinaria tensión contra la autoridad militar, nada de aquello hubiera ocurrido. Él no podía sentirse culpable de todo lo que les sucediera a sus súbditos: gobernar es ser injusto, lo aprendió de su hermano; porque ser injusto, en muchas ocasiones, refuerza la eficacia del poder y, a la larga, engrandece a los pueblos. Un poder que no es injusto y cruel acaba siendo derrocado, lo mostraba la historia con un millar de ejemplos.

Y a él no le sucedería algo así, se dijo.

Aunque era posible que él no hubiese nacido para ser el amo del poder, pensó. Muchas veces se lo había preguntado y ahora, ante esa visión calmada de la lluvia parsimoniosa cayendo sobre Madrid, se lo preguntó una vez más. ¿Qué le había empujado a aceptar el peso de la Corona española? Quizá lo hizo para no defraudar a su hermano; o porque la vanidad le había cegado cuando soñó con ocupar el sillar que habían calentado el católico rey Fernando, Carlos V y Felipe II. Pero lo cierto era que, en realidad, nadie había invitado a los franceses a invadir España; sólo la buena voluntad del emperador y sus loables propósitos explicaban que los franceses se asentaran en el país y él estuviera ahora acomodado en aquel trono. Unos propósitos que disgustaban a los ciudadanos, además. ¿Por qué?

¿Sería él capaz, con mano firme, de convencerles de que era lo mejor para ellos? O, por lo menos, ¿sabría justificarles que lo sucedido en Bayona no fue ninguna farsa? Y, en todo caso..., ¿por qué tenía que preocuparse de ello? Un rey no da explicaciones, se convenció. Sólo las pide.

Aunque aquellas preguntas y respuestas enmascaraban una cuestión mucho más importante. En la soledad de aquella noche no podía engañarse. La verdadera pregunta era si él, el rey José, de la estirpe de los Bonaparte, deseaba ser el monarca de los españoles. No, se contestó de inmediato. Y luego pensó, como para pasar una mano acariciadora sobre su conciencia: «yo obedezco, sólo obedezco. Y si mi hermano, el emperador, el invencible Napoleón, lo ha querido así...»

Aunque, ¿tenía que aceptar cualquier capricho de su hermano? ¿Debía consentirlo? Bien estaba que lo hubiese hecho rey, que él dictase las normas, que él velase para que recibiese regimientos de apoyo cuando los necesitase, como los cuarenta mil hombres que vendrían para terminar de pacificar Andalucía... Pero ¿y esa idea absurda de extender la frontera de Francia hasta el cauce del río Ebro para aumentar la extensión del país galo y menguar la del hispano, empequeñeciendo otro Reino, el suyo? ¿Debía callar y aceptarlo, u oponerse y velar por la integridad de España? El emperador ya lo había insinuado (y una insinuación de Napoleón era casi siempre el anuncio de una decisión tomada), pero cuando se lo propusiera abiertamente mostraría su disconformidad con la mayor firmeza. Si no conseguía ser respetado por Napoleón, se dijo, tampoco lo sería jamás por los españoles.

Sus súbditos tenían que conocerle mejor. Ya que sus ministros no eran capaces de convertirlo en un rey popular, ni siquiera conseguían atraer simpatías hacia su persona, él se encargaría de hacerlo. Y, para empezar, se dijo, decretaría una amnistía; eso es lo que haría. Una amnistía que liberase a una buena cantidad de presos de las cárceles de todo el Reino y que demostrara a los españoles su clemencia y bonhomía. La clemencia de un buen monarca y la bonhomía de un gobernante que merecía ser querido por su pueblo.

Aunque continuase lloviendo sobre la ciudad como sólo lo hace cuando se avecina una noche de duelo.

La tradición en la creación artística de las estatuas ecuestres establecía que los héroes, los militares, los caballeros y los reyes tenían que ser representados de acuerdo al modo en que murieron, y con ello se conocería a través de los tiempos su desenlace vital. Si se representaba al caballo con las dos patas delanteras alzadas, significaba que el homenajeado había muerto en combate; en cambio, si era representado sobre una montura que sólo tenía una pata levantada, significaba que había muerto a consecuencia de las heridas recibidas en la batalla, pero un tiempo después, en su lecho. Por último, si el equino tenía las cuatro patas asentadas en tierra, la información que comunicaba era que el personaje histórico que retrataba murió en la cama, cuando le correspondiese y del mal que le condujera a su última morada. Era una tradición ornamental urbana y palaciega que rendía homenaje a los grandes hombres de la Historia dando cuenta, mediante tan visible representación, de un dato histórico que todos cuantos la contemplasen habrían de conocer.

Aquel pensamiento fue el primero que se le pasó por la cabeza al rey José mientras paseaba sobre la alfombra mullida de su dormitorio, incapaz de conciliar el sueño. A él no le gustaría morir en combate; no tenía un espíritu militar tan elevado como su hermano Napoleón ni el menor interés en perder la vida luchando lejos de su país por intereses que, por otro lado, tan alejados le resultaban. Y menos aún morir como consecuencia de las heridas de una batalla, tras innumerables sufrimientos y una larga agonía. Si alguien, alguna vez, realizaba una estatua ecuestre de su persona, como rey de Nápoles o como rey de España, le gustaría que el caballo tuviese las cuatro patas en tierra, lo que significaría que habría fallecido de muerte natural, en su cama y a la edad provecta que deseaba, como corresponde a un abogado, que fue para lo que estudió y lo que siempre quiso ser.

Días después, bajo un techado de nubes blancas, y rodeado por una neblina húmeda que contenía la llovizna, el rey José Bonaparte paseaba por el patio de armas del Palacio Real con uno de sus ministros y su ayudante de campo, el mariscal Lannes, vencedor de la batalla de Tudela. El día había amanecido mortecino y a esa hora advertía de que ya no iba a levantar. Y quizá tampoco su malhumor lo hiciese porque eran demasiadas las tormentas que se iban formando dentro de la cabeza de aquel rey incomprendido, bienintencionado e inútil.

—Pepe Botella, Pepe Plazuelas... —se quejaba amargamente el rey a sus amigos—. ¿Hasta cuándo seguirán poniéndome motes los madrileños? Es evidente que no soy de su agrado...

—Una minoría, majestad —comentó el ministro, pretendiendo quitar importancia a la realidad—. Es una despreciable minoría. Los verdaderos españoles, los españoles ilustrados y honestos, os consideran un gran rey, como no podía ser de otra forma.

—Señor, sois demasiado blando con ellos, en todo caso —afirmó Lannes, tajante, sin mirarle a los ojos—. Dicho sea con todo el respeto, majestad.

—Pero ¿qué más puedo hacer? —José Bonaparte parecía encerrado en sus propios pensamientos—. De sobra saben que mi intención es convertir España en un país moderno, sentar los ideales de la libertad, garantizar los derechos ciudadanos, hacer del suyo un país próspero... Incluso hacer de Madrid una de las ciudades más hermosas de Europa. Como Viena, o como París... Reparad, ministro: ahí delante construiré una plaza espléndida; y en el resto de la ciudad están ensanchándose las calles mediante amplias plazas que...

—¡Ah! —sonrió el mariscal.

—¿Qué os resulta tan divertido, Lannes? —El rey frunció el ceño antes de observarle.

—Perdón, majestad. No era mi intención... Pero creo que acabo de comprender lo de Pepe Plazuelas...

—¿Acaso ignorabais la razón del remoquete? —el rey mostró su enfado—. Yo no. Como tampoco desconozco por qué me apellidan Botella. A mí, que apenas pruebo el vino.

—¿Querríais decírmelo, majestad? —se interesó Lannes—. Lo ignoro también...

—¡Pues muy sencillo, mariscal! ¡Muy sencillo! ¡Y a fe que muy poco divertido! —Bonaparte se mostró irritado—. Porque cuando salí de Madrid camino de Vitoria llevaba una partida de vino para abastecer a la tropa y nos la robaron en las cercanías de Calahorra. Así que, en represalia por el agravio, ordené que allí mismo se requisase igual cantidad de botellas que las que nos fueron sustraídas. De ahí el mote. ¡Y haced el favor de borrar esa sonrisa estúpida de vuestros labios porque esta mañana no estoy de humor!

—Por supuesto, majestad. —El mariscal Lannes carraspeó y de inmediato recobró la seriedad—. Disculpad.

El rey y sus ministros siguieron paseando en silencio por el patio, azotados por un viento de la sierra que empezaba a disipar la niebla y a despejarles la cabeza, al mismo tiempo que les hería el rostro.

El paseo continuó en silencio hasta que, camino ya de regreso para resguardarse del frío en Palacio, José Bonaparte se volvió hacia su ministro.

—¿No decís nada?

—Yo... —dudó el ministro—. Estaba pensando en que no deberíais preocuparos tanto, majestad. Aunque, si queréis que os hable con total sinceridad...

—Eso es lo que espero.

—Pues... —volvió a medir sus palabras el ministro—. Me atengo al asunto de los españoles... En vuestra misma manera de expresar el problema se halla la respuesta. Habéis dicho hace un momento, majestad, refiriéndoos a ellos, que vuestro mayor deseo es hacer de su país, ¡de su país!, un país próspero. No habéis empleado el posesivo «mi país», sino su país. ¿Comprendéis lo que os digo, majestad? Vos mismo os hacéis un extraño, sin serlo. Y así lo han llegado a percibir algunos, los más indeseables, sin duda...

El rey entendió perfectamente lo que quería decir el ministro y se dio cuenta de que, en efecto, a él no se le había ocurrido nunca pensar en España como en un país propio.

—Creo que tenéis razón. No siento España como propia; pero os aseguro que mi intención es la mejor. Lo que no entiendo es que, sabiendo esto, vuestra actitud sea la que mostráis. ¿Por qué me apoyáis, decidme? ¿Por qué, si sois español?

—Yo, señor... —titubeó el ministro.

—Buena pregunta —sonrió el mariscal, deteniéndose para observar cómo se explicaba don Luis.

—Vuestro hermano Napoleón lo dejó bien claro en Bayona, señor —se envalentonó el ministro—. Fue sublime la idea de levantar una nación que concilie la santa y saludable autoridad del soberano con las libertades y privilegios del pueblo. Así lo dijo él y así lo repito yo.

—Comprendo —susurró el rey.

—Además —siguió el ministro—, permitidme que os diga que tanto yo como otros muchos españoles vemos en su majestad la reencarnación del espíritu reformista del rey nuestro señor don Carlos III, que Godoy, a quien Dios confunda, se encargó de pudrir y convertir en baratija, con el consentimiento de don Carlos IV. Ni don Carlos ni su hijo don Fernando serían capaces de realizar la décima parte de las reformas que está llevando a cabo su majestad. Para muchos españoles representáis una verdadera bendición, señor.

—Gracias —se limitó a contestar José.

—Esta España... —cabeceó el mariscal Lannes con desdén.

—¿Decíais, mariscal? —se irritó el ministro con aquel sarcasmo apenas insinuado.

—Nada, ministro. No decía nada.

El mariscal miró al rey sin que se le borrase la sonrisa de los labios. Él, como los demás mariscales y generales franceses, sentía igual desprecio por el país invadido que por la autoridad del rey José, a quien consideraban un recién llegado y a quien le auguraban un porvenir sombrío. Era, tan sólo, el hermano de Napoleón. Ahí terminaban sus méritos. Por eso se burlaban de él abiertamente en sus reuniones y, en muchas ocasiones, ni siquiera disimulaban la mofa en su presencia. Y por alguien como su ministro sentía algo peor: un profundísimo pozo de desprecio. Ni siquiera era un petimetre, tan elegante, tan afrancesado: era tan sólo un desleal, un traidor a su rey y a su patria. Por despreciables que fuesen también aquel y esta.

El rey sabía que ningún militar lo consideraba un rey, sino algo parecido al gobernador de una provincia, y no estaba en condiciones de mostrarse más enérgico. Pero pidió que le sirvieran un refrigerio que compartió, a pesar de todo, con el ministro y el mariscal. Todavía quedaban por despachar algunos asuntos y aprobar varios decretos urbanísticos y de ayuda a la agricultura en la provincia de Madrid. Y, sobre todo, recabar información sobre las actividades de la Junta

Central, que continuaba organizando labores de resistencia en toda España y representaba un peligro real que empezaba a materializarse en forma de cuadrillas de bandoleros que atacaban a traición a las tropas francesas en muchos lugares del territorio liberado. Pero antes de regresar al trabajo, levantó su copa y dijo, lamentándose:

—Y a propósito —José Bonaparte se dirigió a su ministro, aunque a quien miró fue al mariscal—: ¿Cuántos rebeldes quedan presos en nuestras cárceles?

El ministro arrugó la frente, sorprendido por la pregunta. Y dudó en su respuesta.

—Con exactitud... no lo sé. En Madrid tal vez sean unos setenta, quizá más.

—Bien. —El rey se llevó a la nariz una pizca de rapé y aspiró con fuerza—. Que mañana, al alba, sean todos ellos ajusticiados. Se acabaron las contemplaciones...

—Pero, majestad...

El rey José estornudó en su pañolito de seda.

—Bien, bien, si tanto os disgusta, sea como deseáis... Ponedlos en libertad. *Oh, mon Dieu!* Ya no sé cómo comportarme con estos españoles para acertar...

Afuera, el día seguía mortecino y el viento del oeste traía olores de lluvia. En el interior de Palacio, Julie Clary, la esposa marsellesa de José Bonaparte, departía con sus amigas francesas el modo de celebrar el cuarenta y un cumpleaños de su esposo, y no acertaba a decidir, ahora que las cosas empezaban a calmarse, si debía invitar o no a algunos ciudadanos madrileños con sus esposas, porque fiarse de ellos, aún, era un riesgo innecesario.

—No. Españoles no —le aconsejó su amiga Cristine—. Dicen que huelen a aceite de oliva o a vino picado.

—A las dos cosas, querida —afirmó otra—. A las dos cosas.

La llegada de Bonaparte al Palacio Real se había fraguado en Francia, en una reunión a la que asistió Napoleón y el rey Carlos IV, que ya había abdicado en Fernando VII. Y fue una reunión tan breve y tan inútil para los reyes españoles que nunca pudieron olvidarla. Napoleón ya lo tenía todo decidido cuando se presentó una hora tarde en el palacio y comunicó sus intenciones.

—Lamento este retraso —empezó el emperador, sentándose—, pero más me afligen las noticias que traigo. He sido informado de que en Madrid, ayer mismo, el pueblo abucheó a las tropas del mariscal Murat a su paso por la ciudad. Tengo allí más de treinta mil soldados velando por el bienestar de los madrileños y se han puesto pasquines por calles y caminos cuidando de su seguridad y prohibiendo reuniones de malhechores que se hacen pasar por inocentes vecinos; he dado instrucciones precisas de que se trate con la mayor cortesía a los vecinos y..., ¿cuál es su respuesta?: hostigamiento, protestas, burlas, desaprobación... ¡No entiendo a vuestro pueblo, majestad! ¡Creedme que no lo entiendo!

—Tal vez no sea tan grave como os lo han contado —respondió Fernando, con la intención de quitar importancia a unos hechos de los que él no tenía noticia—. Quizá se trate de un malentendido, o de algún caso aislado... Pero, a propósito de lo que decís, creedme que yo tampoco entiendo la razón de mi prolongada estancia aquí. Enviasteis al general Savary a Madrid, rogándome que me reuniera con vos, y acepté gustoso vuestra invitación. Pero llevo en Bayona desde el 20 de abril y ya estamos a 2 de mayo. ¿Queréis decirme qué es tan perentorio para demorar de tal modo mi regreso a España? He dejado una Junta de Gobierno que vela por el mantenimiento del orden, pero de estar yo mismo en Madrid, a buen seguro que no se hubiese producido ninguna descortesía...

—Pues mucho me temo que hoy estarán ocurriendo hechos aún más graves, señor. —Napoleón se puso de pie y paseó por la estancia, imperturbable—. Mis informadores se muestran muy pesimistas. Y, por lo que se refiere a vuestra estancia en Francia, señor, no sé de qué os extrañáis: esta es nuestra tercera reunión desde vuestra llegada y no hemos alcanzado ningún acuerdo. Pareciera que os negáis a entender lo que trato de deciros.

—¿Que abdique de nuevo en favor de mi padre? ¿Eso es para vos alcanzar un acuerdo? —Fernando VII se incorporó en su asiento—. ¡De ningún modo!

—¡Es preciso! —Napoleón clavó en él los ojos mientras palmeaba la mesa con energía.

—¿Preciso? —se indignó Fernando, levantándose asimismo—. ¿Preciso para quién? ¿Para vos, para mi padre, para Francia...?

—¡Para Europa!

—¡Bien! —sonrió el joven rey, sarcástico—. ¡Me olvidaba de que sois el amo de Europa!

—¡Pues no lo olvidéis!

Y, sin dejar de mirarlo, Napoleón se dirigió a la salida, irritado. Pero antes de cruzar el umbral de la puerta, se volvió al viejo rey don Carlos y lo invitó a que le siguiese.

—Acompañadme, majestad.

—Desde luego —respondió don Carlos.

Camino de la entrada principal, donde le aguardaban su carruaje y sus ministros de jornada, el emperador decidió que había llegado el momento de hablar con claridad. Detuvo al viejo rey al pie de las escaleras, se situó frente a él y, mirándolo con energía, dijo:

—Ya es hora de acabar con esta farsa. Procurad que vuestro hijo Fernando abdique en vos porque vos tendréis que abdicar a continuación en la Casa Bonaparte. Mi hermano José será el rey de España.

—Pero, señor... —titubeó don Carlos.

—Ya está decidido. De sobra sabéis que los puertos españoles son una bicoca para los ingleses. No hay día en que no infrinjan el bloqueo que he impuesto a Inglaterra y no estoy dispuesto a consentirlo por más tiempo. Pero sobre todo necesito que España no me cree más problemas y que, ¡por todos los diablos!, gobierne en Madrid alguien de mi confianza. Vuestra monarquía es débil: reparad si no en la estupidez de vuestro hijo, convencido de que él solo puede detener un levantamiento popular. Y, si fuese así, aún peor: cualquier día me desayunaría con la noticia de que España ha cambiado de aliados e Inglaterra me ataca también por los Pirineos. ¡No pienso arriesgarme! O sea, que vos pensad sólo en vuestra recompensa, no importa cuál sea. Pero así ha de ser y así se hará.

—Yo opino, señor... —balbució el monarca.

—*Bon soir*, *sire* —se volvió Napoleón, alejándose—. ¡Se me ha agotado la paciencia con ustedes, los españoles!

Carlos IV estaba apesadumbrado. Napoleón le pedía una doble traición y él sabía que no le quedaba más remedio que complacerle. Primero traicionaría a su hijo, obligándolo a retraerse de una abdicación legal; y posteriormente traicionaría a España abdicando en un rey extranjero. Un acto también legal, desde luego; e irreprochable desde el punto de vista jurídico porque las Cortes tenían potestad para hacerlo y nadie podría impedirlo. Pero ¿en dónde se cruzan los caminos entre la legalidad y la honestidad? ¿Quién puede convertir en legítimo un acto legal, si la ley mana de una traición y la intención de una indecencia? La traición puede triunfar, y desde esa victoria dictar leyes cuyo cumplimiento es imperativo e indiscutible. ¿Pero acaso una ley que nace en la fuerza, en la obscenidad moral o en la impudicia ética se convierte en legítima por el mero hecho de haberse dictado desde la capacidad legal para promulgarla? Iba a ser una noche muy larga, sin duda.

El viejo rey don Carlos iba a rescatar el trono de España, para eso y para ninguna otra cosa había viajado a Francia en petición de auxilio una vez que se vio obligado a abdicar en su hijo. Pero la razón del viaje era una demanda de ayuda en busca de la Corona; sólo eso. Ahora la recuperaría, el emperador se había empeñado y sería así; pero no para ejercer de nuevo sus deberes soberanos, sino para ponerla sobre la frente de un títere francés perteneciente a una casa real inventada: un extranjero de apellido Bonaparte a quien los españoles, naturalmente, no reconocerían nunca como a uno de los suyos.

Godoy fue el elegido, sí: Godoy. ¿Había sido una buena elección? Ahora, al contemplarlo con perspectiva histórica, no. ¡Pero el Reino estuvo tan tranquilo mientras el príncipe de la Paz llevaba los negocios del Estado! Incluso cuando Francia aceptó la paz con España, obligándole a romper la alianza con Inglaterra, Godoy tuvo tan sólo que comprometerse a no perseguir a los afrancesados vascos y alguna pequeñez más, como ceder la soberanía de la mitad de la isla de Santo Domingo a la República francesa. Poca cosa considerando que ello permitió una paz duradera con Napoleón y, sobre todo, la firma en 1807 del Tratado de Fontaineblreu por el que España accedía a invadir Portugal junto a Francia, repartirse el país y mantener a raya a los ingleses. Junto a Francia, al lado de Francia, aliado con Francia... Pero, ¡fiarse de Francia...! ¿En qué estaría pensando ese cabestro de Godoy? ¿Pero es que no se dio cuenta de que con ello franqueaba la entrada en territorio español a las tropas de Napoleón? Y luego, ¿quién las haría salir? Nadie. ¡Nadie! Como así había sucedido. Y encima Godoy consintió que se produjese el motín de Aranjuez ante sus propias narices y que a él lo expulsasen del trono. ¡Cabestro y más que cabestro! Y él, sin el respaldo de su hijo más querido, sino precisamente instigada la revuelta por el propio Fernando.

Y ahora, que venía a Francia a solicitar la ayuda de un aliado para que le repusiera en el trono, se encontraba con que la oferta que le hacía Napoleón era obtener la abdicación del rey Fernando, de nuevo, para que él abdicara en un Bonaparte. ¡Estaban todos locos! Pero ¿cómo habían podido llegar las cosas tan lejos...? ¿Y Fernando? ¿Qué pensaría ese mal hijo del drama que impedía dormir a su padre? Lo habían hablado muchas veces y el joven rey siempre decía lo mismo: que la situación del país era un desastre; que la deuda del Reino ascendía a siete mil doscientos millones de reales; que los ingresos públicos anuales eran de setecientos millones de reales nada más, por lo que la quiebra del Estado era inevitable de continuar así las cosas; que el precio del pan se había convertido en desmesurado por la enemistad con Inglaterra y la consiguiente disminución de importación de cereales; que si los comerciantes estaban indignados porque era imposible garantizar envíos a América, la mayoría atajados por la piratería inglesa al servicio de su majestad británica... ¡Bah! ¡Paparruchas! ¡Hasta de la epidemia de fiebres en Andalucía parecían hacerle culpable! ¡Pues si Fernando era tan listo, que se hubiese quedado en Madrid en lugar de llegarse a Bayona, en donde iba a quedar preso del emperador, sin duda! Y luego pensarían de él que era el culpable... ¡No! ¡Todos ellos eran los culpables! ¡Todos!

Carlos IV pensaba así, y se amargaba. Pero de nada servía ya tanto lamento. La realidad se había impuesto con la tozudez y la fuerza militar de Napoleón.

Tras una visita a Aranjuez el siguiente mes de julio, José Bonaparte volvió a Madrid. Era ya de noche. Su comitiva, encabezada por una compañía de guardias reales, estaba formada por doce carruajes y más de un centenar de soldados veteranos, elegidos personalmente por él entre las tropas francesas destacadas en Madrid. No había ni un solo español en su guardia personal; en cambio, participaban en ella una treintena de soldados polacos, dos docenas de napolitanos y cuatro árabes; el resto era un pelotón de marselleses. En el carruaje le acompañaba el mariscal Sebastiani, que por lo demás no había abierto la boca durante todo el viaje.

Madrid estaba muy hermosa aquella noche. Sudaba luces desde las farolas y los vecinos habían sacado las sillas a los portales para buscar briznas de aire con las que enjugar sus propios calores. Las madrileñas lucían escotes exagerados en sus vestidos blancos o estampados de flores o lunares, y los hombres camisolas abiertas hasta el cuarto botón, remangadas al codo y, algunos, con pañuelos al cuello con el que se limpiaban continuamente la frente y la nuca. Sí; estaba muy viva y hermosa la ciudad, viviendo en la calle, pero también sumida en un profundo silencio. O al menos eso fue lo que sintió el rey nuevo, lo que le produjo una extraña sensación de alejamiento de sus súbditos.

—Fijaos: parecen muy discretos estos españoles —comentó a Sebastiani—. Discretos y callados.

—Cotorras —rezongó Sebastiani, después de carraspear—. Hablan como cotorras. Es sólo a vuestro paso cuando callan, majestad.

—Es posible... —El rey afirmó con la cabeza sin dejar de mirar al exterior por la ventanilla del carruaje. Y añadió—: Esto demuestra una vez más que las apariencias pueden engañarnos y tal vez sea que nos estemos equivocando con ellos. Quiero hacer lo que esté en mi mano para que estos vecinos sean felices, general.

—Sí, majestad —respondió Sebastiani con un tono de voz neutro, fatigado.

—Mostráis un escaso entusiasmo... —Bonaparte se volvió a su mariscal y sonrió—. No sé si encargaros a vos este menester...

—Siempre a vuestras órdenes, majestad...

En efecto. Era notorio que el paso de la comitiva no despertaba ningún interés en los vecinos, y simpatía, menos aún.

Algunos volvieron las cabezas a su paso, para coincidir en que se trataba de Pepe Botella de regreso a la ciudad a saber con qué intenciones, y de inmediato volver a su faena, consistente en resoplar, tirar del botijo y mirar al cielo en busca de una nube. Y, en cuanto se alejaba el cortejo, reanudar la conversación que se había quedado en suspenso por no querer compartir con el usurpador tan siquiera el ruido de su palabrería.

Bonaparte admiraba Madrid y soñaba con convertirla en una gran ciudad. El rey Carlos III había diseñado una urbe monumental, pero tal vez le correspondía a él concluir lo que ni don Carlos hizo ni don Fernando había tenido tiempo de hacer.

—Tengo una idea, Sebastiani...

—Majestad...

—Voy a ordenar derribar la Casa del Tesoro y las manzanas de casas que hay alrededor y construir una gran plaza frente a Palacio. La plaza de Oriente, puede llamarse...

—Espléndido, majestad...

—Os parece una tontería, ¿verdad?

—En absoluto, majestad.

—¡Pues entonces enderezaos y miradme a la cara, mariscal, que soy el rey!

—Lo siento, majestad.

Bonaparte respiró hondo. Le gustaba lo que veía desde su carroza y quería contribuir a que su reinado fuese útil para los madrileños. Se lo dijo al mariscal Sebastiani, que intentaba permanecer erguido, pero los párpados le pesaban como si no hubiese dormido en una semana.

—Y, además, voy a refundir las Reales Academias Españolas de la Lengua y de la Historia, mariscal. Como en Francia. ¿Qué os parece?

—Necesario.

—Eso es. —El rey parecía un niño jugando a su antojo con las piezas de un rompecabezas—. Y tengo otras grandes ideas... Mirad, ¿conocéis el palacio de Buenavista, mariscal?

—Sí, majestad.

—Pues voy a crear en él un museo. Un gran museo para albergar los objetos de arte del patrimonio real y de los conventos que estoy suprimiendo. Un gran museo que...

—No sé qué decir, majestad... Algunas obras de arte...

—¡Lo sé, mariscal! ¡Lo sé! —se irritó el rey José—. ¡Por eso mismo lo digo! ¡Se las están llevando a Francia nuestros compatriotas, a manos llenas, y no me parece nada bien saquear Madrid de este modo! ¡No olvidéis que estamos hablando de mi reino!

—Sí, majestad.

—¡Pues tenedlo presente vos también!

Sí. Definitivamente estaba hermosa la ciudad aquella noche mientras la comitiva real la cruzaba camino de Palacio. El calor, agobiante durante el día, había remitido en esa hora tardía y se podía respirar. Seguramente se podría dormir bien.

El cielo estaba cuajado de estrellas y los suelos, a pesar de la época del año, no parecían demasiado sucios. Puede que la ciudad estuviese sedienta a causa del calor, pero la presencia de los vecinos la hacía parecer luminosa.

—Voy a derribar muchas casas, mariscal. Quiero calles más amplias y plazas muy despejadas.

—Excelente. —Sebastiani luchaba con sus párpados, a punto de ser derrotado.

—Y deseo mucha más luz por la noche.

—Admirable, majestad —contestó, al fin, con los ojos cerrados.

—Buenas noches, mariscal —susurró el rey.

—Buenas noches —respondió Sebastiani, ya dormido.

Bonaparte sonrió, comprensivo, y volvió a mirar al exterior, para disfrutar de lo que iba viendo. Sí, tenía decidido convertir Madrid en una gran ciudad y lo haría. En Nápoles no le habían dejado: el poder que se exhibe con ropajes, joyas y criados es siempre muy inferior al que presuponen los ojos del pueblo y menor aún del que imaginan los propios aspirantes al trono. El poder sólo descubre su impotencia cuando se detenta. Así lo había aprendido en Nápoles y así se lo había hecho ver Napoleón, desde su poltrona, y la realidad, desde su tozudez. Pero ahora en España todo sería diferente. Se lo debía a sí mismo y haría todo lo posible para lograrlo.

—Quiero saber qué dicen de mí los españoles —preguntó aquella noche a uno de sus secretarios—. Cuéntamelo.

—Le aprecian, majestad —afirmó el secretario.

—Mira, amigo mío —José Bonaparte adoptó un gesto de paciencia desmesurada—. No me vengas con historias. De sobra sé que me aborrecen y si en algo estimas tu cargo más vale que me digas la verdad. Porque no deseo otra cosa que complacer a mis súbditos y para ello necesito saber lo que me demandan. Claro es que no puedo satisfacer sus peticiones si ignoro cuáles son.

—No demandan nada, majestad —el secretario, pequeño y afilado, se amedrentó—. Al menos nada en concreto por lo que se refiere a la sanidad, la policía o el alumbrado. En todo caso... —dudó de si debía seguir hablando.

—¿En todo caso...? —el rey abanicó el aire hacia él, con los cuatro dedos de su mano.

—En todo caso... —habló despacio y tímidamente—, no confían en que cualquiera de sus demandas sean satisfechas.

—¿Y por qué? —se interesó Bonaparte.

—Porque se sienten sin rey y sin gobierno. Dicen...

—¿Qué?

—¿Me permite, su majestad, ser mero mensajero de las voces de los ignorantes?

—¡Por supuesto!

—Dicen..., majestad..., que su rey está en Francia.

Bonaparte no necesitó oír más. Las palabras de aquel secretario expresaban con claridad los pensamientos que tantas veces habían cruzado por su cabeza y él, unas veces engañado y otras ensalzado, había desechado por obsesivas o erróneas. Pasar la vida rodeado de sabios hace olvidar que existen necios; pasarla rodeado de cristianos impide pensar que haya otras confesiones y muchos adeptos a ellas; vivir entre músicas hace olvidar el silencio; y rodearse de parabienes termina por confundir la realidad y por creer que siempre se actúa correctamente. Un rey no debería vivir en palacio, entre aplausos y felicitaciones. Encerrarse en una jaula con amigos permite desconocer que existen enemigos; pero no por ello desaparecen. Los gobernantes deberían embozarse la cara y salir por las calles del Reino para escuchar las voces de su pueblo, que son las que gritan la única verdad. Y la única verdad de Madrid era que si los vecinos no atentaban contra él era porque no encontraban ni armas ni ocasión propicia para hacerlo.

Un rey es el menos libre de los ciudadanos de una nación. Y no porque carezca de libertad, sino porque no le dejan usarla o la que tiene es una libertad engañosa. Empieza su reinado dando muestras de comprensión, deseando usar el poder recibido para complacer a sus súbditos, buscando legislar con equidad para remediar las injusticias, proponiéndose satisfacer las demandas de quienes le llevaron a tan alta magistratura y le encomendaron administrar el Estado pensando en el bien común. Pero poco a poco se le amontonan los papeles sobre el escritorio, se le multiplican las visitas, se suceden los actos protocolarios y se le va reduciendo la toma de decisiones para que no le abrume el trabajo y, cuando quiere darse cuenta, la ley la hacen otros, las decisiones no son las deseadas y la libertad no puede usarse porque no hay horas donde disfrutarla.

El rey no cesa de leer y firmar decretos, cada uno de ellos avalado por un miembro de la Corte que le felicita por la decisión que ha tomado, aun sabiendo los dos que ni uno lo ha dictado por el bien de los ciudadanos ni el otro ha tenido ocasión de comprobar si era realmente justa su promulgación. Pero allá donde va se prepara todo para que se le aplauda, se le felicite, se le idolatre. Nadie se atreve a decirle que es injusto, que su pueblo desconfía, que cada vez hay más súbditos que lo aborrecen. Y el rey, como sólo recibe plácemes, cumplidos y elogios, se acaba por convencer de que no hay gobernante como él y no existe mal que no erradique ni acción que no sea benéfica.

Los gobernantes dejan de ser útiles para el pueblo cuando confunden a los ciudadanos con los cortesanos y ministros; cuando la voz falsa de quienes cobran sus haberes gracias a él acalla la voz verdadera de los que sufren su gobierno. José Bonaparte empezaba a vivir encerrado en su palacio cada vez más convencido de que era respetado por el pueblo que lo tenía por su rey, desechando los pensamientos frecuentes, y a la postre fugaces, que le indicaban que tal vez vivía en el seno de una gran farsa, la escenificada por sus enriquecidos zalameros y aduladores, y que, en realidad, era sólo un rey títere en las manos lejanas de Napoleón y en las más cercanas de su Consejo.

José Bonaparte afirmó con la cabeza, dos veces, y se dirigió de nuevo al balcón, para ver la capital a sus pies, aquella ciudad que tanto le odiaba. Y, sin embargo, qué hermosa se la veía en estas horas de la noche de julio, con el último sol resguardándose por el oeste y los cielos manchados por jirones rojizos, malvas y anaranjados. Guardó silencio durante unos segundos, el tiempo de respirar hondo, enhebrar la aguja de la indignación y coser la decisión que había tomado.

—Luego todos pensáis que soy un rey impuesto.

—Majestad...

—Pensáis que reino contra los españoles y que bastaría ponerles un arma en las manos para que se levantasen contra mí.

—Señor, yo no he dicho...

—Lo piensan mis mariscales, lo piensan mis ministros, lo piensan mis enemigos... ¿Quién no lo piensa?

—Yo, majestad...

—Tú también. Lo pensáis todos menos yo. Mucho hablar de la legitimidad de las Cortes de Bayona, del aprecio de mi pueblo, de la simpatía que despierto en la Corte... ¡Me tenéis engañado! ¡Si por ellos fuera, los españoles no dejarían intacto ni un pedazo de mármol para sellar con una lápida mi sepultura! ¡Oh, Dios mío! ¡Cuánto daría por saber qué opina el emperador de mí! Sólo las bayonetas francesas me sostienen en el trono. Márchate ya. Apártate de mi vista. Que marchen todos. Ya no tengo en quién confiar...

—Señor, yo...

La paz es aburrida, pensó aquella noche José Bonaparte sentado frente a un balcón de Palacio mientras veía caer la noche cerrada sobre Madrid. Desde su llegada a España, hacía ya casi tres años, no habían cesado las batallas ni las escaramuzas, con desigual fortuna; pero la realidad era que no había tenido un solo día de respiro para sentirse el verdadero rey de los españoles y demostrar que iba a hacer por ellos lo que ningún otro monarca había sido capaz. Tal vez había llegado el momento de dedicarse por completo al bienestar de sus súbditos. Era su deber y, además, la calma le parecía aburrida. Y José Bonaparte tuvo de pronto miedo de aquella soledad, de la infinita soledad en que se encontraba. Rodeado de guardias que servirían igual a cualquier otro amo por idéntico salario; de ministros que no le comprendían ni le respetaban; de mariscales que se mofaban abiertamente de él; de una esposa preocupada más por el vestuario de su armario que por la despensa de sus súbditos; y de unos ciudadanos que aborrecían su existencia, como si él hubiese sido creado por Dios en venganza contra un pueblo satánico.

Hasta que llegó el día final, el día de su partida. De la huida.

Las maletas. Tendría que dar órdenes a la guardia de que hiciesen las maletas y dispusiesen un carruaje para marchar a casa, a reencontrarse con su país y, de paso, con un poco de cordura. El oficio de rey era absurdo, sobre todo en un país como España. En qué hora se le ocurriría a Napoleón invadirlo, como si lo necesitase. Y en qué hora se le pasaría por la cabeza aceptar a él gobernarlo, como si a un país invadido se le pudiese ordenar contra la voluntad de sus habitantes. Hasta sus mariscales estaban enloqueciendo. Tenía que reunir las fuerzas necesarias para comunicarle al emperador su decisión de volver a casa, dejando esa España para quien la quisiese, que él ya estaba harto.

José Bonaparte, el pusilánime, bienintencionado, incomprendido y mediocre Pepe Botella, huyó de España en marzo de 1814.

Pero a la postre no fue tan digno como para no llevarse entre sus fardos un buen número de joyas y obras de arte, y probablemente consintiendo arramblar con algunas otras pertenecientes al Estado de las que algunos miembros de su séquito hicieron rapiña en Palacio.

Y entonces se produjo el regreso del rey deseado a Madrid, el 22 de marzo de ese mismo año de 1814, el día en que Fernando VII entró en Palacio para empezar a urdir una traición dirigida finalmente contra la Constitución de Cádiz y contra los españoles.

19

El año del hambre

Marzo de 1812

—¡Vamos, vamos! —Fabián de Tarazona corrió a avisar a su esposa—. Se está incendiando la Real Fábrica de Coches.

—¿La de Lavapiés? —Clara del Rey respondió retóricamente y en vano, porque de sobra sabía que era la única fábrica de coches de Madrid—. ¡Habrá muchas víctimas!

—¡Corre, vamos! —insistió Fabián—. ¡Podremos ayudar...!

El incendio, sucedido durante la noche del 18 de agosto del año 1800, dejó desabastecida la ciudad de carruajes, calesas, simones, carros, carretas y otros coches de carga, transporte, paseo y ornato, y redujo a cenizas una empresa que, desde hacía años, daba trabajo a muchos madrileños y era considerada una de las mejores de Europa por la calidad de los vehículos que salían de las manos de sus diseñadores, obreros, tapiceros y artesanos. Fue una explosiva y ardiente manera de comenzar el siglo en una de las más calurosas noches del verano, un agosto asfixiante que, por una vez, era incapaz de refrescarse tras el anochecer.

—¡Va a arder todo el barrio del *Avapiés*! —se asustó Fabián al contemplar las proporciones de las llamas.

—Y con este calor va a ser imposible acercarse —asintió Clara—. ¡Es sofocante y con ese humo será imposible respirar!

—¡Hagamos una cadena! —gritó él a los curiosos que se acercaban a la gran hoguera y auxiliaban a los vecinos que huían despavoridos de sus casas—. ¡Agua! ¡Que traigan agua!

—Es inútil —lamentó su esposa pocos minutos después—. Ese fuego es imparable...

—¡Agua!

Por fortuna, no fueron muchas las víctimas, y todas las muertes que se contabilizaron finalmente se produjeron por causa de asfixia. Los niños y los ancianos fueron los más débiles para defenderse de la fumarada que desprendieron maderas, barnices, cueros y telares. Y algo más: fueron los forjados de muchas ventanas, los barrotes de los balcones, los culpables de que muchas viviendas se convirtieran aquella noche en celdas de las que fue imposible huir.

Porque habían empezado a ponerse de moda los cerramientos con barrotes. Una forma de proteger la intimidad y de impedir asaltos a las viviendas en una ciudad que nunca había conseguido llegar a ser segura durante las horas largas de la noche.

Todo había empezado con la moda barroca del balcón. Surgió en Italia y pronto pasó a Francia y a España, y desde hacía décadas se habían construido cientos de balcones en los palacios y en otras muchas casas de la nobleza, y a continuación a las casas de vecindad, con lo que, pasado el tiempo, llegó a ser el tipo de ventana más común en la arquitectura popular madrileña. Incluso muchos años antes, en el Renacimiento, proliferaron en Madrid los antepechos de forja, un claro antecedente del balcón, como el de la Casa de Cisneros, del siglo XVI, en la calle Sacramento, o la fachada del Palacio Arzobispal, en la misma calle, ejemplo del balconaje madrileño de los siglos XVII y XVIII. Luego, muy pronto también, fueron los balcones de la Plaza Mayor los mejores lugares desde los que contemplar los espectáculos públicos, aunque todavía no se extendió el ejemplo a las viviendas particulares.

En el siglo XVIII proliferaron en el barrio del Barquillo los talleres de forja, y a los herreros se les empezó a llamar chisperos por las chispas que desprendía el oficio de la forja. Eran unos tipos curiosos estos chisperos: hombres fuertes y bien plantados por lo general, debido a las exigencias físicas de su oficio, se los consideraba atrevidos, seductores y pendencieros, y a tenor de sus bravuconadas debía de ser así porque eran muy aficionados a buscar pelea con los manolos de Lavapiés o con los majos de Maravillas. Y porque fueron los más aguerridos a la hora de movilizarse en la revuelta popular contra la invasión napoleónica de 1808, participando en la defensa del portillo de Recoletos y de la puerta de Santa Bárbara.

Había muchas herrerías en los bajos de una corrala conocida con el tiempo como la casa de Tócame Roque (una populosa y destartalada vivienda habitada por más de setenta familias propensas a la riña y al alboroto) e incluso allí vivieron distintos chisperos hasta que el corral, situado en la confluencia de las calles del Barquillo y Belén, en el barrio de Justicia, fue derribado alrededor de 1850. A la muerte del propietario, la herencia del solar correspondía a uno de dos hermanos, Juan o Roque, pero al estar mal redactado el testamento no quedaba claro cuál de ellos era el agraciado. Por eso sus disputas se hicieron famosas y los pleitos se hicieron interminables para dilucidar si «tócame a mí» o no, dando lugar al célebre «tócame Roque».

A partir de 1800 comenzó la verdadera industria en la fabricación de instalación de balcones en Madrid, hasta el punto de que casi todos los que perduraron en el tiempo tuvieron su origen en aquellos años. Y tanta fue su expansión que en 1839 se creó una de las primeras fundiciones industriales, la Fábrica de Hierros de Bonaplata, en el edificio del antiguo convento de Santa Bárbara, una fábrica célebre tanto por la herrería artística que de sus hornos salía como por la esmerada fabricación de componentes para toda clase de vehículos. Un antecedente, pues, de lo que sería la Casa Asins, la fundición que creó en 1867 Bernardo Asins y Serralta, un industrial formado en París trabajando con el maestro Eiffel y que alcanzó su mayor gloria con las rejerías que se instalaron en el Banco de España, en la Biblioteca Nacional, en el palacio de Buenavista y en el Banco Español del Río de la Plata, situado junto al palacio de Buenavista, haciendo esquina con la calle Barquillo. O el esquinazo de la calle de Alcalá con Sevilla. Y era porque la moda de los balcones tenía sentido en una ciudad de calles no excesivamente anchas, de modo que con ellos se permitía la entrada de más luz que la que penetraba por las pequeñas ventanas y de paso permitían asomarse a mirar el mundo, a conversar con los viandantes y, abriéndolos, a ventilar mejor las estancias.

Y una vez creada la industria del hierro para las balconadas y demás balcones, la instalación de rejas para las casas bajas fue el siguiente paso, que, además, se adornaban con tiestos y flores en las épocas primaverales a imitación de las enrejadas ventanas andaluzas.

Hierros que, en aquel incendio de Lavapiés, fueron responsables de más de una víctima, pero que no por ello perdieron su cualidad de ornamento y defensa en muchas viviendas madrileñas.

—Terrible, terrible —recordaba Mateo Teixeira a Domingo, el hijo mayor de Fabián de Tarazona, y a su hermano Enrique—. Fue un incendio espantoso, no os lo podéis imaginar... Me lo narró vuestro padre con todo lujo de detalles.

—Pero no hubo muchos muertos, me han dicho —comentó el menor de los hermanos.

—No —admitió Mateo—. Por suerte no fueron demasiados. Pero me refiero más al drama de los muchos madrileños que se quedaron sin trabajo. Y, con ello, el hambre empezó a hacer estragos...

—¿Y qué hicieron? —inquirió Domingo—. Porque algún otro oficio les esperaría...

—A ellos, no —replicó Mateo, y miró con complicidad a su esposa, Paloma—. Pero a causa de la necesidad, sus mujeres no se resignaron. Empezaron a fabricar cigarros en sus casas, a escondidas, al abrigo de toda sospecha y contra la disposición de la ley.

—¿Cigarros? —se extrañó Enrique—. ¿Se hicieron cigarreras?

—Así es.

—Pero ¿no era función reservada a la Real Fábrica de Aguardientes? Desde que la fundó el rey don Carlos III...

—Sí, sí —aceptó Mateo—. Tienes razón, Domingo. Pero recuerda que en 1808, cuando los franceses invadieron Madrid, la Real Fábrica fue ocupada por los soldados napoleónicos y se detuvo la producción. Pero ¿a que nunca faltó suministro de tabaco en Madrid? ¿Lo recuerdas?

—Sí, me parece recordarlo.

—¡Porque esas mujeres tenían sus talleres ocultos de tabaco! —Abrió los brazos Mateo, como dando cuenta de la justificación de aquella circunstancia.

—Mira —cabeceó Domingo y dio un codazo a su hermano Enrique—. ¡Eso no lo sabíamos!

—Ni los franceses —sonrió Mateo—. Y cuando se enteró Pepe Botella, ¿qué creéis que hizo?

—No lo sé, pero ahora siguen trabajando muchas mujeres en la fábrica —respondió Domingo.

—¡Eso es! Pepe Plazuelas se enteró de aquello y, para que el oficio y los impuestos del tabaco no quedaran sin recaudarse, hizo que se emplearan a más de ochocientas cigarreras en la nueva fábrica. ¡Y muchas de ellas eran las mujeres de los obreros de la fábrica de coches!

—Mira qué hábil el francés —comentó Enrique de Tarazona.

—No, si tonto no era... —corroboró Mateo Teixeira.

Lo cierto fue que la elaboración del tabaco se convirtió en una empresa de éxito y en continuo crecimiento. Cien años más tarde la Fábrica de Tabacos tenía seis mil trescientas cigarreras, y hasta llegó a crearse una escuela para hijos de cigarreras, un asilo para huérfanos y una sala de lactancia.

La mayoría de las cigarreras eran hijas de Lavapiés, pero también provenían de otros barrios de Madrid, como el Rastro y Embajadores. Eran mujeres que se iniciaban muy jóvenes en el oficio, incluso niñas de seis y siete años, normalmente las hijas de las cigarreras más habilidosas y eficaces. Entraban bajo la vigilancia de una maestra que les iba enseñando poco a poco los secretos del oficio, y su salario era proporcional al número de cigarros que elaboraban en una jornada. En realidad, no eran malos sueldos comparados con otros oficios femeninos, aunque cada una de ellas debía aportar su propio material de trabajo, consistente en unas tijeras, una espuerta, el tarugo o tablero en donde se redondeaban los cigarros y, curiosamente, su propia silla. También las mujeres se pagaban la comida y las reparaciones necesarias a las cintas de amarre de los cigarros. Ellas mismas, que tendían fácilmente a las disputas y a las riñas, marcaban con una señal los mazos de puros para que se supiera quién los había elaborado a la hora de cobrar por el trabajo realizado.

Seguramente por su carácter fuerte, por su energía y conciencia de la importancia de su trabajo, pronto se supieron poseedoras de un poder que no desaprovecharon: fue el primer colectivo femenino que se amotinó en defensa de sus derechos como trabajadoras y el primero también en realizar diferentes huelgas, desafiando al poder de reyes y gobernantes. El motín de 1887, cuando las cigarreras se enfrentaron a un gran número de guardias civiles (se habló entonces de más de un centenar), tuvo una enorme repercusión en los periódicos y en las calles de Madrid. Como fue notorio el caso de la defensa de sus puestos de trabajo cuando, por los avances de la industria, pretendieron sustituirlas por máquinas que realizaran su cometido: sin dudarlo, se conjuraron, se enardecieron y, tal cual, arrojaron a los mozos que llevaban las nuevas máquinas al pilón del patio de las monjas.

Con el tiempo, también fue un colectivo muy solidario con las huelgas de otras industrias. Se recuerda, sobre todo, a Eulalia Prieto y a Encarnación Sierra como líderes obreras cigarreras que participaron en la Guerra Civil española.

Porque la gran conciencia colectiva de las cigarreras fue muy lejos. Se comentó popularmente con hilaridad el caso de un oficial con uniforme de gala que iba a casarse en la iglesia de San Cayetano en 1855, momento en el que entró en la iglesia una cigarrera con un bebé en los brazos, fruto de su relación con el oficial. El oficial la despreció y amenazó, pero no contaba con la fuerza de sus compañeras: las cigarreras organizaron tal escándalo en el interior y exterior de San Cayetano que la boda tuvo que aplazarse. Y cuando el oficial, creyéndose muy astuto, intentó días después celebrar su boda en la iglesia de San Antonio de la Florida, a las afueras de Madrid, las cigarreras, enteradas de la artimaña, se personaron y volvieron a impedir la boda, esta vez de manera definitiva.

Grandes mujeres, en fin, muy reconocidas en la vida y en el arte. La ópera *Carmen*, y novelas como *La tribuna*, de Emilia Pardo Bazán, quizá la primera novela naturalista en castellano, tuvieron como protagonistas a las cigarreras. Un oficio que, con el establecimiento de un proceso de fabricación mecánico, fue perdiéndose en Madrid. Lo que hacían sus manos (picar hebras, empaquetar, cerrar la cabeza de los cigarros...) fueron haciéndolo las máquinas, hasta que la empresa Tabacalera acabó cerrándose en el año 2000.

Pero el recuerdo de las cigarreras madrileñas perdurará siempre en una ciudad que las vio trabajar en defensa de sus familias desde el incendio de 1800 hasta que la tecnología industrial ocupó sus sitios.

—Pero ¿por qué se llegó a esa situación? —Enrique de Tarazona no terminaba de comprender la causa de la invasión napoleónica ni la miseria a que llegó a estar sumida Madrid, y se lo preguntaba a Mateo Teixeira, al que él y su hermano Domingo consideraban casi un segundo padre.

—Ay, hijo... —lamentó Mateo—. Godoy... Todo por Godoy...

—¿Godoy? —repitió Domingo.

—Sí —confirmó Mateo y recostó la cabeza en el respaldo de su sillón, con los ojos cerrados, como si recordara algo que nunca hubiera querido rememorar. Y muy despacio, como si recitara una letanía, silabeó—: A finales de 1807 la situación interna de España era un caos... Cada vez nacían menos niños y pocos llegaban a cumplir los cinco años... Y las muertes, tantas muertes... Sucesivas guerras, el hambre, las epidemias de gripe... En Andalucía y también aquí, en Madrid... Apenas había alimentos, las cosechas se habían perdido y luego..., luego... las guerras contra Inglaterra y el bloqueo de Francia, que aunque no se cumplía a rajatabla, supuso un alza de precios en todo, todo... Incluso el precio del pan, que alcanzó un importe imposible para los vecinos... Por otra parte crecía el malestar entre todos nosotros, los comerciantes y los dueños de las fondas. Ni siquiera se pudieron mantener las exportaciones a América a causa del pirateo inglés y todo ello sin tener una Armada con la que oponerse a la flota inglesa... Horroroso, Enrique, horroroso... Y si a todo ello se añade la bancarrota de la Hacienda, a causa del descontrol en el gasto y, sobre todo, el endeudamiento originado por las sucesivas guerras desde 1776, ni la emisión de avales de la Corona ni los procesos de desamortización de los bienes de la Iglesia sirvieron para resolver el problema. Nos dijeron que las deudas del Reino llegaban a los siete millones de reales, pero yo creo que fueron incluso más: diez veces el total de ingresos del Tesoro de cada año.

—Es cierto, horroroso —admitió Enrique.

—¿Y Godoy? —quiso saber Domingo.

—El causante de todo, por sus intereses dentro y fuera de España. De todo ello era responsable Godoy. Y no es de extrañar que, por ello, la nobleza, que le despreciaba por su origen plebeyo y por haberla apartado del poder, se hartara de él y se uniera al entonces príncipe heredero Fernando, nuestro rey, que en esos momentos no dudó en conspirar contra sus padres para acabar con Godoy. Los miembros de la Iglesia, aprovechando la coyuntura de ese modo tan sutil y frecuente con que suele hacerlo, no le perdonó que siguiera adelante con las desamortizaciones y que tuviera la osadía de perseguir al Santo Oficio, o sea, a la Inquisición, y al momento se dedicó a clamar contra el mal gobierno desde los púlpitos, convenciendo a los feligreses de que Godoy era el culpable de todos los males.

—Pero era verdad, ¿no?

—Sí, lo era. Y a río revuelto...

—Claro... llegaron los franceses —sonrió Enrique y suspiró—. Ahora lo entiendo. ¡Qué pena! Y no les costaría nada echar más cizaña aún, como es lógico.

—Así fue —se incorporó Mateo en el sillón y se pasó la mano por la frente, como si quisiera borrarse los recuerdos—. Y eso que Madrid se defendió, como bien sabéis, con un heroísmo que no esperaban. ¿Sabéis lo que decían los franceses de los madrileños?

—No. ¿Qué decían?

—Decían que los madrileños estaban locos. Que, como todos los españoles, bailaban desafiando, cantaban amenazando, hablaban vociferando y lloraban disimulando. Que nunca era hora de empezar el trabajo y de inmediato llegaba la hora de descansar; que nunca era hora de retirarse a dormir y al hacerlo soñaban con que seguían despiertos, decididos a retar a cualquiera por ver quién aguantaba más. Que si iban a la guerra, parecían acudir a una fiesta; que si se trataba de una fiesta, acudían como si empezase una guerra. Que obligarles era inútil; que perdonar no lo entendían; y que las culpas propias siempre eran de los otros.

—Pues no se confundían mucho... —sonrió Enrique.

—Decían que éramos un extraño país. Que gobernarlo era como dar leyes a un panal, confiando en que las abejas las acatarían. Y que lo curioso era que, aun así, en España nunca faltaban la abeja reina, los zánganos y las obreras, que el panal crecía, que la miel se fabricaba y que la cera sobraba; que todo parecía que no podía acabar bien y lo cierto era que luego nunca terminaba mal.

—Sí —admitió Domingo de Tarazona—. Extraño país.

—El nuestro, sobrinos...

—Sí. Así es.

—¿Y por eso estamos ahora como estamos?

—Por eso... Por eso este año de 1812 es un año de hambres... Por eso.

En efecto, 1812 pasó a la historia como «el año del hambre en Madrid». Un año dramático. Después de cuatro años de guerra contra los franceses se acabaron los recursos para dar de comer a los madrileños y a las muchas tropas francesas acuarteladas en la ciudad. La cosecha del año anterior había sido pésima y los precios se dispararon de un modo inasumible. Además, los grupos de guerrilleros diseminados por toda Castilla impedían el acceso de abastecimientos a Madrid o los dificultaban tanto que los pocos que llegaban se repartían entre las clases pudientes y los ejércitos. Y los madrileños empezaron a sufrir el hambre, la necesidad, la penuria.

Nunca se sufrió tanta necesidad en la ciudad. Jamás tanta hambre. Ni tan intensamente. Como si se tratara de una plaza sitiada.

Los precios se convirtieron en prohibitivos para la inmensa mayoría de los vecinos. Se intentó sustituir la falta de pan por el cultivo de la patata, hasta entonces desconocida o despreciada en Madrid, y por la fabricación de panes a base de cebada, almorta, maíz o cebada. Hasta las familias más acomodadas empezaron a conocer el arañazo del hambre. Una fanega de trigo candeal llegó a costar 540 reales en la plaza de la Cebada; un pan de dos libras, 20 reales, y, además, sólo se vendía en la plaza de Antón Martín. Y del mismo modo se encareció hasta lo inalcanzable el arroz. Y los garbanzos. Y las judías...

Dramática situación. Nadie describió mejor que Ramón Mesonero Romanos, que lo sufrió en carne propia, lo que se sentía en Madrid aquel año inolvidable. Y así lo dejó escrito en sus *Memorias*:

El espectáculo, en verdad, que presentaba entonces la población de Madrid, es de aquellos que no se olvidan jamás. Hombres, mujeres y niños de todas condiciones abandonando sus míseras viviendas, arrastrándose moribundos a la calle para implorar la caridad pública, para arrebatar siquiera no fuese más que un troncho de verdura, que en época normal se arroja al basurero; un pedazo de galleta enmohecida, una patata, un caldo que algún mísero tendero pudiera ofrecerles para dilatar por algunos instantes su extenuación y su muerte; una limosna de dos cuartos para comprar uno de los famosos bocadillos de cebolla con harina de almortas que vendían los antiguos barquilleros, o algunas castañas o bellotas, de que solíamos privarnos con abnegación los muchachos que íbamos a la escuela; este espectáculo de desesperación y de angustia; la vista de infinitos seres humanos espirando en medio de las calles y en pleno día; los lamentos de las mujeres y de los niños al lado de los cadáveres de sus padres y hermanos tendidos en las aceras, y que eran recogidos dos veces al día por los carros de las parroquias; aquel gemir prolongado, universal y lastimero de la suprema agonía de tantos desdichados, inspiraba a los escasos transeúntes, hambrientos igualmente, un terror invencible y daba a sus facciones el propio aspecto cadavérico.

La misma atmósfera, impregnada de gases mefíticos, parecía extender un manto fúnebre sobre toda la población, a cuyo recuerdo solo, siento helarse mi imaginación y embotarse la pluma en mi mano. Bastárame decir, como un simple recuerdo, que en el corto trayecto de unos trescientos pasos que mediaban entre mi casa y la escuela de primeras letras, conté un día hasta siete personas entre cadáveres y moribundos, y que me volví llorando a mi casa a arrojarme en los brazos de mi angustiada madre, que no me permitió en algunos meses volver a la escuela.

Los esfuerzos, que supongo, de las autoridades municipales, de las juntas de caridad, de las diputaciones de los barrios (creadas por el inmortal Carlos III) y de los hombres benéficos, en fin, que aún podían disponer de una peseta para atender a las necesidades ajenas, todo era insuficiente para hacer frente a aquella tremenda y prolongada calamidad.

Mi padre, que como todos los vecinos de alguna significación, pertenecía a la diputación de su barrio (el Carmen Calzado), recorría diariamente, casa por casa, las más infelices moradas, y en vista del número y condiciones de la familia, aplicaba económicamente las limosnas que la caridad pública había depositado en sus manos, y raro era el día en que no regresaba derramando lágrimas y angustiado el corazón con los espectáculos horribles que había presenciado. Día hubo, por ejemplo, que habiendo tomado nota en una buhardilla de los individuos que componían la familia hasta el número de ocho, cuando volvió al siguiente día para aplicarles las limosnas correspondientes, halló que uno solo había sobrevivido a los efectos del hambre en la noche anterior.

Los mismos soldados franceses, que también debían participar relativamente de la escasez general, mostrábanse sentidos y aterrorizados, y se apresuraban a contribuir con sus limosnas al socorro de los hambrientos moribundos; limosnas que, en algunas ocasiones, solían estos rechazar, no sé si heroica o temerariamente, por venir de mano de sus enemigos; y en esta actitud es como nos los representa el famoso cuadro de Aparicio, titulado *El Hambre de Madrid*, al cual seguramente podrán hacerse objeciones muy fundadas bajo el aspecto artístico, pero que en cuanto al pensamiento general ofrece un gran carácter de verdad histórica, como así debió reconocerlo el pueblo de Madrid, que acudió a la exposición de este cuadro, verificada en el patio de la Academia de San Fernando el año de 1815.

El mismo rey José, que a su vuelta de París, adonde había ido a felicitar al emperador por el nacimiento de su hijo el Rey de Roma, o más bien, para impetrar algún auxilio pecuniario, que le fue concedido, y se halló con esta angustiosa situación del pueblo de Madrid, desde el primer momento acudió con subvenciones o limosnas, dispensadas a la Municipalidad, a los curas párrocos y a las diputaciones de los barrios. Quiso, además, reunir en su presencia a estas tres clases, y las convocó con este objeto en el Palacio Real. Allí acudió mi padre, como todos los demás, y a su regreso a casa no podía menos de manifestar la sorpresa que le había causado la presencia del rey, que, según él mismo decía con sincera extrañeza, ni era tuerto, ni parecía borracho, ni dominado tampoco por el orgullo de su posición; antes bien, en la sentida arenga que les dirigió en su lenguaje chapurrado (y que mi padre remedaba con suma gracia) se manifestó profundamente afligido por la miseria del pueblo, haciéndoles saber su decisión de contribuir a aliviarla hasta donde fuera posible, rogándoles encarecidamente se sirvieran ayudarle a realizar sus propósitos y sus disposiciones benéficas, para lo cual había destinado una crecida suma, que se repartió a prorrata entre las clases congregadas. Seguramente (decía mi padre) este hombre es bueno: ¡lástima que se llame Bonaparte!

Pero ni todos estos socorros ni todas aquellas benéficas disposiciones eran más que ligeros sorbos de agua dirigidos al incendio voraz, y este siguió su curso siempre ascendente hasta bien entrada la segunda mitad de 1812 (año fatal, que en la historia matritense es sinónimo de aquella horrible calamidad), y arrastró al sepulcro, según los cálculos más aproximados, a más de 20.000 de sus habitantes. Hasta que por fin llegó un día feliz (el 12 de agosto), en que cambió por completo la situación de Madrid con la evacuación por los franceses y la entrada en la capital del ejército aliado anglohispano-portugués, a consecuencia de la famosa batalla de los Arapiles. Pero este acontecimiento y sus resultados inmediatos no caben ya en los límites del presente capítulo, y ofrecerán materia sobrada para el siguiente.

Baste sólo, para concluir este, decir que en tan solemne día, galvanizado el cadáver del pueblo de Madrid con presencia de sus libertadores, facilitadas algún tanto las comunicaciones y abastecimientos, y tomadas por la nueva Municipalidad las disposiciones instantáneas convenientes, empezó a bajar el precio del pan; y que en medio de las aclamaciones con que el pueblo saludaba a los ejércitos españoles, a los ingleses, a lord Wellington, a los Empecinados y al rey Fernando VII, se escapaba de alguna garganta angustiada, de algún labio mortecino, el más regocijado e instintivo grito de: «¡Viva el pan a peseta!»

20

Goya y el indeseable «Deseado»

Marzo de 1814

El regreso de Fernando VII a Madrid se produjo el 22 de marzo de 1814. Y en ese mismo momento ese abominable monarca «tan deseado» empezó a urdir una traición dirigida, finalmente, contra la Constitución y contra los españoles.

Porque nadie podía imaginar que el joven rey cautivo aboliría la Constitución liberal de Cádiz de 1812 y se mostraría como un monarca absolutista y despreciable. Nadie lo pensó, porque, para los españoles, su vuelta fue una fiesta de esperanza y futuro, de victoria y orgullo. Aunque durara bien poco.

Ninguno de sus más leales defensores podía esperar que aquel por quien habían sacrificado buena parte de su vida se convirtiese en un tirano y en un mal hombre, en una desgracia que muchos sufrieron y que tan sólo unos pocos supieron ver y se atrevieron a combatir.

La continuación del reinado de Fernando VII fue, finalmente, algo más que una decepción: fue una grave equivocación. Y aún más grave para los liberales que se habían sacrificado por él, una daga clavada a traición en la espalda de un país que ya había decidido, en Cádiz, instalarse en la modernidad.

Pronto fue calificado con los adjetivos de injusto, indigno, absolutista, ignorante e incapaz. Y fueron muy generosos en los insultos. Sus partidarios creyeron obrar con lealtad con quien luego no les fue leal y entregaron un inmenso amor a quien jamás amó a nadie que no fuera él mismo.

El Deseado había sido vitoreado con las esperanzas puestas en el constitucionalismo nacido de las Cortes de Cádiz y con la ilusión colectiva de haber liberado a España de la dominación extranjera, pero no pasó mucho tiempo hasta que su presencia terminó levantando un edificio de desazón, abortando todas las ilusiones de un pueblo honrado que con tanto sacrificio le fue fiel.

Por fortuna no se conoce alguna calle, plaza o monumento en España en honor de Fernando VII. Bueno, hay una pequeña y desolada en los alrededores del cementerio de La Almudena de Madrid, más por protocolo debido a la dinastía de los Borbón que por ser rey. Y una plaza, la del Rey, que en un principio se dedicó a su memoria, pero que finalmente sirvió para honrar, genéricamente, al título real. Y nada más, salvo un viejo monumento sufragado por los madrileños a su regreso y que se alza, casi desconocido, en una calle de Madrid. Tampoco hay recuerdo alguno de José Bonaparte: esto puede dar una idea de lo injusto del trato que los españoles dieron a la memoria del rey José I y de lo despreciable que fue, y sigue siendo, Fernando VII, el monarca más aborrecible de la historia moderna de España.

Teresa, la mujer de Gabriel Argote, murió ese mismo año de 1820 como consecuencia de la debilidad que se le agarró al vientre durante los meses del hambre más intensa de dos años atrás. Su hijo mayor, Fernando, no dejó a su hermana Carmen acudir al entierro de su madre, siguiendo la costumbre de que las mujeres no asistieran a las ceremonias fúnebres, y se quedó con Paloma Álvarez, la mujer de Mateo, mientras él y los hijos de los Tarazona, Domingo y Enrique, lo acompañaban al cementerio, lo mismo que su hijastro Sebastián.

La llevaron al camposanto junto a la ermita del santo, llamado de San Isidro, inaugurado en 1811 y cumplía un real decreto de 1809 que ordenaba sacar los cementerios del interior de la ciudad, dada la cantidad de ellos ubicados junto a iglesias y conventos. Así se construyeron los del norte, al final de la calle Ancha de San Bernardo, la sacramental de San Lorenzo, al otro lado del río Manzanares, y el de San Isidro.

Unos sacramentales y camposantos que pronto se vieron escasos para una población como la madrileña, que en ese año contaba ya con ciento setenta y cinco mil habitantes. Aquellos cementerios sirvieron también de destino para muchos de los centenares de cruces que se podían ver por todas las calles y plazas de Madrid, como muestra del poder de la Iglesia en la Villa.

—Vuestra madre fue una mujer de mucho mérito —trató de consolar Mateo a su hijo—. Valerosa y prudente, una gran mujer.

—Gracias, tío Mateo —mostró Fernando Argote su agradecimiento—. Maldita guerra...

—Sí, hijo, sí —asintió Mateo—. Madrid se ha quedado sin sus mejores hijos y la ciudad llena de ruinas. Entre los franceses y los ingleses...

—Los franceses son los que han destrozado el Buen Retiro —apuntó Enrique de Tarazona—. Está lleno de derrumbes, talas y zanjas, el otro día lo vi con mis propios ojos...

—Lo sé —coincidió Mateo—. Pero los ingleses han destruido, antes de irse, la Fábrica de Porcelanas del Retiro. Dijeron que para que no volviera a caer en manos francesas, pero bien sé yo que no es así.

—¿Y pues?

—Para que dejase de hacer competencia a las porcelanas inglesas, hijo, para qué si no.

—Si tú lo dices...

—Pero..., no discutáis ahora, por Dios —recriminó Domingo—. El señor cura va a rezar el responso...

—Cierto, callemos.

—Rezos y responsos —deploró Domingo de Tarazona—. Con lo que a tu madre le gustaba la música de piano...

—Verdad es —asintió Fernando Argote.

—Debería haber tenido ocasión de aprender a tocarlo... Le gustaba tanto...

—¡Callad! —ordenó otra vez Mateo.

—Sea —aceptaron todos los jóvenes.

Aquel mismo año de 1814 el holandés Juan Hazen Hosseschrueders fundó una gran fábrica de pianos que en primera instancia estuvo en la calle de Fuencarral, después en la de San Bernardo y, por último, se trasladó junto al Teatro Real. Fue una empresa que llegó a poseer una de las mayores colecciones de pianos de España, siendo su pieza más emblemática el llamado piano «Colorao», un Steinway que llegó a Madrid en 1923 y se convirtió en el piano de alquiler más famoso del país, una práctica tan curiosa como extendida. Como también en 1860 Ramón Muñoz fundó su empresa Pianos Muñoz, dedicada a la reparación y alquiler de pianos, en la calle Valverde. Desde siempre fue la única en reparar los castizos organillos madrileños.

Antes, en 1838, se inauguró la fábrica de pianos de Alfonso Montano, con entrada por la calle Maestro Guerrero y luego por la calle Dos Amigos, 4. Con el tiempo desapareció, convirtiéndose su local en un centro de día para ancianos. Y años después, en 1884, se abrió el Salón Montano, una sala de conciertos que esta familia de melómanos había destinado a difundir la música. Era una sala decorada con murales de Daniel y Germán de Zuloaga (la tienda que ahora ocupa el antiguo salón los ha mantenido) y programó conciertos hasta el comienzo de la Guerra Civil. A la muerte del padre, sus hijos idearon los pianos de tornavoz o «Sistema Montano», que dirigía el sonido de manera más precisa por algo parecido a una repercusión del mismo, una técnica que se perdió con el tiempo. Pero tuvieron mucha importancia en su momento, porque en la Exposición Internacional de 1883, celebrada en los palacios de Cristal y de Velázquez del Retiro, recibieron dos primeras medallas. Los pianos de la familia Montano poseían una delicada belleza, realizados con maderas nobles y apliques de metal en los bordes. Incluso sus herederos consiguieron posteriormente una gran popularidad al construir los pianos verticales, o de pared, a unos precios más moderados. A comienzos de 1900 la empresa fabricaba unos cuatrocientos pianos anuales. Después, la industria del piano desapareció de Madrid y ya sólo quedó la posibilidad de importarlos del extranjero.

También en ese año los liberales opuestos a la vocación absolutista de Fernando VII alzaron sus voces en defensa de la Constitución de Cádiz de 1812. Y así muchos de ellos fueron hechos presos durante la madrugada del 29 de mayo de 1814. Una noche tan crispada como el resto de los días que la siguieron, en efecto. Los liberales susurraban sus quejas en salones y embajadas, en palacetes y fincas, en los soportales de la Plaza Mayor y en los cuartos de banderas de oficiales y somatenes. Hasta el propio don Francisco de Goya, el genio más grande de la pintura de su tiempo, perdió los estribos aquellos días. Anciano y mermado, pero partidario de los ideales que surgieron de la Revolución, sufrió tal cambio de humor que se irritaba por cualquier cosa y su carácter se tornó huraño y agresivo; renunció a marchar al exilio cuando el rey Fernando implantó el absolutismo, y de mala gana accedió a pintar algunos cuadros que le solicitaron. Y así ocurrió que a punto estuvo de asesinar al mismo lord Wellington cuando posaba para él.

Los hechos sucedieron rápidamente: Wellington, después de entrar triunfalmente en Madrid, quiso ser retratado por Goya y el pintor, escaso de recursos, aceptó el encargo. Pero en mala hora se le ocurrió al inglés hacer al maestro algunas observaciones sobre los primeros trazos del retrato, unos comentarios reprobatorios tal vez ingenuos, pero en todo caso improcedentes. Goya, con el humor aperreado que gastaba, no dudó en mirarlo primero con odio, extraer un sable de su propia funda después y abalanzarse finalmente sobre el militar, con tanto brío que de no ser por la intermediación de algunos presentes y la sensatez del propio pintor aragonés hubiese conseguido lo que no lograron todos los ejércitos de Napoleón: dar muerte al más audaz mariscal británico. Desde entonces Goya cargó con la fama de poseer «carácter de diablo y corazón de ángel», tal vez sin que nadie comprendiera que su ira no iba dirigida contra aquel inglés en particular, sino contra el fin de las esperanzas que había puesto el maestro en una España libre y sin ataduras.

—Y tú, ¿no serás actor, como tu padre?

—No —rechazó Fernando Argote la pregunta de Sebastián Álvarez, el sastre—. No tengo ese atrevimiento tan necesario...

—Pues habrás de elegir oficio —sugirió Domingo de Tarazona—. Ya tienes edad.

—En eso ando —asintió Fernando—. Me gustaría tener tino para la poesía, pero me temo que yo...

—¿Poeta? —sonrió Domingo—. ¿No me digas que gozas de gran herencia y bolsa a rebosar?

—Pues... no —titubeó Fernando—. Pero mi hermana Carmen casará pronto con el licenciado Fernández y con su botica vivirá bien. No tendré que ocuparme de sus necesidades.

—¿Carmen y el boticario? —Sebastián abrió mucho los ojos, con la sorpresa de quien no espera noticia tan disimulada—. Nunca me dijisteis que se estuvieran enviando recados ni carta alguna...

—Ay, Sebastián —censuró Domingo—. Si levantaras más los ojos de tus costuras, sabrías lo que pasa por el mundo. ¿Tampoco sabes que mi hermano Enrique se va pronto a su destino en Soria para casarse con la duquesa de Tera?

—Eso me lo dijo él —replicó Sebastián—. Y a mí, cuando se me dicen las cosas, me entero. ¡Cuando se me dicen! Pero nadie me habló de Carmen y de su boticario...

—¡Pero si lo estuvimos hablando la otra tarde en mi casa! —respondió Fernando.

—¿La otra tarde? ¿Qué tarde?

—La del gran aguacero —intervino Domingo.

—Ah, ya —Sebastián hizo como que se acordaba—. Pero como estaba tomando medidas a tu hermano, que no se estaba quieto, para los trajes que me pidió coserle...

—¡Pues eso! ¡Que levantes los ojos de tus costuras!

Carmen y el boticario Fernández se casaron unos meses después. Y Enrique de Tarazona marchó a tierras de Medinaceli para casarse con la noble de Tera, una rica soriana que había conocido una tarde de teatro en el Español, cuando se reedificó en 1807 tras el incendio de 1802, una obra arquitectónica de Juan de Villanueva que ascendió a más de un millón y medio de reales y que se reinauguró con una gran fiesta a la que acudieron las más nobles familias de Madrid y de buena parte de Castilla.

—Así es que nos quedamos solos los tres —resumió Domingo de Tarazona.

—Así lo parece —asintió Sebastián Álvarez.

—Hombre, solos, solos... —cabeceó Fernando Argote—. Lo de quedarse solo en Madrid es una manera de hablar, ¿no?

—Yo ya me entiendo —concluyó Domingo.

—Es verdad —añadió Sebastián—. Un poco solos, sí. Porque entre las tres, formábamos una especie de gran familia y ahora, con la muerte de nuestros padres y la marcha de Enrique, los Argote, los Tarazona y nosotros, los Teixeira...

—Tú nunca fuiste Teixeira...

—Bueno, pero mi padrastro lo era. Y ya no queda nadie de nuestros antepasados. Es... como si empezáramos de nuevo una larga estirpe. ¿Sabremos?

—Sabremos, Sebastián, no lo dudes —aseguró Domingo—. Porque lo más importante es que sigamos unidos, como lo estuvieron siempre nuestras familias, y creo que nuestra amistad lo asegura.

—A mí, mientras no pretendas venderme más trajes... —bromeó Fernando.

—¡Pero si sólo tienes uno! —se indignó Sebastián.

—Ya lo sabes, amigo: si quieres estar sano, viste igual en invierno que en verano.

—¡Tú lo que eres, es un tacaño! ¡Un, un...!

—¡Eh! ¡Calma! —pidió Domingo de Tarazona—. Lo de Fernando Argote ya lo sabes, Sebastián: ni frío ni calor. Le viene de familia.

—Ya lo sé, ya... Anda, demos un paseo. Me han dicho que han hecho obras importantes de reparación en el Buen Retiro...

—Vamos a verlas.

En efecto, y según los nuevos diseños del arquitecto López Aguado, en 1815 se reconstruyeron los jardines con nuevas plantaciones de árboles, se derribó el palacio y se conservó y restauró el Casón y el Salón de Baile, uno para albergar un Museo del Ejército y otro para servir de aposento a una gran colección de pinturas salvadas de los destrozos de las tropas napoleónicas que allí se acuartelaron y que convirtieron los jardines en una sucesión de zanjas; y las ermitas en unas ruinas por las que nada se pudo hacer. La reconstrucción del Retiro, emprendida aquel mismo año, se completó también con una nueva Real Fábrica de Porcelana, porque la anterior, la de Carlos III, quedó destruida por los ingleses en su entrada en Madrid.

Fue la reina Isabel de Braganza, la esposa de Fernando VII, quien se empeñó en la nueva Real Fábrica de Loza y Porcelana de la Moncloa, en el Real Sitio de la Florida, en la Granjilla de los Jerónimos, junto al convento de los Jerónimos. Obra que fue dirigida por García Rojo, como arquitecto mayor municipal, y que tuvo como primer director a Antonio Forni, pero sin éxito comercial ni reconocimiento artístico, de tal modo que la fábrica se mantuvo a duras penas hasta 1850, cuando definitivamente se cerró. Al principio comenzó manufacturando porcelana de buena calidad, era cierto, para uso exclusivo de la Corte; pero cuando se agotó la pasta procedente del Retiro empezaron a utilizarse tierras de Colmenarejo, Galapagar y Valdemorillo, a las que se añadían caolín y feldespatos también de origen comarcal cercano, creándose vajillas con piezas muy policromadas, con motivos al gusto francés, figuras mitológicas y cenefas rebuscadas. La cerámica de este periodo adoptó como seña de identificación la «M coronada» o la flor de lis real en color azul. Pero en 1821, después del cambio del director, al nombrarse para el puesto a Bartolomé Sureda, se dio un giro artístico a la producción, adaptándose las manufacturas a un nuevo diseño que tampoco lograron el éxito, al cambiar la porcelana por la loza.

Acabó cerrándose la fábrica en 1829. De nada sirvió que se reabriera durante un corto periodo de tiempo en 1874, como Fábrica y Escuela de Artes Cerámicas de la Moncloa, porque los hermanos Zuloaga, como directores, tampoco consiguieron mantenerla viva a pesar de sus indudables esfuerzos.

También se había construido en el Retiro una Casa de Fieras para animales poco conocidos, raros, exóticos, peligrosos; y en una esquina de los jardines, al este, una montaña artificial que desde el principio fue conocida como la Montaña de los Gatos, no se sabe si por decisión de su arquitecto o por bautizo del ingenio popular. Y la Casita del Pobre y el Rico, que recreaba una mansión en cuyo interior había autómatas que representaban a una familia de indianos: los amos asentados en la planta noble; los siervos en la baja. Y, además, se erigió un llamado Castillete Medieval, que luego sirvió como torreta para el telégrafo óptico y como Instituto Geodésico. Además de la Casa de Vacas, en donde jugaba la futura reina Isabel II a ser pastorcilla, y bebía la leche recién ordeñada.

No faltó un nuevo embarcadero. Y a finales del siglo XIX se levantó el palacio de Cristal como gran invernadero para la Exposición de 1887, dedicada aquel año a las islas Filipinas.

La Casa de Fieras se construyó en 1830, rememorando la vieja «Leonera» creada en el siglo XVIII para exhibir animales curiosos e impresionantes, y de inmediato el espectáculo se convirtió en un juguete para todos los miembros de la familia real. En sus jaulas había un chacal, una pantera, dos osos polares, una cebra, dos hienas, un avestruz y varios cachorros de tigre. También hubo una jirafa, un hipopótamo en una piscina, cabras, y la famosa elefanta llamada *Pizarro*, tan célebre que a partir de entonces a todos los elefantes de la Casa de Fieras siguieron llamándolos *Pizarro*. Sobre las jaulas, en el piso de arriba, había habitaciones para que descansara la familia real.

—Buena cosa que nuestro rey, don Fernando, permita que los madrileños paseemos por estos jardines...

—Él se ha reservado la mejor parte del Buen Retiro.

—Cierto. Pero algo es algo.

Fernando Argote, Sebastián Álvarez y Domingo de Tarazona recorrían los paseos que el rey había abierto para que los ciudadanos conocieran el Retiro y, a la vista de tanta vegetación y tan cuidadas veredas, admiraron lo que hasta entonces había quedado reservado para los reyes y sus nobles invitados. Durante el recorrido se detuvieron a contemplar las obras del embarcadero, diseñado por González Velázquez, el mismo arquitecto municipal que dibujó la plaza de Oriente, entre el Palacio Real y el Teatro Real, justo en los terrenos del Teatro de los Caños del Peral en donde, en 1814, se habían reunido por última vez las Cortes españolas antes de ser disueltas por Fernando VII en ese mismo año, antes de ser derribado. Fue el mismo arquitecto que diseñó el Real Colegio de Medicina en la calle de Atocha, así como el Obelisco a los Héroes del Dos de Mayo en el Salón del Prado y los planos de la iglesia del Santo Cristo, en El Pardo.

—Creía que la reconstrucción de estos jardines era obra del señor López Aguado —se extrañó Domingo de Tarazona—. ¿Ahora dices que es de agradecer al señor González Velázquez?

—Tanto da —respondió Fernando Argote—. Los dos son... hijos de su maestro, Juan de Villanueva. Igual de arquitecto es el uno como el otro y ambos mamaron su oficio de la misma madre.

—En este caso, padre ¿no? —sonrió Sebastián Álvarez.

—Bueno, sí —admitió Fernando la corrección—. Pero ¿sabéis lo de Antonio López Aguado?

—¿Qué? —se interesó Domingo.

—Que fue quien diseñó la Puerta de Toledo.

—Y el Teatro Real.

—Y el Teatro Real, sí. Pero lo más gracioso es que, cuando se empezó a construir la puerta, el rey francés introdujo en su primera piedra un ejemplar de la Constitución de Bayona, por la que se le proclamaba rey de España.

—Bueno, ¿y...?

—Que cuando se fue José Bonaparte en 1813 se sacó

aquella Constitución y se puso en su lugar la de Cádiz, además de algunas monedas con la efigie de don Fernando, nuestro rey.

—Natural —Sebastián no le dio importancia alguna.

—Sí, muy natural —siguió Fernando Argote—. Pero es que después Fernando VII removió la piedra, sacó aquella Constitución y, en su lugar, introdujo como capricho un ejemplar de la *Guía de Forasteros* y otro del *Diario de Madrid*. Absurdo, ¿no?

—Bastante, sí. Y, además, vaya ajetreo con la susodicha piedrecita de la Puerta de Toledo...

—Y ahora se dice que, si llega a gobernar Riego, volverá a cambiar los recuerdos enterrados...

—Y dale. Esta ciudad sólo se mueve por pequeñeces. Porque mucho papeleo histórico, mucho trajín de símbolos, pero la dichosa puerta no la acabarán, no... Descuida.

—¡Uy! —Fernando alzó los hombros, desentendiéndose—. Se habla de 1820, pero si se termina para el 30, ya nos podemos dar con un canto en los dientes.

Finalmente, la última puerta monumental construida en Madrid se terminó en 1827.

Fue en 1820 cuando Madrid tuvo, por primera vez, un alcalde como figura municipal que perduró ya siempre. Hasta entonces, el cargo oficial era de corregidor, una designación municipal nombrada por el rey a su libre albedrío. Pero desde ese año, y exigido por decisión popular, se celebraron elecciones para el cargo y así surgió el primer alcalde democrático de Madrid: Pedro Casto Sainz de Baranda y Gorriti.

Había nacido en Madrid el 2 de julio de 1775 y era hijo del comerciante Pedro Simón Sainz de Baranda Gándara, originario de la localidad burgalesa Quintanaedo o Quintanahedo, que de ambas formas fue llamado, y de la madrileña Petronila de Gorriti Azuela. Su padre era miembro de los Cinco Gremios Mayores de Madrid y llegó a ser uno de los directores del Banco de San Carlos.

Sainz de Baranda primero fue corregidor para cubrir una vacante, en 1812, cuando por temor a la vuelta de los franceses huyó de Madrid el corregidor conde de Villapaterna, y entonces Sainz de Baranda se hizo cargo del Consistorio con los diez regidores de que disponía. Su primera decisión fue publicar un bando que aseguraba la defensa de Madrid y la proclama de que él asumía todos los poderes para regentarla. Algunos lo consideraron demasiado atrevido, calificándolo de «el dictador de Madrid», pero la verdad es que no lo fue. Al llegar se encontró con una Villa destrozada por la guerra de la Independencia; una ciudad sucia, por la acumulación de las basuras en todas partes; un Madrid que enterraba a sus muertos detrás de las iglesias; una urbe en la que se cerraban sus puertas a las diez de la noche en invierno y a las once en verano, y con doscientos mil habitantes a los que les faltaba de todo y sólo disponían, en el mejor de los casos, de unos pocos litros de agua al día.

Pero volvieron los franceses en 1813 y él dimitió como presidente del Cuerpo Municipal. Pero antes salió a recibirlos, con la solemnidad requerida, y luego les entregó su cargo. Así permaneció en silencio hasta que en 1820, después del triunfo de la revolución constitucionalista que devolvió la vigencia a la Constitución de Cádiz, hizo un llamamiento al pueblo de Madrid para que libremente, si lo deseaba, le designara su alcalde. Y lo hizo.

Luego, el 9 de marzo de 1820, redactó su primer bando como alcalde constitucional, título que adoptó para indicar el cambio que representaba la repuesta Constitución. Un bando que decía:

El rey ha jurado, libre y espontáneamente, a las seis de la tarde, en presencia del Ayuntamiento constitucional provisional de esta villa, la Constitución Política de la Monarquía Española, promulgada en Cádiz el 19 de marzo de 1812; y ha dado orden al general don Francisco Ballesteros para que jure igualmente el ejército; en su consecuencia, ha acordado el mismo Ayuntamiento que haya iluminación general y repique de campanas por tres noches, empezando desde hoy.

Sainz de Baranda ordenó a continuación que en todas las parroquias e iglesias se hiciera pública la Constitución de 1812 para que los fieles la acatasen. Y fijó una placa en la Plaza Mayor que recordase el hecho. Días después dimitió, no sin antes haber dictado la orden de que se celebraran cada primero de enero elecciones al Ayuntamiento de Madrid, una orden que sólo se cumplió hasta el año 1823, cuando los absolutistas regresaron al poder y la Constitución fue, otra vez, derogada. Su presencia en Madrid, de todas formas, dio lugar al llamado Primer Trienio Liberal.

Antes, en 1822, se produjo una sublevación de la Guardia Real en apoyo al absolutismo que tan del agrado era de Fernando VII. Una sublevación, poco más que una algarada cuartelera, que, no obstante, produjo graves incidentes en la Plaza Mayor y en el cercano pueblo de El Pardo, hasta que, por la fuerza de las armas, fue sofocada el 7 de julio de ese mismo año.

Pero fue un momento especialmente grave para la libertad consagrada en la Constitución de 1812, conocida por todos como La Pepa. Todo se había iniciado en 1819, cuando el ejército protestó por el hecho de que no se incluyeran a miembros liberales y constitucionalistas en el gobierno de Fernando VII. Así, el 1 de enero de 1820, el teniente coronel Rafael de Riego, del batallón de Asturias, se sublevó y proclamó de nuevo la Constitución de Cádiz. Su revuelta no tuvo respaldo al principio, pero pronto se le sumaron otros militares y el propio pueblo, que el 7 de marzo rodeó el Palacio Real, en Madrid, exigiendo libertad. El rey se amilanó y aceptó de mala gana devolver su vigencia a la Constitución de Cádiz, nombrando a presidentes de gobierno moderados, como Pérez de Castro, Bardají, Martínez de la Rosa y otros liberales. Fue Francisco Martínez de la Rosa, concretamente, el líder del movimiento liberal, el presidente que recobró la vieja constitución tras ser liberado de la cárcel y asumir el gobierno.

Pero al siguiente 30 de junio, la Guardia Real, que defendía las ideas absolutistas, fue insultada y apedreada por el pueblo de Madrid, y en respuesta cargó bayoneta en mano contra los manifestantes. A esos hechos se añadió el asesinato de un guardia a manos de tres granaderos, con lo que el rey, aterrado, optó por acuartelar a los guardias y a la Milicia Nacional. Pero ni así consiguió evitar el conflicto: el 2 de julio, los guardias reales se saltaron las órdenes, se acuartelaron en El Pardo y exigieron ser recibidos por el rey. Y, de inmediato, avanzaron sobre Madrid, se dirigieron hacia la Plaza Mayor, llamada entonces Plaza de la Constitución, y se enfrentaron a la Milicia Nacional, formada entonces por burgueses liberales a las órdenes de la Diputación y del Ayuntamiento de Madrid. No obstante, la victoria de los constitucionalistas fue completa.

—Se dice que hubo una dura batalla, incluso con cañones o armamento pesado —comentaba Fernando Argote.

—Cierto —asintió Domingo de Tarazona—. Y que consiguieron poner en fuga a los batallones de la Guardia Real que habían intentado tomar la Plaza Mayor.

—Y lo que es más grave —concluyó Sebastián Álvarez, mientras seguía dando puntadas sobre un chaleco que cosía—. Que los sublevados terminaron acuchillados por orden del propio rey.

—No lo creo —negó Domingo—. Qué más quería don Fernando VII que el triunfo de su Guardia Real. No, no lo creo...

—¡Pero si el rey, a su pesar, se vio obligado a nombrar como nuevo jefe del Consejo a don Evaristo San Miguel!

—Lo sé —siguió Domingo—. Pero don Fernando VII quería otra cosa. Lo cierto es que como no encontró manera de volver al régimen absolutista, mandó llamar en su ayuda al ejército francés, los llamados Cien Mil Hijos de San Luis, que, a las órdenes del duque de Angulema, restableció finalmente en España la monarquía absoluta. ¿No opinas tú también así, Fernando?

—Sí, así fue —asintió.

Sea como fuere, la realidad es que en el mes de octubre de 1823 se puso fin al Trienio Liberal.

—Y así estamos —renegó Domingo—. Fijaos bien: en este largo camino, el que va desde la vuelta a España de nuestro rey hasta este año de 1823, han sido ejecutados Rafael de Riego, Díaz Porlier, el Empecinado y tantos y tantos otros, muchos de los que se dejaron media vida luchando contra los invasores franceses en defensa de su orgullo nacional y en nombre de su bienintencionado deseo de que regresara a España don Fernando VII.

—El Deseado —ironizó el sastre.

—El indeseable, Sebastián —sentenció malhumorado Domingo. Y Fernando asintió con la cabeza.

La plaza de la Cebada, con su mercado, se convirtió, en aquel año, en una «plaza de ejecución». Antiguamente, en el siglo XV, estaba a las afueras de la Villa, y allí había un mercado de cereales al que los agricultores llevaban su cosecha. Un mercado en el que, además, se separaba la cebada que se vendía a Palacio para alimento de los caballos del rey y de sus regimientos de caballería; pero en 1824 se convirtió en el lugar destinado a las ejecuciones: allí fue ahorcado Riego y, años después, en 1837, Luis Candelas, cuya ejecución se llevó a cabo mediante garrote vil.

Otra de las víctimas notables del absolutismo fue Francisco de Goya, el pintor que mejor sintió Madrid, sus gentes y sus costumbres, y que tan bien lo supo dejar reflejado con sus pinceles. El pintor universal que hizo de Madrid su casa y del exilio, su final.

El aragonés Francisco de Goya murió en 1828. Nacido en la zaragozana Fuentetodos en 1746, hizo de Madrid su morada y su alma durante casi toda su vida. En Madrid tuvo su familia, su trabajo y su modo de vida, incluso esas enfermedades que sufrió en 1792 y que le condicionó la existencia. Su vida fue una larga trayectoria entre la Corte, a la que retrató con su genialidad, y el pueblo madrileño, al que admiró tanto y con quien compartió costumbres, corridas de toros, incluso presenció la muerte del torero Pepe Hillo en la plaza de toros de la Puerta de Alcalá, las romerías y hasta el drama del Dos de Mayo.

El paisaje de Madrid, desde poniente, lo dibujó él, visto desde la Pradera de San Isidro, así como sus calles y lugares de esparcimiento, tanto cuando vivió en la calle Valverde, como después, en la de Santiago y en la de Fuencarral. Y en la Quinta del Sordo, en donde creó sus inmortales «Pinturas Negras».

Trabajó para la Fábrica de Tapices, fue director de la Real Academia de Bellas Artes de San Fernando, tuvo problemas con el Santo Oficio por sus planchas, incluidos sus dibujos sobre la Inquisición, y para evitarse males mayores se vio obligado a donarlos al rey Carlos IV.

También dejó para la posteridad los geniales frescos de la ermita de San Antonio de Padua, en la Florida, en donde escenificó un milagro de san Antonio, y aunque después se rindiera homenaje a su recuerdo en el panteón que se erigió en el cementerio de San Isidro de Madrid, lo cierto es que tuvo que irse a morir a la ciudad francesa de Burdeos, asqueado, huyendo de una España absurda.

Desde su muerte, en 1828, tuvieron que pasar décadas hasta que sus restos fueron trasladados de manera definitiva a Madrid.

Hubo dos momentos trascendentales en la biografía vital y sentimental de Goya: los fusilamientos del 3 de mayo de 1808 y el año 1823, en la soledad de su Quinta del Sordo, cuando decidió emprender el camino del exilio.

El primero fue una noche de muerte y horror, cuando visitó la Montaña del Príncipe Pío y vio los cadáveres de los héroes de Madrid. Contempló a un hombre con la camisa blanca y lo imaginó con los brazos en cruz; una imagen que quedó grabada para siempre en la historia de Madrid.

El segundo fue cuando no soportó más la opresión del absolutismo y, tras pintar a Saturno devorando a su hijo, coincidiendo con Quevedo cuando escribió que España devoraba a sus hijos, se marchó de la Quinta del Sordo al balneario de Plombières, convencido de que muy pronto se darían las condiciones para volver a casa. Pero ya no fue así. Goya fue el primer exiliado de Madrid.

—Ha muerto el señor Goya. —Domingo corrió a dar la noticia a Sebastián, que por una vez levantó los ojos de la chaquetilla que estaba cosiendo, con gran sorpresa.

—¿Cómo que ha muerto? —Sebastián interrumpió su trabajo y depositó la labor sobre la mesa—. ¿Quién te lo ha dicho?

—Don Francisco. —Domingo acompañó la respuesta con una afirmación de su cabeza.

—¿Quién es don Francisco?

—El consejero real para adquisición de obras de arte.

—Ah, ya. Pero... ¿el maestro no estaba fuera de España?

—Sí, en Burdeos. Allí ha muerto.

—¿Y qué ha dicho ese don Francisco? —quiso saber Sebastián.

—Bueno. —Domingo se rascó la nuca—. Ya conoces al señor Calvo... Me ha dado una lección sobre la vida de Goya.

—¿Y...?

—Pues eso. —Tomó aire Domingo—. Me ha repasado su

vida con esa ciencia que posee. Tan explicativo y minucioso, ya sabes.

—Cuéntame, pues.

—Dice..., bueno, ha empezado recordándome que en 1774, ya muy cerca de cumplir los treinta años, Goya emprendió la conquista de la Corte, una ardua empresa en la que había que aplicarse con denuedo, nunca mejor dicho, tejiendo y entretejiendo en el escurridizo telar de la fama, tan precisa en esta ciudad.

—Así es Madrid...

—Sí. Y que apenas un lustro antes había realizado a sus expensas una obligada estancia en Italia, que le dio el imprescindible apresto para encumbrarse.

—Y se notó, sin duda...

—Además, en 1773, impulsó su carrera al contraer matrimonio con Josefa, del poderoso clan artístico de los Bayeu, gobernado por su hermano Francisco Bayeu, el influyente y quisquilloso pintor, ya por entonces muy bien situado como uno de los lugartenientes del pintor y doctrinario Antón Rafael Mengs...

—¿Quién?

—Mengs, ¿no oíste hablar de él?

—No.

—Pues entre 1761 y 1776 no solo había trabajado casi ininterrumpidamente en Madrid, sino que manejaba todos los hilos del arte en España como primer pintor de Cámara y como director honorario de la Real Academia de Bellas Artes de San Fernando.

—¿Y fue él quien ayudó a Goya?

—Eso es. Por de pronto fue quien le ofreció a Goya, recién llegado a Madrid, su primer encargo oficial: diseñar los cartones para la Real Fábrica de Tapices de Santa Bárbara.

—Vaya encargo...

—Y tanto. Una labor que ocupó a Goya casi 17 años, entre 1775 y 1792, precisamente el tiempo en que asentó su prestigio público y privado en Madrid.

—¡Eh! Pero... ¿y esa riada de conocimientos? —Sebastián puso las palmas de sus manos en alto—. ¡Me aturdes! Pero ¿cómo puedes recordar tanto de lo dicho por don Francisco Calvo?

—Y aún hay más —sonrió Domingo, tras aclararse la voz con un sorbo de agua fresca—. Porque el señor Calvo siguió diciéndome que la Real Fábrica de Tapices había estado siempre bajo la tutela de artistas de relumbrón internacional, como el francés Miguel Ángel Houasse, los italianos Amiconi, Procaccini y Giaquinto y, finalmente, el bohemio Mengs, lo que no significaba que sus diseñadores fueran pintores que estaban promocionándose, como el todavía joven Goya.

—¿Ah, no?

—No. La empresa requerida era para un principiante, pero el esfuerzo que se requería era descomunal, desde luego muy ilusionante como primer peldaño, y gratificante si el elegido triunfaba en el encargo.

—Y Goya triunfó, claro.

—Sí. Eso es exactamente lo que le ocurrió a Goya, que muy pronto triunfó y más pronto aún se fue hartando de la tarea según se adornaba su testa con laureles, como los de ser nombrado académico numerario de la Academia de San Fernando en 1780 y, un lustro después, subdirector de la sección de pintura de la institución, no sin acreditar otros progresos públicos y privados, como el haber sido invitado como retratista de la exiliada familia del infante don Luis en el palacio de Arenas de San Pedro.

—Bien, sea. ¿Pero de la muerte de Goya...? ¿Dijo algo don Francisco?

—Aguarda, ten paciencia... Porque hubo más —siguió Domingo.

—¿Más?

—Ya sabes que el maestro Calvo es extenso en sus palabras.

—Lo sé.

—Luego me habló más, diciéndome que al filo del inicio de la década de 1790, cuando Goya contaba cuarenta y cuatro años de edad y estaba a punto de padecer una gravísima enfermedad que estuvo en un tris de matarle, y que como sabes le dejó sordo, era ya toda una esplendorosa figura sin rival capaz de hacerle sombra en la Corte, con lo que se entiende su reluctancia para continuar con la engorrosa tarea de los cartones para tapices, que concluyó con la realización de una auténtica obra maestra: la del cartón titulado *La boda*.

—Vamos, que Goya se hartó de tanto cartón...

—Sí. Porque al contraponer su obra de juventud frente a la de madurez, por no hablar ya del cada vez mayor disgusto de Goya por ese engorroso y mal pagado trabajo, lo que le obligaba a interrumpir otras múltiples oportunidades cada vez más rentables, dijo: «¡Basta!».

—Vamos, que no se sintió querido ni apreciado en lo que valía...

—O que se olvidaron de tres aspectos cruciales: el primero, que ningún artista hace mal lo que sabe hacer bien; el segundo, que ningún desafío le deja de resultar artísticamente provechoso; y el tercero, que la comisión de pintar enormes cartones para tapices, que requieren de una composición con numerosas figuras y fondos de paisajes, le suponía enfrentarse con lo más comprometidamente difícil para un pintor de cualquier época. En ese sentido, aunque lo más meritorio en la realización de un cuadro no sea su tamaño sino la historia que contiene, reconozcamos que los cartones eran, por así decirlo, «historias descomunales»; o sea: algo así como un reto doble, pero al cuadrado.

—¡Caray con don Francisco Calvo Serraller! —se admiró Sebastián—. ¡Qué erudición y prosa fluida!

—Así es nuestro consejero real, lo reconozco —concluyó Domingo—. Y luego terminó asegurando que desde esa perspectiva, se mirara por donde se mirara, los tres largos lustros de la vida y de creación de Goya, mientras porfió por terminar este interminable cometido de los cartones, no sólo fueron los que alumbraron el desarrollo de su genio artístico y los que fraguaron su creciente fama, sino, sobre todo, en los que se encontró y se capacitó a sí mismo, por muy a disgusto que lo completara.

—¿Pero ha muerto o no, por todos los diablos, Domingo? Acaba ya, que me tienes en ascuas.

—Sí, sí. Eso me ha dicho. No sin antes hablar mucho y bien sobre el maestro Goya, como te digo. Total, que murió el 16 de abril, Dios le tenga en su gloria.

—Vaya. Por fin algo concreto. —Sebastián Álvarez, fingiendo fatiga, volvió a su costura—. Gran hombre ese Goya. ¡Grande de verdad!

—Verdad.

Francisco de Goya aseguró que sus maestros habían sido Velázquez, Rembrandt y la Naturaleza, y así debió de ser porque su obra nació del pasado profundo de España y revolucionó el futuro, abriendo una nueva era en la pintura moderna. Una pintura fundamentada en la independencia creativa, en la libertad formal y en la imaginación sin censuras ni cadenas coactivas. Una nueva mirada al mundo, con una mirada personal, indomable, en busca de transformar la sociedad desde la exhibición de sus injusticias y tragedias. Los *Caprichos*, los *Desastres*, los *Disparates*, la *Tauromaquia*... *Madrid*, otra vez Madrid, y de nuevo Madrid y sus madrileños...

—Goya fue el pintor de Madrid, aunque no naciera en la Villa, al igual que la inmensa mayoría de los madrileños.

—Así es.

Francisco de Goya y Lucientes murió a las dos de la madrugada del día 16 de abril de 1828. Unos días antes, el 28 de marzo, había llegado a Burdeos la mujer de su hijo y su nieto, Mariano, cuando ya estaba muy débil por una caída sufrida semanas atrás y por el agravamiento del tumor que le habían diagnosticado hacía tiempo. Ya en cama, no se recuperó. Ni hubo tiempo para que su hijo Javier llegara a su lado. Sólo le acompañaron junto al lecho otros familiares y dos amigos: José Pío de Molina y Antonio de Brugada.

Fue enterrado al día siguiente en el cementerio de La Chartreuse, en un panteón propiedad de una familia amiga, los Muguiro de Iribarren, al lado de su consuegro Miguel de Goicoechea, que había muerto en 1825. Y allí se quedaron los restos de Goya, olvidados por España.

Porque hasta 1869 no se iniciaron los primeros intentos de trasladar sus restos a Madrid, o a Zaragoza; pero como la ley impedía que se efectuaran tales traslados hasta pasados cincuenta años desde la fecha de la muerte, de nuevo se olvidó al gran maestro. Fue en 1888, pasados sesenta años, cuando se realizó una exhumación, pero otra vez la dejadez de las autoridades españolas provocó que se quedaran sin trasladar aquellos restos, por otra parte dispersos y mezclados con los de su consuegro Goicoechea.

Por fin en 1899 se procedió a una segunda exhumación y llegaron los restos a Madrid, depositándose en la Colegiata de San Isidro. Hasta que al año siguiente se trasladaron a la Sacramental de San Isidro y, finalmente, a la ermita de San Antonio de la Florida, en 1919, quedando para siempre a la sombra de la cúpula obra del genial pintor.

—Ha muerto Goya.

—Don Francisco, sí —cabeceó Domingo, apenado.

—Y otra vez lejos de su casa —lamentó Sebastián.

—España es así, primo.

—¿Y Madrid lo consiente, Domingo?

—Por eso he tomado una gran decisión, Sebastián: voy a buscar empleo en el Ayuntamiento. Como tantos de mis antepasados, los Tarazona. Quiero hacer lo posible para repatriar los restos de Goya, y que se le rinda el homenaje que merece.

—Me alegra oírtelo decir, Domingo. —Sebastián se levantó y abrazó a su amigo—. Lástima que no sea tan fácil como imaginas.

—Al menos lo intentaré. Juro que lo intentaré...

Domingo abandonó el taller de trabajo de Sebastián decidido y airoso, pero pronto acompasó sus andares, bajó la cabeza y pensó, con una lluvia de tristeza cayéndole sobre su primer impulso, que él solo no iba a poder cambiar una mentalidad que se había adueñado de todo un país, de toda una ciudad, que nunca había sabido alzar pedestales de remembranza y pleitesía a sus mejores hijos, ya se llamaran Cervantes, Lope de Vega o Francisco de Goya, el gran don Francisco de Goya.

Domingo caminó despacio, apesadumbrado, hasta la Plaza de la Villa en donde, sin muchas esperanzas, preguntó por el alcalde y se hizo recibir por él.

Él era un Tarazona. Y eso, en el Concejo de Madrid, era un apellido que se tenía muy en cuenta.

21

La Cibeles

Verano de 1834

—¿Nació ya?

—Sí —informó Domingo de Tarazona a Ana, su esposa.

—Un varón, claro...

—No, es una niña. Se llamará Isabel.

—¿Una reina en España? No lo creo. —Negó a la vez con la cabeza Ana a su marido—. Aquí sólo reinan los hombres.

—Pues se comenta que ahora será así —aseguró Domingo—. Isabel II se llamará. Te lo digo hoy, 10 de octubre de 1830. Recuérdalo.

—Si tú lo dices, esposo...

Ese día, en efecto, nació la niña Isabel, quien luego reinó con el nombre de Isabel II. Y tres años más tarde, el 29 de septiembre de 1833, murió su padre, el nefasto Fernando VII.

—Ha muerto el rey.

—Albricias. Sea en buena hora.

—¿No era de tu agrado? —se extrañó Cristina de que a su esposo, el prudente sastre Sebastián Álvarez, se le hubiera escapado un comentario tan agrio.

—Mejor me callo —corrigió él.

—Pero no te gustaba...

—Goya, Díaz Porlier, el Empecinado... Maldito sea —susurró, y la rabia se le quedó en los adentros, hirviéndole las tripas.

Llegado aquel momento, con su muerte, y el previo nacimiento de su heredera, se inició un nuevo reinado, marcado al principio por la regencia de María Cristina de Borbón, la viuda de Fernando VII. Un periodo histórico salpicado por una guerra civil entre liberales y carlistas y caracterizado por un desarrollo pausado y poco perceptible de España, en general, y de Madrid, en particular, desde los puntos de vista urbanístico, industrial, cultural y político.

Años antes, Fernando Argote se había casado con Sara, una mujer menuda y de tez muy pálida que tuvo las fuerzas necesarias para dar a luz tres hijos, y entereza para enterrar a dos de ellos en el escaso periodo de tres años. La boda, celebrada en 1820 en la iglesia de Santa Bárbara, como correspondía a quienes gozaban de una desahogada posición económica, consistió en una ceremonia íntima y sin alharacas, a la que asistieron Sebastián Álvarez y Domingo de Tarazona, este último acompañado por Ana, a la que unos meses más tarde haría su esposa. En aquellos años Fernando Argote disfrutaba de un caudal hereditario suficiente para mantener a su familia y gozar de una confortable estancia y, como desde muy pequeño se mostraba reacio a tomar oficio, siempre andaba rebuscando entre los enseres viejos y destartalados la manera de convertirlos en objetos de alguna utilidad. Hasta que un día su amigo Domingo le dijo de improviso:

—No sé a qué dedicas tu tiempo. Diríase que sólo a perderlo.

—Yo nunca pierdo el tiempo, primo —replicó, no muy conforme con las palabras de su amigo.

—Pues ya nos dirás a qué viene ese gusto tan rebuscado por hurgar en la chatarra...

—Yo soy inventor —respondió muy ufano, como si de verdad creyera en lo que afirmaba.

Desde entonces tanto Domingo como Sebastián empezaron a dirigirse a él con ese apelativo, el de inventor, tomándoselo a broma. Pero no era tan inverosímil la cosa, incluso a veces parecía tener visos de verdad, porque había noches de charla veraniega en las que Fernando Argote aseguraba que andaba dándole vueltas a ciertos inventos de Galileo, que no le parecían tan inútiles ni absurdos, y, sobre todo, que estaba echando cuentas y cálculos para llegar a fabricar un invento que serviría para poder viajar de manera más rápida que en una diligencia, argumentando que teóricamente era factible que las ruedas de un vehículo se deslizaran sobre tubos de madera, con lo que la velocidad sería muy superior a la que lograba un tiro de caballos, por mucho que lo formaran seis equinos muy poderosos y aunque la calzada estuviera bien empedrada.

—Deslizándose, ¿comprendéis? Deslizándose —explicaba Argote, acompañándose de ademanes ágiles—. Como cuando ha nevado y se arrastran las suelas de los zapatos por la nieve o el hielo, apenas sin esfuerzo. Así lo veo yo...

Sus amigos gozaban con las fantasías de Fernando, pero había cosas que, si se pensaban bien, no parecían tan extravagantes. Varias veces lo comentaron entre ellos, en una ocasión en el bautizo del pequeño Luis Argote, el primogénito de Fernando y Sara, y otras dos veces en los entierros de las pequeñas Ana y Lucía, las otras dos hijas del matrimonio, imposibilitadas de superar las enfermedades que las vencieron y las llevaron a la tumba con dos años y sólo uno, respectivamente, en 1825 y 1827.

Tan solo Luis supo crecer y hacerse hombre. Fueron tiempos en los que la supervivencia infantil era tan escasa que sólo uno de cada cinco niños alcanzaba los cinco años de edad, y menos aún en 1834, cuando la gran epidemia que asoló Madrid diezmó la población de la ciudad. Años, en definitiva, en los que crecer era fruto del azar y llegar a viejo una mera casualidad.

Fernando Argote y Sara se casaron en 1821; Domingo de Tarazona y Ana, meses después. Sebastián, que llegó a convertirse en un solterón empedernido, siempre encerrado entre telas y costuras y tan poco interesado en otros asuntos que sus amigos llegaron a dudar de su fortaleza varonil, finalmente se topó con unos ojos azules, los de Cristina, y, teniendo cuarenta y cinco años ya, la pidió en matrimonio en 1830, cuando la mujer había cumplido los veinticinco y ya había perdido casi por completo la esperanza de casarse. Aun así, aún tuvieron ambos la vitalidad y el ánimo de engendrar a un hijo, Isidro, que nació en 1831.

Por su parte, Domingo de Tarazona, después de casarse, comprendió que debía tener un oficio asegurado que le permitiera mantener una familia. Y sin dudarlo más, una mañana se levantó temprano, vistió sus mejores prendas, se atildó como el más elegante de los caballeros, echó los hombros hacia atrás y, con la cabeza erguida, entró en el edificio del Ayuntamiento de Madrid y pidió con urgencia ver al alcalde. Era un lunes de septiembre del año 1820, cuando Sainz de Baranda todavía no había dimitido de su cargo.

—Vengo a trabajar en el Concejo, excelencia —expuso, sin titubeos.

—¿Vuecencia es un Tarazona? —preguntó el alcalde.

—Sí, excelencia.

—¿De la estirpe de los Tarazona? ¿Pariente de...?

—Eso es.

—Aguarde un momento.

El alcalde se levantó de su mesa, hizo llamar a un subalterno y le ordenó dar aviso al regidor encargado de los asuntos de contratación de personal.

—Que venga a mi despacho —exigió. Y luego, dirigiéndose a Domingo, le preguntó—. ¿Y usted qué sabe hacer?

—Cursé estudios de Leyes, excelencia.

—Bien. Hoy mismo se pondrá a disposición del gabinete

legal de normas y ordenanzas públicas. Prescindir de un Tarazona en este ayuntamiento sería un despilfarro; y sus antepasados, que fueron pilares de este Concejo, se revolverían en sus tumbas si yo lo impidiera, y tampoco dudo de que en las profundidades de la noche se abalanzaran sobre mí, robándome la placidez del sueño.

—No temed tal cosa, excelencia. —Rio Domingo la exageración—. Procedo de una familia de lo más prudente...

—Por si acaso, por si acaso... —replicó el alcalde—. Que a mí, en esta ciudad, ya no me sorprende nada.

De esa manera, a la muerte de Fernando VII y al iniciarse la regencia de María Cristina, mientras Isabel II alcanzaba edad para reinar, Fernando de Argote se pasaba los días cavilando inventos, Sebastián Álvarez cosiendo prendas y Domingo de Tarazona resolviendo entuertos en la complejísima ciudad de Madrid, en la que por una razón u otra no había forma de poner orden.

Sobre todo cuando el 16 de julio de 1834 se produjo una gran matanza de sacerdotes y otros religiosos, momento en que la atroz epidemia de cólera estaba en el punto de mayor virulencia. Un tiempo, además, en que los seguidores de su alteza real don Carlos María Isidro, hermano de Fernando VII, los llamados carlistas, se opusieron a que reinara una mujer e iniciaron la primera de una serie de guerras contra la monarquía isabelina, a la que tuvieron que acudir a defender los liberales, conflicto que arañó a toda España, sobre todo en sus áreas rurales, pero que tuvo que combatirse desde Madrid, sede de la Corona, aunque en la ciudad apenas tuviera repercusiones.

Antes de que sucedieran todos esos sucesos, era costumbre de los matrimonios formados por Fernando Argote y Sara, y Domingo de Tarazona y Ana, pasear las agradables tardes de primavera por el Salón del Prado, los primeros llevando con ellos a su pequeño Luis, los otros acarreando al recién nacido Felipe. Y aprovechaban la tarde deteniéndose a contemplar las fuentes instaladas en el paseo desde los tiempos de Carlos III, aportando cada cual lo que sabía de ellas y lo que les comentaban los muchos conocidos con los que se cruzaban.

Como resultado de aquellos atardeceres increíblemente hermosos de Madrid, decorados sus cielos por una inverosímil gama de rosáceos y violetas entre las nubes deshilachadas de los cielos que se incendiaban por el oeste, supieron que la fuente erigida en honor de la diosa Cibeles, a la que ya todos conocían por el castizo nombre de La Cibeles, se había asentado allí, junto al Palacio de Buenavista, en 1782, mirando de frente a la fuente que homenajeaba al dios Neptuno. Una fuente que rendía pleitesía a la diosa sobre un carro tirado por dos leones, deidad considerada símbolo de la Tierra, la agricultura y la fecundidad.

—¿Sabéis que fue un diseño de Ventura Rodríguez que llevaron a cabo Francisco Gutiérrez, Roberto Michel y Miguel Ximénez? —explicó Domingo a sus amigos mientras la contemplaban en la que entonces se llamaba Plaza de Madrid.

—¿Quién de los tres? —se interesó Fernando—. ¿O los tres?

—Bueno —aclaró Domingo—. Gutiérrez esculpió la diosa y el carro, los leones fueron obra del francés Michel y los adornos los puso Ximénez. Y para la construcción de la fuente hubo que emplear diez mil kilos de piedra. Bueno, de mármol...

—¿Y de dónde sacaron tanto mármol? —Sara no podía creerlo—. En Madrid no hay...

—Es mármol cárdeno de un pueblo toledano, Montesclaros —contestó Domingo, muy firme en su aseveración—. Y lo restante es piedra traída de Redueña, un pueblo que está situado allá por el norte, como a una jornada de Madrid, en la sierra de La Cabrera.

—Siendo así...

—Del mismo material con que se construyó la fuente de Neptuno. Aquella de allí —señaló Fernando—. Igual ambas... El mismo mármol, el mismo origen...

—¿Y a qué tanta fuente? —quiso saber Ana—. ¿A qué vino que, de repente, les diera por llenar este Paseo del Prado de fuentes y más fuentes...? Como se desborden un día, nos ahogaremos todos —sonrió irónica.

Entre Fernando y Domingo, su esposo, tuvieron que explicarle que al final del siglo pasado había nacido una nueva manera de adornar las ciudades, una moda llegada de la Francia de la Ilustración, que fue muy bien acogida por toda Europa. Nuevas ideas que incluían cambiarlo todo, ideológica, política y artísticamente, con el neoclasicismo recobrado de la mitología griega y romana. Añadieron que fue el rey Carlos III, a su regreso de Italia, el que empezó a reformar las calles de Madrid, con el alumbrado público, los adoquines para las calles, los nuevos edificios, las fuentes ornamentales. Vamos, como el monarca sabía que existían en París, en Viena y en tantas otras ciudades... Que era un buen rey, en definitiva, porque él quería que Madrid fuera una gran corte, también una gran ciudad, y por eso ordenó construir muchas fuentes y grandes puertas, como la de Alcalá.

—O sea, que hubo un rey preocupado al fin por nosotros —comentó Ana.

—O por él mismo, vete tú a saber —cuestionó Domingo—. Quería que su ciudad luciese, que se la admirara en Europa. Tal vez fue pura vanidad...

—No creo —enmendó Fernando—. De ser así, hubiera encargado sus obras a arquitectos extranjeros, para que después hablaran por esos mundos de su buen gusto por lo estético; pero ya sabéis: se lo encargó a Ventura Rodríguez, que fue quien realizó el proyecto entre los años 1777 y 1782. Entonces era el maestro mayor de la Villa.

—¿Ventura Rodríguez? —Domingo frunció las cejas—. Creo que alguien me dijo que también fue quien se encargaba de las fuentes y de los viajes de agua, ¿no es así?

—Cierto, cierto... —corroboró Fernando—. Por eso fue el elegido, dicen. Al principio se limitó a dibujar las fuentes que propuso al rey realizar, compaginando su belleza con su utilidad, con jarras de las que brotara agua potable para el uso público.

—Qué hábil —se admiró Sara.

—Y, además —siguió Fernando—, luego dejó que otros lo realizaran. El escultor Gutiérrez Arribas, el francés Michel, Ximénez... Los tres a la vez. Y no fueron baratos, no: sólo Ximénez se llevó 8.400 reales por labrar las cenefas decorativas del carro.

—¡Qué barbaridad! —se escandalizó Ana.

—Cosas de palacio —cabeceó Domingo, su esposo.

—Pero hay más —siguió Fernando—. En 1791 el nuevo maestro mayor de Madrid, Juan de Villanueva, propuso añadir en los costados de la fuente dos esculturas de piedra representando a un dragón y a un oso que arrojaban agua por unos caños de bronce insertos en sus bocas. El dragón se destinó para uso público y el oso para que llenasen sus barriles los cincuenta aguadores que acabaron asignando a la fuente. La obra fue de Alfonso Bergaz, hijo.

—Más gastos —volvió a comentar, despectiva, Ana.

—Parece ser... —trató Domingo de explicar los cuantiosos gastos—, que en principio esta fuente iba destinada a los Jardines de La Granja de San Ildefonso, en Segovia, pero cuando se empezó a remodelar el Paseo del Prado la fuente se colocó aquí, frente al Palacio de Buenavista, en esta entrada al Paseo de Recoletos. Así, como la veis ahora, mirando hacia la otra gran fuente, la de Neptuno.

—¿Y se construyó la de Neptuno a la vez? —preguntó Sara.

—Casi, casi —asintió Fernando—. Se acabó de construir en 1786.

—¿Y qué había entre ambas fuentes? —preguntó Sara—. Porque ahora ya no hay casi nada...

—Algunas casas, es de suponer. —Domingo alzó los hombros y miró a Argote, sin estar seguro de la respuesta—. Sólo me dijeron que entre la Cibeles y el Palacio de Buenavista había unos edificios ocupados por la Inspección de Milicias y poco después por la Presidencia del Consejo de Ministros.

—¿Y ahora dónde están?

—Es que en 1780 se incendiaron todos esos edificios.

—Ah —admitió Ana—. Y entonces, ¿la fuente?

—¿Qué?

—Que desde cuándo está aquí.

—Dicen que se instaló en 1782, pero no pudo utilizarse hasta diez años después, en 1792.

—Las cosas de palacio, ya se sabe...

Todos ellos se quedaron contemplando la fuente con mucha atención, escuchando de un vecino que la fuente de Cibeles representaba a la diosa montada en un carro dispuesto sobre una roca que se elevaba en medio del pilón. Que en sus manos llevaba un cetro y una llave, y en el pedestal se esculpió un mascarón del que corría el agua por encima de los leones, hasta llegar al pilón. Además, les mostraron para que se fijaran, había una rana y una culebra.

Todo era cierto. Porque el carro estaba tirado por dos leones que representaban a los personajes mitológicos Hipómenes (o Melaión) y Atalanta, la gran cazadora que formaba parte de la partida de caza de la diosa Diana. Y la leyenda que se representaba en la fuente aludía a la historia de Hipómenes: el dios que se enamoró de Atalanta y logró sus favores amorosos con la ayuda de la diosa Afrodita, que le enseñó el truco de las manzanas de oro. Los amantes, tras enamorarse, cometieron sacrilegio al yacer juntos en el templo de la diosa

Cibeles, por lo que Zeus se enfureció y les convirtió en leones, condenándoles a tirar eternamente del carro de la gran diosa y, además, cada uno mirando hacia un lado, para que no pudieran mirarse jamás, gran crueldad.

—¡Qué historia más triste! —balbució Sara, a punto de sollozar, con los ojos empañados.

—Así eran los dioses. —Arqueó las cejas Domingo.

—¡Qué pena! —se sumó Ana a la congoja de Sara—. Pero ¿quién era esa cruel Cibeles?

—No, si ella no tuvo la culpa —la excusó Fernando—. Fue cosa de Zeus...

—Sí. —Alzó un hombro Sara—. Pero Cibeles ahí está, tan contenta con sus leones enamorados... Una diosa odiosa...

—Pero ¿quién era esa Cibeles? —repitió Ana—. ¿Nadie lo sabe?

—Sí, sí —respondió Domingo—. Yo te lo diré.

Entonces fue narrando que Cibeles fue al principio una diosa frigia, pero que los griegos la hicieron en su mitología madre de dioses, de Zeus y de otros muchos. Que su culto provenía de la antigua adoración a las madres como diosas de la fertilidad y de la agricultura. Después, ya en Roma, Cibeles fue una diosa muy venerada porque se aseguraba que Roma sólo podría vencer sus guerras si adoraba a la «Gran Madre». Por eso el león, el animal más poderoso de la naturaleza, estaba dedicado a servir a Cibeles, y hasta Ovidio la describió como la diosa que navegaba en un carro tirado por leones, y que así cruzaba los cielos.

El culto de Cibeles en Roma era general. Durante su festividad, se paseaba su estatua en procesión y se la limpiaba con sumo mimo. Se la relacionaba con la fertilidad y también con la naturaleza, por los leones que la acompañaban, y entre sus dones estaba el de curar enfermedades y proteger a Roma en las guerras de conquista que iniciaba por tierra o por mar.

Sus vestimentas frigias se completaban con una corona con forma de muralla. Portaba las llaves que daban acceso a todas las riquezas de la tierra y montaba un carro que simbolizaba la superioridad de la madre Naturaleza, a la que incluso se subordinaban los poderosos leones que tiraban del mismo.

—Una gran diosa, pero demasiado severa —concluyó Domingo—. ¿No os parece?

—Cuéntanos con más detalle lo de los dos enamorados —quiso saber Ana—. ¿Qué es eso del truco de las manzanas?

—Ya os lo he dicho —respondió Domingo—. Hipómenes y Atalanta estaban compitiendo en una carrera, cuyo premio era casarse con la propia Atalanta, una excelente atleta, que retaba a todos sus pretendientes a correr para ver quién de los dos era más veloz, casándose sólo con él en caso de que la superara en el reto. Hipómenes, que estaba enamorado de ella, quiso participar y pidió ayuda a Afrodita para ganarle la carrera y así lograr los amores de Atalanta. Entonces Afrodita, por ayudarle, le aconsejó que dejara caer al suelo unas manzanas de oro, porque esas manzanas atraerían la atención de Atalanta y la distraerían de la carrera, deteniéndose a recogerlas, como así fue, con lo que Atalanta la perdió y tuvo que convertirse en amante y prometida de Hipómenes. Y se habrían casado si no hubiera sido porque yacieron antes en aquel recinto sagrado dedicado a la diosa Cibeles, con lo que Zeus se irritó por el sacrilegio y les convirtió como castigo en leones, condenados a tirar de su carro eternamente, sin poderse mirar.

En 1862 el dragón y el oso fueron retirados. El oso fue obra de Alfonso Bergaz, hijo, y en la actualidad se exhibe en el Museo de los Orígenes.

En 1895 se trasladó el monumento al centro de la plaza, colocando a la diosa mirando al primer tramo de la calle de Alcalá, y tal traslado ocasionó grandes críticas recogidas por la prensa del momento, reflejando las discrepancias entre el Ayuntamiento y la Real Academia de Bellas Artes de San Fernando. Con ese motivo se hicieron nuevas remodelaciones: se colocó el monumento sobre cuatro peldaños y se le rodeó de una verja para evitar el acceso. La fuente ya no cumplía su cometido porque la mayoría de las casas tenían o empezaban a tener agua corriente, por lo que el añadido del grifo y del oso se quitó, volviendo así al primitivo proyecto de Ventura Rodríguez. El grifo estaba en buenas condiciones, así que se guardó en los almacenes de la Villa, junto con otras piezas de otros muchos monumentos, hasta que quedó abandonado y olvidado. Cuando a finales del siglo XX se restauró la Casa de Cisneros, alguien se acordó del dragón que había acompañado a la Cibeles y fue trasladado al jardincillo de este edificio. Por su parte, el oso fue destinado a adornar uno de los paseos de la Casa de Fieras del Retiro.

En la actualidad, tanto el oso como el dragón, o grifo, forman parte de las colecciones del Museo de los Orígenes de Madrid, en cuyo patio renacentista pueden contemplarse junto a los remates de tritones y nereidas de las Cuatro Fuentes del Paseo del Prado.

La fuente de La Cibeles tuvo desde el principio una gran utilidad para los madrileños. Tenía dos caños que se mantuvieron rústicos hasta 1862. De uno se surtían los aguadores oficiales que llevaban el agua hasta las casas, y del otro caño se servían directamente los vecinos de Madrid. En el pilón bebían las caballerías. El agua procedía de un viaje de aguas que, según la tradición, databa de la Edad Media, del Madrid musulmán, y gozaba de una fama muy extendida porque se decía que poseía propiedades curativas de cualquier mal.

Los caños, incómodos y de difícil acceso, estaban donde hoy saltan los surtidores. Precisamente por eso, en el año 1862, el Ayuntamiento decidió cambiarlos por dos figuras simbólicas de las que manaba un gran caudal de agua: un oso y un grifo, esa criatura mitológica que es mitad águila y mitad león, dispuestos de manera que fuera sencillo para los vecinos acceder a ellos.

A través de los años, en una nueva remodelación, la verja desapareció sin que el Ayuntamiento diera explicación alguna y la gente se olvidó de ella, hasta que a finales del siglo XX se dio con su paradero por casualidad y la prensa informó de ello: ahora se halla en la entrada al recinto de la sede de la Banda de Cornetas y Tambores de la Policía Municipal que está ubicada en las inmediaciones del Puente de los Franceses.

Además, se añadieron en la trasera dos amorcillos: uno, obra de Miguel Ángel Trilles, que vierte agua de un ánfora; el otro, de Antonio Parera, sostiene una caracola. Pero con este cambio no se perdió la traída de aguas del viaje antiguo y, para suplir la fuente como tal, se construyó una fuentecilla con caño en la esquina de la plaza, del lado del edificio del Palacio de Comunicaciones. Esta fuentecilla siguió siendo todo un símbolo para el pueblo de Madrid que allí acudía a llenar cántaros, botijos y botellas, como sus antepasados. La pequeña fuente dio lugar a que la música popular le dedicara una canción: «Agua de la fuentecilla, la mejor que bebe Madrid...».

Luego, en el año 1900, la plaza donde se erige la diosa Cibeles se llamó Plaza de Castelar, delimitada por los edificios del Palacio de Buenavista (hoy Cuartel General del Ejército), el Palacio de Linares (hoy Casa de América), el Palacio de Comunicaciones o Correos (el Ayuntamiento de Madrid en la actualidad) y el Banco de España. Cada uno de estos monumentos pertenece a un barrio distinto de Madrid.

Durante la Guerra Civil española, la República cubrió a La Cibeles con una montaña de sacos terreros y, sobre estos, con una estructura enladrillada de forma piramidal para protegerla de las bombas y de los disparos del bando sublevado, que ya habían causado deterioros en su brazo derecho, en su nariz y en el morro de uno de los leones. Con ello se evitaron daños mayores en el monumento.

A mediados del siglo XX el agua de la fuente se hizo más artística con el añadido de surtidores y diversos chorros formando cascadas y agregando la iluminación de varios colores. En el estanque superior quedan dos surtidores verticales cuya fuerza alcanza los cinco metros de altura, acompañados de una serie de chorros inclinados que envían el agua desde la diosa hasta la parte externa.

Después, y hasta el año 1981 no hubo ninguna restauración.

Ya en su ubicación actual, poco a poco, al elevarse las rasantes de su entorno por la renovación de la edificación circundante, la gran pila de agua de la fuente fue quedando semienterrada.

En los años 1994 y 2002, la escultura fue mutilada, siéndole arrancada en ambas ocasiones la mano; en una de las ocasiones la mano original apareció, pero en la otra no, teniendo que ser sustituida por una nueva de origen moderno.

Algunas crónicas, o bulos, señalan que en el caso de que las alarmas de la Cámara del Oro del Banco de España salten por un intento de robo, todas las habitaciones de dicha cámara, a treinta y cinco metros de profundidad, se inundarían con el agua de La Cibeles, gracias a la canalización de las aguas desde la fuente hasta la citada estancia.

Hay dos réplicas en el mundo de La Cibeles: una se encuentra en la Plaza de Cibeles, en medio de la Avenida Oaxaca, de la Ciudad de México, donada por la comunidad de residentes españoles en México como símbolo de hermanamiento entre ambas metrópolis e inaugurada el 5 de septiembre de 1980 por el, por entonces, alcalde de Madrid, Enrique Tierno Galván. Y hay una segunda reproducción exacta de la estatua de la Cibeles, aunque un poco más pequeña, en la Plaza Presidencial de una zona residencial de Pekín.

Y por lo que respecta a la fuente de Neptuno cabe recordar que durante la Guerra Civil española, en plena hambruna madrileña, el ingenio de los vecinos de Madrid tuvo ánimos para colgar del cuello de Neptuno un gran cartel que decía: «Dadme de comer o quitadme el tenedor».

Así es Madrid.

Doña María Cristina de Borbón-Dos Sicilias, como regente a la muerte de su esposo Fernando VII, se vio en la necesidad de defender el trono para su hija Isabel, por lo que en abril de 1834 promulgó un Estatuto Real que, además de reivindicar la abolición de la Ley Sálica, por la que no se permitía que las mujeres pudieran reinar, también suponía un guiño a los liberales para que se alinearan a favor de la heredera, Isabel II. Hasta 1830 ni las mujeres ni sus descendientes podían ser reinas o reinar; con la promulgación de la Pragmática Sanción, ese año, desapareció esa ley discriminadora.

Pero no todos aceptaron de buen grado la decisión de la regenta. De hecho, el hermano de Fernando VII, Carlos María Isidro de Borbón, exigió para sí la Corona, y con el apoyo de sus seguidores, autodenominados carlistas, iniciaron una serie de guerras que duró demasiado tiempo: casi todo el siglo XIX. La primera no fue corta, pero luego hubo otras, y más crueles y sangrientas.

El pleito por la sucesión fue un conflicto entre liberales y partidarios del régimen absolutista y del retorno de la Inquisición. Bajo el lema «Dios, Patria, Rey», y el de «Dios es español y carlista», los sublevados carlistas estuvieron apoyados por buena parte de las órdenes religiosas y por muchas gentes de los núcleos rurales, azuzados por la Iglesia.

«La Inquisición es el estado mental de los españoles», había dicho Fernando VII. Y los carlistas hicieron suya la frase para explicar sus principios.

Para que el ambiente se enrareciera aún más, en 1833 y 1834 se extendió por España una epidemia de cólera llegada de la India y que, en su imparable expansión, afectó y contagió a toda Europa. Durante los dos años siguientes, la epidemia causó más de cien mil muertos en España y medio millón de personas enfermaron. Al cabo, la peste, que llegó procedente de Portugal, entró en Madrid.

Los primeros casos de cólera se dieron en la ciudad a finales de junio de 1834 y, aunque el gobierno de Francisco Martínez de la Rosa aseguró que no era tal, ni había de qué preocuparse ni nada por lo que alarmarse, lo cierto fue que él mismo huyó de Madrid el 28 de junio, llevándose al palacio de La Granja a la regenta y a toda la familia real, lo que como es fácil suponer indignó y enrabietó a los habitantes de Madrid. Si a ello se sumaba el verano, con sus altas temperaturas, favoreciendo los contagios, y la inminente guerra contra los carlistas que ya se daba por hecha en los mentideros y tertulias, el desasosiego de los madrileños se volvió furia. Y, por si algo faltara, el aumento de muchos precios de los productos básicos provocó que el guiso que se estaba cocinando desembocara en que algo grave tenía que pasar.

Y, como siempre sucedió cuando se llegaba al límite de la paciencia de los madrileños, pasó. Al saberse en Madrid que empezaba la guerra, la noticia coincidió con un agravamiento de la epidemia, muriendo los enfermos a centenares, con las circunstancias horrorosas compañeras de una epidemia imparable y dramática. Y, como siempre, las principales víctimas fueron los vecinos de los barrios más pobres. Se llegó a publicar la cifra de quinientos muertos al día. En total, durante el mes de julio de 1834 murieron 3.564 madrileños, y en el mes de agosto, 834.

De inmediato alguien dijo que la causa de esas muertes era por beber agua de las fuentes públicas, porque a muchas personas el cólera se les manifestaba después de beber agua. Y, como una oleada de indignación, se entendió que se habían envenenado esas aguas, y que lo habían hecho los curas, que apoyaban a los carlistas, para no perder su influencia a manos de los liberales. Alguien dijo que no: que los culpables eran, según se recogió en la declaración de un testigo, «algunos muchachos semimendigos y algunas mujerzuelas que se acercaban a las fuentes», y de esta declaración nació la prisión de unas cigarreras y el asesinato que se cometió en la persona de un mozo muy humilde a las tres de la tarde del día 17 de julio en la Puerta del Sol, así como diversas persecuciones a otros muchachos en Lavapiés, Relatores y otras calles.

Todo inútil: el rumor se extendió en forma de acusación contra la Iglesia, asegurándose que esos muchachos pobres y esas mujeres humildes actuaban al servicio de los frailes, y que ellos eran los auténticos culpables. Como prueba nunca comprobada, se aportó que se había visto disparar desde los conventos a la gente que se reunía para protestar ante sus puertas, lo que evidenciaba su culpabilidad. En efecto: ya nadie dudó de que los responsables del envenenamiento del agua eran los curas, y que los peores sin duda eran los jesuitas, porque en esos días explicaban en sus homilías que el cólera era «el castigo divino contra los descreídos habitantes de la ciudad, mientras que la gente del campo quedaba libre por ser fiel y devota». Es decir, por ser partidaria del viejo régimen absolutista y del retorno de la Inquisición.

La mecha estaba encendida. Sólo faltaba la algarada y la rebelión: asaltar los conventos. Y los madrileños se dispusieron a ello.

—¡A la Puerta del Sol! ¡A la Puerta del Sol!

—¡Y al convento de San Francisco!

—¡Nosotros iremos a la plaza de la Cebada!

—¡Nosotros a la calle Atocha! ¡Y a la de Toledo!

—¡Vamos!

Al mediodía, un joven celador de los jesuitas fue asesinado. A la una, otro fue muerto en la plaza de la Cebada. Y a las cuatro, un franciscano huyó milagrosamente de la muerte en la calle de Toledo. Eran diversos los grupos que asaltaban conventos e iglesias, acompañados de algunos miembros de las Milicias Urbanas profiriendo gritos contra los clérigos y demás religiosos. Y cuando uno de esos grupos de vecinos llegó al Colegio Imperial de San Isidro, a las cinco de la tarde, a unos jesuitas los mataron, a otros los lincharon en plena calle y a muchos más los insultaron, azotaron y desnudaron en público. Cuando el ejército intervino, al mando del superintendente de policía Martínez de San Martín, el oficial se limitó a pedir explicaciones a los jesuitas de por qué habían envenenado el agua y, sin atender a las respuestas, no se inmutaron mientras otros frailes eran asesinados delante de los soldados. En total, murieron catorce jesuitas ante la impasibilidad de las tropas.

Luego, en el convento dominico de Santo Tomás, otros siete frailes fueron asesinados, también en presencia de los militares, que contemplaron indiferentes cómo los amotinados iniciaban una procesión anticlerical por las calles de Atocha y de Carretas. A las nueve de la noche, cuarenta y tres frailes franciscanos fueron asesinados en el convento de San Francisco el Grande, sin que el Regimiento de la Princesa, avisado de la revuelta popular, saliera a restablecer el orden. Finalmente, a las once de la noche, el asalto al convento de San José, en la plaza de Tirso de Molina, dejó otros diez mercedarios muertos.

Pequeños disturbios posteriores, durante la noche, se reprodujeron por otros conventos de Madrid, pero no causaron nuevas muertes. Sólo se recuerda que los capuchinos del Prado optaron por la heroicidad de abrir las puertas y esperar orando a que les llegara su hora.

En total, el 17 de julio de 1834 fueron asesinados setenta y cinco religiosos en Madrid. Diecisiete sacerdotes franciscanos, cuatro estudiantes, diez legos y diez donados en San Francisco el Grande. En el Colegio Imperial, diecisiete jesuitas: cinco presbíteros, nueve maestros y tres hermanos. En el convento de Santo Tomás, seis dominicos (cinco de misa y un lego). Y en el de la Merced, once mercedarios descalzos.

Así las cosas, al día siguiente, 18 de julio, el Gobierno declaró el estado de sitio e hizo público un bando:

Madrileños: las autoridades velan por vosotros, y el que conspire contra vuestras personas, contra la salud o el sosiego público, será entregado a los tribunales y le castigarán las leyes.

Nadie atendió al bando, porque esa misma tarde se reprodujeron los asaltos a conventos, pero en esta ocasión las tropas lo evitaron en parte, aunque ignoraron el saqueo de algunos conventos de los jesuitas y de los trinitarios. Hasta que al día siguiente Martínez de la Rosa se puso serio, arrestó al capitán general Martínez de San Martín, que contaba con una tropa de nueve mil hombres, bajo la acusación de no haber evitado los asaltos y asesinatos, y obligó a cesar al alcalde de Madrid, el marqués de Falces, y al gobernador civil, el duque de Gor, como responsables de la Milicia Urbana.

El nuevo gobernador civil, el conde de Vallehermoso, suspendió el alistamiento de nuevas milicias y expulsó a cuarenta milicianos como culpables de los actos vandálicos ciudadanos. En total, fueron enjuiciados setenta y nueve participantes en los hechos, 54 civiles, 14 milicianos urbanos y 11 soldados, y dos de ellos fueron condenados a muerte: un ebanista y un músico militar. Pero los cargos fueron haber cometido un delito de robo, no por causa de los asesinatos. Fueron ejecutados, respectivamente, el 5 y el 18 de agosto.

El resto fue condenado a penas diversas, galeras o presidio; incluso algunas mujeres cumplieron prisión. Pero la mayoría de ellos fueron absueltos.

En todo caso, aquellos hechos supusieron el primer paso para lo que habría de venir después, en 1837, con la desamortización de bienes religiosos llevada a cabo por Mendizábal tras la supresión de las órdenes religiosas el 14 de septiembre de 1835. Unas órdenes contra quienes todavía entonces, a pesar de que José Bonaparte ya había iniciado una primera y tímida secularización de bienes de la Iglesia, disponían en Madrid de 146 edificios, de los que 23 eran de la Iglesia, 33 de frailes y monjas, 31 de monjas, 6 hospicios, 13 colegios, 16 oratorios y capillas, 6 ermitas y 18 hospitales.

Juan de Dios Álvarez Mendizábal inició un proceso de desamortización de bienes eclesiásticos en 1837, logrando un cambio sustancial del paisaje urbano de Madrid. La liberalización del suelo de más de quinientos edificios y fincas permitió que su compra-venta supusiera no sólo el movimiento de dinero en la ciudad sino la creación de nuevos inmuebles, calles más modernas, como Arenal, Orellana, Doctor Cortezo o la Victoria, y plazas que ornamentaron la Villa, como las nuevas de Tirso de Molina y Vázquez de Mella, solares que antes estaban ocupados por los conventos de la Merced y de la Paciencia, o las más antiguas de Pontejos y Santo Domingo, que fueron remodeladas.

Otros edificios singulares ocuparon viejos espacios de la Iglesia. El convento del Espíritu Santo dejó su lugar al Estamento de Procuradores o Congreso de los Diputados; el de los Agustinos de Doña María de Aragón se derribó para que se instalara el Senado; el convento de noviciados de los jesuitas se convirtió en la Universidad Central y otras muchas iglesias y conventos desamortizados permitieron la construcción de edificios públicos o de viviendas.

Como, por ejemplo, «las casas de Cordero», conocidas con ese nombre por ser construidas por Santiago Alonso Cordero entre 1839 y 1842 en el solar del demolido convento histórico de San Felipe el Real.

Esas casas, el segundo edificio más antiguo de la Puerta del Sol, conformaron la casa de vecinos más grande de Madrid, una lujosa vivienda que diseñó el arquitecto municipal Juan José Sánchez Pescador. Y en ellas estuvieron asentados la Fonda la Vizcaína, el Gran Bazar de la Unión, el Café Comercio, el Café Lisboa... y albergaron también la primera central telefónica comercial de Madrid, desde 1887 hasta 1926, en un llamado «Quiosco del teléfono» que tenía una gran estructura metálica en la parte superior del edificio.

Aún hoy conserva dos placas conmemorativas en su fachada principal. En una se lee que «En este lugar estuvo desde 1547 el Monasterio de San Felipe, célebre por sus gradas o mentidero, de donde salían las nuevas primero que los sucesos». Y en la otra se relata: «Aquí estuvo la Fonda de la Vizcaína donde residió en 1862 Hans Christian Andersen, según escribió en su diario», el autor de tantos cuentos infantiles: *El patito feo, La sirenita*...

Aquel hombre, Cordero, había conseguido el solar como pago del Estado al haberle tocado el gordo de la lotería y no andar muy boyantes las cuentas públicas. El resto del premio, además, lo fue cobrando a plazos de la Hacienda Pública y con ello fue construyendo una manzana de casas entre la Calle Mayor y la Puerta del Sol. Un edificio que luego fue también conocido como la Casa del Maragato porque su propietario, que ya era muy rico, era natural de esa región leonesa, concretamente de Santiago Millas, en donde nació el 10 de marzo de 1793. Cordero murió en Madrid el 23 de octubre de 1865 a causa del contagio de cólera en la epidemia que invadió la capital.

Además, fue un personaje de relevancia política como concejal del Ayuntamiento de Madrid en 1841, como diputado a Cortes por Astorga desde 1846 a 1856 y como presidente de la Diputación de Madrid. Y también un ser pintoresco, porque siempre vestía un traje maragato. Tan rico y osado, se comentaba en el «mentidero de la Villa», que en una ocasión ofreció a la reina Isabel II «alfombrar el suelo con monedas de oro». Ella le contestó, un poco airada:

—No. No puedo pisarlas porque tienen mi cara.

—No se preocupe, majestad, las pondría de canto.

El referido Alonso Cordero levantó también un negocio de transporte de mercancías a Madrid y otro de líneas de diligencias, y fue socio capitalista de la Sociedad Palentino-Leonesa que construyó en 1847 el primer alto horno de España.

Por esas fechas también sucedieron otros hechos que dieron mucho que hablar en Madrid. Uno de ellos fue que, en ese año de 1837, se ajustició en la plaza de la Cebada a Luis Candelas, a garrote vil, la plaza de la que era vecino y en la que, alimentada por el viaje de agua del bajo Abroñigal, estuvo la primera Real Fábrica de Coches y una de las primeras fábricas de cerveza.

—¿Es verdad que ajusticiaron a ese Candelas? —preguntó Fernando Argote a Domingo de Tarazona.

—A Luis Candelas Cajigal, sí. Así se llamaba.

—Pues sí que han tardado de dar con él.

—Es que, como era hijo de un carpintero de Lavapiés, vivía en el número 5 de la calle de Tudescos, pero nadie lo sabía —explicó Domingo—. La casa la tenía arrendada bajo el nombre falso de Luis Álvarez de Cobos, haciéndose pasar por un rico hacendado que venía del Perú.

—Pues vaya bandolero. ¡Qué listo!

—Sí, listo y precavido.

—Y célebre —añadió Fernando.

—Mucho. El más famoso.

—Dicen que gozaba de gran simpatía popular...

—Bien es verdad —admitió Fernando—. Lo que quitaba a los ricos, lo empleaba su generosidad en ayudar a los necesitados. De ahí la protección que muchas veces encontraba entre sus vecinos.

—¿Y por qué hablas de que era tan cauto? ¿Lo era?

—Y tanto. En realidad, no se le ha podido arrestar hasta que se conoció que su lugar de reunión con otros conocidos bandoleros, como Balseiro y el Sastre, era el sótano semioculto en una taberna de la calle de los Leones.

Una calle que más tarde desapareció cuando se construyó la Gran Vía. Luis Candelas fue uno de los muchos bandoleros que en esos años amedrentaron a los vecinos, sobre todo a los acaudalados.

Muchas historias datan de esos años. En ellas se cuenta, por ejemplo, que en abril de 1839 un hombre se presentó en las Escuelas Pías de la calle de Hortaleza con una carta del millonario intendente de palacio José Gaviria, acreditando que iba a recoger a sus hijos para visitar a un pariente moribundo. El autor del secuestro era el bandolero Francisco de Villena, alias Paco el Sastre, y el bandido se llevó a los críos a tierras de La Pedriza, desde donde solicitó un rescate de tres mil onzas de oro. El padre de los niños, José Gaviria, ofreció una gran recompensa para quien aportara datos del escondrijo de los bandoleros, y el Sastre y sus secuaces, entre ellos uno de nombre Manuel Balseiro, huyeron atemorizados, siendo detenidos finalmente cerca del Rastro madrileño, encarcelados y finalmente muertos a garrote en el cadalso de la Puerta de Toledo.

Esa historia fue muy comentada en Madrid. Al igual que otras que hablaban de otros bandoleros famosos que acabaron sus días en el cadalso: Cabeza Gorda, la Tuerta, el Chorra al aire, el Rey de los Hombres... Todos ellos bandidos muy famosos que recorrían los caminos de las afueras de Madrid asaltando diligencias, robando a los viajeros y asesinando sin escrúpulos a sus acaudaladas víctimas. Generalmente formaban partidas de gentes que vivían en Madrid, pero que cometían sus fechorías en los caminos, más allá de la Puerta de Fuencarral, aunque también a alguno de ellos, sobre todo al envarado Luis Candelas, le encantaba delinquir en la ciudad.

Porque todos ellos, en definitiva, se escondían en el centro de la ciudad al amparo de «los abrigadores» que los protegían. Y no sólo asaltaban a los ricos: de hecho, al llegar a Madrid una media de mil doscientos carros al día, portando toda clase de mercancías para el consumo de los madrileños, que eran más de 200.000 en 1840, no era difícil asaltar alguno de ellos y hacerse con un botín que luego vendían de estraperlo o repartían entre sus seres cercanos y amigos.

Fueron, en definitiva, bandoleros que se habían forjado en el uso de las armas durante la guerra de la Independencia contra las tropas de Napoleón o soldados licenciados de Flandes, sin trabajo ni porvenir. Ellos fueron los causantes de múltiples atropellos, una estirpe que gozó de gran popularidad, e incluso simpatía, durante bastante tiempo, hasta que todo el mundo empezó a temerlos y se les fue haciendo cada vez más difícil la vida de forajido. La llegada de ciertos avances técnicos y policiales, como el telégrafo, el ferrocarril y la Guardia Civil, acabó con ellos hacia 1850.

La reina Isabel II, ya en el trono, tuvo que asistir asombrada a la constitución de más de veinticinco gobiernos diferentes en poco más de una década, lo que le dio una idea de la inestabilidad política del país que reinaba. Y más asombro aún debió de producirle la revuelta popular de 1854, llamada la Vicalvarada, que puso en pie de guerra a los madrileños hasta el punto de que el propio jefe de policía fue sacado a empellones de su casa, llevado entre golpes por las calles y fusilado finalmente en la plaza de la Cebada.

Los motivos de tal suceso, así como de los asaltos a las casas y palacios de altos cargos y nobles, desde José de Salamanca al ministro de Fomento, desde el ministro de Hacienda a otros muchos aristócratas, fue un levantamiento de los militares progresistas contra el estancamiento, o retroceso, de las libertades públicas. Así, tanto O'Donnell como Dulce, se levantaron contra el Gobierno al mando de sus regimientos, derrotando a las tropas gubernamentales en el pueblo madrileño de Vicálvaro e imponiendo en la presidencia del Consejo al general Espartero, que era un liberal de verdad.

A Isabel II no le quedó más remedio que aceptar la imposición, y trató de convivir con los nuevos gobernantes. Pero era mujer de ideas propias, muy dada a tomar decisiones que creía justas, y de nuevo le cercó el asombro cuando comprobó que su decisión de vender parte del patrimonio real, privatizándolo, con la condición de dar al Estado el 75% de lo obtenido, quedándose ella con el restante 25%, no fue admitido por los madrileños, produciéndose el 10 de abril de 1865 otra jornada trágica, la llamada Noche de San Daniel. Su decisión fue bien vista por el Ayuntamiento de Madrid, porque creyó tener así liquidez para rehabilitar zonas deprimidas de la ciudad, pero entonces levantó la voz Emilio Castelar y al grito de que «la decisión real le parecía un engaño político, una usurpación jurídica, una ilegalidad y una amenaza contra los bienes del pueblo», se levantaron los estudiantes y otros muchos madrileños, con el resultado de doce muertos y más de doscientos heridos a cargo de los miembros de la Guardia Veterana.

Aun así, la privatización se consumó, y uno de los bienes enajenados fue una parte del Retiro, que se perdió para siempre y en su lugar nació el barrio de los Jerónimos. Una revuelta que no fue la última, porque luego hubo más, encabezadas por generales como Topete, Serrano o Prim, hasta que la reina Isabel, hastiada de la ingobernabilidad de un país al que le costó entender, se marchó al exilio en 1871.

«España no es una tragedia, es un sainete», se le oyó decir. Palabras que había oído decir a su padre.

—¿Y qué fue de nuestra reina Isabel? —se preguntaron muchos en Madrid.

—Pues que la Reina de los tristes destinos, como se la conoció también, se rindió definitivamente tras la revolución de 1868, a la que llamaron La Gloriosa.

—¿Se rindió? —Se extrañaban—. ¡Con el carácter que gastaba!

—Pues ya lo veis... *La Gloriosa* la pilló veraneando en San Sebastián y, sin pensarlo más, se exilió a Francia. Harta, derrotada, sin fuerzas para seguir.

—Quedaría desamparada, ¿no?

—No. Allí, Napoleón III y doña Eugenia de Montijo la acogieron y alojaron; la cuidaron muy bien. Las casas reales se ayudan hoy por lo que les pueda pasar a ellos mañana. Cosas de reyes...

—Pero nunca volvió a España...

—No. El 25 de junio de 1870 abdicó a favor de su hijo Alfonso en un acto solemne celebrado en París.

—¡Ah! ¡Por eso tenemos un nuevo rey!

—Sí. Al italiano.

—¿Quién lo decidió?

—No lo sé. Lo cierto es que en el tiempo transcurrido entre 1868 y 1870 los liberales que permanecieron en el gobierno prefirieron designar un nuevo monarca, y el elegido fue un hijo del rey de Italia, Víctor Manuel II, jefe de la Casa de Saboya, y de su esposa, María Adelaida de Austria, descendiente del rey español Carlos III: Amadeo de Saboya.

—Ya, claro. —Los atentos vecinos afirmaron repetidas veces con la cabeza, como manada de gansos cimbrando el cuello.

—¿Claro? ¿De verdad alguien tiene algo claro de lo que pasó en aquellos días...? —se extrañó un vecino, irónicamente, de la afirmación. ¡*Amos* anda!

Isabel II vivió en Francia desde entonces y murió en París en 1904, por lo que fue testigo desde el extranjero de la Primera República, del reinado y muerte de su hijo Alfonso XII, de la regencia de María Cristina y de la coronación de Alfonso XIII, su nieto.

Fue enterrada en el Monasterio de El Escorial frente a los restos de su esposo, fallecido dos años antes.

22

¡Al tren!, ¡todos al tren!

Febrero de 1851

—Que sí, padre.

—¡Estáis locos!

—Vamos, esposo —animó Sara—. Será emocionante.

—Que no —insistió Fernando Argote, pero con ese tono de voz que delataba que estaba vencido y que, dijera lo que dijera, su mujer y su hijo se iban a salir con la suya.

—Será un paseo muy agradable —insistió el joven Luis—. ¿Verdad, madre?

—Verdad —respondió Sara—. Además, también irán Cristina, Isidro y Felipe. No podemos faltar.

—No, si cuando algo se os mete en la cabeza... —rezongó Fernando, sin mostrar enfado alguno, conocedor de que había perdido la batalla de antemano.

Era el mes de abril de 1851. Fernando Argote, ya muy mayor, se encontraba triste y sin fuerzas, con una profunda sensación de orfandad porque sus amigos Domingo de Tarazona y su mujer, Ana, habían fallecido ya, al igual que Sebastián Álvarez, el marido de Cristina y padre de Isidro. Sentía la soledad de quien carece de estímulo para permanecer por más tiempo en esta vida. Apenas le quedaban ánimos para nada, sólo para sentarse a esperar pasaje para su viaje a una estrella, pero tal era la vitalidad de su mujer, y la emoción que derramaban su hijo Luis y los otros jóvenes, Isidro y Felipe, que de nada hubiera servido resistirse. A rastras; a rastras lo habrían llevado a ese maldito viaje en tren, por mucho que se hubiera resistido.

Era la gran novedad de Madrid. Después de construida la primera línea de ferrocarril española en Cuba, el 19 de noviembre de 1837, la línea La Habana-Bejual que resultó ser una odisea de esfuerzo, sangre y dinero en la que se dejaron la vida más de dos mil trabajadores, y tras la inauguración el 28 de octubre de 1848 de la línea Barcelona-Mataró, y su subsiguiente éxito popular, le había llegado el turno del ferrocarril a Madrid y a Gijón, al primero con la línea Madrid-Aranjuez y al segundo con el trayecto entre Langreo y Gijón.

La línea Madrid-Aranjuez fue una iniciativa del marqués de Pontejos que, con el patrocinio del marqués de Salamanca, consiguió que lo inaugurara la reina Isabel II el 9 de febrero de 1851, aunque no sin los temores propios de la novedad y aparentando indiferencia, mal disimulada, a los verdaderos miedos que a todos les causaban la continua explosión de ruidos y el derroche de humaredas negras. La primera estación se construyó en unos terrenos al oeste del Palacio Real, propiedad de la Casa Real, y la Estación Término en Aranjuez se inauguró justo enfrente de su Palacio Real, frente a la fachada occidental. Se trataba de una línea férrea que sobrevolaba los ríos Jarama y Tajo por unos puentes que supusieron una gran dificultad a la hora de su construcción y que después fue el origen de las líneas posteriores extendidas desde Madrid hasta el Levante español y Andalucía.

Desde muy pronto, aquel tren pasó a conocerse como el Tren de la Fresa, debido a la abundancia de ese fruto en el campo arancetano o ribereño, gentilicios de los habitantes y tierras de Aranjuez. Y en ese tren, precisamente en ese, fue en el que se empeñaron sus familiares en hacer viajar a Fernando Argote apenas un año antes de su muerte, ocurrida en 1852.

—¡Esta velocidad es de locos!

—El progreso, padre. El progreso. Además, ¿no es tu invento?

—Me estoy mareando. Yo no inventé esta obra del diablo...

—Pues algo muy parecido, según nos explicaste.

—Pero no tan veloz, por todos los demonios —se irritó Fernando—. ¡No tan veloz!

—¡Vaya inventor! —Rio su hijo Luis.

—No te quejes tanto y disfruta del paisaje, marido —le regañó Sara—. ¡Somos unos pioneros!

—¡Lo que somos es unos mentecatos! —refunfuñó Fernando.

—¡Ay, esposo! ¡Qué cruz tengo contigo! ¡Qué cruz...!

—Vamos, tío Fernando —Isidro trató de alegrarlo—. Si no te enfadas más, prometo coserte un traje con el que vas a parecer un mariscal austrohúngaro. Con él nunca pasarás frío.

—¿Pero tanto sabe ya el muchacho? —Fernando Argote se dirigió a su madre, Cristina.

—¡Y tanto! —respondió ella—. Él solo mantiene la sastrería de su padre. Gracias a él la familia Álvarez conserva íntegros la fama, el prestigio y la clientela del pobre Sebastián, mi esposo, que en paz descanse.

—¡Además yo nunca tengo frío, mozalbete! —le regañó Fernando. Y después, volviéndose a su madre, reiteró—: ¿Y cómo es eso? ¿Es que aprendió bien el chico?

—Todo lo aprendió de su padre, a quien Dios tenga en su gloria —dijo muy convencida Cristina—. Desde que era así de renacuajo... —Puso la palma de su mano a la altura de su cintura.

—Me alegra saberlo —asintió Fernando, y en la felicitación se unió Sara, su mujer—. Porque era buen oficio el de Sebastián, sí.

—Gran oficio; y muy prestigiado —concluyó Cristina—. Mi Sebastián, que en gloria esté, adiestró en el arte de la costura a Isidro desde la infancia. ¿A que no sabéis para quién fue el primer traje que ayudó a cortar mi Isidro?

—¿Para quién? —se interesó Felipe, y los demás aproximaron el oído para conocer la respuesta.

—¡Para el señor Larra!

—¡Ah! —Rio Felipe—. ¡Ahora me lo explico todo! ¡Ni amor ni nada por el estilo! ¡El señor Larra se pegó un tiro por lo malamente que le quedaba aquel traje!

—¡Felipe! —le recriminó Cristina, la madre de Isidro—. Ni una broma con el oficio de mi chico, ¿eh? Que es lo que nos da de comer...

—Pero si era una broma, mujer —intervino Sara.

—¡Pues no me gusta nada esa guasa! —Cristina torció el gesto.

—Pero el señor Larra, ¿se suicidó por eso o no? —Luis Argote quiso continuar la chanza.

—¡Basta, Luis! —le regañó su madre—. Tengamos la fiesta en paz. ¡Mirad! ¡Ya llegamos a Aranjuez!

—¡Y que conste que yo nunca siento ni el frío ni el calor! —Fernando Argote se había quedado con aquello y parecía que el comentario de Isidro se le había prendido en las tripas, arañándoselas—. ¡Ni yo, ni ninguno de los míos!

Mariano José de Larra y Sánchez de Castro había nacido en Madrid el 24 de marzo de 1809 y en la misma ciudad acabó con su vida en 1837, el 13 de febrero, cuando apenas tenía veintiocho años. Había ejercido, a pesar de su juventud, de escritor y de político, además de alcanzar una cierta celebridad con su faceta más aguerrida: la de periodista. Y toda su obra estaba sustanciada, como las de Bécquer, Rosalía de Castro o Espronceda, en el movimiento romántico español, un romanticismo tardío, pero rabioso, radical.

Muy crítico en sus opiniones, con las alforjas repletas de sarcasmos y costumbrismo, le dio tiempo a ser autor de centenares de artículos periodísticos y de otros muchos ensayos, algunos firmados con su nombre y otros bajo los seudónimos de Fígaro, Duende, Bachiller o El Pobrecito Hablador. Para Larra, España no era digna de lástima, sino un objetivo de toda crítica y sujeto de cualquier sátira.

Había nacido en la calle de Segovia, hijo del médico Mariano de Larra y de Dolores Sánchez de Castro. Creció en una familia liberal y afrancesada que tuvo que exiliarse en Burdeos y en París al acabar la guerra de la Independencia, y cuando en 1818 todos regresaron a España, convirtiéndose su padre en el médico personal de uno de los hermanos de Fernando VII, Francisco de Paula, Larra prosiguió en Madrid los estudios iniciados en Francia y luego se marchó a la Universidad de Valladolid, ciudad en la que se enamoró hasta la enajenación de una mujer mucho mayor que él: precisamente la amante de su padre.

Al comprobar lo imposible y lo inconveniente de sus febriles amores juveniles, abandonó Valladolid y regresó en 1825 a Madrid.

Y un poco tocado por su pasión amorosa debió de llegar a la gran ciudad, en todo caso, porque nadie pudo explicarse que se enrolara en las milicias absolutistas de los Voluntarios Realistas, a la vez que se pasaba las noches en vela escribiendo odas revolucionarias después de dedicar el día a apalear liberales. Odas y sátiras, artículos mordaces y ensayos sarcásticos contra las peores costumbres españolas. Incluso publicó un periódico mensual, *El duende satírico del día*, y en ese periódico o folleto empezó a mostrar su genio y su ingenio junto a sus jóvenes tertulianos del Café del Príncipe, en la calle del mismo nombre. Una tertulia, la de El Parnasillo, a la que acudían Bretón de los Herreros, Miguel Ortiz, Ventura de la Vega y González de Pezuela, entre otros.

Y allí mismo, en el café, se enfrentó con Carnerero, el director de *El Correo Literario y Mercantil*, de resultas de lo cual las autoridades censuraron y cerraron el periódico de Larra. Tarde, quizá, porque Larra ya era un madrileño muy conocido por su capacidad de observación y sus críticas a las costumbres y a la política españolas.

Al poco, en agosto de 1829, se casó con Josefa Wetoret, con quien tuvo tres hijos antes de separarse de ella. Uno de ellos, Luis Mariano de Larra escribió diferentes zarzuelas, entre las que fue muy popular *El barberillo de Lavapiés*. Otra de sus hijas, Adela, fue amante del rey Amadeo de Saboya, y la tercera, Baldomera, tras ser la esposa de un médico y ser abandonada por él, se inventó un timo muy original que intentó poner en práctica, la llamada «estafa piramidal», por lo que terminó en prisión.

Mariano José de Larra, antes de morir, y aún casado, se enamoró de Dolores Armijo, y también empezó a trabajar en *La Revista Española*, de corte liberal, con el seudónimo de Fígaro. Así culminó su gran popularidad con artículos como *En este país* y *El casarse pronto y mal*, y sobre todo con el celebérrimo *Vuelva usted mañana*. Fue el momento en el que abandonó el absolutismo, se hizo de la noche a la mañana un liberal convencido y arremetió contra el carlismo con la misma saña con que antes lo había hecho contra los liberales y constitucionalistas.

Cuando en el verano de 1834 Dolores Armijo lo abandonó y se fue a vivir fuera de Madrid, Larra comenzó a realizar largos viajes para intentar cicatrizar sus heridas de amor, pero ni en Lisboa ni en Londres, ni siquiera en un París en el que conoció a Victor Hugo y Alejandro Dumas, dieron remedio a su alma herida. Regresó entonces a Madrid, obtuvo un acta de diputado por Ávila, aunque no llegó a tomar posesión de su escaño, decidió regresar al oficio del periodismo en el periódico *El Español* y, aunque logró que su amante Dolores Armijo, acompañada de su cuñada, le visitara un anochecer en su casa en el tercer piso del número 3 de la calle Santa Clara, sólo consiguió que ella le informara de que no iba a cambiar de opinión y, por lo tanto, no deseaba volver con él. Fue el 13 de febrero de 1837 y, en cuanto las mujeres abandonaron la casa, Larra se suicidó de un pistoletazo en la sien derecha.

—¡Larra ha muerto!

—¿El periodista? ¡No puede ser! ¡Si es muy joven!

—Las balas no entienden de edad.

—¿Quién es el malnacido que le ha disparado?

—Él solo y su buena puntería han bastado para facilitarle un buen viaje al cementerio.

—¡Larra ha muerto!

Su entierro fue multitudinario. Sus restos reposaron primero en el Cementerio del Norte, tras la glorieta de Quevedo. Luego, en 1842, fueron trasladados a la Sacramental de San Nicolás, junto a la calle Méndez Álvaro; y en 1902 se inhumaron en la Sacramental de San Justo, San Millán y Santa Cruz, en el Panteón de Hombres Ilustres de la Asociación de Escritores y Artistas Españoles.

En aquellos tiempos de romanticismo exacerbado, los autores románticos no sólo escribieron poesías de amor y muerte. Por ejemplo, el más grande y representativo miembro del movimiento romántico español, Gustavo Adolfo Bécquer, fue autor de una zarzuela. El poeta adaptó al teatro la obra de Victor Hugo *Nuestra Señora de París*, la rebautizó como *Esmeralda* y luego la convirtió en una zarzuela, *El Talismán*, un libreto con partitura de Joaquín Espín y Guillén que permaneció inédito hasta el año 2014. Todavía hoy se desconoce por qué el censor no autorizó su representación y qué pasó con aquella copia de *Esmeralda*, que reapareció bautizada como *El Talismán*.

En 1864 las calles del centro de Madrid se alumbraron con farolas de gas, sobre todo cuando se empedró la calle de Alcalá y el Ayuntamiento aceleró los trámites para aprovechar el levantamiento de los adoquines para instalar las correspondientes conducciones del gas que se usaba para prender las 1.740 farolas durante la noche, además de otras 624 de aceite. Un proceso que cayó en desuso en 1929 con la llegada de la electricidad, aunque las farolas de gas permanecieron en uso en la ciudad hasta los años sesenta del siglo XX.

Antes, en 1832, se instalaron las primeras farolas de gas en la plaza de Oriente, frente al Palacio Real, pero tuvieron que pasar muchos años hasta que se decidió seriamente alumbrar las noches de Madrid. Los encargados de prenderlas eran los faroleros, con su escalera al hombro por la que trepaban para prender la espita con una larga vara encendida, útil para encenderlas y para apagarlas al amanecer con el capuchón de que disponía el anverso de la misma vara. En todo caso, se trataba de un gas que iluminaba poco, el mismo que se usaba en las casas y en los comercios, e incluso en los teatros, hasta el punto de que en 1866 los espectadores del Teatro Real vociferaron muchas veces porque la luz nunca se ajustaba a la escena representada y unas veces resultaba escasa en los momentos más sobresalientes de una obra y otras se volvía cegadora en los instantes más románticos de la ópera que se exhibía.

También, en 1846, se creó la Sociedad Madrileña para el Alumbrado de Gas, construyendo su propia fábrica en 1848 en la manzana comprendida entre el Paseo de los Olmos, la ronda de las Acacias y la ronda de Toledo. El gas se obtenía de la combustión del carbón con resina. Más tarde, en 1856, la sociedad fue comprada por la Compañía Madrileña de Alumbrado y Calefacción con Gas, cuya principal accionista era una sociedad francesa denominada Crédito Mobiliario Español. Y así continuó la fabricación hasta la gran crisis europea de 1917 cuando, por falta de carbón, la empresa tuvo que ser absorbida por el Ayuntamiento para seguir sirviendo a los vecinos; al igual que en 1921 el municipio tuvo que hacerse cargo de Hidráulica Santillana, constituyendo la sociedad de Gas Madrid, una fábrica nueva lejos de la inicial, instalada en la Puerta de Toledo, que se levantó en 1967 en Manoteras. De la original, hoy sólo permanece su gran chimenea de ladrillo.

Otra fábrica de gas se construyó en 1903 en el Cerro de la Plata, por la Sociedad Gasificadora Industrial (SGI). Los magníficos edificios situados entre las calles de Acanto, Ombú y Pedro Bosch se diseñaron con influencias de estilo neomudéjar, se le añadió en 1908 una central de transformación de energía eléctrica y se construyó junto a las vías del tren para recibir los materiales con inmediatez. La SGI pasó a manos de la Compañía Madrileña de Alumbrado y Calefacción, y finalmente ambas terminaron en la empresa municipal Gas Madrid, que la gestionó hasta su cese en las postrimerías del siglo XX. La rehabilitación final de estos edificios de Méndez Álvaro corrió a cargo de la nueva propietaria, Unión Fenosa, en el año 2001.

Con las aguas de Madrid también se pasó de la abundancia a la canalización, e incluso a intentos posteriores de restricción o privatización. Empeño absurdo en una ciudad cuyo origen fue precisamente el agua, porque el topónimo visigótico Matrich y el equivalente árabe Mayrit, origen de la palabra Madrid, significan exactamente «matriz de las aguas» o «lugar donde brota el manantial». Tanta agua tenía Madrid en manantiales, pozos y lagunas que se llegó a decir que era «una ciudad edificada sobre el agua», y así debió de ser porque en donde luego estuvo la Plaza Mayor se mecían las lagunas de Luján, y eran innumerables los ríos de agua, desde el arroyo del Prado al del Abroñigal, que aún hoy viajan en el subsuelo de Madrid por alcantarillas y canalizaciones, bajo el Paseo del Prado, La Castellana y la actual calle 30.

Por debajo de la Puerta del Sol pasaba el antiguo arroyo del Arenal, hasta la plaza de Isabel II, con su fuente de los Caños del Peral. También existieron allí unos baños de origen medieval. Por no reiterar la abundancia de las grandes fuentes públicas, como la de La Cibeles, en las que los aguadores rellenaban sus cántaros, tinajas o toneles para llevárselos a lomos de mulos o borriquillos. Entonces eran unos novecientos los aguadores en la Villa, y más del doble después, aguadores con licencia y puestos al día en el pago de impuestos. Unos trabajadores de la distribución del agua que también tenían la obligación de acudir con una cuba allí en donde se produjese un incendio.

La apertura del surtidor de agua de la calle Ancha de San Bernardo en Madrid fue un acto público que tuvo lugar para conmemorar la inauguración del Canal de Isabel II. El 24 de junio de 1858 llegó el agua potable a la Villa desde el río Lozoya, en la sierra de Guadarrama, gracias a la construcción de un costoso canal que supuso una de las mayores obras de ingeniería de la época. La intención fue mejorar las condiciones de vida y sanitarias de la ya numerosa población de la capital, de acuerdo con la corriente higienista en boga en el urbanismo, cuando ya había setenta y siete fuentes públicas en la ciudad y eran cientos los aguadores que repartían el agua por las casas. El avance que supuso la llegada de las aguas a la ciudad fue la causa de un gran festejo que celebraron los madrileños ese 24 de junio, rodeando una gran fuente creada para la ocasión en la calle de San Bernardo, frente a la iglesia de Montserrat. Al acto asistieron la reina Isabel II, su hijo Alfonso y el ingeniero jefe de la obra, Lucio del Valle. Los madrileños no dudaron en pagar los 40 reales de la entrada para acudir y poder ver la apertura del empinado surtidor con que se celebraba la llegada del agua corriente a Madrid. Cuando el cardenal arzobispo trató de lanzarle unas gotas de agua bendita al incontenible chorro, acabó empapado, pero las risas populares fueron apagadas por las salvas de artillería previstas y el repicar de todas las campanas de las parroquias colindantes.

Como complemento al agua, en 1865 abrió la primera Fábrica de Hielo en Madrid, en la actual calle del General Martínez Campos. Los neveros estaban en el Monte Abantos y en el Huerto de los Monjes, en El Escorial, y desde allí se trasladaban tradicionalmente a la capital hasta que la nueva fábrica pudo hacer hielo para surtir las necesidades de conservación de alimentos y de refrigerio de los vecinos cuando en los meses de primavera y verano se acaloraban.

Fernando Argote, tan entregado a sus inventos nunca hechos realidad a su gusto, aunque se le tomaran en cuenta algunas de sus iniciativas, como en el caso de la construcción del sistema de transporte que se denominó ferrocarril, convenció con otra de sus invenciones al actor Julián Romea para que desaparecieran del Teatro Príncipe, en 1840, los antiguos bancos del patio, para ganar en comodidad y aprovechamiento del espacio, convirtiéndolos en lunetas con respaldo de terciopelo de color azul, con lo que la confortabilidad de los espectadores sería mucho mayor. Y así se hizo finalmente, al igual que al año siguiente, en 1841, propuso que se suprimiera la cazuela de mujeres para que el espacio quedase convertido en una galería diáfana en la que, cuando hubiera fondos, se instalaran palcos de platea al servicio de la intimidad de quienes prefirieran contemplar el espectáculo con un entorno cercano de familiares, invitados o amigos. Esta reforma, la de 1841, coincidió con otra novedad: la instalación de un nuevo telón de boca, además de una artística decoración del techo de todo el teatro que se le encargó, y realizó, a Joaquín Espalter y Rull, con retratos de artistas y dramaturgos.

Años más tarde, en 1847, el Estado pretendió convertir el Teatro del Príncipe en Teatro Real Español, a lo que se opusieron con altercados y amenazas de no trabajar los principales actores del momento y sus compañías, una dura batalla que ganaron los artistas porque en 1849 el teatro volvió a depender del Ayuntamiento de Madrid. Y en 1850 se eliminó por fin la cazuela y se inauguró el Café del Príncipe junto a la puerta del teatro, consolidando la fachada asimétrica que se ha conservado con el tiempo.

En 1869, el teatro volvió a cambiar de nombre y desde entonces se le llamó Teatro Español, fundamentándose el título en una ley real de 1850 por la que cada teatro debía denominarse según el género que en él se representara. Por eso otros teatros pasaron a llamarse de la Comedia, la Zarzuela o la Ópera.

Entre 1887 y 1894, Ramón Guerrero modernizó el interior del teatro y reformó otra vez más el edificio teatral municipal.

Y en medio de los años más confusos de la historia de España y de Madrid, de repente surgió la figura de Amadeo de Saboya como el rey que, al parecer, iba a ser la solución a los muchos problemas del país y a sus constantes guerras intestinas entre carlistas y liberales, absolutistas y constitucionalistas, conservadores y progresistas. El gran dilema de España desde Fernando VII, el causante de los males de dos siglos de un país desaguándose por sus entrañas.

Amadeo I de España, llamado el Rey Caballero y el Electo, había nacido en Turín el 30 de mayo de 1845 y murió en 1890 en esa misma ciudad. Fue rey de España a la renuncia de Isabel II, entre 1871 y 1873, y su reinado se caracterizó por una insoportable inestabilidad política. Tuvo seis gobiernos en los dos años de su reinado, todos ellos incapaces de frenar la agresividad interna en una nueva guerra carlista, la de 1872, ni de evitar la sangría exterior en Cuba, en su guerra de Independencia. El rey efímero, de formación militar y carácter apacible, apenas fue conocido por sus súbditos madrileños.

—¿Tú has visto al rey? —preguntó un día Isidro Álvarez a Felipe de Tarazona, levantando los ojos del ojal que completaba en la bocamanga de un frac.

—Lo vi, sí —respondió Felipe—. Estuvo de visita en el Ayuntamiento y departí con él unos instantes.

—¿Y cómo es?

—Sosegado.

—De apariencia, pregunto. —Isidro fijó los ojos en los de Felipe.

—Ah, pues no sé cómo decirte... —Felipe se rascó la nuca y trató de componer su retrato—. Me pareció de frente espaciosa y algo prominente, con una rizada cabellera; los ojos negros, de mirar inexpresivo; gruesos labios, recia y blanca la dentadura, la barba cerrada...

—¿Y de carácter?

—Ah, no sé. Oí decir al alcalde que carece de rasgo alguno sobresaliente, que es valeroso en las batallas y que carece de ambiciones políticas. Y que, aunque es masón, con grado 33 del Rito Escocés Antiguo y Aceptado, es también un ferviente católico, lo que no quita para que haya heredado de su padre, el rey Víctor Manuel, una inclinación indisimulada y románticamente apasionada por las mujeres. Cual un Borbón, vamos, aunque sea un Habsburgo...

—Como todos, ya lo ves...

—Pues tú disimula, sastre, que las paredes tienen oídos...

La llegada a la Corona española de Amadeo se produjo como consecuencia de la revolución de 1868 y la huida de la reina, lo que dio lugar a un gobierno provisional presidido por el general Serrano, junto con otros generales sublevados. Se convocaron de inmediato Cortes Constituyentes que proclamaron una nueva Constitución, en 1869, un texto que declaraba la monarquía como forma de gobierno. Y entonces tocó la ardua tarea de buscar un rey.

—¿Quién aceptaría ser jefe de un Estado pobre y en guerra?

—¿En dónde encontrar a un incauto al que no le dé vértigo tal reinado?

—Nos costará, amigo. Nos costará...

Y costó, vaya que si costó. Pero al final dieron con el duque de Aosta, Amadeo de Saboya, hijo del rey de Italia, que era progresista, heredero de una dinastía antigua y, además, católico. Parecía el más adecuado para semejante situación y, de pronto, el pobre Amadeo se vio elegido rey por un puñado de diputados confabulados para votar su candidatura, lo que suponía una locura, una sinrazón, para los monárquicos más conservadores.

—¿Y la mano de Dios, qué?

—Dios anda ocupado en otros menesteres. Anda, levanta la mano y vota.

La votación parlamentaria no fue, en todo caso, unánime: el 16 de noviembre de 1870 decidieron los diputados. Y el resultado de la consulta fue que 191 lo apoyaron, pero 60 lo hicieron por la creación de una república federal, otros 27 apostaron por el duque de Montpensier e incluso hubo 8 diputados que optaron por el general Espartero, dos por una república unitaria, otros dos por Alfonso de Borbón, uno por otra clase de república y uno más por la duquesa de

Montpensier, la infanta María Luisa Fernanda. Entre ellos, 19 diputados votaron en blanco.

Así fue como el presidente de las Cortes, Manuel Ruiz Zorrilla, hecho el recuento, proclamó rey de España al señor duque, o sea, a Amadeo I de Saboya.

Como era de esperar, carlistas y republicanos le pusieron la proa desde el primer momento. Y los partidarios de los Borbones, también. Y la Iglesia, lo mismo, quizá por su condición de masón. Y los madrileños que le desconocían alzaron los hombros y se desentendieron de otra causa de las que «las cosas de Palacio imponen». Ni que decir tiene que los madrileños nunca le vieron...

Pero llegó a Madrid pocos días después de que el general Prim muriera asesinado en un atentado en la calle del Turco. Amadeo de Saboya se personó en las Cortes para jurar como rey, tras rezar ante el cadáver de Prim, e inició el calvario de su reinado. Un reinado que cuatro meses después, el 20 de abril de 1870, tuvo que soportar un feroz discurso de Emilio Castelar en las Cortes, que con su oratoria acostumbrada proclamaba:

—Visto el estado de la opinión, Vuestra Majestad debe irse, como seguramente se hubiera ido Leopoldo de Bélgica, no sea que tenga un fin parecido al de Maximiliano I de México...

El rey asintió levemente, y calló. Pero tras un atentado contra su vida el 19 de julio de 1872 del que salió ileso, Amadeo I declaraba su angustia ante las complicaciones de la política española:

—*Ah, per Bacco, io non capisco niente. Siamo una gabbia di pazzi.* (Ah, por Baco, yo no entiendo nada, esto es una jaula de locos.)

La tercera guerra carlista, la guerra de Cuba y las disputas entre los partidos que apoyaban su gobierno desencadenó su sensación de impotencia. Y cuando Ruiz Zorrilla, apoyado por los Artilleros, le pidió que implantara un régimen autoritario sin Cortes, se negó. Y se aseguró que al mediodía del 11 de febrero de 1873 le comunicaron que lo mejor que podía hacer era empacar las maletas y marcharse a su palacio de Turín. Amadeo I estaba en el Café de Fornos, esperando a que le sirvieran su comida, y no lo pensó ni un instante: anuló la comanda, pidió que le sirvieran una copa de *grappa*, reunió a su familia y se resguardó en la Embajada de Italia. Desde allí redactó un escrito que leyó su esposa ante las Cortes, renunciando a la Corona.

Sus palabras explican a la perfección la situación de España. Estaba claro que no sabía hablar español, pero su capacidad de observación era notable. Un discurso que decía así:

Al Congreso: Grande fue la honra que merecí a la Nación española eligiéndome para ocupar su Trono; honra tanto más por mí apreciada, cuanto que se me ofrecía rodeada de las dificultades y peligros que lleva consigo la empresa de gobernar un país tan hondamente perturbado. Alentado, sin embargo, por la resolución propia de mi raza, que antes busca que esquiva el peligro; decidido a inspirarme únicamente en el bien del país, y a colocarme por encima de todos los partidos; resuelto a cumplir religiosamente el juramento por mí prometido a las Cortes Constituyentes, y pronto a hacer todo linaje de sacrificios que dar a este valeroso pueblo la paz que necesita, la libertad que merece y la grandeza a que su gloriosa historia y la virtud y constancia de sus hijos le dan derecho, creía que la corta experiencia de mi vida en el arte de mandar sería suplida por la lealtad de mi carácter y que hallaría poderosa ayuda para conjurar los peligros y vencer las dificultades que no se ocultaban a mi vista en las simpatías de todos los españoles, amantes de su patria, deseosos ya de poner término a las sangrientas y estériles luchas que hace tanto tiempo desgarran sus entrañas. Conozco que me engañó mi buen deseo. Dos largos años ha que ciño la Corona de España, y la España vive en constante lucha, viendo cada día más lejana la era de paz y de ventura que tan ardientemente anhelo. Si fueran extranjeros los enemigos de su dicha, entonces, al frente de estos soldados, tan valientes como sufridos, sería el primero en combatirlos; pero todos los que con la espada, con la pluma, con la palabra agravan y perpetúan los males de la Nación son españoles, todos invocan el dulce nombre de la Patria, todos pelean y se agitan por su bien; y entre el fragor del combate, entre el confuso, atronador y contradictorio clamor de los partidos, entre tantas y tan opuestas manifestaciones de la opinión pública, es imposible atinar cuál es la verdadera, y más imposible todavía hallar el remedio para tamaños males. Lo he buscado ávidamente dentro de la ley y no lo he hallado. Fuera de la ley no ha de buscarlo quien prometió observarla. Nadie achacará a flaqueza de ánimo mi resolución. No habría peligro que me moviera a desceñirme la Corona si creyera que la llevaba en mis sienes para bien de los españoles; ni causó mella en mi ánimo el que corrió la vida de mi augusta esposa, que en este solemne momento manifiesta, como yo, el vivo deseo de que en su día se indulte a los autores de aquel atentado. Pero tengo hoy la firmísima convicción de que serían estériles mis esfuerzos e irrealizables mis propósitos. Estas son, señores diputados, las razones que me mueven a devolver a la Nación, y en su nombre a vosotros, la Corona que me ofreció el voto nacional, haciendo de ella renuncia por mí, por mis hijos y sucesores. Estad seguros de que al desprenderme de la Corona no me desprendo del amor a esta España tan noble como desgraciada, y de que no llevo otro pesar que el de no haberme sido posible procurarle todo el bien que mi leal corazón para ella apetecía. Amadeo.

Palacio de Madrid a 11 de febrero de 1873.

Ese mismo día, el Congreso y el Senado se reunieron y Emilio Castelar redactó la respuesta de las Cortes.

Señor:

Las Cortes soberanas de la Nación española han oído con religioso respeto el elocuente mensaje de V.M., en cuyas caballerosas palabras de rectitud, de honradez, de lealtad, han visto un nuevo testimonio de las altas prendas de inteligencia y de carácter que enaltecen a V.M. y del amor acendrado a esta su segunda Patria, la cual, generosa y valiente, enamorada de su dignidad hasta la superstición y de su independencia hasta el heroísmo, no puede olvidar, no, que V.M. ha sido jefe del Estado, personificación de su soberanía, autoridad primera dentro de sus leyes, y no puede desconocer que honrando y enalteciendo a V.M. se honra y se enaltece a sí misma. Señor, las Cortes han sido fieles al mandato que traían de sus electores y guardadoras de la legalidad que hallaron establecida por la voluntad de la Nación por la Asamblea Constituyente. En todos sus actos, en todas sus decisiones, las Cortes se contuvieron dentro del límite de sus prerrogativas, y respetaron la autoridad de V.M. y los derechos que por nuestro pacto constitucional a V.M. competían. Proclamando esto muy alto y muy claro, para que nunca recaiga sobre su nombre la responsabilidad de este conflicto que aceptamos con dolor, pero que resolveremos con energía, las Cortes declaran unánimemente que V.M. ha sido fiel, fidelísimo guardador de los respetos debidos a las Cámaras; fiel, fidelísimo guardador de los juramentos prestados en el instante en que aceptó V.M. de las manos del pueblo la Corona de España. Mérito glorioso, gloriosísimo en esta época de ambiciones y de dictaduras, en que los golpes de Estado y las prerrogativas de la autoridad absoluta atraen a los más humildes no ceder a sus tentaciones desde las inaccesibles alturas del Trono, a que sólo llegan algunos pocos privilegiados de la tierra. Bien puede V.M. decir en el silencio de su retiro, en el seno de su hermosa Patria, en el hogar de su familia, que, si algún humano fuera capaz de atajar el curso incontrastable de los acontecimientos, S.M., con su educación constitucional, con su respeto al derecho constituido, los hubiera completa y absolutamente atajado. Las Cortes, penetradas de tal verdad, hubieran hecho, a estar en sus manos, los mayores sacrificios para conseguir que V.M. desistiera de su resolución y retirase su renuncia. Pero el conocimiento que tienen del inquebrantable carácter de V.M.; la justicia que hacen a la madurez de sus ideas y a la perseverancia de sus propósitos, impiden a las Cortes rogar a V.M. que vuelva sobre su acuerdo, y las deciden a notificarle que han asumido en sí el Poder supremo y la soberanía de la Nación para proveer, en circunstancias tan críticas y con la rapidez que aconseja lo grave del peligro y lo supremo de la situación, a salvar la democracia, que es la base de nuestra política, la libertad, que es el alma de nuestro derecho, la Nación, que es nuestra inmortal y cariñosa madre, por la cual estamos todos decididos a sacrificar sin esfuerzo no sólo nuestras individuales ideas, sino también nuestro nombre y nuestra existencia. En circunstancias más difíciles se hallaron nuestros padres a principios de siglo y supieron vencerlas inspirándose en estas líneas y en estos sentimientos. Abandonados por sus Reyes, invadido el suelo patrio por extrañas huestes, amenazado de aquel genio ilustre que parecía tener en sí el secreto de la destrucción y la guerra, confinadas las Cortes en una isla donde parecía que se acababa la Nación, no solamente salvaron la Patria y escribieron la epopeya de la independencia, sino que crearon sobre las ruinas dispersas de las sociedades antiguas la nueva sociedad. Estas Cortes saben que la Nación española no ha degenerado, y esperan no degenerar tampoco ellas mismas en las austeras virtudes patrias que distinguieron a los fundadores de la libertad española. Cuando los peligros estén conjurados; cuando los obstáculos estén vencidos; cuando salgamos de las dificultades que trae consigo toda época de transición y de crisis, el pueblo español, que mientras permanezca V.M. en su noble suelo ha de darle todas las muestras de respeto, de lealtad, de consideración, porque V.M. se lo merece, porque se lo merece su virtuosísima esposa, porque se lo merecen sus inocentes hijos, no podrá ofrecer a V.M. una Corona en lo porvenir; pero le ofrecerá otra dignidad, la dignidad de ciudadano en el seno de un pueblo independiente y libre. Palacio de las Cortes, 11 de febrero de 1873.

Aunque Ruiz Zorrilla intentó convencerle para que reconsiderara su opinión, no hubo forma de hacer recapacitar al rey cesante. Y no quedó otra que dar por válida la renuncia al trono.

A continuación, el mismo 11 de febrero de 1873, se proclamó la Primera República Española.

Durante los años que Madrid vio correr entre la muerte de Fernando VII y la proclamación de la Primera República, la vida de los vecinos estuvo salpicada por conflictos políticos que poco les afectaron y por una serie de guerras carlistas que todavía les afectó menos. Madrid atravesó un periodo de crecimiento industrial y los madrileños cruzaron un siglo sin grandes sobresaltos. La vida de Fernando Argote y su esposa Sara maduró y se agostó con una cierta serenidad: él dedicado a inventar inutilidades sin trascendencia y un puñado de ideas que fueron puestas en práctica por otros; ella atendiendo el hogar y esmerándose en la educación del único hijo que les sobrevivió, Luis, un muchacho que nunca sintió el frío ni el calor, como herencia de su estirpe, y que se vio abocado a ser feliz en la profesión de actor que eligió, también debido a ese gen ancestral artístico que supo imponerse a cualquier otra vocación u oficio.

Luis Argote, así, en 1873, cuando ya culminaba una vida de teatro en la que no destacó, pero tampoco le impidió vivir de su trabajo, apenas tuvo ocasión de sentir inquietud ante los nuevos tiempos republicanos. En ese año, ya viejo y medio ciego a causa de una diabetes sobrevenida, miraba pasar la vida contemplando sus nimiedades y sintiéndose sólo a gusto cuando con sus primos Isidro y Felipe se sentaba al atardecer a deleitarse con los colores velazqueños de los cielos de Madrid.

Un Isidro Álvarez, sastre de éxito y célebre por su buen hacer, que también acariciaba la vejez sin sobresaltos. Adornado con unas gafas de cristales gruesos, castigados sus ojos por tantos años de costura, escuchaba en silencio la conversación interminable de Felipe de Tarazona, que hablaba como llueve: a cántaros. Porque Felipe, jubilado ya como funcionario municipal, y tan viejo como sus amigos, primos o parientes, que nunca sabían cómo denominarse entre ellos, todo lo sabía y todo lo contaba, y cuando tomaba carrerilla era un volcán de palabrería que, pareciendo hueca, era, sin embargo, un lujo en cuanto a detalles y recreación de anécdotas y sucesos madrileños.

Pero, aparte de sus intercambios de achaques y recuerdos, la vida de los Argote, los Álvarez y los Tarazona fue tan sencilla como la de Madrid en unas décadas sin grandes acontecimientos ni transformaciones determinantes. Años vividos plácidamente en la ciudad, mientras el mundo se desmoronaba a su alrededor.

—¿Sabéis cuántas Reales Fábricas hay en Madrid? —preguntó Felipe un día a sus compañeros de atardecida, y Luis e Isidro supieron que se avecinaba otra de las riadas de palabras de las que se desbordaban con frecuencia por los labios de Felipe de Tarazona.

—A saber... —Alzó los hombros Argote.

—Da igual. —Cabeceó Álvarez—. De todos modos tú nos lo vas a decir...

—En Madrid, me refiero —Felipe pareció no oír los sarcasmos de sus contertulios—. Porque sólo de textiles hay muchas Reales Fábricas en España: de mantelerías en La Coruña y La Granja de San Ildefonso; de paños en Guadalajara, San Fernando de Henares, Brihuega, Ezcaray, Segovia y Alcoy; de sedas en Talavera y en Valencia; de lencería en La Granja, que llamaban La Calandria, y en León; de hilados en Barcelona, Ávila y Murcia; de lonas y vitres en Cervera del Río Alhama; de Hules en Cádiz...

—¡Por todos los santos, Felipe! —se quejó Luis—. ¡De Madrid! ¡Nos hablabas de Madrid!

—Ah, claro —reconoció el de Tarazona—. Aquí tenemos la Real Fábrica de Tapices, magnífica en la realización de tapices, alfombras y reposteros, y la de Holandillas y Bocacíes, la de la calle Mira el Río.

—¡Acabáramos! —suspiró Isidro.

—Pero estas son sólo de carácter textil —siguió Felipe, sin dejar de mirar al frente, con los ojos perdidos, como si con los ojos del corazón estuviera repasando un listado—. Luego están las fábricas de armas, municiones y pólvora: las hay en Toledo, Jimena de la Frontera, Placencia de las Armas, Villafeliche, Trubia, Muricia, Liérganes, Sevilla, Orbaiceta...

—¡Basta, por Dios! —Isidro se removió en su silla de anea, impaciente.

—¡Y la de Madrid, claro! —Felipe sonrió, complacido por haberse acordado de todas, como si estuviera en un examen y supiera que lo había aprobado.

—¡Interesantísimo! —Luis Argote movió la cabeza a un lado, se inclinó y tomó el botijo para echar un trago de agua fresca y aclarar la garganta, seca de tanto oír la perorata de su amigo.

—¡Ah! —pareció recordar Felipe—. También hay muchas Reales Fábricas de cerámica, loza y porcelana...

—¿En serio? —ironizó Isidro.

—¡Y tanto! —replicó, sin atender el tono de Isidro—. Alcora, Sargadelos, Valencia... En Madrid está la Real Fábrica de la China y la Real Fábrica de La Moncloa.

—¿Ya acabaste? —empezó a inquietarse Luis—. ¿O aún hay más?

—Bueno... —Felipe quiso quitar importancia a sus grandes conocimientos, como si evitara ofender a sus contertulios ante su demostración de ignorancia—. Reales Fábricas de Tabacos las hay en Cádiz, La Coruña, Sevilla y Madrid, pero eso ya lo sabíais vosotros, ¿verdad?

—Sí, sí, claro —Isidro pensó que, dándole la razón, acabaría la conversación y pasarían a asuntos menos tediosos.

—Porque también hay fábricas reales que producen otras muchas cosas —ni siquiera se dio por aludido Felipe—. La de abanicos de Valencia, la de jarcia en Puerto Real, la de cristales de La Granja, la de hojalata de Júzcar...

—Felipe...

—La de naipes de Málaga, la de plomo de Fuente Victoria, la de latón y cobre en Riópar...

—¡Felipe!

—La de sombreros en San Fernando de Henares...

—¡Felipe, por los clavos de Cristo! —Isidro hizo ademán de levantarse y salir huyendo—. ¿Acabarás de una vez?

—Me preguntabas por las Reales Fábricas de Madrid, ¿no? —se extrañó Felipe.

—¡No! ¡Nadie te preguntó! ¡Tú fuiste quien quiso contárnoslo!

—¡Es verdad! —El hombre siguió a lo suyo—. ¡Las de Madrid! Pues hay, o hubo, varias, sí: la Real Fábrica de Aguardientes, Naipes y Papel Sellado, la de Cera, la de Coches, que se incendió, ¿lo habéis oído contar? Y luego la de Relojes, la Real Fábrica de Platería Martínez...

—Bueno, amigos, yo tengo que irme —concluyó la tertulia Isidro, agotado—. Tengan ustedes buenas tardes.

—El caso es que yo también tengo que... —se sumó Luis Argote a la iniciativa de Isidro, tan fatigado como él—. Mañana continuaremos con la lección de geografía.

—Pero si todavía tenía que contaros... —protestó levemente Felipe—. ¿A qué tanta prisa?

—Mañana, Felipe, mañana —atajó Luis—. Con Dios.

—Con Dios —se resignó Felipe, y siguió echando cuentas, como si se hubiera olvidado de algo.

—¡Ah, sí! —dijo en voz alta, mientras los otros se alejaban—. No os he hablado de la Real Fábrica de Abanicos de Eugenio Pros... —Y, luego, como para sí mismo, recitó—: Ah, Eugenio Pros..., qué gran fabricante... Fundó en España el gremio de Abaniqueros, como protegido del conde de Floridablanca... Luego la Real Fábrica de Abanicos, tan espléndida como la de Francia y la de Italia... Ah, gran hombre, sí. Gran hombre...

Los abanicos tuvieron un lenguaje propio que muchas mujeres conocían y muchos hombres tuvieron que aprender. Fue la forma de comunicarse en un tiempo en el que la mujer carecía de libertad para expresar sus sentimientos y emociones, o su situación personal. Sus madres o señoritas de compañía las vigilaban de cerca, así es que no les quedó más remedio que inventar el modo de comunicarse con sus admiradores, incluso con sus pretendientes y amantes.

Algunos de esos gestos y movimientos del abanico eran

imprescindibles para dar a conocer sin palabras lo que deseaban decir. En esencia, algunos de esos gestos eran:

- Abanicarse rápidamente: Te amo intensamente.
- Abanicarse lentamente: Estoy casada y me eres indiferente.
- Cerrar despacio el abanico: Sí.
- Cerrar rápido: No.
- Abrir y cerrar rápidamente: Cuidado, estoy comprometida.
- Dejar caer el abanico: Te pertenezco.
- Mover el flequillo con el abanico: Pienso en ti, no te olvido.
- Contar las varillas: Quiero hablar contigo.
- Cubrirse del sol con el abanico: Eres feo, no me gustas.
- Apoyar el abanico sobre la mejilla derecha: Sí.
- Apoyar el abanico sobre la mejilla izquierda: No.
- Prestar el abanico a su acompañante o a su madre: Se acabó.
- Dar un golpe sobre un objeto: Impaciencia.
- Sujetarlo con las dos manos: Es mejor que me olvides.
- Cubrirse los ojos con el abanico abierto: Te quiero.
- Cubrirse el rostro: Cuidado, nos vigilan.
- Pasarlo por los ojos: Lo siento.
- Tocarse los ojos: ¿Cuándo te puedo ver?
- Abrir el abanico y enseñarlo: Puedes esperarme.
- Cubrirse la cara con el abanico abierto: Sígueme cuando me vaya.
- Apoyar el abanico medio abierto en los labios: Puede besarme.
- Apoyar los labios sobre el abanico: No me fío.
- Pasarlo por la cara: Estoy casada.
- Pasarlo suavemente sobre los ojos: Vete, por favor.
- Llevarlo en la mano izquierda: Quiero conocerte.

- Moverlo con la izquierda: Nos observan.
- Llevarlo o moverlo con la mano derecha: Quiero a otro.
- Pasarlo de una mano a otra: Estás coqueteando con otra. O también: Eres muy atrevido.
- Girarlo con la mano derecha: No me gustas.
- Tocar la palma de la mano con el abanico: Estoy pensando que sí te quiero.
- Sobre el corazón o el pecho: Te amo.
- Sobre el pecho: Sufro por tu amor.
- Golpear con el abanico cerrado sobre la mano izquierda: Ámame.
- Mirar dibujos: Me gustas mucho.
- Situarlo a la altura del pecho: Podemos ser amigos.
- Cerrarlo sobre la mano izquierda: Me casaré contigo.
- Tirar al suelo el abanico: Te odio. Adiós, se acabó.
- Mostrarlo cerrado: ¿Me quieres?
- Colocarse en el balcón con el abanico abierto, o permanecer así en el balcón, o entrar abanicándose en el salón: No saldré.
- Sobre la oreja izquierda: Olvídame.
- Sobre la derecha: No hables de nuestro secreto.
- Contar o abrir cierto número de varillas: El número es la hora para la cita.

Un lenguaje, en fin, tan eficaz como imprescindible en los años en que la mujer todavía tenía vedada la capacidad de expresar libremente sus deseos y sentimientos.

23

La Primera República

Febrero de 1873

El 11 de febrero de 1873 se proclamó la Primera República Española y estuvo vigente hasta el 29 de diciembre de 1874. Veintidós meses, sólo veintidós, en los que, por primera vez desde Fernando VII, España creyó que podría dejar atrás su endémico conflicto de banderías y poner en pie un estado moderno, democrático, culto y equiparable a los grandes países de su entorno. Un anhelo más de los muchos que abrigaron la historia de un pueblo lleno de sueños que por una razón u otra siempre fue propenso a ser víctima de las pesadillas.

Madrid, entre tanto, era una ciudad pausada y sin grandes arañazos que crecía lenta pero permanentemente, olvidando las cicatrices del pasado y sin temor a las nuevas heridas que le pudieran hacer, porque sabía que sanaba de todos los males con una envidiable facilidad.

—Siguen llegando nuevos forasteros, Luis.

—Nuevos madrileños...

—¿Cuántos somos ya?

—Bastantes más de doscientos mil —respondió Felipe de Tarazona, calculándolo por encima.

—¿Y cabremos todos? Nos quedaremos sin agua, ya lo veréis...

—No digo que no —admitió Felipe—. Ahora mismo hay en Madrid quinientas doce calles, setenta plazas, glorietas, plazuelas o plazoletas, y un total de seis mil seiscientos cincuenta edificios en los que se dice que viven alrededor de doscientos cincuenta mil vecinos.

—¿Y en dónde se albergan? No imagino en dónde encuentran cobijo tantos recién llegados...

—Bueno, no creas que no es preocupante la situación —Felipe, por su encomienda en el Ayuntamiento, tenía uno de sus mayores problemas en la habitación y reubicación de los nuevos vecinos—. Porque, entre todos esos edificios, incluso tras las privatizaciones desamortizadoras de Bonaparte y de Mendizábal, todavía hay muchas casas de propiedad eclesiástica, y por tanto inútiles para convertirlas en viviendas. Creo recordar que Madrid cuenta todavía con un centenar de iglesias, una veintena de conventos y otras tres docenas de edificios pertenecientes de una u otra manera a la Iglesia católica.

—Pues algo tendrá que hacer el Concejo...

—Pues lo que ves que hacemos... —Se alzó de hombros Felipe—. Es imposible hacer más. Damos licencias y más licencias que permiten que las casas crezcan a lo alto, para albergar más y más viviendas y poder alojar a quienes siguen llegando a Madrid, pero...

—Lo que no entiendo es a qué vienen. Si apenas hay trabajo y...

—Ya, ya. Cuéntaselo a ellos. Llegan convencidos de que aquí van a cumplir sus deseos de un futuro mejor.

—¿Y el alcalde, qué dice?

—¡Ay, el alcalde...! Todas son muy buenas intenciones, pero... Mira, lo que pasó con Mesonero Romanos: diseñó grandes proyectos, pero a la postre sus ideas no sirvieron para nada porque, o por falta de dinero o carencia de interés, no pudo llevar a cabo ninguna de ellas.

—Pero el señor Vizcaíno... —trató de defenderlo Luis Argote.

—Sí, sí —admitió Felipe de Tarazona—. El señor marqués de Pontejos fue otra cosa, no digo que no. Ha sido el alcalde que más impulso dio a la renovación urbanística de Madrid. Bueno, mientras ejerció su cargo, claro, que para lo que duró...

—¿Como lo de las basuras?

—Y mucho más, hombre. —Felipe se volcó en reconocer su gestión—. No sólo mejoró esos servicios cotidianos para los vecinos, como fue lo de la recogida de basuras, sino que también corrigió otras muchas necesidades...

—Pues como lo de la mucha basura. —A Luis no había quien lo sacara de ahí.

—Y más cosas, Luis, no seas terco —repitió Felipe—. O no te acuerdas de que por fin creó el Cuerpo de Serenos, y que se preocupó por establecer un sistema de alcantarillado que hoy permite... Bueno, y fue el que ordenó crear muchas aceras para los viandantes...

—Y consiguió que la basura...

—¡Sí! ¡Con la basura también! ¡Qué perra has cogido con esa cantilena, Argote! —Felipe se mostró airado—. ¡Tienes razón!

—Pues eso... Lo que yo decía...

Felipe de Tarazona se pasó el pañuelo por la frente para arrasar el sudor que le estaba produciendo una conversación que le acaloraba. Y, al cabo, comentó:

—Se ve que te encanta ese servicio de carros cerrados...

—Es que es mucho más higiénico que el que había antes para recoger basuras.

—Pero no seas terco, Luis, que me agotas. —Felipe estaba a punto de enfadarse—. No era un gran problema, ni el asunto ha tenido tanta importancia para Madrid. ¿No te das cuenta de que se han hecho otras muchas cosas?

—Hombre, ya supongo... Para eso os pagan en el Concejo...

—¡Y muy mal, por cierto! —hizo notar Felipe—. Pero aun así hemos logrado dar traslado a los vendedores ambulantes a puestos ordenados en los nuevos mercados públicos, los de La Cebada, San Miguel y Los Mostenses, por ejemplo.

—Sí, cierto.

—¿Y qué me dices de todas esas grandes mejoras impulsadas por el alcalde? —recordó—. Menudo trabajo ha costado corregir las desdentadas calles de la ciudad. Ha habido que alinear fachadas y allanar cuestas y desniveles, enmendando callejones y deshaciendo vericuetos intransitables, enderezar los desórdenes de muchas calles onduladas... ¡Ni te imaginas, Luis!

—Hay que ver, Felipe, ¡qué ímpetu! ¡Qué vehemencia oratoria! ¡Ni que lo hubieras hecho tú!

—¡Pues algo hice, sí! ¡Ayudé a hacerlo, sí señor! —Felipe estaba irritado, pero también se sentía ufano por cuanto enumeraba, envalentonado—. Porque hay más: reemplazamos la iluminación nocturna, modificamos la situación de los canalones que arrojaban riadas de agua sobre los vecinos que paseaban, se prohibieron los enrejados sobresalientes de ventanas y balcones que ocupaban las aceras... ¡Bueno! Ya me has fatigado, Luis. Nada más diré.

—¡No te alteres, primo! ¡Estás sudando, Felipe!

—¿Y tú no?

—Yo no. —Alzó los hombros Argote—. Nunca tengo calor, ya lo sabes. Como mi padre...

—Cierto —negó Tarazona con la cabeza—. Nunca me acuerdo de lo raros que sois todos en vuestra familia...

—Raros, raros... —sonrió Luis Argote, extrañado—. Total por una cosa de nada... Pero, oye, lo de las basuras y esas calles desdentadas, como tú dices... ¿no fue cuando lo de la ordenanza?

—¿Qué ordenanza?

—La de la anchura de las calles.

—Ah, sí —recordó Felipe, y frunció el ceño, arrugando los ojos—. Entonces se dio luz verde a una Ordenanza municipal que permitía construir edificios con una altura proporcional a la anchura de la calle en la que se levantaran, lo recuerdo. Una medida muy útil, por cierto. Ten en cuenta que sólo unas treinta calles de Madrid tienen más de doce metros de anchura. La inmensa mayoría tienen menos de seis. Y todo eso antes de 1854, fíjate...

—Cuando se retiró la cerca.

—Eso es —concluyó Felipe—. Cuando la ciudad volvió a crecer al derribarse la última muralla o cerca que la encerraba, de modo que Madrid ha podido expandirse en todas direcciones para convertirse en la gran ciudad que estamos viendo crecer ahora.

—Es verdad, ya casi no la conozco.

—No me extraña —asintió Felipe de Tarazona—. Se empezó por prolongar la Calle Mayor hasta allá abajo, donde la Cuesta de la Vega. Luego se alargó la de Bailén sobre la calle de Segovia y la de Las Salesas hasta el Paseo de Recoletos, ¿recuerdas? Por no contar con el ensanchamiento de las del Arenal, la Cruz, Jacometrezo y Sevilla.

—Yo vi construir la Universidad de la calle de San Bernardo —cerró los ojos Luis, como si lo estuviera reviviendo—. ¡Qué empaque! ¡Qué solemnidad!

—Eso es —Felipe recobró la calma y volvió a sentirse bien con la conversación mientras narraba las novedades de la ciudad que había soñado y que poco a poco iba embelleciéndose con nuevas y más hermosos edificios de todo tipo—. Se construyó la sede de la Universidad Complutense en el viejo edificio jesuita y también el Congreso de los Diputados sobre aquel convento desamortizado. Luego fue el Teatro de la Zarzuela, la Fábrica de Moneda y Timbre, el Teatro Real, la Puerta del Sol... Sobre todo la nueva Puerta del Sol.

—¡Ah, claro! —exclamó Luis Argote—. ¡También lo recuerdo! ¡La Puerta del Sol, qué bonita ha quedado!

—No sé yo —cabeceó Felipe, mostrando sus dudas.

Porque al proponerse la reforma de la Puerta del Sol, que fue declarada de interés público, el Ayuntamiento convocó un concurso de ideas para que los arquitectos que lo desearan ofrecieran proyectos novedosos y útiles para remodelar el espacio urbano, diseño para el que se habilitarían fondos generosos. Y los técnicos especialistas, creciéndose en su ego ante tan suculenta propuesta, se atrevieron a presentar pliegos de reforma tan exagerados y monumentales que no faltaron chuflas en Madrid al ser conocidos, porque alguno de ellos incluía la construcción de un grandioso edificio en donde se albergaría la Bolsa, otro proponía edificar un teatro enorme, a imitación de un coliseo romano, incluso alguno de ellos propuso plantar un gran parque... Hasta hubo quien propuso la construcción de la gran catedral de Madrid en ese espacio, como si aquel fuera un lugar indicado para llevar a cabo semejante obra.

Fue Lucio del Valle, finalmente, el adjudicatario del proyecto de reforma con un diseño mucho más realista y, aun así, a pesar de todo, extraño, porque su idea consistió en convertir la plaza en un espacio similar a una circunferencia truncada o media circunferencia, conservando la base recta, que era el itinerario que unía la Calle Mayor y la Carrera de San Jerónimo. Una propuesta que, por otra parte, incluía la demolición de todos los edificios e iglesias existentes para, en los años que durara la reforma, entre 1854 y 1862, levantar inmuebles para viviendas nuevas. La plaza denominada Puerta del Sol, de esta manera, pasó de tener una extensión de cuatro mil metros cuadrados a cubrir tres veces más, un total de doce mil trescientos, tal y como ha perdurado en el tiempo.

Pero sin parque, coliseo ni catedral. Y con muchas menos viviendas de las deseadas en un principio...

Todas esas novedades fueron la comidilla de las tertulias de los cada vez más numerosos cafés que se fueron abriendo en Madrid: el del Prado, La Cruz de Malta, Fornos, el Café del Ateneo, La Fontana de Oro, el del Teatro Príncipe, el Levante, el Lorenzini, el Café de la Universidad... En ellos todo se hablaba y de todo se discutía, todo se criticaba y de todo se protestaba. Y, sobre todo, a todas horas se conspiraba, fuera quien fuera quien ocupara el poder en un momento u otro. Incluso se vertieron innumerables críticas por la decisión de fusionar la Caja de Ahorros y el Monte de Piedad de Madrid en abril de 1869, ubicándose la nueva entidad bancaria, finalmente, en el edificio sede del Monte, en la plaza de Las Descalzas.

O despotricando en alta voz contra lo que consideraban una infamia: permitir que fuera la reina Isabel II quien colocara la primera piedra de la Biblioteca Nacional en 1866, algo especialmente ofensivo para los intelectuales más puristas, que además sabían, como todos los madrileños, que aquellas obras tardarían décadas en concluirse, mucho más de lo que iban a permitir que la reina continuara en el trono antes de que se proclamara la República. Una opinión que finalmente resultó de lo más certera, porque el gran edificio no se inauguró hasta pasados más de veinticinco años, en el año 1892.

Los cafés fueron, en fin, los nuevos mentideros de una ciudad cuyos vecinos llevaban balas en la saliva; y vacías de armas y munición las cartucheras, por lo general, hasta que se cargaban de razones y entonces se preparaban ardorosos para la algarada, la revuelta o la revolución.

—Los periódicos partidarios del gobierno dicen que hoy, 19 de noviembre de 1866, es una fecha histórica —comentó Isidro Álvarez a su esposa Isabel mientras seguía cosiendo.

—¿Y eso? —preguntó la mujer.

—Porque han puesto a funcionar el reloj que ha fabricado el relojero Losada en el edificio principal de la Puerta del Sol.

—Bueno... No servirá para nada. —Alzó los hombros la mujer y continuó ordenando las piezas de tela en la sastrería.

—Seguro —Isidro cortó un hilo con los dientes y dobló el pantalón al que acababa de coger los bajos—. ¿Un reloj? Para nada.

—Nadie buscará en él la hora —insistió Isabel—. Y en cuatro días dejará de funcionar y quedará parado, como tantos otros.

—Muy cierto. Como si lo viera... —concluyó Isidro, abordando una nueva costura.

Lo que no imaginaba entonces el matrimonio Álvarez era la importancia posterior del reloj ni mucho menos la tradición de comer ante él doce uvas para despedir el año al son de las campanadas de la Nochevieja. Y fue así porque los madrileños contaban con mercados muy bien abastecidos y con toda clase de viandas para sus comidas y cenas de Navidad, pero por razones fáciles de explicar era más barato comprar un racimo de uvas para toda la familia que un buen pollo o un pavo bien lustroso. Grandes cantidades de uvas que llegaban desde Alicante, al igual que los turrones, y que las transportaba un tren, aprovechando el viaje de los dulces, en apenas cuatro días desde su origen levantino hasta el destino madrileño.

Las uvas, en 1866, se despachaban en una posada de la calle Concepción Jerónima, «Donde también se venden turrones finos de todas las clases y peladillas de Alcoy». La altura de la sierra alicantina de Aitana, y su especial clima, favorecían que las uvas de Jijona maduraran en diciembre, así es que se aprovechaba que se traían los turrones a Madrid para transportarlas y venderlas también en la capital, una ciudad en la que la cena del último día del año se iniciaba, como marcaba la tradición, con una sopa de almendras, seguida de melones de Valencia, frutas de Jávea o de Denia, mantequilla de Soria, pasas e higos de Málaga, mantecados de Astorga, mazapanes de Toledo, tarros de almíbar de Vitoria y vinos de Jerez, alimentos todos ellos que convertían la de la Nochevieja en una cena tan suculenta como dulce y tradicional. A los postres, también era habitual que las familias jugaran a representar pequeños sainetes llamados «Motes para Damas y Galanes», de carácter humorístico, o que entretuvieran la velada con el juego de «Echar Santos, años y estrechos», un divertimento consistente en una especie de bingo o lotería de bolas y números escritos en un papel.

Pero cuando en 1866 se inauguró el reloj de la Puerta del Sol la novedad coincidió con una ordenanza según la cual las uvas quedaban exentas de pagar la contribución de consumos, por lo que se abarataron de manera notable y empezó a convertirse en una costumbre, muchos dijeron que importada de Francia, de tomar doce uvas coincidiendo con la medianoche del día 31 de diciembre para brindar por el Año Nuevo y llamar a la buena suerte. No se sabe a ciencia cierta en qué año se inició la tradición, pero un periódico dejó constancia de ello varias décadas después, en 1906, recogiendo la noticia de que muchos madrileños, sin importarles el frío y las inclemencias meteorológicas, tomaban doce uvas al son de las campanadas del reloj de Losada en la Puerta del Sol.

Dos años después el periódico *El Liberal*, en su primera portada del año 1908, explicaba: «Anoche, a eso de las once y media, había en la Puerta del Sol unas dos mil personas encaradas con el Ministerio de Gobernación». Y seguía conjeturando: «¿Es una manifestación? ¿Un motín, acaso? ¿Un pronunciamiento? Nada de eso. La multitud, congregada antes del toque de queda frente a la Casa de Correos, esperaba solamente las campanadas del reloj». Y añadía: «Fue un bello espectáculo: al sonar la histórica campana anunciando las 12, más de dos mil cartuchos se manifestaron, conteniendo los granos de uva que es tradicional engullir en tan solemne momento».

Se dijo que el ministro de Gobernación del momento, Juan de la Cierva, padre del inventor del autogiro, se asustó al oír tan bulliciosa trapatiesta y semejante alboroto, pensando que la algarada se producía a causa de su decisión de haber obligado a cerrar las tabernas los domingos, para indignación de muchos madrileños, y que de ese modo se lo reprochaban a gritos. Y entonces, a medio vestir, corrió a pedir información a los guardias de la puerta.

—No es nada, excelentísimo señor —le dijeron—. Es el pueblo, que come sus uvas sin meterse con nadie, ni siquiera con el reloj.

—En tal caso, que me traigan las mías. —Parece que exigió el ministro, recobrando la serenidad.

En 1860 Madrid alcanzó una población de trescientos mil vecinos. Y seguían llegando. Fue Carlos María de Castro el autor de lo que luego se conoció como el Proyecto Castro o el Plan Castro, no sólo por crear la primera línea de ferrocarril Madrid-Aranjuez y por embellecer las edificaciones de la Puerta del Sol, sino por diseñar un plan de ensanche para toda la ciudad, un plan que tardó setenta años en completarse y que amplió Madrid hasta convertirla en una moderna ciudad con avenidas y bulevares, con manzanas de casas diseñadas en cuadrículas, con calles anchas y rectas, una serie de rondas, ciertas diagonales... Dos mil hectáreas en total remodeladas o de nueva creación, el triple de la superficie del Madrid histórico que se había intentado conservar, con distintas murallas y cercas, desde el reinado de Felipe II.

Lo más curioso del Plan Castro era que definía incluso para qué y para quiénes se construirían las nuevas avenidas y barrios: para la aristocracia, la Castellana y Serrano; para la burguesía, el barrio de Salamanca; para la pequeña burguesía, el de Argüelles; para los artesanos, Chamberí; para los obreros, la calle de Alcalá; para los agricultores, el Manzanares, a un lado y otro del río, lo que conformó Embajadores y los dos Carabancheles, el Alto y el Bajo...

—¡Es indignante! —vociferó Luis Argote.

—A mí tampoco me gusta —admitió Felipe de Tarazona—. Ya he oído decir a Fernández de los Ríos que no piensa aceptarlo.

—¡Pues sí que va a conseguir mucho don Ángel...! —cuestionó Luis.

—Bueno —cabeceó Felipe—. Es el concejal de Obras del Ayuntamiento.

—Como si no...

—Ya veremos.

Al poco, Carlos María de Castro fue apartado de la dirección de su proyecto y, aunque el plan continuó con muchas reformas, él ya no fue quien vio consolidar sus ideas. Aunque fue verdad que, a la postre, poco se diferenció el resultado final de la propuesta inicial del conocido Plan Castro que rediseñó el nuevo Madrid.

Cuando el banquero José de Salamanca empezó a edificar el barrio que después llevaría su nombre, lo primero que hizo fue desmontar la plaza de toros situada junto a la Puerta de Alcalá y facilitar que se construyera otra un poco más hacia el este, la que se denominó Plaza de Toros de la Fuente del Berro y que, desde 1874, estuvo celebrando fiestas taurinas hasta 1934. El plan original del marqués de Salamanca era otro, porque pretendía construirla mucho más alejada del centro, pero los madrileños se irritaron ante semejante propuesta, y no sólo porque ya se habían acostumbrado a la vieja plaza, tras sus cien años de existencia, sino porque la plaza prevista, a un lado de la carretera de Aragón, les resultaba lejanísima y de complicado acceso.

Miles de firmas contra el desmontaje del viejo coso se reunieron de inmediato; la prensa estuvo criticando el plan día tras día, con sarcasmos y agresiones verbales; el Ayuntamiento, a la espera de una decisión definitiva de quien tenía que resolver, se mantenía a la espera, sin tomar partido, y la Diputación Provincial, que por ley era la responsable de dar el visto bueno definitivo al proyecto, se vio obligada a iniciar una consulta a todos los sectores implicados, una ronda de conversaciones que se enredó en una serie de disputas y réplicas que alteró el sosiego de los aficionados madrileños y obligó a la Diputación a tomar una decisión salomónica: ni en la carretera de Aragón ni dejarla en donde estaba: la nueva plaza de toros iría a la Fuente del Berro, a un solar cedido gratuitamente por Maroto, un rico propietario aficionado a la fiesta de correr toros.

La plaza, al final, de estilo mudéjar y mucho más cómoda, con 13.120 localidades, un diámetro de 60 metros para torear, servicios muy variados y esmerados, y un acceso por una nueva y amplia calle que tomó el nombre de Felipe II, satisfizo por igual a todas las partes en disputa. Eran los tiempos en los que Lagartijo cobraba 9.700 reales por corrida y Frascuelo 9.500. Toreros célebres todos ellos, como Currito, Cara Ancha, Gordito, Rafael, Manuel Mejías Bienvenida, Felipe García, Salvador, Chicorro... Hasta el famoso perro *Paco*, juguetón y atrevido, presente en todos los festejos, que murió corneado en una becerrada el 21 de junio de 1882.

—Hay quienes se van a vivir al extrarradio —comentó Isidro a sus amigos una tarde de domingo, merendando un chocolate espeso con picatostes en Fornos—. ¿Vosotros os iríais?

—Yo... Si no tuviera dónde vivir... —respondió Luis Argote, comprensivo.

—Pues a mí no me gustaría —apostilló Felipe de Tarazona, metiéndose un picatoste en la boca.

—Ni a nadie, anda este —replicó Luis, mientras se limpiaba la comisura de los labios de restos del dulce y sabroso bebible marrón—. Pero digo que, si no hubiera otro remedio...

—Claro. Mejor que al raso, cualquier techado sirve —coincidió Felipe, tras tragar un nuevo bocado—. Pero supongo que Isidro pregunta si lo haríamos por gusto.

—Eso es —asintió Isidro—. Vivir en Vallecas, La Prosperidad, Las Ventas del Espíritu Santo, Cuatro Caminos, La Guindalera...

—Pues vosotros sólo iríais por el verano, por tomar la fresca, digo yo —sonrió Luis Argote—. Yo, como no lo necesito...

—Pues ni por esas —rechazó la idea Felipe de Tarazona—. Para buenos aires, los de la sierra de Guadarrama, y para refrescarse nada mejor que un viajecito a San Sebastián.

—¡Mira este! ¡Ni que fuera primo de reyes! —exclamó Luis.

—¿De reyes? —ironizó Felipe—. ¡Vaya papelón en estos tiempos! Si leyeras más los periódicos sabrías que se ha instaurado la Primera República de España.

—¿No me digas, cronista? —Luis exageró el sarcasmo y silabeó el sustantivo.

—Como lo oyes, artista —siguió Felipe la broma, de igual modo.

—Bueno, amigos —terció Isidro—. Menos chuflas que la República es cosa muy seria. No vayamos a hacerle a Estanislao Figueras lo mismo que a Amadeo de Saboya, que salió por pies. Nosotros a merendar y dejémosles hacer a los que saben, que algo bueno habrán pensado entre él, Pi y Margall, Salmerón, Serrano y Castelar...

—Por lo pronto han abierto el parque del Retiro para que

podamos ir todos los vecinos a pasearlo. Y esta vez nada de medias tintas: el parque completo —defendió Felipe.

—¡Pues habrá que ir a disfrutarlo! —añadió Isidro.

—¿Nos abren el parque? ¡Qué detalle...! Lo que yo os diga: son unas almas de cántaro —comentó Luis Argote, y todos sonrieron la gracia como si estuvieran tramando alguna conspiración.

—Lilas —remachó Felipe—. Lo que son es unos lilas...

—Formalidad, señores —exigió Isidro, recobrando la seriedad—. Un poco de formalidad...

La Primera República Española estuvo vigente desde su proclamación por las Cortes el 11 de febrero de 1873 hasta el fin de diciembre de 1874, cuando el golpe de Estado del general Martínez Campos restauró la monarquía borbónica. Fue una experiencia corta, inestable, con cuatro presidentes y tres guerras: la tercera carlista, la sublevación de algunos cantones, como el de Cartagena, y la larguísima de Cuba, que duró diez años.

La República se inició con un memorable discurso de Emilio Castelar que dejó bien a las claras que su advenimiento era inevitable. Castelar, entre ovaciones de los diputados reunidos en Madrid, argumentó con contundencia:

> Señores, con Fernando VII murió la monarquía tradicional; con la fuga de Isabel II, la monarquía parlamentaria; con la renuncia de don Amadeo de Saboya, la monarquía democrática. Nadie ha acabado con ella; ha muerto por sí misma. Nadie trae la República, la traen todas las circunstancias, la trae una conjuración de la sociedad, de la naturaleza y de la Historia. Señores, saludémosla como el sol que se levanta por su propia fuerza en el cielo de nuestra Patria.

A las tres de la tarde del 11 de febrero de 1873, el Congreso y el Senado, constituidos en Asamblea Nacional, proclamaron la República por 258 votos contra 32. El proyecto de Constitución de 1873 expresaba literalmente que componían la Nación Española «los Estados de Andalucía Alta, Andalucía Baja, Aragón, Asturias, Baleares, Canarias, Castilla la Nueva, Castilla la Vieja, Cataluña, Cuba, Extremadura, Galicia, Murcia, Navarra, Puerto Rico, Valencia, Regiones Vascongadas». Añadiendo que «los Estados podrán conservar las actuales provincias o modificarlas, según sus necesidades territoriales» y que estos estados tendrían una «completa autonomía económico-administrativa y toda la autonomía política compatible con la existencia de la Nación», así como «la facultad de darse una Constitución política» (artículos 92 y 93). Un proyecto que se convirtió en legal entre grandes discrepancias y que nunca pudo llevarse a cabo, hasta que la República se vio agotada por sus pleitos internos y se propuso la restauración de la monarquía borbónica en la persona de Alfonso de Borbón, hijo de Isabel II, que reinaría bajo el nombre de Alfonso XII.

Todos estos acontecimientos y sucesos no afectaron de manera significativa a la vida y costumbres de Madrid, ni tampoco a la estabilidad social de los madrileños, ajenos en su mayoría a las crispaciones de los políticos reflejadas con profusión en los periódicos, pero poco suculentos para la cotidianidad de las charlas comunes de los vecinos. Bastante tenían con sobrevivir e ir asistiendo a la transformación de la ciudad a la que, por fin, parecía que sus regidores se la empezaban a tomar en serio.

Luis Argote llevaba casado muchos años con Antonia de Luján, y ya había alcanzado los cincuenta años largos, de ellos casi treinta como actor secundario en el Teatro Español. Isidro Álvarez, unos años más joven, también se había casado con una mujer de amplias caderas y sonrosadas mejillas,

Isabel, a quien tanto le gustaba la costura que no dejó pasar un solo día sin sentarse frente a su esposo para repasar prendas acabadas o dar pespuntes según las instrucciones de Isidro, incluso con su hijo entre los brazos. Y Felipe de Tarazona, el mayor de los tres, compartía su trabajo en el Ayuntamiento con el hogar formado con Encarnación Enciso, a quienes todos llamaban Encarnita no sólo por cariño sino porque derramaba bondad y conformismo cualquiera que fuera la propuesta que le hicieran su marido o los matrimonios amigos. Las tres familias tuvieron en total nueve hijos, de los que cinco sobrevivieron no sin dar algún que otro susto a sus padres, por causa de enfermedad o pequeños accidentes domésticos. Por eso, al acabarse los días de la República, había tres hogares con cinco descendientes, dos de los Argote, dos de los Tarazona y uno solo de los Álvarez.

Cinco hijos que heredaron todo de sus padres: los de Luis y Antonia, la cualidad o el don de no sentir ni frío ni calor, cualquiera que fuera la temperatura de Madrid en sus diversas épocas del año; el de Isidro e Isabel, la afición por la sastrería; y los de los Tarazona, la vocación por meterse en todos los abundantes charcos de Madrid, literalmente, pero también los metafóricos de la política, los embrollos académicos y las querellas municipales. Cinco hijos que crecieron bien, maduraron pronto y al acabar el siglo XIX ya eran dueños de oficios variados y remuneraciones rentables para forjar sus propias vidas.

El 14 de enero de 1875 entró Alfonso XII en Madrid. Unas semanas antes, el 1 de diciembre de 1874, se había presentado ante los españoles como un príncipe católico, constitucionalista y liberal, deseoso de servir a la nación, una proclamación que se hizo pública en el Manifiesto de Sandhurst. Y cuando el 29 de diciembre de 1874 se produjo la restauración monárquica, fue proclamado rey ante las Cortes españolas avalado por el jefe del Estado, el general Serrano, y el presidente del Consejo, Sagasta. Un rey que murió en 1885, con apenas veintisiete años, y que sufrió en 1878, el 25 de octubre, un atentado contra su vida en la Calle Mayor, del que salió ileso. Y al año siguiente de otro, con igual suerte.

—¿Es que los anarquistas la han tomado con él? —se preguntaban en Madrid.

—Pues no tiene gracia —se replicaba—. Que en una de esas nos va a pillar a nosotros por medio y vamos a acabar hechos unos zorros, salpicados de sangre.

—¡Pero si no aciertan ni una!

—Ya. Pero mira el estropicio... —se exageraba, a lo madrileño—. Los restos de caballo acaban esparcidos por medio Madrid y algunos han entrado por mis balcones, de visita.

El reinado de Alfonso XII tuvo como objetivo consolidar el régimen monárquico y ordenar las instituciones, pacificándolas, así como poner fin a la última guerra carlista con la rendición del pretendiente Carlos VII en el mismo campo de batalla, ante el monarca Borbón. Una nueva Constitución aprobada en 1876 puso fin a las heridas del Sexenio Revolucionario y firmó la Paz de Zanjón que interrumpió, de momento, la guerra de Cuba. Por todo ello se le acabó calificando como el Pacificador, aunque la limitación de los fueros de Navarra y el País Vasco no contó precisamente, como era de esperar, con el entusiasmo de esos territorios.

En 1883 se desató una nueva epidemia en España. Se inició en Valencia, pero muy pronto se extendió hasta las afueras de Madrid, llegando con especial virulencia a Aranjuez. Enterado de la tragedia, Alfonso XII decidió ir a visitar allí a los enfermos, pero el jefe de su Consejo, Cánovas del Castillo, se lo impidió. Pero, sin conformarse, el rey abandonó Palacio, visitó Aranjuez y, a continuación, ordenó que se abriera el Palacio Real de esa ciudad para que se alojaran y atendieran a los soldados de la guarnición real, dedicándose él mismo a charlar con ellos y ayudar a sus familias. El presidente del Consejo fue informado de la escapada del rey y ordenó que fueran en su busca para que regresara a Madrid, y así se hizo, pero los madrileños al conocer la generosa actitud del monarca salieron a recibirlo entre vítores. Los más entusiastas volvieron a exagerar en su comportamiento: retiraron los caballos de su carroza y entre todos la llevaron, tirando de ella, hasta el Palacio Real.

—Murió su esposa, María de las Mercedes...

—Y bien joven. Dieciocho años.

—Cinco meses después de casar con don Alfonso.

—Cinco meses. De tifus. El rey está triste...

—Será que la amaba.

—Y mucho, se dice.

—Un rey que ama. Buen rey.

—Buen hombre.

—¿Casará pronto otra vez?

—Es de ley. Necesita un heredero.

—¿Y ya se sabe con quién?

—Mujer..., es pronto. Se habla de María Cristina de Habsburgo, pero de lo que se dice en Madrid, ya se sabe...

—Seguro que sí. A rey muerto, rey puesto...

—Mujer...

La muerte de Alfonso XII, producida el 25 de noviembre de 1885 a causa de una tuberculosis, precisó de la regencia de su esposa, la reina María Cristina de Austria, mientras su hijo Alfonso cumplió los dieciséis años, la edad decidida para reinar, lo que ocurrió en 1902.

En esos años posteriores a la Primera República los miembros de la clase política madrileña pertenecían a las clases más pudientes. Eran los propietarios de tierras y solares, los banqueros, los abogados... Sobre todo los abogados, que no disimulaban su poderío económico a la hora de presentarse en sociedad, inscribiendo en sus tarjetas de visita el nombre seguido de lo que consideraban su profesión: «rico propietario y abogado», «abogado y propietario», «abogado y accionista del Banco X»... Porque también los banqueros, o algunos de ellos, recalaron en la política, caso del fundador del Banco Económico Nacional, Eduardo Dato. Se reunían en sociedades y casinos recreativos, más que en las tertulias que dejaban para los menos adinerados, y conspiraban como ejercicio cotidiano de relajación tras sus jornadas laborales. Además, todos ellos eran republicanos, o casi, como Pi y Margall, Ruiz Zorrilla o Salmerón, copando los muchos casinos de Madrid, el Arenal, 1, o el de la calle del Carmen, 4, o el de la calle Esparteros...

Frente a ellos, y con otras condiciones de vida, estaba la mayoría de los madrileños. Una ciudad sin apenas industria y que ocupaba a sus vecinos en trabajos relacionados con los mataderos, las diferentes tiendas de alimentación, la servidumbre doméstica y, sobre todo, las artes gráficas. Unos trabajadores que percibían salarios bajos, que se empleaban en sus tres cuartas partes en la necesaria alimentación, y sufriendo jornadas de once horas diarias. Además, la vivienda seguía siendo escasa y cara, y los obreros vivían en un malestar contenido que poco a poco fue haciéndose más evidente.

Sobre todo cuando empezaron a llegar a Madrid los enviados de Bakunin y de Carlos Marx, ambos pertenecientes a la I Internacional y que, como emisarios de sus dirigentes, iniciaron un proceso de proselitismo ideológico en la capital de España. Los bakunistas llegaron en 1868; los marxistas, en 1872. Y con su presencia dieron a conocer la existencia y beneficios de la Asociación Internacional de Trabajadores y les mostraron el camino para sindicarse y agruparse.

El primer partido obrero, o de izquierdas, que se organizó en España fue el Partido Socialista Obrero Español, y fue el segundo en fundarse de Europa, inmediatamente después del Partido Socialdemócrata de Alemania. Su primer impulsor fue un tipógrafo, precisamente, Pablo Iglesias Posse, y así se convirtió en el líder de un grupo de trabajadores mayoritariamente dedicados a las artes gráficas. Entre los asistentes a la primera reunión constituyente estaban Gerardo San Miguel, Emilio Cortés, Victoriano Calderón y Jaime Vera, de un total de 25 personas: dieciséis tipógrafos, cuatro médicos, un doctor en ciencias, dos joyeros, un marmolista y un zapatero. Firmaron el acta fundacional en una taberna de la calle Tetuán de Madrid, la célebre Casa Labra, el 2 de mayo de 1879.

El Partido Socialista Obrero surgió sin la «E» de español, porque su fundamentación marxista no le permitía aceptar su localismo cuando declaraba que el mundo estaba dividido únicamente en dos clases antagónicas: la burguesía y el proletariado. Finalmente, se incorporó a su denominación la «E» de Español, pero tras largos debates entre los más puristas de la ortodoxia marxista y los sectores más moderados.

También hubo quien cuestionó la «O» de obrero. Porque, aunque desde sus inicios el PSOE aspiró a agrupar al proletariado industrial español bajo la ideología marxista, el médico Jaime Vera puso objeciones a la denominación de «obrero», si bien Pablo Iglesias le convenció con el argumento de que todos los trabajadores eran proletarios, obreros, fueran cuales fuesen sus oficios y menesteres.

Lo primero que se hizo en la reunión fundacional de la taberna Casa Labra fue elegir una comisión para que redactara el programa del nuevo partido y se propuso la idea de crear un periódico que difundiera los ideales socialistas. La comisión quedó integrada por Pablo Iglesias, Victoriano Calderón, Alejandro Ocina, Gonzalo H. Zubiaurre y Jaime Vera. Salvo los dos primeros, que eran tipógrafos, los demás eran médicos. Poco después, el 20 de julio de ese mismo año quedó aprobado el primer programa del PSOE en una asamblea a la que asistieron cuarenta personas.

En su primera declaración aprobada en su Congreso fundacional podía leerse:

El Partido Socialista Obrero Español declara que su aspiración es:

Abolición de clases, o sea, emancipación completa de los trabajadores. Transformación de la propiedad individual en propiedad social o de la sociedad entera. Posesión del poder político por la clase trabajadora.

Y como medios inmediatos para acercarnos a la realización de este ideal, los siguientes:

Libertades políticas. Derecho de coalición o legalidad de las huelgas. Reducción de las horas. Prohibición del trabajo de los niños menores de nueve años y de todo trabajo poco higiénico o contrario a las buenas costumbres, para las mujeres. Leyes protectoras de la vida y de la salud de los trabajadores. Creación de comisiones, elegidas por los obreros, que visitarán las habitaciones en que estos vivan, las minas, las fábricas y los talleres. Protección a las Cajas de socorros mutuos y pensiones a los inválidos del trabajo. Reglamento del trabajo de las prisiones. Creación de escuelas gratuitas para la primera y segunda enseñanza y de escuelas profesionales en cuyos establecimientos la instrucción y educación sean laicas. Justicia gratuita y Jurado para todos los delitos. Servicio de las Armas obligatorio y universal y milicia popular. Reformas de las leyes de inquilinato y desahucios y de todas aquellas que tiendan directamente a lesionar los intereses de la clase trabajadora. Adquisición por el Estado de todos los medios de transporte y de circulación, así como de las minas, bosques, etc., y concesión de los servicios de estas propiedades a las asociaciones obreras constituidas o que se constituyan al efecto. Y todos aquellos medios que el Partido Socialista Obrero Español acuerde según las necesidades de los tiempos.

Madrid, 9 de julio de 1879. Alejandro Olcina, Gonzalo H. Zubiaurre, Victoriano Calderón, Pablo Iglesias.

El PSOE, desde su nacimiento madrileño, se extendió de inmediato a Asturias y el País Vasco, pero tuvo en sus orígenes menos presencia en Cataluña, que en esos años estaba más decantada por el anarquismo y el anarcosindicalismo. El primer Congreso del partido, no obstante, se celebró en 1888 en Barcelona, en el Teatro Jovellanos, coincidiendo con la Exposición Universal de Barcelona. Y aunque el PSOE no cesó de crecer por toda España durante aquellos años, su expansión social fue lenta y difícil.

En 1886 empezó a publicarse el semanario del partido, *El Socialista*, y el 12 de agosto de 1888 se fundó la Unión General de Trabajadores, la UGT, que nació como sindicato vinculado con el socialismo marxista, a pesar del apoliticismo que se declaraba en sus Estatutos.

El PSOE no consiguió representación en Cortes hasta las elecciones del 8 de mayo de 1910, cuando el partido se presentó en el seno de la Conjunción Republicano-Socialista y Pablo Iglesias obtuvo su acta de diputado avalado por 40.899 votantes. Antes, sin embargo, en 1906, el propio Pablo Iglesias tuvo su primer cargo electo como concejal del Ayuntamiento de Madrid, en donde permaneció desde 1906 hasta 1910 y posteriormente desde 1914 hasta 1917.

—¿Has visto el tranvía?

—¿Qué tranvía?

—Ese carromato tirado por mulas...

—¡Ah, eso! —asintió Vicente Álvarez—. Lo he visto pasar por la calle desde mi taller, pero no sabía lo que era.

—Lo ha puesto el Ayuntamiento para que se desplacen los madrileños —explicó Manuel de Tarazona, el hijo de Felipe y Encarna—. Irá y volverá desde la Puerta del Sol al barrio de Salamanca.

—¡Qué cosas! —cabeceó Vicente—. Ya no saben qué inventar...

—¡Estamos en 1871, primo! ¡Es el progreso!

Vicente tardó unos segundos en responder, mientras bajaba los ojos a la costura y volvía a alzar la cabeza, como si fuera un pájaro bebiendo agua.

—Pero ¿no estaban ya esos otros carros que avisaban de su paso con la trompetilla? Había ya cuatro itinerarios que pasaban por la misma Puerta del Sol... Desde 1869, creo recordar.

—Pues ahora serán tranvías —remachó Manuel—. Ya se lo he dicho a Carlos Argote: con dos pisos, tirados por dos mulas... Y en cuanto se compren máquinas de vapor, no harán falta ni las mulas.

—Pero Carlos me ha dicho que al Ayuntamiento no le hace mucha gracia esto de los tranvías —reparó Vicente—. Incluso que lo que ha decidido el gobernador civil no le parece que...

—¡Anda ya! ¡Qué sabrá Carlos de estas cosas! Soy yo quien trabaja en el Ayuntamiento, ¡no te digo...!

—Sí, sí... Si tú lo dices —se conformó Vicente, y volvió a posar sus ojos en su aguja—. A mí esas cuitas entre mandamases me salen por una friolera...

En 1877 se promulgó una ley municipal que dejaba en manos del ministro de la Gobernación, y este en las de los gobernadores civiles, la designación de los alcaldes, sin elecciones públicas que decidieran por quién querían los vecinos ser regidos en su ciudad. Fue la forma de evitar que seguidores contrarios al partido gobernante tuvieran cargos públicos de importancia. Una ley que, por otra parte, mermaba las potestades de los ayuntamientos y de los alcaldes en beneficio de los gobernadores, un retroceso democrático que tardó décadas en corregirse.

También en Madrid.

24

De cine y tiendas

Mayo de 1886

El viaducto de Segovia, construido en 1873, fue la obra de ingeniería más importante del fin de siglo, un puente de alrededor de ciento cincuenta metros de largo que unía las calles Segovia y Mayor, sobre una calzada que discurría veintidós metros más abajo. También las estaciones de ferrocarril de la glorieta de Atocha y del sur, llamada Mediodía, y los palacios de Velázquez y de Cristal del Retiro, coincidiendo con dos grandes exposiciones, la iberoamericana y la de Minería, Cerámica, Cristal y Aguas Minerales de 1883. El edificio del Banco de España en el viejo palacio de Alcañices, la Escuela de Minas de Ríos Rosas, el Ministerio de Agricultura en Atocha... Tantas nuevas construcciones...

Que se iniciara la construcción de una catedral en Madrid el 4 de abril de 1883, que no terminó sus obras hasta cien años después, en 1993, fue el resultado de las buenas intenciones del marqués de Cubas.

—Pero ¿qué quiere el señor marqués?

—Está irritado.

—¿Por qué?

—Porque no le ha hecho ninguna gracia el derribo de la

iglesia de Santa María de la Almudena para dar salida a la Calle Mayor hacia el Palacio Real.

—Y en vista de eso pretende, ni más ni menos, hacer una catedral, ¿no?

—Eso es.

—En Madrid...

—Sí, en Madrid.

—¿La pagará él?

—No, eso no.

—Jo, macho. ¡Cómo está el patio, amigo...!

Una iniciativa un poco desmedida, así como se propuso en su tiempo, pero que quizá coadyuvó a que Madrid, por fin, tuviera su propia diócesis, una vieja e histórica reclamación del clero madrileño. La decisión final de constituirse la catedral bajo la denominación de Madrid-Alcalá se tomó el 7 de marzo de 1885, fundamentada en los acuerdos establecidos entre el Reino de España y el Vaticano en el Concordato suscrito en 1851.

Madrid, con todo, seguía viviendo al margen de muchas de sus novedades. Incluso cuando el 19 de septiembre se produjo una sublevación republicana comandada por el brigadier Villacampa, los madrileños ni se enteraron, o mejor, alzándose de hombros, ni se quisieron enterar. En cambio, sí recibieron de buen grado la inauguración de nuevos lugares de esparcimiento, como el Teatro María Guerrero (con la misma compañía que había reinaugurado el Teatro Español en 1895) y el Gran Café de Gijón, un lugar de encuentro de políticos e intelectuales que abrió sus puertas el 15 de mayo de 1888 en el Paseo de Recoletos y que el paso del tiempo respetó a pesar de sus múltiples avatares y sucesivas herencias y compraventas.

O el escándalo y la impresión que produjo la primera exhibición cinematográfica celebrada en uno de los salones del Gran Hotel Rusia, en la Carrera de San Jerónimo, número 34, el 13 de mayo de 1896.

Alexandre Jean Louis Promio, que trabajaba con los hermanos Lumière, fue uno de los primeros expertos de la historia del cine en filmar películas, además de inventar el travelín al poner su cámara sobre una góndola para filmar en Venecia *Panorama del Gran Canal visto desde un barco*. Una proyección que decidió exhibir en Madrid, para lo que alquiló el salón comedor del Hotel Rusia, lo revistió de negro y cambió las cortinas y hasta el papel pintado de las paredes para que ninguna luz se reflejara en ellas. Al frente, instaló una pantalla blanca de tela tensada y en ella proyectó sus primeros trabajos de fotografías animadas: diez películas que, en total, duraban unos veinte minutos: *Salida de los obreros de la fábrica*, *La llegada de un tren a la ciudad*, *Los baños de Diana*, *El regador regado* y *Batalla de nieve*, entre otras los periódicos destacaron la profunda impresión que causaba contemplar aquellas imágenes en movimiento y desde aquella primera proyección sólo para los periodistas, el 13 de mayo, todos se quedaron asombrados por el novedoso invento y se hicieron eco del prodigio en todos sus periódicos y gacetas.

La entrada para ver de lo que era capaz el nuevo invento del cinematógrafo costaba una peseta y los madrileños llenaban las sucesivas sesiones que se repartían a lo largo de todo el día: por la mañana de diez a doce, por la tarde de tres a siete y por la noche de nueve a once. Ver a los hombres andando muy deprisa causó un gran impacto, y mucho más al ver a los coches de punto que parecían echarse sobre los perplejos espectadores, que gritaban y se tapaban los ojos con una mano.

La primera película en España la rodó Promio en 1896, titulada *Maniobras de artillería en Vicálvaro*. Y no le resultó fácil porque, aunque el cineasta había pedido permiso a la regente María Cristina para hacer algunas películas en los cuarteles, súplica que realizó el mismo día que la reina regente acudió al Hotel Rusia para presenciar el prodigio del que todos hablaban, el mariscal responsable del cuartel de artillería se negó a disparar cañones para que quedaran impresos en semejante artilugio cinematográfico. Así es que tuvo que llegar una orden expresa del Palacio Real para que los militares, aun convencidos de que la regente había enloquecido con su afición al cinematógrafo, dispararan seis cañones para que quedaran registrados en la máquina Lumière. Así fue como se pudieron filmar las imágenes que conformaron la que fue la primera película hecha en Madrid sobre las maniobras artilleras de Vicálvaro.

Las sesiones del cinematógrafo se mantuvieron durante seis meses en el Hotel Rusia y, en vista del éxito popular, las películas pasaron a proyectarse en otros teatros madrileños. En la fachada de la Carrera de San Jerónimo 32, antiguo número 34, quedaron para siempre dos placas conmemorativas del evento inicial, aunque ambas erróneas en cuanto a la fecha consignada. Una de ellas indicaba que la primera proyección pública fue el 15 de mayo de 1896; la segunda, que fue el 14 de mayo. Pero la realidad es que fue el día 13. La primera placa se instaló en 1946; la segunda en 1996, conmemorando su centenario. Y el Ayuntamiento volvió a errar.

—Dicen que van a abrir una calle muy grande en el centro de Madrid, ¿es verdad? —preguntó Carlos Argote a Manuel de Tarazona.

—Una gran calle, sí —respondió muy firme el empleado municipal—. Una vía que cruzará Madrid.

—¿Y de quién es la idea? —insistió Carlos.

—El arquitecto Carlos Velasco ha presentado su proyecto al alcalde y dicen que le ha parecido de perlas —confirmó—. Lo hizo el otro día, el 10 de enero.

—¿De este mismo año?

—¡Pues claro! —replicó Manuel—. De 1886.

—Pues pronto han aceptado la propuesta, con lo que son

en el Concejo para estas cosas. Y eso que me han dicho que no es obra de coser y cantar. ¡Vaya zapatiesta van a armar!

—De coser y cantar, el que más sabe es Vicente. Pregúntale a él.

—No. —Carlos Argote se acompañó de un movimiento de cabeza—. En este caso soy yo, porque para eso soy actor.

—¡Vaya con la vanidad de los artistas! —sonrió Manuel de Tarazona.

—No es vanidad. —Carlos se encaró, muy firme—. Es información, y de la buena. Porque ya me han dicho que se está preparando una zarzuela de Felipe Pérez González, con música de los maestros Federico Chueca y Joaquín Valverde, que va a estrenarse el próximo 2 de julio en el Teatro Felipe. Se titula *La Gran Vía*.

—¿De verdad? ¡Pues no me la pienso perder! —Manuel dio un respingo de satisfacción.

—No sé por qué —se extrañó Carlos Argote—. No actúo yo...

—¡Ah! Lo que yo decía... ¡Cuánta vanidad! —cabeceó Manuel—. ¡Actor tenías que ser!

A aquel estreno no faltó Carlos Argote, desde luego, ni su hermana María Cristina; tampoco Vicente Álvarez ni Manuel de Tarazona con su hermana Patro. Para sus respectivas esposas e hijos no pudieron conseguir entradas, pero días más tarde volvieron a disfrutar de la representación y entonces sí que fueron las tres familias.

Porque Carlos Argote, Vicente Álvarez y Manuel de Tarazona ya se habían casado. Carlos Argote, que también fue actor, lo hizo con Sara Calvo Medina, una joven aspirante a actriz que cambió las tablas por el hogar y la maternidad en cuanto nació su primer hijo, Fernando, en 1882. Manuel de Tarazona también tomó casamiento con Rita Beltrán, hija de un abogado de fama y dinero que procuró, con la fuerza de su dote, que a los Tarazona nunca les faltara de nada, y mucho menos cuando nacieron los dos hijos de la pareja, Mercedes y Jesús, en 1876 y 1877, respectivamente. Y Vicente Álvarez también siguió los pasos de sus amigos, desposándose con Vanessa Spring, una inglesa hija de un empresario que dedicaba su tiempo a importar telas de Inglaterra y venderlas en Madrid para hacer la competencia a los comerciantes madrileños. Y en una de aquellas reuniones del gremio fue en donde conoció a Vanessa, en donde se fijó en aquellos ojos transparentes que le hicieron sentir vértigo y en donde comprendió, por primera vez en la vida, que había otras emociones similares o mayores a la de culminar un buen corte en un traje de caballero.

Lo curioso de ese matrimonio fue que, además de concebir un hijo llamado también Vicente que nació en 1893, como regalo de bodas Vicente Álvarez compró en 1890 un nuevo local en el cruce de las calles del Carmen y Rompelanzas, junto a la de Preciados, en pleno centro de Madrid. Y en homenaje a su esposa cambió de nombre su antigua sastrería, denominándola El Corte Inglés. Una sastrería que en 1935 compró Ramón Areces Rodríguez con el dinero de su tío César Rodríguez a Vicente Álvarez hijo, iniciando así una expansión del negocio que ya nunca dejó de crecer.

El Corte Inglés fue desde su apertura por los nuevos dueños una aventura comercial iniciada en Madrid que tenía vocación internacional. Todo comenzó en aquella primera sastrería, pero tras la Guerra Civil española, en 1939, Ramón Areces adquirió también una finca en la calle de Preciados, número 3, de la que se destinaron a la venta las plantas baja, primera y parte de la segunda. En junio de 1940, cuando el negocio contaba con un total de siete empleados, Ramón Areces constituyó la sociedad El Corte Inglés con su tío César Rodríguez como socio, y entre los años 1945 y 1946 acometieron la primera reforma en la totalidad del edificio, con lo que la superficie de venta pasó a ocupar un total de 2.000 metros cuadrados distribuidos en cinco plantas. Se dio comienzo así a una estructura novedosa que resultó muy eficaz: la venta por departamentos. En 1955 se incorporó el edificio colindante de Preciados, 5, y el conjunto duplicó la superficie de venta ocupada hasta entonces.

La década de los sesenta fue clave para la expansión de El Corte Inglés como gran almacén, por la inauguración de nuevos centros en Barcelona, Sevilla y Bilbao, además de Madrid, en donde fue aumentando el número de implantaciones al mismo tiempo que las ya existentes se consolidaban. Desde finales de los sesenta hasta mitad de los noventa tuvo lugar una fase de fuerte crecimiento del negocio, marcado por la expansión a otras capitales de provincia y por la diversificación de su actividad comercial, que pasó a tomar posiciones en otros ámbitos: la sociedad Viajes El Corte Inglés, Hipercor, la sociedad Centro de Seguros...

Al morir Ramón Areces en 1989 se hizo cargo su sucesor, Isidoro Álvarez, que desde 1966 ocupaba el cargo de consejero director general y conocía muy bien el negocio. Creó dos nuevas sociedades del sector asegurador: Seguros El Corte Inglés, Vida, Pensiones y Reaseguros y Seguros El Corte Inglés, Ramos Generales y Reaseguros, S.A. Y en 1995 adquirió las propiedades inmobiliarias de Galerías Preciados, con la incorporación a la plantilla de 5.200 nuevos empleados y la realización de fuertes inversiones para consolidar la política comercial y la cultura empresarial del grupo. En 2001 la empresa Hipercor adquirió cinco hipermercados a la sociedad Carrefour y sus galerías comerciales correspondientes, activos incluidos en el plan de desinversiones obligado por el Gobierno tras la fusión de Pryca y Continente.

Este mismo año se inauguró al público el primer gran almacén de El Corte Inglés en el exterior, concretamente en

Lisboa; y adquirió a Marks & Spencer los nueve centros pertenecientes al grupo británico, después de que decidiera cesar sus operaciones en España. Los supermercados Champion adquiridos al grupo Carrefour, la Ason Inmobiliaria, propietaria entre otros activos del solar del edificio Windsor, que se había quemado casi dos años antes, y el 20% de Torre Picasso, fueron ampliando el grupo empresarial, ambos en Madrid, que con FCC convirtieron el solar del Windsor en un edificio que albergó uno de los mayores y más modernos centros comerciales de Europa, con servicios como el Gourmet Experience, las calles del Lujo, el Espacio de Salud y Belleza y el Espacio de las Artes, su primera galería de arte contemporáneo en el edificio de Castellana, 85.

Isidoro Álvarez murió el 14 de septiembre de 2014. Durante los veinticinco años que ejerció como presidente la compañía logró un sólido crecimiento, y dos días más tarde el Consejo de Administración nombró a Dimas Gimeno Álvarez presidente de la compañía. Hasta ese momento era consejero director general, cargo al que había accedido un año antes.

Isidoro Álvarez Álvarez, el presidente del Consejo de Administración de El Corte Inglés entre 1989 y 2014, había nacido en Asturias en 1935, comenzó a trabajar en El Corte Inglés con dieciocho años mientras estudiaba Ciencias Económicas y Empresariales en la Universidad Complutense y en 1957, a los 22 años, se licenció con Premio Extraordinario. En 1959, a los 24 años, fue nombrado consejero de la sociedad y en 1966, consejero director general. A él se debió el plan de expansión de El Corte Inglés y la diversificación de otras líneas de negocios. Recibió numerosos premios y reconocimientos, como el Premio Juan Lladó, el Tiépolo de la Cámara de Comercio italiana, la Medalla de Oro de la Comunidad de Madrid, socio de honor de la Real Sociedad Económica Matritense de Amigos del País, la Medalla de Oro de la Real Academia de Medicina, el grado de comendador gran oficial de la Orden del Mérito de la República Italiana, la Medalla de Plata de la Guardia Civil y la Cruz Roja del Mérito Policial Honorífica, la Medalla de Oro de la Academia de la Historia, el International Retailer of the Year (premio concedido por la National Retail Federation, en Nueva York), la Medalla de Honor de la Villa de París, la Medalla de Oro de la Real Academia de Ciencias Morales y Políticas, la Medalla de Oro al Mérito en el Trabajo y la medalla de Oro del Principado de Asturias, entre otros muchos reconocimientos, incluidos el del World Retail Congress y la Medalla de Plata del Consell Valencià de Cultura.

El Corte Inglés: una empresa de Madrid que llegó a ser exponente de la capacidad creadora y del trabajo bien hecho del que eran capaces los madrileños cuando creían que el fin merecía el esfuerzo.

—¿Adónde vas, Rita?

—A la calle del Arenal —dijo la mujer, mientras se remetía un mechón de su cabello por el sombrerito que estrenaba ese día.

—¿A la calle del Arenal? —repitió Manuel de Tarazona—. ¿Y se *pué* saber a qué?

—Voy con Sara y con Vanessa. ¡Han abierto una nueva tienda! ¡La llaman perfumería!

—¿Perfumería? —se extrañó Manuel—. Creía que esa clase de establecimientos eran sólo una extravagancia de los franceses...

—¿Por qué?

—Bueno, un tal Pierre François Pascal Guerlain abrió una en París allá por 1828. Pero aquí, en Madrid... —Alzó los hombros, mostrando su desconocimiento de la nueva moda.

—Pues mira Loewe...

—Eso es un taller de marroquinería —se extrañó Manuel con la comparación—. ¿Qué tiene que ver?

—¡La modernidad, marido! ¡La modernidad! Que ya llega a Madrid...

—Sí, sí, como tú digas. Pero eso de abrir establecimientos para perfumes...

—Pues dice Vanessa que en Londres también los hay —replicó muy contundente Rita—. A ver si te crees tú que los perfumes no pueden ser tan industria como el tabaco o la cerveza...

—Si no digo que no, mujer —se amilanó Manuel—. En fin, disfrutad de la tarde. Con tal de que no gastéis mucho...

—De eso no tengas cuita, esposo —aseguró Rita antes de cerrar la puerta, airosa—. ¡Te quejarás de la mujer que tienes...!

Las tres amigas fueron esa tarde a la droguería que Salvador Echeandía Gal había inaugurado en la calle del Arenal con su hermano Eusebio. Su loción alcohólica a base de petróleo y esencias cítricas para evitar la caída del pelo, llamada Petróleo Gal, llegó pronto a ser muy conocida por muchos madrileños.

—Mira este frasco... ¡Es un crecepelo! —se entusiasmó Sara—. A mi marido no le vendría nada mal...

—Pues como al mío. —Rio Rita.

—¿Todos los hombres se quedan calvos? —preguntó Vanessa, con su característica ingenuidad—. Porque a Vicente también se le empieza a despejar la frente... ¡Y mucho!

—¡A todos! —dijeron al unísono sus amigas.

—Pues no creo que sea del mucho pensar. ¡Son tan simples!

Y las tres rieron la ocurrencia de Vanessa

Las perfumerías Gal abrieron al público en 1887, y ya fabricaban colonias, polvos cosméticos y jabón perfumado. La gran demanda de los consumidores les obligó a construir una fábrica para atender las peticiones de perfumes, y como el negocio creció sin parar, primero trasladaron su establecimiento a la calle Ferraz en 1898 y más tarde, en 1915, encargaron al arquitecto riojano Amós Salvador Carreras que les construyera un nuevo edificio, junto a La Moncloa, en Princesa esquina a Fernández de los Ríos, una construcción muy a la moda de esos años, mezcla de elementos modernistas con rasgos mudéjares y neo-medievales. Resultó ser un edificio admirado por todos y premiado por el Ayuntamiento de Madrid el mismo año de su inauguración. Unos años más tarde el propio Amós Salvador Carreras construyó para Gal un edificio de producción y almacén de perfumes, en la calle de Isaac Peral.

El caso de la empresa Loewe empezó mucho antes, en 1846, cuando se abrió un taller de trabajo de marroquinería en el centro de la ciudad, en la calle del Lobo, luego dedicada a Echegaray en 1888. Antes, en 1872, Enrique Loewe Roessberg había llegado a Madrid y, como su profesión era de artesano del ramo y en su Alemania natal no tenía el reconocimiento que buscaba, y traía algo de dinero, decidió asociarse con ese taller de marroquinería. El negocio empezó a florecer de inmediato y a fabricar muchos productos del gusto de mujeres y hombres, haciéndose muy popular, hasta tal punto que veinte años después, en 1892, la casa Loewe se vio obligada a ampliar su establecimiento y a abrir puertas en la calle vecina del Príncipe, con la particularidad de que adornó su fachada con un enorme cartel, lo que se convirtió de inmediato en la comidilla de todo Madrid, por su novedad.

El hecho creó una gran expectación, y, además, fue un reclamo publicitario tan eficaz y de tanto éxito que pronto lo imitaron otras muchas tiendas y empresas madrileñas. Y más cuando en 1905 el rey Alfonso XIII le concedió a la empresa el título de Proveedor de la Real Casa, alcanzando también el prestigio necesario para aumentar ventas, inaugurar en 1910 su primera tienda en Barcelona y una segunda, en 1918, en la barcelonesa calle Fernando, número 30.

En 1923 Loewe empezó a abrir otras tiendas en Madrid, la primera de ellas en la calle del Barquillo, número 7. Y cuando en 1934 Enrique Loewe Knappe se hizo cargo de la empresa, se inició un nuevo proceso de expansión del negocio con sucesivas aperturas de tiendas, una de ellas en la Gran Vía, 8, inaugurada en 1939. Y luego más, y más. En Madrid, en España y en el extranjero.

No sólo fue época de novedades en el cinematógrafo, las tiendas y las perfumerías. Y de fábricas como la de Galletas, fundada en 1922 en el espacio que ochenta años después ocupa el Circo Price, o la fábrica de Hielo de la calle de la Palma, de 1928, o el Matadero de Legazpi, del mismo año. Porque en 1879 nació una institución madrileña que, como un faro cultural, iba a marcar el siguiente siglo en Madrid: el Círculo de Bellas Artes.

Este Círculo tuvo su origen en una tertulia de un grupo de artistas y pintores que buscaron la forma de unirse en torno a una sociedad o casino que sirviera para intercambiar ideas, exponer sus obras, reunirse en torno a ellas y, si ocasión había, venderlas. Empezaron reuniéndose en el Café Suizo, entre las calles de Alcalá y la de Sevilla, una sociedad más de las casi tres mil existentes, aunque en este caso por la calidad y prestigio de sus fundadores el Círculo, o Casa de las Artes como la denominaron en un principio, tenía más posibilidades de constituirse en una empresa cultural duradera en el tiempo. Un proyecto que, gracias al empuje de Aureliano de Beruete, Plácido Francés, Arturo Mélida o Carles de Haes, se constituyó el 28 de diciembre de 1879 como sociedad cultural, con un reglamento aprobado al año siguiente.

Y así fue. El reglamento que dio origen al Círculo de Bellas Artes se aprobó en abril de 1880 y en sus orígenes fue una sociedad bastante restringida, pero con miras de ampliar su difusión a todos los ámbitos culturales. El pintor Juan Martínez de Espinosa fue su primer presidente; después, desde 1880 hasta 1926, cambió diez veces de sede: Barquillo, 5; Madera, 8; Lobo, 10; Abada, 2; Libertad, 16; Barquillo, 11; Alcalá, 7; Alcalá, 14 y finalmente Alcalá, 42.

En los primeros años del siglo XX formaron parte de sus órganos directivos los más prestigiosos intelectuales de la época, desde Jacinto Benavente a Carlos Arniches, y por sus talleres y clases recibieron enseñanzas desde el joven Picasso hasta Ramón María del Valle-Inclán, que difundía sus curiosas ideas en sus salones, para quien quisiera escucharlo.

Al principio el Círculo necesitó contar con un local propio para albergar a sus casi setecientos socios. Por eso fue buscando sedes cada vez más amplias y se hizo nómada por varias calles madrileñas, hasta encontrar un edificio lo suficientemente amplio para que pudiera trabajarse en distintas facetas del arte (exposiciones, tertulias, clases de pintura, escultura, literatura, música, conciertos y, a partir de 1891, los bailes de máscaras). Y no sólo eso: al tratarse de un centro cultural y también recreativo, el Círculo albergó una gran sala de billares y organizó fiestas para sus socios e invitados, ampliándose también las clases a otras disciplinas artísticas y deportivas, que fueron desde la esgrima a la fotografía.

Finalmente, quedó instalado en la calle de Alcalá, en el número 42. La sede fue un proyecto encargado al arquitecto Antonio Palacios, autor también de otros edificios como el Palacio de Comunicaciones, el Banco Central en la propia calle de Alcalá o el Palacio de Maudes, entre otros. Y su inauguración corrió a cargo de Alfonso XIII el lunes 8 de noviembre de 1926 con una exposición de pinturas de Ignacio Zuloaga instalada en la Sala Goya. Un edificio que fue declarado Monumento Histórico Nacional en 1981.

A pesar de su gran número de socios y del prestigio popular e intelectual que alcanzó enseguida, sus fondos siempre resultaban escasos. Sobre todo cuando se embarcó en aventuras que era preciso llevar a cabo, como publicar revistas culturales (*La Estampa* y *Minerva*, fundadas en 1913 y 1916), celebrar homenajes a personajes históricos de la cultura española como Calderón o Velázquez, organizar bailes de máscaras por Carnaval o comprar las planchas originales de *La tauromaquia* de Goya, que se conservan en la Calcografía Nacional. Y porque sus diversas plantas eran visitadas frecuentemente por toda clase de personajes de la cultura, desde Sorolla a Rusiñol, desde Muñoz Degrain a José Capuz, desde Rafael de Penagos a Cecilio Plá o Salvador Bartolozzi y Mariano Benlliure, algunos de ellos célebres autores de carteles para sus bailes y que todavía se conservan en el Círculo.

Tanta actividad, como era lógico, exigía más y más fondos e ingresos económicos; y entonces la junta directiva pensó en convertirlo en un casino, como modo de adquirir recursos. Parecía una buena idea y muchos socios no compartieron tal filosofía, pero por la penuria de medios no quedó más remedio que apelar finalmente a los juegos de azar y el resultado, en efecto, fue que el dinero llegó rápido y pudo reinvertirse en concursos artísticos, conciertos populares, colocación de lápidas y monumentos conmemorativos y actos a favor de la literatura, como la creación del Día del Libro. Y también para sacar algunas actividades fuera del edificio, como los Bailes de Máscaras que se celebraron en el Teatro Real, o las exposiciones en el Casón del Buen Retiro, cuando presidía el Círculo de Bellas Artes Alberto Aguilera.

Así se convirtió en uno de los centros culturales privados más importantes de Europa, caracterizado por su actitud abierta hacia las más destacadas e innovadoras corrientes artísticas, un centro multidisciplinar en el que se desarrollaban toda clase de actividades, desde las artes plásticas hasta la literatura pasando por la ciencia, la filosofía, el cine o las artes escénicas.

Según el proyecto del edificio redactado por Palacios, la sede del Círculo iba a ser de lo más completa: en la planta sótano se instalaría un salón con bar para los bailes que contaría con una tribuna para la orquesta, varios reservados para comer y hasta baños calientes y de vapor, peluquería, manicura, masaje, gimnasio y una sala de esgrima rodeada de columnas que, en verano, se podía transformar en una piscina. La planta baja tendría un gran pórtico con marquesina para carruajes, un hall monumental, tres salas para conversar, que luego todos conocerían como La pecera, y una gran sala de exposiciones con estructura diáfana (la llamada Sala Goya). En la primera planta estarían los billares, en la segunda un gran salón de 24 × 11 metros, con 10,50 metros de altura, que con la cúpula llegaban a 15; un salón de música anexo y un salón de fiestas (que hoy es el teatro Fernando de Rojas), de 28 × 25 metros y 18,5 de altura con tribuna de orquesta donde se podrían representar grandes espectáculos que podrían ser vistos hasta por 2.500 espectadores si se habilitaba el salón central. En la tercera planta, la biblioteca con tres salas, una de escritura, otra de lectura de periódicos y revistas y la tercera de estudio, además de una sala de ajedrez y dos salas acolchadas para los que quisieran escribir sus cartas a máquina, hablar por teléfono o realizar audiciones gramofónicas. En la cuarta planta una sala de recreos de 29 × 25 y 7,30 metros de altura, lo que hoy se ha denominado la Sala de Columnas, con mesas de juegos, una sala de fumadores (la Fuentecilla, por tener en el centro a modo de fuente la cúpula del salón de baile situada dos plantas por debajo), la sala de la junta directiva y el despacho del presidente, que después pasó a la tercera. En la quinta, los comedores de socios, invitados y señoras, con capacidad para 108, 40 y 24 plazas, respectivamente, que dieron cabida a las salas Valle-Inclán, Ramón Gómez de la Serna,

María Zambrano y la Sala Nueva. En la sexta, los seis talleres de artes plásticas, y, sobre la terraza, Palacios levantó la torre de los estudios con capacidad para cinco estudios dotados de antesala, cuarto de modelo y aseo.

El resultado final no fue aceptado por todos. Unamuno, Ortega y Gasset, Ganivet y Valle-Inclán lo repudiaron y pidieron que se reconstruyera el edificio. El mismo Federico García Lorca, bajo el seudónimo de Isidoro Capdepón, hizo un soneto satírico a Palacios, «autor del portentoso edificio del Círculo de Bellas Artes que tiene la admirable propiedad de mantenerse todo sobre una pequeña columna». La construcción se calculó en seis millones de pesetas, dos más de lo aprobado inicialmente, y encima, al final, costó nueve millones, sobrecoste que mantuvo al Círculo de Bellas Artes en dificultades económicas durante décadas, agravada la situación, además, porque la dictadura de Primo de Rivera prohibió el juego en 1923.

La situación económica siguió siendo crítica hasta que, en 1929, el Círculo comenzó a recibir una subvención oficial que se vio interrumpida por la Guerra Civil. Acabada esta, con una deuda de ocho millones de pesetas, entró en una etapa de sometimiento al Régimen que motivó el alejamiento de la institución de las nuevas corrientes artísticas. Fueron los años en los que presidió el Círculo Eduardo Aunós, un ministro franquista, y que nombró a Franco presidente honorario y como socios de honor a muchos de los generales que habían participado en la sublevación militar. A cambio, el Gobierno miró hacia otro lado cuando de nuevo se empezó a jugar en el Círculo, a pesar de la prohibición. Los ingresos permitieron organizar desde fiestas a corridas goyescas y acometer unas obras de reforma muy discutibles que se sumaron a una serie de decisiones que transformaron el interior del edificio.

En definitiva, una entidad cultural privada sin ánimo de lucro declarada Centro de Protección de las Bellas Artes y de

Utilidad Pública que, en 1919, ya contaba con dos mil trescientos socios.

En los años sesenta se cambió la filosofía y los objetivos del Círculo, mientras lo presidió Joaquín Calvo Sotelo. Se inició una política de privatización de espacios, se construyó en el sótano el cine o teatro, denominado de Bellas Artes, y una zona de talleres, la Sala Juana Mordó. Se privatizó la planta baja para construir una cafetería conocida como La pecera, porque Palacios fijó la altura de los petos para que los socios de más edad pudieran ver a las mujeres que pasaban por la calle, y desde donde sólo se les veía la cabeza a los mirones, pareciendo así meros peces. En los años setenta se quitaron los ascensores y se trasladaron de ubicación, a instancia del Ministerio de Industria.

Con la llegada de la democracia el Círculo cayó en otra nueva crisis y no hubo más remedio que buscar acuerdos para convertirlo en una «institución privada de utilidad pública» con la participación de la Comunidad de Madrid, el Ayuntamiento, el Ministerio de Cultura y otras entidades privadas, como Caja Duero e Iberia. Y en 1983 se produjo un proceso de refundación impulsado por la Asociación de Artistas Plásticos, abriéndose a todos los madrileños y a todas las corrientes culturales internacionales.

Con todo, el Círculo de Bellas Artes siguió contando con un considerable patrimonio artístico consistente en más de mil doscientas piezas de pintura, escultura, grabado, dibujo y cerámica, así como numerosos objetos de mobiliario. A su vez, su fondo bibliográfico y documental incorporó el legado de la galerista Juana Mordó, consistente en más de tres mil libros y unos ciento cincuenta libros autógrafos, sin contar con un gran fondo de revistas de temática artística y una notable colección de documentos históricos. Y su propia emisora de radio.

Reiteradamente premiado por su esforzada trayectoria, por la calidad y variedad de sus actividades en todas las áreas de la creación y de la difusión cultural y, sobre todo, por su presencia trascendente desde el punto de vista intelectual en Madrid, el Círculo de Bellas Artes recibió innumerables reconocimientos y premios a lo largo de los años, entre los que se destacaron la distinción de Asociación declarada Centro de Protección a las Bellas Artes y de Utilidad Pública (en 1921), la Medalla de Oro al Mérito en las Bellas Artes del Ministerio de Cultura, la Medalla de Oro de la Real Academia de Bellas Artes de San Fernando (1980), la Medalla de Oro de Unicef (1981), el Premio Liber a la promoción del libro y la lectura, concedida por la Federación del Gremio de Editores de España (1979), la Medalla de Oro del Ayuntamiento de Madrid (2002) y la Medalla de Oro de la Comunidad de Madrid por «la trayectoria cultural del Círculo de Bellas Artes en su 125 Aniversario» (2005).

Otro de los edificios más singulares de Madrid es el Palacio Longoria, un palacio modernista situado entre las calles Fernando VI y Pelayo que se convirtió en la sede de la Sociedad General de Autores de España (SGAE).

Construido por encargo del financiero Javier González Longoria, para su banco constituyente, fue el arquitecto José Grases Riera quien diseñó el principal ejemplo del modernismo madrileño en 1902, con notables influencias del *art nouveau* francés, fruto de la libertad de creación que le dejó el propietario y que él empleó para poner en pie un sorprendente edificio con dos miradores interiores, sostenidos por dos columnas con forma de palmera, y una cúpula sobresaliente, obra de la Casa Maumejean.

Diez años después, el palacio fue adquirido por la Compañía Dental Española para que sirviera de residencia de su presidente, abonando por el edificio medio millón de pesetas. Más tarde, en 1946, se vendió a Construcciones Civiles hasta que en 1950 la SGAE pagó por el inmueble cinco millones de pesetas para convertirlo en su sede permanente.

Apenas modificó con los años su aspecto original. Sólo los arquitectos Francisco García Nava, en 1912, y Carlos Arniches Moltó, en 1950, reformaron parcialmente los espacios; y en 1992 se acometió una rehabilitación integral a manos de los arquitectos Ángeles Hernández-Rubio y Santiago Fajardo.

25

La Gran Vía es Nueva York

Abril de 1910

Al empezar el siglo XX Madrid seguía pareciendo un pueblo grande, un laberinto de callejas retorcidas y de plazuelas salpicadas con muy poca salubridad pública. Poblada de edificios de viviendas hechos a toda prisa y sin ningún criterio urbanístico, con el único fin de dar cobijo a más y más personas, apenas contaba con un puñado de edificios dignos de admiración, y sobre todo conformaba una geografía de ciudad confusa, improvisada, incómoda y sin comparación posible con las otras grandes capitales europeas. Sus ediles intentaron muchas reformas en el pasado y también en tiempos de Isabel II, e incluso algunas de ellas se lograron concluir; pero era evidente para vecinos y forasteros, para todos, que Madrid, si quería empezar a estar mínimamente ordenada, precisaba de una arteria central, de un eje distinguido que la configurara con vistas al futuro de una gran calle en torno a la que se vertebrara un nuevo modelo de ciudad.

El primero que lo comprendió, y tuvo la visión de iniciar una serie de diseños teóricos para mostrarlos a las autoridades, fue Carlos María de Castro, quien en su Plan Castro de 1860 abrió la posibilidad de hacer una nueva Puerta del Sol y, como consecuencia de la reforma, abrir la calle Preciados para que desembocara en una gran avenida, la que podría considerarse una gran vía. Una calle amplia que podría empezar en la plaza del Callao y llegar hasta la de San Marcial, la que después llevaría como nombre la plaza de España.

No fue un proyecto que se desatendiera. Porque ya en 1862, admitiendo el alcalde José Isidro Osorio y Silva-Bazán, duque de Sesto y marqués de Alcañices, la grandeza del proyecto, permitió que se empezaran a expropiar algunos edificios para ver por dónde podría ir la cosa. Después, en 1886, Carlos Velasco y Peinado presentó un nuevo proyecto al alcalde José Abascal y Carredano para esa nueva arteria central, con la idea de formar una glorieta en la Corredera Baja de San Pablo hasta la esquina de la calle Amaniel, que luego podría continuar hasta la plaza de San Marcial, un proyecto que, no obstante, chocó con la ley de expropiaciones forzosas y, por lo tanto, se quedó en nada. Pero la idea no era mala, como todo el mundo compartía, y en 1898 Álvaro de Figueroa, conde de Romanones, retomó la idea tal cual se había proyectado inicialmente y se la ofreció a los arquitectos José López Sallaberry y Francisco Andrés Octavio para que la estudiaran.

Y, entonces, ambos dieron con la gran idea, o al menos con la idea de planificación urbanística que, finalmente, llegó a realizarse y se convirtió en la Gran Vía.

En la Casa del Cura, anexa a la iglesia de San José, fue en donde Alfonso XIII dio el primer golpe de piqueta que ponía en marcha las obras de construcción de la Gran Vía. Fue el 4 de abril de 1910. Y tras ese acto solemne fueron cayendo, una tras otra, las casas que se interponían al gran proyecto.

La calle de San Miguel desapareció para dar paso al primer tramo de la ancha avenida que discurría desde la calle de

Alcalá a la Red de San Luis: se la denominó calle del Conde de Peñalver, aunque desde el primer momento los madrileños empezaron a denominarla de acuerdo a su bautizo particular de Gran Vía. Un segundo tramo, desde la Red de San Luis a la esquina con Jacometrezo, una calle que prácticamente desapareció, recibió el nombre de calle de Pi y Margall..., pero los madrileños, empecinados, siguieron llamándola también la Gran Vía. Y el tercer tramo, desde el final de lo construido hasta el inicio de la calle de la Princesa, en la ya denominada Plaza de España, se diseñó y construyó en los años veinte del siglo XX, recibiendo el nombre de calle de Eduardo Dato. Pero los madrileños...

El estropicio mayor de este tercer tramo, imprescindible para culminar la avenida, fue el derribo de un buen puñado de calles, la demolición de centenares de viviendas y, de paso, del popular mercado de los Mostenses, admirado por su esqueleto de hierro, que le daba un aspecto impresionante. Pero el progreso se cobró su vida y su esqueleto catedralicio.

Durante la Guerra Civil, la Gran Vía fue denominada por el ingenio mordaz de los madrileños como la Avenida de los Obuses, por la cantidad de ellos que tuvo que soportar de la aviación sublevada franquista contra el edificio de la Telefónica y sus alrededores, aunque oficialmente fuera bautizada con diversos nombres, según las épocas: Avenida de Rusia, de la CNT, de México... Luego el franquismo la denominó durante cuatro décadas como Avenida de José Antonio, aunque nunca el título fuera de uso popular, hasta que en 1981 el alcalde Enrique Tierno Galván la designó oficial y definitivamente como siempre se la había conocido, la Gran Vía, para lo que hubo de modificar diversos nombres del nomenclátor de las calles de Madrid y al conde de Peñalver se lo llevaron a la antigua calle de Torrijos y a Eduardo Dato al antiguo y tradicional Paseo del Cisne.

—¿Tranvías eléctricos?

—Desde la Puerta del Sol a la calle de Serrano y del Paseo de Recoletos al hipódromo.

—¿Al hipódromo? ¿Qué hipódromo?

—Tú no te enteras de nada, Vicente —rezongó Carlos Argote—. Si salieras un poco del taller estarías más al día. Tanto coser y coser...

—¿Y qué quieres? —se excusó Vicente, en vano—. Es mi trabajo... Y no están las cosas como para andarse de verbena.

—Y seguro que no sabes ni lo que es un hipódromo —se resignó Carlos—. Ni sabrás que hay uno en La Castellana...

—Pues... yo...

—Ni que en Madrid se celebran carreras de caballos desde 1835, ¿verdad?

—Carreras, ¿dónde?

—Anda, anda...

Vicente Álvarez no sabía, en efecto, que la primera carrera que se celebró en Madrid fue en los terrenos del duque de Osuna, en la llamada Alameda de Osuna, porque el duque era un ganadero especializado en la cría de caballos y le encantaba hacerlos correr en su finca. Luego, con el fin de convertir las carreras de sus equinos en un espectáculo popular, organizó en 1835 carreras públicas en el Paseo de las Delicias y en los terrenos de la Casa de Campo.

—¿Dejarás algún día de dejarte los ojos en la aguja y el hilo?

—Que sí. Te lo prometo... Pero mientras la clientela aumenta, sería una pena no aprovecharlo. Los madrileños se están volviendo unos *señoritingos*...

—Tú lo que eres es un insaciable. Vas a ser el más rico del cementerio.

Poco después un amigo del duque de Osuna, Fernán Núñez, trajo a Madrid en 1841 al primer semental, de nombre *Pagnotte*, perteneciente a una renombrada yeguada inglesa, y resultó ser tan ágil y raudo que en 1843 ganó la primera carrera organizada por una sociedad dedicada al Fomento de la Cría Caballar de España en el primer hipódromo de Madrid, instalado sin tribunas y sin nada más que la pista de carreras, un lugar de exhibición al que acudía muy poca gente, sólo aristócratas, caballistas militares y *gentelmen riders*, montados en sus propios caballos: era el hipódromo de la Finca de la Casa Blanca.

Los caballos del duque de Fernán Núñez, la estirpe de aquel semental *Pagnotte*, fue una casta ganadora: se alzaron con el triunfo en los cuatro grandes premios nacionales, los que luego se denominaron Gran Premio de Madrid de *turf*.

En 1845 se construyó el hipódromo de la Casa de Campo, siempre frecuentado por muy poco público y celebrando unas carreras apenas sin normas que regularan la competición, hasta que en 1867 los organizadores decidieron aplicar el Código de Carreras vigente en Francia modificado en parte con algunos preceptos del Jockey Club inglés.

Hasta que el 31 de enero de 1878 se inauguró por fin el Hipódromo de la Castellana. Coincidió con el día de la boda de Alfonso XII con María de las Mercedes. Un hipódromo en el que se disputó el primer Gran Premio de Madrid sobre una pista de 1.400 metros, ganado por la yegua *Sirena*, uno de los caballos participantes de tres años que disputaron el premio tras correr una distancia de 2.500 metros. Aquel Gran Premio se celebró un par de años antes de la creación de la Comisión del Registro Matrícula de Caballos de Pura Sangre, o *Stud Book* español, junta registral que se reunía desde 1883 en las dependencias de la Dirección General de Agricultura, Industria y Comercio, en la Plaza de Atocha.

—¿Ya te has enterado, Vicente?

—Pues eso de ver correr a un puñado de caballos no me parece ningún prodigio. —Vicente se encogió los hombros—. Y encima habrá que pagar para ello, ¿no? ¡Pues anda que no vemos hacer esas barbaridades a algunos caballeros desvergonzados por las calles de Madrid! Si no se trata más que de eso...

—¡Pero no seas cabezota! —explotó Carlos Argote—. ¿No te parece emocionante contemplar a los mejores caballos de España disputándose el lance de ganar una gran carrera?

—Pues... —Volvió a alzar los hombros—. Si tú lo dices...

—Mira, ya me tienes harto —cabeceó Carlos—. Eres un mentecato. Voy a hablar con Manuel y a la próxima carrera que se celebre te vamos a llevar al Hipódromo de la Castellana. Aunque sea arrastrándote por las solapas. ¡Y además en un tranvía eléctrico, para que veas lo cómodos y limpios que son!

—Es que yo...

—¡A rastras! ¡Te vamos a llevas a rastras! Y si luego admites que disfrutas con las carreras, nos invitas a cenar, ¿de acuerdo?

—No, si con tal de que yo invite... ya no sabéis qué hacer.

—Pues eso. A ver si te rascas alguna vez el bolsillo...

En 1900 Madrid tenía 576.538 vecinos, según el censo oficial, aunque lo más probable era que muchos recién llegados aún no estuvieran censados. Treinta años después alcanzó una población de 952.832; y un millón cien mil en 1940. Este aumento imparable de vecinos, que duplicó la población en apenas cuarenta años, mostraba a las claras por qué nunca fue posible organizar la ciudad de una manera coherente desde los puntos de vista urbanístico, social y de distribución de productos. Desde 1565, con la instalación de la Corte en Madrid, las sucesivas oleadas de nuevos madrileños dificultaron siempre la configuración de una ciudad armonizada y moderna, como otras grandes capitales de Europa, y permitía hacerse una idea de los ímprobos y a la vez ineficaces intentos de sus regidores y técnicos especializados para dar una coherencia vial, social y cultural a la capital de España.

Por eso Madrid seguía siendo una ciudad dual, de ricos y pobres, de edificios señoriales y de casas, por llamarlas de alguna manera, paupérrimas. La descripción de algunas viviendas de Madrid en 1902, hecha por un médico húngaro que vivía en la ciudad, explicó con claridad el modo de vida de muchos madrileños. Así lo dejó escrito el doctor Hauser:

Hay dos clases de casas: las de vecindad y las de dormir. Las primeras carecen de aseo, de limpieza, de agua y de ventilación. He visitado una de ellas en la calle de Segovia y al entrar llama la atención el aspecto asqueroso del patio. En él hay una fuente de la que no sale agua y los retretes expelen un olor nauseabundo que inunda el patio, de unos 15 metros cuadrados, y también los cuartos de vivir situados alrededor de este patio.

La casa tiene un piso alto y dos bajos. Los corredores son de madera vieja, y amenazan ruina, dando cada uno de ellos a entradas de pasillos largos y oscuros en donde se halla un gran número de habitantes, pues la casa tiene 134 cuartos y 299 habitaciones.

En el segundo piso hemos visto un cuarto consistente en dos habitaciones y una cocina, ocupado por una familia compuesta del matrimonio y cinco hijos, y teniendo los techos en muchos puntos agujereados, de modo que entraba el aire con facilidad, y en los tiempos de lluvia también el agua. Con todo, estos pisos son menos inmundos que los de la planta baja.

Además hay «casas de dormir», en las que un simple jergón o un colchón, en el mejor caso, acoge a parados, mendigos, prostitutas y criadas sin ocupación y sin dinero. Por unos pocos céntimos se puede pasar una noche en una de estas casas. En una misma estancia pueden juntarse cincuenta o sesenta personas cada noche, ocupando un lugar sucio en el que no entra la luz ni el aire, y que tampoco se blanquea para así evitar cualquier tipo de contagio.

En 1902, cuando redactó el doctor Hauser ese informe, en Madrid había en total 438 casas de vecindad de estas dos clases, habitadas por 52.655 personas, y situadas sobre todo al sur de la Puerta del Sol. Por eso el Ayuntamiento de Madrid, conocedor del problema, redactó un estudio denominado «Preparación de bases para un proyecto de ley de casas baratas para obreros» que, avalado por el Instituto de Reformas Sociales en 1907, dio lugar a una ley de 1911 que permitió al ayuntamiento de las ciudades apropiarse de terrenos y subvencionar a los constructores que levantaran viviendas para los más desfavorecidos, una ley que obtuvo como respuesta inmediata la edificación de diferentes colonias de casitas u hotelitos para las familias obreras. Surgieron, así, en Madrid, colonias como la Socialista, Mahou, Los Cármenes, La Cruz del Rayo, Prosperidad y otras.

Frente a esa miseria, los nuevos barrios de Salamanca, Argüelles y el centro, en torno a la Gran Vía, se crearon con grandes casas y lujosos edificios, que al fin dieron a Madrid un ápice del esplendor que merecía. La Gran Vía, en definitiva, se convirtió en el motor que movió toda la reforma urbanística del centro de Madrid.

Porque la Gran Vía, cuyos sucesivos proyectos tardaron en hacerse realidad, vio en su gestación dos acontecimientos trascendentales: la muerte de Alfonso XII y la coronación de Alfonso XIII. Alfonso XII murió de tuberculosis a los veintisiete años, en 1885, lo que dio paso a la regencia de María Cristina de Austria hasta la mayoría de edad de su hijo Alfonso, que inició su reinado en 1902, a la edad de 16 años. Un rey, Alfonso XIII, que reinó hasta 1931, cuando unas elecciones municipales acabaron con el régimen monárquico y dieron paso a la proclamación de la Segunda República Española.

Durante estos años, las familias Argote, Álvarez y Tarazona también vieron nacer y morir a algunos de sus miembros. Luis Argote murió en el año de 1900 sin causa conocida, pero como explicar no es lo mismo que justificar, y la muerte de su esposa Antonia de Luján, veintitrés años antes, no supo suplirla con ningún otro aliciente vital, todos coincidieron en que la tristeza justificó su lenta agonía hasta que un día de noviembre decidió dejar de respirar y meter el corazón entre un puñado de piedras que lo inmovilizaran. Tenía setenta y ocho años, muy longevo para su época, pero nunca estuvo enfermo del cuerpo. Fue el alma la que se le murió, y así lo comprendieron sus hijos Carlos y María Cristina, que apenas derramaron lágrimas porque consideraron que su padre había decidido el viaje final y tenía todo el derecho a hacerlo.

Vicente Álvarez y Vanessa Spring vivieron muchos más años. Él, hasta 1919; ella, hasta 1931. Pero cada vez saliendo menos de su nueva sastrería, El Corte Inglés, conocedores de que por la pérdida paulatina de visión en Vicente, y por las manos cada vez más temblorosas de Vanessa, tenían que esperar hasta 1918 para que su hijo Vicente cumpliera los veinte años y así poder dejarle el negocio familiar. Después se encerraron en casa a ver pasar cuanto les quedaba de vida, que ambos calculaban escasa. Su padre, Isidro Álvarez, y su madre, Isabel, también habían muerto longevos, en 1898 y 1903, respectivamente.

Todos los Álvarez fueron más longevos y vivieron mucho más que el munícipe Manuel de Tarazona, fallecido en 1902 víctima de un catarro sin curar que lo ahogó a lo largo de cuatro meses hasta que el corazón se cansó de luchar para compensar la fatiga; y más años también que su esposa Rita Beltrán, muerta por causa de las heridas del atropello de un carro en 1910 por cruzar sin mirar, o puede que haciéndolo, pero sin advertir lo que se le venía encima porque los médicos la habían diagnosticado tiempo atrás cataratas en ambos ojos y nunca se supo, de verdad, hasta dónde alcanzaba la nitidez de su visión. Sus hijos, Mercedes y Jesús, acudieron a darles tierra al cementerio de San Isidro en días que, ambos, fueron ventosos y fríos, con un sol de mentira que hizo aún más doloroso el duelo. Y más años también que los viejos Tarazona, Felipe y Encarnita, fallecidos en 1880 y 1891, respectivamente, a quienes el médico certificó como causa del deceso «muerte natural», sin especificar nada más.

De las tres familias, en esos años, quedaron los hijos de los Argote, Carlos y María Cristina; el hijo de los Álvarez, Vicente; y el hijo de los Tarazona, Manuel, y su esposa Rita, que continuaron aumentando la estirpe con sus hijos, porque la hermana de Carlos Argote, María Cristina, se casó muy joven con un muchacho de familia industrial bilbaína, Ignacio Ugarte, y se fue a vivir a las afueras de Bilbao, a una población llamada Neguri. Por su parte, la hermana de Manuel de Tarazona, Patro, se casó también con un joven terrateniente castellano, Antonio Galván, y ambos volvieron a Soria a vivir el resto de sus vidas.

Fernando Argote, el hijo único de Carlos y Sara, fue un alumno ejemplar de educación primaria de la Institución Libre de Enseñanza, aquel proyecto pedagógico que se desarrolló en España desde 1876 hasta 1936, un plan de estudios inserto en la Universidad Complutense de Madrid por Julián Sanz del Río y que desde sus principios filosóficos krausistas formó a una generación de estudiantes que fue después la columna vertebral de la inteligencia, la política y la industria españolas.

Un año después de su fundación, tuvo como presidente a Laureano Figuerola, que fue quien puso en marcha la Asociación de la Institución Libre de Enseñanza acompañado por catedráticos de la talla de Gumersindo de Azcárate, Nicolás Salmerón, Francisco Giner de los Ríos y Teodoro Sainz Rueda, que creyeron firmemente en el principio de que la formación de los jóvenes no debía subordinarse a ningún dogma religioso, político ni moral. En esos criterios se formó y educó Fernando Argote quien, siguiendo la tradición familiar artística, no optó por el teatro, sino por el oficio de escritor, alcanzando un prestigio escaso como tal, pero granjeándose un sinfín de simpatías entre los compañeros de su generación, como Juan Ramón Jiménez, Francisco Ribera, Américo Castro, Manuel García Morente, Pablo de Azcárate, José Pijoán, Ortega y Gasset y Gregorio Marañón, entre otros muchos, y por quienes más tarde fueron trascendentales en la cultura española del siglo XX, de paso por Madrid, desde Picasso a Lorca, desde Buñuel a Dalí, desde Sorolla a Baroja, e incluso entre los pensadores que, desde la atalaya de su edad avanzada, vieron en el joven Argote un discípulo al que respetar: Unamuno, Emilia Pardo Bazán, Benito Pérez Galdós, Vicente Blasco Ibáñez, Fernández y González, Menéndez Pidal y muchos otros que alternaban la Institución con el Ateneo de Madrid, los cafés con las conspiraciones y las veladas en el teatro con trasnoches llenos de sueños republicanos.

A Carlos Argote, su padre, no le gustaban en exceso las compañías de su hijo, pero antes de morir, en 1914, ya había aprendido a respetarlo y a admirarlo. En los últimos años de vida le preguntaba por sus aprendizajes, le solicitaba opinión sobre los acontecimientos de su tiempo y le escuchaba con extremada atención cuanto su hijo le narraba de lo que se hablaba en la Institución, primero, y en los salones de la Residencia de Estudiantes o en los conciliábulos de café después. Fernando Argote, por la ventura de haber disfrutado de una educación tan libre y liberal, y por sus relaciones con aquellos personajes públicos, se convirtió en una especie de oráculo para sus parientes Vicente Álvarez y Jesús de Tarazona.

Porque Vicente, ya cansado del negocio familiar de la sastrería, que deseaba traspasar o vender, pasaba más horas acompañando a Fernando a diversas reuniones y conferencias que a dar pespuntes y confeccionar trajes cruzados de anchas solapas o chaquetas ceñidas, a la moda. Y Jesús de Tarazona, al que la tradición familiar impulsó a estudiar Leyes en la Universidad y después obtener una plaza en el Departamento de Asuntos Jurídicos del Consistorio madrileño, no dudaba en contar con todo lujo de pormenores cómo se desenvolvía Pablo Iglesias como concejal de Madrid a cambio de que Fernando Argote no le ahorrara detalles de los movimientos republicanos, de las tendencias artísticas llegadas de París, de las revueltas universitarias, de lo que se cocía en el Ateneo de Madrid ni de los planes de los jóvenes intelectuales españoles en los años de la preguerra mundial y durante los años que se libró en Europa.

Mientras tanto, la Gran Vía seguía proyectándose y se empezó finalmente a construir. De hecho, desde el inicio de las obras también empezaron a levantarse edificios acordes con la gran avenida que se preparaba, entre ellos algunos de los edificios más lujosos y vistosos de la ciudad. El primero fue el levantado en el solar existente entre el inicio de la Gran Vía y la calle de Alcalá, reemplazando a un inmueble viejo conocido como la Casa del ataúd por su aspecto estrecho y alargado: un edificio en forma de quilla de barco que fue el primero, pero no el único en levantarse, y en el que luego tuvo su sede una empresa denominada La Unión y el Fénix, o Metrópolis, que permaneció a lo largo del tiempo. Enfrente de él, también en los inicios de la nueva Gran Vía, se devolvió a la iglesia de San José preexistente la Casa del cura y se levantó un nuevo edificio para la Gran Peña, justo en la acera en que los propietarios de palacetes y casas de lujo pensaban que sus lindes formarían parte de la Gran Vía, y se gastaron una fortuna en adecentarlos, sin saber que al ser la calle finalmente diez metros más estrecha, sus casas en la calle de la Reina quedaron tapadas por las nuevas edificaciones, y en casi todos los casos expropiadas.

El primer tramo de la Gran Vía, que se denominó calle del Conde de Peñalver, en honor al alcalde que lo decidió, se abrió a la circulación de vecinos y carruajes en 1917. El más sobresaliente de los edificios de este primer tramo siguió siendo el Oratorio del Caballero de Gracia, una genial obra del arquitecto Villanueva.

Y de inmediato se iniciaron las obras del segundo tramo, que duraron hasta 1922. Se descartó hacer un bulevar central, se mantuvo una anchura de la calle de treinta y cinco metros y se vistió con un imponente edificio: el de Telefónica, construido por el arquitecto Ignacio de Cárdenas Pastor con algunos aspectos barrocos en su portada, pero con aires totalmente neoyorquinos. El edificio de Telefónica tardó en construirse cuatro años, desde 1925 hasta 1929.

Este segundo tramo, o calle de Pi y Margall, se inició en la Red de San Luis con un templete que daba paso a la estación de Metro del mismo nombre, obra de Antonio Palacios, incluso con ascensores de bajada a los andenes. Hasta que en 1966 se consideró que sobraba en el paisaje urbano esa joya urbana y se desmontó, yendo a parar, conservándose siempre, al pueblo de Porriño, en Pontevedra, de donde era natural Antonio Palacios. De aquel templete sólo queda un pequeño relieve en la propia estación del metro de Gran Vía para que pueda recordarse la obra y a su autor. Este tramo acababa en la plaza del Callao, existente desde 1860.

El tercer y último tramo de la Gran Vía, o avenida de Eduardo Dato, y que hizo un ángulo a la altura de la plaza del Callao, se empezó a construir en 1925 y a mediados de los años cincuenta se terminó de configurar tal y como permaneció. Su mejor edificio, el llamado Carrión, fue la sede del cine Capitol, una obra impecable de estilo expresionista diseñado por los arquitectos Luis Martínez Feduchi y Vicente Eced y Eced tras granar un concurso, cuyas normas de acceso al mismo no fueron abiertas a todos los arquitectos que lo desearan, sino que se restringió a unos cuantos señalados caprichosamente por el Ayuntamiento. Se inauguró, como apart-hotel, u hotel alquilado por apartamentos, en 1933, y luego, a causa y como consecuencia de las licencias municipales que permitieron cubrir la fachada con carteles luminosos y carteleras cinematográficas, quedó oculto a la vista de los viandantes.

A todo el mundo sorprendió el cambio de trayectoria en el trazado de este tercer tramo, cuando lo lógico hubiera sido continuar hasta la plaza de Santo Domingo en línea recta. Pero no fue así, y el giro de la calle causó un problema más que, durante años, avivó la polémica. Y todo fue porque, para construirse, había que derribar la Casa Profesa de los jesuitas, que estaba en el número 495 de la llamada calle Flor. Y es que la Compañía de Jesús había creado esas Casas Profesas (no conventos, que aludía a órdenes mendicantes, sino casas, porque así lo dispuso san Ignacio de Loyola) para que en ellas vivieran los profesos. Los jesuitas aseguraban que en el altar mayor estaba enterrado san Francisco de Borja, y debía de ser verdad, de modo que los representantes de la Compañía de Jesús recurrieron legalmente contra el Acuerdo Municipal de Ensanche de la Gran Vía con el objeto de evitar el derribo. El expediente de la Casa Profesa, de este modo, se inició en 1926 y los abogados jesuitas fueron tan contundentes y perseverantes, además de bien remunerados, que lograron detener provisionalmente el derribo de su Casa Profesa al menos hasta 1931, cuando un poco después, al proclamarse la Segunda República, un grupo de personas prendió fuego al edificio y lo dejó convertido en un solar en ruinas, por lo que el alcalde de Madrid, Pedro Rico, dio carpetazo al asunto, autorizó la continuación del desarrollo de la Gran Vía y, además, los jesuitas fueron disueltos como orden religiosa. Como era natural todos estos hechos fueron muy comentados, por los madrileños y por los periódicos del momento.

Con todo, el acontecimiento más curioso ocurrido durante la construcción de este tercer tramo de la Gran Vía lo protagonizó el torero Mazquiarán. Sucedió cuando, en 1928, se escapó en plena calle un toro y tuvo que ser toreado y muerto a estoque por el diestro y afamado torero Diego Mazquiarán, de apodo Fortuna. El suceso lo narró con todo lujo de detalles José María de Cossío explicando que «el 29 de enero de 1928, en la conducción de ganado bravo al matadero de Madrid, un toro se desmandó del resto de la piara, y entrando en Madrid por el puente de Segovia sembró el pánico por sus calles, atropellando e hiriendo a varias personas. En la Gran Vía, Mazquiarán, que casualmente transitaba por ella, se quitó el abrigo y detuvo su carrera con varios lances. Impidió que el toro abandonara el engaño y le tuvo embebido en él hasta que llegó el estoque que había mandado a buscar a su casa. Con el abrigo a guisa de muleta le dio media estocada en lo alto. La multitud, que en torno a él se había agrupado, le ovacionó emocionada, sacando los pañuelos, pidiendo la oreja para el matador circunstancial».

Los edificios que configuran la Gran Vía son:
El edificio Metrópolis, de 1911, de los arquitectos Jules y Raymond Fevrier (aunque su dirección sea Alcalá, 39).
Gran Vía, 1 (1916-1917), de Eladio Laredo y Carranza. A lo largo de su historia ha estado ocupado por el café Molinero, el restaurante Sicilia-Molinero, la casa de pianos Aeoiam o la joyería Grassy desde 1952, que cuenta con un museo del reloj.
Edificio de La Gran Peña (1917), de Eduardo Gambra Sanz y Antonio de Zumárraga.

Gran Vía 3 (1918), de los hermanos Javier y Luis Feduchi.

Gran Vía 4 (1917-1919), de Ruiz Senén, José Mendoza y Ussía y José Aragón Pradera.

Gran Vía 5, de José Monasterio Arrillaga.

Gran Vía 6 (1917-1919), de Mendoza y Ussía y Aragón Pradera.

Edificio de Seguros La Estrella, en el número 7 (1917-1922), de Pedro Mathet y estilo neo-renacentista.

Gran Vía 8 (1915), de Francisco Pérez de los Ríos.

Gran Vía 9, de Francisco Reynals.

Gran Vía 10, de Pedro Mathet.

Hotel de las Letras (conocido en su construcción como «Viviendas para el conde de Artaza»), en el número 11 (1915-1917), de Cesáreo Iradier.

Gran Vía 12, de Reynals. En 1932 se abrió en sus bajos el conocido bar Chicote.

Casino Militar, en el número 13, de Eduardo Sánchez Eznarriaga. Con influencia barroca, pero con un toque más contemporáneo por la marquesina de hierro y cristal que cubre la puerta de entrada.

Gran Vía 15 (1918-1921), de Juan García Cascales.

Fachada posterior del Oratorio del Caballero de Gracia (1916), en el número 17. Desde la Gran Vía sólo se observa el ábside de esta iglesia, obra de Juan de Villanueva. El arquitecto Carlos de Luque diseñó una nueva fachada alineada con el resto de los edificios. En los años setenta, Javier Feduchi dejó a la vista el ábside practicando un gran arco en la fachada de Luque.

Gran Vía 18 (1915-1916), de Felipe de Sala y Eduardo Reynals.

Gran Vía 19 (1977), de Francisco Calero.

Gran Vía 21 (1915-1918), de Julio Martínez-Zapata.

Gran Vía 22 (1919), de Secundino Zuazo.

Gran Vía 22 duplicado, de Lomas, Manchobes y Cabrera.

Círculo de la Unión Mercantil e Industrial (1918-1924), en el número 24, de Joaquín y Luis Sáinz de los Torreros.

Gran Vía 23 (1918-1923), de Vicente Agustí Elguero y José Espelius Anduaga.

Gran Vía 25 (1920-1925), de Modesto López Otero.

Gran Vía 26 (1914-1916), de Pablo Aranda Sánchez.

Casa Matesanz (1919-1923), en el número 27, de Antonio Palacios.

Edificio Telefónica (1926-1929), en el número 28, de Cárdenas.

Casa del Libro, en el número 29, de José Yarnoz Larrosa, diseñado para la Constructora Calpense.

Teatro Fontalba (1919-1924), en el número 30, de Salaberry y Teodoro Anasagasti.

Gran Vía 31 (1925-1927), de José Miguel de la Quadra-Salcedo.

Edificio Madrid-París (1922-1924), en el número 32, de Anasagasti. Fue el edificio más alto hasta 1929, en que fue superado por el de Telefónica. En 1934 tras la compra del edificio por los Almacenes Sepu sufrió una gran transformación.

Gran Vía 33 (1922), de Pablo Aranda.

Gran Vía 34 (1921-1924), de Yarnoz y Palacios. En su origen albergó el Hotel Alfonso XIII (después Avenida), luego llamado Cibeles.

Palacio de la Música (1926), en el número 35, de Secundino Zuazo Ugalde.

Cine Avenida (1927-1928), en el número 37, de J. M. de la Quadra-Salcedo.

Hotel Atlántico, en el número 38, de Joaquín Saldaña y López. Su primer propietario fue el marqués de Falces, cuyo escudo figuraba en la fachada.

Seguros La Adriática (1926-1928), en el número 39, obra de Terreros.

Gran Vía 40 (1926-1927), de J. M. de la Quadra-Salcedo.

Gran Vía 42 (1923-1926), de Mathet.

Gran Vía 44 (1922-1925), de Anasagasti.

Palacio de la Prensa (1924), en el número 46, de Pedro Muguruza Otaño. Su sala de cine, de doble anfiteatro, tenía capacidad para 2.000 espectadores.

Edificio Carrión (1931-1933), en el número 41, de Feduchi y Eced.

Gran Vía 43 (1947), de Luis Gutiérrez Soto. Albergaba el cine Rex.

Gran Vía 47 (1930), de Eduardo Figueroa.

Gran Vía 48 (2010-2013), de Rafael de la Hoz. Primer edificio del siglo XXI en la Gran Vía, con un estilo moderno y rompedor que nada tenía que ver al estilo *art déco* de los años veinte que poseen los demás. Rompía drásticamente la estética de la calle.

Gran Vía 49 (1929-1931), de Eugenio Fernández Quintanilla y José Osuna Fajardo.

Gran Vía 52, de Luis Díaz de Tolosa.

Edificio Lope de Vega (1945-1949), que ocupaba los números 53, 55, 57 y 59, de Joaquín y Julián Otamendi. Albergaba un gran centro comercial subterráneo, el hotel Lope de Vega y un teatro inaugurado en 1949.

Cine Rialto (1930), en el número 54, de Aragón y Ussía.

Gran Vía 56 (1928-1929), de Vicente García Cabrera y Jesús Carrasco Muñoz.

Gran Vía 58 (1927-1928), de Luis López López.

Edificio del Banco Hispano de Edificación (1930), en el número 60, de Emilio Ortiz de Villajos. Estaba rematado por una escultura de Victorio Macho sobre el cuerpo central del edificio.

Gran Vía 62, de García Lomas y Jesús Martín.

Gran Vía 64, de Fernando de Escondrillas.

Cine Gran Vía, en el número 66, de Germán Álvarez Sotomayor. El edificio fue edificado en el solar del antiguo mercado de los Mostenses.

Gran Vía 70 (1945-1946), de Pan Da Torre. Albergó el cine Pompeya.

Gran Vía 72 (1952), de Enrique Colás. El último edificio construido en la Gran Vía. Albergó el hotel Washington.

Hotel Menfis (1953-1954), en el 74, de Manuel Castaño. Albergó el cine Velussia.

Edificio Coliseum (1931-1932), en el 78, de Casto Fernández-Shaw y Pedro Muguruza.

Y en la plaza de España, el Edificio España y la Torre de Madrid, ambos con más de 100 metros de altura. La Torre de Madrid (1957) fue durante muchos años el edificio más alto de Madrid hasta la construcción de la Torre Picasso.

La Gran Vía, con todo el esfuerzo que costó su construcción, no fue del agrado de todo el mundo. Todavía se recuerdan las palabras del escritor ruso Iliá Ehrenburg, que, tras pasearse por ella en 1931, dejó escrito: «La Gran Vía es alegre y bulliciosa. Centenares de vendedores de periódicos vocean los títulos, altamente poéticos, de su mercancía: *La Libertad*, *El Sol*... La Gran Vía es Nueva York. Es una avenida amplia y larga; sin embargo, a diestra y siniestra se abren unas rendijas sórdidas cuajadas de patios oscuros, donde resuenan los maullidos estridentes de los gatos y las criaturas».

—¡*ABC*!, ¡ha salido el *ABC*!

—¿Un nuevo periódico?

—Hoy ha salido, sí. Dicen que para defender la monarquía.

—¿La monarquía necesita defensa?

—¡Y tanto!

—Pues voy a comprar un ejemplar. A ver si va a resultar que, muy monárquico y todo lo que quieras, y lo que pasa es que vuelven los carlistas a las andadas y han comprado un periódico. Que ya, cuando se habla de monárquicos, nunca se sabe si son partidarios de nuestro Borbón o de los otros.

—¡Compra, compra...! Pero no creo que el señor Luca de Tena sea de esos...

—Deja, deja... Que uno se lleva cada chasco con las cosas de la política... ¡Chico! ¡Trae aquí un ejemplar!

—¡Como un rayo!

Era el 1 de junio de 1905 y con dinero de Torcuato Luca de Tena, que además fue su fundador y dueño, salió a la calle el primer ejemplar de *ABC*, un periódico decidido a competir con *El Liberal*, *El Sol* y todos los demás, muchos de ellos simpatizantes con el republicanismo y con los movimientos socialistas que ya empezaban a difundir con éxito sus ideas por Madrid, como *El Socialista*, sobre todo entre los ámbitos intelectuales y las clases obreras. Hasta el punto de que un año más tarde, el 31 de mayo, el rey Alfonso XIII y su esposa Victoria Eugenia sufrieron un atentado anarquista en la Calle Mayor del que salieron ilesos.

Y es que Madrid cambiaba a gran velocidad, tanto social como política y económicamente. De hecho, el 19 de agosto de 1907 se empezaron a matricular los primeros coches que circulaban por la ciudad, los de nueva adquisición y los que desde 1898 lo hacían sin matrícula ni seña identificadora alguna, aunque fueran tan pocos y tan admirados que todo el mundo conocía a quienes los conducían y muchos los maldecían porque a su vertiginoso paso espantaban burros, irritaban mulas y encabritaban caballos, causando más de un percance con heridos y diversos sustos y aspavientos entre los viandantes. Pero la matriculación de vehículos era una seña más de modernidad en una ciudad que se desarrollaba a toda prisa para recuperar los siglos perdidos entre nobleza hueca y vecinos en penuria.

Madrid crecía como bebé con nodriza, ama de cría o ama de leche, siempre alimentándose de teta ajena porque de la propia madre poco había que extraer. Y no es casual el símil: en realidad, lo de la propia madre alimentando a su hijo era un hecho que se extendió muy poco hasta muy avanzado el siglo XIX. Hasta entonces, había muchas explicaciones y algunas razones para la existencia del ama de cría o de leche: porque la madre podía faltar, sencillamente; o porque podía faltarle suficiente leche propia. Pero había muchos otros impedimentos posibles, empezando por el propio horario de trabajo de la mujer, o la creencia de que reanudar las relaciones sexuales contaminaba la leche materna. Por otra parte, las élites adineradas siempre utilizaron el recurso de buscar nodriza para sus hijos, desde la antigua Mesopotamia. Y, desde veinte siglos atrás en Roma, el oficio tenía un gran prestigio y una buena remuneración. Costumbres que no tenían nada que ver, por ejemplo, con la utilización de las esclavas en las colonias americanas hasta el siglo XIX.

Como es fácil de imaginar, las clases populares tenían mucho más difícil la lactancia pagada, de modo que cuando resultaba necesario se recurría al apoyo entre mujeres de la familia o, incluso, de la vecindad, compensada con otros favores, consistentes en meros alimentos o algún trabajo remunerado.

Los lugares que profesionalizaron la existencia de amas de leche en Madrid fueron los orfanatos o inclusas. A ellos llegaban, a través de los tornos de iglesias y conventos, muchos bebés anónimos abandonados, y la necesidad de la existencia de las nodrizas se convirtió en un oficio al que se entregaron muchas mujeres con hijos recién nacidos, porque no se pagaba mal el servicio. Y a más beneficencia, como hubo en el siglo XIX, más necesidad de amas de cría. Centros de beneficencia, instituciones protectoras, hospitales... Además de una amplia holgura económica en la emergente clase media madrileña.

También se mantenía el drama de la elevada mortalidad infantil, por lo que muchas mujeres jóvenes que perdían a sus hijos ofrecían sus servicios como amas de leche. Y concretamente a Madrid llegaban con este fin muchas jóvenes de otras provincias para ejercer este oficio y, más tarde, integrarse en el servicio doméstico de la misma casa en donde habían criado a los niños. Hasta tal punto se desarrolló esta nueva inmigración a la capital que alguna de ellas llegó a la ciudad con un cachorro de perro en los brazos para amamantarlo durante el viaje y no perder la leche hasta que llegara a Madrid.

La plaza de Santa Cruz, al lado de la Plaza Mayor, era el lugar en donde esperaban a ser requeridas por alguna familia pudiente para ejercer su labor alimentaria. Y lo cierto era que tenían muchas ofertas porque la modernización económica, urbana y social de ese siglo aumentó también la demanda, convirtiendo ese aparente servicio doméstico circunstancial en un verdadero oficio para muchas jóvenes provenientes de ciudades y pueblos próximos o incluso alejados.

En ese negocio tan rentable se produjo también alguna que otra denuncia porque no faltaron madres que primero daban de mamar a sus hijos, luego los dejaban en el torno eclesiástico y más tarde se ofrecían para amamantarlos, de tal modo que cobraban un salario por alimentar con engaño a sus propios hijos.

En definitiva, fue un buen trabajo y bien remunerado hasta que un nuevo avance de la modernidad consiguió que se encontrara la forma de conservar la leche fresca durante más tiempo, de modo que los médicos de las instituciones de beneficencia ya no precisaron de tanta ama de leche entre sus empleadas. Aquello fue una práctica que surgió en los primeros años del siglo XX, las llamadas Gotas de Leche, que desempeñaron un papel importante para combatir la desnutrición infantil. Y muy pronto la aparición de la leche en polvo, claro, adaptada a la alimentación de los niños.

Pero el oficio de nodriza, de buena imagen y mejor salario en general, pervivió aún durante muchos años en Madrid, generalmente al servicio de los bebés de ciertas damas madrileñas que las contrataban para que amamantaran a sus hijos porque para ellas era un ejercicio incómodo y, al decir de muchas de ellas, perjudicial para el cuidado de su figura y la estética general de su cuerpo.

26

La Oficina Pro-Cautivos

Octubre de 1914

—Hoy, ¿adónde vas? —Vicente Álvarez se hizo de nuevo el encontradizo con Fernando, revoloteando como tenía por costumbre en torno a las cercanías de su casa en la calle de Fuencarral.

—Al Ateneo —respondió Argote, sin mostrar sorpresa alguna por el encuentro. Hacía tiempo que el hecho ya no le parecía una mera casualidad porque se había convertido en costumbre—. ¿Y tú, qué? ¿No tienes que atender la sastrería?

—Hoy no me apetece. —Vicente mostró su desgana con un gesto de la mano—. Con este día...

—Querrás decir que hoy tampoco te apetece —ironizó Fernando, con un gesto que tenía mucho de burla—. Porque ya no pisas la tienda.

—Menos, sí. Cada vez menos. Me divierto más contigo —sonrió con malicia Vicente—. ¿Al Ateneo dices?

—Sí. Y no te pregunto si quieres acompañarme porque ya conozco la respuesta.

Fernando Argote se abrochó el traje cruzado, se ajustó el sombrero y gesticuló un asentimiento de resignación. Tal vez Vicente podía haber reparado en que a su amigo le incomodaba el encuentro, pero no se detuvo a considerarlo porque, como todos los días, buscaba la compañía de Argote para toparse con personajes célebres, de esos de los que hablaban todos los días los periódicos, y se conformaba con oír lo que dijeran, aunque se tratara de banalidades o meras formalidades, porque la solemnidad, seguridad, aplomo y seriedad con que expresaban, dijeran lo que dijesen, se le antojaba más que una expresión de lucidez: era una lección de cátedra. Y de ese modo luego podía repetirlas en casa o ante Jesús, adoptando una gravedad similar. No le preocupó si podía considerársele un entrometido o no, pero como Fernando Argote continuaba su camino a buen paso, y el sastre tenía que apurarse en carreritas cortas para no dejar de caminar a su lado, terminó buscando un argumento que explicara su perseverancia en acompañarlo.

—¡Si no es por mí! —intentó justificarse Vicente—. Es por Jesús, que ya sabes lo que le gusta que le contemos lo que se oye por ahí. Y, además, si no le llevamos carne fresca, novedades jugosas o chismes calientes, olvídate de que nos cuente los secretos de lo que se anda cociendo por el Ayuntamiento...

—¿Y a quién le importa eso? —Fernando Argote se paró en seco, metiendo su mirada en los ojos de Vicente.

—Hombre, dicen que ese tipógrafo Pablo Iglesias no deja títere con cabeza.

—Ya será menos...

Las escaleras del Ateneo de Madrid, en la calle del Prado, se abrieron de pronto ante ellos, dando paso a la solemnidad del edificio. Fernando Argote se detuvo a saludar a un hombrecillo enlutado de aspecto enjuto, casi una miniatura de hombre, un anciano que parecía estar más muerto que vivo: un cadáver del Ateneo si no fuera porque tenía los ojos abiertos y brillaban sus pupilas como si acabara de descubrir una nueva joya en la gran biblioteca de la institución.

—¿Quién era ese?

—¡Y yo qué sé! —respondió Fernando de mala gana—. No me hagas preguntas. Aquí nos saludamos todos, pero la mayoría no sabemos ni nuestros nombres.

—¿Será un poeta?

—O un triste, vete tú a saber. El Ateneo, desde su fundación, ha estado siempre más lleno de vísperas de funeral que de promesas de futuro. No hay día en que no se ponga en el tablón de anuncios la noticia del fallecimiento de algún socio.

—¡Pues qué juerga!

—¡Oye, un poco de formalidad! —Fernando se volvió con seriedad y energía—. ¡No haber venido!

El Ateneo de Madrid seguía siendo una de las instituciones culturales más importantes de Madrid. Creado en 1835 al amparo de las ideas liberales impuestas por la regente María Cristina, empezó llamándose Ateneo Científico y Literario, y poco después se le añadió la consideración de Artístico.

—¿Y esos cuadros?

—Retratos de los fundadores de esta casa: el duque de Rivas, Salustiano Olózaga, Mesonero Romanos, Alcalá Galiano, Juan Miguel de los Ríos, Francisco Fabra y Francisco López Olavarrieta.

—¿Y los conoces a todos?

—¡Pero no seas burro! —Fernando lo exclamó airado, en un exabrupto que rompió el silencio del pasillo—. Lo fundaron hace casi cien años. ¿Cómo los voy a conocer?

—Ah, claro —se amilanó Vicente—. Y, además, todos ellos serían liberales...

—Pues sí, naturalmente. —A Argote no le hacía gracia verse obligado a dar tantas explicaciones—. Tenían un gran espíritu romántico y liberal, de ahí que se comprometieran a que, entre estas paredes, prevaleciera una libertad absoluta tanto en las discusiones como en las tertulias... Ahí, en la Cacharrería, se podía hablar de todo, decir lo que se quisiera, sin miramientos, ni censuras, ni cortapisas...

—¿Y ahora qué hacéis aquí?

—Pues tomar café, qué pesado estás, Vicentito.

—Yo..., es... por saber.

—Ya. Pues se hacen muchas cosas: hay cursos diversos, algunos ciclos de conferencias sobre cuestiones de actualidad, debates interminables... Pero lo más importante es su biblioteca. Eso sí que es un tesoro.

—Pues este edificio —Vicente revisó techos y estancias—, no sé yo... Además, parece muy nuevo para tener casi cien años...

—Es que el Ateneo no siempre estuvo aquí, amigo mío.

—¿Ah, no?

—No. Primero estuvo en un palacio, el de Abrantes. Luego se estableció en edificios de otras calles: en la de Carretas, en la plaza del Ángel, en Montera... Hasta que en 1884 se inauguró este edificio, que por si no te has dado cuenta, que es que no miras nada, qué hombre, es de estilo modernista, en la calle del Prado.

—Sí, ¡claro que miro! Y sé qué tipo de arquitectura es, a ver qué te crees.

—Pues mira, ahí pone quiénes fueron sus constructores y sus arquitectos. Mira..., déjame ver... Enrique Fort y Luis Landecho. Y luego Arturo Mélida se encargó de decorar el salón de actos y el Salón Inglés con pinturas del mismo estilo modernista.

—¡Mira, un inglés! Como mi sastrería... Y el señor de ese cuadro, ¿quién es?

Fernando Argote cabeceó con disgusto y resopló.

—Te lo digo si prometes no hacer más preguntas.

—Bueno, bueno, si no lo sabes... —Alzó los hombros, provocador.

—¡Pues claro que lo sé! Es Antonio Cánovas del Castillo, el que inauguró el salón de actos de este edificio en 1884, ya te lo he dicho. Se dice que pronunció un discurso brillantísimo, delante de los reyes, que no sé por qué, pero acudieron a la inauguración.

—Era el presidente, claro.

—Lo fue después. Antes hubo otros: Laureano Figuerola, Segismundo Moret, Gumersindo de Azcárate, Antonio Alcalá Galiano...

—No sé quiénes son...

—Pues lee un poco, Vicente. Lee. Que por leer no salen canas.

—No, si yo...

Fernando Argote y Vicente Álvarez continuaron hasta el Salón Inglés, en donde tomaron asiento en unos sillones amplísimos de piel. Asentados allí no podían imaginar que de aquella casa del saber llegarían a ser presidentes personalidades como Miguel de Unamuno, Fernando de los Ríos y Manuel Azaña, ni que en aquellos mismos sillones tomarían alguna vez asiento seis presidentes del Gobierno, todos los premios Nobel españoles, los principales políticos de la Segunda República y prácticamente todos los personajes ilustres de las generaciones del 98, del 14 y del 27. Y que aunque las dictaduras de Primo de Rivera y de Franco, durante muchos años del siglo XX, agredieron de palabra y obra a la institución y se empeñaron en disminuir sus actividades, incluso de eliminarlas, un siglo después seguiría siendo un punto de referencia cultural imprescindible en Madrid.

Desde el 12 de noviembre de 1912, en que fue asesinado el presidente del Consejo de Ministros José Canalejas en la Puerta del Sol, hasta el 8 de marzo de 1921, cuando cayó asesinado el también presidente Eduardo Dato en la plaza de la Independencia, a los pies de la Puerta de Alcalá, en Madrid ocurrieron muchos hechos que, por su propia naturaleza, definieron lo que iba a ser el futuro de la ciudad. No fue porque el anarquista Manuel Pardiñas promoviera un cambio en Madrid al poner fin a la vida de Canalejas, ni siquiera porque la ciudad encontrara en la nueva Gran Vía una espina dorsal alrededor de la que reconstruirse y renacer, ni siquiera porque los madrileños se sumaran a la huelga general revolucionaria del 19 de agosto de 1917 con brío y determinación. Madrid se hizo de repente una ciudad moderna al inaugurarse en 1919 un medio de transporte esencial para vertebrar la ciudad: el Metro.

La primera línea, de 3,6 kilómetros, que iba de la Puerta del Sol a Cuatro Caminos, se puso en marcha el 17 de octubre de 1919 con un primer viaje suburbano al que se subieron todas las autoridades locales y estatales, encabezadas por el mismo rey Alfonso XIII, abriendo así las puertas a una modernidad social que con el tiempo logró unir a una ciudad que creció sin pausa década tras década. Fue el mismo año en que se inauguró el Palacio de Comunicaciones, en la plaza de Cibeles, y poco después de la apertura de la Hemeroteca Municipal, en la Casa de la Carnicería situada en la Plaza Mayor. Pero tanto la comunicación postal, tan necesaria para una capital del Estado, como la recuperación de su memoria, en una hemeroteca completísima, no fueron más que aspectos complementarios del nacimiento de un medio de transporte que convirtió una ciudad desmesurada ya, como lo era Madrid, a una distancia abarcable para todos sus vecinos. El Metro fue fundamento y símbolo de la nueva ciudad; y también un espejo de lo que eran socialmente los madrileños, acomodados o humildes, porque había billetes de 1.ª y de 2.ª clase, de 30 y de 20 céntimos respectivamente. También fue metáfora de su definitiva instalación entre las grandes capitales del mundo y una invitación a crecer sin límites porque, por mucho que se extendiera, toda Madrid seguiría estando siempre, y cómodamente, al alcance de los madrileños.

Fue, además, una construcción subterránea pagada a medias por las arcas municipales y el Banco de Vizcaya, es decir, por los madrileños, con sus impuestos, y por una de las primeras instituciones empresariales que vislumbraron el futuro que le esperaba a Madrid.

Porque aquella ciudad vieja, a la que tanto parecía costarle vencer su anquilosamiento y pleitesía a la tradición, empezó rápidamente a crecer con el asentamiento en la urbe de diferentes bancos, industrias, empresas de todo tipo, establecimientos comerciales y la solidez intelectual de sus instituciones culturales. También la ciudad se expandió, se ampliaron los barrios viejos y se construyeron otros nuevos, un ensanche hacia todas las direcciones, sobre todo hacia el norte y hacia el oeste, con miles de licencias urbanísticas que el Ayuntamiento concedía sin cesar. De todas partes llegaron empresarios, gentes cargadas con dinero y capital para invertir, políticos, comerciantes y artistas porque vieron en Madrid una oportunidad que, hasta la Guerra Civil, no les defraudó. También ello dio lugar, como era de temer, a la especulación, al éxito efímero, al esnobismo y al enriquecimiento rápido de los menos escrupulosos, pero en contraposición con esos males, Madrid inició ese despegue nacional e internacional que todos sus regidores buscaron desde el principio de los tiempos.

Por primera vez también en la historia de la ciudad los nacimientos superaron a las defunciones, de modo que Madrid ya no dependía en exclusiva de la inmigración para aumentar su población, aunque siguieron llegando un sinfín de vecinos a instalarse al toque de llamada del desarrollo económico de la capital. Hasta el punto de que, entre 1900 y 1920, Madrid aumentó su censo en 400.000 personas, y ello a pesar de la gravísima epidemia de gripe de 1918, que segó una enorme cantidad de vidas especialmente entre los más desfavorecidos y débiles, porque la enfermedad coincidió con un año castigado con una cosecha pésima y, sobre todo, con una gran crisis económica tras el final de la primera Gran Guerra europea, que cortó el flujo de exportaciones de España a los países en conflicto. Y, además, por la sangría en vidas humanas y el descontento general por la evolución y resultados de la guerra con Marruecos, de la que la prensa daba un día una mala noticia y al siguiente, una peor.

Fueron años de desarrollo del poder de la prensa y de los nuevos partidos políticos, con capacidad para cuestionarlo todo y criticar sin miramientos. El crecimiento del PSOE, que en 1905 ganó por primera vez el barrio de Chamberí, fue el detonante para el empuje de los partidos de izquierda, de los sindicatos socialista y anarquista y para la prensa obrera, con una gran influencia entre unos trabajadores tan necesitados como los de las grandes ciudades, y sobre todo los de Madrid, una ciudad de servicios porque había dejado de tener agricultura en su entorno y todo el trabajo disponible estaba al servicio del comercio, la administración, los bancos, los hoteles, el transporte y el servicio doméstico, ocupaciones con las que se ganaban con gran esfuerzo su sustento casi las dos terceras partes de los trabajadores madrileños.

—¿Qué ha pasado? —Vicente salió a la puerta de la tienda y preguntó a unos que pasaban por delante, a buen paso.

—Los disparos suenan por allí —respondió uno sin detenerse—. Sin duda debe de ser...

—Sí, por Cuatro Caminos —confirmó otro vecino, que señalaba con la mano extendida hacia el norte—. Hay disturbios en la Glorieta, lo han dicho unos obreros que van hacia allí.

—¿Otra vez la huelga? —preguntó Vicente Álvarez y, sin esperar respuesta, entró de nuevo en la sastrería, ordenó a sus empleados dejarlo todo como estaba y echar el cierre a las puertas—. Vamos, a casa todo el mundo. Esta vez va en serio.

—No ha hecho nada más que empezar —comentó uno de sus empleados—. Todo el mundo habla de una huelga general.

—Sí. General y revolucionaria —añadió otro empleado.

—No me extraña —cabeceó Vicente Álvarez, entre comprensivo y resignado—. La cosa está cada vez peor.

Una vez cerrado el establecimiento, Vicente decidió ir a ver a Jesús de Tarazona a su despacho del Ayuntamiento, para seguir con él el desarrollo de los acontecimientos. Allí se encontró con que ya había llegado Fernando Argote, y que ambos estaban a la espera de noticias de lo que estaba ocurriendo en todo el barrio de Cuatro Caminos.

—Es una huelga general —dijo al entrar Vicente.

—¿Una huelga general? Yo te diré lo que es: ¡un caos! —suspiró Jesús—. Y lo peor de todo es que no podemos hacer nada desde el Ayuntamiento.

—¿Y quién se encarga...?

—El ejército y la Guardia Civil —replicó Jesús de Tarazona—. Por lo que sea, se han hartado de que el barrio sea el centro de todas las algaradas y manifestaciones y la Guardia Civil ha ocupado las casas, las aceras, las azoteas, las tiendas... ¡Todo! Piden la documentación a cualquiera que pase por allí, y al que no es vecino o no puede explicar su presencia, lo detienen. Algunos intentan huir, pero disparan al aire y con eso están atemorizando a todo el barrio. No podemos hacer nada.

—¿Al aire? —se sorprendió Fernando Argote—. ¿Seguro que disparan al aire?

—Bueno, no lo sé —matizó Jesús sus palabras—. Me dicen que usan ametralladoras, y se oyen constantes disparos de fusiles... No sé, no sé... No me preguntéis...

—Vamos, Jesús, que estamos entre amigos. —Fernando Argote abrió las manos y torció la cabeza, como si mendigara la verdad.

—Bueno, sólo sabemos de unos pocos muertos y algunos heridos, nada más.

—¿Nada más? —se escandalizó Vicente, abriendo los brazos como muestra de indignación—. ¿Has oído eso, Fernando?

—Bueno, ¡a mí dejadme en paz! —gritó Jesús—. Y marchaos a casa, que tengo mucho trabajo. Y tú, Fernando, a ver si te aligeras un poco la ropa, por el amor de Dios, que estamos en agosto.

—Yo nunca tengo calor —alzó los hombros Argote—. No sé a cuento de qué...

—¡Qué familia, por Dios! —rezongó Jesús—. ¡Qué familia! Hala, idos los dos de una puñetera vez y dejadme trabajar, que bastante tengo con lo que tengo...

Los acontecimientos de la Huelga General Revolucionaria de agosto de 1917 empezaron el 13 de agosto y la lucha obrera fue secundada mayoritariamente en las grandes ciudades, sobre todo en Madrid, Barcelona, Zaragoza, Vizcaya y Asturias. En Madrid, desde las primeras horas de la mañana todas las tiendas habían echado los cierres, o tenían las puertas a medio abrir. Los soldados iban en las plataformas de los tranvías y en las panaderías se agrupaban las mujeres en largas filas, que agotaron muy pronto las existencias de pan.

Los incidentes más graves se produjeron en los barrios de Cuatro Caminos y Tetuán, en donde se fueron reuniendo los obreros e impidieron por la fuerza la salida de los tranvías de las cocheras. De inmediato, al observar lo que estaba ocurriendo, los soldados empezaron a disparar sobre los huelguistas, y ayudados por las dos patrullas de Lanceros que llegaron en su ayuda se restableció provisionalmente el orden, lo que permitió que algunas tiendas abrieran por unos momentos sus puertas. Pero en la Glorieta fueron las mujeres las que volvieron a obligar a cerrar las tiendas, así como en la plaza de Chamberí, lo que entonces provocó también allí la presencia de la Guardia Civil.

Poco después de la una de la tarde el capitán Aguilar, seguido por una sección de Lanceros, una compañía del regimiento de Infantería de Saboya y la correspondiente banda de cornetas y tambores, se dirigió a la Puerta del Sol y fijó en las paredes del Ministerio de la Gobernación un bando firmado por el capitán general de Madrid que declaraba el Estado de Guerra. Al mismo tiempo la policía procedió a tomar la Casa del Pueblo socialista, el Centro Radical de la calle de Relatores y el del Horno de la Mata.

A pesar de la declaración del Estado de Guerra, los enfrentamientos continuaron durante todo el día en Cuatro Caminos, Tetuán de las Victorias y Chamartín de la Rosa, y al intentar los tranvías reanudar el servicio, los agrupados apedrearon a uno de ellos en la calle de Santa Engracia y el tranvía tuvo que regresar a la cochera.

Sobre las cinco y media de la tarde varias docenas de números de la Guardia Civil comenzaron a expulsar a la gente de la calle de Bravo Murillo, y aunque los obreros parecieron obedecer, una vez retirada la Guardia Civil se volvieron a reagrupar, con lo que fue el ejército el que regresó al lugar y comenzó a disparar sobre los trabajadores. La caballería tomó las calles que desembocaban en la Glorieta, impidiendo el acceso y la huida de cualquiera que lo intentara. Por su causa, Baldomero Ortega, un niño de doce años, murió pisoteado por los caballos, y otras diez personas resultaron heridas por armas de fuego y llevadas a la Casa de Socorro.

Pero ningún madrileño se arrugó en sus peticiones de paz, trabajo y salarios dignos. Continuaron con el mismo empuje los enfrentamientos en Cuatro Caminos, en Bellas Vistas y en Tetuán, los hombres, las mujeres y jóvenes que eran casi niños. Todos ellos fueron atacados por los Lanceros, y no pocos resultaron heridos, pero aun así otros continuaron allí mismo sus protestas y unos cuantos más se dirigieron hasta Chamartín, la Ciudad Lineal, la Prosperidad y la Guindalera.

Las autoridades policiales y militares, ante tales avalanchas, se vieron sobrepasadas y, con buen criterio, para no aumentar los daños ya causados, se limitaron a prohibir la libre circulación a todo el mundo a partir de las diez de la noche, amedrentando a la gente con una ametralladora apostada en la calle de Bravo Murillo y con otra situada en la carretera de Tetuán.

Durante la noche, algunos coches del ejército repartieron pan en las tahonas, con la advertencia de que podían vender, como máximo, un kilo por persona. El resto de las tiendas quedaron cerradas durante todo el día y la carretera de Francia fue cortada por un batallón de Saboya y una sección de ametralladoras, además de dos escuadrones de Lanceros y las fuerzas de la Guardia Civil.

Al día siguiente, el 14 de agosto, la policía detuvo al comité de huelga en el número 12 de la calle Desengaño. Apresaron a Largo Caballero, Anguiano, Besteiro y Andrés Saborit, y a otras personas que encontraron en el domicilio, como Virginia González, Gualterio José Ortega, que era el dueño de la casa, y Juana Sanabria, su esposa. A continuación, el capitán general de Madrid ordenó que los hombres quedaran confinados en prisiones militares y las mujeres llevadas a la cárcel, a disposición de la autoridad militar, tras lo cual buscó restablecer la calma suavizando las órdenes de represión dictadas con motivo del Estado de Guerra.

El 29 de septiembre de 1917 se celebró un Consejo de Guerra contra Largo Caballero y el resto de detenidos, en el cuartel de San Francisco el Grande, y el 4 de octubre se hizo pública la sentencia: cuatro de ellos, Largo Caballero, Julián Besteiro, Daniel Anguiano y Andrés Saborit fueron condenados a la pena de reclusión perpetua por un delito consumado de rebelión. Tres de ellos fueron condenados a la pena de ocho años y un día de prisión mayor (Gualterio José Ortega, Luis Torrens y Mario Anguiano); y los otros dos a la pena de dos años, cuatro meses y un día de prisión (Manuel Maestre y Florencio Abelardo). Virginia González y Juana Sanabria fueron absueltas.

Fue, en definitiva, una huelga general que reclamaba «el abaratamiento de los medios de transporte, el fomento de las obras públicas, la regularización del intercambio de productos, la supresión de privilegios industriales y terminar con los gastos improductivos, especialmente de la criminal guerra de Marruecos», una protesta general de veinticuatro horas contra la carestía de la vida. Porque en los meses anteriores, y a pesar de las múltiples protestas y los reiterados avisos de los sindicatos obreros, seguía descendiendo el nivel de vida de los trabajadores y aumentaban los beneficios de las empresas, sin que el Gobierno adoptara medida alguna que pusiera freno a los problemas de subsistencia. Por eso el anterior 27 de marzo de 1917 se celebró una reunión de delegados regionales de la UGT y de la CNT en la Casa del Pueblo de Madrid, bajo la presidencia de Largo Caballero, que elaboró un manifiesto en el que se advertía de la posibilidad de una huelga general ilimitada para obtener «cambios fundamentales de sistema que garanticen al pueblo el mínimo de condiciones decorosas de vida y el desarrollo de sus actividades emancipadoras». Al Gobierno de Romanones le pareció sediciosa tal declaración y suspendió las garantías constitucionales, clausuró la Casa del Pueblo, y varios centros obreros, y encarceló a los firmantes del manifiesto. Y eso que la «sediciosa declaración» acababa así:

Ciudadanos: No somos instrumento de desorden, como en su impudicia nos llaman con frecuencia los gobernantes que padecemos. Aceptamos una misión de sacrificio por el bien de todos, por la salvación del pueblo español, y solicitamos vuestro concurso. ¡Viva España!

Madrid, 12 de agosto de 1917. Por el Comité Nacional de la Unión General de Trabajadores: Francisco Largo Caballero, vicepresidente; Daniel Anguiano, vicesecretario. Por el Comité Nacional del Partido Socialista: Julián Besteiro, vicepresidente; Andrés Saborit, vicesecretario.

En esos años también se forjó una empresa de acción humanitaria que muy pocos conocieron y menos fueron aún quienes la alentaron; desde luego no lo hizo ningún partido del momento, ni de la derecha conservadora, ni de talante liberal, ni de la izquierda obrera. Una obra personal del mismo Alfonso XIII que, ante el drama europeo de la Gran Guerra, decidió que España permaneciera neutral, como Suiza, pero no indiferente.

En la Gran Guerra europea, entre 1914 y 1917, se enfrentaron catorce millones de soldados pertenecientes a los dos bandos en conflicto y, según cifras oficiales, tan sólo durante los primeros tres meses de enfrentamientos desaparecieron más de 250.000 soldados de uno u otro grupo de los países en lucha.

Al conocer el rey Alfonso XIII la intensidad del drama, y de lo que podía preverse que sin duda se avecinaría, el monarca se sublevó moralmente contra la situación y decidió organizar, en su propia secretaría particular situada en el Palacio Real, una oficina para la ayuda humanitaria a presos y familias de los soldados en los frentes de guerra, una organización encargada de investigar su paradero, su estado y la posibilidad de repatriarlos a sus casas, así como de dar a sus familias informaciones contrastadas o esperanzas de obtener algún resultado en sus pesquisas en los diferentes frentes, hospitales y campos de prisioneros. La Cruz Roja, que hizo algo similar, muy superior en medios económicos y humanos, contó con un operativo de unas mil personas que trabajaron sobre seis millones de documentos; la oficina española, formada por el propio rey con unos pocos colaboradores y con los diplomáticos españoles destinados en el extranjero, buscó y trató de descubrir el paradero de cuatro millones de prisioneros, logrando la repatriación de diez mil de ellos.

Fue la Oficina Pro-Cautivos.

La Oficina recibió desde el primer momento, en cuanto se hizo público que había logrado la primera repatriación, en este caso de un soldado francés, innumerables cartas de súplica de miles de familias francesas, inglesas, rumanas, rusas, estadounidenses y de otros muchos países en conflicto, de uno y otro bando. Y desde entonces la Oficina llevó a cabo durante los tres años de la guerra europea un total aproximado de unas doscientas cincuenta mil investigaciones, labor con la que consiguió no menos de cincuenta indultos, salvó a más de setenta mil civiles e intercedió con éxito sobre más de veinte mil soldados, interesándose y solicitando información sobre unos ciento cincuenta mil prisioneros. Una labor humanitaria que sólo dispuso de un presupuesto de un millón de pesetas, perteneciente a los propios recursos personales del rey, una cantidad considerable para el patrimonio del monarca pero a todas luces escasa. Aun así, pudo desarrollar su labor organizando la Oficina por áreas, subdividiéndose en seis «Secciones específicas» dedicadas a desaparecidos, prisioneros, heridos, población civil, indultos y prestaciones económicas puntuales a las familias de los desaparecidos.

Si bien el ochenta por ciento de los soldados buscados, o de los que se encomendó su búsqueda, no fueron finalmente encontrados ni pudieron ser ayudados en forma alguna, también lo es que la Oficina Pro-Cautivos fue durante aquellos años, y para miles de familias, la encarnación de la esperanza. Su trabajo consistió en constituirse en la representación de los soldados franceses en Alemania y de los soldados alemanes en Francia, o de los ingleses en Turquía y de los turcos en Inglaterra. Veló por la búsqueda de cuatro millones de prisioneros y fue el exponente de la neutralidad activa de un país que decidió no participar en la primera gran locura bélica del siglo XX.

De Alfonso XIII se criticaba casi todo lo que, por su carácter, hacía y deshacía. Unos no dejaban de hablar de sus habilidades en el tenis, el polo y el tiro al pichón, de su fama como automovilista o de su extravagancia de cazar ciervos con ametralladora en el Palacio de Riofrío. Otros censuraban el rumor de que, presumiendo de neutralidad, filtraba a Alemania datos de interés estratégico sobre la Primera Guerra Mundial, informaciones que le sonsacaba al embajador francés en Madrid. Y, otros aseguraban haber oído que dejaba faenar a los buques alemanes a su antojo en la costa catalana. Lo referido a sus aficiones, por lo que luego se comprobó, era cierto; en cambio, en lo concerniente a lo segundo, se da por hecho que estaba más próximo a lo murmurado sin fundamento que a lo verdaderamente contrastado.

Pero es difícil saber y juzgar las razones de unas y otras actitudes y actividades. Tal vez su carácter fue el condicionante y resultado de la España que heredó al iniciar su reinado en 1902: un país derrotado en Cuba, deprimido, al punto de convertirse en la república que al final se proclamaría... Un estado pendiente de una imprescindible reforma social, con un ejército desorganizado, una marina inexistente y agobiado por sus grandes desajustes sociales. Un país, en definitiva, que era la resultante anímica de un pesimismo generalizado. Y en esas condiciones, el rey buscaba refugio en distracciones personales, como la caza, la vela, la velocidad y los deportes, y trataba de reorganizar y rehabilitar un país en el que creyó sinceramente, para lo que empezó por ceder los terrenos de propiedad de la Corona para la construcción de la Ciudad Universitaria de Madrid, convencido de que el desarrollo cultural del país lo harían mejor y más próspero. Y puede que algo tuviera que ver esa intención con el hecho de que al primer tercio del siglo XX se lo llegara a conocer como el Segundo Siglo de Oro español, sustentado en tres generaciones intelectuales trascendentales: la del 98, la del 14 y la del 27.

También tuvo Alfonso XIII una curiosa afición por los aspectos más lúdicos y a la vez inconfesables de la cultura: el novedoso invento del cinematógrafo. Y más en concreto por las películas de carácter erótico, impulsado por su naturaleza adúltera y por su afición por la pornografía que se hacía traer de París o que encargaba realizar y producir para su disfrute privado. Un rey al que se le conocía en muchos prostíbulos de Madrid, a los que se llevaba sus sábanas negras como elemento profiláctico y también fetichista. Un rey que tuvo distintas amantes y varios hijos ilegítimos, uno de ellos con la actriz Carmen Moragas, Leandro de Borbón. Pero sobre todo era cierto que amaba de verdad el cine, que disponía de una sala de proyección privada en el Palacio Real y que entre 1915 y 1925 encargó a los hermanos Baños, a través del conde de Romanones, que rodaran en el barrio chino de Barcelona tres cortometrajes pornográficos en cuyos guiones colaboró, aunque su nombre no figurara en los créditos de esas tres películas: *El confesor*, *Consultorio de señoras* y *El ministro*. Tres películas que permanecieron ocultas durante setenta años hasta que un día aparecieron misteriosamente en un monasterio valenciano y fueron adquiridas y restauradas por la Filmoteca Española.

Aunque por mucho que dedicara algunos momentos puntuales de su vida a sus aficiones y supuestas trasgresiones sicalípticas, y por muchos que fueran sus errores como gobernante al alentar a los militares en la guerra con Marruecos, llevándolos al desastre, y luego tildarlos de gallinas; o por muy grave que fuera su error de entregar España al dictador Primo de Rivera, e incluso de apoyar la sublevación franquista para luego ser olvidado por Franco, de lo que históricamente nadie ha podido dudar ha sido de su carácter sensible, su talante afable, su simpatía borbónica y su compromiso solidario, lo que le llevó a crear la primera organización humanitaria gubernamental de Europa en los momentos más necesarios y difíciles, como fue la Primera Guerra Mundial.

A la Oficina Pro-Cautivos llegaban centenares de miles de cartas procedentes de decenas de países extranjeros, y nueve de cada diez iban dirigidas a él, personalmente. Las otras, a su madre o a la reina. En esas cartas se solicitaba su intervención, su ayuda en la búsqueda de personas o peticiones de canje de prisioneros de guerra. Y a todas ellas, unas 500.000 cartas, se atendía y respondía, generalmente a mano, porque en la Oficina sólo había tres máquinas de escribir de la marca Underwood. Fruto de aquel trabajo humanitario se consiguieron miles de repatriaciones y se salvaron muchas vidas, entre ellas las del cantante francés Maurice Chevalier, el pianista polaco Arthur Rubinstein y el bailarín ruso Vaslav Nijinsky. También intentó Alfonso XIII salvar a la familia imperial rusa tras la Revolución de 1917 cuando ya estaban muertos todos los miembros de la familia Romanov, sin que el rey lo supiera.

Al final de la Gran Guerra todo fueron pomposos agradecimientos para el rey y para España. Pero pronto se inició un olvido paulatino de la española Oficina Pro-Cautivos hasta caer en el olvido más absoluto, sólo recuperado en parte por una novela escrita en el siglo XXI por Jorge Díaz: *Cartas a Palacio*. Un olvido al que no fue ajeno, en buena medida, el llamado Desastre de Annual, el 22 de julio de 1921, cuya derrota ante Marruecos provocó la mayor crisis política del reinado de Alfonso XIII hasta su marcha a París tras las elecciones municipales del 12 de abril de 1931.

Con todo, la Oficina Pro-Cautivos española fue un primer ejemplo de ayuda humanitaria internacional que con el tiempo se hizo frecuente en las grandes catástrofes bélicas o naturales mundiales.

Unos años antes, en 1911, se había fundado la Escuela de Cerámica de Madrid, ubicada en el número 12 de la calle de Fernando el Católico, en un edificio que pertenecía al Asilo de San Bernardino antes de ser expropiado por el Ayuntamiento madrileño. Desde el primer momento se comprobó que el lugar elegido no era el más apropiado para la función que se esperaba de la escuela, así es que sus talleres se trasladaron a las antiguas dependencias de La Tinaja, donde antes estuvo la Escuela de los Zuloaga, tras ser acondicionadas para ello por el arquitecto Luis Bellido y por Leopoldo José Ulled, encargados de levantar los nuevos pabellones y la tapia que siempre permaneció a la vista.

Su fundador y primer director fue Francisco Alcántara, un hombre decidido y esforzado que logró años después, en 1929, que el Ministerio de Instrucción Pública y Bellas Artes se convirtiera en mecenas de las dos escuelas de cerámica: la Oficial y la Municipal de Cerámica.

Profesores de la sabiduría de Enrique Guijo y Daniel Zuloaga, y maestros como Ramón Menéndez Pidal, colaboraron en el desarrollo de la escuela, los primeros en labores docentes, el último como decorador de los muros de su jardín. Aquella escuela fue, en palabras de su primer director, un lugar donde «se aprende, a la vez, a pintar y a modelar, a preparar toda clase de tierras, a manejar la rueda del alfarero, a vaciar y a reproducir por todos los procedimientos los trabajos escultóricos, a caldear los hornos y conducirlos al fin deseado, y fomentar el continuo anhelo de belleza y de arte en sus dos expresiones de la pintura y de la escultura».

Tras él, heredó la dirección de la Escuela de Cerámica su hijo Jacinto Alcántara, que al acabar la Guerra Civil reconstruyó el espacio con nuevos pabellones que formaban una «U» alrededor del jardín. Y mantuvo la dirección de la escuela hasta que en 1966 Jacinto Alcántara fue asesinado por un individuo con las facultades mentales trastornadas. A él y a su padre se les recuerda con una escultura erigida en el jardín, un espléndido jardín, por cierto, diseñado en 1925 por el pintor y jardinero-paisajista sevillano Javier de Winthuysen Losada.

Con el tiempo desapareció la fábrica de cerámicas, pero siguieron vigentes las dos escuelas: la Escuela Municipal de Cerámica de La Moncloa y la Escuela de Arte Francisco Alcántara, dependiente de la Comunidad de Madrid. Ambas escuelas cambiaron muchas veces de titularidad, pero sobrevivieron al paso del tiempo y, aunque fueron entidades independientes desde 1984, juntas celebraron en 2011 el centenario de la fundación de la Escuela de Cerámica de Madrid. En ella se conserva un taller de moldes y matricería, mirando al Parque del Oeste, y un laboratorio de química. Y cerca del techo del Taller de Alfarería, casi oculta, permanece una pieza en forma de media luna que, recordando las cerámicas antiguas, reza en su leyenda: Escuela Especial de Cerámica 1911-1919. Madrid. En 1991 el Pabellón Florida fue rehabilitado por el arquitecto municipal Joaquín Roldán como Centro Cultural y Sala de Exposiciones, aunque ambas dependencias fueron diez años después destinadas a convertirse en una sede de las oficinas de la Policía Municipal.

Desde la Escuela de Cerámica de Madrid, situada junto al Cementerio de la Florida, y desde su parte de atrás, donde está el patio trasero, permanecieron visibles los restos de la antigua fábrica y Escuela de los Zuloaga, a su vez construidas sobre la antigua Real Fábrica de Loza.

Fernando Argote llevaba casado trece años con Susana Muñoz, con la que tenía dos hijos, cuando el segundo lunes de marzo de 1923 se vistió de gala ante el espejo de la alcoba, como si estuviera preparándose para asistir a una boda, ante la mirada expectante de su mujer.

—Ni que fueras de visita a Palacio.

—Es la Sociedad Matemática.

—Pues allí no creo que veas al rey.

—No. Veré al emperador.

El emperador era Albert Einstein, que desde el 2 de marzo estaba en Madrid, y la presencia del gran físico en la ciudad había revolucionado todos los círculos intelectuales y científicos de la Villa. Ya había dictado una conferencia en la Universidad, y había departido en la Real Academia con los académicos españoles. Y ahora era la Sociedad Matemática el destino de una conferencia en la que se esperaba que explicara el rumbo de su trabajo y las conclusiones que perseguía.

—¿Y te has librado de Vicente?

—Naturalmente que no. —Fernando volvió a repasarse el lazo de la corbata y a alisarse un poco más el pelo engominado—. De un momento a otro tocará a la puerta, seguro.

—¿Y no está harta Conchita de tanto visiteo? —rezongó Susana—. Porque yo...

—No te quejes, mujer.

—Es que a mí nunca me llevas a ningún sitio —reprochó la esposa, quejosa—. Y Conchita dice lo mismo. Tenemos unos maridos que son tal para cual.

—Pero es que el profesor Einstein...

—Como si fuerais al entierro de Granero, que lo mismo os da un físico que un torero. ¡Es que no os perdéis una...!

—Mujer...

Vicente Álvarez también se había casado un año atrás con la hija de unos vallisoletanos recién llegados a Madrid, Conchita Martín, una joven de aspecto enfermizo, siempre pálida y sin sangre en las venas ni músculos en la voz que para compensar su fragilidad se daba muy buena maña con los arreglos de costura y con el trato con los clientes, al decir de ellos dulce, formal y reacia a contradecir a nadie: una mujer a la que se le notaba la buena crianza, como solía decir Jesús de Tarazona. Ahora, a los diecinueve años, esperaba su primer hijo, con lo que la palidez y la escasez de su voz se le habían acentuado.

—Pero Jesús no va con vosotros, ¿verdad?

—A Jesús no le interesa la ciencia. —La respuesta de Fernando era más una crítica que una explicación—. Sácalo de sus legajos y no hay en el mundo festejo que le chiste.

—Lo que no le interesa es el faranduleo y el espectáculo —corrigió Susana—. Ya podrías aprender algo de él, ya. Que mucho escritor, mucho escritor, pero no gastas ni un tintero. En cambio ese santo de Jesús..., ya lo ves: todo el día en su trabajo y aun así siempre pendiente de su mujer y de su hijo. Ay, qué suerte ha tenido Elena...

—Anda y que no te gusta sermonear, esposa. ¿Han merendado ya los hijos?

—¡Y yo qué sé! —Susana abandonó la alcoba malhumorada—. Para eso ya está la criada.

Jesús de Tarazona, en efecto, hacía años que veía crecer a su hijo, Enrique, y envejecer a su esposa, Elena Canseco, al mismo ritmo que a él se le cubría el pelo de nieve y se le caía por días, despejando su frente hasta casi la mitad de la cabeza. Director de los servicios de ordenación urbanística del Ayuntamiento, fue el representante municipal en la firma de la creación de la Ciudad Universitaria de Madrid realizada en un solemne acto el 17 de mayo de 1927, así como el delegado municipal, otra vez, en la colocación de la primera piedra de la construcción del Aeropuerto de Barajas, dos años después.

Pero no todo fueron fastos y celebraciones para el munícipe Jesús de Tarazona: cuando se incendió el Teatro Novedades el domingo 23 de septiembre de 1928, situado en la calle Toledo esquina a la de Santa Ana, en el que murieron sesenta y cuatro espectadores en un primer momento y otros quince o veinte en los días sucesivos a causa de las heridas y quemaduras, además de los otros ciento cincuenta o doscientos que resultaron heridos, fue el enviado del alcalde para dar el pésame a las familias y asistir al multitudinario acto fúnebre en recuerdo de aquellas víctimas que se las prometían tan felices viendo el sainete *La mejor del puerto*, porque el alcalde José María de Aristizábal Manchón quedó tan impresionado con la catástrofe que se limitó a destinar una parcela en el cementerio del Este para enterrar a las víctimas, en el cuartel 87, manzana 8, y dejó en manos de Jesús la más penosa tarea de dar el pésame a los familiares, así como acompañarlos en el solemne funeral al que asistió toda la familia real, al completo, junto al dictador Primo de Rivera y el propio alcalde.

Aquel incendio fue la catástrofe que más impresionó a Madrid durante los años veinte. El entierro de las víctimas fue tan multitudinario y sentido que el Ayuntamiento, a raíz de lo sucedido, decidió aumentar el Cuerpo de Bomberos, incluso creando un cuerpo especial para cines y teatros encargados de hacer guardia durante las representaciones y velar por la seguridad de los madrileños.

Unos días después de la gran tragedia se realizaron infinidad de actos benéficos para recaudar dinero y ayudar así a las familias de las víctimas. Unos actos celebrados en el Teatro de la Latina en los que participaron innumerables cantantes y artistas famosos, desde Aurora Redondo a Valeriano León, o la compañía de Amalia Sánchez, los payasos Pompoff y Teddy y otros muchos.

No era la primera vez que se incendiaba un teatro en Madrid, quedando destruido. Ya había sucedido con el Variedades, El Dorado, la Zarzuela, el Gran Teatro, la Comedia, el Noviciado y el Barbieri, y de ellos sólo se reconstruyeron el de la Zarzuela, el de la Comedia y el Noviciado, que pasó a llamarse Teatro Álvarez Quintero. Pero tanta fue la repercusión de la catástrofe del Teatro Novedades que en Madrid, en los años siguientes, se hizo célebre la expresión: «Va a haber más muertos que en el Novedades».

Sobre todo cuando empezó la rebelión militar contra la monarquía en 1930, o las asonadas anteriores, o la convocatoria de la gran huelga general del 15 de diciembre de ese mismo año de 1930. Unos movimientos políticos, republicanos y revolucionarios que, a los más timoratos, les obligaba a cruzarse el pecho con persignaciones y rezos, y a las mujeres en el mercado, mientras comentaban lo que se avecinaba, repetir:

—Va a haber más muertos que en el Novedades.

27

¡Viva la República!

Abril de 1931

Había llegado a Madrid mucho dinero procedente de las colonias americanas independizadas; se había invertido en comercios y bancos, como el Hispanoamericano, el Central y el de Crédito Industrial; se construyeron nuevas viviendas y barrios porque cada vez llegaban más forasteros a instalarse en la capital y se extendieron los pequeños negocios de alimentación, ropa y enseres domésticos. Se creó una industria apreciable en los sectores dependientes de la construcción, como el acero, el hierro y el cemento; y, sobre todo, se instalaron en Madrid grandes empresas españolas y extranjeras: la Telefónica, la General Motors, la Standard Electric, la General Eléctrica Española, los almacenes Madrid-París, SEPU... Una actividad creciente que empezó hacia 1910 y duró hasta 1930, las décadas de mayor desarrollo económico en Madrid hasta ese momento.

Y en ese alborozo de ciudad que, al fin, despertaba de su apatía industrial; en esos momentos de crisis esporádicas y renacimientos; en esa ciudad reconstruyéndose desde la Gran Vía a pequeñas colonias de lujo, como la de El Viso; en esos tiempos y en esas condiciones, se produjo un hecho trascendental que llegó para cambiarlo todo: era el 12 de abril de 1931.

Fue el momento en que se celebraron las elecciones municipales y la coalición republicano-socialista las ganó por amplia mayoría en todos y cada uno de los distritos madrileños. La República se proclamó dos días después, el 14 de abril, tras la marcha apresurada de Alfonso XIII, y se constituyó el primer ayuntamiento socialista en la capital. Pedro Rico fue su alcalde.

Es la Puerta del Sol, otra vez, el centro de un Madrid que se muestra popularmente enfervorizado con la proclamación popular de la República. La Puerta del Sol otra vez, como si fuera un lugar mágico, el centro de la Villa, el ombligo del mundo, el útero materno de Madrid.

Manuel Argote tenía dieciséis años; su hermana, Dolores, catorce. Pero ambos apuraron a sus padres, Fernando y Susana, a seguirlos.

—¡A la Puerta del Sol, padre! ¡Hay que ir a la Puerta del Sol!

—Pero, hijos... —dudó Susana Muñoz, que ya estaba entrada en años y en experiencia, con grandes dosis de prudencia y ciertos recelos, fruto de su avanzada edad.

—Habrá demasiada gente —se sumó a la vacilación Fernando Argote, el padre, y aprovechando para resistirse a salir para ir a meterse en una multitud vociferante, rebosante de alegría—. Puede ser peligroso.

—Vamos, padre —perseveraron los hijos—. ¡Todo el mundo va a ir! Los Álvarez también.

—¿Vicente y Conchita? —se extrañó Susana, dejando de hacer lo que en ese momento hacía: planchar una camisa con una plancha a alta temperatura que comprobó mojándose con saliva un dedo y dejando que las burbujas del fluido hirvieran sobre su superficie—. No sé yo...

—¡Pero si ellos no son nada republicanos! —afirmó Fernando Argote—. Y con Inés, tan chiquitita...

—Van a ir, padre, te lo seguro. Me lo han dicho, van a ir —insistió el joven Manuel.

—En fin, en ese caso... Vamos allá —concedió Fernando Argote—. Vamos, mujer, y deja ya de planchar, que le has tomado una afición a la arruga... —rogó a Susana, su esposa.

—Como queráis —se resignó ella, abandonando su quehacer—. Pero, por Dios, poneos algo, que aún hace frío.

—¡Yo no lo tengo! —exclamó Manuel.

—¡Ni yo! —repitió Dolores.

—Ay, qué familia —cabeceó Susana Muñoz—. Qué raros sois los Argote. ¡Pero qué raros!

La Puerta del Sol, el 14 de abril, se había convertido en una fiesta. Madrileños de toda clase y condición, de toda edad y procedencia, se reunieron en una algarabía que se desplazaba alborozada sin rumbo en torno a la plaza, a la sombra de unas pocas banderas tricolores que no ondeaban por viento alguno sino por el aliento de la euforia. Una alfombra de sombreros y boinas podía verse desde los balcones y esa escena techaba la plaza, por completo. Algunos camiones circulaban rebosantes de trabajadores que alzaban la cabeza sonrientes hasta lindar con sus puños izados, mostrando con los dedos apretados la unidad de los ciudadanos en torno a una victoria incruenta pero largamente deseada, como si ya desde ese momento se aferraran a un nuevo universo del que no querían salir ni deseaban que se evaporara. La monarquía no había sido hasta entonces el enemigo, sino tan sólo una sinrazón que, además, les había traicionado demasiadas veces. La República, como contraposición, restañaba las heridas de la dictadura de Primo de Rivera, del Desastre de Annual, la desidia de una aristocracia parasitaria y las veleidades de un rey que, sin buscar la rapiña, había descendido hasta el infierno de la indolencia.

La Puerta del Sol representaba, en aquella espontánea reunión de madrileños, la ilusión de una España gastada, desfondada, desilusionada y sin futuro. La congregación era para un bautizo, no para un funeral. La fiesta era de bienvenida, no de despedida.

—¡No os separéis, que nos perderemos! —Susana, temerosa por los jóvenes Manuel y Dolores, tomó a sus hijos de la mano—. Y tú, Fernando, por lo que más quieras, dile a los Álvarez que no corran tanto.

—¡Si no se puede dar un paso! —replicó el esposo, sin comprender la inquietud de su mujer—. Y, además, Conchita se ha quedado con la pequeña Inés junto al Casino. Vicente estará con ellas.

—Bueno, pero nosotros no nos separemos —repitió Susana, y su voz denotaba temor y zozobra—. Mira esos camiones de la CNT: van como locos.

—¡No exageres, mamá! —corrigió Manuel, sin comprender el excesivo celo de la madre—. Pero si apenas pueden avanzar entre la gente.

—¡Mirad! —señaló la pequeña Dolores—. Ahí se han subido unos hombres con una bandera nueva, de tres colores. ¿Es el rey?

—¡Pero cómo va a ser el rey, hija mía! —zarandeó su mano Susana ante la ingenuidad de la niña—. Serán los nuevos gobernantes.

—¿Ya no tenemos rey?

—Que no, Dolores. Ay, Fernando, ¿ves cómo no se puede traer a estas cosas a una niña tan pequeña?

—Ellos se han empeñado, mujer —dijo, y alzó los hombros—. De sobra sabes que yo hubiera preferido quedarme en casa.

La plaza continuaba llenándose de gente, procedente de todas las calles que desembocaban en la Puerta del Sol. Apenas cabía alguien más, y, sin embargo, la plaza seguía acogiendo más y más ciudadanos que entraban en ella como si les esperara un baile popular al que llegaban tarde y con la tripa entonada o ardiente con unos chatos de vino. Reían, cantaban, se abrazaban. Desconocidos que nunca se habían cruzado en las calles se fundían en apretones de manos o se palmeaban el hombro como si fueran compañeros de asiento en la tribuna del Metropolitano o en el madridista de Chamartín, inaugurado en 1924 coincidiendo con las fiestas de San Isidro, en el que el Real Madrid jugó y venció al Newcastle FC, el campeón inglés. Hombres que se abrazaban como si España toda hubiera ganado al fin el campeonato de su vida, la consecución de la República que, en la creencia de todos, aportaría justicia, bienestar, libertad e igualdad a todos los seres humanos, el gran deseo compartido.

Una jornada histórica que se saldó sin incidentes, aunque por la tarde corriera el vino y se conjuraran las desconfianzas de los vecinos monárquicos y de derechas que empezaron a temer, muy pronto, por sus bienes, sus privilegios y por su propia integridad. Pero nada de ello ocurrió: desde la euforia, se desencadenó la complicidad y el afecto; desde la alegría, la serenidad de lo conseguido; desde el calor de la victoria, la tolerancia de los desencantados con el destino que creían esperar. El día se apagó en silencio, como cada noche, y miles de madrileños se tendieron a dormir con una sonrisa en los labios mientras sólo unos pocos corrieron postigos y cerrojos, no para que nadie les entrara a quitar algo, sino para que no se escapara por las rendijas de puertas y ventanas la sombra de su desconsuelo o el ahogado grito de su rabia.

Madrid, una vez más, había sabido acertar con la cabeza del clavo del armazón que sostendría una España nueva, recién estrenada. El martillazo había sino contundente y sonoro, aplastante y decisivo, pero en el mismo clavo, sólo en ese clavo, un golpe seco que a nadie hería ni atravesaba ningún corazón inocente.

Y cuando Madrid se levantó, como tantas otras veces, España dejó de bostezar.

Empezó a marcar el camino que, contra toda voluntad, iba a cortarse abruptamente porque la tiranía y la sublevación contra los pueblos tienen su origen en la miseria intelectual y la incultura.

Por lo que respecta al Real Madrid y al universo del fútbol, lo que sucedió fue que, llegando de Inglaterra, ese deporte se empezó a introducir en España y con tan buena acogida que a partir de 1890 se crearon las primeras sociedades deportivas que lo practicaron. Una de las primeras fue el Madrid Football Club, con el impulso de Julián Palacios, aunque quien creó oficialmente la institución fue Juan Padrós en 1902. Y muy pronto fueron tantos los seguidores aficionados de ese equipo que el Madrid solicitó celebrar un torneo en homenaje al rey Alfonso XIII. Con el tiempo, aquella iniciativa pasó a denominarse Copa de España y, más tarde, Copa del Generalísimo y Copa del Rey. Porque Juan Padrós propuso al alcalde de Madrid, Alberto Aguilera, la celebración de un primer torneo de fútbol y de inmediato fueron cinco las sociedades que se inscribieron para un torneo que se celebró en el hipódromo. El Madrid ganó cuatro títulos en las seis primeras ediciones.

Antes, en 1900, Julián Palacios convocó una junta general de miembros fundadores para decidir los jugadores que constituirían la primera plantilla del Madrid FC. Los hermanos Padrós continuaron después la labor de dirección de la sociedad deportiva, en un ambiente madrileño en el que el fútbol ocupaba ya muchas conversaciones en tertulias y cafés. Cada vez se agruparon más socios aficionados al equipo, de tal modo que el 6 de marzo de 1902 se optó por constituir oficialmente como sociedad al equipo, con Juan Padrós como su primer presidente.

El Madrid empezó jugando sus partidos en un campo de fútbol que se construyó a toda prisa junto a la antigua plaza de toros de Madrid. La afluencia de público aumentaba de tal manera a los partidos que los directivos del equipo valoraron el futuro de una sociedad que cada vez aumentaba su popularidad y, en consecuencia, sus ingresos. Pero no sólo se hablaba de ello, sino del modo de mejorar el juego del equipo, labor de la que se hizo cargo un inglés afincado en Madrid llamado Arthur Johnson, convertido en el primer entrenador del Madrid.

Con el éxito constante, surgieron nuevas propuestas. Y la primera fue organizar un partido internacional. Tomada la decisión, el Madrid se hizo cargo de los gastos de desplazamiento del equipo Gallia Sport de París, y tras el primer partido, acordaron celebrar otro más en Francia, como devolución de la visita.

El Madrid entendió que había que perseverar en el crecimiento de ese deporte y propuso la creación de una Federación Española de Fútbol, lo que se hizo realidad en 1909. Y cambió su campo de juego para dar cabida a mayor número de espectadores, por la demanda de los madrileños, yéndose a jugar a un solar de la calle O'Donnell, donde construyó su primer estadio. Con ello fue tan grande la dimensión de la sociedad que la Mayordomía Mayor del Rey concedió al Madrid el título de Real en 1920.

El Madrid, con el estadio de la calle O'Donnell, dio un primer paso hacia la profesionalización del deporte del fútbol. Tenía más espectadores y, por lo tanto, más presupuesto para fichar jugadores. El nuevo estadio era el mejor de la Villa, con una capacidad para cinco mil espectadores, y en 1916, bajo la presidencia de Pedro Parages, el Real Madrid comprendió que el éxito total de la institución sólo era posible con los mejores jugadores, fichando a los célebres Zamora, Ciriaco, Quincoces, y a muchos más. Los frutos no tardaron en llegar: acabaron la Liga como campeones invictos. Y en 1924 inauguró su Estadio de Chamartín, el 17 de mayo.

En su mejor momento deportivo, estalló la Guerra Civil. Y su trayectoria se vio truncada por el conflicto bélico y muchos jugadores acabaron ahí sus carreras o se marcharon al exilio. No quedó más remedio que esperar a la finalización del enfrentamiento civil para recomponer el club y el equipo.

El Madrid trató entonces de paliar los efectos deportivos de la Guerra Civil con importantes fichajes, como Pruden, Corona y Bañón. Y fue en 1943, en unas semifinales de Copa, cuando el Real Madrid se enfrentó al Barcelona, que le ganó en Les Corts por 3-0. Pero en la vuelta los madridistas se resarcieron ampliamente, venciendo al Barcelona por 11-1.

En ese momento nació la eterna rivalidad entre ambos clubes.

El 15 de septiembre de 1943, Santiago Bernabéu fue nombrado presidente del club y comenzó un mandato en el que el Real Madrid logró tan grandes e importantes éxitos deportivos que se hizo famoso en todo el mundo. Bernabéu siempre quiso establecer lazos de concordia entre todos los equipos españoles y no dejó de trabajar para ello cuando en 1948 fue nombrado presidente de honor y vitalicio de la institución blanca.

Paralelamente, el fútbol en Europa creció en popularidad y multiplicó sus aficionados, por lo que a principios de los años cincuenta el periodista francés Gabriel Hanot propuso que se celebrara una competición en la que participasen los equipos campeones de cada Liga europea. Un proyecto para el que, entre él y el periodista Jacques Ferrán, redactaron un reglamento que enviaron a la Unión Europea de Fútbol (UEFA), con el apoyo del periódico francés *L'Equipe,* que se comprometió a organizar el campeonato. Puestos de acuerdo todos, se nombró una comisión en la que Santiago Bernabéu fue uno de sus vicepresidentes y comenzó a jugarse en 1956. El Real Madrid ganó la primera Copa de Europa de la historia el 13 de junio de ese año, la primera de las cinco consecutivas que consiguió. Un hito mundial bajo el liderazgo deportivo de uno de los mejores futbolistas de la historia, Alfredo Di Stéfano, e institucional del presidente Santiago Bernabéu.

Pasados los años, ya en 2000, el Real Madrid fue elegido «el mejor club de fútbol del mundo» del siglo XX.

—Oye, Jesús, ¿tú de qué equipo eres? —preguntó aquel día Fernando Argote.

—Ah, el fútbol... Cuidado que se ha hecho popular ese deporte, ¿eh? Cada vez oigo hablar más de eso... —reflexionó Jesús—. Hasta discusiones a grandes voces he presenciado a cuenta de si tal o cual con un gol, un penal o un orsay...

—Pero ¿eres de algún equipo o no?

—Pues no me gusta mucho el balompié, qué quieres que te diga, Fernando —respondió Tarazona—. Pero me cae simpático el Real Madrid.

—Tío listo —sonrió Fernando—. A mí también me gusta el Madrid. En cambio, ¿sabes?, Vicente dice que es del Athletic de Madrid.

—¡Pero si ese no sabe nada más que de telas! —ironizó Jesús—. Y ya ni atiende la sastrería...

—Pues es del Athletic.

—No sé. Además, creo que Vicente no sabe nada de fútbol.

—Pues precisamente por eso... ¡Ahí lo tienes! —Y acompañó el sarcasmo con una maliciosa sonrisa.

—¡Ya estamos! —recriminó Jesús—. Terminaremos discutiendo a cuenta del *football*, ya lo verás. Si nos oyeran nuestros padres...

El otro gran club de fútbol de la ciudad, el Atlético de Madrid, nació el 26 de abril de 1903 cuando un grupo de estudiantes vizcaínos de la Escuela Especial de Ingenieros de Minas, formado por Ramón de Arancibia y Lebarri, Ignacio Gortázar y Manso, Ricardo Gortázar y Manso y Manuel de Goyarrola y Alderna, entre otros, fundó un equipo filial del Athletic Club de Bilbao, denominándolo Athletic Club de Madrid. No podían enfrentarse en partidos oficiales entre ellos, por ser considerados el mismo club, hasta el punto de que su primer presidente, Enrique Allende, dejó el cargo el mismo año, siendo sustituido por Eduardo de Acha que se desplazaba con frecuencia a Bilbao por asuntos familiares. En uno de aquellos viajes solicitó al Athletic crear un club filial del bilbaíno, una idea acogida con entusiasmo en la localidad vasca, e inmediatamente se le proporcionaron los estatutos, el escudo e incluso se le invitó a posar en la foto oficial junto a ellos.

Los impulsores del nuevo club de fútbol se reunieron en la Sociedad Vasco-Navarra de Madrid, en la calle La Cruz, 25, y fundaron el Athletic de Madrid en honor a su homólogo bilbaíno. Eduardo de Acha, el gestor del proyecto, decidió que su primer presidente fuera Enrique Allende, un millonario que sirvió para actuar como mecenas del club.

El primer campo de juego que utilizó el Athletic de Madrid estaba detrás de las tapias del Retiro, en la ronda de Vallecas, que luego se llamó Menéndez Pelayo, y allí, el 2 de mayo de 1903, el Athletic de Madrid jugó su primer partido, que disputaron entre ellos los socios del club. Luego, la primera participación del Athletic de Madrid en un torneo oficial se produjo en octubre de 1906 cuando el entonces presidente del Madrid FC, Padrós, organizó el Campeonato de Madrid de Clubes de Fútbol, con la intención de que el ganador del trofeo acudiera al Campeonato de España como representación de la región madrileña, a excepción del Athletic porque tenía prohibido jugar contra su club filial. Hasta el 20 de febrero de 1907 el club no se desligó oficialmente del Athletic Club de Bilbao, inscribiéndose así en el registro de asociaciones.

Tras la Guerra Civil, la situación del Athletic de Madrid se asomaba al abismo. Militaba en Segunda División, su plantilla apenas contaba con media docena de jugadores, no tenía dinero y encima cargaba con una deuda de más de un millón de pesetas. Por si fuera poco, el Estadio de Vallecas había sido destruido por la guerra y, además, el club había sido desahuciado por falta de pago.

Fue cuando apareció en liza el club Aviación Nacional, creado en 1937 en Salamanca con el objetivo de entretener a los soldados y disputar partidos benéficos. En 1938, el Aviación Nacional se trasladó a Zaragoza y comenzó a disputar partidos oficiales, y, al terminar la Guerra Civil, se trasladó a Madrid, convirtiéndose en un instrumento de propaganda del ejército vencedor.

El Aviación Nacional buscó un club con el que fusionarse para poder disputar partidos de Primera División, y al principio lo intentó con el Real Madrid, pero sus condiciones fueron rechazadas de inmediato: el Aviación exigía al que se uniese a él imponer su nombre, su escudo, los colores de su uniforme, la mitad de su junta directiva y el presidente. Exigencias que tampoco gustaron al Athletic, pero necesitó aceptarlas para sanear sus cuentas, tener un equipo y evitar su desaparición. Finalmente, se llegó a un acuerdo de fusión.

Años después, en enero de 1947, el club pasó a llamarse otra vez Club Atlético de Madrid, adoptando un nuevo escudo, similar al utilizado en 1917, con cuatro rayas rojas añadidas.

El club tiene su estadio en el distrito de Arganzuela y se inauguró oficialmente el 2 de octubre de 1966 con el nombre de Estadio del Manzanares; pero en 1971 se acordó el cambio de nombre, pasando a denominarse Estadio Vicente Calderón en honor al entonces presidente del club.

El Rayo Vallecano, el tercer equipo de fútbol de Madrid, se fundó el 29 de mayo de 1924 en el domicilio de Prudencia Priego, viuda de Huerta, siendo su primer presidente Julián Huerta. En 1949 firmó un acuerdo de colaboración con el Atlético de Madrid, cambió su indumentaria y añadió a la camiseta una franja diagonal roja. Comenzó jugando en el campo Rodival, y en noviembre de 1947 acordó cambiar el nombre de A.D. el Rayo por el de A.D. Rayo Vallecano y añadió a su escudo el del Ayuntamiento, previo acuerdo con este. Después firmó un acuerdo de ayuda mutua con la A.D. Plus Ultra.

En 1952 empezó a disputar en Vallecas sus partidos, abandonó el campo histórico Rodival e inauguró el 8 de diciembre de 1956 el Estadio de Vallecas. Veinte años después, el 10 de mayo de 1976, se inauguró el Nuevo Estadio de Vallecas y el club se convirtió en Sociedad Anónima Deportiva de la mano de José María Ruiz-Mateos, que se hizo cargo de la institución en un momento de crisis económica que no resolvió, hasta que en 2011 entró en Ley Concursal.

Su equipo femenino de fútbol fue de los mejores de Europa.

Los militares de la España republicana leían poco y mal. Y eso que, desde 1925, Madrid contaba con una gran cantidad de librerías y un lugar característico en donde podían adquirirse toda clase de libros a muy buen precio: la llamada Cuesta de Moyano.

Antes de 1925, había muchos vendedores ambulantes que se instalaban con sus carretones de libros en el paseo de Atocha, o bien en puestos y tenderetes en el lateral derecho de la calle de Claudio Moyano, en la acera de enfrente en donde luego se instalaron de manera permanente. Por ello, para que no se produjera semejante despliegue de carros y tenderetes, el alcalde de Madrid, el conde de Vallellano, a instancia de más de setenta intelectuales, incluidos algunos tan destacados como Pío Baroja, propuso crear una especie de Feria del Libro en la margen izquierda del paseo, que podría instalarse durante todos los días del año. No era un buen sitio, insistieron los escritores y libreros, pero la decisión municipal desatendió las quejas, hizo oídos de mercader y decretó por la fuerza la ubicación que finalmente obtuvo. Era el 6 de mayo de 1925.

Con el tiempo se aceptó que, a pesar de no ser el lugar idóneo, el mercado del libro usado había obtenido una importante mejora en su consideración, porque se pasó de los viejos tinglados callejeros a treinta casetas de madera que, además, aceptó costear y construir el mismo Ayuntamiento. El conjunto fue diseñado por el arquitecto Luis Bellido y, una vez abiertas las casetas, la tasa a pagar por los libreros fue de 30 o 50 pesetas mensuales, según su situación en el conjunto ferial.

Las librerías de la Cuesta de Moyano permanecieron ya siempre abiertas. Durante la Guerra Civil, los libreros sólo dejaban por unos minutos sus puestos mientras las sirenas anunciaban bombardeos o los obuses caían sobre Madrid. Después, durante la dictadura del general Franco, otros fueron los obuses que amenazaron a los libros, los de la censura, y también a ella supieron sobreponerse, incluso cuando antes y después el Ayuntamiento trató de trasladar el ferial librero a otros lugares más o menos cercanos, como en 1934 y 1969, en esta última ocasión al Jardín Botánico. Pero ambos intentos acabaron por fracasar.

Las amenazas y zozobras acabaron en 1986 cuando el alcalde Tierno Galván aseguró su ubicación, defendió su tradición y servicio público y, para mejorar su aspecto y condiciones, hizo construir de nuevo las casetas con prestaciones de agua y luz para sus moradores y un nuevo puesto con aseos, así como un trastero para libreros, comerciantes y, en su caso, urgencias ciudadanas.

El 1 de mayo de 1931 abrió sus puertas a todos los madrileños la Casa de Campo, un recinto que era patrimonio exclusivo de los reyes desde que Felipe II compró los terrenos en 1556 para disfrutar de un bosque propio junto a la Villa de Madrid. Unas tierras de más de mil setecientas hectáreas que rodeaban al palacete de los Vargas y que durante más de doscientos años no habían sido cuidadas, al menos desde Fernando VI.

Aquellos terrenos habían sido una finca agrícola y una reserva de caza, y contaba con una Casa de Labor ordenada construir en 1842 por Isabel II, además de la Casa de los Aragoneses, en donde vivían los podadores que llegaban de Aragón y heredaban el oficio de padres a hijos, la Casa de las Castañas que se conservó como oficina del director del recinto, la Casa del Cura, que se utilizaba como iglesia y escuela para los muchos vecinos que vivían en la Casa de Campo, y la iglesia de la Torrecilla, construida por Sabatini en 1788 y que conservaba cuadros de la Inmaculada, San Antonio y San Francisco, pintados por Salvador Maella, obras que después se conservaron en el Museo Municipal tras la destrucción de la iglesia por las bombas de la aviación franquista durante la Guerra Civil.

La Casa de Campo contaba con diecisiete puertas de acceso, entre ellas la del Ángel, la de Castilla y la de las Ventas, desaparecidas bajo el peso de las cenizas que cayeron con el paso de los años. Otras puertas fueron modificadas, arregladas o simplemente cambiadas y sobrevivieron a la lluvia de los siglos, como la Puerta de Castilla y la de Aravaca, que perdió su remate y fue trasladada a otro lugar dentro del mismo bosque madrileño. La puerta del Rey, también conocida como la del Río, dejó de tener cualquier parecido con la original, incluso con la puerta reformada durante la Segunda República. El único acceso que se conservó tal y como fue era el portillo de los Pinos en Húmera, una puerta mucho más pequeña que las demás.

En todo caso, la mayoría de aquellas puertas históricas de acceso al bosque real fueron desapareciendo con los años. Al principio, todas estuvieron atendidas por un «guarda de puerta», que vivía allí, en una casa situada junto a ella, como fue el caso de la Casa del Guarda de la Puerta del Ángel. Una de las misiones de los guardas, además de la vigilancia, era cobrar peaje a los transeúntes por acceder al bosque, ya fuera en coche o a caballo, y tan sólo era libre el paso si al recinto se entraba a pie.

—¿Y esas casas, padre? —preguntó Manuel Argote a su padre un día en que salieron a conocer la nueva arboleda situada a las afueras de la Villa.

—Ahí viven quienes trabajan en esta finca, Manuel —respondió Fernando con la seriedad de quien está seguro de cuanto dice.

—¿Y sus familias? —quiso saber Dolores, la pequeña.

—También —aclaró el padre—. Viven los empleados y sus familias. Y nunca salen de aquí.

—¿De estas casas? —se extrañó Manuel—. Qué pena, ¿no? Parecen tan humildes...

—Tan humildes, sí —asintió el padre—. Muchos niños y familias viven siempre aquí, aquí mueren cuando envejecen y también son enterrados en ese cementerio que veis más allá.

—¿Ese? —Dolores extendió su mano y señaló con el dedo índice—. No parece un cementerio...

—Lo es —Fernando Argote dudó si debía seguir narrando cuanto sabía a sus hijos. Pero, finalmente, decidió que no les vendría mal saber la verdad de lo que allí había ocurrido tiempo atrás—. Sí, hijos. Aquí morían y ahí se les enterraba, pero eso sí, sin ataúd, porque el único féretro que existía se utilizaba para todos los fallecidos, y cada cual era enterrado envuelto tan sólo en un sudario. Sin nombre, marca, cruz ni señal. Muertos anónimos todos.

—Qué pena. —Se santiguó la pequeña Dolores.

—¿Pena? —Su padre le acarició la cabeza—. No sufras, Dolores, hija. Al fin y al cabo todos los muertos son anónimos.

En el bosque real de la Casa de Campo quedó algún vestigio ruinoso e irreconocible de aquel camposanto que fue obra del arquitecto Sabatini en tiempos del reinado de Carlos III. En 1931, cuando los Argote visitaron el recinto, ya no había ningún cementerio: en su lugar había un palomar y en la capilla, un almacén. Y unas pocas familias que vivían entre mosquitos, en casas inhóspitas, entre árboles muertos y rodeados por riachuelos de cieno, lo que ya se sabía desde 1882, cuando el administrador del bosque real le informó de ello a Amadeo de Saboya.

En su conjunto, toda la Casa de Campo estuvo desatendida durante siglos. Una desatención que se extendió también a la fuente de Cobatillas, una de las más antiguas, o quizá la más, alimentada de manera permanente por un manantial y que, algún tiempo después de su inauguración, entró a formar parte de la Casa de Campo con la adquisición real de nuevos terrenos al marqués de Cobatillas, en 1735, pero que antes de 1931 ya había quedado reducida a un montón de ladrillos, irreconocible. Como también sucedió con la fuente del Ángel, desmontada de su lugar original, y la fuente del Tritón, que después se instaló de manera perenne en el parque del Retiro.

Tuvo que pasar casi un siglo para que la Casa de Campo fuera declarada Bien de Interés Cultural, en el año 2010.

Desde la proclamación de la República no pasaron muchos días sin que se produjeran unos primeros incidentes que alteraron la tranquilidad de las autoridades madrileñas y obligaron al primer gobierno republicano a imponer el orden por la fuerza. Porque durante los días 10, 11, 12 y 13 de mayo de 1931, cuando aún no había transcurrido un mes desde aquel festivo 14 de abril, se produjeron en Madrid, y también en otras ciudades españolas, un rosario de manifestaciones anticlericales y, acompañándolo, algunos actos violentos entre los que no faltaron los incendios provocados de iglesias y conventos. En un primer momento, ni la Guardia Civil ni el ejército quisieron intervenir en la algarada popular, de tal modo que, entre unos alborotadores y otros, cerca de un centenar de edificios religiosos quedaron al final total o parcialmente destruidos.

Al principio no se preveía tanto desmán desde las organizaciones de izquierdas. Se trataba tan sólo de convocar una huelga general y, como medida de presión, algunas acciones revolucionarias que debían consistir, y reducirse, a confraternizar con los soldados para procurar sus simpatías a la causa, tal y como se le recomendaba al Partido Comunista desde el periódico soviético *Pravda*, en un manifiesto publicado el 16 de febrero de 1931. Se trataba, en aquel escrito dirigido a los republicanos españoles antes de las elecciones del 14 de abril, de ilustrarles con una serie de normas que debían seguir los dirigentes y militantes de la Sección Española de la III Internacional, directrices que, en definitiva, los comunistas españoles se apresuraron a practicar en cuanto se proclamó la República. Las consignas llegadas desde Moscú y que se convirtieron en un catecismo para las poco expertas organizaciones socialistas, anarquistas y comunistas españolas decían que:

1.ª Las organizaciones deberán luchar por el derrocamiento de la Monarquía y establecer un Gobierno de obreros y campesinos. 2.ª Por la confiscación de los bienes de la Iglesia y por la denuncia al Concordato. 3.ª Deben ser confiscados también los bienes de los grandes propietarios de tierras y repartidos entre los labriegos.

4.ª Pondrán término a todos los privilegios de la Iglesia Católica. 5.ª Pedirán la supresión de las congregaciones religiosas. 6.ª Deben abandonar los métodos moderados y preparar la lucha organizada.

Unas normas que después del 14 de abril eran ya innecesarias, pero que llegaron cuando un mes después, el 10 de mayo, se celebró una reunión en el Círculo Monárquico Independiente en la que se urdió una conspiración contra la República. Y, al conocerse tal pretensión, algunos exaltados no se lo pensaron dos veces y asaltaron el local, incendiaron los coches que estaban estacionados ante él, suponiendo que eran de integrantes de aquel Círculo conspirador y, ya de paso, se quemó un quiosco de *El Debate*. Y como una vez encendidas las iras populares ya no había marcha atrás ni raciocinio para dar por acabada la sed de revuelta, los manifestantes intentaron asaltar el edificio del periódico *ABC* de la calle de Serrano, al ser acusado con cierta lógica y aún mayor verosimilitud de ser un órgano partícipe de la conjura. El edificio fue protegido por la Guardia Civil, y en el rifirrafe entre asaltantes y guardianes del orden se produjeron dos muertos y varios heridos, por disparos de las fuerzas del orden. La noticia, que corrió de inmediato de unas bocas a otras, cada vez más exageradas, exaltó a otros muchos obreros madrileños, que sin dudarlo se prepararon para la venganza por la muerte de sus compañeros.

Y así fue como se consumó lo que en un principio no estaba previsto, pero que de inmediato surgió como una orden inevitable contra quienes se convirtieron en blanco de las más oscuras intenciones: se incendió la residencia de los jesuitas y la iglesia de San Francisco de Borja. Y a estas luminarias se le añadieron luego otros incendios más.

Al principio los incendiarios se encontraron con la pasividad de ciertos cuerpos policiales y militares, pero como la revuelta no menguaba, sino que amenazaba con extenderse, el Gobierno decidió que aquella alteración pública no podía ser consentida y el ministro de la Gobernación, Miguel Maura Gamazo, trató de apaciguar los ánimos haciendo una declaración pública en la que se narraba la realidad de lo sucedido con detenimiento y claridad, para que se serenaran los ánimos. Una declaración que decía:

Habían solicitado los de la Acción monárquica independiente permiso para celebrar una reunión en su local social, que se les ha concedido dentro de la ley. Nadie tenía noticia de que dicha reunión se celebraba y poco después del mediodía un grupo de jóvenes salió de dicho domicilio social, dando gritos de viva el Rey y muera la República. Los mecánicos de los taxis que estaban frente a dicho edificio gritaron viva la República, y fueron agredidos por los monárquicos. La gente se arremolinó y formó un grupo compacto, que en protesta airada quiso asaltar el edificio. Se cerraron las puertas y acudieron fuerzas de Seguridad. El grupo llegó a tener poco más de mil personas, y poco después el ministro de la Gobernación pasaba por el lugar del suceso y se enteraba de lo sucedido.

Apenas llegado al Ministerio de la Gobernación dio las órdenes necesarias para lograr estas dos cosas: que el local fuera desalojado sin daño para las personas y que fueran detenidos los responsables del tumulto, que con sus gritos subversivos habían producido la excitación de los ciudadanos. Fueron desalojadas poco a poco las personas del local y conducidas algunas a la Dirección General de Seguridad en un camión de este Centro. A las cinco de la tarde el ministro de la Gobernación volvió al lugar del suceso y dirigió la palabra a la muchedumbre, rogándola que se retirase y que dejase a la Guardia Civil cumplir su cometido de conducir a los últimos detenidos a la

Dirección General de Seguridad. La multitud permanecía estacionada en actitud hostil ante el edificio.

A las cinco y media se había disuelto sin más incidentes que haber quemado dos automóviles, propiedad uno de don Juan Ignacio Luca de Tena, y otro, cuyo propietario se ignora. A las tres y media de la tarde una manifestación numerosa se dirigió al periódico *ABC*, en son de protesta, acercándose a la puerta, llamando para que se les abriera y parece que intentaron quemarla, rociándola previamente con algún combustible. En ese momento, desde las ventanas altas del edificio se hicieron varios disparos contra la muchedumbre, resultando herido de un balazo el portero del número 68 de la calle de Serrano, y un muchacho de trece años. Fueron trasladados a la Policlínica de la calle de Tamayo, donde se les dio la asistencia facultativa necesaria. Al tener el ministro de la Gobernación noticia de los sucesos requirió al fiscal de la República para que a su vez requiriera del juez un mandamiento judicial para practicar un registro en *ABC* y en su caso para la clausura del local. Fuerzas de la Guardia Civil y comisarios de la Policía, con el oportuno mandamiento judicial, fueron a *ABC* y practicaron el registro que a primeras horas de la madrugada, hora en que el ministro dicta estas líneas, parece que no ha terminado; pero se han encontrado en efecto algunas armas.

En vista de esto el ministro, amparado por la orden del juez, ha dispuesto que esta misma noche queden clausurados el periódico y la redacción y sea detenido don Juan Ignacio Luca de Tena que, según noticias que el ministro tiene, quedará a disposición del director general de Seguridad en plazo brevísimo, dentro de esta misma noche, y dar comienzo al proceso para indagar las responsabilidades, no sólo por lo ocurrido hoy, sino también por la insistente campaña de provocación y alarma que ese periódico viene realizando.

A partir de aquella declaración quedaron rotas las relaciones entre la República y la Iglesia, como en un parlamento encendido expuso Alejandro Lerroux, el líder del Partido Radical, considerando aquellos actos como «un crimen impune», y criticando lo que el propio Miguel Maura consideró un incidente sin trascendencia, y además innecesario.

Por su parte, los periódicos exageraron los hechos o los minimizaron, según sus líneas editoriales. Así, el martes 12 de mayo de 1931 las portadas de todos los diarios abrieron sus páginas con la noticia de los hechos, pero de muy diversas maneras. Por ejemplo, en *Solidaridad Obrera*, el órgano de la CNT, se leía:

> ¡Pueblo! Las hordas monárquicas atacan la libertad. Defiéndela con energía. El pueblo de Madrid, con gesto viril, rechaza la emboscada. Quema de numerosos conventos. Se ha declarado el estado de guerra. Los monárquicos embriagan a unos gitanos, les dan dos pesetas, los arman de porras y les dicen que vitoreen al Borbón. La C.N.T. invita al paro general, como protesta ante la ofensiva reaccionaria, pero la U.G.T. ordena la vuelta al trabajo. Dámaso Berenguer ha sido de nuevo encarcelado. Disolución del Consejo de Guerra y Marina. Son diez los conventos quemados. El Ateneo pide la dimisión de Maura.

Por su parte, el diario gráfico *Ahora* ilustró su portada con una foto del general Queipo de Llano, dirigiéndose a la gente e invitándola a respetar la República y a conservar el orden. Y añadía:

> En Madrid fueron incendiados diez conventos, varios de los cuales quedaron completamente destruidos. Una imprudente manifestación de un grupo de jóvenes monárquicos provoca graves disturbios. Las masas se dirigen

a la redacción de *ABC*, intentando asaltarlo, y son contenidas a tiros. El director de *ABC* ha sido encarcelado. Se intentó paralizar la vida de Madrid, y la Unión General de Trabajadores y el partido socialista lucharon enérgicamente por mantener el orden. El Gobierno declara enemigos de la República a los perturbadores. Ha sido encarcelado de nuevo el general Berenguer. También han sido detenidos don Galo Ponte y el almirante Cornejo. Se ha proclamado en Madrid la Ley Marcial. A última hora la tranquilidad es completa y el Gobierno confía que no volverá a ser turbada. Su editorial, titulado «Al lado de la República y frente a los perturbadores», proclamaba: «Sin la más leve vacilación. Lo ocurrido ayer es francamente censurable. No hay nada que pueda disculparlo. Sólo es posible reconocer que las extemporáneas manifestaciones de entusiasmo monárquico han servido de pretexto para que las masas sin control, sin dirección, sin ninguna orientación política ni social, guiadas sólo por un instinto de subversión, se lanzasen a tomarse por su mano lo que ellas llamaban su justicia. La mañana de ayer en Madrid tenía un aire trágico y doloroso. Unas horas la ciudad vio cómo unos grupos extremistas irresponsables pretendían arrastrar a la gran masa republicana a un movimiento que, en definitiva, no iba a ir más que en daño del régimen republicano. Porque desde el primer momento del cambio del régimen nos pusimos franca y lealmente al lado de la República, convencidos de que esta es la única salvación de España en el trance a que unas tristes circunstancias la han llevado, podemos hoy sin ningún temor condenar el movimiento de ayer, sin tener que hacer distingo de ninguna clase y sin que podamos despertar el recelo de que es ir contra la República esta condenación terminante que hacemos de lo ocurrido. En este trance queremos dejar bien sentada nuestra posición. Con el Gobierno y frente a los perturbadores. Que estos no son ninguna fuerza organizada y consciente nos lo demuestra ese mismo tipo de movimiento histérico que tenían los hechos de ayer. Frente a esta demostración irreflexiva se registraba un hecho que lealmente hemos de consignar. El de la organización y disciplina de las masas socialistas, que fueron las que, aunque infructuosamente en gran parte, intentaron mantener la vida de la capital dentro del orden. Fueron ellos mismos, cuando la fuerza pública se hallaba en absoluto inhibida, quienes dieron la cara ante los alborotadores y se resistieron a secundar la orden de paro dada aún no se sabe exactamente por quién. Después de este esfuerzo meritorio, aunque poco eficaz, vino, aunque tarde, la actuación del Gobierno provisional, que manifestó de manera ostensible que, si bien el origen de los sucesos y la imputación de debilidad con los monárquicos que las masas pudieran hacerle habían paralizado su acción, era capaz de operar en su seno la reacción necesaria para que la capital de España no quedase por más tiempo a la dictadura de unas masas de pasión y sin ningún control. La declaración del estado de guerra, a las cinco de la tarde, terminó aquel amenazador espectáculo. El Gobierno estaba dispuesto a hacerse respetar. Un poco tarde venía, quizá, la resolución. Cabe aceptar que los miembros del Gobierno quisieran cargarse de razón antes de intervenir. Objetivamente la explicación no es satisfactoria. La disculpa de que los elementos defensores del régimen caído habían sido los provocadores de los sucesos, para llevar a la impopularidad a los ministros, comprometiéndoles en una represión sangrienta, no es del todo válida. Un Gobierno debe actuar como tal Gobierno, sean cuales fueren las circunstancias. Lo importante y, en medio de todo, satisfactorio, es que, al fin, se dio la sensación de que en España se gobierna. Porque creemos esto imprescindible para la vida de la nación es por lo que reiteramos en este momento nuestro lema: al lado de la República; frente a los perturbadores».

El Gobierno, reunido en la Presidencia desde las nueve de la mañana del 11 de mayo, recibió continuas noticias de los desórdenes y supo en cada momento qué convento ardía o a cuál le correspondía arder. Los ministros discutieron sobre la situación, sin decidirse a adoptar ninguna medida para acabar con aquella barbarie, y Alcalá Zamora propuso que se votara a mano alzada si se debía acudir o no a la Guardia Civil para reprimir por la fuerza los desmanes. Pero por mayoría se decidió que no, siendo Manuel Azaña el que más categóricamente se opuso a toda acción represiva. Su explicación quedó resumida en una frase. «Todos los conventos de Madrid no valen la vida de un republicano.»

Sin embargo, el Gobierno, a las cuatro de la tarde, acordó declarar el estado de guerra. Ni siquiera había transcurrido un mes desde la instauración de la República y sus poderes públicos no encontraron solución mejor que entregar el poder al Ejército. Por eso se declaró el estado de guerra en un bando que concluía con vivas a España, a la República y al Ejército.

Otra de las consecuencias de aquellos disturbios anticlericales fue que dos meses después, el 15 de junio de 1931, fue expulsado de España el cardenal Pedro Segura. La acusación fue «lanzarse al ataque contra la República, sin rodeo ni espera, con arengas, más que pastorales, de intempestiva y provocadora profesión de fe monárquica».

Y no faltaba razón a la acusación: el cardenal era tan fiel al depuesto rey Alfonso XIII que no pudo contener sus impulsos ni sus arengas, ni en público ni en privado.

La Constitución de la República Española de 9 de diciembre de 1931 declaró en su artículo 5: «La capitalidad de la República se fija en Madrid». Y en Madrid se dilucidaron la mayoría de los acontecimientos que marcaron la historia de la Segunda República, un tiempo histórico en el que sus vecinos compartieron una frenética actividad política junto a una sosegada vida cotidiana, enriquecedora desde los puntos de vista social, cultural, educativo y económico, y plácida en cuanto tuvo de desarrollo urbano y paisaje vial.

En enero de 1933, por ejemplo, al acabarse la concesión de los terrenos en donde estaba el Hipódromo de La Castellana, se decidió destinar el suelo a la creación de los Nuevos Ministerios, con lo que Madrid se quedó sin hipódromo y para ver las carreras de caballos había que desplazarse al de Lagamarejo, en Aranjuez. Aquellos *jockeys* famosos, Archibald, Belmonte, Díez, Jiménez o Leforestier, ya sólo podían correr en Aranjuez o en el hipódromo de San Sebastián a sus grandes campeones equinos: *Nouvel An*, *Atlántida*, *Colindres*... Hasta que en 1940 se inició la construcción del Hipódromo de La Zarzuela, inaugurado en 1941 tras el trabajo realizado por el ingeniero Torroja y los arquitectos Domínguez y Arniches. La obra tuvo un coste de tres millones de pesetas y su diseño se hizo a imagen del hipódromo de Milán.

Hasta los años cincuenta y sesenta no se ampliaron y mejoraron las instalaciones: fueron los primeros años de una relativa prosperidad económica en España que repercutió tanto en la calidad de las carreras como en las apuestas, los premios, la afluencia de público al recinto y el número de caballos en sus instalaciones de entrenamiento, que hasta aquella época nunca había sobrepasado los trescientos caballos y yeguas.

En 1968 el Gran Premio de Madrid repartió por primera vez la suma de un millón de pesetas en premios. Y un año más tarde el hipódromo compró en Francia una máquina fotográfica para confirmar el ganador en las llegadas ajustadas, la conocida como *foto-finish*.

En la década de los setenta, las carreras de caballos en Madrid vivieron una época de esplendor. En 1971 se celebró la primera carrera con cajones de salida, que sustituyeron a las viejas y antiguas cintas; y en 1975 se inauguró el control antidopaje.

En 1982 se creó al fin la Agrupación de Propietarios, presidida por Ramón Mendoza, quien se hizo cargo del hipódromo en 1983. Durante su mandato se puso en funcionamiento la Quiniela Hípica (QH), que representó la primera apuesta nacional en la historia de las carreras de caballos en España. Tras un breve paso del duque de Alburquerque por la presidencia, Lorenzo Sanz tomó las riendas del hipódromo, con una QH ya en plena decadencia, y para remontar una crisis anunciada en el gusto madrileño por la hípica en 1988 se inauguraron las temporadas veraniegas de carreras nocturnas. Nada evitó el declive, que llegó a ser total: 1991 fue el último año de vida de las Quinielas Hípicas.

En 1992, Patrimonio Nacional cedió la concesión del Hipódromo de La Zarzuela a la empresa Hipódromo de Madrid, S.A., que en noviembre de 1996, celebró la última carrera de caballos en el recinto. Y tras varios intentos de reanudarlas en la temporada de primavera de 1997, la empresa se declaró definitivamente en suspensión de pagos. Una pérdida para semejante acontecimiento deportivo en Madrid porque su hipódromo llegó a ser un centro de referencia internacional para las carreras de caballos, hasta que dejó de serlo. Tras dos concursos de concesión que convocó Patrimonio Nacional, sin que nadie optara a gestionarlo, el propio Patrimonio junto a la sociedad anónima Hipódromo de La Zarzuela acordaron reanimarlo durante los siguientes veinticinco años.

Fue en 2003, y sus perspectivas de éxito continuaron siendo una gran incógnita.

Uno de cada tres españoles eran analfabetos en 1931. Durante los primeros dos años de la República, siendo ministro de Instrucción Pública Marcelino Domínguez, se crearon siete mil escuelas para sacar al país de su atraso cultural y trece mil puestos de maestros, además de ochenta y un institutos de enseñanza media. La política educativa republicana se inspiró en los principios de la Institución Libre de Enseñanza, algo que convirtió a la Iglesia católica, desde el principio, en la principal enemiga de semejante modelo de acción cultural y educativa. Tantas bibliotecas públicas, la socialización de la cultura mediante un programa que creó las Misiones Pedagógicas en zonas rurales y el establecimiento de una enseñanza laica, obligatoria, mixta, pública y gratuita fueron demasiada afrenta al monopolio educativo que conservaba la Iglesia desde tanto tiempo atrás. En resumen, una fuente de conflictos continuos que no acabó hasta que el poder de las armas y el peso de la cruz pusieron fin a la Segunda República.

En ese proceso, tanto Manuel Argote como su hermana Dolores optaron por dedicarse a la enseñanza, aunque Manuel, con el gusanillo de la tradición familiar artística, empleó la festividad de los domingos para participar en una compañía ambulante de teatro que recorrió buena parte de los pueblos de Madrid, y casi todos sus barrios, representando obras clásicas y de autores contemporáneos. No fue un gran actor, ni se lo propuso nunca: lo suyo era colaborar, desde sus ideales, con la extensión del conocimiento y de la cultura por territorios que nunca habían contado con la suerte de acceder a ellos.

Su padre, Fernando Argote, murió en mayo de 1936, de viejo y quizá también de miedo ante lo que se avecinaba; y su madre, Susana Muñoz, en los primeros meses de 1940, a consecuencia de las hambres y privaciones sufridas durante el asedio a la ciudad de Madrid por los ejércitos sublevados. Unos meses antes, en abril de 1939, Manuel Argote se exilió a México. Su hermana Dolores prefirió quedarse en Madrid, y nunca llegó a casarse.

—¿Nos dejarás a madre y a mí? —se extrañó Dolores al ver a su hermano preparar un hatillo con sus cosas.

—¿Preferiríais un hijo y un hermano muerto?

—No, claro.

—Entonces me voy —sentenció Manuel—. Mejor exiliado que difunto.

—¡Maldita guerra!

—Así es, hermana —asintió Manuel—. Y ojalá nunca tengas que decir maldita paz.

—Madre llorará con tu partida.

—Menos que en mi funeral.

—No nos olvides, Manuel.

—Eso jamás, Dolores. Y no tengo coraje para despedirme de nuestra madre. Dale un beso muy fuerte de mi parte y dile que pronto escribiré. En cuanto llegue a mi destino.

—Bésame a mí.

—Claro que sí.

Y ambos hermanos se fundieron en un abrazo interminable en el que una lluvia de lágrimas empapó los cuellos de sus camisas.

Por su parte, Enrique de Tarazona, que pronto destacó por su inclinación al aprendizaje, al igual que sus antepasados, cursó el bachillerato con unas notas excelentes e inició la carrera de Derecho en 1936, estudios que tuvo que interrumpir por el inicio de la Guerra Civil y por la muerte de su padre, Jesús de Tarazona, detenido, juzgado, condenado a muerte y fusilado en los primeros días de la guerra, al encontrarse de vacaciones con Elena, su esposa, en la ciudad de Segovia y ser denunciado como republicano y socialista, sin pruebas. Elena Canseco, destrozada y sin ánimos para volver a Madrid, al acabar la Guerra Civil se fue a vivir a un pueblo de Soria con algunos viejos parientes de su marido, y allí terminó su vida en la pequeña población de Valdeavellano de Tera, mientras su hijo Enrique le escribía todas las semanas dándole cuenta de sus progresos académicos, en los que alcanzó los títulos de profesor y más tarde de catedrático de Derecho Político con destino en la Universidad de Santiago de Compostela.

—Ya soy profesor, madre.

—El teléfono es muy caro, hijo. ¿Por qué me pones tantas conferencias?

—Porque quería que lo supieras lo antes posible. Tardan tanto las cartas...

—Escríbeme más, hijo —suplicó Elena—. Llegan tan pocas noticias al pueblo... Cuéntame cosas de esas ciudades tan bonitas a las que vas.

—Viviré en Santiago de Compostela, madre. Y un día te llevaré a visitar la catedral, te lo prometo. Allí hay un icono del apóstol Santiago al que todo el mundo besa en el hombro.

—No sé, hijo, no sé... Tengo ya tantos años...

—Prometido, madre. Es menester que conozcas esta ciudad. Es hermosa hasta cuando llueve.

—¿Más que Madrid?

—No, eso no, madre. Más hermosa que Madrid no hay ciudad en el mundo.

—Hijo...

La comunicación se cortó y ya nunca pudo volver a oír Enrique la voz de su madre, fallecida en 1954 a la edad de sesenta y tres años.

Lo más curioso de la familia Tarazona sucedió el mismo día 14 de abril de 1931, al regreso de la familia de la Puerta del Sol, de celebrar la proclamación de la República.

Volvía la familia distraída, canturreando, alegre. Jesús, su esposa Elena, la tía Mercedes y el joven Enrique. Y tía Mercedes, soltera y siempre atenta a las necesidades o caprichos del pequeño Enrique, no tuvo mejor ocurrencia que ir en busca de una cuerda de churros para que merendara su sobrino, al que le gustaban calentitos, recién hechos.

—¡Mira, un puesto de churros! —indicó a su sobrino—. ¿A que mi sol de sobrino quiere unos pocos?

—No sé, tía —respondió el joven Enrique—. A estas horas.

—¡Para merendar! —insistió Mercedes—. Ya son casi las cuatro.

—No sé, tía Mercedes —repitió el chico—. Como tú quieras.

—¡Que sí! —reiteró Mercedes, y sin dudarlo se lanzó a cruzar la calle, en dirección al puesto en donde se freían porras, churros y buñuelos.

—¡Cuidado! —gritó Jesús, su hermano.

—¡Mercedes! —ahogó un grito de espanto Elena, su cuñada.

—¡Señora! —apenas tuvo tiempo de vocear el conductor mientras, sorprendido, vio que una mujer su echaba sobre su reluciente Ford T.

No hubo tiempo para más. Mercedes quedó malherida, lanzada unos metros más allá por el impacto del golpe que le propinó el automóvil antes de frenar en seco, y aunque rápidamente fue trasladada a una casa de socorro, esa misma tarde murió como consecuencia del accidente.

Fue la única muerte en los festejos populares del 14 de abril. Y ocurrió por accidente. Mercedes de Tarazona dejó para siempre inscrito su nombre en la celebración de un día de alegría en la que los madrileños no habían dejado sitio para la muerte.

Salvo para la suya.

Coincidió que la pequeña Inés se encontraba con sus padres Vicente Álvarez y Conchita Martín en San Sebastián aquel mes de julio de 1936 y la familia al completo cruzó la frontera y se instaló en París.

Allí vivió la joven Inés hasta la muerte de su padre, en 1954, y la de su madre, en 1966. Inés Álvarez, se había casado muy joven, unos años antes, y también muy joven se quedó viuda del tapicero bretón Gerard Dubosquet, con quien no tuvo hijos. Para subsistir abrió una tienda de ropa de niños en París, a dos pasos del Ayuntamiento parisino, el *Hôtel de Ville*, y consumió los años no dejando de escuchar ni un solo día las noticias de la radio nacional francesa o de la emisora clandestina Radio España Independiente, llamada también La Pirenaica, que empezó a emitir desde Moscú el 22 de julio de 1941 como órgano radiofónico del Partido Comunista de España y que se convirtió durante más de treinta años en la principal fuente de información en oposición al régimen de Franco. Inés siempre sintió añoranza de España; y nostalgia de Madrid. Cada día revisaba y actualizaba un equipaje preparado, en una pequeña maleta beige con listas marrones, por si llegaba el momento de cerrar la tienda, saldar cuentas con los franceses y poder volver a sentarse frente a la Puerta de Alcalá para ver pasar la vida que siempre quiso vivir.

Cuando llegó el día, a sus cuarenta y siete años, regresó a España. Era el 28 de enero de 1976, cuatro días después del asesinato de los abogados laboralistas de la calle de Atocha, 55, y del multitudinario entierro que siguió a la masacre. Ese día supo que aquellas muertes no iban a ser en vano. Ni la muerte del mismo Franco, en noviembre de 1975, se había convertido en un instante más trascendental. Aquellos asesinatos, ciertamente, suponían el verdadero fin de un modo odioso y fratricida de entender España.

Madrid, testigo de las muertes de Enrique Valdevira, Luis Javier Benavides, Francisco Javier Sauquillo, Serafín Holgado y Ángel Rodríguez Leal, se echó a la calle para enterrar a unos abogados sindicalistas de Comisiones Obreras, a un estudiante y a un administrativo, miembros del Partido Comunista de España. Porque lo que gritaban, en realidad, era que ya nunca más permanecerían en silencio. Y ese arrojo, esa presencia multitudinaria, acabó con cualquier esperanza del régimen franquista de poder continuar sobreviviendo.

Madrid anunció esa tarde el inicio de una transición imparable. Fue más que un funeral; más que una revuelta. Era una revolución.

Como tantas otras veces tuvo que iniciarla Madrid a lo largo de su historia.

28

La Guerra Civil

Julio de 1936

La Guerra Civil llegó a Madrid como un ladrido intempestivo en la medianoche, pero también, en ciertos aspectos, como una fiesta para la que nadie se había preparado. Ríos de miedo se entremezclaron con gritos de algarabía y temblores de incomprensión, y aunque hacía días en los que no se hablaba de otra cosa, incluso en los que se temía una escalada de violencia tras los asesinatos del teniente Castillo y del diputado de Renovación Española José Calvo Sotelo, no era previsible que tal riada desembocara de repente en una guerra, arrasándolo todo.

El 18 de julio de 1936 amaneció puesto con el disfraz de la sorpresa. Un incendio pavoroso. Un terremoto. Pero también un motivo para que los madrileños se unieran en defensa de lo suyo, otra vez, como había ocurrido tantas veces a lo largo de la historia. La defensa de la libertad; de su libertad. Otra vez.

Hasta entonces, hasta aquel momento de confusión, pocas cosas habían cambiado en la vida cotidiana de los vecinos, por muchos que fueran los avatares y las alternancias políticas, por diversas que fueran las llamadas al orden, por variados que fueran los anhelos de quienes no se resignaban a perder su poder secular, dentro y fuera de Madrid. En la ciudad, durante los años de la República, se había aprobado el Plan General de Extensión de Madrid, en 1933; en 1934, el 1 de octubre, se había inaugurado la nueva plaza de toros de Las Ventas; el 4 de octubre de ese mismo año se había destituido al alcalde Rico tras la victoria de la CEDA en las elecciones, y el 31 de octubre de 1935 se hizo pública una ley especial de capitalidad para Madrid, la Ley Municipal.

Pero en febrero de 1936, en las elecciones del 15 de febrero, de nuevo el Frente Popular ganó las elecciones, reponiéndose el anterior Ayuntamiento socialista. Manuel Azaña fue elegido presidente del Gobierno, y el 30 de abril, presidente de la República. Sólo los rumores de una sublevación militar que corrieron de boca en boca durante el 17 de julio alteraron la paz ciudadana, y a continuación algunos manifestantes se dirigieron a los cuarteles reclamando la distribución de armas entre los civiles. Los preparativos para lo que algunos rumiaban para sus adentros habían comenzado.

La sublevación de las tropas golpistas del Ejército duró en Madrid apenas dos días. El 20 de julio el ejército republicano se hizo cargo del Cuartel de la Montaña y Madrid se preparó para resistir al largo asedio que esperaba y se le anunciaba. Y, para empezar, se ajustaron algunas cuentas: el 22 de agosto los civiles armados incendiaron la Cárcel Modelo, sacaron de sus celdas a algunos presos políticos de derechas y los ejecutaron. calles ensangrentadas, cunetas improvisadas de camposantos salpicados y desordenados... La guerra, en Madrid, comenzó con sangre propia, pero muy pronto fueron los indiscriminados bombardeos de obuses de las tropas «nacionales» y los llamados «paseos» de ajusticiamiento sin juicio previo realizados por algunos elementos izquierdistas los que protagonizaron la contienda madrileña interna.

Cuando el 6 de noviembre de 1936 el Gobierno decidió dejar atrás sus despachos en Madrid e instalarse en Valencia, la ciudad quedó en manos de unos únicos defensores: los madrileños.

Por eso, el 7 de noviembre de 1936 fue cuando, realmente, comenzó la batalla de Madrid.

Algunas calles y plazas cambiaron de nombre. Cibeles pasó a ser la «Plaza de la Linda Tapada», por los sacos terreros que la protegían; a la plaza de Neptuno se la llamó la de «Los Emboscados», por la cantidad de espías que se hospedaban en el hotel Palace; el paseo de Recoletos fue el del «Ocaso de los Dioses», y otras calles dedicadas a reyes cambiaron su nombre por otros más propios del momento. Hasta la Gran Vía pasó a denominarse Avenida de Rusia.

La vida de los madrileños durante los años que siguieron al inicio de la defensa de Madrid fue, por una parte, heroica, y por otra, desesperada. La vida continuó aparentemente como si nada ocurriese, salvo las carreras a los refugios tras el ulular de las sirenas de aviso, anunciando la llegada de la aviación enemiga, o la recogida de las víctimas de las bombas inesperadas que caían en cualquier lugar y en cualquier momento; pero los madrileños seguían con sus hábitos y costumbres, seguros de que la dignidad estaba por encima del miedo. Así, mientras otras ciudades se fueron rindiendo, a veces sin disparar un solo tiro, Madrid resistió. Y resistió. Y resistió...

Puente de los Franceses,
puente de los Franceses,
puente de los Franceses,
mamita mía, nadie te pasa, nadie te pasa.
Porque los milicianos,
porque los milicianos,

porque los milicianos,
mamita mía, que bien te guardan, que bien te guardan.
Por la Casa de Campo,
por la Casa de Campo,
por la Casa de Campo,
mamita mía, y el Manzanares, y el Manzanares,
quieren pasar los moros,
quieren pasar los moros,
quieren pasar los moros,
mamita mía, no pasa nadie, no pasa nadie.
Madrid ¡qué bien resistes!
Madrid ¡qué bien resistes!
Madrid ¡qué bien resistes!,
mamita mía, los bombardeos, los bombardeos.
De las bombas se ríen,
de las bombas se ríen,
de las bombas se ríen,
mamita mía, los madrileños, los madrileños.

Sólo un golpe de Estado del coronel Casado el 5 de marzo de 1939 contra el gobierno de Juan Negrín, es decir, sólo la rendición incondicional del jefe del ejército de la Región Centro sin contar con el deseo de los vecinos puso en bandeja la entrada de las tropas de Franco en Madrid el día 28 de marzo. Con aquella rendición, o sumisión, o traición, como muchos la consideraron, terminó la Guerra Civil española.

El abastecimiento fue uno de los mayores problemas de la Villa, una ciudad sitiada durante tres años. Pronto empezaron a faltar los productos de primera necesidad, hasta casi desaparecer. Y a veces fue preciso conseguirlos sólo a cambio de una receta médica. Un racionamiento que se fue haciendo habitual desde el principio de la guerra y al que los vecinos tuvieron que acostumbrarse, soportando largas colas ante tiendas y puestos callejeros, o acudiendo al mercado negro en los casos más graves o perentorios. Los precios, en ciertos momentos, se dispararon, y las autoridades, conscientes de la necesidad común, se vieron obligadas a ordenar el abastecimiento popular con la implantación de un sistema equitativo de cartillas de racionamiento.

Pero continuó la escasez, y en vista de ello, ante la imposibilidad de remediar las carencias ciudadanas de todo tipo, se intentó evacuar a muchos vecinos con el argumento de que de ese modo también sería más sencilla la defensa de la ciudad, pero la explicación no terminó de convencer a muchos madrileños, seguramente porque no les conocían bien: no sólo se opusieron a ello sino que redoblaron su intención de defenderla al grito unánime de «No pasarán».

No pasarán.

Y entonces llegó el hambre. Aunque muchos países se hicieron eco del drama de Madrid, toda ayuda fue escasa. En París, las Jornadas de las Amas de Casa obtuvieron siete camiones de víveres; desde Copenhague se enviaron 126 cajas de leche en polvo, 48 cajas de carne en conserva y 750 kilos de jabón. Pero no bastaba. Como tampoco fue suficiente que en Checoslovaquia se organizara una cotización de un franco por trabajador y por mes a favor de los combatientes del Frente Popular español; o que la C.G.T. de Bélgica promoviera suscripciones y aportaciones de víveres; o que desde Holanda se enviaran alimentos; ni que desde Inglaterra se donara tonelada y media de leche en polvo y seis cajones de ropa; ni que en Noruega, el periódico *Arbeiderbladet*, de Oslo, patrocinara una suscripción que consiguió reunir apreciables cantidades de dinero. Nueva Zelanda envió 2.000 libras esterlinas y los mineros ingleses compraron para sus compañeros republicanos españoles 2.000 toneladas de carbón. Y tantos otros casos... Porque a pesar de ello, abastecer Madrid era muy difícil, y sólo alguna bajada de precios, en contadas ocasiones, rearmaba anímicamente a los vecinos.

La falta de productos básicos, incluidos el tabaco, la leña y la gasolina, así como la escasez de transportes para distribuir lo poco que había, condujo al racionamiento, a la subida escandalosa de precios, al acaparamiento de víveres, a la especulación y al mercado negro. Al principio se acudió al sistema de reparto de vales de comida y productos de aseo, misión que se encargó a los sindicatos, vales por valor de dos reales, 0,50 pesetas, pero aunque el método empezó funcionando, muy pronto la picaresca lo condujo al acaparamiento y al acopio con destino al mercado negro.

Era preciso poner orden, y se intentó. En Madrid, el Comité Popular de Abastos, del Frente Popular, se encargó de ello; luego, la Comisión Provincial de Abastecimientos, y después lo hizo la Consejería de Abastecimientos de la Junta de Defensa de Madrid, nacida en los peores momentos del asedio. Por último, tras los intentos fallidos de las organizaciones creadas a tal fin, fue el propio Ayuntamiento madrileño el que tomó las riendas del problema y se encargó del reparto público.

Faltaba trigo, carne, carbón... Hasta pan. Llegados a ese extremo, el racionamiento del pan se fijó en exiguas cantidades que oscilaron entre los 50 y los 150 gramos, cuando lo hubo. El resto de los productos de primera necesidad empezó a escasear, hasta desaparecer por completo en 1938. Sólo quedaba arroz, lentejas, aceite, alfalfa, bellotas y todo tipo de hierbas y desperdicios, desde cardos borriqueros a mondas de naranja.

Y entonces Madrid inventó la tortilla sin huevo.

Ingeniosa, desde luego, pero escasamente sabrosa y nutritiva también.

—Mira, hija, sacas la parte blanca de las naranjas situada entre la cáscara y los gajos y la pones en remojo.

—¿Toda entera?

—No. Cortada. Como patatas cortadas.

—¿Cómo patatas cortadas?

—Eso es.

—¿Y los huevos?

—Los huevos te los inventas.

—Mamá...

—Sí, hija, sí. Los sustituyes por una pasta que haces con harina, agua, bicarbonato y una pizca de aceite y otra de sal. Todo bien mezclado.

—¿Y luego?

—Pues se hace como una tortilla de patatas normal.

—¿Y eso puede comerse?

—A ver.

El racionamiento se inició en noviembre de 1936. Se fijaron cantidades por persona y día. La Junta de Defensa publicó las cantidades que correspondían a cada persona civil en la capital:

Al día: un cuarto de litro de leche, medio kilo de pan, cien gramos de carne, un cuarto de kilo de patatas, medio kilo de fruta, cien gramos de legumbres, cincuenta gramos de sopa y veinticinco de tocino.

Tres veces por semana: doscientos gramos de pescado, cien de arroz, cincuenta de azúcar y dos huevos.

Y una vez a la semana medio litro de aceite, tres kilos de carbón, medio kilo de conservas de pescado, cuatrocientos gramos de jabón, cien gramos de queso, bacalao o fiambres y cincuenta gramos de café.

Pero eso fue sólo al principio. Las cantidades fueron reduciéndose y limitándose a unos puñados de arroz y lentejas, y un poco de aceite. Entonces fue cuando empezaron a abrirse comedores colectivos, porque muchos madrileños se morían de hambre. Sin una queja...

Madrid ¡qué bien resistes!,
Madrid ¡qué bien resistes!,
Madrid ¡qué bien resistes!,
mamita mía, los bombardeos, los bombardeos.

En esa situación, el control de los precios y la represión del fraude se convirtieron en la mayor preocupación de los gobernantes. Porque el almacenamiento y la ocultación de víveres para especular con ellos dieron paso a un mercado negro del que se aprovecharon los más vivales. Los comerciantes guardaban alimentos sin vender hasta que escaseaban, para después sacarlos a la venta a precios exagerados y algunas tiendas se enriquecieron obligando a los clientes a llevarse otro producto, además del que querían comprar. A más penuria, más fraude.

Las autoridades intentaron poner coto a esa situación, otra vez; y otra vez en vano. En septiembre de 1937 el arroz pasó de una peseta a una cincuenta el kilo; las patatas, de dos reales a cinco pesetas, y los huevos, de tres setenta y cinco a ocho pesetas la docena, por ejemplo. Además, la falsificación de documentos para conseguir los alimentos para los que era necesario receta médica, como el azúcar y la leche para niños, enfermos, ancianos o embarazadas, se convirtió en una práctica generalizada. La gente decía estar enferma, o se inventaban familias inexistentes, o se utilizaba el nombre de familias que habían muerto o que ya no vivían en la ciudad. En los periódicos se buscaba antes una noticia sobre el reparto de alimentos que los acontecimientos relacionados con la misma guerra. Anuncios como «Hoy habrá carne en abundancia», publicado el 17 de septiembre de 1936, con el añadido de «Damos la agradable noticia de que ayer se han sacrificado 350 vacas y unos mil corderos, que es, aproximadamente, la cantidad normal de consumo»; o *¡Reparto de jamón!*, «50 gramos por persona a 1 peseta la ración», eran los titulares más apreciados.

A principios de 1939 el problema del abastecimiento se convirtió ya en trágico. Los niños madrileños se estaban criando sin la alimentación suficiente y los enfermos no tenían las medicinas que necesitaban. Aun así, se cantaba:

> *Quieren pasar los moros,*
> *quieren pasar los moros,*
> *quieren pasar los moros,*
> *mamita mía, no pasa nadie, no pasa nadie.*

La lluvia de obuses no hacía distinciones entre los vecinos. Todos juntos, de alpargata o cuello blanco, de medias de lana o sombreritos de tiendas de moda, madrileños y madrileñas, corrían a los refugios en cuanto las sirenas anunciaban la llegada de la aviación de las tropas de Franco. El miedo sobrevolaba la ciudad, como aquellos aviones asesinos, pero no impedía a nadie ir cada día a su trabajo o a la cola del establecimiento con la cartilla en la mano. Una bomba era un susto. Luego otro. Y otro. Pero tras el refugio, o el «cuerpo a tierra» donde a cada cual pillara, los madrileños volvían a salir, a levantarse, y a seguir con lo suyo. Todos, menos los muertos, los heridos, los mutilados, los descuartizados... Y si eran bombardeos por sorpresa, y no daba tiempo a que se avisaran con sirenas, las masacres eran mayores. Y los vecinos, seguían con su cantilena:

> *De las bombas se ríen,*
> *de las bombas se ríen,*
> *de las bombas se ríen,*
> *mamita mía, los madrileños, los madrileños.*

Porque muchos, al oír el chillido de las sirenas en la madrugada, se daban la vuelta en la cama y seguían durmiendo. El miedo es paralizante en la novedad; a fuerza de repetirse, el drama deja de serlo y termina convirtiéndose en un suceso más, hermano de la indiferencia.

También hubo muertos a causa de las ejecuciones de partidas de civiles, soldados o milicianos, a personas denunciadas por pertenecer a ideologías de derechas. Una de las víctimas de aquellas detenciones y posteriores ejecuciones fue el dramaturgo Muñoz Seca, encarcelado en la prisión de San Antón, y muerto en una «saca de presos» en Paracuellos del Jarama. Del autor de *La venganza de Don Mendo* se cuenta como leyenda que, al ser llevado a la muerte el 28 de noviembre de 1936, dijo con su característico humor: «Me podéis quitar todo, incluso la vida, pero una cosa no me vais a quitar: el miedo».

Los «paseos», el exceso de registros domiciliarios y la condena de un madrileño por la simple denuncia de otro, por razones objetivas o mera animadversión personal, obligaron al Gobierno a dictar unas normas estrictas para las detenciones y condenas. Para ello se crearon las Milicias de Vigilancia de la Retaguardia, responsables únicas de los registros y de las detenciones.

También se crearon, muy diferentes, unas Milicias de la Cultura, maestros voluntarios que se ofrecieron a conformarlas y cuyo objeto fue acabar con el analfabetismo entre los soldados, a quienes también se les impartía cultura general y un librito, una cartilla popular antifascista, para que valoraran y se empaparan de los principios democráticos. A ello se acompañó el cierre de los colegios religiosos y muchas casas y palacetes de ricos, convertidos todos ellos en escuelas públicas, tanto para enseñar a leer a los niños, y darles una educación básica, como para erigir institutos obreros en donde los mayores de dieciocho años cursaron asignaturas de lengua, literatura española, francés, inglés, geografía, historia, economía, ciencias naturales, matemáticas, física, química y dibujo, durante dos años. Porque uno de los principios esenciales de la política de la República fue que la cultura y la formación debían ser fundamentales para el crecimiento de los pueblos y el valor de la libertad. Por eso se puso tanto énfasis en ello, y cuando fue preciso se acogió a los alumnos en sus propias escuelas e institutos, residiendo y alimentándose en ellos, conviviendo con sus profesores.

También por ello los creadores y artistas comprendieron su deber de participar en esa formación ciudadana, y se comprometieron con la labor gubernamental educativa y cultural. Prácticamente todos, desde los más escépticos y dubitativos, como Unamuno, hasta los más convencidos, como Rafael Alberti o Antonio Machado. Los escritores, en su Congreso de Escritores Antifascistas, de 1937, también se adhirieron a la política cultural republicana, apoyados por representantes de las asociaciones de escritores de casi un centenar de países. Todos ellos, cualquiera que fuera su área de creación cultural, declararon su principal preocupación: salvar el patrimonio artístico español de los bombardeos indiscriminados de las tropas enemigas.

Así lo manifestaron en su revista *Hora de España*, en la que firmaban autores como León Felipe, Luis Cernuda, Antonio Machado, Dámaso Alonso y Emilio Prados. O en *El mono azul*, órgano de la Alianza de Intelectuales Antifascistas.

La Guerra Civil, por momentos, lo paralizó todo.

Aunque no todo: con la cultura no pudo; nunca pudo detenerla.

Ni con la conservación del patrimonio, porque aunque Cibeles y Neptuno desaparecieron de la vista, se habían convertido en pirámides de sacos que los escondían y cuidaban. Ni el Museo del Prado, ni las estatuas callejeras, ni las grandes edificaciones públicas dejaron de ser protegidas de los bombardeos. En el Museo del Prado se resguardaron diez mil cuadros, y miles se embalaron y transportaron a Valencia.

En ese Madrid de poco más de medio millón de habitantes se cantaba:

Madrid ¡qué bien resistes!,
mamita mía, los bombardeos, los bombardeos.

Las noticias de lo que sucedía fuera se seguían por la radio, un medio que se convirtió, además, en una eficaz arma de propaganda universal porque llegaba a todas las casas. Incluso alguna emisora de derechas se oía también, porque algunos madrileños de su ideología la escuchaban protegidos con una manta, una emisora clandestina partidaria de las tropas franquistas que era conocida humorísticamente como Radio Hostia. También los periódicos continuaron publicándose, desde *El Sol* al *ABC*, y desde *La Voz* al *Informaciones, El Socialista, Mundo Obrero, Ahora* o *El Heraldo*. También se publicaban *La Libertad, El Liberal* y *Política y Claridad*.

Eran los periódicos y las emisoras de radio los encargados también de informar a los madrileños de las películas que se estrenaban, las obras de teatro, los espectáculos, las conferencias... La Guerra Civil, en efecto, paralizó muchas cosas, pero no la cultura ni, tampoco, el ánimo de los vecinos de una ciudad invencible que resistía como no lo hacía ninguna otra.

A los madrileños les gustaba el cine de Hollywood, porque además muchos actores se manifestaron simpatizantes de la República española: Franchot Tone, Bette Davis, Silvia Sidney, Joan Crawford, Robert Montgomery, Errol Flynn... También acudían a ver películas españolas, como *Morena Clara*, con Imperio Argentina y Miguel Ligero. Y *Charlot bombero* y *El vagón de la muerte;* y a Stan Lauren y Oliver Hardy, *el gordo y el flaco...* Y muchas películas rusas, muchas. Porque cine español, lo que se dice cine español, se hizo poco durante la guerra, y apenas nada en Madrid. Sólo algún documental, como *La revolución en Madrid*; y poco más. En cambio, los dieciocho teatros abiertos en Madrid se abarrotaban con diferentes tipos de obras, ya fueran zarzuelas, dramas o comedias... *La Chulapona*, *La del manojo de rosas*, *Los intereses creados*, *La Patria Chica*, *Yerma*, *Fuenteovejuna*, *El alcalde de Zalamea*, *Mariana Pineda*..., protagonizadas por actores como Valeriano León, Aurora Redondo, Carola Fernán-Gomez, Matilde Vázquez, Emilio Thuiller, Carlos Fufart, Juan Espantaleón, Loreto, Chicote, Manuel París...

El joven Manuel Argote, que participó en una de aquellas Milicias de la Cultura, no tuvo más remedio que tomar el camino del exilio cuando todo acabó en 1939. Su hermana Dolores, también maestra, prefirió quedarse en Madrid, acompañando a su madre, y luego trabajó silenciosa y resignadamente durante toda su vida para poder seguir enseñando a sus alumnos, con cuidado y discreción, los valores en que ella y su hermano habían sido educados. Y, el mismo día en que conoció la muerte de su hermano Manuel, en 1968, de una pulmonía, ¡un Argote muerto por un ataque de frío, con lo que fueron todos ellos con respecto a las sensaciones climáticas!, en una larga carta expresó lo que sentía ella y lo que reclamaba que debían sentir los españoles ante ejemplos como el de su hermano y el de tantos otros exiliados. Esa carta no se publicó hasta la misma muerte de Dolores, en 1975, y su contenido fue un aldabonazo que removió muchas conciencias y despertó a algunas inteligencias dormidas o demasiado ensimismadas. La carta, publicada en una revista universitaria de Madrid, decía así:

Hoy pretendo mostrar mi reconocimiento y gratitud a mi hermano Manuel y a cuantos intelectuales españoles tuvieron que continuar su labor creadora desde el exilio, empobreciendo con su marcha forzosa a nuestro país, pero engrandeciendo con su trabajo y ejemplo la cultura universal.

Aunque empezaré por decir que mirar en la distancia cuesta cada vez más esfuerzo porque el tiempo va tejiendo un velo que nubla la visión y sustrae esa nitidez con que nos deberían embriagar los ejemplos admirables. Pero no quiero dejar de añadir que cuando ese mismo tiempo, en lugar de nublar, deslumbra, en el estado de ceguera puede suceder que se produzca un fenómeno tan perverso como la propia ausencia de nitidez: me refiero a la idealización.

Por eso, desde un horizonte de tantos años, aun alumbrado por la memoria histórica y fraguado con aleaciones de lecturas, narraciones, estudios y curiosidad, debo confesar que el exilio cultural español consiguiente al momento de la frustración se me presenta, personalmente, como una aventura heroica de la que, con franqueza, no obtengo grandes conclusiones. Puede que sea porque, en realidad, vivimos tiempos de ignorancia y desprecio en los que ni siquiera los grandes ejemplos son valorados. Y porque mirar atrás y rebuscar en la historia es un ejercicio en el que apenas nadie se detiene. Murió Dios a manos de Nietzche; murió Marx a manos de los marxistas; murió Mao a manos del capitalismo de Estado y murieron nuestros maestros a manos del olvido. Ya no quedan maestros porque nadie quiere ser discípulo; ya no quedan ejemplos porque ya no hay quien los siga; ya no quedan puntos de referencia intelectual porque los últimos, habitantes de un mundo en transformación, se han quedado en el camino como retratos de biblioteca o materia de eruditos que buscan sacar una plaza de titular en cualquier Universidad. Hoy no son sino un referente para estudiosos bienintencionados cuando no para minorías depauperadas y, en algunas ocasiones, mezquinas. Desde esta perspectiva pesimista, ¿quién puede hoy en día, con afán de ser escuchado, levantar la voz para invocar los nombres de quienes no se rindieron al fascismo y buscaron en el exilio conservar eso tan difícil de entender en nuestros días como es la dignidad?

Los españoles somos hijos de la Tercera Decepción, y en esa realidad sucumbieron también quienes, desde el otro lado del mar o de la frontera pirenaica esperaron ser liberados alguna vez. La Primera Decepción fue la que sufrimos al comprobar que la democracia republicana no contaba con el apoyo de las democracias decentes, o no tan decentes, de Europa y del norte de América en la Guerra Civil de 1939. Sin su ayuda, la libertad no pudo sobrevivir y la historia mostró implacable el camino del exilio. La Segunda Decepción nos hirió cuando, acabada la Segunda Guerra Mundial con la victoria de los aliados sobre el fascismo, las democracias decentes, o no tan decentes, permitieron la permanencia del franquismo en España y por ello el régimen dictatorial continuó su saca de encarcelamientos y penas de muerte, *in praesentiam* o dictadas «en rebeldía». Y la Tercera Decepción nos mató cuando, tras el bloqueo formal de la ONU a España, se levantó la farsa y Estados Unidos envió su primer embajador a Madrid, y tras él se normalizó el reconocimiento mundial, con mínimas excepciones, a la Dictadura.

Todo ello me conduce a pensar que, desde la perspectiva actual, retrotraerse al exilio cultural español de 1939 es un ejercicio meramente formal que, además de intrascendente para muchos, no es compartido por la sociedad en que vivimos. Y no me extraña: si en este momento social se desconocen por completo los méritos de Lao Tsé, Aristóteles, Justiniano, Abderramán III, santo Tomás,

Galileo, Newton, Hegel y tantos otros, ¿cómo explicar la necesidad del reconocimiento al institucionalista Luis Santullano, al europeísta Salvador de Madariaga o al maestro Max Aub? Y, sin embargo, es una obligación moral hacerlo. Porque no hacerlo, a mi juicio, sería participar de una indecencia de la que yo, como madrileña y maestra, no quiero formar parte.

En este sentido, también habría que decir que, además de políticos y de otra mucha gente anónima, una buena parte de los exiliados pertenecía a la España del saber en su más amplia concepción, personajes instruidos y reflexivos, sólidos trabajadores de los mundos de la Enseñanza, la Ciencia, la Técnica, el Derecho y el Pensamiento, muchos de los cuales han sido injustamente olvidados a cambio de ser reconocidos, con todo merecimiento por supuesto, a los autores literarios, llámense León Felipe, Ramón J. Sender, Jorge Guillén, Luis Cernuda, María Zambrano, Juan Ramón Jiménez, María Teresa León, Antonio Machado, Manuel Andújar o José Bergamín. Pero son también esos otros miembros de la ciencia y cultivadores de la inteligencia quienes dieron cuerpo a lo que se llamó «la edad de plata» española en el primer tercio del siglo XX y que, de no haberse interrumpido por el drama y el exilio, habrían construido una España que quizás algún día se llegue a recomponer, pero sin el fundamento que ellos proponían. La consecuencia de todo ello es el empobrecimiento cultural de la España del interior, mermado su desarrollo por esa extensa sangría, y por la autarquía económica, intelectual y científica impuesta por el franquismo.

Por ello creo que hay que combatir el olvido; que hay que proponer la recuperación de la memoria; que hay que reparar injusticias y evidenciar lo que significa el concepto de pérdida. Y que poco o nada se está haciendo para recuperar ese imprescindible legado que enriqueció a otros países, sobre todo a México, y que empobreció a España de manera radical. La verdad es que, exceptuando unas pocas contribuciones en aspectos muy concretos del exilio y sus consecuencias, no se ha elaborado algo que parece esencial: un archivo documental que recoja y conserve las aportaciones de nuestros trasterrados en todos los campos, ya sea la enseñanza, la ciencia, la literatura o la ingeniería; en fin, una especie de nomenclátor de la España que fue expulsada.

Todos somos el resultado de nuestra biografía. Sé que el pensamiento, por muy innovador que se nos antoje, es la resultante de dos o más ideas anteriores que conforman un pensamiento distinto y nuevo. Sé que cuanto sabemos es la suma de vidas, lecturas, viajes y conversaciones escuchadas o participadas. Sé, en definitiva, que sin una pauta cultural no sabríamos integrarnos ni podríamos formar parte de una comunidad civilizada. Y sé, en consecuencia, que aunque la vanidad incite a responder que nada ni nadie nos influye, no podríamos vivir ni pensar sin ese bagaje de conocimientos y aprendizajes que no reconocemos porque se han almacenado en nuestro subconsciente o más allá, en el inconsciente.

Las generaciones más jóvenes creen, en su fuero interno, que no deben nada a nadie, aunque dicen lo contrario porque citando nombres y referencias sacan lustre a su todavía incompleta existencia. Pero yo he descubierto que debo lo que soy a demasiada gente, de modo que tan grande es mi deuda a Grecia y a Roma como al exilio que creció fuera de España, como creció mi hermano Manuel, y ya no estoy segura de deberle más a Sócrates, Cicerón, Shakespeare, Dostoievski, Pérez Galdós, Lewis Carroll, Mozart, Goya, Beethoven, Van Gogh, Bacon, Eiffiel, Robert Capa, Picasso y los Beatles que a la generación del 98, la del 27 y las de las décadas de los cuarenta y de los cincuenta, autores que tanto nos dieron. Pero la deuda de nuestro saber es tan global que falta poner precio justo a las cuentas con los trasterrados.

Debemos rescatar del olvido a los olvidados, pedir justicia para los tratados con injusticia y aportar a la historia una queja intelectual por la indecencia del silencio, reclamando una reparación inmediata, aun sabiendo que es inevitable que llegará el día en que la Historia de la Cultura ponga a cada cual donde se merece, sin atender a las pequeñeces de la mezquindad, a la sinrazón del resentimiento ni a la inmutable perversidad de los amos del mundo.

Manuel Argote, mi hermano, nunca dejó de sentirse madrileño, ni por un instante. Y sus amigos españoles tampoco dejaron nunca de sentirse de paso en la lejanía, añorando volver. Ojalá algún día regresen los vivos, porque los muertos, como Manuel Argote, ya nunca volverán a ver las luces de la anochecida de la calle de Alcalá.

Dolores Argote, en sus conversaciones de café con sus amigas también solteras, recordaba siempre cómo vestían durante aquellos años de guerra en Madrid. Porque en el vestuario de los ciudadanos también se notó, desde el principio, el cambio de régimen y el drama de la guerra. «Los rojos no llevaban sombrero», anunció una sombrerería al acabar la Guerra Civil. Y era cierto: en Madrid, la gente dejó de usarlo porque se identificaba como propio de señoritos de la ideología sublevada. La boina, o la castiza gorra, se impusieron. Como también desaparecieron las joyas, las corbatas, los símbolos religiosos... Lo correcto y bien visto era usar alpargatas, botas militares, zapatos de medio tacón las mujeres y... monos azules de taller, con los que se podía ir a cualquier sitio.

—¿Zapatos de tacón?

—Sí —explicaba Dolores—. Porque en Madrid la guerra no nos robó un ápice de feminidad a las mujeres y, a pesar de las penurias y necesidades, procurábamos no perder nuestra personalidad.

—Pero he visto fotografías en las que...

—Sí, lo sé —admitía Dolores—. La propaganda... Los carteles de propaganda de la época representaban una nueva imagen: la de una mujer joven, miliciana guapa, vestida de mono azul, cargando un fusil. Y el de la mujer madura, defensora de su hogar y de sus hijos, proclamando en los carteles la solidaridad antifascista a la vez que animando a participar en la lucha. Pero era propaganda. Tenía que ser así...

—¿Y tú te sentías libre?

—Sí. Completamente. La guerra nos abrió nuevos espacios de libertad: podíamos ir solas por la calle, éramos trabajadoras en fábricas y escuelas, iguales que los hombres... Algunas levantaban barricadas, o cuidaban a los heridos, u organizaban la vida ciudadana a falta de hombres, que estaban en el frente.

—¡Qué libertad!

—¡Y tanto! Era un nuevo papel social y público que se acabó de nuevo, bruscamente, con la derrota militar, con el nuevo poder de la Iglesia católica, con la ideología sexista y machista de los vencedores. Sólo tenían una obsesión: la exigencia de nuestro decoro, honestidad y sumisión al varón.

—Qué tiempos...

—Muy malos, sí. —Dolores suspiraba y sentía que los ojos se le empañaban—. Recordad que muchas familias madrileñas tuvieron que ser evacuadas durante la guerra y que fueron muchos los casos de familias que tuvieron que separarse, mandando a sus hijos al extranjero ante el horror de la guerra. Una separación momentánea que, en algunos casos, se alargó después para toda la vida: los «niños de la guerra», ¿habéis oído hablar de ello?

—No.

—Otro día os lo contaré... Y os contaré cómo eran las bodas entonces...

Porque, por otra parte —les dijo un día Dolores—, en Madrid se regían por unas normas muy diferentes a la España franquista, en la que sólo era válido el matrimonio celebrado por la Iglesia. En Madrid las bodas celebradas ante un organismo político o sindical eran totalmente válidas, o incluso si se hacían sin la presencia de un juez popular o de su delegado, que luego certificaba el matrimonio siempre que se inscribiese en el Registro Civil. Y en lo referente a la sexualidad, los anarquistas la contemplaban desde criterios naturistas, y, además, decidieron cerrar los prostíbulos por entender que las mujeres eran esclavas del sistema burgués. El intento, como siempre ocurrió, no tuvo demasiado éxito. Como tampoco cuajaron los principios del amor libre defendidos por algunos partidos o grupos de la izquierda. Por otra parte, además, la Iglesia era partidaria de la existencia de los prostíbulos, por entender que era preferible que los hombres pecaran con mujeres que ya habían perdido su moral y su honra en vez de que lo hicieran con la novia pura y casta con la que luego se iban a casar. Era lo menos malo, aseguraban los curas, porque cada vez que un hombre se acostaba con una puta, salvaba el alma de una mujer decente que, naturalmente, tenía que llegar virgen al matrimonio.

Enrique de Tarazona, como sus antepasados, fue un hombre estudioso y con la seriedad de un castellano viejo. Al acabar la guerra retomó sus estudios de Derecho en la Universidad Complutense y, tras dedicarse unos años a la docencia como profesor de Derecho Político, obtuvo el doctorado y después, a los veintinueve años, una cátedra en la Universidad de Santiago de Compostela.

Participó con otros intelectuales españoles en una reunión celebrada en Múnich, que la prensa española y las autoridades calificaron de «contubernio», y a su regreso, en el aeropuerto de Barajas, fue detenido y confinado durante un año en un pueblo de la provincia de Jaén.

Al menos, como dejó escrito en sus diarios, tuvo dos alegrías en su vida: asistir a la proclamación de la República y seguir, desde su casa, ya enfermo, la devolución de la normalidad democrática a los españoles con la Constitución de 1978.

La entrada de Franco en Madrid causó un dolor inmenso.

Un dolor que nunca se ha sabido valorar en toda su intensidad porque cuatro décadas de mentiras y silencios hicieron de un país algo así como un cementerio olvidado.

Y, para mayor escarnio, se inició un proceso de burlas contra los madrileños que lo tuvieron que soportar fingiendo una sonrisa, o resguardados en la oscuridad de la madriguera. *¡Ya hemos pasao!*, cantó Celia Gámez, un chotis con letra de Manuel Talavera y música del maestro Francisco Cotarelo.

¡No pasarán!, decían los marxistas.
¡No pasarán!, gritaban por las calles.
¡No pasarán!, se oía a todas horas por plazas y plazuelas
con voces miserables.
¡No pasarán!
¡Ya hemos pasao! ...y estamos en las Cavas.
¡Ya hemos pasao! con alma y corazón.
¡Ya hemos pasao! y estamos esperando
pá ver caer la porra de la Gobernación.
¡Ya hemos pasao!
Este Madrid es hoy de yugo y flechas;
es sonriente, alegre y juvenil.
Este Madrid es hoy brazos en alto,
sin signos de flaqueza, cual nuevo abril.
Este Madrid es hoy de la Falange,

siempre garboso y lleno de cuplés.
A este Madrid que cree en la Paloma,
muy de Delicias, y de Chamberí.
[...]
Ja, ja, ja, ja...
¡Ya hemos pasao!

Los madrileños lloraron por el baldío esfuerzo de tantos años de resistencia. Otras muchas ciudades, durante los tres años de guerra, se habían entregado sin disparar un solo tiro, abiertas a la invasión de los rebeldes y prestos para colaborar con los sublevados, incluso algunos de sus vecinos facilitando listados de izquierdistas, republicanos, socialistas o, simplemente, maestros, autoridades y conciudadanos que se habían limitado a cumplir con la legalidad, con las leyes de la República, como era su deber profesional y su obligación ética. Pueblos y ciudades rendidos sin alterar un solo músculo facial que, años después, ya en la España constitucional de fin de siglo, vociferaron para exigir libertades y competencias autonómicas, o independentistas.

Pero Madrid fue diferente a ellas. Madrid, siempre épica, se convirtió en una ciudad vencida sólo por la traición y la fuerza de las armas; y, tras la derrota, muchos madrileños lloraron de rabia y de impotencia, se resignaron a ser unos ciudadanos asustados, temerosos de cualquier represalia producto de sus afinidades políticas o de venganzas personales ajenas.

Algunos, los que pudieron, huyeron hacia las ciudades del este, Valencia o Alicante, intentando salvarse de lo que habría de llegar; o, si ocasión tuvieron, se exiliaron. Y así, con su marcha se produjo una honda miseria intelectual, además de material y alimenticia, y dio lugar a una nueva oleada de forasteros que, con el nuevo régimen dictatorial, llegaron a Madrid para ocupar los puestos vacantes de funcionarios, maestros, profesores universitarios, obreros y trabajadores de toda condición que se vieron obligados al exilio, o fueron hechos presos, o cayeron fusilados tras pantomimas de Consejos de Guerra sin garantía jurídica alguna.

Otra vez Madrid fue aluvión de una nueva generación de españoles, adictos o no al régimen nuevo, pero a sabiendas de que en la capital encontrarían el trabajo que en sus pueblos y ciudades no podían conseguir, por inexistencia o por pertenecer a familias o entornos «sospechosos».

Otra vez Madrid como destino, una vez más. Si pocos «gatos» quedaban, cada vez su proporción demográfica fue menor. Porque una nueva repetición de la historia convirtió a Madrid en una ciudad invadida por una generación de ciudadanos provenientes de otros lugares que, como aquella ciudad medieval de los hombres sin patria, al poco, ya se convirtieron en madrileños.

Fue la nueva patria de unos madrileños de aluvión que duplicaron, como había pasado ya otras veces, el número de sus vecinos y, con ello, las necesidades de abastecimiento de sus habitantes.

Y así, Madrid empezó de nuevo a realizar un penoso, triste, esforzado y silencioso viaje, una travesía por la supervivencia con la cercanía del dictador y de sus secuaces vigilándolo todo, que duró cuarenta años antes de poder llegar a pisar la tierra firme de la modernidad.

29

Madrid, 1939-1975

Noviembre de 1975

Manuel Argote estaba en México, exiliado, y gracias a la acogida de las autoridades civiles y académicas de aquel país pudo incorporarse a la sociedad de su tiempo y desarrollar su carrera profesional con serenidad y honestidad. Su hermana Dolores permanecía silenciosa en Madrid, ejerciendo su oficio de maestra, ocultando emociones y escondiéndose de quienes tenían ojos vivos para descubrir su rabia, tantas veces disimulada.

Inés Álvarez vivía en París, sin hacerse demasiadas preguntas, y Enrique de Tarazona comenzó a prosperar en la docencia universitaria con esfuerzo y dedicación, virtudes tan profundas en su biografía genética, y pasó la vida dictando desde su cátedra lecciones de Derecho Político y de Ética, de humanidades, de enseñanza de lo grande que era el mundo, por pequeño que pareciera desde la censura total, y del amor por los principios y valores que eran precisos para no permanecer en la ceguera.

Las tres familias, por una vez en siglos, miraban a Madrid desde la distancia, desde una dolorosa lejanía, y la añoraban, como sólo se añora cuando la nostalgia convierte la pérdida en una mutilación.

Y más cuando supieron que la Dictadura, con Franco a la cabeza, decidió que la ciudad rebelde, la ciudad invencible e insobornable durante tres años, no merecía ser la capital de España y viajaron a Sevilla para hacer de aquella ciudad la nueva capital del Estado. El dictador Francisco Franco, su cuñado Serrano Súñer y un general de nombre Queipo de Llano fueron hasta la ciudad del Guadalquivir para estudiar las posibilidades que ofrecía la población hispalense; pero algo, nadie explicó el qué, les hizo concluir que no convenía el traslado.

Y entonces decidieron someter a Madrid con mano de hierro, castigar a sus habitantes, destruir su memoria y su pasado, rasgar cuanto de honesto y noble había demostrado la ciudad durante cuatrocientos años y edificar monumentos y pilares que enviaran al mundo la imagen de una nueva capital, leal con el nuevo régimen, feliz con la tiranía y entregada apasionadamente a los nuevos gobernantes. Los miembros supervivientes de las tres familias lo supieron desde el exilio, desde las noticias o desde la obligada sumisión, y los Argote, los Álvarez y los Tarazona comprendieron que, con una decepción tras otra, Madrid tardaría mucho en ser lo que alguna vez soñaron los madrileños que podía ser.

Y por primera vez en su vida, y en la de sus antepasados, Manuel Argote sintió frío. Un frío aterrador, desconocido, que ya nunca le abandonó ni siquiera en la hora de su muerte, causada por una pulmonía.

Con un Arco del Triunfo, una nueva denominación para muchas calles, unas edificaciones presididas por estatuas, banderas y banderolas, placas conmemorativas, yugos y flechas, listados de «mártires»... y con homenajes continuos a los símbolos del nuevo régimen, empezando por los niños y acabando por los ancianos, Madrid fue la gran cárcel de España, en la que se oían disparos de fusilamientos al amanecer, a diario, y en la que las tapias del cementerio de la Almudena fueron testigo de la abominable infamia, de la gran iniquidad, y resultaron heridas por aquellas balas que no acertaron a impactar en los cuerpos de los condenados que caían desmadejados como sacos de nueces.

El miedo. Una extraña sensación a la que los madrileños no se acostumbraron. En realidad, aquel miedo lo presidió todo y nada importó que en marzo de 1942 se inaugurara el viaducto de la calle Bailén, ni que en noviembre de 1944 se aprobara un nuevo Plan General de Ordenación Urbana de Madrid. Tampoco el nuevo Plan de 1963, la anexión de municipios limítrofes como Vicálvaro, Villaverde o Chamartín de la Rosa y la inauguración del Zoo de la Casa de Campo el 1972. Qué importaban esos asuntos cuando los madrileños, en general, tenían miedo a todo: a no tener para comer, a ser denunciados por cualquier nimiedad, a su pasado de simpatías republicanas, socialistas o comunistas, a no poder adquirir esos pequeños lujos que eran habituales en todas las casas europeas (como mostraban las películas que no se censuraban), a equivocarse con la letra de un himno o a no acertar con lo que la arbitrariedad de quienes mandaban decidía si estaba bien o mal. Sólo la supresión de la cartilla de racionamiento el 16 de mayo de 1952 y el asesinato de Luis Carrero Blanco el 20 de diciembre de 1973, en cuyo coche murió a causa de un atentado cometido por la organización terrorista ETA, sola o aprovechando alguna complicidad indemostrable, devolvieron a Madrid la sensación de que algo empezaba a cambiar, la primera vez con el acceso libre a los alimentos que había disponibles para el consumo y la segunda cuando se conoció la muerte del supuesto heredero ideológico de Franco, el dictador que murió dos años después, en noviembre de 1975.

Entre tanto, fueron treinta y siete años de miedo, dolor, trabajo y desarrollo en Madrid. Un Madrid en blanco y negro. El Madrid del NO-DO y de los globos infantiles de colores grises y tristes, hasta que a Arturo Castilla se le ocurrió comprar en Italia en 1953 una máquina para fabricar cauchos pigmentados con anilinas y tinturas diversas con la que se podían hacer globos de diferentes colores, rojos, amarillos, azules, morados y verdes, y empezó a repartirlos entre los niños a la salida del Circo Americano. Y entonces los grandes almacenes de Madrid, Simeón, Sepu, El Corte Inglés, Almacenes Rodríguez, Galerías Preciados, Sederías Carretas y los demás vieron que regalar aquellos globos era una gran idea e iniciaron una campaña publicitaria consistente en repartir globos de colores entre sus clientes, con lo que Madrid cambió de paisaje porque, de repente, las calles se vistieron con el inesperado colorido de los globos infantiles.

El franquismo quiso cambiar por completo la ciudad, y en parte lo consiguió. Y los madrileños, vigilados de cerca y avasallados hasta el punto de que tenían que echar sus coches a la cuneta cuando por la carretera de El Pardo pasaba la comitiva de Franco, o de su mujer, se limitaron a buscar el modo de salir del hambre, de labrarse un futuro y de ir adquiriendo los bienes materiales que les permitieran cubrir sus necesidades básicas.

Mientras, la alta sociedad madrileña se regocijaba con la reciente inauguración del Hotel Hilton, adonde acudían todos los protagonistas que salían en la revista *Primer Plano*, desde los toreros Luis Miguel Dominguín y Juan Belmonte hasta algunas estrellas del cine norteamericano, como Ava Gardner. El Hilton, diseñado por Otamendi, había sido construido por la Constructora del Carmen, a la que estaba vinculado Romero Gorría, con la ayuda de un escandaloso crédito de veinte millones de pesetas concedido por el Gobierno a fondo perdido a los constructores, que dijeron haberse quedado sin dinero para terminar la obra. La saga de los Otamendi tenía un prestigio consolidado en la capital, porque alguno de sus miembros había sido el autor de varias grandes obras en el Metro y en la Torre de Madrid; y Romero Gorría tenía muchas influencias cerca de El Pardo para obtener una subvención, una fortuna, que no sólo era inusual, sino una exageración nada fácil de explicar y por la que protestó hasta el mismo duque de Luna, en aquel momento director general de Turismo, que lo consideró un despilfarro inadmisible. Pero el Hotel Hilton se terminó al fin y, según todas las gacetillas, estaba cumpliendo la función para la que había sido inaugurado: congregar a lo más selecto de Madrid en sus meriendas, cenas y bailes, y también a lo peor, a los señoritos que dejaban una estela sucia de putas jóvenes a su paso y que después cerraban la noche en Villarosa, Balmoral, Chicote o en el burdel de Regueros, 6, donde tía Lola les arreglaba una noche de compañía alquilada por poco más de cien pesetas. Los señoritos lucían chaquetas blancas largas y cruzadas, pantalones oscuros y sombrero; ellas, vestidos de Pedro Rodríguez, Sánchez Rubio o Balenciaga, con zapatos de tacones de aguja, medias con costura, faldas a media pierna, de tubo o de vuelo, y blusas y chaquetitas con hombreras en tonos primaverales, estampadas o en colores pastel.

También en esos años ocurrió un suceso diplomático de cierta gravedad cuando la Embajada de los Estados Unidos de Norteamérica en Madrid elevó una protesta formal ante el Gobierno español porque el 4 de abril de 1953, Sábado de Gloria, llegó a Madrid el primer embajador de aquel país, poniendo fin al aislamiento de España, y el presidente Dwight D. Eisenhower decidió acreditar como embajador ante El Pardo a un hombre apocado, de nombre James Dunn, que tenía un pésimo carácter y que llegó a su nuevo destino con desagrado a pesar de ser un reconocido ultraconservador del partido republicano. Lo que sucedió fue que el embajador, recién aterrizado en Barajas, iba camino de la sede de la Embajada en un día frío y húmedo que no se parecía en nada a lo que le habían informado de la cálida España llena de moscas, cuando la comitiva pasó por la Gran Vía y allí se topó con un cartel que ridiculizaba claramente al país que representaba y, por lo tanto, a su persona. Mandó detener el coche, indignado; quebró la voz, sofocado, al borde de un ataque; tartamudeó, alzó el tono y, al fin, juró que aquello no quedaría así, por lo que dio un ultimátum al Gobierno de España para que de inmediato se retirase de aquella pared el enorme cartel donde se leía *¡Bienvenido, mister Marshall!*, o en caso contrario informaría a su Gobierno de cómo se mofaban de su gran nación en la capital de un miserable país situado al norte de África, para obrar en consecuencia y que no se volviese a pensar en la ayuda americana. Por fortuna para las buenas relaciones apenas iniciadas, el diplomático comprendió al fin lo que se le dijo, aunque bien es verdad que hubo que explicárselo varias veces e incluso invitarlo a una proyección privada de lo que no era sino una comedia cinematográfica de un joven director español llamado Berlanga sin conocida filiación antiamericana ni comunista; y así, el irascible embajador aceptó a regañadientes dejar las cosas como estaban y acudir sin recelos al almuerzo que aquel día le propuso el ministro español de la Gobernación, donde se sirvió menestra de verduras frescas, salmón asturiano y *champagne* francés, además de unos pares de moscas que revolotearon incansables por el salón y que de algún modo reconciliaron al embajador con su destino.

Ese año también llegó a Madrid una lavadora Newpol automática que se ponía en marcha apretando un botón. Era el fin de las lavadoras de manivela, de rodillo; la última novedad en

Francia que acababa de llegar a España y así se anunciaba en el escaparate, con grandes alharacas, como gran y útil invento en el mundo del electrodoméstico. Un sueño para muchas madrileñas, en fin, como lo fue el pequeño coche utilitario de marca SEAT 600 para algunos madrileños, una década después.

Madrid era una ciudad de hermosos atardeceres naranjas y blancos, lilas y rosáceos, una ciudad ancha, retrepada y marrón; una ciudad encrespada y de paso, mudable, como si nunca hubiese sido nueva, como si nunca se hubiese terminado de hacer. Parecía un refugio para guardias de tráfico, cobradores, ordenanzas y botones de banco. Un foro de funcionarios, conserjes y ujieres orgullosos del poder minúsculo que les proporcionaba el uniforme prestado que se ponían cada mañana para, amparados en él, ordenar, permitir o prohibir detrás de una mesa, a la que se pegaban como si fuese la de un jefe de negociado o la de un ministro. Una ciudad de mentiras, apariencias engañosas y alegrías falsas, que podía ser colonial sin serlo; el escenario donde se representaba cada día la función de las desigualdades como una farsa para ocultar que lo imposible sucedía de verdad. Madrid mentía, no era difícil saberlo porque los esfuerzos por ocultarlo tampoco eran denodados, sobre todo porque a todo el mundo le convenía fingir que era ciego.

Un Madrid que se seguía desnudando cada tarde por el oeste con la inigualable visión del sol cayendo y dejando el cielo manchado de colores rojos, rosas y violetas de una belleza especial; un cielo teñido como en una acuarela de trazos largos y encendidos que dibujaban matices calientes. Un Madrid, en efecto, que parecía desnudarse allí cada tarde, para dormir, los días de nubes blancas, breves y deshilachadas.

En los años cuarenta y cincuenta se mantuvo en Madrid un fenómeno comercial del que todo el mundo sabía su existencia, pero del que nadie quería hablar. Era un susurro a voces, un secreto público, la paradoja de una actividad económica clandestina en la que todos los que tenían posibilidades de participar, participaban, pero nadie podía, ni quería, reconocerlo.

Era el estraperlo.

El estraperlo, o «Straperlo», se denominó así por la fusión del nombre de sus dos inventores: Strauss y Perlo. En un principio fue un juego de azar, parecido a la ruleta, en la que la bola y el cilindro de los números se accionaban mediante un botón que era controlado con un mecanismo de relojería manipulable, por lo que quien lo dirigía, o actuaba como banca o banquero, podía ganar siempre. Un juego fraudulento que, al correr del tiempo y con las necesidades alimenticias, farmacéuticas y de todo tipo de los vecinos después de la guerra, se convirtió en una forma de supervivencia para quienes pudieran permitírselo. Porque en sus orígenes, en 1934, llegó a España como juego clandestino, y una vez prohibido el juego en 1935, se introdujo en Madrid de manera sigilosa gracias a la vista gorda de algunas autoridades que percibían una suculenta comisión por su tolerante pasividad.

Pero cuando se supo de su existencia, la prensa destacó el escándalo. Strauss amenazó con denunciar a los políticos que le habían facilitado la implantación de su juego en España y su simple amenaza provocó diversas dimisiones, un debate en las Cortes y un mal trago para Lerroux, porque algunos de sus ministros aparecieron como implicados, hasta el punto de que se vio obligado a dimitir.

El estraperlo se ocultó durante algunos años, pero después de la guerra y en los años de necesidad grave de las dos décadas siguientes se extendió, no ya como juego, sino como fórmula para cubrir carencias imposibles de satisfacer de otro modo. Y se le llamó igual, estraperlo, porque para realizarlo y beneficiarse de él se requerían idénticas habilidades que para practicar el viejo juego: manipular las cosas para ganar siempre y hacerse con lo necesario para sobrevivir, ya fueran lentejas, aceite o penicilina. Lo que se jugaba era encontrar esos productos al margen de las vías oficiales, como economía sumergida, sin declarar los gastos ni las ganancias. Un mercado oculto que incluía toda clase de bienes, y que se vendía a un alto precio, por el valor añadido del riesgo, la ilegalidad y la persecución, aunque la realidad fuera que apenas se perseguía y prácticamente nunca se castigaba.

Era un recurso al que se acudió durante muchos años, hasta casi acabados los años cincuenta. En Madrid, mediante el estraperlo, podía conseguirse casi de todo: desde alimentos de primera necesidad, cuando la cartilla de racionamiento no alcanzaba para mantener a la familia, hasta medicamentos cuya escasez condenaba a muchos vecinos a no poder curar sus males. Una forma de complementar lo que era lícito adquirir y que, sobre todo, favoreció a las clases medias y altas, que podían permitirse el sobrecoste del producto que necesitaban.

Desde 1939 a 1975 Madrid cambió. Y los madrileños asistieron al cambio desde una actitud que mezclaba el temor por las represalias políticas con el objetivo vital de trabajar para poder sacar adelante a sus familias.

La ciudad pasó de tener 1.527.894 habitantes en 1950 a 2.177.148 en 1960; y desde 1948 se anexionaron a Madrid nuevos municipios (Fuencarral, Chamartín, El Pardo, Barajas, los Carabancheles, Vallecas, Canillas, Canillejas, Vicálvaro, Hortaleza, Villaverde y Aravaca), es decir, pasó de tener una extensión de poco más de sesenta y ocho kilómetros cuadrados a casi quinientos cuarenta mil, y el aumento poblacional supuso que en 1974 todavía hubiera en Madrid más de cuarenta y cinco mil chabolas y casi la mitad de los madrileños vivieran en pisos y casas que no reunían las necesarias condiciones de habitabilidad y confort. La mayoría de cuantos llegaron tuvieron que acoplarse en viviendas improvisadas e infradotadas en las carreteras de acceso a la ciudad, en barrios chabolistas como los del Pozo del Tío Raimundo, el Cerro del Tío Pío, Palomeras o La Cañada, y la renta per cápita que tenían los madrileños en 1934, durante la República, no se alcanzó en el franquismo hasta mediados de los años cincuenta, cuando se inició un pequeño desarrollo industrial y económico cuyo exponente mayor fue el acceso posterior de los madrileños al coche privado, porque si en 1960 había en Madrid unos sesenta y siete mil coches, diez años después se llegó a los cuatrocientos cincuenta mil, siete veces más. Un parque automovilístico que obligó a suprimir bulevares, ampliar calles, estrechar aceras, talar árboles y eliminar los viejos trolebuses y tranvías.

Decisiones que tomaba el alcalde de la ciudad, porque a nadie, salvo a quien le nombraba, había de rendir cuentas. Unos alcaldes designados por el ministro de la Gobernación a propuesta de Franco, con lo que eran jefes locales del Movimiento y mandamases sin más vigilancia que la del dictador, pequeños virreyes que hacían y deshacían a su antojo sin que ni siquiera los plenos municipales tuvieran competencia de control o debate sobre sus decisiones.

Y es que, en Madrid, la Dictadura lo empapó todo, en el ámbito nacional y también municipal.

—Si hacemos una carretera de circunvalación, evitaremos que siga creciendo la ciudad —propuso Bidagor, el arquitecto.

—¿Una carretera? —cabeceó el alcalde—. ¿Por el centro de Madrid? Ah, ustedes los arquitectos... Unos intelectuales, ya se sabe...

—No, no es ninguna locura —insistió don Pedro—. Lo tengo hablado con Muguruza y opina que...

—¿Pedro Muguruza? —negó el alcalde, descreído—. ¡Otro intelectual!

—Le recuerdo, señor alcalde, que en 1938, antes de terminar nuestra santa cruzada, el colega Muguruza reunió en Burgos a más de doscientos arquitectos para diseñar la España de la victoria...

—¿En Burgos? ¡Vaya! —El alcalde empezó en ese momento a considerar a su interlocutor—. ¿Ante su excelencia?

—Ante su excelencia —afirmó Bidagor, con gesto grave y semblante de gran respeto—. Y allí se acordó constituir una Junta de Reconstrucción para Madrid y...

—Ya sé, ya sé —interrumpió el alcalde—. Y el Plan General de Ordenación, sí.

—Eso es —asintió Bidagor—. Yo mismo dirijo la Oficina Técnica del Plan.

—¡Y tanto! —atajó el alcalde—. Como que le nombré yo a usted...

—Bueno, si no han informado mal, parece ser que desde El Pardo le sugirieron mi nombre...

—Bien, bien, a lo que vamos. —El alcalde no quiso seguir por ese camino—. ¿Qué es lo que desea usted ahora?

El arquitecto Pedro Bidagor se puso en pie, inició unos cortos paseos por el despacho del corregidor y, tras rascarse la barbilla, juntó las manos en la espalda.

—Pues habíamos pensado en crear una serie de cierres en torno a Madrid, desde el arroyo del Abroñigal hasta el arroyo de los Pinos y el río Manzanares. Una especie de carretera que...

—¿Cerrar?

—Sí. Con una carretera en torno al centro de Madrid. Podría llamarse M-30, por ejemplo.

—¿M-30? —se extrañó el alcalde—. ¿De qué estamos hablando? ¿De una línea de trolebuses?

El arquitecto no pudo evitar una sonrisa.

—¡Por el amor de Dios, señor alcalde! Pero si estaba previsto en el Plan General...

—Su famoso Plan Bidagor, ¿no?

—Agradezco su generosidad —respondió el arquitecto—. Pero en realidad es un plan de su excelencia el Generalísimo. Yo sólo...

—Bah, bah, no sea usted modesto. Todo el mundo lo llama así... Pero déjese usted de cosas raras. Acabemos los Nuevos Ministerios y a ver si antes de 1954 se termina de remodelar de una vez el estadio de Chamartín, que eso sí que será de mi agrado y, además, un importante incentivo para los constructores privados.

—Don Santiago Bernabéu asegura que...

—¡Ah! Si lo dice don Santiago. —El edil se pasó dos dedos por la boca e hizo sobre sus labios la señal de la cruz—. Qué hombre... ¡y qué patriota!

—Es que es el presidente del Real Madrid, señor alcalde.

—¡Y mucho más! ¡Es el mejor embajador de la nueva España en todo el mundo!

La M-30. Madrid fue siempre una ciudad curiosa. Todas las ciudades del mundo han querido históricamente abigarrarse en núcleos urbanos para estrecharse y buscarse en la unidad, incluso cuando su crecimiento engullía municipios cercanos que se asimilaban al ente devorador. Los urbanistas y arquitectos planeaban unir en lugar de disgregar, entrelazar sin que fuera evidente el vacío, coser unas calles a otras con parques, zonas verdes o un millón de puentes, cuando el río segmentaba la ciudad, como en los casos de París, Londres, Viena y tantas otras ciudades. Pero, por el contrario, en Madrid no se supo nunca disimular los jirones, incluso se evidenciaban, y el caso de la M-30 resultó aullador en este sentido: una autopista en medio de la ciudad, de lo que se iba erigiendo como gran ciudad, un desafuero que ya no tuvo remedio. Era la suma de la Avenida del Manzanares y la Avenida de la Paz, diecinueve kilómetros desde el cruce del Nudo Sur hasta el puente de Segovia primero y hasta el de los Franceses después. Y ese sólo era el principio: a lo largo de los años ochenta fueron inaugurándose nuevos tramos hasta completar los más de treinta y dos kilómetros que llegó a tener la M-30. Los últimos cuatro, en el final de la Avenida de la Ilustración, fueron el broche final que estrangulaban la cintura de Madrid y que fueron inaugurados el 14 de abril de 1992, aniversario de la proclamación republicana. Ciudad curiosa y paradójicamente inabarcable.

Cuando se inició el proceso, sólo hubo voces pagadas de euforia: «Estas amplias vías de circulación que tanto se han hecho esperar y que tanto beneficio han de reportar al sur de Madrid y a la capital entera, en estos momentos donde el tráfico rodado supone todo un problema para la normal actividad de nuestra macrociudad», publicó Muñoz Gras, en un periódico llamado *El Alcázar*. Y es que a veces resultó muy fácil confundir la modernidad con el desguace urbano, la necesidad de los vecinos con las ocurrencias de los políticos. Prueba de ello es que sus frecuentes reformas sólo pretendieron reafirmar la tropelía. Después, cuando se procedió a su inauguración, aquella tarde soleada del 11 de noviembre de 1974, el presidente del Gobierno Carlos Arias Navarro se sintió feliz porque era un proyecto que había diseñado durante su etapa como alcalde de Madrid y por fin contemplaba la particular obra faraónica con que los megalómanos se sienten realizados. Y es que, a saber por qué, los alcaldes suelen enorgullecerse cuando destrozan Madrid; como si esta ciudad fuera culpable, y toda agresión, o venganza, merecida. Desde entonces, la M-30 se convirtió en una barrera física y sicológica que trocea la urbe con la fiereza de un cuchillo enrabietado. Si cruzar el Paseo de la Castellana era ya disuasorio, la M-30 segmentó Madrid con la contundencia de un hachazo que siguió dividiendo la ciudad.

Madrid ya tenía sus propias heridas disgregadoras que el tiempo había ido cicatrizando con relativo éxito. La circunvalación del casco antiguo se integró bien en la ciudad porque la Gran Vía fue cuna y pedestal del ocio, y el poder de lo lúdico enmascaró cualquier resquebrajamiento urbanístico. La segunda circunvalación se asumió pronto porque las rondas fueron pobladas de bulevares y de vida cotidiana, ramales por donde los madrileños paseaban sus carritos de niño y miraban escaparates cogidos del brazo o enlazados por la cintura. Pero la M-30, como herida, impidió toda posibilidad de cicatrización: soterrarla habría sido una respuesta amable si sobre ella creciesen parques y edificaciones culturales, pero entonces el tráfico en las entrañas de la ciudad necesitaría puestos de socorro cada cien metros para atender ataques de claustrofobia y medidas de emergencia y evacuación en cuanto se produjera el menor incidente, que en esa vía de locos fue algo tan cotidiano y natural como el deseo general de esquivarla.

Además, por donde no dividía la M-30, separaba el Manzanares. El Manzanares no es un río, es una excusa, y durante algunos siglos vivió en la ilusión del agua y de la prosperidad. A ambos lados se erigieron casas y se armaron argumentos de capital, con el azar de su parte para ser elegida Corte, porque convertida en lugar de acogida y posada de mucho medrar, Madrid sintió necesidades de crecimiento sin requerir orden urbanístico ni idea de ciudad, expandiéndose y derramándose igual que una mancha de aceite lo empapa todo. Las calles se dibujaron respetando las casas, y no al revés, de tal modo que la encrucijada y sus laberintos estaban servidos. Y cuando el municipio se ponía serio y diseñaba una vía útil, todavía era peor, porque los favores y cohechos retorcían la Gran Vía, quebraban la recta en el recorrido de la calle de Alcalá y convertían en semicirculares o elípticas las rondas y bulevares. Estar cerca del poder consistía en permanecer alejado de los vecinos, decían los que se lucraban; y de esto Madrid sabía mucho.

Por ello la ciudad tuvo desde muy antiguo una denominación popular que responde fielmente a la realidad, como todos los refranes, dichos y apotegmas nacidos de la sabiduría del pueblo: Los Madriles. Nunca hubo un Madrid: fueron muchos. Y así siguió creciendo. A ambos lados del río, de la M-30, de la M-40, de la M-50... El Madrid rico y el pobre, el Palacio y el barrio, el centro y lo demás. «Madriles» diferentes, pero que en tiempos pasados no se diferenciaban en mucho porque tampoco distaban mucho en sosiego.

Sin ir más lejos, Carabanchel de Arriba contaba con cinco arroyos y tres fuentes cuando Tomás López publicó su célebre *Geografía Histórica de España* en 1788, además de alamedas, huertas, valles y viñedos. Incluso en 1891 era un oasis, o al menos así lo dejó escrito el maestro de escuela Ildefonso González Valencia, porque tantos eran los bosquecillos y jardines de Carabanchel que no podían verse las casas hasta que el viajero se adentraba en sus calles.

Cuando en los años sesenta comenzó el desarrollo económico que dio nuevas esperanzas a los vecinos de Madrid, también notaron, y mucho, que ese crecimiento les encarecía el precio de todo. Y muchos madrileños no lograban llegar a ponerse a la altura de la nueva situación y se agobiaban porque siempre iban con la lengua fuera y ni así conseguían ver el fin de mes con la serenidad que pretendían.

—Qué barbaridad. ¿Se ha fijado usted en lo que ha subido el coste de la vida? —se quejaba en voz baja un madrileño, escandalizado—. Y nadie dice nada de ello, nunca.

—Y pensar que durante la República, por un duro, comprabas un saco de patatas... ¡Con saco y todo! —le replicó su vecino, en el autobús, cruzando la Gran Vía.

—Pues mire, usted, ahora. ¿Y los sueldos? Yo necesito hacer horas extraordinarias... Ya me gustaría a mí ver al alcalde Arespacochaga echándole horas a la Casa de la Villa.

—No lo verá, no. En todo caso, en los toros y en el palco del estadio del Atlético de Madrid. Y yo porque tengo dos trabajos. Si no, de qué.

—¿Y los pisos? ¿Ha visto, usted, los precios de los pisos?

—No sé. Yo vivo de alquiler.

—¿Y no se lo han subido?

—No. En Carabanchel no parece que se estén metiendo mucho en esas cosas...

—¿Pero es que, usted, vive en Carabanchel?

—Pues claro: en el mejor barrio de Madrid.

—¿El mejor? Ande, usted. No me venga con cuentos... ¡Donde esté Vallecas!

—¡Quiá! Carabanchel. Se lo digo yo.

—Pero, vamos a ver, no nos calentemos... ¿Qué demonios tiene Carabanchel para tanto presumir? Ni que fuera Versalles...

—Usted, y disimule si se lo digo así de claro, es un ignorante... Carabanchel tiene vecinos desde el Paleolítico Inferior...

—O más, no te digo.

—Sí, señor. Más de cuatrocientos cincuenta mil años, y allí mismo estuvo la villa romana de Miacum.

—Y el Papa, no me diga más.

—Pues el Papa no sé, pero tenemos la iglesia más vieja de Madrid, la de Santa María de la Antigua, mudéjar, no le digo más...

—Ni menos.

—Ni menos, sí señor. Con decirle que nuestro barrio alimentó a los madrileños durante muchos años, allá por el siglo XVIII... Teníamos de todo: vino, trigo, cebada, centeno, guisantes... Los agricultores vendían luego sus cosechas en el mismísimo centro de Madrid, si tendríamos riquezas... ¡Para dar y repartir!

—No, si ahora me va a decir, usted, que en Carabanchel inventaron ustedes el cocido madrileño...

—Pues mire..., puede ser, oiga. Porque teníamos grandes extensiones de garbanzales. ¿O no sabe, usted, que el mismo nombre de Carabanchel proviene de eso, de garbanzal?

—¡Vamos anda!

—Y le digo más: en el siglo pasado fue lugar de veraneo de ricos y pudientes, que iban a los Carabancheles a refrescarse... Allí fue la reina María Cristina, la condesa Eugenia de Montijo... y muchos más. Les llamábamos «lechuguinos», ¿sabe, usted? Por hacer unas risas sobre ellos, más que nada...

—O sea, que usted ya entonces...

—Que no, hombre, que no. Pero eso lo sabe todo el mundo en Carabanchel... Ay, cuánta ignorancia... ¡Qué poco leído es usted! Bueno, yo ya me apeo aquí, que en Sol tomo el Metro para volver a casa.

—Ande, ande. Vaya, usted. No vayan a robarle esa joya de barrio...

—Pues eso no tiene ni pizca de gracia, señor mío. Ni pizca. Adiós, que se alivie, buen hombre.

Para aliviarse, al menos metafóricamente, un método muy madrileño era beber del botijo, un recipiente que ya se conocía en la antigua Mesopotamia y que mantenía el agua entre 10 y 15 grados por debajo de su temperatura a la intemperie. Y, sobre todo, la cerveza: llegó a Madrid durante el reinado de Carlos V, desde Alemania, y nunca dejó de consumirse. Se crearon varias fábricas de cerveza en la ciudad: en el siglo XVIII en Lavapiés, después convertida en sede del Teatro Valle-Inclán; en el siglo XIX, Mahou, Hijos de Casimiro Mahou, Fábrica de Hielo y Cerveza, en la calle Amaniel; y en 1900, El

Águila, en Delicias. El fundador de la Fábrica de Mahou, Casimiro Mahou García, era un apasionado de las Bellas Artes y construyó una fábrica funcional, bella y original, inspirada en la arquitectura industrial inglesa y en el neomudéjar madrileño, decorando sus muros con dibujos de ladrillo y zócalos de piedra. Una fábrica tan extensa que en su interior albergaba calles y plazas. En el año 2000 compró otra cervecera: San Miguel.

Botellas o tercios, botellines o quintos, copas, cañas... Cerveza, siempre cerveza. Y «bien tirada», mejor. En 1962, el barril de madera fue sustituido por el de aluminio. Y ese cambio coincidió con el momento en que se comenzó a vender la conocida «litrona», con el llamativo eslogan «Más cerveza, menos vidrio». Una manera eterna de aliviar la sed de los madrileños, y también de compartir su irrenunciable vida social.

A lo largo de la historia de Madrid, al abrigo del río Manzanares, el Palacio Real se incendió y se reconstruyó, la Puerta de Alcalá se trasladó de la confluencia de la calle Sevilla con Alcalá al lugar donde se quedó para siempre y la plaza de toros de la ciudad pasó de la Plaza Mayor a donde se elevó el Palacio de los Deportes, en Felipe II, y de ahí a su ubicación en Las Ventas. Por no citar el trasiego de obras hasta la culminación del Museo del Prado y su entorno, la difícil Gran Vía, el diseño del Paseo de Recoletos y el plan de La Castellana. Hasta el siglo XIX la Ciudad Lineal era un lugar de vacaciones veraniegas y Argüelles una huerta generosa o un patatal de hambrunas. Aunque no sería justo ignorar la visión urbanística de Fernández de los Ríos, que en 1876 anunció en su *Manual del Madrileño y del Forastero* que algún día habría que establecer un contorno en Madrid que llegase desde Chamartín al Manzanares por el este y el sur, una M-30, en definitiva.

Madrid nunca fue una única ciudad, sino una suma de barrios y aldeas que a la postre configuraron la urbe que nunca dejó de expandirse. Al igual que el pretendido lenguaje «chulapo» de los madrileños es un invento de la zarzuela y de Carlos Arniches, Madrid es una ciudad inventada entre varias generaciones por gentes de fuera, además de Carlos III y de Tierno Galván. Felipe IV, tan inquieto, se debatía entre Valladolid, Madrid y expulsar a los judíos, y al final se asentó en Madrid pero no perdonó al infiel. Desde entonces, la historia se repitió mil veces: los puestos vacantes de los moriscos fueron a ocuparse por ciudadanos de otras provincias españolas que, de inmediato, se convirtieron en madrileños; los trabajos dejados por los afrancesados purgados por Fernando VII, el rey español más rastrero y traidor, fueron igualmente cedidos a forasteros; y los empleos públicos o privados de los miles y miles de asesinados, encarcelados o exiliados tras la Guerra Civil pasaron también a manos de los vencedores de provincia y de los inmigrantes de interior. Y enseguida ellos, sus hijos y sus nietos se convirtieron también en madrileños.

Por eso en Madrid no se preguntó nunca a nadie de dónde venía ni a qué. Nadie tenía autoridad moral para preguntarlo porque el madrileño no era de Madrid, o no lo era su padre o no lo fue su abuelo. Y de esta mezcolanza de orígenes, con tal fárrago de acentos, con semejante miscelánea de culturas forasteras empadronadas y estables, fue creciendo la ciudad hasta lograr situarse entre las más importantes, cosmopolitas, atractivas y sofisticadas de Europa. Sorprendente, además, porque fue una ciudad sin raíces, sin puntos de referencia, sin patriotismo, ni siquiera con un icono emblemático que la identificara ante el mundo, pero con un duende en las entrañas que atrapaba a quien llegaba e impedía huir al que pasaba algo más que un rato mecido en los brazos de su irracionalidad. Puede que el caos sea la más hermosa de las definiciones de libertad y que Madrid haya sido siempre, por eso, la ciudad más libre del mundo.

Los madrileños vivieron siempre su ciudad sin conocerla. Vivieron en una esquina de la ciudad, Vallecas, La Latina, Cuatro Caminos, San Blas o los mil barrios más de los que sólo sabían su nombre quienes los habitaban, y no necesitaban salir del entorno salvo que se tratara de un viaje esporádico al centro del que retornarían pasada la medianoche sin guardar huellas que les quemasen en la piel del alma. Cada micro-ciudad fue su Madrid, uno de sus *madriles*, y con ello les bastaba. Por eso el establecimiento de barreras, fronteras, tajos o divisiones urbanísticas de la posguerra y de los años de la Dictadura no les irritó, porque los sucesos al otro lado del parque o de la vía grande de su barrio nunca fueron de su incumbencia. ¿Cómo lo iba a ser si, para no temer murmuraciones ajenas, ya no les importaba ni la peripecia vital de su vecino del 3.° C?

El verdadero Madrid, encerrado entre la M-30 y el río Manzanares, se convirtió en un relicario de la historia que llegó a ser con el tiempo un mundo de oficinas y negocios, y un solar destinado a convertirse en el parque de atracciones de los madrileños. El Madrid de Carlos III y el de la *movida*; el Madrid que gustaba e irritaba, enamoraba y despreciaba. Y ese Madrid, encorsetado por unas fronteras artificiales como todas las fronteras, conformadas por una autopista absurda y un río que no mereció nunca tal nombre, siguió creciendo a lo ancho hasta devorar los pueblos que alguna vez fueron independientes del caos y no les quedó más remedio que añadirse a la promesa de libertad.

La Castellana fue, en los años cincuenta, la nueva manera de obligar a crecer a Madrid. Se arrancaron los palacetes para sustituirlos por edificios de gran altura, cada vez más y más allá del «quinto pino», hasta un final imposible de vislumbrar.

Y con la gran avenida, que empezó llamándose del Generalísimo, se abrieron nuevos horizontes a una ciudad que nunca dejó de expandirse. Aquella ciudad de la posguerra, aterrada, hambrienta, de familias rotas o con miembros muertos, huidos, encarcelados o fusilados (Ernesto Jiménez Caballero llegó a decir que era una ciudad maldita que debía llorar sus culpas y expiar sus pecados), pasó poco a poco a convertirse en una posibilidad de trabajar, prosperar y aprovechar las oportunidades de una industrialización propiciada por la tecnocracia del Opus Dei y los políticos más profesionales que la gobernaron en los años sesenta, una vez aplacada la furia falangista y la omnipresencia tiránica del ultra-catolicismo eclesiástico. Se podía trabajar con cierta serenidad si nadie recordaba que el trabajador había tenido simpatías republicanas; si el obrero aceptaba impasible el fin de los sindicatos de clase para que todo lo decidieran los sindicatos verticales en los que convivían patronos y trabajadores; si nunca se había participado en cualquier órgano democrático, y si se admitía que el sindicato de estudiantes franquistas, el SEU, lo dominara todo en la Universidad. Incluso cuando Joaquín Ruiz Jiménez, ministro de Educación en 1956, permitió una manifestación de estudiantes contra el SEU, fue destituido de inmediato y se redobló la represión contra los universitarios. En 1965, los catedráticos Enrique Tierno Galván, José Luis López Aranguren y Agustín García Calvo fueron expulsados de su labor docente en la Universidad Complutense por participar en una manifestación de estudiantes. Y asistieron desde la expulsión a los diversos cierres de facultades y universidades hasta 1975.

Fue la política educativa de la Dictadura. Y, como consecuencia, responsable de más de un veinte por ciento de analfabetos funcionales y casi un diez por ciento de analfabetos totales que vivían en Madrid en los años setenta. Y veían la televisión, eso sí, porque en 1975 más de la mitad de las casas tenían un televisor que, además, servía como elemento de propaganda del régimen. El ocio más barato para la mayoría de los madrileños.

—¿Has leído *Alicia en el país de las maravillas*? —preguntó un día Dolores Argote a una maestra, compañera de la escuela, tomando un café de media tarde en la cafetería Manila, situada en la Gran Vía esquina a la plaza del Callao.

—Creo que no. Es un cuento para niños, ¿no?

—¿Para niños? No, no... Alicia pensaba que en aquel país las cosas que pasaban eran absurdas, pero como todo el mundo se las tomaba en serio, ella no se atrevía a reírse.

—No entiendo. No querrás decir que en nuestra patria...

—No te ofendas. No tienes motivos para hacerlo. Nuestra patria, como tú dices, nunca se ha tomado nada en serio: con la excepción del levantamiento del Dos de Mayo contra los franceses, todo lo que ha hecho han sido motines.

—Franco se levantó...

—Los ingleses ejecutaron a dos reyes y los franceses guillotinaron a uno, en la Bastilla. Y aquí, seguimos sin salir de debajo de la cama.

—No es verdad. Además...

—De todas formas, somos así: no tenemos remedio. La fuerza se nos escapa por la boca... De hacer, nada; pero para hablar somos únicos: nuestras razones son de peso; nuestros argumentos, contundentes; nuestros razonamientos, aplastantes; nuestras verdades, como puños... Muy sutil, como puede verse..., todo muy sutil... ¿Sabes que a los torturados de la Inquisición les colgaban pesas de los testículos hasta que confesaban sus pecados? Por eso las llamaban razones de peso...

—Cállate. Nos van a oír...

Pero los años de la Dictadura fueron años también de crecimiento económico para Madrid. En realidad, el mayor desarrollo de su historia. Con el Instituto Nacional de Industria (INI) Madrid pasó a ser, entre 1950 y 1975, la segunda ciudad industrial de España, tras Barcelona, con grandes fábricas y empresas (Autocamiones, Construcciones Aeronáuticas, vidrio, Boetticher y Navarro, Chrysler, veinticuatro grandes bancos, óptica, Marconi...), además de decenas de miles de comercios y tiendas, cadenas de supermercados, grandes almacenes... Y empresas de manufacturas, metal, artes gráficas, química, laboratorios, cosmética y construcción, sobre todo de construcción. Porque Madrid fue desde los años sesenta un apetitoso pastel preparado para la gran merienda de las empresas constructoras.

Concretamente, y como curiosidad, la fábrica Boetticher y Navarro se construyó en 1949 en una gran estructura de hormigón de grandes dimensiones y con métodos comparables a los de las catedrales. Su calidad arquitectónica le hizo merecer la declaración de Bien de Interés Cultural, y finalmente se emplearían sus instalaciones para un Centro de Nuevas Tecnologías, por un acuerdo municipal con la Universidad Politécnica. En 1991 se dejaron de fabricar ascensores y la sociedad Boetticher y Navarro fue absorbida por la poderosa empresa Thyssen, que también llegó a la quiebra. En 2015 se firmó el acuerdo para convertirla en la sede de un centro de estudios de nuevas tecnologías aplicadas.

Planes de Desarrollo, en fin, que privilegiaron a Madrid porque en la ciudad vivía Franco y todos sus adláteres, y porque, como todos y cada uno de los reyes de España, también la Dictadura se empecinó en hacer que su capital alcanzase el esplendor de otras capitales europeas, sin comprender jamás que, hicieran lo que hiciesen por empeñarse, la realidad de Madrid era que siempre fue una ciudad cosmopolita que quería ser provinciana, a diferencia de otras ciudades españolas que, siendo provincianas, no cejaron en su empeño de querer ser cosmopolitas.

Entre las empresas que nunca dejaron de expandirse en Madrid, la más fiel con los vecinos fue siempre el Metro. En los años cuarenta era propiedad de una empresa privada, con la particularidad de que el Gobierno se reservaba la decisión para decidir la política salarial interna de sus empleados y las tarifas, lo que a la empresa privada le causaba pérdidas que se negaba a asumir. Por ello, el 22 de septiembre de 1955 se promulgó el Decreto Ley de Régimen Compartido de Financiación de la Compañía Metropolitana de Madrid que distribuyó la financiación del Metro, y así al Estado le correspondió construir la realización de las nuevas líneas y a la empresa privada aportar el equipamiento y el material móvil, así como quedarse con la explotación del negocio.

Porque la Línea 1 se saturó pronto, por eso se inició la construcción de la Línea 5 y se reconstruyeron los andenes: pasaron de 60 metros de largo a 90, para trenes de seis vagones. Se abrieron nuevos tramos y se inauguró el Ferrocarril Suburbano de Carabanchel, cuya explotación correspondió al Metro en 1960. Luego, entre los años 1967 y 1977, se extendió la red con el Plan de Ampliación de Metro de 1967, y la compañía privada entró en crisis económica, por la diferencia entre ingresos y costes, y solicitó una subida del precio del billete para que la empresa privada pudiera afrontar sus dificultades. Entonces se llegó a un acuerdo mínimo que permitió que, entre 1978 y 1985, se inauguraran nuevas líneas, y la longitud de la red se incrementó hasta que el Metro de Madrid superó los cien kilómetros de red.

El 24 de marzo de 1986 el Ayuntamiento de Madrid y la Comunidad de Madrid decidieron asumir la propiedad de la Compañía Metropolitana de Madrid, cesando el Consejo de Intervención constituido en 1978 y nombrando un Consejo de Administración. El Ayuntamiento y la Comunidad cedieron temporalmente sus acciones de Metro al Consorcio Regional de Transportes de Madrid, que planificó y diseñó un nuevo sistema de transporte, hasta que a partir de 1990, y dentro del Plan de Actuación para el Transporte Público de Madrid, se prolongó la Línea 1 y se acabó de construir la Línea 6 con el tramo comprendido entre Laguna y la Ciudad Universitaria.

Ya en la última etapa de crecimiento del Metro, desde 1999 hasta el año 2003, se ampliaron sus servicios con el llamado MetroSur, una nueva línea circular para atender a un millón de habitantes de los municipios de Alcorcón, Leganés, Fuenlabrada, Móstoles y Getafe. Una línea, la 12, de 40,5 kilómetros de túnel y veintiocho estaciones, de manera transversal entre poblaciones y de manera radial con el centro de la ciudad de Madrid, un transporte utilizado por cerca de doscientos mil viajeros al día para sus desplazamientos.

En 1975 se produjo el segundo gran incendio del Teatro Español, destruyéndose la totalidad del escenario y una gran parte del patio de butacas. Pero esa no fue la gran noticia de aquel año porque, como nada es eterno, el 20 de noviembre de 1975, de madrugada, murió Francisco Franco; y en su ataúd se llevó, sin saberlo, un régimen que había sobrevivido por la fuerza de las armas y cosido por los fantasmas del miedo, dejando atrás muertes innecesarias, venganzas vergonzosas, presos obligados a levantar piedra a piedra el Valle de los Caídos, hambre, miseria, pobreza cultural, cerrazón intelectual y, por otra parte, con el esfuerzo de los ciudadanos, un desarrollo económico que, siendo de interés, elevó a Madrid, y a España entera, a la altura de un país subdesarrollado, o en vías de desarrollo, como se decía en esos tiempos para diferenciarlo de la pobreza extrema de los países del último mundo.

30

La década prodigiosa

Enero de 1986

—Años terribles, ¿verdad, Inés?

—Me duele hablar de política, Lourdes. En París no tenía sentido, y en Madrid no me atrevo.

—Pero si eres una Álvarez... ¿No me digas que no te gusta haber regresado a España?

—Sí, claro. Pero me duele tanto lo que decían que estaba pasando aquí... Todos los días me acuerdo de los últimos condenados a muerte por Franco. Nos citamos ante las embajadas españolas en París, en Londres, en medio mundo, para pedir el indulto, y ni al Papa le hicieron caso para concederlo. Franco firmó las penas de muerte unos meses antes de morirse. Al final de su vida tampoco supo tener piedad.

—Lo recuerdo, sí. Aquella noche del 27 de septiembre de 1975 fueron muchos los que la pasaron en vela ante las tapias del cuartel de Hoyo de Manzanares para acompañar a los presos en esas horas de angustia, esperando un perdón que nunca llegó. Fueron los días en que Luis Eduardo Aute compuso *Al alba*, esa gran canción, un alegato contra esos crímenes.

—Lloro cada vez que la escucho.

—Lo imagino.

Cuando Inés Álvarez regresó a Madrid desde París la ciudad se retorcía de dolor. Tenía cuarenta y siete años y desde que tomó tierra en el aeropuerto de Barajas sintió que se respiraba otra vez el miedo, como tantas veces en el pasado. Sabía que estaban secuestrados el empresario Oriol y el general Villaescusa, que acababan de asesinar a los abogados laboralistas de la madrileña calle de Atocha y que apenas un día antes se había celebrado el multitudinario entierro organizado por el PCE, tras la masacre. Había quien aseguraba que aquellas muertes supondrían el inevitable inicio de la transición hacia la democracia, pero el miedo nublaba muchas cabezas. Era el 28 de enero de 1976.

—El Partido Comunista de España se ha ganado la legalización.

—Los militares jamás lo consentirán.

—No se atreverán a impedirlo. ¿Qué van a hacer?

—Dar un golpe de Estado.

—¿Y después? ¿Qué harán? ¿Pasearse fusil al hombro por los caminos de España en un absurdo desfile, dando vueltas y más vueltas, como en un tiovivo?

—No sé... Mantener la Dictadura.

—¿Otra dictadura? ¿Con toda Europa mirándoles? No. Las cosas son ahora muy diferentes...

En efecto, aquellas muertes no fueron en vano. Dos meses después, el 27 de marzo de 1977, se celebró en Madrid el primer mitin de la izquierda política, organizado por el Partido Socialista Popular (PSP), que presidía Tierno Galván. Y en aquel acto, con la plaza de toros de Vista Alegre rebosante de ciudadanos de todos los partidos de la izquierda, enarbolando las más diversas banderas partidistas y autonómicas, el profesor Tierno lo dejó muy claro: no iban a ser sólo los partidos de la izquierda, ni los estudiantes ni los obreros, quienes devolvieran la democracia a España. Lo iban a hacer la clase empresarial, la burguesía y la banca porque necesitaban expandirse al exterior y para ello era imprescindible presentarse ante los mercados como miembros de un país moderno, democrático, equiparable a las demás democracias occidentales. El fin de la Dictadura, por tanto, había llegado. Sólo faltaba organizar el viaje.

Y aquella misma Semana Santa de 1977, coincidiendo con el Sábado Santo, con media España de vacaciones y la otra media de reposo, el presidente del Gobierno Adolfo Suárez anunció públicamente la legalización del Partido Comunista de España y la de otros muchos partidos de la izquierda. Así pues, hubo quien tuvo razón: la cruel matanza de Atocha se había convertido en el principio del fin de ese modo odioso y fratricida de entender España.

En la noche del 3 de abril de 1979, el mismo día en que se celebraron las primeras elecciones municipales, hizo una entrada simbólica en el edificio de la Casa de la Villa don Enrique Tierno Galván, el primer alcalde de Madrid de la recién recuperada democracia española. Fue una visita breve al Ayuntamiento de la ciudad, tan sólo a efectos de dar a entender a los centenares de madrileños que se agolparon a las puertas de la Casa de la Villa que empezaba el cambio en Madrid, y en ese gesto tan significativo estuvo acompañado por su esposa, Encarnita Pérez Relaño, y un par de discípulos y correligionarios. Inmediatamente después, junto a una docena de amigos y viejos militantes del PSP se dirigió a la Plaza Mayor, agradeció la lealtad de todos ellos, celebró el triunfo electoral con unas breves palabras y recomendó a los allí presentes sosiego, prudencia y retirarse a descansar.

—A mi padre le habría encantado estar esta noche aquí —se emocionó Carmen, una mujer socialista de toda la vida.

—No llores, mujer —trató de consolarla Maite, abrazándola.

—De niña, yo le llevaba pan y tabaco a la cárcel de Porlier —siguió Carmen, con la voz entrecortada—. Siempre soñó con que algún día viviría una noche como hoy.

—Tu recuerdo lo hace presente, no sufras. Y sécate esas lágrimas, mujer, que hoy es un día grande de verdad.

—Le mataron, ¿sabes? Sólo por ser socialista. Se merecerían que...

—Ya está, Carmen. Ya está. Vamos a disfrutar y a celebrarlo. El viejo profesor será el alcalde de Madrid.

—Lo sé.

Fue una noche mágica que aquellos que la compartieron nunca podrían olvidar.

Y ese mismo día dio comienzo lo que bien pudo calificarse como una década prodigiosa para Madrid.

Durante la década de los ochenta se produjo, por la coincidencia de una serie de variables afortunadas, además de un nuevo modo de concebir la ciudad, un proceso de regeneración cultural en Madrid que no dejó de causar sorpresa y admiración entre cuantos la observaron. Sorprenderse parecía ser un privilegio de los ignorantes pero, tratándose de lo ocurrido en Madrid, el privilegio lo fue para todos cuantos presenciaron, entre incrédulos y orgullosos, la transformación cultural más profunda de las que se recuerdan en Occidente.

Hacía sólo unos años, allá por 1976, aún no había libertad ni un proceso cultural sólido, porque la cultura sin libertad es sólo doctrina. Y era imposible pensar que en tan escaso tiempo se pasara de la nada a la más activa y actual modernidad. Fue un proceso que tuvo su origen con la constitución del ayuntamiento democrático, con la llegada a la Casa de la Villa de un deseo innegociable de fraguar un plan general regenerativo que, en muy poco tiempo, dio un resultado tan sorprendente como admirable.

Aquello se debió principalmente a la institución municipal y a la figura del alcalde Tierno Galván. La labor que desarrolló el nuevo equipo municipal entre 1979 y 1986, sin exceso de medios, de experiencia ni de otros apoyos, no fue sólo meritoria, sino trascendente. Porque en tan poco tiempo fue capaz de conseguir la recuperación del orgullo de ser madrileño, la pérdida de la capacidad de escándalo ante todo lo novedoso que llegara a Madrid, tanto de dentro de España como del extranjero, y el establecimiento de una especie de hogar abierto en el que cuantos llegaron a la capital, a ejercer o a mostrar sus actividades culturales, encontraron su sitio, su oportunidad y la bienvenida de todos.

A partir de 1983 Madrid fue ya «el lugar de encuentros de la regeneración cultural», «la capital de la *movida*», «la capital de la cultura», el paraíso de la posmodernidad... Se empezó a hablar y nadie daba crédito a lo que oía, hasta que lo comprobaba. Se extendió el invento de la modernidad y de la *movida* y la invención terminó siendo, a fuerza de repetirse, realidad.

Y Madrid se puso de moda.

Los primeros cinco años se llamaron «el lustro lustroso», y a los siguientes, «la década prodigiosa». Fue, también, «un lustro ilustrado», una «década luminosa». Años en los que no quedó ninguna actividad mundial de interés sin hacer una parada en Madrid, y sin presumir de que cualquier creación cultural tenía que exhibirse también en la ciudad. Danza y ballet, teatro y música, cine y fotografía, exposiciones, festivales y convenciones recalaron en Madrid, a modo de confirmación de alternativas toreras, y todos incluyeron con orgullo en sus programas y currículum el hecho de que «la gira» había tenido también su alto en el camino en la ciudad más vital, alegre y ágil de Europa, una ciudad que había sido durante años la pesadilla de la represión y que en los años ochenta se presentaba como el sueño de la libertad.

Un milagro llamado Madrid que supo distinguir el sueño de la pesadilla hasta tal punto que, a veces, en el tumulto y el ajetreo de tantas presencias continuadas terminaron por confundir ambos conceptos. De ahí, tal vez, la pesadilla del *Madrid me mata* junto al sueño del Madrid de la lucidez, la libertad y la diversión sin límites que retrataba *La Luna de Madrid*, otra revista. Un Madrid de vida y caos en el que era más difícil la definición que la descripción, porque, si fácil era la representación de las formas, la fotografía del espíritu era un requiebro a las posibilidades humanas.

—No podemos esperar a que todo se vuelva humo. Hay que fijar en una publicación lo que está pasando en Madrid —dijo Oscar Mariné a un grupo de amigos sentados en torno a una mesa del Café Central—. No hay que dejar que Madrid se muera.

—Pues no sé qué decir. A mí, con tanto ajetreo, me mata —respondió, risueño, Jordi Socías, el fotógrafo.

—¡Eso es! —Abrió mucho los ojos el escritor Moncho Alpuente—. Madrid me mata. ¡Qué gran cabecera para una revista!

—¿Seguro? —Frunció el ceño, pensativo, Mariné.

—Y tanto —aseguró el diseñador Juan Antonio Moreno—. A mí me encanta. ¿A vosotros no?

—Pues claro —se sumó Pepo Fuentes.

—Estoy de acuerdo —admitió Mariné—. Vamos a hacerla.

Sólo unos meses antes, en octubre de 1983, otro grupo de amigos habían fundado *La Luna de Madrid*, un equipo formado, entre otros, por Borja Casani, José Luis Tirado, Javier Timermans, Gregorio Morales, Jorge Berlanga y Ramón Mayrata, un compacto equipo ingenioso y rompedor que consiguió dar visibilidad en una publicación periodística todo lo que estaba sucediendo en Madrid.

Y en esos años nació una constelación de nombres que perdurarían en el tiempo: Pedro Almodóvar, Alberto García-Alix, Ceesepe, Carlos Berlanga, Ouka-Lele, El Hortelano, Marta Moriarty, Luis Antonio de Villena, Alaska, Enrique Urquijo, El Gran Wyoming, Pablo Carbonell, Nacho Cano, Antonio Vega, Fernando Trueba, Santiago Auserón, Iván Zulueta, Vicente Molina-Foix, Agustín García Calvo, Pablo Pérez Mínguez, Costus, Agatha Ruiz de la Prada, Manuel Piña y Gregorio Morales, entre otros muchos.

Era cuando bastaba nombrar a Madrid. Seis letras que expresaban mucho más que una simple palabra. Enrique Tierno, protagonista destacado de la *movida* madrileña escribió: «Esta "movida", esta exaltación cultural, ya no es sólo de Madrid. Viájese por las ciudades de España que se viaje, por pequeñas que sean, todos los vecinos dicen con orgullo la movida de tal o cual sitio. Madrid puede tener la satisfacción de haber abierto el camino, haber producido el movimiento vivo, fecundo y diario». Consecuencia de una fundamentación ideológica que dejó expuesta con precisión en su obra ensayística *El miedo a la razón*.

Los madrileños, con ello, quisieron ser sujetos activos de la cultura, no sujetos pasivos o meros receptores de la misma. Quisieron pintar, hacer cine, fotografiar o hacer teatro tanto o más que ir a ver exposiciones, ir al cine, contemplar una muestra fotográfica o acudir al teatro. Ellos, sobre todo esa capa comprendida entre los dieciocho y los cuarenta y cinco años, prefirieron ser sujetos creadores de la cultura a sujetos receptores, dedicarse a los talleres teatrales, a la moda, a la fotografía, a la música o al diseño y a la decoración. Profesiones culturales que, por su cuantificación y su cualificación, hicieron que Madrid disfrutara de un avance que la situó, poco a poco, en un lugar preferente de la Europa Occidental. Porque la exaltación cultural llevaba consigo la limitación de fronteras o, mejor dicho, la sensación de que se estaban quedando pequeñas las fronteras geográficas y que había que ampliarlas para sobrevivir. Los artistas necesitaban aire libre y espacios amplios y Madrid empezó a quedarse pequeña muy pronto.

Madrid tuvo el mérito de haber empezado y el honor de haberle tocado abrir las puertas a la modernidad al mismo tiempo que a la postmodernidad, dando dos pasos necesarios a la vez para que cada cual se asentara en donde más le apeteciera.

Madrid era, en 1973, una ciudad partida en dos: el norte y el sur. Su desequilibrio era tan llamativo como injusto. Mientras el norte de la ciudad disfrutaba de la práctica totalidad de los equipamientos sociales, los barrios del sur estaban prácticamente desatendidos. Un solo dato resultaba escandaloso: de cada diez plazas de hospital, sólo dos y media estaban en los distritos del sur de Madrid.

También estaban al norte las instalaciones deportivas, culturales y educativas. Entre estas, ocho de cada diez plazas universitarias correspondían a la zona norte de la ciudad, y la casi totalidad de las instalaciones deportivas, por lo que fue preciso sentar algunos principios esenciales de la nueva gestión política para reequilibrar la ciudad, convertirla en asequible, igualitaria, digna y confortable para todos los madrileños, y garantizarles todos sus derechos ciudadanos en alumbrado, asfaltado, recogida de basura, señalización, paisaje urbano, zonas verdes, comunicación con otros barrios y con el centro de la ciudad, vías de desplazamiento... Un proyecto de ciudad que se empezó a gestar en 1982 y se aprobó en el nuevo Plan General de Urbanismo de 1985, un plan integral destinado a erradicar las cuarenta mil chabolas madrileñas, sobre todo ubicadas al sur, crear viviendas nuevas y realojar a los vecinos, para lo que se edificaron treinta y cuatro mil viviendas en un primer programa de urgencia.

Luego, con la entrada de España en la Unión Europea, Madrid empezó a recibir grandes sumas de dinero procedentes de la inversión extranjera, lo que facilitó su rehabilitación y, tras el final de la crisis del petróleo, la recuperación de puestos de trabajo. En 1985 los inversionistas foráneos aportaron unos ocho mil millones, pero en 1987 ya fueron doscientos veintitrés mil, treinta veces más, y Madrid fue, al fin, un gran centro económico para toda Europa. No es que se convirtiera de la noche a la mañana en un núcleo industrial sobresaliente, en realidad Madrid nunca lo fue ni aspiró a ello salvo cuando, en el siglo XXI se decantó por las industrias de las nuevas tecnologías y el I+D, pero con su desarrollo en los años ochenta y el despegue de Madrid durante su década prodigiosa, volvió a ser una sólida ciudad de servicios, en el llamado sector terciario, como lo fue desde su fundación cuatrocientos años atrás.

Desde aquellos años Madrid no dejó de crecer, de expandirse, de crear planes de actuación urbana, los llamados PAU, que levantaron edificios de viviendas, crearon zonas verdes, aumentaron sus instalaciones deportivas y educativas y abordaron grandes operaciones fruto de la necesidad o del despilfarro, que de todo hubo. Incluso de la megalomanía de alguno de sus alcaldes. Pero entró en la modernidad, fue por primera vez en su historia objeto de admiración internacional y un destino cultural, inversor y turístico de primer orden.

Porque en la década prodigiosa de los años ochenta Madrid contó con un desarrollo urbanístico que convirtió la ciudad, sobre todo sus nuevos distritos, en espacios dignos para vivir. Se asfaltaron barrizales, se iluminaron calles y barrios enteros que permanecían a oscuras de noche, se construyeron viviendas y barriadas populares, se crearon centros culturales de distrito y bibliotecas municipales... Se realizó, en fin, un plan de regeneración urbana guiado por técnicos y otros profesionales que iniciaron la construcción de una ciudad más adecuada a lo que se esperaba de las grandes metrópolis europeas.

Se supo enseguida que el desarrollo urbanístico de las ciudades modernas respondía a tres tipos de criterios: *políticos*, o decididos por los órganos rectores de una ciudad, democráticamente elegidos; *económicos*, o derivados de las posibilidades financieras de las ciudades para dotarse de infraestructuras; y *estéticos*, según las modas y concepciones ideológicas, culturales y subjetivas de los profesionales de la arquitectura, el diseño o la ingeniería que se designaban para llevar adelante los proyectos imaginados.

Históricamente, las ciudades debían llegar a ser espacios cómodos para la convivencia y lugares de encuentro y relación entre los seres humanos. Para su ubicación solían buscarse algunos elementos básicos que habrían de ser imprescindibles, como la cercanía de un río que les suministrase del imprescindible abastecimiento del agua, un elemento orográfico elevado que posibilitase y facilitase su defensa en caso de agresión exterior y, para el comercio con otras ciudades, unos caminos de entrada y salida fáciles, si era posible junto al mar, o si no cerca de algún accidente natural utilizable. Las ciudades, después, se extendían a lo ancho, no a lo alto, y de su crecimiento horizontal sólo destacaban las altas cúpulas de los templos dedicados al culto y los grandes edificios habitados por la realeza, la aristocracia y los poderes financieros.

En Inglaterra, en donde siempre supieron armonizar la naturaleza con la civilización, lograron mantener un *ecosistema social*. En España, hasta pocas décadas atrás, por razones muy distintas (subdesarrollo, pobreza, falta de ideas, indolencia...), también se mantuvo una concepción de ciudad plana, creciendo con anexiones territoriales de las sucesivas inmigraciones y sin grandes alardes de imaginación que conllevaran un desafío a la naturaleza y a la propia ideología del ser humano, tan despreciada en los desarrollos urbanos. Sólo, y sobre todo, en los Estados Unidos de Norteamérica, por una extraña actitud social de cuya realidad se podían obtener abundantes ejemplos de megalomanía, ingenuidad, cualificación de nuevos ricos y deseos de suplantar la falta de cultura histórica con el escaparate de la ostentación, se vio con naturalidad la creación de ciudades como Nueva York, San Francisco o Dallas, aunque ese concepto vertical de ciudad quedara reducido a algunos barrios de ellas.

En Madrid no se había pensado nunca que la ciudad debía ser un espacio cómodo para sus habitantes, que debía significar la continuación de la comodidad de cada uno de sus hogares, y en este sentido limitar lo más posible, incluso hasta su inexistencia total, los pasos elevados y subterráneos, los desniveles y barreras arquitectónicas, los grandes edificios y las encrespadas subidas y bajadas no derivadas necesariamente de la orografía del terreno. No se pudo o no se quiso crear una ciudad ideal, con paseos y avenidas diseñados para el plácido pasear, el reposo, el encuentro con el vecino y la convivencia pausada. Por eso había dejado de ser un conjunto de espacios por los que andar para convertirse en un laberinto para viajar en vehículos privados o en transporte público; no se crearon lugares de encuentro sino centros de trabajo; no se primó la convivencia vecinal sino la proliferación de instituciones bancarias con sus consiguientes funciones; la ciudad, en fin, se ornamentó para parecer que ofrecía a sus habitantes todo tipo de servicios con finalidades sólo estéticas..., aunque en su concepción final desconociera que lo que en realidad sus habitantes precisaban no eran apariencias, sino realidades.

—Ha venido a verme un arquitecto para decirme que ha pensado que...

—A ver, otro genio... ¿Qué se le ha ocurrido ahora?

—Quieren diseñar un «rockódromo» en el paseo de Rosales.

—¿Debajo de las casas militares?

—Justamente.

—Qué ganas de meternos en líos.

—Pues tú dirás, que para eso eres el concejal de Urbanismo.

—Ya. ¿Y sabes lo que te digo? Que ni se te ocurra preguntárselo al alcalde, que es muy capaz de decir que sí.

—¿Y qué le digo al arquitecto?

—Que estamos en ello. Y que ya le diremos algo.

—Pero es que...

—¡Déjame en paz, Juan Claudio! ¡Que bastante tengo ya con el PAU de Vallecas!

Los diseñadores más snob deseaban que se les encargase salvar el cruce sobre una carretera de circunvalación para inventarse un puente como el de San Francisco; querían que les encomendaran la construcción de un centro cultural para superar la fama de Juan de Villanueva; que les pusieran a trabajar sobre los planos de una colonia de viviendas sociales para que Manhattan quedara como un mero arrabal. La comodidad, el confort, la habitabilidad y la interrelación de los madrileños, y de sus barrios, pasaron a ser oficio para psicólogos, psiquiatras y sociólogos.

Por ello durante la década de los ochenta se recuperó hasta donde se pudo el nuevo concepto de ciudad, con las dificultades propias de unas estructuras encorsetadas que dificultaron la fundación del deseado nuevo Madrid, pero al menos se enmendó y racionalizó hasta donde fue posible las ideas de los profesionales mejor conocedores de lo que se debía hacer. Hasta que se llegó a la decepcionante conclusión de que aunar urbanismo, sociología y cultura era uno de esos ideales que nunca, nadie, podría alcanzar.

Fue una década de esplendor como nunca conoció Madrid. Tiempo de crecimiento y trabajo que los madrileños supieron agradecer, esforzándose en hacer cada vez mejor su ciudad y más eficaces sus servicios previo pago de los gravosos impuestos que les impusieron, y después relajándose en aquellos rincones que la ciudad les ofrecía para su disfrute.

Como el Parque del Retiro.

En aquellos años muchos madrileños tenían por costumbre acercarse hasta el Retiro y llenar los minutos de la sobremesa en tenderse en la hierba, bañarse de sol y contemplar con ojillos vivarachos a las muchachas o chicos jóvenes que tenían idéntica costumbre y sacaban sus torsos y piernas a los rayos ultravioletas que les pervertía la melanina. El parque del Retiro era una peca graciosa que le había salido a Madrid.

El Retiro había sido jardín de reyes y aristócratas, un recinto privado hasta que los madrileños se hicieron con él. Y, en los años ochenta, al Retiro se podía llegar en automóvil hasta su Paseo de Coches, y a dos pasos del asfalto se podía contemplar el Palacio de Cristal con una fuente fálica e inagotable en medio de un estanque en el que un cisne macho se deslizaba de arriba abajo por puro aburrimiento. Eran tardes apacibles, de gozosa contemplación, en las que entre montículos y vaguadas las parejas se recitaban simplezas, los ancianos arrastraban su sombra y una muchacha con un libro en las manos se tendía contra un árbol rebuscando los rayos del sol que, intrusos, traspasaban la arboleda.

Al Retiro no se iba de excursión porque estaba a dos pasos de todo. Al Retiro se iba a ver a los monos cochinos, a un león travestido, a un tigre desdentado y a aquellos patos insaciables de migas de pan. En el Retiro estaba la Casa de Fieras. Después se la llevaron al Zoo y el Retiro se quedó en un parque de barrio. Y cuando el alcalde se acordó de dar pareja al cisne macho del estanque fue cuando llegaron la civilización y la norma al parque. Mala cosa, porque cuando llegan las normas suele aparecer el caos. Entonces el Retiro se volvió un jardín abigarrado que cambió la soledad y el silencio por el bullicio, y ya no fue lo mismo.

—Esto se está poniendo imposible. Ya sólo vengo durante la Feria del Libro, en junio. ¡Y sólo en días entre semana!

—Pues a mí me encanta. Niños, familias, parejas de enamorados, grupos de jóvenes...

—Sí, claro. Y payasos, echadores de cartas, guiñoles, funambulistas, globeros, barquilleros, ciclistas, mimos... ¡Les daba así...! —Y hacía un ademán de soltar un sopapo.

—Eres un rancio.

—Pues lo seré. Pero a mí ya, el Retiro...

Se hizo imposible aparcar ni dentro ni fuera. Tampoco estaba bien visto tumbarse en la hierba, porque en Madrid el césped es caro y perecedero, tierno como una mirada de pobre y tan difícil de replantar como costoso para los presupuestos municipales. Tampoco estaban aquellos guardas disfrazados de bandoleros con pana marrón que, con la autoridad de su exagerado cinto rojo en bandolera, miraban y comprendían, hacían la vista gorda cuando la ley decía que un beso era escándalo público y tan sólo paseaban del quiosco de refrescos a la Rosaleda para que no se molestase a los gorriones ni se apedreara a las margaritas. Fueron sustituidos por policías municipales disfrazados de hombres duros que tenían que jugarse la ronda ante chirleros y maleantes, limpiar jeringuillas y malsonancias y, a veces, fruncir el ceño y disimular sus enfados cuando se pisaba la hierba o se miraba mal a una flor nacida para ser robada por un enamorado antiguo.

El Retiro era el parque más hermoso de Madrid. Después ya fue un gimnasio o un museo romántico que el tiempo cubrió con su pátina para recordar que un día hubo un lugar al sol en el que olvidarse de todo menos de vivir.

O el Paseo de Recoletos.

Porque cerca del Retiro, bajando la calle desde la Puerta de Alcalá, el Paseo de Recoletos siempre fue uno de los pedazos más solicitados de Madrid. Antes de la guerra era el lugar de citas de solteras con «carabina» y mozos de buen ver, un paseo al que se acudía para mirar y ser mirado, como en las terrazas veraniegas de los ochenta, y en donde los *gomosos* y las niñas bien hacían sus conquistas bajo la plácida luz de los atardeceres luminosos. Desde la plaza de Colón hasta la mismísima Cibeles, la ciudad se abría en dos en un paseo que tenía mucho de calle principal de capital de provincias.

Recoletos era un símbolo de la historia de Madrid. Por él, a media tarde, Azaña caminaba despacio hasta su despacho del Ministerio de la Guerra, y en él Valle-Inclán se quedó en bronce sobre una peana innecesaria de granito para ver si veía pasar a Ava Gardner. La historia viva de Madrid del último siglo pisó sus baldosas, pasó por sus aceras y paseó sus anocheceres. Y pensaba en la innecesaria inexistencia de la nada. Por pensar en algo.

El Café Gijón, demediando el paseo, era un faro torrero que iluminaba la bahía y conducía por el buen camino al paseante. Un poco más allá se inmiscuyó una terraza posmoderna abierta todo el año, como una salida de tono, y más acá la tradicional terraza del Teide cumplía cada verano con su cita esperada; como el Café Espejo, con su orquestina y su apariencia decadente, que concitaba las mayores aglomeraciones con músicas de pasodoble y canción del verano, mientras los patinadores voladores hacían la calle por el mero placer de sentir los golpes del aire silbando en sus oídos. A la terraza del Espejo la acristalaron, siguiendo la más genuina tradición parisina, y todo el año permanecía allí, mirando a la Biblioteca Nacional para mantener en el paseo el inveterado recurso madrileño de sentarse a dejar pasar el tiempo.

Recoletos también tenía su canción triste. Un hombre se ahorcó en una de sus farolas y tuvo que ser Pepe, uno de los dueños del Gijón, quien tomara el mando, llamara a la policía y procediera a iniciar los trámites de ciudadanía que los peatones del paseo no acertaban a cumplir. Aquel hombre, un trabajador venido del sur para morir más al norte, en venganza o como denuncia, no encontró árbol en el que ahorcarse y optó por una farola.

Un episodio ya vivido por el cine y que le costó a Berlanga más de un quebradero de cabeza y un paso más en una trayectoria cinematográfica que incluyó una acusación explícita de Franco, que dijo en un Consejo de Ministros que Berlanga no era un comunista, que era algo peor: un mal español. Sucedió cuando en 1962 rodó *La muerte y el leñador*, un *sketch* de la película internacional *Las cuatro verdades*. El personaje protagonista, un organillero al que le confiscaban el manubrio de su instrumento por carecer de algún permiso municipal, sintió tanta angustia y desamparo que buscó un árbol donde ahorcarse y, al no encontrarlo, intentó llevar a cabo su suicidio en un poste telegráfico. Aquella secuencia, entre otras, le costó a Berlanga un artículo de Gonzalo Fernández de la Mora, en *ABC*, acusándole de presentar una España tan miserable que ni siquiera tenía un árbol en el que poder ahorcarse.

El tiempo pasó y no era presentable tanta miseria, pero, a tenor de la canción triste de Recoletos, tampoco el albañil andaluz encontró ni un trabajo con el que dar de comer a su familia ni un árbol con las ramas lo suficientemente sólidas. O acaso quiso añadir a su denuncia mortal una renuncia expresa a las acacias del paseo, para la modernidad. Sea lo que fuere, compuso una canción triste en un paseo que no se merecía contemplar la muerte desesperada de ningún ser humano.

En torno al paseo de Recoletos nacieron muchas otras instituciones madrileñas. Desde él se subía, como por un afluente caudaloso, a la calle del Almirante, preñada de tiendas de moda, y a un bar llamado Oliver que, redivivo como Ave Fénix, volvió a ser una cita relajante para la gente de la cultura y del ocio que hicieron de este pedazo de Madrid su último refugio. Gentes que leían en la librería Antonio Machado, que veían cuadros en la galería de Masha Prieto, que se querellaban en las Salesas, que discrepaban en el Café Gijón y que se emborrachaban por la noche en Bocaccio. Escritores, pintores, actores, periodistas y otras gentes mundanas que comían en Gades o en el Latino, que asistían al teatro en el María Guerrero y convivían con el trasiego de los soldados del Cuartel General del Ejército y con los ciegos de la ONCE, esquivando chaperos y coches mal aparcados. Un gentío de artistas y creadores que terminaban cada noche en las terrazas de Recoletos, el último refugio, en cuanto el calor se presentaba en Madrid cada año en fecha distinta, siempre a traición.

El concepto de estética también fue fundamental en los años de la *movida* madrileña. En esos años, cuando sonaban las campanadas de la medianoche, Madrid se convertía en un hermoso bosque en el que las hadas y los duendes salían a disfrutar de la luz de la luna y de las miradas de los demás habitantes de la noche. Un edén de miradas entrecruzadas para los amantes de la pasarela, los soñadores del deseo y los insaciables de la vanidad. Y era porque alimentar el ego, a partir de la medianoche, era el único carburante posible para seguir trasnochando y llevar la contraria, como en una rebelión civil, a los urdidores de historias.

La noche de Madrid era una pupila. Desde las terrazas de la «Costa Castellana» hasta las verdes praderas del hipódromo, los cuerpos y las almas se exhibían con toda su belleza y sin el menor pudor. Parecía imposible que existiera en una sola ciudad tanta gente guapa, tantas muñecas de cristal y tantos efebos rebosantes de fibra. Jóvenes hermosos que se miraban y no se tocaban, que deseaban ser mirados y que se vestían, se movían y se paseaban con el único propósito de que los ojos ajenos se metieran en ellos, que penetraran en su epidermis y poseyeran su belleza. Mirar y ser mirados: ese era el juego. El juego de la estética.

Los más madrugadores ocupaban los veladores poco después de las doce y media. Los más activos preferían quedarse en la barra del quiosco, con el vaso en la mano, sin perderse nada y ejecutando minúsculos paseos, adornándose con un halo de indiferencia.

Mirar sin perderse nada. Moverse para ser mirado. La estética de los ochenta. Todo el mundo jugaba a exhibir lo que quería ser y a evitar que el deseo ajeno se desperdiciara. Se disponía de apenas unos segundos, o tan sólo de una ráfaga de dos o tres miradas, para enamorar. En cuanto la ocasión había pasado, ya se miraba a otro objeto noctívago del que enamorarse.

Un frenesí de amores cada hora; amores visuales que convertían las noches de Madrid en las únicas noches soleadas del mundo, de las que fueron testigos asombrados las cámaras de televisión de medio mundo.

Desde la plaza de Colón hasta la plaza de Castilla se salpicaban como setas silvestres los quioscos de la Castellana, a uno y otro lado de su interminable trayecto. En cada uno de ellos se servían las mismas copas por idénticas camareras, tiernas y frágiles como de paso, serias e indiferentes como cipreses. Eran estudiantes que se ganaban las vacaciones de octubre con «el negocio de las copas», que terminaban reventadas a las tres de la madrugada y que aun así les quedaba «marcha» para darse una vuelta por Oh! Madrid, Archy, Pachá, La Vía Láctea, El Sol de Jardines, la sala Morasol, El Foro o Elígeme, creado por Pedro Sahuquillo y Víctor Claudín. Chicas y chicos que servían a los habitantes de la noche; hadas y duendes, gnomos y fuegos fatuos, esculturas griegas y modelos excitantes con estética de anuncio de televisión. Habitantes de todas las noches que resistían porque se miraban, se miraban mucho, y se deseaban. Un deseo poco sexual pero muy sensual, como una obsesión por intercambiarse miradas e invitarse a un suspiro. Pura estética.

La música, hasta donde lo permitían las ordenanzas municipales, era el pretexto para no hablar, o para hablar poco. El lenguaje oral dejaba paso al gestual y, sobre todo, al visual. Porque de la mirada seductora se hizo una obra de arte.

Tal vez se mirase por curiosidad, sólo para comparar o para deleitarse. Por estética. Madrid era el paraíso del *voyeurismo*, como elemento complementario del fetichismo creciente. No se sabía si se miraban los ojos o las miradas, si se miraban las piernas o el bronceado, si se miraban los tobillos o la marca del calzado. Pero lo cierto era que, quizá por imperativo de la estética, se miraba para pecar en el inexistente eco de la única campanada de la medianoche.

Desde 1979 Madrid dejó su condición de núcleo poblacional para alcanzar la cualidad de concepto, con todo lo que ello suponía de símbolo, naturaleza, definición y características. Lo que ocurrió fue que era un concepto sin definición precisa, o al menos de difícil definición, cuya referencia más aproximada fueron los parámetros de vida y caos, o la sabia conjunción de ambos.

Durante los largos años de la Dictadura, aquel malentendido histórico del «Gobierno de Madrid», cuando en realidad se referían al «Gobierno en Madrid», no sólo acabó con cualquier posibilidad de desarrollo intelectual de la ciudad, sino que logró acomplejar de tal modo a sus moradores que les mantuvo con la voz queda y la cabeza colgante por el peso de la mala conciencia y de la dictadura con la que, de cerca, y para su desgracia, convivían. Sin contar con el hecho real de que la mayoría de sus moradores, o de los que ocupaban los puestos dirigentes públicos o privados en la sociedad madrileña, eran forasteros que se apropiaron del sitio de los vencidos, de los exiliados, de los encarcelados y de los asesinados, amén de los marginados y desarraigados por razones políticas y no sólo políticas. Moradores que, por otra parte, muy pronto dejaron de ser forasteros para ser y sentirse madrileños.

Pero aquella especie de complejo de inferioridad por ser madrileño reafirmaba, por otra parte, un sentido de autoafirmación desmedido en el interior de la ciudad, una cierta prepotencia de, incluso, unos madrileños contra otros, y de todos entre sí, y como contraposición, una hospitalidad que, más allá del mero deseo de agradar a los visitantes, se parecía más a un deseo de ser perdonado.

Pero aquello se acabó en los ochenta. Para ello confluyeron varias coincidencias que podrían enumerarse así: el retorno de las libertades democráticas; la fortuna histórica de un alcalde cualitativamente inmejorable; el despertar de la conciencia madrileña (no tanto por la existencia de la Comunidad Autónoma de Madrid, sino como respuesta obligatoria a la efervescencia aparente de las restantes Comunidades Autónomas), y la decisión de los más jóvenes de abandonar su condición de sujetos pasivos de la cultura y acceder a la de sujetos activos. Fueron diversas causas que se entrelazaron para dar una resultante: la de que Madrid llegara a presumir de ser la capital cultural del mundo, y creérselo, aunque fuera falso. Pero todo ello sirvió para recuperar el orgullo, sin prepotencia. Porque no necesitaba ser prepotente quien estaba seguro de ser valioso; la mediocridad es la que necesita sustituir las carencias por las estridencias.

Los madrileños se sintieron a gusto siendo lo que eran porque, también, se recuperó un sentimiento, un afecto. Madrid se hizo querer. Y querer a Madrid suponía disfrutar de la ciudad y disfrutar hablando de ella y enseñándola a los visitantes. E incluso fantaseando un poco, porque todo amor tiene más de fantasía que de realidad, cuando se preguntaba en ciudades lejanas qué había de verdad en «eso que he oído de que...». El orgullo se sentía henchido sólo por el hecho de que lo preguntaran, de que aparentaran sorpresa y asombro, de que supieran que Madrid existía y hasta recordaran en dónde se situaba geográficamente.

Acaso la estrechez de miras nacionalista de otras comunidades autónomas; quizá la cerrazón burocrática o la asfixia en la promoción oficial; tal vez la generosidad de los organismos públicos madrileños en no pedir carta de naturaleza ni denominación de origen a los proyectos; seguramente por la proyección nacional e internacional de Madrid..., todas esas hipótesis dieron como resultado que a la ciudad, en diez años, acudiera la mayoría de los protagonistas de la cultura de todo el país. Si a lo anterior se añadía que las nuevas profesiones vinculadas a la cultura se abrieron paso inusitada y rápidamente, la conclusión fue que la población per cápita que vivió el fenómeno cultural en el nuevo Madrid supuso proporciones altísimas.

El paro en los jóvenes en la crisis de 1984 dio como fruto la delincuencia, por un lado, pero también la creatividad por otro. Jóvenes entregados a nuevas formas laborales, en los campos del diseño gráfico, la moda, la publicidad, la fotografía, la pintura, el vídeo y las nuevas tecnologías aplicadas a la creatividad, constituyeron un amplio y ruidoso círculo poblacional que la ciudad tuvo la capacidad, y la sensatez, de absorber, de integrar, en beneficio de la propia ciudad. El hecho, de por sí importante, se incrementó aún más porque los más jóvenes hicieron crecer así no sólo la nómina cultural sino la ocupación para el ocio.

Las gentes de Madrid dieron paso a una «nueva estética», tanto en el contenido como en el contexto, tanto en el ámbito como en el contorno, tanto en las formas como en el fondo. Una nueva estética que se veía y se sentía, y a veces se intuía. Una estética que contagió a otra generación más adulta que aceptó la razón de la novedad y, sobre todo, que contagió a las frías y demoledoras instancias oficiales, entregadas sin recato a la novedosa vanguardia.

La nueva visión global inundó los días y, sobre todo, las noches de Madrid, y su reflejo público y nacional fue inmediatamente captado por las multinacionales y el capital para utilizarlo en su dinámica de *marketing*, siendo un exponente visible la estética en la publicidad, en todos los medios y sobre todo en la televisión. Una estética, en fin, que fue exportada, sin exclusiones.

Criterios como la participación, la imaginación y la anticipación dieron tan buen resultado que fue así como más se profundizó en la democratización de la sociedad, en el difícil trance que años atrás afrontaban los madrileños sin ninguna confianza real y con demasiados sueños encorsetados por el pragmatismo.

Por muchas razones, en Madrid se hizo una especie de consenso para «crear ciudad». Fue, gráficamente expuesto, una vocación por tirar de un carro atascado en el barro y abandonado. En Madrid, desde 1980 más o menos, se creó una predisposición generalizada y colectiva para forjar un Madrid más vivo y, por tanto, más variado: un Madrid pluridimensional, abierto a cuanto se hiciese en él o llegase de fuera; un Madrid que, en su conjunto de gentes y cosas, perdiera la capacidad de escándalo sin renunciar a la capacidad de sorpresa.

En eso consistió precisamente la modernidad: conocida la realidad de las estructuras económicas y políticas, el conjunto social se aprestó a la transformación cultural que, si bien empezó como un paso meramente cuantitativo, el resultado inevitable fue una revolución cultural consistente en que nada era escandaloso, pero muchas cosas seguían siendo sorprendentes. Prejuicios fuera; aún quedaban las sorpresas. El salto cualitativo fue, en ese momento, inevitable, y la sociedad entró por los caminos de la cultura en la modernidad.

Los gestores públicos de la transición fueron incapaces de impedir su desarrollo porque la sociedad se adelantó a ellos, sin darles respiro para canalizar, encauzar o dirigir lo que se les venía encima. Ese, y no otro, fue el concepto de la *movida*, que muchos empezaron a calificar de bluf, o de movimiento cultural que jamás existió, asegurando que no dejaría nada para la historia de la cultura. Pero la *movida* no sólo existió sino que, además, cambió el rumbo del fenómeno cultural y social de Madrid y de otras muchas ciudades, en modos, modas y costumbres, y su huella no fue quizá tan identificable como una catedral o una generación literaria, pero sí como una nueva forma de vida.

La *movida* rasgó la monotonía y la tristeza; y fue tan fuerte que no sólo se limitó a la innovación, sino que tuvo poder hasta para integrarse en la tradición y con ella, aflorar las raíces enterradas y olvidadas de Madrid desde cuatro décadas atrás. El florecimiento cultural de la ciudad se hizo consustancial a la misma, y formó parte de ella como un atributo más que el visitante quiso conocer y el forastero admirar. En este sentido, probablemente, 1985 fue el mejor año de Madrid.

Luego, la dinámica cultural cedió porque desaparecieron las sorpresas. Ya se había visto todo lo que había que ver y el resto era sólo normalidad. Y la normalidad, ya se sabe, no es atractiva. Acostumbrarse a que Madrid estaba bien dejó de causar admiración. La rutina, incluso en la brillantez, sigue siendo rutina.

Madrid llegó a ser lo que fue porque aunó vida y caos, y ni de una ni de otra cosa pudo prescindirse. No se trató de pretender ser única, ni capital cultural de nada, ni asombro para nadie, ni prepotencia ante otros. Se trató de seguir siendo una ciudad libre, culta, hermosa y divertida en la que diera gusto vivir y de la que se pudiera decir, con la seguridad de quien sabe lo que dice, que Madrid era un rincón agradable del mundo, al sur y cerca del Mediterráneo, en el que era digno vivir y ninguna deshonra morir.

—¿Te gusta Madrid en agosto, Inés?

—No. Me siento tan sola que hasta me alegro cuando en la medianoche entra una polilla por la ventana, mientras leo. No me gusta, no.

—Pero ¿por qué?

—Pues... porque hasta oír un coche es un alivio, o un trueno en una tormenta. La televisión no acompaña porque nos ignora, para ella no hay nadie en la ciudad. La radio emite música desde la playa, como si estuviese de luto Madrid, y por el patio de luces no se oye nada, ni siquiera esos ladridos del perro que a veces me molestan tanto durante el resto del año.

—¿Un perro?

—Sí. A veces me pregunto en dónde estará ese perro ahora, con la falta que me hace su compañía, ese ladrido perdido, su olisqueo invisible... Vuelvo a casa con el periódico debajo del brazo y una barra de pan recalentada y no me gusta esa soledad. Es como cerrar los ojos a un mundo que ha dejado de mirarnos.

—Exageras, Inés.

—No. A mí me hace pensar en qué larga es la muerte...

—¡Inés!

—Sí. Y en lo lenta que es la tarde, y más largo aún el anochecer. En la noche se irá la gente a las terrazas, pero yo ya no tengo edad. Las noches no me gustan.

—Es 15 de agosto, Inés. Es puente. No queda nadie, es normal...

—Sí. Es verdad. Es lo que tiene la soledad: no existimos los que nos hemos quedado en Madrid, o sea, que no estamos vivos. La soledad es no estar vivo, ni siquiera para nosotros. El año próximo no me quedaré. No. Nunca más.

—¡Pero si Madrid en agosto y con dinero... Baden, Baden!

—Ya, eso dicen. Pero yo prefiero el ruido porque me recuerda que la vida sigue. Pero hoy no hay nadie en la ciudad, los edificios son mausoleos, las calles laberintos, los escaparates nichos...

—Ay, Inés. Te estás haciendo mayor...

—¡Y que lo digas!

Por San Isidro, en cambio, en Madrid se vivía una doble vida, las dos caras de Jano, una dualidad entre hipócrita y sencilla. Durante el día se mantenía vivo el ritmo de trabajo, de los quehaceres, de la normalidad de una ciudad apresurada. Pero llegaba la noche, y como una palmera multicolor del primero de unos fuegos artificiales inacabables, la gente se abría hacia los lugares acogedores a que eran convocados por los fastos locales. Día y noche en un ritmo frenético que empezaba en mayo para no cesar, ya, hasta septiembre.

Nada se paraba en Madrid cuando sonaban las notas del bullicio y de la fiesta y, sin embargo, algo parecía quedarse suspendido en el aire, como una nube retocada por Dalí, cuando llegaba mayo y con él las fiestas de la capital, el rosario de truenos y centellas de los acontecimientos largamente esperados, de la celebración de San Isidro, de la extensión de la noche y el alargamiento de los días para extraerles todo su horario.

A veces el clima acompañaba y en otras se ponía levantisco y rebelde. Dependía de cómo sonaran ese año las isobaras para ver si bastaba acudir a la fiesta con un jersey por los hombros o, como alguna vez, con paraguas, abrigo y hasta bufanda. Un 15 de mayo nevó en la medianoche: inaudito. Madrid en mayo era siempre una incógnita climatológica, pero nunca fue un misterio en la fiesta. Y cuando el corazón pedía alegría, lo demás era tan lejano como un aguacero en mitad del Atlántico.

Algo se quedaba suspendido en el aire cuando empezaban las fiestas de San Isidro. Era el olor de la alegría popular recuperada, la luz de ese cielo inigualable, la sensación de que volvía a ser un pueblo con identidad, con raíces, con historia: era la satisfacción, el orgullo de ser madrileños; la recuperación del orgullo perdido, o escondido, o acobardado. Algo se quedaba suspendido en el aire, como un inmenso paraguas que todo lo cubría y todo lo protegía, y era el paraguas bajo el que se cobijaba una identidad que no se quería volver a perder.

Olía a fiesta en Madrid, a tulipanes y a piel. Olía Madrid a fiesta. El olor de la libertad.

En Madrid, la calle era el hogar preferido por los vecinos, como lo fue siempre, en realidad; y en segundo lugar el café o el bar, quedando en un discreto tercer lugar la casa, adonde llevaba más la rutina, o el deber, que la apetencia. Formaba parte de la manera de ser de los madrileños, una idiosincrasia compartida.

En Madrid, a las siete de la mañana, lo decente era estar dormido, y si había que estar levantado, había que estar también somnoliento, serio y malhumorado.

Por eso se le puso más música a Madrid. Un día se inauguró el Auditorio Nacional de la calle del Príncipe de Vergara, un coliseo musical que, después de casi un lustro de construcción y preparativos, abrió sus puertas para dotar a la ciudad de un recinto adecuado en el que deleitar el espíritu. Se trataba de uno de los mayores auditorios del mundo y la soprano Montserrat Caballé, el día de su inauguración, y tras el concierto de apertura (*La Atlántida*, de Falla, inacabada por su autor y completada por Cristóbal Halffter), declaró que era un buen recinto, «entre los tres o cuatro mejores del mundo». Y si lo decía la Caballé, que había cantado en todos, no podía quedar ninguna duda. Sólo faltaba oír la opinión de Plácido Domingo, el más célebre tenor madrileño.

Pero si bien el local consiguió unas magníficas condiciones acústicas, con una estética interior moderna y funcional, de una belleza indudable, el edificio, desde el exterior, apareció vulgar y feo. Los arquitectos responsables debieron de secar sus cualidades en el diseño del interior y, al llegar la hora de proyectar el exterior, o se les nubló la imaginación o se les traspapeló el diseño, confundiéndolo con unas escuelas públicas de pueblo grande.

Madrid supo siempre poner música a la fealdad. Zarzuelas, chotis, grupos de pop y rock... Como también lo hizo en 1965 cuando los Beatles actuaron en la Plaza de Toros de Madrid, el viernes 2 de julio, a las ocho y media de la tarde, ante unas cinco mil personas solamente. Otros muchos jóvenes no pudieron acudir, quizá por la vigilancia policial, tal vez por la prohibición expresa de sus padres o porque, sencillamente, los Beatles no habían sido todavía descubiertos en la España aislada y puritana de los años sesenta. John Lennon lució un sombrero cordobés durante todo el concierto, pero a las afueras de la plaza había mofa, burlas y vendedores de enormes peines para hacerse los graciosos porque creían que el pelo largo, apenas un poco largo, era una provocación al Régimen.

El musicólogo Rafael Revert dijo en la cadena SER que «tanto el precio de la entrada como el clima de miedo influyeron en el escaso número de personas que acudió a la plaza de toros». «Además, los fans de aquella época no estaban acostumbrados a este tipo de conciertos. Los que fueron a aquel eran fans de pura cepa. No hubo ni siquiera periodistas». Y añadió que Lennon, junto con Paul McCartney, «llegaron a millones de personas de todo el mundo y supusieron una ruptura generacional incluso superior a la que produjo Elvis Presley. Los Beatles cambiaron no sólo la música, sino la forma de vestirse y otras formas de conducta juvenil».

En 1981, el 14 de octubre, después de más de cuarenta años, el Teatro Español volvió a su antiguo propietario, el municipio madrileño. Y en 1995 los arquitectos Andrés Oñoro y Enrique Ortega fueron los encargados de la ampliación del teatro, que desde entonces albergó una sala de ensayos, una biblioteca, una sala de exposiciones, las oficinas, los almacenes y el café del Teatro Español. Un teatro que volvió, al fin, a su casa.

Y un día de 1988 el Café Gijón cumplió cien años y nadie se lo podía creer. Se conservaba como un pimpollo, recordando a tantos intelectuales, artistas y *gomosos* paseantes por Recoletos, acordándose de tanta historia de España acogida en sus mesas, rememorando secretos y confesiones de ilustres, ilustrísimos y donnadies que tanto dijeron y silenciaron sobre las viejas sillas que nunca morían, bajo los impertinentes espejos que todo lo conservaban, entre los aromas de café y liberalismo que caracterizaron la vida del café más entrañable del Madrid eterno.

Cien años, los primeros cien años, que fueron una auténtica enciclopedia de cultura y desencuentros, de citas y discusiones, de debate y de vanidades. Cien años y nadie lo diría. Un trozo de la historia de Madrid, que era como decir de España, estuvo de aniversario y sus mejores galas seguían impecables.

En los cumpleaños se acostumbra a felicitar a quien cumple, es lo correcto y educado. Y, sin embargo, en aquella ocasión, había que felicitar a los asiduos al Gijón, a sus clientes, a sus amigos. Y a Alfonso, el cerillero. Porque sin aquellos que sentían el Café como su otro hogar, la felicitación hubiera sido como un cumplido al aire, una sombra inexistente, una vaharada. Los espíritus del Café, revoloteando como duendecillos entre sus cuatro paredes, hicieron mimos, cosquillas y caricias mientras recordaron que el Gijón no era un lugar, sino un destino para todos sus clientes.

Quizá por ello muchos madrileños se sentían tan bien allí, charlando o en silencio, conviviendo con amigos y enemigos, disputando por un quíteme usted un saludo, haciendo planes imposibles y contando amores que jamás ocurrieron. Francisco Umbral recibió un puñetazo que lo tendió cuan largo era en el suelo; los fascistas lo trataron de incendiar a media tarde; los policías enrojecían de rabia al oír y tener que callar las opiniones de rojos imposibles de detener; en las tertulias de todo signo e ideología se repartían como naipes las revoluciones de café y las revueltas de salón; hasta el dueño cerraba los ojos para no tener que ruborizarse. Fue cuando Pedro Beltrán, el ingenioso Perico, encontró una cucaracha en la paella y pidió al camarero, mostrándola entre dos dedos cogidos por un bigote, si podía cambiársela por una gamba...

Cien años de vivos y muertos. Y, además, los nombres de sus muertos eran más repetidos que los de sus vivos. Porque, por un misterio difícil de explicar, las gentes del Gijón deseaban en el fondo que, cuando se celebrase el segundo centenario, siguiera ocurriendo lo mismo. Allí se buscaba la inmortalidad, no la fama. Era un café que daba patentes de notas de pie de página para la Enciclopedia de la Historia y por ello era mucho más que un lugar de encuentros: era un lugar de sueños.

Un sueño en Recoletos, en el centro de Madrid, que celebró sus primeros cien años en octubre de 1988.

—Camarero, por favor. ¡Otro siglo!

Y no era sólo por el Café Gijón. Unos datos publicados en aquel año ponían de manifiesto que en Madrid, en el tramo comprendido entre Atocha y Antón Martín, había más bares que en toda Noruega. Cierto: a simple vista, en Madrid debía de haber más bares que en el resto de Europa.

Y es que los madrileños entendían muy bien la sociología del bar. En Madrid siempre se quedaba en el bar de enfrente (hacerlo en el de al lado era más complicado: había que especificar si era en el de la derecha o en el de la izquierda y ello creaba confusión), porque enfrente siempre había un bar. El bar era ese lugar de encuentros en el que a cualquier hora se podía encontrar un amigo, un rato de conversación y una caña de cerveza o un vaso de vino. El bar era en Madrid una excusa, una justificación, una metáfora. Se iba al bar a cerrar un trato, a reponer fuerzas o a matar el tiempo. Al bar se acudía aunque no hubiera motivo porque estaba pensado para acoger a cualquiera, por muy desmotivada que estuviera su presencia. Es más, si todo el mundo hubiera tenido una razón para acudir al bar, habría que poner en cuestión la propia naturaleza del lugar porque en tal caso se tendría clara su utilidad, su finalidad, y el bar era, por definición, el objetivo inevitable de la sinrazón. Al bar se iba sin más. No había que ir a algo; simplemente se iba.

En esos años se confrontaron opiniones acerca de si la regeneración cultural de Madrid, el desarrollo integral de la capital que se había presenciado en la última década, respondía en realidad a la efervescencia cultural que lo impregnó todo o a una operación de *marketing*, un invento, un escaparate, una mera ficción que no significó cultura ni, tan siquiera, función cultural popular con entidad trascendente. Una y otra opinión se encontraban tan divididas que, en ocasiones, cabía pensar si el debate sobre el binomio «Madrid-Cultura» estaba sustituyendo a otro debate más importante aún: cuál debía ser la función de la cultura en sí y la definición del mismo concepto de cultura.

Se sabía que la cultura constituía el pilar básico en el que se sustentó todo el cambio, y no sólo estético, de la ciudad de

Madrid. Que ello fuera o no un fenómeno con trascendencia fue una incógnita que el tiempo tardaría en despejar.

Era verdad que a la llamada de la cultura acudieron los madrileños. Y, sin embargo, algo estaba ocurriendo para que ese mismo público, asiduo de los estrenos, los conciertos, las grandes exposiciones y cualquier otro evento a que fueran convocados, no tuviera precisamente el don de la estabilidad, pues luego, en la vida normal de una obra teatral o de un suceso de temporada, salvo contadas excepciones, los aforos no se cubrían y, a veces, el patio de butacas se veía afectado por el mal de la desolación. Porque, en el fondo, se subsumió dentro del concepto de cultura el modo de ser, la manera de comportarse, y así resultó que tomar copas hasta la madrugada, contagiar y contagiarse de la alegría y transmitir sensaciones de libertad y diversión eran modos de comportarse con hondas raíces culturales. ¿Era así en realidad o el hecho constituía la gran coartada del ocio? Sea como fuere, el resultado fue algo más que un escaparate bien dispuesto. No era ficticia la alegría, ni forzada la sonrisa, ni trucada la masificación, el abarrotamiento y el gentío asistente a los acontecimientos culturales. Fue que la ciudad se vivía en la calle a diario, como ocurrió en el Madrid históricamente poco hogareño y escasamente dado a permanecer en casa.

A pesar de sus dimensiones, Madrid era una ciudad pequeña. O al menos eso es lo que parecía. Hacía pensar si el fenómeno cultural madrileño era un suceso de masas o minoritario, si los beneficiarios inmediatos y mediatos de la fenomenología cultural era la gran cantidad de vecinos y gentes asentadas en Madrid o tan sólo una élite más o menos extensa que disfrutaba de la sucesión de eventos y solemnidades.

Un debate al que no era fácil dar respuesta. Un estadio de fútbol rebosante para asistir a un concierto no era un acto elitista, o un Palacio de los Deportes atiborrado durante una semana para la contemplación de los más diversos estilos musicales, tampoco. No podía denominarse elitista a la «toma de la calle» que los madrileños realizaron las noches de toda la semana y, exageradamente, los viernes y sábados. ¿Masificación cultural o elitismo? ¿Cuándo podía ser considerada significativa una cifra de participantes? Según un informe que publicó la *Revista Internacional de Gourmets*, en Nueva York, en octubre de 1986, el porcentaje de asistentes diarios a espectáculos públicos culturales en la ciudad se cifraba en el 0,73% de la población; en París, en el 1,6%; en Milán, en el 1,21%; en Tokio, en el 0,96%; y en Londres, en el 0,94%. A los restaurantes, el porcentaje era cuatro veces mayor, de lo que deducía la revista que el principal ocio del público consistía en salir a cenar. En Madrid no había estadísticas, pero cada día había más de cuarenta mil personas asistentes a cines, teatros, exposiciones y otros acontecimientos, por lo que la media del 1% estaba sobradamente superada. Pero, aun así, ¿el fenómeno cultural madrileño de la *movida* era elitista o mayoritario? ¿Beneficiaba a todos o a unos pocos? En la cultura nunca bastó con cuantificar los asistentes a los acontecimientos para extraer conclusiones válidas. Era necesario conocer el número de personas que sabía que tal acontecimiento se celebraba y en qué consistía. Como había que sumar a los lectores de libros, a los consumidores de cine doméstico, a los lectores de periódicos y revistas, a los no-asistentes activos a los eventos culturales (aquellos que hubieran querido asistir y no pudieron, y a los que pudiendo ir, no quisieron) y, en general, a cuantos vivieron la realidad cultural de su ciudad.

—Siempre van los mismos a todo —se quejaba un madrileño.

—No es verdad —replicaba otro—. Cada cual va a lo que quiere.

—Son los mismos dos mil de siempre —insistía el primero.

—¿Es que usted no va?

—No.

—¡Pues vaya! Hay entradas para todos...

—No me da la gana. Yo trabajo, no tengo tiempo para fiestas...

—¡Ah! Pues entonces no se queje.

También se celebraba cada año una feria de arte contemporáneo denominada ARCO, que se consideraba una buena muestra internacional de ese arte y de su vanguardia. Al final de la feria, como cada año, la cifra de asistentes era considerable, pero era cierto que no se colapsaba Madrid porque sus habitantes intentasen asistir a ver la obra pictórica de los más importantes artistas contemporáneos. Por tanto, ¿constituía un éxito o un fracaso? ¿Significaba que era un evento para mayorías o sólo para unas familias de interesados? Daba igual: lo importante era que unos pocos años atrás hubiera sido impensable la mera existencia de ARCO, como la de muchos otros encuentros culturales: el Festival Internacional de Teatro, el Festival de Otoño, Madrid en Danza, los Veranos de la Villa, las fiestas de San Isidro, Photo-España, Festimad, los Carnavales, la Pasarela Cibeles, las fiestas de Navidad...

Dicen los forasteros que los cielos de Madrid son de una belleza especial y sus atardeceres tienen el tono caliente de lo mágico y de lo perverso. Vistos desde la Puerta de Alcalá, en dirección oeste, los cielos de Madrid transgreden todas las normas. Son como un aviso de hecatombe, o un añadido de cometa. Madrid es la ciudad del mundo que mejor disfraza su bóveda al atardecer.

Vista desde fuera, Madrid luce un paraguas de contaminación ambiental que la protege de la limpieza, de la pureza, de los rayos benéficos del sol y de los aires sanos. Una especie de cúpula de monóxidos y alcoholes, de carbonilla y desechos que la cuidan muy bien de ser atosigada por los aires puros de la montaña y los fríos vientos de las cumbres. Madrid, cuando se la mira desde los alrededores, es una ciudad amurallada hasta por el cielo.

Sin embargo, una vez en su interior, el efecto óptico es fantástico. Las calles se envuelven en un clima de neblina y luz difusa como en las fotografías de Hamilton para rodear de misterio la magia de la ciudad. Los coches y las chimeneas se afanan sin desmayo en dotar continuamente a la capital de ese toque especial brumoso, el toque de distinción de las grandes ciudades.

No extraña, pues, que Madrid tenga los cielos más hermosos del mundo. La mezcla de luz solar e irradiación contaminante deben de crear, por mera fusión física y química, los más aterciopelados tonos mixtos, los tornasoles más excitantes, las vetas rosáceas más enigmáticas y sorprendentes para propios y extraños. Es cierto: mirar hacia el oeste desde la Puerta de Alcalá, cuando la tarde se echa a dormir, es un espectáculo fascinante. Sobre todo en primavera.

¿No era verdad que, cada atardecer, Madrid se desnudaba por el oeste?

Y los tulipanes, como cada año, llegaban puntuales desde Holanda para mostrar al mundo que en Madrid, como siempre, había un lugar para la primavera.

En enero de 1985 murió Enrique de Tarazona, que ya había regresado de México y, siempre soltero, gozaba de una sosegada jubilación empleada en pasear por las calles del centro por las mañanas, rememorando su infancia, y las tardes en la Tertulia de los Poetas, en el Café Gijón, junto a tantos pensadores, poetas, jueces, escritores y pintores que desgranaban la tarde con conversaciones y anécdotas del tiempo que les correspondió vivir, en Madrid o en el exilio. Allí se reunían

José García Nieto, Gerardo Diego, Eusebio García Luengo, Enrique Azcoaga, Jesús Acacio, Francisco García Pavón, Ángel García López, los juristas Carlos de la Vega y Luis Burón Barba, el polifacético Antonio Granados, el gran pintor José Lucas y tantos y tantos otros.

Y justo un año después, el domingo el 19 de enero de 1986, murió Enrique Tierno Galván, el más querido alcalde de Madrid.

Otra vez el silencio se hizo de piedra en Madrid. Su entierro constituyó la mayor manifestación de duelo que se había producido desde la restauración de la democracia y el cortejo fúnebre recorrió los kilómetros existentes entre la Casa de la Villa y el cementerio de la Almudena entre aplausos ahogados y silencios emocionados de los cientos de miles de madrileños que salieron para despedir al mejor alcalde de su ciudad. Madrid quiso y supo reconocer a uno de sus mejores hijos, como siempre lo hizo.

Años más tarde, en 1992, Madrid celebró su designación como Capital Europea de la Cultura.

Un merecimiento que se había ganado, con creces, en los años ochenta, en aquella década prodigiosa que marcó el inicio de la modernidad de una ciudad que, al fin, se incorporó a la vanguardia del futuro junto a las grandes capitales de Europa.

Epílogo

Madrid en el siglo XXI

Marzo de 2004

Madrid fue siempre un árbol de hoja perenne, una flor eternamente abierta, el coral y la marea, el fósil enriquecido por los años como un vino sin edad o el carbón que se convierte en oro negro. Madrid nunca necesitó defensa, soportó la incomprensión y el desdén, el granizo y el trueno, el aguacero y el fuego rojo del mismo sol que todos los años se inventó el verano al nacer. Tuvo murallas sin uso y nunca precisó de puertas con candado: vinieron los íberos y los árabes, los franceses y los fascistas, los corruptos y los desaprensivos. Pero les invitó a todos a irse y a volver con la condición de que se mostraran cordiales: Madrid, ciudad épica, quiso ser la flor que se abre, la madriguera sin techo, un hogar sin visado, el coral que crecía fuera cual fuese el rumbo que tomaran el inacabable curso de las mareas.

Épica y tenaz, se defendió hasta la extenuación; o hasta la traición de las bombas y de las ideas más perversas. Vivió décadas en la especulación, en la corrupción y en el desbordamiento con paciencia infinita, y siempre se entusiasmó con las visitas de la modernidad sin perder la capacidad de sorpresa ni esa curiosidad del niño que no recuerda los tesoros escondidos en su caja de zapatos atada con cuerdas finas. Y cuando, entre rayos y truenos, la vistieron cada día con un disfraz distinto, sonrió a hurtadillas, sin ser vista, porque sabía que era árbol de hoja perenne y ni el frío de enero ni el calor de julio despojarían sus ramas de historia y de luz.

Madrid fue un rincón de aldea, pero los siglos la convirtieron en un paisaje de apretones de manos sinceros y sin doblez. También fue nicho de miedos. Y Villa de locos. Pero siempre eterna como una obsesión.

Madrid nunca tuvo la culpa de ser tratada como la trataron, ni para bien ni para mal. Sólo buscó ser querida en la salud y en la enfermedad, en la decencia y en la corrupción.

Madrid, Madrid... Muchas veces sus ojos no quisieron ver; sus oídos prefirieron no oír; a su boca no le gustó quejarse... Hasta que no podía soportarlo y entonces... Faca o fusil, revuelta o revolución. Qué hermosa... Cambiante cada día, cada año, cada lustro, se dejó querer con nuevas ideas o ridiculizar con obsesiones olímpicas, pero siempre fue firme y perenne, resignada o embravecida. Paciente, culta, curiosa, cosmopolita, callada, revolucionaria, sorprendente...

Era Madrid.

El Once de Marzo del año 2004 Madrid se sacudió como un herido aquejado de un espasmo atroz que le partió la columna vertebral. Y, después, sólo hubo silencio. Un escalofriante silencio. Las noticias comenzaron a modo de rumor, y de noticias pequeñas, deslavazadas. Una bomba. Un acto terrorista. Tal vez un muerto y algunos heridos. No, dos, o tres, o más. Nada se sabía.

El drama se extendió rápidamente.

—¡Ha sido en la Estación de Atocha!

—¡En el Pozo!

—En...

—Pero ¿en dónde ha sido?

Fue en Madrid. A las diez de la mañana no era posible hablar por los teléfonos móviles, como si acabaran de dar las doce campanadas del Año Nuevo, cuando todo el mundo corre a felicitarse. Pero eran las diez de la mañana, era jueves y no había nada que celebrar.

Era el Once de Marzo.

La radio empezó a pedir donaciones de sangre. En autobuses de la Cruz Roja aparcados en la Puerta del Sol, en la plaza de Manuel Becerra... Y de repente pidió algo más a los madrileños: que por favor no se acudiera a donar más sangre, que ya había bastante, incluso demasiada.

Fueron horas de terror, de duda, de un miedo cuyo origen estaba en las noticias que no acababan de poner límite a la tragedia.

—Cien muertos.

—No, ciento cincuenta.

—Doscientos.

—Y heridos, más de...

—¿Quién sabe?

—Pero ¿en dónde han sido las bombas, por Dios?

En la Universidad no había clases por una huelga o algo así. Menos mal, porque muchos estudiantes utilizaban esos trenes. Pero entonces se empezó a achicar el corazón. Es cierto que el corazón se arruga, es absolutamente cierto.

Muchas llamadas se produjeron desde otras mil ciudades y pueblos españoles. Y mensajes al teléfono móvil, buscando cualquier información que confirmara que los amigos y parientes madrileños estaban bien, a salvo.

—Lo están.

—No, no es verdad: no lo están.

—Ya son más de cien los muertos y muchos más los heridos.

—¿Quiénes iban en esos trenes?

—¿Quiénes son?

La radio empezó a rogar que, por favor, se circulara lo menos posible en coche particular por el centro de la ciudad, para facilitar el ir y venir de las ambulancias. Y al momento, como si la ciudadanía estuviese organizada después de un millón de simulacros, dejaron de circular los coches.

Silencio.

Sólo el ulular de las sirenas cruzaba a ráfagas las calles.

El ejemplo de los ciudadanos era estremecedor, tanto como la causa de su desolación colectiva.

Primero fue la donación masiva de sangre. Y luego la detención de toda circulación rodada. Resultaba escalofriante asomarse a la ventana y contemplar los desiertos de asfalto, los nómadas que caminaban como perdidos, los silencios compartidos o las frases entrecortadas, y a media voz. Los taxistas decidieron, sin necesidad de ponerse de acuerdo, no bajar la bandera de sus taxímetros. Los viajes eran ese día gratis, libres, raudos e infatigables. De aquí para allá, transportando el pánico o la esperanza de encontrar con vida al ser querido.

—Ciento cincuenta muertos.

—Suma y sigue.

—Ha sido ETA.

—ETA otra vez.

—Malditos sean.

Las ciudades de España, de inmediato, se pusieron de pie y dejaron de trabajar por un momento. ¿Qué pasa en Madrid? ¿Qué necesitan allí? ¿Qué le pasa al mundo?

Solidaridad inédita. Desde Valencia, Barcelona, Cádiz, Santiago, Palencia, Bilbao... Telefoneaban desde todas las ciudades y pueblos de España queriendo saber si cada amigo, cada familiar, tenía la piel intacta. Pero ningún madrileño sabía responder que tenía el corazón hecho trizas, deshilachado.

Y los informativos se sucedían en todas las cadenas de televisión. En los telediarios de todo el mundo.

—No ha sido ETA; no es posible.

—Pero ¿quién, si no?

Otegui, un dirigente independentista vasco, al que se consideraba vinculado de algún modo a los sectores más cercanos a la banda terrorista, declaró a media mañana en los medios que no, que aquella autoría no le pertenecía a ETA.

—Pero, entonces, ¿quién?

—¿Por qué miente Otegui?

—¿Quizá no miente?

Importaba poco quién lo había hecho. A esas horas lo único importante era socorrer a los heridos, ayudarlos... Eran más de trescientos, de cuatrocientos, de quinientos..., y nadie sabía si había alguien o algo preparado para una catástrofe así.

Algunos vecinos dejaron sus casas y su trabajo y corrieron a los trenes, aún en llamas. Los trabajadores abandonaron sus puestos; los obreros, sus fábricas. Había que improvisar camillas: los bancos de la calle servían. Se arrancaron. Los pocos coches particulares en circulación llevaban a los heridos a los hospitales: quedaron salpicados de sangre, no importaba, era como un premio a la bonhomía. Las dotaciones de policía local y nacional, los bomberos, las dotaciones de Urgencias del SAMUR, Protección Civil..., todos se dejaron la repugnancia allá dentro del estómago para extraer los cuerpos de los heridos y de los muertos.

Fueron montañas de cadáveres.

Sonaba un teléfono móvil.

Nadie lo oyó.

Carreras, sudor, lágrimas, jadeos. No se podía parar porque si se hacía ya no volverían a responder los pies ni las piernas. Las Urgencias de los hospitales estaban colapsadas. Los médicos y los enfermeros no podían con la avalancha de cuerpos rotos.

Un enfermero lloraba.

Una enfermera le abrazó un instante y le animó a seguir.

—Seiscientos heridos.

—Setecientos.

—Ochocientos...

A media tarde ya se sabía que los muertos eran cerca de doscientos. Y los heridos se empezaron a cuantificar: unos mil quinientos. Pero no, se equivocaron. Eran muchos más. Millones de heridos morales que se sintieron agredidos, mutilados.

—¿Quién ha sido? —El grito era unánime.

Los heridos eran los treinta mil o cuarenta mil, tal vez más, que no habían sido salpicados por la metralla pero que estaban en shock, paralizados, enfermos. Por la calle se reproducían los ataques de pánico, las crisis de angustia, los desmayos.

—¿Quién ha sido?

—ETA, ha sido ETA.

—No. No ha sido ETA. Acaban de descubrir una cinta con unos versículos del Corán en la furgoneta de los terroristas.

Los ciudadanos que estuvieron todo el día ayudando a los heridos a salir de aquel infierno dijeron que lo más sobrecogedor, por encima del amasijo de los hierros retorcidos y ensangrentados, además de los restos de carne humana esparcidos por todas partes, de los cuerpos mutilados y amontonados, era el sonido de los teléfonos móviles que sonaban en vano. Y los libros: muchos libros que se quedaron sin leer, abiertos, desperdigados, con las hojas agitadas por el aire como plumas blancas, como palomas muertas en el momento final de una cacería innecesaria.

El viernes 12 de marzo millones de personas preguntaron en cientos de manifestaciones airadas quién había sido. El Gobierno dijo que estaba informando con veracidad de todo, y que la autoría más probable seguía siendo de ETA. Pero ya sabían todos los españoles, y los ciudadanos del resto del mundo, que se trataba de un atentado de los fundamentalistas de Al Qaeda, organización terrorista de raíces islámicas que lo había reivindicado en Londres y también en Madrid.

El domingo 14 de marzo el Partido Socialista Obrero Español ganó las elecciones al gubernamental Partido Popular, que cayó desde la mayoría absoluta a una representación electoral muy por debajo de lo que esperaba, de lo que esperaba todo el mundo. Tres días intentando manipular la información para que los españoles no vincularan el atentado con la absurda e ilegítima participación de España en la guerra de Irak, terminó por hartar a una ciudadanía cansada del presidente Aznar y de su irritante manera de conducir la política exterior española hasta sumir al país en una guerra a la que nadie lo llamó.

El Once de Marzo de 2004 nunca sería olvidado en Madrid por quienes lo vivieron. Tuvo razón Bernardo Atxaga cuando dijo que un día así no admitía siglas, como la de 11-M. Era el Once de Marzo. Y que así sería para siempre para todos los que lo sufrieron.

Inés Álvarez, a sus setenta y cinco años, aterrada, murió aquel Once de Marzo como consecuencia de un fallo cardiaco al enterarse de lo sucedido. Su dolor no pudo resistirlo más. Era la última de una saga de tres familias madrileñas que llegaron aquel día de junio de 1565 a Madrid y ya se quedaron en la ciudad para siempre.

No se pudo avisar al SAMUR: sus entrañas estaban bañándose en sangre antes de que quedara disponible alguna dotación de médicos y enfermeros que, sumidos en la gran tragedia, estaban echándose a llorar o vomitando. Nadie pudo acudir a socorrerla.

Inés Álvarez murió sola.

Fue la gente corriente, como todos los madrileños hicieron con tantos otros aquel día, quien la atendió en lo que pudo, como se socorrió a los desmayados, como se consoló a los aterrados, como se sosegó a los enajenados, como se abrazó a los angustiados. Pero por Inés Álvarez nadie pudo hacer nada: murió como un pajarito menudo retorcida sobre un banco callejero de la plaza de San Ildefonso.

Igual de contraída y encogida de cuerpo y alma como tantos madrileños que estaban también heridos por las calles, enfermos de pánico, arañados por la tragedia.

Y la última imagen que vio Inés antes de apagarse fue un jardín de tulipanes a lo largo del paseo de Recoletos y una alfombra de hojas caídas sobre los caminos del parque del Retiro. Y dejándose ensimismar por el colorido de la primavera, se tumbó en el mullido lecho cobrizo de la hojarasca otoñal para unirse a una tierra a la que pertenecía y en la que un día quizá llegaría a florecer otro madroño.

Los Vázquez, los Posada y los Tarazona perdieron así al último de los herederos de tres estirpes que asistieron al nacimiento, crecimiento y desarrollo de Madrid durante más de cuatrocientos años, hasta ver cómo llegaba a convertirse en la ciudad más hermosa del mundo.

Las personas mueren, los relatos acaban y los ríos se despeñan y apaciguan antes de ahogarse en el mar; pero las ciudades permanecen, su historia no se detiene y las incesantes corrientes de personas y acontecimientos siguen fluyendo hasta desembocar en la infinitud.

Como Madrid y su apacible, lento, paseo hacia la eternidad.

Bibliografía utilizada

AA.VV., *Historia de Madrid*. Madrid, 1978-1980. Cinco volúmenes, Espasa-Calpe.

AA.VV., *Madrid y los Borbones*. Comunidad de Madrid, Madrid, 1984.

Abella, Rafael, *La vida cotidiana durante la guerra civil*, 1.º vol. (España Nacional), 2.º vol. (España Republicana), Barcelona, Editorial Planeta, 1973.

Agulló y Cobo, Mercedes, *La imprenta y el comercio de libros en Madrid (Siglos XVI y XVIII)*. Tesis doctoral, bajo la dirección de José Simón Díaz, Facultad de Geografía e Historia de la Universidad Complutense de Madrid, Madrid, 1992.

Ahora. Diario gráfico, 12 de mayo de 1931.

Alcalde, Carmen, *La mujer en la guerra civil española*. Madrid, 1976.

Alonso Pereira, J. Ramón, *Madrid, de Corte a Metrópoli*. Comunidad de Madrid, Madrid, 1985.

Alvar Ezquerra, Manuel, *Diccionario de madrileñismos*. La Librería, 2011.

Álvarez Barrientos, Joaquín, *La civilización como modelo de vida en el Madrid del siglo XVIII*. CSIC, Madrid.

Angulo, D. y Pére, A. E., *Pintura madrileña del siglo XVII*. Primer tercio, Madrid, 1969.

Añón, C., *Real Jardín Botánico de Madrid: sus orígenes, 1755-1781*. Madrid, CSIC, 1987.

Ateneo de Madrid, Historia. Página sobre su historia en Internet. https://www.ateneodemadrid.com/index.php/esl/El-Ateneo/Historia

Azcárraga, José de, *Fuero de Madrid*. Ayuntamiento de Madrid, 1986. Aula de Cultura del Ayuntamiento de Madrid.

Benito Ruano, E., *Madrid medieval*. Aula de Cultura del Ayuntamiento de Madrid, Madrid, 1986.

Besas, Marco y Peter, *Madrid oculto*. Ed. La Librería, Madrid, 2012.

Besas, Peter y Marco, *Madrid oculto, una guía práctica* [2007]. Dos volúmenes. Madrid, La Librería, 2010.

Bolaños Mejías, Carmen, *El reinado de Amadeo de Saboya y la monarquía constitucional*. Madrid, UNED, 1999, pp. 238-239.

Calvo Serraller, Francisco, «Cómo se tejió el genio y la fama de Goya». *El País*, 21 de noviembre de 2014.

Cambronero, Carlos y Peñasco, Hilario, *Noticias, tradiciones y curiosidades de las calles de Madrid*. Madrid, Trigo Ediciones, 1995.

Carr, Raymond, *Estudios sobre la República y la guerra civil española*. Ed. Sarpe, 1985.

—, *Imágenes de la guerra civil española*. Barcelona, Editorial Edhasa, 1986.

Castro Ibaseta, Francisco Javier, «Mentidero de Madrid: la Corte como comedia», en James S. Amelang y Antonio Castillo Gómez (dir.). *Opinión pública y espacio urbano en la Edad Moderna*. Gijón, Ediciones Trea, 2010.

Davis Ch. y Varey, J. E., *Los corrales de comedias y los hospitales de Madrid: 1574-1615. Estudio y documentos, Madrid, Tamesis Books*. Fuentes para la Historia del Teatro en España, Madrid, 1997.

Cierva, Ricardo de la, *Nueva y definitiva historia de la Guerra Civil*. Ediciones Época.

Ciria y Nasarre, Higinio, *Dos de Mayo en 1808-1908. Noticias y apuntes*. M. Imp. Ducazcal, 1908, 96 pp.

COAM, *Guía de Arquitectura*. Madrid, 2003.

Colodny Robert, G., *El asedio de Madrid*. Madrid, Editorial Ruedo Ibérico, 1970.

Corripio, Fernando, *Gran Diccionario de Sinónimos*. Editorial Bruguera, Barcelona, 1979.

Cossío, José María de, *Los Toros* (2 tomos). Madrid, Espasa-Calpe, 1995.

Del Corral, José, *La vida cotidiana en el Madrid del siglo XVI*. Madrid, La Librería, 2002.

—, *La vida cotidiana en el Madrid del siglo XVII*. Madrid, La Librería, 1999.

—, *La vida cotidiana en el Madrid del siglo XVIII*. Madrid, La Librería, 2000.

—, *La vida cotidiana en el Madrid del siglo XVIII*. Madrid, La Librería, 2001.

—, *Madrid, 1561. La capitalidad*. Ediciones La Librería, Madrid, 1990.

Deleito y Piñuela, José, *El rey se divierte*. Madrid, Alianza, 2006.

Díaz, Jorge, *Cartas a palacio*. Plaza&Janés Editores, 2014.

Diaz Plaja, Fernando, *La vida cotidiana en la España de la guerra civil*. Madrid, 1994.

Diccionario Enciclopédico Abreviado. Tomos I al VII y Apéndices I, II y III. Espasa-Calpe, Madrid, 1978.

Diccionario de la Lengua Española, 22.ª edición. Real Academia Española, Madrid, 2001.

Egido López, Teófanes, *El motín madrileño de 1699. Investigaciones históricas. época Moderna y Contemporánea*, n.º 2. 1980, pp. 253-294.

—, *Opinión pública y oposición al poder en la España del siglo XVIII (1713-1759)*. Valladolid. Universidad de Valladolid, 2002.

El Corte Inglés, http://www.elcorteingles.es/informacion corporativa/ elcorteinglescorporativo/portal

El Mundo-EFE, «Identificados los restos de Quevedo». 13 de abril de 2007.

Escolar Sobrino, Hipólito, *La cultura durante la guerra civil*. Editorial Alhambra, Madrid, 1987.

Escudero Ramos, José María, *Misterios y enigmas de Madrid*. Madrid, La Librería, 2012.

Eslava Galán, Juan, «Madrid de capa y espada» (artículo publicado en el suplemento *El País Semanal* el 9 de noviembre de 2003).

Fernán Gómez, Fernando, *El tiempo amarillo. Memorias. I (1921-1943)* y II *(1943-1987)*. Madrid, Debate, 1990.

Fernández García, A. (dirigida por), *Historia de Madrid*. Editorial Complutense, Madrid, 1989.

Fernández-Rúa, José Luis, *1873. La primera república*. Madrid, Tebas, 1975, pp. 231-233.

Fernández Talaya, M.ª Teresa, *El Real Sitio de La Florida y La Moncloa*. Caja Madrid, Madrid 1999.

Ferrer Valls, Teresa, *La incorporación de la mujer en la empresa teatral: actrices autoras y Compañías en el siglo de Oro*. DICAT, 2014.

Fraguas, Rafael. «Es posible que los restos hallados sean de Miguel de Cervantes», *El País*, 17 de marzo de 2015.

Franco Rubio, Gloria A., *La vida cotidiana en tiempos de Carlos III*. Madrid, Ediciones Libertarias, 2001.

Fraser, Agnus, *Los gitanos* (esp. pág. 170 y sig.). Ed. Ariel, Barcelona, 2005,

Gaceta de Madrid, 21 de agosto de 1931.

García García, Marta y Parras Moral, María del Carmen, *La vida cotidiana en Madrid durante la guerra civil, 1936-1939*. https://hoplitacarabanchel.files.wordpress.com/.../la-vida-cotidiana-en-madrid-durante-la-guerra-civil.

García Gómez, Luis, *El motín de los gatos: vida y costumbres de los madrileños a finales del siglo XVII, Madrid histórico*, n.º 18, nov./dic., 2008, pp. 60-63.

Gea, Cayetano, *La tinaja de Diógenes*. http://latinajadedio genes-.blogspot.com.es/2009/10/el-madrid-del-siglo-de-oro.html

Gea Ortigas, María Isabel, *Madrid: Guía visual de arquitectura*. Ediciones La Librería, Madrid, 2009.

Gea Ortigas, María Isabel. *Historia de los distritos de Madrid: Moncloa*. Ediciones La Librería, Madrid, 2000.

Gila, Miguel, *Y entonces nací yo*. Madrid, Ediciones Temas de Hoy, 1995.

Giménez, M. R., *El Hotel Rusia y el Cinematógrafo*. http://antiguoscafesdemadrid.blogspot.com.es/2012/11/el-hotel-rusia-y-el-cinematografo.html

Gómez, Mercedes, *Escuela de Cerámica de Madrid*. ARTE EN MADRID. https://artedemadrid.wordpress.com/tag/l-bellido/

Gómez Alfaro, Antonio, *La Gran Redada de Gitanos*. Ed. Presencia Gitana, Madrid, 1993.

—, *Los gitanos en Madrid*. A FONDO, Número 36, octubre, 2006. Revista Bimestral de la FSG.

Gómez Díaz, Luis Miguel, *El teatro de vanguardia y de agitación popular en Madrid durante la guerra civil*, 2 vols., Tesis de la Universidad Complutense de Madrid, 1982.

Gómez Rufo, Antonio, *Carta a un amigo sobre Don Enrique Tierno Galván*. Ed. Antonio Machado, Madrid, 1986.

—, *Madrid, bajos fondos*. Ed. Avapiés, Madrid, 1987.

—, *El desfile de la victoria*. Ed. B, 1998.

—, *Escenas madrileñas*. Ed. B, 1999.

—, *Los mares del miedo*. Ed. Planeta, 2003.

—, *El secreto del rey cautivo*. Ed. Planeta, 2005.

—, *Balada triste en Madrid*. Ed. Planeta, 2006.

Gómez Rufo, Antonio (edición) y Schommer, Alberto (fotografía). *Así es Madrid*. Ed. Temas de Hoy. Madrid, 1987.

Guerra Garrido, Raúl, *La Gran Vía es New York*. Alianza Editorial, 2006.

Guerra Garrido, Raúl y otros, *Gran Vía 1910-2010*. Imprenta Artesanal del Ayuntamiento de Madrid, 2011.

GUÍA de Madrid, *Tomo I: Casco antiguo. Madrid.* Colegio Oficial de Arquitectos de Madrid, 1987.

Historia del Atlético de Madrid. De la página web de wikipedia: *https://es.wikipedia.org/wiki/Historia_del_Club_Atl%C3%A9tico_de_Madrid*

Historia del Rayo Vallecano. *http://www.rayovallecano.es/historia*

Historia del Real Madrid. *http://www.realmadrid.com/sobre-el-real-madrid/historia/futbol*

JLL & JRP, *Historia y desarrollo de la ciudad de Madrid*. 2002. Website http://www.nova.es/~jlb/mad_es01.htm

Juliá, S., Ringrosse, D. y Segura, C., *Madrid: Historia de una capital*. Alianza Editorial, Madrid, 1994.

García Font, Juan, *Historia de la Alquimia en España*. Editora Nacional, Madrid, 1976.

Iglesias, M.ª Carmen (coord.), *La lengua y la palabra: Trescientos años de la Real Academia Española*. Madrid, Real Academia Española, 2013.

López, Alfonso, «Bailar en el siglo XVIII: del minué a las castañuelas», en *Historia National Geographic*. Abril de 2011, pp. 22-26.

López Hernández, Francisco, *Breve Historia de La Gran Vía. Una grieta de modernidad en un viejo caserío asfixiado*. FOTOMADRID.

López Izquierdo, Francisco, *Madrid y sus plazas de toros*. Ediciones La Librería, Madrid, 2000.

López Osa Aparicio, Concepción, «Precisiones y nuevas aportaciones sobre la primitiva Puerta de Alcalá. Del Arco de Cajés a la propuesta de Ardemans», en *Anales de Historia del Arte*, 2004, pp. 181-191.

Luján, Néstor, *Decidnos, ¿quién mató al conde?* Plaza & Janés Editores, Barcelona, 1987.

—, *Madrid de los últimos Austrias*. Editorial Planeta, Barcelona, 1989.

Llanes Parra, Blanca, «Suicidarse en el Madrid de los Austrias. ¿Muerte por desesperación?», en Tomás A. Mantecón Movellán (ed.), *Bajtín y la historia de la cultura popular*. Santander, Universidad de Cantabria, 2008.

Madrid Capital Cultural, 1992, *MADRID, DOS DE MAYO DE 1808. Viaje a un día en la historia de España*. M. Capital Cultural, 1992.

Martínez Martínez, Manuel, «Forzados gitanos confinados en los arsenales peninsulares tras la redada general de 1749», en *Estudios de Historia Naval. Actitudes y medios en la Real Armada del siglo XVIII*. Murcia, 2012, pp. 291-328.

—, *Los gitanos en el reinado de Felipe II (1556-1598). El fracaso de una integración*. Chrónica Nova, 30, 2004, pp. 401-430, ISSN 0210-9611.

Manuel-Reyes García Hurtado (ed.), *La vida cotidiana en la España del siglo XVIII*. Madrid, Sílex, 2009.

Matthews Grieco, Sara, «Higiene personal y cuidado del cuerpo, Los peligros del agua, Frotar, empolvar y perfumar», en Georges Duby y Michelle Perrot, *Historia de las mujeres*, vol. III: *Del Renacimiento a la Edad Moderna* [1993]. Madrid. Santillana, 2000, pp. 76-80.

Mesonero Romanos, Ramón de, *Memorias de un setentón, natural y vecino de Madrid*. Ed. Crítica, Madrid, 2008.

Montero Vallejo, M., *Madrid musulmán, cristiano y bajo medieval*. Ed. Avapiés, Madrid, 1990.

Montoliú, Pedro, *Madrid, villa y corte: historia de una ciudad*. Silex Ediciones, 1996.

—, *El Círculo de Bellas Artes. Un faro cultural frente a la Gran Vía*. http://www.madridiario.es/noticia/reportajes/circulo-de-bellas-artes/-edificios-de-madrid/antonio-palacios/413445. 7 de septiembre de 2014.

Oliver Asín, Jaime, «En torno a los orígenes de Castilla. Su toponimia en relación con los árabes y los beréberes». Discurso leído en el acto de su recepción pública en la Real Academia de la Historia, el 24 de marzo de 1974. Real Academia de la Historia, Madrid, 1976.

—, *Historia del nombre de Madrid*. Agencia Española de Cooperación Internacional, Madrid, 1991.

Ortiz Mateos, Antonio. *La Huelga Revolucionaria de 1917*. TALLER DE HISTORIA DEL PCE «MARUSIA». http://tallerhistoriapce.blogspot.com.es/2011/05/la-huelga-revolucionaria-de-1917.html

Osorio, Carlos, *El Madrid olvidado*. Ed. La Librería, 2013.

Palomar Baró, Eduardo, *10 de mayo de 1931: la quema de conventos*. Historia en libertad. Ediciones Barbarroja, Madrid, 2014.

Pellegrin, Nicole, «Cuerpo del común, usos comunes del cuerpo», en A. Corbain, J. J. Courtine y G. Vigarello, *Historia del cuerpo*, vol. I: *Del Renacimiento a la Ilustración*. Madrid, Taurus, 2005, pp. 113-156.

Peñasco, H. y Cambronero, C., *Las calles de Madrid: Noticias, tradiciones y curiosidades.* Ed. Facsímil de la de 1889. Madrid, Caja de Ahorros y Monte de Piedad de Madrid, 1975.

Pérez de Guzmán y Gallo, Juan, *DOS DE MAYO DE 1808 EN MADRID.* Relación Histórica documentada. M. Est. Tipog. «Suc. Rivadeneira», 1908. 417 pp.

Pérez Díaz, Julio, *Blog de Demografía.* CSIC. http://apuntes dedemografia.com

Pinel, Lola, www.lolapinel.com

Pla, Josep, *El advenimiento de la República.* Ed. Destino, Barcelona, 1933.

Ramos, Rosalía y Revilla, Fidel, *Historia breve de Madrid.* Ediciones La Librería, Madrid, 2012.

—, *La arquitectura industrial de Madrid.* Madrid, Ed. La Librería, 2008.

Ramírez, Braulio, *Corona fúnebre del 2 de mayo de 1808.* A. M. Imp. Vda. R. J. Domínguez, 1849. 144+ XXIV pp.

Ramos Charco-Villaseñor, Aniceto, *DOS DE MAYO DE 1808. Aclaraciones, EL.* M. Rev. Historia Militar, núm. 2, pp. 57-87, 1958.

Répide, Pedro de, *Las calles de Madrid.* Afrodisio Aguado, SA., Madrid, 1972.

—, *Las calles de Madrid.* Ed. La Librería. Madrid, 1995.

Revista Historia Militar. *Hazaña del teniente Ruiz de Mendoza, La.* M. Rev. Historia Militar, núm. 13, pp. 133-140, 1963.

Río, Angel del, *Diccionario biográfico de Madrid.* Ed. Marcial Pons, Madrid, 1997.

Rubio, Abraham, «La Fábrica de Cerámica de la Moncloa en la época de los Zuloaga (1877-1893)». En *Revista de Arte, Geografía e Historia,* n.º 7. Comunidad de Madrid, 2005.

Sainz de Robles, F. C., *Historias y estampas de la Villa de Madrid.* Ediciones Giner, Madrid, 1984.

Sánchez, Esther, «Casa de Campo, 1932». *El País, 24 de enero de 2015.* http://ccaa.elpais.com/ccaa/2015/01/23/madrid/ 1422045438_696746.html

Solidaridad Obrera. N.º 149.

Texeira, Pedro, *Plano de la ciudad de Madrid en 1656.*

Thomas, Hugh (ed.), *La guerra civil española*, 5, 6 y 7 vols. Madrid, Ediciones Urbión, 1979.

Terán, F., *Madrid*. Ediciones Mapfre, Madrid, 1992.

Tovar, Virginia, *Enciclopedia de Madrid*. Ediciones Giner, Madrid, 1998.

Tusell, Javier, *Vivir en guerra*. Madrid, Editorial Sílex, 1996.

Vigarello, Georges, «Higiene corporal y cuidado de la apariencia física», en A. Corbain, J. J. Courtine y G. Vigarello, *Historia del cuerpo*, vol. II: *De la Revolución francesa a la Gran Guerra*. Madrid, Taurus, 2005, pp. 281-294.

VV.AA., *La guerra civil*, 2 vols. Madrid, Editorial Historia 16, 1986.

Wikipedia, Diversas referencias, contrastadas.

Zamora Vicente, Alonso, *Historia de la Real Academia Española*. Madrid, Espasa Calpe, 1999.

Hechos históricos

1083: Alfonso VI sitia Madrid.

1123: Alfonso VII otorga el primer fuero a Madrid, que se convertirse con ello en ciudad.

1202: Alfonso VIII sanciona el fuero real.

1232: canonización de San Antonio de Padua.

1264: llegan a Madrid muchos mudéjares expulsados del valle del Guadalquivir.

1346: se fija la composición del Concejo de la Villa.

1525: el rey de Francia es confinado en Madrid por orden de Carlos I.

1534: Carlos I concede a Madrid la corona de su escudo de armas.

1539: una ley condena a los gitanos acusados de delitos a trabajos forzados en galeras.

1541: Juan de Tavera, arzobispo de Toledo, inicia la construcción de la iglesia de San Sebastián. Se concluye en 1578.

1543: construcción de la Cárcel de la Villa, derribada en 1621.

1546: se funda el Monasterio de los Agustinos Calzados.

1561, mayo: la Corte se traslada a Madrid desde Toledo.

1562: nace en Madrid Lope de Vega.

1562: se inician las obras del Real Sitio de la Casa de Campo para que el rey pueda pasear o cazar.

1567: Felipe II prohíbe a los moriscos el uso de sus vestimentas tradicionales.

1569: Ana de Austria, cuarta esposa de Felipe II, llega a Madrid.

1570: se establece el itinerario a seguir por los reyes en sus accesos a la Corte.

1574: comienza la construcción de la Casa de las Siete Chimeneas, que finaliza en 1577.

1578: se crea la Farmacia de la Reina Madre.

1580: pandemia de peste.

1580: se inaugura el Hospital General de Nuestra Señora de la Encarnación, solo para hombres.

1581: el arquitecto Juan de Herrera inicia la reforma de la plaza del Arrabal.

1582: el arquitecto Juan de Herrera construye el Puente de Segovia.

1583, 21 de septiembre: primera función en el Corral del Príncipe.

1585: se aprueban las primeras ordenanzas del Concejo madrileño, unas directrices para la Corte.

1586, 6 de junio: un decreto prohíbe a las mujeres actuar en los teatros.

1590: creación de la Junta de Policía y Ornato para regular el crecimiento desmedido de la ciudad.

1590: división civil de Madrid en seis cuarteles, antes dividida en trece parroquias.

1591: se inaugura la Casa de la Panadería, cimientos de lo que sería la Plaza Mayor.

1592: se edifica el Convento de los Agustinos Recoletos.

1594: creación del Hospital de la Buena Dicha.

1595, 13 de agosto: se funda el primer Colegio de Abogados de Madrid.

1595: Julio Justi di Modesti arrienda la Imprenta Real.

1596: se construye el primer Hospital General de la Villa.

1597: epidemia de peste en Madrid.

1598: muerte de Felipe II y coronación de Felipe III.

1599, 24 de octubre: Margarita de Austria llega a Madrid

1600: se inaugura el nuevo Matadero municipal.

1601, 11 de enero: Felipe III decide trasladar la Corte a Valladolid

1605: Se publica *El ingenioso hidalgo Don Quijote de la Mancha*.

1606: la Corte regresa a Madrid.

1607: Felipe III concede monopolio para la explotación de hielo a Pablo Xarquíes.

1609: Felipe II decreta la expulsión de los moriscos.

1609: el corregidor de Madrid expulsa a los gitanos de la Villa.

1610: abre sus puertas la Posada del Peine.

1611: se crea la Academia Poética del conde de Saldaña.

1612: Lope de Vega inaugura la Academia Selvaje o «del Parnaso».

1612: Catalina de la Cerda establece el primer «corral de maderas».

1615: Isabel de Borbón, esposa de Felipe IV, entra en Madrid.

1615: fundación de la Hermandad del Refugio para socorrer a los necesitados.

1616, 22 de abril: muere Miguel de Cervantes. El 4 de mayo lo haría William Shakespeare en Inglaterra.

1617: se crea la Academia de Madrid, vigente hasta 1622.

1619, 3 de julio: primera corrida de toros en la Plaza Mayor.

1621: muerte de Felipe III. Coronación de Felipe IV.

1622: el papa Gregorio XV canoniza a San Isidro.

1622: asesinato del conde de Villamediana.

1622: la Inquisición detiene a la hechicera Leonorilla.

1625: Felipe IV construye un cerco alrededor de Madrid para evitar la construcción indiscriminada.

1625: abre la Cerería de la Santa Cruz, la más antigua de España.

1627: el Ayuntamiento se hace cargo de los Corrales de Comedias y del Príncipe.

1629, 14 de septiembre: se coloca la primera piedra de la Cárcel de la Corte, que se inauguró en 1634.

1630, 23 de mayo: primera corrida de toros en honor a San Isidro.

1631: incendio en la Plaza Mayor.

1632: el conde-duque de Olivares entrega las llaves del Buen Retiro al rey.

1634: se construye el estanque grande del Retiro.

1635, 27 de agosto: muere Lope de Vega.

1635: se erige la iglesia de San Patricio o de los irlandeses.

1642: se construye la capilla de la Cuadra de San Isidro.

1645: muere Olivares.

1645: muerte de Quevedo.

1648: se estrena la primera zarzuela, obra de Calderón de la Barca.

1653: Madrid vuelve a ser amurallada por orden real.

1656: el cartógrafo Pedro de Teixeira dibuja el primer plano de Madrid.

1660: los restos de Lope de Vega se trasladan a una fosa común.

1661, 6 de noviembre: nace Carlos II.

1661: aparece la primera gaceta española, que más tarde se convertiría en el B.O.E.

1665, 17 de septiembre: muere Felipe IV.

1665: Carlos II es coronado rey.

1667: se unen los Cinco Gremios Mayores.

1669: el jesuita Nithard deja de ser valido del rey y es sustituido por Fernando de Valenzuela.

1672: incendio de la Casa de la Panadería.

1675: Carlos II accede al trono tras la regencia de Mariana de Austria.

1677: Juan José de Austria elegido valido de Carlos II.

1677: Juan José de Austria (hijo ilegítimo de Felipe IV) invade Madrid.

1680: grave crisis económica.

1684: España y Francia firman la Tregua de Ratisbona.

1685: el valido Juan José de Austria cae en desgracia y es sustituido.

1685: se fabrica el cetro de la Casa de Borbón.

1690: Carlos II contrae segundas nupcias con Mariana de Neoburgo.

1692: se inaugura la Casa de la Villa.

1697: las tropas francesas invaden Barcelona.

1697: se firma la Paz de Ryswick.

1697: el Concejo establece el servicio de vigilancia de los serenos, que fracasa.

1699: muere José Fernando Maximiliano, designado heredero de Carlos II.

1699, 28 de abril: estalla el Motín de los Gatos o Motín de Oropesa.

1700, 3 de octubre: Carlos II hace testamento a favor de Felipe de Anjou, luego Felipe V.

1700, 1 de noviembre: muere Carlos II.

1701, 22 de enero: Felipe V llega a Madrid.

1701-1714: Guerra de Sucesión.

1706: Felipe V se involucra en la guerra europea de Sucesión.

1706: obligación de los impresores de presentar originales para censura previa.

1710: el archiduque Carlos ocupa Madrid durante 43 días.

1713, 6 de julio: se crea la Real Academia Española.

1713: Paz de Utrecht.

1713: se crea el Monte de Piedad de Madrid.

1714: muere María Luisa Gabriela de Saboya, esposa de Felipe V.

1714: Felipe V se casa con su segunda esposa, Isabel de Farnesio.

1715: la Real Academia Española aprueba sus primeros estatutos.

1720: Churriguera construye la Real Ermita de San Antonio de la Florida.

1720: se inaugura la Real Fábica de Tapices de Santa Bárbara.

1722: Luis I se casa con Luisa Isabel de Orleans.

1722: se inaugura el Hospicio de San Fernando y del Ave María, luego Museo de la Historia.

1724, 10 de enero: Felipe V abdica en su hijo Luis I y retoma la corona pocos meses después.

1725: se inaugura el Restaurante Botín, el más antiguo del mundo.

1726: última corrida de toros a la que asistió Felipe V.

1733: Isabel de Farnesio ordena que Fernando VI y su esposa vivan alejados de la Corte.

1734, 24 de diciembre: incendio del Alcázar.

1735: se construye una plaza de toros de madera en Casa Puerta para recaudar fondos para la edificación del portón de San Isidro.

1735: se inician las obras del Palacio Real.

1737: el cantante italiano Farinelli se instala en Madrid.

1737: Carlos III se casa con María Amalia de Sajonia.

1738: se inaugura el que será el Teatro Real.

1741: la Real Academia Española publica la *Orthographia*.

1742: muere en Francia Luisa Isabel de Orleans, esposa de Luis I.

1745: el arquitecto Ventura Rodríguez renueva el Corral del Príncipe.

1746, 9 de julio: muere Felipe V.

1746, 10 de agosto: Fernando VI es proclamado rey.

1748: Fernando VI firma la Paz de Aquisgrán.

1748: llega a Madrid María Mola, bruja conocida como «la Agorera».

1749: primer catastro de la ciudad.

1749, 3 de julio: se inaugura la Plaza de Toros de la Puerta de Alcalá.

1749, 30 de agosto: Fernando VI autoriza la Prisión General de Gitanos.

1751: Fernando VI prohíbe la masonería en España.

1752: canonización de Santa María de la Cabeza, esposa de San Isidro.

1752: el marqués de la Ensenada crea el Giro Real, especie de Banco público.

1752: se crea la Real Academia de Bellas Artes de San Fernando.

1753: se firma un Concordato con el papa Benedicto IV.

1754: se crea la Junta de Hospitales.

1755: se crea la Hospedería de la Orden de Malta para los caballeros de la orden.

1755: Fernando VI funda el Real Jardín Botánico.

1758, 1 de febrero: primer número del *Diario de Madrid*.

1758, 27 de agosto: muere Bárbara de Braganza, esposa de Fernando VI.

1759, 10 de agosto: muere Fernando VI.

1759, 11 de septiembre: Carlos III es proclamado rey.

1759-1769: se levanta la Planimetría General de Madrid.

1763: Carlos III ordena la puesta en libertad de los gitanos encarcelados en 1749.

1763, 10 de diciembre: se pone en macha La Lotería.

1764: finalizan las obras del Palacio Real.

1765: Francisco de Goya comienza a trabajar como lavaplatos en el Restaurante Botín.

1765: boda de la infanta María Luisa con el archiduque Leopoldo de Toscana.

1765: Carlos III ordena instalar farolas de velas de sebo para alumbrar Madrid.

1766, 11 de marzo: Motín de Esquilache.

1767: se traslada el arca de San Isidro a la Colegiata de San Isidro.

1767, 27 de febrero: los jesuitas son expulsados de España y sus bienes confiscados.

1769: se inaugura el Hospital General de Atocha.

1771: la Real Academia Española publica la *Gramática*.

1771: muere la actriz María Ignacia Ibáñez, «la divina». El escritor José Cadalso intenta desenterrarla para abrazar su cadáver.

1774: Carlos III traslada el Jardín Botánico a El Prado.

1775: se fabrica la corona real de la Casa de Borbón.

1780: finalizan las obras del Palacio Real.

1782, 2 de junio: Carlos III crea el Banco de San Carlos, antecedente del Banco de España.

1782: se construye la fuente de La Cibeles.

1783: se equipara legalmente a los gitanos con los demás ciudadanos españoles.

1783: un decreto real permite trabajar a los nobles.

1783: se construyen lavaderos cubiertos junto al río Manzanares.

1784: primera mujer admitida como académica honoraria en la Real Academia Española.

1785, 26 de agosto: muere el arquitecto Ventura Rodríguez.

1786: comienza a edificarse el Museo del Prado.

1786: se construye la fuente de Neptuno.

1787: España se distribuye en provincias.

1788: Carlos III ordena la creación de la Real Fábrica de Cera.

1788, 14 de diciembre: fallece el rey Carlos III. Le sucede su hijo Carlos IV.

1790: se construye la corrala de Miguel Servet, la mayor de Madrid, para las cigarreras de la Fábrica de Tabacos.

1791: se obtiene permiso para construir una capilla dedicada a la Virgen de la Paloma.

1791: primer Cuerpo de Serenos de Madrid.

1791, agosto: incendio de la Plaza Mayor.

1792, 12 de agosto: el capitán italiano Vicenzo Lunardi viaja en globo desde los jardines del Buen Retiro.

1792, 15 de noviembre: Manuel Godoy es nombrado Ministro de Carlos IV.

1795: Paz de Basilea.

1798, mayo: Godoy es sustituido.

1800, 18 de agosto: incendio de la Real Fábrica de Coches.

1802: incendio del Teatro Español.

1803, 14 de julio: la Inquisición detiene y tortura a la hechicera conocida como beata Clara.

1804: Godoy regresa al poder.

1804: un fuerte terremoto sacude Madrid.

1805: derrota de Trafalgar.

1805: Tratado de Fontainebleau.

1808: las tropas de Napoleón invaden la Península.

1808, marzo: Motín de Aranjuez. Carlos IV abdica en su hijo Fernando VII.

1808, 2 de mayo: levantamiento de Madrid contra los franceses.

1808, 20 de julio: José Bonaparte llega a Madrid.

1809: un real decreto ordena sacar los cementerios del interior de la ciudad.

1812, 19 de marzo: Constitución de Cádiz.

1812, julio: Batalla de los Arapiles.

1814, 22 de marzo: Fernando VII regresa a Madrid.

1814: las Cortes españolas se reúnen por última vez.

1814: el holandés Juan Hazen Hosseschrueders funda una fábrica de pianos.

1815: reconstrucción de El Retiro.

1815: último ajusticiamiento en la Plaza Mayor.

1819: se amplía el número de serenos de 100 a 150.

1820, 1 de enero: Alzamiento de Rafael de Riego.

1820: Madrid tiene por primera vez un alcalde (antes corregidor), elegido democráticamente.

1820, julio: sublevación de la Guardia Real.

1823, octubre: fin del Trienio Liberal.

1823: Goya se exilia de Madrid.

1824: la Plaza de la Cebada se convierte en el lugar destinado a las ejecuciones públicas.

1827: finaliza la construcción de la última Puerta monumental: la de Toledo.

1828, 16 de abril: muere Francisco de Goya.

1830: se construye la Casa de Las Fieras en El Retiro.

1830, 10 de octubre: nace Isabel II.

1833, 29 de septiembre: muere Fernando VII.

1834: Madrid sufre una grave epidemia de cólera.

1834, abril: Pragmática Sanción que abolía la Ley Sálica que impedía reinar a las mujeres.

1834, 16 de julio: matanza de sacerdotes y otros religiosos.

1834: primera Guerra Carlista.

1835: se crea el Ateneo de Madrid.

1835, 14 de septiembre: supresión de las órdenes religiosas.

1835: se celebra la primera carrera de caballos, en los terrenos del duque de Osuna.

1837: ejecución de Luis Candelas.

1837: desamortización de Mendizábal. Venta de propiedades monásticas expropiadas en 1836.

1837, 13 de febrero: suicidio de Mariano José de Larra.

1838: se inaugura la fábrica de pianos de Alfonso Montano.

1839: se crea la Fábrica de Hierros de Bonaplata, una de las primeras fundiciones industriales.

1840: se unifican las misiones de sereno y farolero, vigente hasta los años 60 del siglo XX.

1841: el duque de Fernán Núñez trae al primer semental, *Pagnotte*, para crear una casta ganadora.

1845: se construye el hipódromo de la Casa de Campo.

1846: se crea la Sociedad Madrileña para el Alumbrado de Gas.

1846: el taller de trabajo de marroquinería de Loewe abre sus puertas.

1850: se cierra la Real Fábrica de Loza y Porcelana de la Moncloa.

1851, 9 de febrero: Isabel II inaugura la línea de ferrocarril Madrid-Aranjuez.

1851: España firma un Concordato con el Vaticano.

1854: se retira la cerca que rodeaba Madrid para que pueda expandirse.

1854: «la Vicalvarada», revuelta popular.

1856, 10 de octubre: se inaugura el Teatro de la Zarzuela.

1858, 24 de junio: el agua potable llega a Madrid desde el río Lozoya.

1860: se inaugura la Librería Rubiños, abierta hasta 2004.

1860: Ramón Muñoz funda Pianos Muñoz.

1862: Hans Christian Andersen visita Madrid.

1863: se construye el Teatro Príncipe Alfonso.

1865: se abre la primera fábrica de hielo en Madrid.

1865, 10 de abril: revuelta popular llamada la «Noche de San Daniel».

1866: Isabel II coloca la primera piedra de la Biblioteca Nacional.

1866, 22 de septiembre: se estrena la primera obra de los «bufos madrileños» en el Teatro Variedades.

1866, 19 de noviembre: se pone en marcha el reloj de la Puerta del Sol.

1867: se crea la fundición Casa Asins.

1868: revolución conocida como «la Gloriosa».

1868: El Buen Retiro pasa a ser propiedad del Ayuntamiento, que lo pone a disposición de los ciudadanos.

1868: el Teatro Príncipe pasa a llamarse Teatro Español.

1868: los bakunistas llegan a Madrid.

1869, abril: fusión de la Caja de Ahorros y el Monte de Piedad de Madrid.

1869: nueva Constitución que declara la monarquía como forma de gobierno.

1870, 25 de junio: Isabel II abdica en su hijo Alfonso.

1870: el general Prim muere en un atentado en la calle del Turco.

1871: se inaugura el Teatro Eslava.

1871: Isabel II se marcha al exilio.

1871: Amadeo de Saboya es coronado como Amadeo I.

1871: el Ayuntamiento pone en marcha el primer tranvía, tirado por mulas.

1872, 19 de julio: atentado contra Amadeo I, del que salió ileso.

1872: los marxistas llegan a Madrid.

1873, 11 de febrero: Amadeo I renuncia a la Corona.

1873, 11 de febrero: se proclama la Primera República.

1873, 23 de marzo: se inaugura el Teatro Apolo.

1873: se inaugura la Librería Calatrava.

1873: nueva Constitución.

1873: se construye el viaducto de Segovia.

1874: inauguración Plaza de Toros de la Fuente del Berro, abierta hasta 1934.

1874, diciembre: golpe de estado del general Martínez Campos que restaura la monarquía.

1874, 29 de diciembre: fin de la Primera República.

1875, 14 de enero: Alfonso XII entra en Madrid.

1876: nueva Constitución.

1876: se pone en marcha la Institución Libre de Enseñanza, vigente hasta 1936.

1877: una ley municipal otorga al Ministro de la Gobernación la potestad para nombrar alcaldes.

1878, 31 de enero: inauguración del Hipódromo de la Castellana.

1878, 31 enero: boda de Alfonso XII con María de las Mercedes.

1878, 25 de octubre: Alfonso XII sufre un atentado, del que sale ileso.

1879, 2 de mayo: se firma el acta fundacional del PSOE.

1879: nace el Círculo de Bellas Artes.

1880: se estrena la primera obra del «género chico» con música en el Teatro Alhambra.

1883: se inicia la construcción de la Catedral de Madrid, que tardaría cien años en finalizarse.

1883: Exposición Internacional.

1883: nueva epidemia en Madrid.

1884: se inaugura la sala de conciertos Salón Montano.

1885, mayo: se inaugura el Teatro Felipe.

1885, 25 de noviembre: muere Alfonso XII. Su esposa María Cristina se convierte en Regente de Alfonso XIII.

1886: comienza a publicarse el semanario del PSOE, «El Socialista».

1886: se inicia la construcción de la Gran Vía.

1887: Motín de las Cigarreras.

1887: se levanta el Palacio de Cristal en El Retiro.

1887: se celebra la Exposición General de las Islas Filipinas.

1887: primera central telefónica de Madrid.

1887: abre sus puertas la primera perfumería de Madrid: Perfumerías Gal.

1888, 15 de mayo: se inaugura el Café Gijón.

1888, 12 de agosto: fundación de la UGT.

1892: se inaugura la Biblioteca Nacional.

1894: cierra el Teatro Recoletos.

1896: primera exhibición cinematográfica en Madrid.

1896: se rueda la primera película en España.

1897: se inaugura el Teatro Eldorado.

1899: los restos de Goya son exhumados y trasladados a Madrid.

1902: Alfonso XIII cumple los dieciséis años, la edad establecida para poder reinar.

1902: Juan Padrós crea el Madrid Football Club.

1903: incendio del Teatro Eldorado.

1903, 26 de abril: nace el Atlético de Madrid.

1903: se construye la Sociedad Gasificadora Idustrial, luego Unión Fenosa.

1904, 10 de abril: muere en París Isabel II.

1905: Alfonso XIII concede a Loewe el título de «Proveedor de la Casa Real».

1905, 1 de junio: sale el primer número del diario *ABC*.

1906: queda constancia de los primeros madrileños tomando las uvas en la Puerta del Sol.

1907, 19 de agosto: se matriculan los primeros coches.

1909: creación de la Federación Española de Fútbol.

1910, 4 de abril: se pone en marcha la construcción de la Gran Vía.

1911: se aprueba una ley que permite al Ayuntamiento apropiarse terrenos para subvencionar construcciones para los más desfavorecidos.

1911: creación de la Escuela de Cerámica de Madrid.

1912, 12 de noviembre: asesinato de José Canalejas en la Puerta del Sol.

1913: aparece *La Estampa*, revista cultural del Círculo de Bellas Artes.

1914, marzo: Albert Einstein visita Madrid para impartir una serie de conferencias.

1914, 14 de mayo: el Museo Nacional de Pintura y Escultura pasa a llamarse Museo Nacional del Prado por un real decreto de Alfonso XIII.

1914: Alfonso XIII crea la oficina Pro-Cautivos.

1916: se publica el primer número de *Minerva*, revista cultural del Círculo de Bellas Artes.

1917: se abre a la circulación el primer tramo de la Gran Vía.

1917, agosto: Huelga General Revolucionaria.

1919: inauguración del Palacio de las Comunicaciones.

1919: inauguración de la Hemeroteca Municipal.

1919, 17 de octubre: se inaugura el Metro de Madrid.

1921, 8 de marzo: un atentado acaba con la vida de Eduardo Dato.

1923: se inaugura la Casa del Libro de Gran Vía.

1923: Primo de Rivera prohíbe el juego.

1924: inauguración del Estadio de Chamartín del Real Madrid.

1924, 29 de mayo: se crea el Rayo Vallecano.

1925: se construye el edificio Telefónica en el segundo tramo de la Gran Vía.

1925, 6 de mayo: se decide la ubicación de la Feria del Libro.

1926, 8 de noviembre: Alfonso XIII inaugura el Círculo de Bellas Artes.

1927, 17 de mayo: se acuerda la construcción de la Ciudad Universitaria.

1928, 23 de septiembre: incendio del Teatro Novedades.

1929: se coloca la primera piedra del Aeropuerto de Barajas.

1929: el Teatro Apolo cierra sus puertas.

1929: se pone en marcha una red de farolas públicas eléctricas.

1929: finaliza la construcción del segundo tramo de la Gran Vía.

1930: rebelión militar contra la monarquía.

1930, 15 de diciembre: Gran Huelga General.

1931, 12 de abril: elecciones municipales.

1931, 14 de abril: proclamación de la Segunda República.

1931: Alfonso XIII se marcha al exilio.

1931, 1 de mayo: la Casa de Campo abre sus puertas a los ciudadanos.

1931, 9 de diciembre: se firma la Constitución de la Segunda República.

1933, 23 de abril: se celebra la primera Feria del Libro de Madrid.

1933: se aprueba el Plan General de Extensión de Madrid.

1934, 1 de octubre: inauguración de la nueva Plaza de Toros de Las Ventas.

1935, 31 de octubre: se publica la Ley Municipal.

1935: se prohíbe el juego.

1936, febrero: el Frente Popular gana las Elecciones Generales.

1936, 30 de abril: Manuel Azaña es elegido presidente del gobierno.

1936, 18 de julio: se produce el llamado Alzamiento Nacional por sus autores.

1936, 22 de agosto: incendio de la Cárcel Modelo.

1936, 7 de noviembre: comienza la Batalla de Madrid.

1936, 19 de noviembre: una bomba del ejército franquista destruye la iglesia de San Sebastián.

1936, noviembre: se inicia el racionamiento.

1937: celebración del Congreso de Escritores Antifascistas.

1939, 5 de marzo: golpe de Estado del coronel Casado contra el gobierno de Juan Negrín.

1939, 28 de marzo: las tropas de Franco entran en Madrid.

1940, junio: el empresario Ramón Areces constituye la sociedad El Corte Inglés.

1940: se inicia la construcción del Hipódromo de la Zarzuela.

1942: se inaugura el viaducto de la calle Bailén.

1944: se aprueba el Plan General de Ordenación Urbana de Madrid.

1949: se construye la fábrica Boetticher y Navarro, luego Centro de Nuevas Tecnologías.

1952, 16 de mayo: supresión de la Cartilla de Racionamiento.

1953, 4 de abril: llega el primer embajador de Estados Unidos.

1953: llega la primera lavadora automática, marca Newpol.

1953: comienza la construcción de la M-30.

1965, 1 de octubre: el Hospital General de Atocha cierra sus puertas. Más tarde se convierte en el Museo Nacional Reina Sofía y en el Conservatorio.

1966: se inaugura oficialmente el Estadio del Atlético de Madrid.

1967: se aprueba el Plan de Ampliación del Metro.

1969, 1 de octubre: la iglesia de San Sebastián, reconstruida tras la Guerra Civil, es declarada monumento nacional histórico-artístico.

1972: inauguración del Zoo de la Casa de Campo.

1973, 20 de diciembre: asesinato de Luis Carrero Blanco.

1974, 11 de noviembre: se inaugura la M-30.

1975: segundo gran incendio del Teatro Español.

1975, 27 de septiembre: se ejecutan las últimas penas de muerte. Aute compone *Al alba*.

1975, 20 de noviembre: muere Francisco Franco.

1977: legalización del Partido Comunista y otros partidos de izquierda.

1977, 27 de marzo: se celebra el primer mitin de la izquierda política.

1979, 3 de abril: primeras elecciones municipales de la democracia.

1981: la Feria del Libro de Madrid pasa a organizarse por libreros, editores y distribuidores.

1981: el Círculo de Bellas Artes es declarado Monumento Histórico Nacional.

1981: la Gran Vía recibe su nombre definitivo.

1981, 14 de octubre: el Teatro Español vuelve a ser propiedad del municipio.

1986, 19 de enero: muere Enrique Tierno Galván.

1986, 24 de marzo: el Ayuntamiento asume la propiedad del Metro.

1988, octubre: el Café Gijón cumple cien años.

1992, 14 de abril: se inaugura el último tramo de la M-30.

1992: Madrid es designada Capital Europea de la Cultura.

2004, 11 de marzo: atentado en Atocha y en Vallecas.

Índice de personajes

Benavente, Jacinto; escritor: 135, 394, 713

Benedicto XIV, Papa: 387

Benlliure, Mariano; escultor: 714

Berenguer, Dámaso; militar: 789-790

Bergamín, José; escritor: 816

Bergaz, Alfonso; escultor: 630, 633

Berlanga, Carlos; cantante: 857

Berlanga, Jorge; escritor: 856

Bernabéu, Santiago; presidente del Real Madrid: 766-777, 836

Besteiro, Julián; político: 756, 758

Bidagor, Pedro; urbanista: 835

Blasco Ibáñez, Vicente; escritor: 518-519, 731

Bonaparte, José I; rey de España:482, 556-558, 560-561, 563, 565-567, 569-571, 573-578, 580-582, 596, 600, 609, 642, 678

Bonaparte, Napoleón; emperador de Francia: 157, 184, 481-482, 548, 552, 556-561, 563-564, 567-568, 570-574, 578, 580, 582, 602, 646

Bonardo, Juan; librero: 505

Borbón, Carlos María Isidro; Infante: 468, 627, 637

Borbón, Leandro de; hijo ilegítimo de Alfonso XIII: 761

Bracamonte, Gaspar de, conde de Peñaranda: 224

Bravo, Juan; comunero: 121

Bretón de los Herreros, Manuel; escritor: 394, 656

Buñuel, Luis; cineasta: 731

Burón Barba, Luis; jurista: 885

Bustos de Lara, Gonzalo; torero: 244

Caballé, Montserrat; cantante: 876

Cabañas, Antonio; librero: 512

Cabarrús, Francisco; financiero: 479

Cadalso, José; escritor: 384, 395-396

Cajés, Patricio; arquitecto: 102

Calderón, Juan; abogado: 512

Calderón, María Inés, «la Calderona»; amante de Felipe IV: 153, 197

Calderón, Melchor; torero: 401

Calderón, Rodrigo; secretario de Felipe III: 43

Calderón, Victoriano; político: 696, 698

Calderón de la Barca, Pedro; escritor: 39, 120, 154, 170, 181-182, 221, 366, 714

Calvo, Manuel; ganadero: 286

Calvo Serraller, Francisco; historiador: 616, 618-619

Calvo Sotelo, Joaquín; político: 717, 801

Camilo, Francisco; pintor: 120

Camprodón, Francisco; dramaturgo: 185, 191

Canalejas, José; político: 394, 749-750

Duque de Wellington: 604
Duquesa de Alba: 491
Duquesa de Osuna: 377, 491

Eced y Eced, Vicente; arquitecto: 734
Echeandía Gal, Salvador; empresario: 710-711
Echegaray, José; matemático y escritor: 393, 711
Einstein, Albert; científico: 765
El Gran Wyoming; humorista: 857
Escóiquiz, Juan; canónigo: 553
Escosura, Patricio de; político: 393
Eslava, Bonifacio; empresario: 189
Eslava, Hilarión; músico: 189
Espada, Teresa María; hechicera: 209
Espantaleón, Juan; actor: 813
Español, Pedro; ganadero: 356
Espartero, Baldomero; militar: 647, 664
Espín y Guillén, Joaquín; compositor: 657
Espronceda, José de; escritor: 135, 148, 393, 655
Esteller, Juan; torero: 400

Fabra, Francisco; médico: 747
Fabro Bremundán, Francisco; gacetero: 237
Fajardo, Santiago; arquitecto: 719
Farinelli; cantante: 326, 403

Felipe II: 14, 21, 30, 38, 40-41, 43, 59-60, 76, 78, 81, 90-91, 115, 137, 159, 205, 226, 242, 331, 333, 420, 482, 686, 688, 782
Felipe III: 43, 65, 72, 76, 114-116, 124, 138, 159, 175, 249
Felipe IV: 63, 124, 138, 140-142, 147, 153, 155-156, 159, 161, 174-175, 196-199, 223, 225, 229-230, 233, 334, 364, 390, 485, 515, 843
Felipe V: 157, 182, 217, 229, 232-234, 258, 273-275, 277, 280-283, 285-286, 292, 295-297, 300-301, 303, 311, 323-326, 339, 341, 347, 349, 352, 359, 361-364, 367-368, 374, 376, 387, 408, 421, 442, 449, 479
Felipe, León; poeta: 811, 816
Fernán-Gómez, Carola; actriz: 813
Fernández, Luis; pintor: 120
Fernández de la Mora, Gonzalo; político: 866
Fernández de los Ríos, Ángel; político: 687, 711, 842
Fernández de Moratín, Leandro; escritor: 384, 393
Fernández de Portocarrero, Luis; arzobispo: 231
Fernández de Losada, Mateo; librero: 512
Fernández Pacheco, Juan Manuel, marqués de Villena; alcalde: 363-364, 366

Fernández y González, Manuel; escritor: 731

Fernando el Católico: 89, 562, 763

Fernando VI: 182, 326, 362, 366, 368, 374-378, 385, 392, 396-400, 417, 420-421, 423, 450, 519, 718, 782

Fernando VII: 158, 394, 454, 468, 481-482, 553-554, 561, 568, 570-571, 573-574, 576, 582, 591, 597, 599-600, 603, 607-610, 612-614, 623-624, 627, 637, 655, 662, 670, 677, 690, 843

Ferreras, Juan de; teólogo: 366

Figueras, Estanislao: político.

Figueroa, Álvaro de, conde de Romanones; político: 722, 757, 761

Figuerola, Laureano; político: 730, 749

Flamenco, Diego; impresor: 514

Fortuny, Mariano; pintor: 394

Franco, Francisco; militar y dictador: 716, 749, 761, 781, 799, 804, 809, 821, 826-828, 834, 847, 849, 851, 866

Fufart, Carlos; actor: 813

Gaitán de Ayala, Luis; corregidor: 40

Gámez, Celia; actriz: 821

Ganivet, Ángel; escritor: 716

García, Isabel; bruja: 209

García Berlanga, Luis; cineasta: 830, 866

García Calvo, Agustín; catedrático: 845, 857

García López, Ángel; poeta: 885

García Lorca, Federico; poeta: 716

García Luengo, Eusebio; escritor: 885

García Morente, Manuel; filósofo: 731

García Nava, Francisco; arquitecto: 719

García Nieto, José; escritor: 885

García Pavón, Francisco; escritor: 885

García Rojo, Abelardo Lafuente; arquitecto: 607

García-Alix, Alberto; fotógrafo: 857

Gardner, Ava; actriz: 828, 865

Gaviria, José; empresario: 645

Gaztambide, Joaquín; compositor: 185

Gil Imón, Baltasar; político: 401

Ginés de los Ríos, Francisco; catedrático: 731

Godoy, Manuel; político: 420, 431, 478-482, 552-554, 568, 573, 590-591

Gómez de la Serna, Ramón; escritor: 384, 715

Gómez de Mora, Juan; arquitecto: 142, 148, 203, 317

Góngora, Luis de; escritor: 39, 94, 96, 120, 122, 152

González Barreyro, Ángel; corregidor: 267

González de Pezuela, Juan Manuel; político: 656

González Longoria, Javier; financiero: 718

González Ruiz, Antonio; artesano: 368

González Valencia, Ildefonso; maestro: 839

González Velázquez, Isidro; arquitecto: 609

Goya, Francisco de: 299, 426, 478, 482-483, 490-491, 599, 603-604, 615-622, 624, 713-715, 817

Gracián, Baltasar; escritor: 120

Granados, Antonio; escritor: 885

Grases Riera, José; arquitecto: 718

Gregorio IX, Papa: 308

Gregorio XIII, Papa: 134

Gregorio XV, Papa: 205

Guijo, Enrique; pintor: 763

Guillén, Jorge; poeta: 816

Guzmán y de la Cerda, María Isidra; doctora: 366

Haro Sotomayor y Guzmán, García; político: 224

Hernández, Lucas; arquitecto: 394

Hernández-Rubio, Ángeles; arquitecta: 719

Herrera, Juan de; arquitecto: 39, 62, 150, 292, 418

Hidalgo, Juan; músico: 181

Hosseschrueders, Juan Hazen; empresario: 602

Huerta, Julián; empresario: 780

Hurtado de Mendoza, Teresa Antonia; marquesa de Cañete: 177

Ibáñez, María Ignacia, «la divina»; actriz: 395

Iglesias, Pablo; político: 696, 989, 732, 746

Íñiguez, Francisco; arquitecto: 394

Iriarte, Tomás de; escritor: 384

Irueste, Juan de; rotulador: 509

Isabel II: 190, 394, 454, 605, 623, 627, 637, 644, 646-649, 652, 660-661, 663, 683, 690-691, 721, 782

Isabel de Borbón, esposa de Felipe IV: 103

Isabel de Braganza, esposa de Fernando VII: 454, 607

Isabel de Farnesio, segunda esposa de Felipe V: 360, 376-377, 409

Isabel de Valois, tercera esposa de Felipe II: 43

Isabel la Católica: 89

Jesús, Teresa de; religiosa: 30

Jiménez, Juan Ramón; escritor: 731, 816

Johnson, Arthur; entrenador: 775

Jordán, Lucas; pintor: 156

Jovellanos, Gaspar Melchor de; escritor: 479, 491

Juan de Austria; hijo ilegítimo de Carlos I: 29, 160

Juan José de Austria; hijo ilegítimo de Felipe IV: 197, 226, 229-231, 237-238

Juana I de Castilla, llamada «la Loca»: 89

Junti di Modesti, Julio; librero: 500, 513

Juvarra, Filippo; arquitecto: 339-341, 417

Lambert, François; librero: 499, 505

Lanchares, Antonio de; pintor: 120

Lannes, Jean; militar: 565-568

Lasso de la Vega, Pedro; noble: 270, 315

Largo Caballero, Francisco; político: 756-758

Larra, Mariano José de; escritor: 394, 654-657

Ledesma, Pedro de; político: 77, 281

Leguregui, José; torero: 400

León, María Teresa; escritora: 816

León, Valeriano; actor: 767, 813

Leonorilla; hechicera: 209

Lerma, duque de; valido de Felipe III: 43, 116, 160, 242

Lerroux, Alejandro; político: 789, 832

Lezo, Blas de; militar: 217

Ligero, Miguel; actor: 812

Loewe Roessberg, Enrique; empresario: 711-712

López, Tomás; escritor: 839

López Aguado, Antonio; arquitecto: 454, 606, 609

López Aranguren, José Luis; filósofo: 845

López de Ayala, Ignacio; escritor: 384

López de Ayala, Rodrigo; militar: 556

López Maldonado, Alonso; escultor: 102

López Olavarrieta, Francisco; bibliotecario: 747

López Sallaberry, José; arquitecto: 722

Lotti, Cosme; escenógrafo: 156

Luca de Tena, Juan Ignacio; periodista: 192, 788

Luca de Tena, Torcuato; escritor: 740

Lucas, José; pintor: 885

Luisa Isabel de Orleans, esposa de Luis I: 360-361

Luján, Juan José; actor: 186

Machado, Antonio; poeta: 519, 811, 816, 866

Madariaga, Salvador de; político y escritor: 816

Madrazo Kuntz, Luis; pintor: 393

Maella, Salvador; pintor: 782

Mahou García, Casimiro; empresario: 842

Maíno, Juan Bautista; pintor: 120

Malasaña, Manuela; costurera: 528, 531, 536

Mengs, Antón Rafael; pintor: 617-618

Mesonero Romanos, Ramón; escritor: 593, 678, 747

Mola, María; bruja: 404-405

Molina, Tirso de; escritor: 120, 152, 154, 640, 642

Molina Foix, Vicente; cineasta y escritor: 857

Molina Sánchez, Rafael, «Lagartijo»; torero: 688

Molina Soriano, José Blas; vecino de Madrid: 555

Moncada, Guillén Ramón de, marqués de Aytona: 224

Montano, Alfonso; empresario: 602-603

Montijo, Eugenia de; esposa de Napoleón III de Francia: 648, 841

Mora, Francisco de; aparejador: 62

Moradillo, Francisco; arquitecto: 134

Moragas, Carmen; actriz: 761

Morales, Agustín, «El Mulato»; torero: 356

Morales, Gregorio; escritor: 856-857

Mordó, Juana; galerista: 717

Moreno, Juan; torero: 244

Moriarty, Marta; galerista: 857

Moscoso y Sandoval, Baltasar; arzobispo: 224

Muguruza, Pedro; arquitecto: 834-835

Muñoz, Ramón; empresario: 602

Muñoz Degrain, Antonio; pintor: 714

Muñoz Peralta, Juan; médico: 319

Muñoz Seca, Pedro; dramaturgo: 810

Murat, Joaquín; militar: 526, 555, 560, 570

Murillo, Bartolomé Esteban; pintor: 120, 154

Napoleón III, rey de Francia: 648

Nardi, Angelo; pintor: 120

Navarro, Juan; ilustrador: 508

Navarro, Manuel; ganadero: 356

Nebra, José de; autor de zarzuelas: 182

Negrín, Juan; político: 804

Nieto, Manuel; compositor: 188

Nipho, Francisco Mariano; periodista: 238

Nithard, Juan Everardo; político: 226, 229

Núñez del Valle, Pedro; pintor: 120

Octavio, Francisco Andrés; arquitecto: 722

O'Donnell, Leopoldo; militar: 647, 775

Olivares, conde-duque de; político: 138, 153-155, 158-161, 209, 243, 490

Olivieri, Juan Domingo; escultor: 388

Zambrano, María; filósofa: 716, 816

Zamora, Antonio de; autor de zarzuelas: 182

Zapata, Diego Mateo; médico: 319

Zapata, Juan de; capitán comunero: 121

Zayas Sotomayor, María de; escritora: 154

Zorrilla, José; escritor: 394

Zubiaurre, Gonzalo; político: 696, 698

Zuloaga, Daniel y Germán (hermanos); pintores: 602, 607, 763-764

Zuloaga, Ignacio; pintor: 713

Zulueta, Iván; cineasta: 857

Zurbarán, Francisco de; pintor: 120

Índice de lugares

Plaza de Santa Cruz: 222, 513

Plaza de Toros de la Fuente del Berro: 687-688

Plaza de Toros de Las Ventas: 802, 842, 877

Plaza del Arrabal: 40, 112, 114, 163, 213

Plazuela de las Descalzas Reales: 301, 412, 529

Plazuela de Santo Domingo: 62, 207, 258, 412, 734

Posada del León de Oro: 460

Posada del Peine: 71, 74, 82, 85-87, 90, 97, 99, 126, 150, 162, 212, 259, 373, 384

Prado Viejo: 101, 103, 421

Prado de San Jerónimo: 50, 241, 243

Pryca, Supermercados: 707

Puente de la Culebra: 420

Puente de Segovia: 39, 292, 490, 735, 837

Puente de Toledo: 291-292

Puerta de Alcalá: 59, 62, 101, 103-105, 137, 399-400, 419-422, 452, 454, 531, 539, 542-543, 547, 615, 629, 687, 749, 799, 842, 864, 883, 884

Puerta de Atocha: 15, 59, 71-72, 105, 138, 163,289, 417

Puerta de Bilbao: 59

Puerta de Guadalajara: 15, 59, 123, 173, 412, 513

Puerta de Segovia: 59

Puerta de Toledo:15, 59, 128, 151, 315, 405, 489, 609-610, 645, 659

Puerta del Sol: 10, 13, 30, 34, 38, 48, 62, 87, 101, 105-107, 112-112, 121, 147, 164, 194, 207, 22, 238, 242, 246, 293, 305, 321, 333, 383, 412, 487, 518, 526, 530-531, 537-543, 546, 639, 643, 660, 682, 684-686, 699, 721, 724, 728, 749-750, 755, 770, 771-772, 798, 889

Real Academia Española: 363, 366, 367, 765

Real Colegio de Medicina: 609

Real Fábrica de Abanicos: 674

Real Fábrica de Aguardientes, Naipes y Papel Sellado: 453, 674

Real Fábrica de Cera: 321

Real Fábrica de Loza y Porcelana de la Moncloa: 607

Real Fábrica de Platerías Martínez: 453, 674

Real Fábrica de Porcelana del Buen Retiro: 157, 453, 601, 607

Real Sitio de la Florida: 607

Recoletos: 59, 103-104, 521, 544, 547, 585, 630, 681, 702, 724, 803, 842, 864-867, 878-879, 894

Restaurante Botín: 295, 299, 328-329, 343, 346-347, 370, 415, 425-426, 437, 442, 444, 473-474, 492, 494

Río Manzanares: 50, 291-292, 342, 378, 476, 489, 509, 601, 835, 842, 8422

Agradecimientos

El autor desea mostrar su agradecimiento por su colaboración y asesoramiento en labores de documentación para la realización de esta novela a la profesora Paola Martínez Pestana, así como sus comentarios a ciertos aspectos costumbristas de los siglos XVIII y XIX.

Asimismo, agradece la colaboración de María Gómez Álvarez en los trabajos de clasificación referentes a algunos aspectos de carácter documental que han sido de gran utilidad a la hora de completar la narración de esta novela.

A Nahiara Burgos, por su excelente labor de revisión y comprobación del texto de la novela.

De igual modo, además de la utilísima bibliografía utilizada, ha de reconocer la labor investigadora de muchos miembros del Instituto de Estudios Madrileños, al rigor de algunos artículos de Rafael Fraguas publicados en el periódico *El País* y a diversas referencias aportadas por amigos que son buenos conocedores de los entresijos de Madrid, como Javier Lorenzo, Pepe Lucas, Miguel Blasco, Ramón Arangüena y Raúl Guerra Garrido.

Su agente literaria, Antonia Kerrigan, y su editora, Carmen Romero, merecen igual reconocimiento y agradecimiento.

Índice

OTROS TÍTULOS
DE ESTA COLECCIÓN

EL CASTILLO

Luis Zueco

Entre la Tierra Llana y el Pirineo aragonés se encuentra el monumento militar románico más importante de Europa: el castillo-abadía de Loarre, una fortaleza impresionante, construida cuando esa zona era una peligrosa tierra de frontera. ¿Cómo se edificó? ¿Quién logró tal hazaña?

Todo comenzó cuando un aguerrido monarca, el rey Sancho III el Mayor, decidió levantar una fortificación en una recóndita sierra, poco poblada y desde la que se podía avistar al enemigo musulmán a diez kilómetros de distancia. Y con la promesa de un futuro mejor, atrajo a un grupo de hombres y mujeres para quienes la supervivencia era una heroicidad cotidiana.

Entre ellos, un maestro de obras lombardo; Juan el carpintero y su hijo Fortún; Ava la arquera; Javierre, un muchacho cuya ambición creció a la par que el castillo; y un sacerdote fiel al viejo rito hispánico, acompañado de la inteligente y misteriosa Eneca.

Esta es su epopeya.

LA MUJER DEL RELOJ

Álvaro Arbina

La mujer del reloj, una novela de carácter histórico, a caballo entre el *thriller* y el género policíaco, transcurre a lo largo de los cinco años que duró la guerra de la Independencia (1808-1813).

Describe la aventura que vivirá Julián de Aldecoa Giesler, un joven de dieciséis años que emprende un largo viaje por el país en guerra tras el rastro de su padre, quien, asesinado en extrañas circunstancias, no puede contarle el codiciado secreto que desde hace años protege su familia.

Tales circunstancias atraerán al frío y calculador general francés Louis Le Duc, un hombre que esconde un terrible pasado lleno de odio y venganza. Empujado por su locura personal, perseguirá sin descanso al joven Julián, mientras este tratará de seguir el camino hacia sus verdaderos sueños, los sueños de su padre.